蕩寇志 (下)

俞萬春　撰
侯忠義　校注

三民書局

回目

下冊

第一百六回　魏輔樑雙論飛虎寨　陳希真一打兗州城

卻說祝永清在承恩山天環村，得知魏老叔住在兗州一信，直從此句放落，筆所未到，氣已吞。心中大喜，便與麗卿統領本部，拔寨回山。一路不必細表。不日到了大寨，知希真等已早到了一日。細針密縷。永清、麗卿等一同上山，見了希真，隨即卸甲韜戈，安兵刷馬，大開筵宴。席間，希真對永清道：「賢壻，可知本寨出了一樣奇貨？」奇峯天外。永清、麗卿齊問何物，希真道：「磁窑局內，今番窑變變出一張磁牀。奇文特起。據總局頭目侯達說，此牀四週的柱脚欄杆，有上等塑手還塑得出；牀樣先引一遍。至于花紋椤角、格眼玲瓏，這般細緻，雖通天下尋不出這樣好塑手。贊坯塑。四面裏外花卉、人物，雖書畫家極好手，亦不過如此生動。贊彩畫。這還不奇，真是愈奇。那牀額上十二面磁鏡，日裏看不過是潔白磁面，夜裏卻滿室生明，可以奪燈燭之光，奇極。細看實是磁面。鑿一句，更奇。據侯達說，磁上掛油，能令黑夜生光。祖上傳說如此，實不曾看見。贊油彩。今現在安置西廂房內。」指出在處。永清、麗卿一齊要去看。直聳動耳目。眾人同進西廂房，只見一張磁牀高六尺，長七尺，闊四尺，先言尺寸。一體渾成，毫無接筍；真奇。五福攢壽，四角花藻，玲瓏剔透的天花頂；天花頂。前簷垂着一帶參差玉柱，中嵌十二面磁鏡的牀額，牀額。六枝羊脂白玉也似的大圓柱，牀柱。西洋柱的欄杆，欄杆。捲雲牀脚；牀脚。裏面細花裝出湘紋席模樣的牀面。牀面。渾身淡描細畫，總一句。端的界線分明，花紋清刻，實是希有之物。總贊一句。永清、麗卿一齊喝采，（此牀惟永清、麗卿不曾見，故獨寫二人喝采；若寫眾人喝采，則悞矣。）歡喜得麗卿坐在牀上只是笑。（夾寫麗卿憨態，妙。）希真道：「侯達說這樣奇物，可惜急切沒銷售處。」（入情入理。天下之奇物，皆急切無銷售處者也，可勝慨哉！）麗卿道：「不要銷售了，這張牀把與孩兒罷。」（無意中，反振終篇悟道一筆，奇極。）永清道：「小壻倒有一個銷售他去處，可以得大利息。」（奇語特發。）希真問何處，永清道：「容酒後密稟。」希真早已會意。大眾出了西廂，重復入席，盡歡而散。希真喚永清進內問道：「賢壻，你方纔所說，莫不是要將此物送他到兖州去？」（寫希真，而文有捻題急入之妙。）永清道：「正是。」希真沉吟道：「賢壻用甚妙計，我卻猜不出。那李應並非虞公❶，豈肯受我璧馬之誘❷？」（先表李應。）永清道：「休在此物上設想。（先撇一句。）現在先叫孩兒們四路傳言播揚，使各處知本寨有此異物，日後便可相機使用。（奇，妙。）這里先重賞募幾個樂死之士，（奇，妙。）放在一邊。（竟擱起。）這邊小壻另有個奇巧機緣，路上撞着，正欲與泰山商議。」（落正文。）希真大喜道：「甚麼緣巧？」永清道：「小壻有一個世交老叔，其人姓魏雙名輔樑，（名字此處方註出。）是個黌宮老宿，與先君最為莫逆。適纔小壻在承恩山天環村，與他的兒子途遇，始知其徙居兖州。」（承上文。其詞未畢。）希真道：「你說起此人，我同他也會過一面。那時在東京，不知那一家朋友有喜慶事，此刻想不起了，（宛然。）我曾與他同席。其人不是好酒量麼？」（宛然。）永清道：「正是他。他那時與先君吃酒，總是一罈起票的。」希真道：「彼時我與他一席之會，聽他談吐，端的是有學問的人。（妙。）賢壻究知此人何如？」永清道：「此

❶ 虞公：春秋時代周皇室姬姓公爵諸侯，虞國國君。

❷ 璧馬之誘：璧玉和良馬的誘惑。西元前六五五年，晉國假道虞國滅虢時，虞公貪晉璧玉和良馬之賄而借道，從而被晉國襲滅。此言李應非虞公貪財之輩。

人才富學博，心靈智巧，善于詞令。十二字足以服吳用、李應而有餘。江湖上的人，也有大半相好。不過性情之中，太梗直些，有此四字，則上文善于詞令，斷非巧言令色之流矣。不肯趨炎附勢，所以有些勢利小人反忌憚他。邇年因家運不辰，門庭多故，家資也淡薄了。可歎。但為人極愛朋友。先寫輔樑品概。泰山久欲與秀妹妹親往兗州觀看形勢，應九十五回。因無寄寓之地，遲遲未行。補前文之所無。今此公在彼，豈不是好機會。」永清只算到投託。希真聽了，頓然心生計較，驚鴻忽起。便問道：「令世叔才幹智謀何如？」永清道：「較之吳用，足可並駕齊驅。」妙。不以他人為比，而以吳用為比，知永清亦非無心。希真道：「賢壻既說到此，愚意不但借他作寓了。」永清沉吟一回，轉笑道：「泰山敢是要他作內線？落到內線。此意小壻亦想到。據他令郎說，他在兗州大為吳用、李應之所契重，他托病為辭，不去溷跡。述前文，細。只是他身分清高，性情恬退，未必肯從此役。」特折一筆，托出魏輔樑身分。希真道：「且待我此去說說音稅。他看。一收。煩賢壻作起書札，容我前去。」永清應了退出。希真便與慧娘商議，往看兗州形勢，將永清的話細細說了。慧娘喜道：「既有此位魏先生，我們看不轉的形勢，但問他也儘彀了。」呼起下文，妙在確是慧娘語。希真亦喜。

次日希真改扮了老儒生，慧娘改扮了少年公子，又教尉遲大娘改扮一個壯僕，以便貼身伏侍慧娘；閒中細筆，寫來絕倒。四個精細心腹嘍囉扮作腳夫；教永清、麗卿看守山寨。希真帶了永清的書信，不漏。一行七眾，三匹頭口，一同起行。不日到了兗州，逕投甑山魏居士家來。希真叫慧娘等靠後一步，希真帶尉遲大娘先到門首，向應門童子通了個假名姓，絕倒。說有故人書信面交。童子進去通報，希真已走進中庭。只聽得裏面痰欬之聲，肺病也，交代得細。一個五十餘歲的老者出來，相貌清奇，骨格非凡。希真一看，果是魏輔樑。那魏輔樑一見希真，便綴眉熟視道：「面善得緊，竟記不起了。」老氣橫秋。是會一面過的情形。希真道：「小可在東京時，曾與閣下同席過的。」（寫希真機密。）輔樑把眼泛了一泛，頓然記起，點一點頭，早已會意，（寫輔樑警敏。）便道：「張兄，（希真假姓，借輔樑口中叫出。）久違了。」二人各唱了喏，遜坐。希真便叫尉遲大娘招呼慧娘等進來相見，各道了假名字、假眷屬。（絕倒。）輔樑隨口答應，心中早已瞧科，（妙。）便邀希真等後軒敘話。吩咐童子看茶訖，便對童子道：「你看門去，不叫你不必進來。」（寫出機密。）童子應了出去。輔樑道：「道子輕身來此，定有非常事故。」（妙。）希真便將永清的密信交出，輔樑從頭至尾一看，便道：「玉山賢姪之意，原來如此。仁兄既來，竟屈敝廬，權留信宿，不過粗茶淡飯而已。」希真道：「怎好打攪。」輔樑道：「都是至好，何必客氣。我不說褻瀆，君亦無須說攪擾。」（此段莫作閒文看。蓋寫輔樑知己，以便希真行說也。）希真稱謝。輔樑道：「仁兄乃心王室，（四字為輔樑心動之由。）不憚跋涉道路，輕身入探虎穴，實乃可敬之至。（與乃郎語若合符節。）但兗州百般堅固，李應又是將才，誠恐未能恢復。」（一難。）希真道：「依兄所論，莫不成把王事棄置了罷休？倘其中另有高見，乞賜示一二。」（寫希真處處有心。）輔樑道：「吾兄且慢，小兒少刻便來，弟當命其奉陪仁兄前去閱視。」說未了，魏生自外來，相見了敘話。希真等擾了午飯，輔樑便命魏生陪希真、慧娘去各處閒遊。

希真問輔樑道：「今日宜先向何處？」（真善話。）輔樑道：「東面鎮陽關，關門陡立，中夾泗水，峻險異常，除飛鳥可以直上。（數語已將鎮陽關形勢註明，行文虛實盡善。）惟西南飛虎寨一處，仁兄請往視之，仁兄高才，或有可乘之機。」（定三打之局，筆所未到，氣已吞。尤妙在輔樑全不為希真劃策。）希真謝教。當時三馬並行，迤邐到了飛虎寨，只見壁壘莊嚴，十分完固。（飛虎寨形勢虛按。）慧娘看了一回，便登高阜，四路觀望，但見營汛烽火，無不如法。（烽火明逗。內中早暗藏一賣李谷矣。）又順路走過兗州西門，（漏洩春光有柳條。）希真與慧娘一面看望，一面沉吟，（寫出棘手。）大寬轉走回甑山，輔樑迎入敘坐。輔樑道：

「仁兄觀飛虎寨何如？」（輔樑先問，妙。）希真道：「難，難，難。（如聞其聲。）昔商之興也，伊摯❸在夏；周之興也，呂牙❹在殷。（挑逗，妙極。二語出孫子用間篇。意義本是含糊，今此處妙在含糊，蓋以伊、呂形擊輔樑，而動其心也。）今此地無內間，斷難破得。」（妙以元功歸輔樑。）輔樑聽了這話，心中早已有些明白，（妙。）只扯開泛論事務。（好。）希真亦未便下說。（好。）晚膳畢，又暢談一切，各歸臥室。

夜間，魏生對輔樑道：「孩兒觀陳道子，端的忠誠可敬，此番探視兗州，左難右難，其意實有求于爹爹，爹爹何不勉為陳元龍賺呂布❺之事乎？」（妙。希真以伊、呂動之，乃郎又以陳元龍勸之，輔樑雖欲不心動，不可得矣。）輔樑歎道：「我非不知，（妙。）亦非不能，（更妙。）但人各有良。李應雖是強盜，待我未嘗失禮，我怎好算弄他。」（寫得真好。輔樑賺李應為國滅賊，亦是正理，而輔樑猶不忍賺之。彼孫立者助賊害民，忍欺故友，真萬死不足以蔽厥辜者矣。）魏生亦不再說。（頓住，妙。）

次日黎明，慧娘起來，對希真道：「姨夫昨日說魏公，我看他有點心動，姨夫今日必須極力兜他來。有此人在兗州，那怕鎮陽關是生鐵鑄成的，也要打他破。」（不冷落慧娘也。或問：既不欲冷落慧娘，何不于希真、輔樑接談插入慧娘一二語乎？不知慧娘無此給辨口舌，也想見仲華位置人物之細。或又問：金門何以知慧娘無口才？金門細思半響，覺慧娘妙舌則有之，口才則無也。自亦不解其故。）希真點頭。梳洗畢，登廳復見輔樑，故意與輔樑談得投機，陳說肺腑。（妙）希真便乘勢將李應契重他的話問了一句，輔樑便將李應怎樣禮貌，自己怎樣瞧他不起，怎樣泛常應酬他的話說了。（妙，妙。此事上文已見過，故用虛寫法，而文勢有迅掃之妙。）希真便又泛論古今興亡得失，以及賢才不遇之事，（虛寫卻寫得有興會。）說到分際，希真便接口道：「即如吾兄，（「即如」二字，妙。確有上文。）如此學問，如此才智，不能見用於

---

❸伊摯：亦稱伊尹，商初大臣。商湯時原為湯小臣，後委以國政，助湯滅夏桀。

❹呂牙：即呂尚，字子牙，周初政治家。輔佐周武王滅商，封於齊，是周朝齊國的始祖。

❺陳元龍賺呂布：三國時期，陳元龍（陳登）在曹操討呂布時，於城內配合曹操殲滅了呂布，官封廣陵太守。

王朝，小弟亦代為抱恨。」（妙。遠遠說來，使之不覺。）輔樑道：「功名富貴，我倒也看得平淡。（自是高人一流。）所可歎者，世事不平，人心顛倒，只管趨財奉勢，不顧曲直是非。（寫魏輔樑無意劃策，只是論世，妙。）況且我輩命運不佳，亦無意出而問世。」（不無托詞以拒希真，然說來自是高人，雲霄羽毛。視彼孫立之賣友以求山泊中交椅者，真狗彘不食者矣。）希真道：「仁兄說那里話來，（希真一縱一擒，真是大手段。）大丈夫生于今日，正當撥亂反正之時。（以時有可為動之。）至于命運一層，時有利不利也。（頂撇一句。）叨在至好，奉勸吾兄，萬不可心灰。（即從托詞恬退處破入。）即如我陳希真，吃盡多少苦頭，尚且不敢作退休之想，（現身說法。）總想除奸鋤暴，報効朝廷。（提出大主腦。）若吾兄年紀比我少壯，才能又在我之上，將來事業正未可料。（乘勢直掃進去。）若就此懷寶迷邦，終于巖壑，希真不為足下一人惜，竊為朝廷惜之。」（真是震雷起蟄手段。）輔樑愕然片刻，笑道：「道子兄欲用我乎？我非不屑為君用，（希真實欲用輔樑，輔樑猜破，而願為所用，真是好看。）不過我恬退多年，世務生疎。」（仍是托詞。）希真道：「足下若不忍于李應一人，而置山東數百萬生靈于不顧，未免婦人之仁。（直刺要害，迅雷不及掩耳。妙，妙。未見希真破李應巢穴，先見希真破輔樑巢穴。）總而言之，須看朝廷面上，吾兄決不可辭。」（一語鉗定。希真處處帶着一塊大招牌，上書「朝廷」字號。）輔樑道：「也說不得了，（如土委地。）欲報朝廷，不得不滅梁山；欲滅梁山，不得不取兖州。日後輔樑見李應于地下，輔樑亦有以藉口。（真說得正大光明，廻視孫立如同鬼魅。）然有二事，道子務要應允。」（尚不便落。）希真道：「願聞。」輔樑道：「一者，事成之後，乞留李應一命，望勿快心殲戮；（真是長厚君子。）二者，閣下勿為輔樑敘功邀賞，以使天下後世知魏輔樑之除李應，非為一身求榮，實為朝廷除患也。」（真是清逸高人。孫立未死于欒廷玉之刀，先死于魏輔樑之口矣。）希真知其意不可奪，一一應了。輔樑道：「先請教道子妙計。」希真道：「正要先求指教，吾兄何出此言。」輔樑道：「非也。梁山畏憚吾兄，上年宋江于李應，已有堅守不出之諭。（直應九十一回。）近聞宋江在萊蕪尚未回寨，（註出。）而鹽山解運之粮餉，被官兵所奪，鹽山又被官兵攻圍十分緊急。（鹽山自七十一回後，久不見面，至此忽現，奇極。）宋江自問難以兼顧，特又加緊飛報通知兗州、濮州、嘉祥等處，諄囑堅守。（再加一難。）仁兄想，彼遵令堅守，輔樑將奈之何？攻敵者，攻其所必救。飛虎寨為彼所必救之區，吾兄須自思一破飛虎寨之法，方為盡善。」（引起本回妙文。）希真聽罷，便與慧娘絮議良久道：「得之矣。」（描神之筆。）便轉身對輔樑道：「煩吾兄如此如此，可以集事否？」輔樑笑道：「仁兄此計，並能使其不及救，真是妙極。（未見妙文，先見妙贊。）再依我如此如此，定可集事。（不先說破，妙。）只有一事，尚須預備。」（忽一波折。）希真問何事，輔樑道：「尚須心腹勇士一員。」（逗起真大義。）希真道：「此事容希真徐求之。」（所以必須三打者，為此也。行文極細。）當下密議，色色停當，希真、慧娘皆大喜拜謝。又飲酒暢敘，希真道：「費魏兄如許苦心，希真一毫無報，（不欲敘功故也。）何以自安。」（此語自不可少。）輔樑道：「道子說那里話來。（與希真語對照。）各為朝廷大事，道子何必報我。」（孫立不殺死，當先愧死。）希真歎服不已，便道：「我等不便久留，就此告辭。」輔樑拱手道：「請了。道子征鞭三策，兗州寇盜一空矣。」（明提三打。）當時希真、慧娘辭了魏家父子，帶了眾人，出了甑山，一路欣欣得意而歸。祝永清迎接上山，（祝永清債主也，不然，何以獨提永清哉！）知了這信，也是歡喜，便依計行事。慢表。

且說魏輔樑自送希真起身，到了次日，備乘轎子進兗州城，到報恩寺去一轉。（妙示，不特來訪李應也。報恩寺妙，反映報仇。）拈香畢，尋寺內方丈僧閒談。原來這方丈僧最趨奉李應，（觸手成趣。）當日見輔樑到來，知輔樑是李應契重之人，李應屢請他不得進城。（補出輔樑平日事。）這番進來了，方丈接待十分恭敬，便問道：「老居士府裏轉來的麼？」輔樑道：「不曾。」那方丈聽了，便想獻勤于李應，（絕倒，已在輔樑算中。）便暗地叫侍者去通報李應，這里盤住了輔梁，談個粘長天。須臾，聽得寺外鳴金喝道，報稱李頭領到來。（已行詐矣！猶不屑親拜，要他來親接。）方丈慌忙披搭大衣出來迎接。李應道：「魏先生在那里？」方丈道：「在禪房裏。」李應隨進了禪房，輔樑立起拱手道：「李兄久違了。」李應大喜道：「貴恙全愈了？」輔樑道：「前蒙吾兄薦來張履初先生，的是妙手，小弟服藥二十餘劑，諸恙漸平，惟喘嗽未除。深蒙雅愛，尚未致謝。」此段補出輔樑以病為辭之故，又補出李應愛慕輔樑之故，莫作閒文看。李應道：「豈敢。」二人在禪房遜了坐，寺僧獻茶。二人敘談，李應便請輔樑到府中去。輔樑道：「小弟此來，便道不誠。特表明。今既與吾兄會遇，就此告歸，容異日專誠奉謁。」便訂下會。李應道：「先生直如此見外。」輔樑道：「非也。天色已暮，順便點出天暮。甑山路遠，順便點出路遠。吾兄不必留我，現在賤軀犓適❻，不時好來親近。」并訂常常會。李應暗想道：「吳軍師教我招致此人，又誡我只可待以誠敬，不可強逼，妙，妙。叵耐他托故不來。今日難得這番機會，若放了他去，又不知何日進來哩。」妙，妙。補出從前無限情事。又見李應非深知輔樑者。便道：「日暮何妨，便請草榻委屈。」再三苦留，輔樑道：「如此說，小弟再不趨府，卻是不恭了。」李應大喜，便同輔樑回府，方丈僧鞠躬合掌而送。收過方丈僧。李應請輔樑進府，時已掌燈。可見輔樑有意草榻委屈。李應吩咐治筵，輔樑遜謝入席。席間，輔樑只是應酬閒談，妙。李應想：「不乘此說他來此，更待何時？」便打起精神，與輔樑談得十分投機，便漸漸傾吐肺腑，與希真說輔樑對看，真是絕倒。只見李應見也。輔樑口角漸漸有些鬆動。妙。酒闌席散，請輔樑書房安置。李應竟不進內，與輔樑連牀共語，妙。漸說到公明哥哥忠義無雙的話，絕倒。只見輔樑不覺深深歎服了幾句。「不覺」，妙；「不覺深深」，妙。漸漸論到軍務，絕倒。輔樑卻遜謝不敏。妙。欲姑與之，必先拒之。李應道：「仁兄何必過謙。仁兄這般奇才，埋沒蓬蒿，豈不可惜？」特與希真語相似。輔樑道：「非輔樑不屑從事，實緣樗廢❼已久，世

❻ 犓適：剛剛適應。犓，即「粗」。

務生疎。」特與對希真語相似。李應道：「總而言之，須看『忠義』面上，吾兄萬不可辭。」又直用希真語。嗟乎，彼曰「朝廷」，此曰「忠義」，「朝廷」與「忠義」果有二乎？亦宋江自二之而已。輔樑道：「既蒙仁兄錯愛，小弟苟有一隙之明，無不奉告。一句入港，妙在從李應一邊看出。至于弟生性疎野，吾兄若欲寵之以爵位，拘之以職守，是猶捉輔樑入樊籠也，斷難遵命。」掩其素來瞧不起之跡也，卻說得高曠之至，李應安得不入元中？

李應十分歎服。次日輔樑道了深擾，辭別回山。一月無話。

忽一日，李應在府內閒坐，從李應一邊寫入，妙。只見鬼臉兒杜興即祝莊搆禍之人也，借他發端，妙。領着一人，氣忿忿地進來。來得突兀之至。李應認得此人，是杜主管的親戚，奇。忙問道：「有甚麼事？」杜興道：「猿臂寨開口三字，便知不妙。那夥人，直是天外的蠻子，奇波突起。大官人且問他說來。」奇。那人便道：「小人是販運磁器的，是『義興』字號。因聞知猿臂寨磁器，較大眾價值，格外公平，所以前去發運，已有多次。這次小人又帶了三千銀兩，前去存買磁貨。那頭目侯達忽然開出一盤賬來，說尚有前欠銀六百三十四兩有零，未曾清結，須得扣除。奇，妙。小人大詫異。那侯達遞出一紙憑票道：『正月裏你着人來取的，現有你義興字號的戳記。』妙，妙。亦算是親筆書緘，諱字圖書。小人叫苦道：『你着了誑子也，那個冒我的戳記來的！』是自己說出着誑，妙。那侯達便報怨小人疎忽，小人也報怨他疎忽。兩相報怨，妙。將「誑」字坐實，再不疑是尋衅矣。正爭嚷間，忽見一個頭領，旗號寫着『欒』字，妙，又是大仇讎。巡哨方回，查問甚事喧嘩。侯達與小人同去告知，那頭領便教委范頭領查核。不親查核，妙。那范頭領卻極和氣，妙。說：『這賬既無對問，且權擱起，俟查出再行歸結，煩客人也去查查，這里照常交易。』妙，妙。有此一頓，斷斷不是有意尋衅矣。到了次日，小人付了銀兩，銀子已付，妙。正待裝載磁器，磁器未收，妙。那欒頭領忽差人來問小人與兖州李頭領是否有親？另起

❼ 樗廢：猶言「無用」。樗，音ㄕㄨ，樹名，臭椿。

妙。一頭，小人不知就里，便答道：『與杜頭領署沾點親。』那人又問道：『磁器想是李頭領委辦的？』奇，妙。小人答言：『不是。』那人便去。須臾，那欒頭領到來，大喝道：『老爺昨日見你面貌已有些疑忌，妙，妙。你這廝原來是做細作的！』妙，妙。小人分辨幾句，那廝變了臉罵道：前傳杜興口內，亦有此句。『信你不得，快走！』那侯達便走出來道：『你這廝既不是好人，那六百餘兩定要扣了去。』妙，妙。先扣六百餘兩，扣銀兩另是一人，妙。小人叫起屈來，欒頭領那廝發話道：『休要惹老爺們性發，直抄前傳語，妙。把你那李，亦用頓住，筆法妙。下文便是爺爺的大名，又與前傳變換，妙。若務期于一字一換，則死句，下矣。說連首級也扣下了去！』妙，妙。一激之。小人見不是頭，只望收回銀兩。那老欒道：『休想！句。你這銀兩既是李某人的，硬冤他，銀兩是李應的，妙。除六百餘兩補前欠外，所存二千三百餘兩作為李某人租存首級之費！』妙，妙。再激之。那廝銀兩不還，磁器不付，竟把小人熱趕出來了。妙，妙。不扣銀兩，何能使其想到刼磁牀？不罵李應，何能使李應刼磁牀哉！還有許多不堪的話，蹧蹋頭領。」再找一句。李應聽罷，那把無明業火高舉三千丈，按捺不下，亦直抄前傳，不易一字，妙。道：「猿臂寨那班毛賊，有如此可惡！」那人道：「爺爺息怒，那廝還有一件可惡的事，小人不敢盡言。」李應道：「你只管說來，甚麼事？」那人道：「那廝還有一個頭領姓祝的，又是一個大仇雔。將木頭刻做爺爺的像，教他嘍囉們演射，作箭垛用。」奇情異想。脫開磁器，客人身上另一件事，妙。三激之。氣得李應暴躁如雷道：「我不把這廝們碎剮，誓不干休！」便同杜興商議破猿臂寨之法。杜興道：「據敝親說，那廝有張磁牀，方落到磁牀。是無價之寶，小人也有些聞知。可見祝永清四路播傳之妙。據他探得，那廝要把這牀進貢，又有甚麼金珠十萬，獻與劉彬，突提十萬金珠，妙。特抓其痛處。此刻已打點起行。小人想先刼了他來再說。」誘到題目正面。李應道：「是極。確是氣極語。那廝屢次許我金珠，此仇尚未報，今番先刼他磁牀，以報金珠之仇！」十萬金珠一句，挑動之力也。那磁客人道：「小人來報，正是為此。爺爺取他磁牀以報前仇，小人也出口怨氣！」妙，妙。雖欲不生事，不可得矣。李應即刻便派杜興、孫立帶領五百名嘍囉，飛速由泗河進發去刼磁牀。只見猿臂寨磁貢船隻，已到泗河渡口，中間一隻大船，旗號上寫着「猿臂寨磁貢」，旗號誘李應足矣。有四隻兵船護送。杜興見了，便一聲胡哨殺上前去。那猿臂寨兵船內，箭矢夾着鳥鎗，驟雨飛蝗價過來。妙。示以不易刼也。怎當這邊將勇人多，孫立早已提鎗跳上大船，猿臂兵一半駕兵船飛逃，一半赴水。原來那赴水的，有劉慧娘的捍水橐籥❽，不會死的。百忙中註一筆，既照應捍水橐籥，又帶表劉慧娘，真是妙筆。只見稍後一個頭目，挾了一個拜匣，卻錯跳過杜興的船，奇，妙。即永清所募樂死之士也。叫聲「阿呀」，慌忙赴水。奇妙。吃一個嘍囉奪下拜匣，妙，妙。那頭目下水去了。杜興、孫立及一干人殺進大船，卻不見那磁牀，奇，妙。徧搜艙內只得許多小色磁器，并四萬金珠。奇，妙。仔細一看，那船門上貼着一張條子，上寫着：「猿臂寨磁貢前站第一號」，何物？文心奇妙至此。方知磁牀尚在後站。以磁牀誘之，卻不肯以磁牀與之，妙。不特此也。此番奇計在拜匣內。乃以扣銀子罵李應起釁，曲曲折折誘之來刼磁牀。刼磁牀矣，而拜匣偏不與磁牀同船。如此轉灣而又轉灣，李應安得不為所誘。杜興、孫立自悔太鹵莽，使人探聽猿臂寨中站磁貢方纔出寨，今已聞變回轉。妙，妙。杜、孫二人料知等候無益，嘍囉呈上拜匣，一同回兖州。李應接了，也不高興。只看那拜匣九道銅絲纏札，三套鎖鑚封固，妙。示以機密也。李應劈開看時，只見中有一角文書，奇。機密之至。李應吃一驚，妙。細看乃是呈上劉彬的，無非求其官家前斡旋，賞個大官等語。妙。卻有一個皮紙捲折的方勝❾，何物？文心奇妙至此。示以機密，而又機密之至也。李應拆開看時，只見上寫着：「下城

---

❽ 橐籥：鼓風吹火器。這裏是調節呼吸功能的器具。

❾ 方勝：古代婦女飾物，以絲綢為之。形狀是由兩個斜方形的一部分重疊相連而成，有「同心雙合」彼此相通之意。後來也泛指這個形狀的事物。

知士飛曹陳虎州稀寨知真安府久排張思停俟報妥士効現一朝擬破亭擇兗今吉州得興便一兵同奇日力計內進數必勦月取梁之兗山前州伏已祈乞于大恩兗人準州檄三元提報」，共計七十五字。(真是奇極，怪極。機密至此，而無以復加矣。)眾人看了，盡皆駭然。(妙。)看他有破、勦、取、伏等字，料是秘密軍務；又有三兗字，料是有事于此地，(何物？文心奇妙至此。)卻詳解不出他的句語。(妙。)眾人互看多時，又喚部下頭目嘍囉中心思靈巧的來看，(既示以秘密，又誘之播揚，真是妙絕。)內中一個頭目細細看來，見三兗字下，隔兩個字各有一州字，(何物？文心奇妙至此。)恍然大悟道：「他原是隔三字成文的，怪道喚做『三元提報』。」(何物？文心奇妙至此。)李應便教依他隔三字順下錄出，只見寫成：

下士陳稀真，(希作稀，故意寫別字，妙。示以秘密。)久思報効朝亭，(亦作一別字，妙。)今得一奇計，(駭人。)數月之前，已于兗州城飛虎寨安排停妥。(駭絕。)現擬擇吉興兵，日內必取兗州。(真是駭殺。)祈大人檄知曹州知府張，(忽提嵇仲，奇極！)俟士一破兗州，(志在梁山，而不在兗州，則兗州竟如無物矣。駭殺，駭殺。)便同力進勦梁山。伏乞恩準。

眾人看罷，一齊大驚。(安得不驚？)嚇得李應戰戰兢兢，如臨深淵，如履薄冰，(妙文，絕倒。)正不知希真用出甚麼計來。(妙，妙，妙。)李應凝思半響道：「我猜這賊道必是用奸細，不然斷無別計。(亦猜得是，而不知希真更有妙于此者，奈何！)快一面搜查鎮陽關，一面飛速通知飛虎寨酈家叔姪。」(順點出飛虎寨之守將。)眾人稱是。李應道：「休亂！(二字表出李應將才，又表出鎮陽不易取。)我等關上素來盤詰嚴密，(表鎮陽關。)即有奸細混入，必無多人，搜查甚易。」(李應固是可人，而希真駕乎其上，豈不奇哉！)便一體知會二酈，撥快役，懸賞格，忙了一日。(絕倒。)到了傍晚，忽見東南上烽火接連，直報到鎮陽關下。(寫得聲勢。)急得李應不知所為，(妙，妙。)猛記起魏老先生，(妙，妙。)便速將此事備細緣由，寫了一封書札，差一人飛速赴甑山去。時已起更，點出時候。李應凝定神志，親身彈壓關中，休教驚亂；一嚴諭守城軍士只顧防備外面；二這裏面大街小巷都派兵將鎮守，堵禦奸細出路；三又傳齊水龍，準備奸細放火。四。百忙中補出李應將才，真好。不然，希真能以此法取飛虎寨，何不以此法取鎮陽關乎？安排妥當，等待敵兵。那鄒淵、鄒潤忽接二鄒。接得李應傳諭，便亂忙忙搜捉奸細。只一句，知飛虎寨不可復留矣。又見烽火報警，分外驚亂。妙，妙。忽報頭堡汛兵捉得兩個奸細解來，偏有奸細，妙。方知烽火是奸細妄舉，並無來軍，奇妙之極。鄒淵、鄒潤心中稍安。飛虎寨不可留矣。看官，你道這是何故？忽跳身書外論說，奇。原來是劉慧娘的巧法，每人身邊只帶尺餘長的砲筒，內藏機括藥物，又提劉慧娘，妙。當時在他營汛傍施放起來，像煞烽火，故意淆亂他的號令，妙，妙。暗用烽火戲諸侯事。又故意教他捉了去，好去帶信。妙，妙。真是一計兩用。那鄒淵、鄒潤如何識得，註明。便教傳進奸細來，再三審問，再三審問，妙。將要動刑。將要動刑，妙。一個慌了，只一個慌，真裝得像。招出實情道：「陳頭領于數月之前，與密信符合，自然駭人。陸續有心腹勇士混進鎮陽關、飛虎寨兩處，並買通本處土著，妙，妙。不然關上盤詰嚴密，靠外來奸細混入，安得千餘。合計約有一千二百餘人，關中、寨中都如此。」駭殺。鄒淵、鄒潤大驚，便叫嘍囉領這兩人作眼，分頭去捉奸細，一面飛報李應。忽見烽烟又舉，奇，奇；妙，妙。至此極矣。二鄒疑惑，忙差人去探。探馬未及回報，猿臂兵馬已由別路抄到寨前。寫得神速之至。二鄒急忙登城守備，只見無數火把點夜景。照耀出大隊人馬，先鋒陳麗卿當先攻寨，先鋒。祝萬年、祝永清分兩翼抄出，兩翼。猿臂將官陸續點出，妙。鳥鎗大銃潮湧也似的捲上來，聲勢之極。喊聲振天。那寨上賊兵一面防外，一面顧內，紛紛淆亂。妙，妙。城中訛言沸騰，弄得二鄒忽而登城，忽而下城，城上大亂。妙，妙。真是妙計如神。猿臂兵由雲梯一擁而上，殺得賊兵屍滿城上，血溢濠中。寨門大開，聲勢之極。陳希真、劉慧娘、欒廷玉、欒廷芳領中隊，中隊。劉麒、劉麟領後隊，後隊。吶喊振天，擁入寨中。鄒淵、鄒潤無心戀戰，亂軍中逃出，直奔兗州去了。時方夜半，飛虎寨已破，（寫得神速。）希真大喜，與眾英雄一同入寨，留永清、萬年、廷玉、廷芳領八千兵（兵馬人數亦陸續點出。）守寨。希真、麗卿、慧娘、劉麒、劉麟領一萬人馬，繞道過南山，（牢記。）直抵鎮陽關，距關五里安營下寨。

那李應在鎮陽關，（忽接李應。）強打精神，親身彈壓。忽接得二鄒飛報，知烽火是假的，心中大疑；又知有千數奸細在關內，心中大驚，（一疑一驚，寫出李應。）暗想道：「此信若一播揚，關上守備必懈，（烽火假故。）關中人心必亂。」（奸細多故。順註出希真之勝算，又表李應之將才，筆力極大。）便將此信捺下，諭來人快報二鄒勿亂，又戒切勿喧揚，（的的將才，鎮陽關所以不易破也。）來使應了去。忽報甑山去的差人轉來了，李應忙教傳入。那人喘呼呼地汗雨通流，走上前來便把手掌遞與李應看。（奇妙至此耶！）那時天氣炎熱，（忽點出時令，奇。）又兼急走之餘，大汗淋漓，掌上墨跡模糊，竟辨不出甚麼字。（文心奇妙，一至此耶！）李應急問那人，那人答道：「是『希真狡獪，堅守勿保』八個字。」（奇極，妙極，與希真七十五字照映，成異樣精彩。）李應看了，尚有一半不悟，（只得八字之妙也。）便問道：「魏老爺怎樣對你說？」那人道：「小人到魏老爺門首，急忙敲門，大叫：『李頭領有緊急軍務相商！』只見他的少爺提燈出來開門，（自己不出，妙。故意俄延。）一面說他的父親今晚喘嗽甚重，動撣不得。（妙，妙。極力俄延之。）小人叩頭，呈上書信，說無奈何，且將此信呈上魏老爺一看。那少爺道：『你坐一坐，待我遞進去。』（再俄延他。）須臾一童子出來，叫小人快進去，（真是像殺。）引小人進了內房，（妙。）只見魏老爺臥在牀上，（妙。）忙叫小人舒開手掌，寫了這八個字，（妙。）便叫小人快走。（妙，妙。）小人忙問何故？魏老爺道：『你只管快走，少遲定中那廝奸計也。』（妙不可言。）我喘息少定，隨即就來。（妙，妙，極俄延之。）小人不好再問，便飛速回來。」李應聽了，十分納悶，便吩咐快濃煎人參胡桃湯，等待魏輔樑。（妙。閒中作波致。）

說未了，西南上烽火燭天，鎗砲震地，敵兵已到了飛虎寨。李應只叫得苦，料知陳希真利害，那敢發兵去救。(應使其不及救之言。)未及四更，鄒淵、鄒潤逃來，知飛虎寨已破。五更將徹，(一路勤寫更鼓，見輔樑之俄延也。)希真兵已在關外安寨。李應只得督兵嚴守。忽報魏先生到也，(望之至此始到，可憐。)李應大喜，如同患病人家巴得名醫到家的模樣，(可憐，可憐。)忙叫迎入。魏輔樑便開口問道：「飛虎寨不曾失陷麼？」(問得急，問得要緊一句，已是經綸滿腹模樣，李應安得不墮其元中。)李應道：「子正三刻時分，已失陷了。」(其語沉痛。)輔樑頓足歎道：「仁兄如此將才，怎地今日沒主張？(妙，妙。一語，已跨李應顛頂而上之。)仁兄但想：他既是如此機密文書，難道不好報馬飛遞，務要同磁貢船同走？」(一語點破，妙不可言。讀者亦至此方恍然大悟，何況李應。細思起先何為見不到此？蓋其故有數端：一者，猿臂寨中爭執時，絕不提起磁貢；二者，杜興與磁客人所議，乃是劫磁牀，而舟中無磁牀；三者，劫貢船時，並不見及拜匣，得拜匣矣而又失磁牀，方悔其計之失；四者，拜匣之得，出其意外，而文書之得，又出于意外之意外；五者，文書干求劉彬，確宜與磁貢同行；六者，見方勝中機密如此，而三元捷報一法，又悞其心思，猜測多時，是以斷斷見不到此也。)李應恍然大悟，拜倒在地，(八字奇文。)發恨道：「使仁兄肯居城中，李應何至有今日之事乎！」(妙，妙。欲不入輔樑算中，何可得乎！)輔樑道：(不答拜得神。)「因這點破綻，滿盤是假：磁牀有意播揚；磁貢船有意誘劫；又有意假描圖記；捏稱欠項，尋杜頭領貴親的岔，有意教他傳言激怒仁兄。(趁勢將希真計一一註明。)而仁兄來札，反稱天誘其衷，軍機漏泄，(李應信中語，畧逗一句，妙。)真所謂聰明一世，懵懂一時也。」(妙，妙。切責之，使其心服。)李應懊悔無及，便請輔樑入坐，獻上參湯，(不漏。)問了起居，(不漏。)便道：「為今之計奈何？」(緊。)輔樑道：「飛虎寨已破，我們犄角已失，只有安撫民心，鼓勵士氣，堅守鎮陽關，(先教以堅守。)再相機宜。」李應稱是。便傳令撤去盤查奸細之兵，並吩咐嚴緊守關。輔樑又道：「那廝既得飛虎寨，進襲西門最便……」(虛空一擊，奇妙非常。)說未完，李應接口道：「那里先生放心，小弟已派將嚴守了。」(表李應。)輔樑道：「西山一路，賣李谷、宋信店、陳通橋、送鄒君灣，(接連四個地名，細按真是絕倒。)仁兄發探子去過否？」李應道：「已差時遷去了，未來回報。」(寫得好，不然李應竟一籌莫展者矣。)須臾，時遷轉來，報稱那一路並無伏兵。李應大喜，便對輔樑道：「我想就從此路發兵，去劫飛虎寨。」輔樑道：「仁兄精細，陳希真那廝不是好欺的。」李應那廝所以好欺也。防寨中一。李應道：「難得此路不設伏，不成坐棄這好機會？」輔樑撚髭沉吟道：「那廝必有所恃而不設伏，寨內必有甚麼奸計。」防寨中二。又沉吟一回，便對李應道：「小弟得一計較，未知合用否？」李應大喜請教，輔樑道：「那廝不設伏者，誘我攻寨也。其關外之兵，乃是待我去接應飛虎寨，便好搶關耳。不然，那廝趨西門最便，何苦繞道過南山來此關下乎？妙。小弟此猜當十不離九。」妙。豈但十不離九，竟是十不失一。李應道：「先生真料事如神也，但計將安出？」輔樑道：「今我即以假應假，烏知其中更有假乎？竟發一枝兵，由西山一路，直攻飛虎寨，切不可鹵莽攻入寨中。防寨中三。那廝聞我攻寨，道我中計，必來搶關。殊不知我兵雖去攻寨，卻並無大隊去接應，則精兵盡在關內，如何搶得。我卻突發奇兵，由南山抄其左翼；再發奇兵，出關北狹道山，狹道山亦點出。抄其右翼；關中出精兵直攻其前隊，那廝猝不及防，三面受敵，不敗亦只得逃走矣。」全是忠誠劃策。李應大喜，忙傳令點將。只見鄒淵、鄒潤上前道：「小弟敗兵之仇，如何不報？小弟願領兵抄西山路，奪飛虎寨回來。」嗚呼哀哉，死期至矣。輔樑道：「將軍休鹵莽，關頭碰他一句，故激其怒。此去不必定求攻破寨子。」防寨中四。語含糊，妙。二鄒一齊厲聲道：「他好奪我的寨，我偏奪他不得！」激出火來了。李應道：「且聽魏先生的話。」妙。輔樑道：「奪寨須精細，他若棄寨得快，必是奸計。」防寨中五。如此諄諄詳囑，日後安得不服其先見之明。二鄒應了，心中好生不然，死期至矣。領令帶五千人馬去了。輔樑道：「再派兩員將前去，俟鄒將軍攻寨時，便抄南山襲希真左路。」李應便派解珍、解寶帶三千人馬前去；再派孫立、孫新領三千人馬出狹道山，襲希真右路，二孫領令去了。李應親統大隊登關上，傳號令，派精銳，計已定，聽砲響，等得勝。三字經六句。再替仲華續兩句曰：最可憐，李老應。辰刻發令，到得巳刻，飛虎寨果然連珠砲響，希真果然搶關，李應大隊殺出，希真等迎殺一陣，果然敗走，二孫、二解果然從希真陣傍殺出，大眾果然合兵痛追，猿臂兵馬果然棄甲撇戈，落荒逃走，李應統大軍接應，果然大獲全勝。（七個「果然」，盡是魏老一手做出，盡是仲華一筆寫出。行文有迅掃殘雲之樂。）李應大喜，會合眾將，大吹大擂，掌得勝鼓回關。見了魏老先生，深深拜倒稱謝。（只道已畢。）忽遠遠聽得飛虎寨百萬雷霆震響，急忙登關一望，只見黃沙蔽日，黑焰障天，（奇極。）李應大驚。正是：敗屻偏隨兵勝後，憂驚每逐喜顏來。不知飛虎寨到底怎樣了，且聽下回分解。

范金門曰：天下何物不可想像得之，而必幻出一磁牀，何取乎？吾得而斷之曰：牀者，安臥之基也。陳希真歸誠一節，由于恢復兗州；文至此，行將恢復兗州矣。因先事以肇其端耳，而挑撥李應，賺勝二鄒。即借此以入手，蜃樓華麗，煞是大觀。

寫魏輔樑丰格，又是一種。絕頂聰明，絕頂學問。人第知其繪出一尊人物，為籠絡李應計；吾尤謂其煞費苦心，為支持吳用計也。

邵循伯曰：輔樑舉止、口角卻寫得好，不特此時李應受之，將來吳用受之。彼希真者，若帶三分疑忌，則亦不敢用也。人心固可畏哉！

第一百七回 東方橫請元黃弔掛 公孫勝破九陽神鐘

却說當日李應在鎮陽關上，望見飛虎寨烟塵陡亂，震響之聲不絕，大驚失色。魏輔樑登關一看，驚道：「此必地雷轟炸也。點出。怎的二位鄒將軍不聽我言語，中了奸計？」落得賣弄先見。李應及眾頭領聽了，無不駭然。不移時，有幾個敗兵逃來道：「不好了！飛虎寨敵兵堅守多時，偏不棄寨得快。忽然鎗砲絕聲，寨門大開，極寫祝永清。二位鄒頭領統眾入寨，那厮重復轉來奪寨，妙。相持許久，那厮退去。奇。全寨地雷轟發，鄒淵首先轟死，鄒淵了。鄒潤急忙奪門逃出，不防脚下地雷又發，奇。亦隨即殞命。鄒潤了。小人幸不當地雷道路，得以脫命，看那城牆已盡行轟陷。」寫盡地雷聲勢。李應聽罷大怒道：「萬不料陳希真這賊道放出如此毒計來！」輔樑道：「二鄒真鹵莽！落得罵。鎗砲忽絕，寨門大開，顯是奸計。但此事却也奇怪，鄒將軍進城多時，地雷方發，點地雷的果是何人？」讀者亦不解其故。

看官，原來這巧法亦是劉慧娘的，名喚「鋼輪火櫃」。奇。其法用五寸正方銅匣一個，下鋪火藥，上有一軸，軸上一輪八齒，每齒含一片利鋒瑪瑙石，旁有一枝鋼條，逼近瑪瑙尖鋒。那軸一頭有盤腸索，連着一個法條大輪，又一頭有小捩子捺住，旁設機輪，與自鳴鐘表相似。走到分際，撥脫了捩子，那法條輪便牽動盤腸索，拽得軸輪飛旋，瑪瑙尖鋒撞着鋼條，火星四迸，火藥燃發。妙的是物。當日希真與慧娘等破了飛虎寨，欲依輔樑密計，詐敗一陣，以使輔樑深見信于李應，(至此方註明緣由，真是奇筆。)又不甘心空棄這飛虎寨，(妙。)清晨差五千掘子軍，將各城牆上都栽埋了地雷，通了藥線，只等賊兵到來，便將十數個鋼輪火櫃開好機括，四路按着藥線處埋下，棄寨而逃。(註得明晰之至。)二鄒不知就里，果中其計。當時地雷炸發，將飛虎寨城垣、雉堞盡行化為灰燼。(註明。)祝永清等重復入寨，廷玉到希真處報捷，兼請再攻鎮陽關。(于事宜連接二打，于文則似其疎斷為妙，故特用此波磔。)希真道：「目下未有心腹勇士，(再逗真大義。)魏老一人恐其掣肘，不如緩圖為妙。」當時希真假攻鎮陽關，永清假由飛虎寨攻賣李谷，(取百十回，有劍匣、帷燈之妙。)攻了五日，輔樑替李應設了一計，奪回飛虎寨。(妙，妙。)希真、永清一齊收兵，回歸山寨。(收過希真一邊。)那李應因二鄒陣亡，飛虎寨城郭盡壞，懊惱之極，便對眾頭領道：「自今日以往，有不聽魏先生吩咐者，定以軍法治之。」眾頭領無不凜然。(妙即借二鄒為莊賈。)輔樑道：「陳希真那厮真是名不虛傳，他于既敗之後，尚能覆我偏師，毀我城池。」李應便請輔樑住城中，輔樑道：「小弟山野疎散，烟霞成癖，不樂囂居城市，吾兄必如此留我，是又拘囚我矣。(以便與希真通信也，又說得高曠。)吾兄勿憂，脫有風吹草動，小弟無不前來。」李應知不可留，因歎道：「先生真高人也。」輔樑辭別，仍坐着香籐轎回山。(一「仍」字見來時亦如此也。來時何以不寫？筆勢駛急，無暇寫也。收過魏輔樑。)李應率眾頭領到飛虎寨招魂，哭奠了二鄒，安撫兵馬，(收李應一邊。)一面差人將此事并輔樑謀劃，報知宋江。(渡到宋江。)

且說宋江在萊蕪(遙接前文。)與吳用督修城池墩煌，又聞知天彪等俱已奉旨陞任，兵權愈大，清真山已奉旨改為清真營，設兵一萬六千名，又調登、萊、青三府兵丁各一萬二千名戍守，合計清真營兵共五萬二千名。(天彪信息此處補出，然此尚畧，後回方詳。)宋江、吳用震懼，商議新泰、萊蕪亦用重兵把守，便差人到山寨調花榮、史進、穆洪、黃信、朱武、楊林、鮑旭、孟康、陶宗旺、陳達、李忠、周通十二位頭領，帶十萬人馬前來，合計現在新、萊二縣之魯達、武松、李逵、張清、楊雄、石秀、李俊、張橫、歐鵬、鄧飛共有二十二位頭領。宋江便與吳用議定，派史進、朱武、陳達、鮑旭、孟康、陶宗旺、李忠、周通領五萬人馬，鎮守萊蕪；花榮、李俊、穆洪、李逵、楊雄、石秀、黃信、歐鵬、楊林領五萬人馬，鎮守新泰；（此次遣將，吾又深服仲華之才力矣。前回宋江連陷新、萊，天彪、希真口中皆新、萊並提，然天彪之收清真也，誌其近萊蕪而不及新泰。希真之發蒙陰也，誌其趨新泰，而不及萊蕪，雖地里使然，而已有所側注矣。天彪復萊蕪，希真復新泰二篇，杜意實基于此。今特以山林嘯聚之徒守萊蕪，而以祝莊第一撥人馬守新泰；山林聚嘯之徒則于天彪誅戮宜，祝莊咆哮之徒則于希真誅戮宜也，可謂分配停勻。）其餘發回山寨，仍守舊職。分派已定，吳用又教傳取李雲、湯隆、淩振三人前來，以便製造器械。（遠遠伏一筆，奇妙非常。）令方發，忽接到一件信息，乃是鹽山緊急事務。（應魏輔樑之言。）

原來宋江自那年鹽山敗績，施威、楊烈被斬之後，即派朱仝、雷橫幫同鎮守。（直應首回。）宋江與吳用商議，教鹽山且自堅守，俟這里東南兩處頭緒清理之後，再到北方用兵；（受招安者固如是乎？處處冷筆。）又每年撥運梁山錢糧，去養給鹽山，以免其無食借糧，擾動官軍，（補出從前無限情節。）所以鹽山一向平安。這日合當有事，同時撞出兩起禍來。（奇。）一起是梁山解運錢糧上的事。原來梁山運糧到鹽山，分兩路進發：一路由運河直達鹽山；一路由大清河出海口，海運送到。都係扮作客商，私通關津，一路無阻無礙，習以為常。（寫盡弊病。）這日，那河北廣平府總管陶震霆（此人至此忽現，奇極。）到清河縣閱兵，查出宋江運河解糧一事，大怒道：「我境下豈容盜賊私行運糧！」（表陶震霆。）便飭將弁嚴拏將來。陶震霆手下豈有弱將，（深表陶震霆。）一聲令下，將弁飛速前去，將賊兵打殺無數，拏得幾個活的，交縣嚴刑審訊，方知宋江還有大清河一路解運錢糧，便飛速移咨山東大清河一帶將官，一體查拏。（就從陶震霆一邊順手帶出，敏妙。）適值張應雷（忽現張應雷。）調任山東濟南府總管，接得移文，大怒道：「官兵如此怕賊，還當了得！我拏了他，看他敢來犯這濟南府！」（表張應雷。）便發兵由大清河追上，把宋江的糧船都追拏轉來。（陶詳、張畧，行文得法。）將宋江兩路錢糧，一概沒入官府，（總結一句，敘法簡潔。）這是一起。還有一起，乃是鹽山自己撞的禍。（妙。）那鄧天保、王大壽、朱仝、雷橫謹遵宋江的命，緊緊自守。無端有兩夥好漢，慕公明哥哥大義，要來入夥，因梁山路遠，就在鹽山結納。一夥是山東海豐縣蛇角嶺的頭領蟠海龍秦會、噴霧豹張大能、鐵臂熊万俟大年；一夥是河北吳橋縣虎翼山的頭領拔山熊趙富、攪海大將趙貴、索命鬼王飛豹，各嘯聚六七千人，（為鹽山添羽翼者，令其遷延，不致速滅也。）兩家各在本山附近村坊，搜括些油水，作贄見之禮，到鹽山來聚大義。（搜括油水來聚大義，接連寫來，論而不斷，其意自明。彼一百八人，皆搜括油水來聚大義者也。愚之夫乃信其大義，而忘其搜括油水，何哉！）不覺惱動那位天津府總管鄧宗弼，（忽現鄧宗弼。）即刻點起本部人馬，不取他處，直攻鹽山。（寫鄧宗弼。）那虎翼山趙貴、王飛豹率領嘍囉來救，那鄧宗弼早已在他來路上，埋伏停當。笨賊不知就里，正中其計，伏弩齊發，趙貴及一千人馬俱死于亂箭之下。（隨手抹去一個，弄筆如戲。）王飛豹領後隊，沒命鼠竄逃回。（寫鄧宗弼。）那武定府總管辛從忠（忽現辛從忠。）聞報，也不同勦鹽山，便點本部人馬，攻討本治下蛇角嶺，（一直取鹽山，一不勦鹽山，錯落有致，却各顯出二人韜畧。）諒那夥賊人如何對付得這位辛天將。（虛寫好。）交鋒一陣，万俟大年吃辛從忠蛇矛洞脇而死。（亦隨手抹倒一個。寫辛從忠。）眾賊大驚，退入山寨，死守不出。那鹽山兩路援兵俱斷，鄧宗弼兵勢浩大，將鹽山團團圍住。鄧、王、朱、雷四人力戰幾陣，兀自沒半分便宜，只得到梁山求救。盧俊義聞報，（宋江不在山寨故也。）忙遣燕青、呼延綽領兵赴援，中途被張應雷邀擊，（再表張應雷。）只得逃回。盧俊義差人到萊蕪報知宋江，宋江聞報大怒，與吳用商議道：「新泰、萊蕪形勢未成，軍師未可輕離，待小可親去一走。」便抽動新泰頭領楊雄、石秀領兵八千名，由小清河出海口，沿海赴鹽山，與鄧宗弼大戰一陣。鄧宗弼兀自當不住，忽陶震霆領兵前來助戰，再表陶震霆。殺得宋江大敗，兵馬損折二千。宋江退入鹽山，官兵悉力攻圍。正在危急之際，忽然鹽山四面大霧，密密層層，迷得咫尺不辨人影。奇也，却是何故？喜得宋江連稱天佑，作者著宋江之醜，真是一筆不放過。忽報公孫軍師來也。出公孫勝，真出人意表。原來數月以前，公孫勝因想起陳希真九陽鐘利害，忽應九十五回。便辭了山寨，逕赴薊州，尋羅真人去。此日轉來，路過鹽山，此句吃緊，不然此回何故夾入鹽山事乎？聞得宋江被官兵攻圍，十分緊急，忙使個逼霧法，擋住官兵。註明又先為鬬法作引。既說到此，且將官兵如何措置，權擱一擱起。只道下文官兵一邊還有文字，誰知其騙我也。

且說公孫勝那日到了薊州二仙山，未進路口，遇見一個鄰人，知道老母半年前已經去世。于事前傳有老母，此番不得不敘；于文則苦其累墜，不如隨手抹去之為乾淨也。公孫勝大驚，放聲大哭，奔到墓前，慟哭不已。甘心淪入水泊，而不顧老母之養，不得為孝也。聖歎稱之，悞矣。仲華故特正之：生不能事，又何怪乎死不能送哉！坐了好歇，遂拔步到紫虛觀來。守門童子遠遠望見，定睛一看，道：「清師兄回來了，洞前猿、鶴疑相認，情景宛然。昨日師父正說起師兄。」宛然。公孫勝道：「師父在松鶴軒麼？」童子道：「在那里。」二人一路說，一路走。一句將前傳戴宗、李逵探問情事撇開，便令讀者換眼相看。公孫勝是走慣熟路，便進了紫虛觀，轉灣抹角，逕到松鶴軒來。看見真人正在雲牀上定性，公孫勝便參拜了，問了安。真人開言道：「一清，你也倦而知返了。」淡淡一句，將公孫勝一腔火熖熖祈望，盡行撲滅，真好真人。只此一句，便領起下文無數文字。公孫勝道：「正是。一向違了師範，未來請安。答得含糊，妙。老母棄養，一切殯葬，深蒙師父照應。」王顧左右而言他。真人便與公孫勝敘話，却絕不問起山寨中事務。妙，妙。憶乙未夏，余過仲華之齋，仲華適他出，余于其案頭見有水滸傳，隨取閱之，乃戴宗迎取公孫勝事也。羅真人動問山寨事務，戴宗訴說晁、宋仗義疎財云云。真人聽罷，默然。聖歎云：俗本作聽罷，甚喜。仲華批云：「甚喜」固是俗筆，但「默然」二字細思，亦未見熨貼。余遂按卷思易一二字，勝于「默然」者，卒不可得。他日仲華過我，偶及此事，仲華曰：「想動問山寨至聽罷甚喜」五十四字，悉是俗筆所增；其「默然」二字，乃聖歎所改也。以聖歎之才，乃至改竄不出妙處，俗筆之俗，真有如此其不可救藥哉！余亦憮然。今觀至此處，仲華之意可見矣。凡作文有不妥處，連易十數過而仍不妥者，便當于前後文中求之，不可專求本句也。如前傳真人聽罷「默然」，其病乃在五十字以前動問山寨處，惟其動問山寨，故「甚喜」非也，「默然」非也；即驩然微笑，或奚落數語，或微諷數語，或泛讚數語，皆非也。行文之際，可不慎哉！金門此批，自矜惠贈後學不少。公孫勝未便開言，只得陪着諾諾答應而已。絕倒。以公孫而求真人，宜其如取如攜矣。但一到便求，一求便得，行文有何妙處？看他曲折寫出難求。第一段，公孫未便開言。便在觀中淨室住下，早晚伺候真人。

忽一日，真人論及形氣源流，公孫勝憶及九陽鐘一事，便請問道：「水能載舟，亦能覆舟；正法邪法，同是一法。妙。遠遠說來，欲使真人不覺也。世有妄人，偷竊正法，以詐害萬姓，為害不淺。罵得確然。句句罵希真，却句句罵自己也。他不具論，只恐有一種錬就純陽異寶，絕非陰魅之倫，不畏烈日，不畏雷霆，不畏污穢，極讚九陽鐘。却公然于光天化日之下，肆其毒害，實無法以禦之。因想吾師有元黃吊掛，乃純陰至靜之寶，未識可以制之否？」遠遠說來，落到元黃吊掛，詞令妙品。真人道：「可。句。元黃吊掛乃先天靜一之炁所成，故能以靜制動，以定勝囂。道中至論。但我輩錬此法寶，原為深山修養時捍禦外魔，道中至論。若用此以與世人鬬法，竊恐外魔未除，內魔先起了。」道中至論。無意中又將公孫雄心抹倒，極寫真人，歎耐庵未有此妙筆也。益仲華深究元門，耐庵實門外漢，宜其不相及矣。公孫勝聽罷，遂不便再說下去。第二段，不便再說下去。又是數日，公孫勝却耐不得，便對真人道：「東京陳希真，吾師知之否？」又另換一頭遠遠說來。真人道：「陳道子公孫呼其名，真人稱其字，極有分寸。乃得道之士，汝等遠不及也。」妙。公孫勝道：「吾師尚未知其詳。現在他嘯聚猿臂寨、青雲山兩處，害生靈，詐財帛，無所不為。」公之公明哥哥果係何人？出語何不知忌諱乃爾！真人愕然道：「陳道子怎麼也錯了念頭？」「也」字捎帶公孫，一妙也。陳道子落草有年矣，真人今日始知，真是山中不知有漢，無論魏、晉，二妙也。真人痛惜希真，則不付元黃吊掛，並非阿私希真，三妙也。公孫勝道：「不但此也。迎機疾入。公孫不可謂不善詞。他仗些道術，于要路祭錬九陽鐘，詐害百姓。隨口搊入人罪，忍欺其師，如此真不愧公明之兄弟也。倘能破除了他，使他改悔，亦是無量功德。」真人歎道：「同是道中人，何苦傷些和氣。真人豈有不明白？況且你撇開希真，專論公孫，極妙。急須回心，從此也不必再出山了。」宋公明氣焰將終，汝尚不知悟耶？」（妙，妙。）公孫勝汗流浹背，從此不敢復則聲。（第三段，從此不敢復則聲。三段，一段逼緊一段，妙絕。）退入私室，每靜夜思想真人之言，頗覺毛骨竦然。（天良發現時也。人人有此一時，人人自昧之，豈獨公孫勝哉！）真人又每日與他談些元妙，如此多日，漸把公孫勝心猿伏鎖，意馬收韁。（真人妙法，令人神往。）自此公孫勝便隨真人，日日行些內觀之法，倒也靜而忘返。（索性放落。倦而知返，靜而忘返，對得妙。人曰：樂而忘返。此獨靜而忘返，奇文。）

忽一日，羅真人赴鄰縣一道友之請，吩咐公孫勝與童子看守洞府。真人去了三日不返，（將寫公孫心動，先寫真人三日不返，旨深哉！）公孫勝在觀中，忽想（是以君子慎之于其忽也。）來此一月有餘，未曾觀玩山景，遂信步出山門。一路松陰下，轉灣抹角，各處閒觀，清幽之趣，果然不減當年。（先清幽。）在一亭下署坐，望見前面一帶樓閣，公孫勝認得是移情樓，（樓名好。文機徐引。）便閒步過去。原來這樓已有人改造過，較當年分外壯麗。（一不減當年，一勝于當年，錯落有致。次壯麗。）公孫勝又閒步一回，不覺出了一片蒼莽長郊。（文機徐引。次蒼莽。）公孫勝正欲回山，（忽反顧一筆，文勢所以尚曲折也。）腹中覺饑，又去觀已遠，（寓言點醒世人不少。）因想（忽想，繼而因想。）前面村市人烟繁密，不如就彼買些糕餅充饑，（文機徐引。次繁密。）便走到前村。忽聽得有人說：「我們去漁陽驛看鬧熱去。」公孫勝暗想：（因想，繼而暗想。）「是甚麼鬧熱？」（文機徐引。）吃了糕餅，便順路到漁陽驛，果然人頭挨擠，異常熱鬧。（末乃熱鬧，去清幽遂遠，而又遠矣。流出西湖載歌舞，回頭不似在山時。為學道人痛下砭針。）公孫勝就在一茶棚坐下，茶博士過來泡了一碗茶。公孫勝坐着，聽那些人哄哄講動，方知是种經畧征遼得勝，紅旗報過此也。（忽提种經畧征遼事，奇極。）公孫勝猛然想起（暗想，繼而猛然想起，悉是微旨。）梁山之事，（奇筆。）心中暗驚道：「不好了。趙頭兒原說待老种征遼得勝，便要教他來奈何我梁山，（忽應九十四回。）今番到其時了。叵耐雲、陳二處又專喜和俺山寨作對，我此來原為求本師道法，先破那希真，本師不肯付法，如何是好？」想了一回，沒擺佈處，猛記起真人的話道：「既如此，且管了自己要緊，他們的事只好由他。」筆勢至此，駛急不可禦矣。尚能再頓一筆，吾知其筆力之奇。便坐下吃茶閒看。棄捐勿復道，努力吃泡茶。也是合當有事，忽聽得背後有人叫道：「你這人好無信！只說就來就來，等了你兩個多月不來，你那哥哥急壞了！」奇極。二十八字直入公孫之耳。公孫勝吃一驚，猛回頭看時，乃是兩個後生自在那里打話，並非山寨中人尋來。奇妙。公孫勝念頭被他提動，好生焦急，妙，妙。只得重復坐下。背後真有一人尋來，奇極。筆筆閃霍，令人眼光不定。叫道：「清師兄為何在這里？」公孫勝回頭一看，只見一個道士從人叢中挨將過來。不脫熱鬧。公孫勝定睛一看，認得那道士復姓東方，單名一個橫字，點出姓名。是通州白雲山師伯張真人的徒弟。當時相見了，敘了些闊別的話，便會了兩處茶鈔，細。兩人攜手出了茶棚，離了漁陽驛，雲收霧捲。到了一所僻靜涼亭。用筆慎細。東方橫道：「久聞師兄聚義梁山，今日為何仍歸此地？」疾入。兩人本極知己，補一句，省却許多。公孫勝便將陳希真九陽鐘怎樣利害，宋公明怎樣受困，自己怎樣來求元黃吊掛，羅真人怎樣不許的話，說了一遍，便道：「如今我只得再求本師，借我吊掛，方可復到梁山。」東方橫道：「這使不得。奇拗之筆。令師既如此說，不可不依，將來誠恐悔之不及。」東方橫一阻，出人意表。公孫勝道：「我非不知，爭奈宋公明哥哥處失了信，如何是好？」東方橫道：「既如此，待我假稱本師張真人之令，向令師借這吊掛與你，奇想天開。你去一破那鐘，隨即回來。」公孫勝道：「這使不得，更奇拗。與東方橫語對鎖，成章法。豈可欺騙師長。」兩番宕漾，文字遂爾俶詭。東方橫道：「且待我通州去了轉來，再作計較。」公孫勝便邀東方橫到前村沽飲三杯，又談些閒話。東方橫謝了，告別赴通州去。公孫勝仍回紫虛觀。真人已歸，各無言語。

過了半月有餘，東方橫自通州來，與公孫勝觀前松陰下遇着，不遇于觀中，而遇于松下，思細。便在石上坐地敘談。東方橫問起元黃吊掛求到否，緊。公孫勝道：「不曾。」東方橫道：「怎好？我在本師張真人前，亦替你求過，求本師來說個情。奇。奈本師的話也和你令師的話一樣。妙，妙。補出一段情事，却是虛寫。看來只得依我起先的法兒，賺了來再說。」東方橫妙人，爽直可愛。公孫勝只是躊躇不決。東方橫道：「由你！句。你既要你那哥哥處不失信，又要師父前不說謊，那有兩全之道！」爽直可愛。公孫勝道：「只好緩商。」東方橫道：「有甚商！直是爽直可愛。你既怕去，怕去，妙。待我替你到梁山去一轉。」倒是兩全之道。公孫勝道：「吾兄肯替我去，却是妙極。只是須本師前稟明，方可行得。」好。便同去見羅真人。東方橫叅拜了，稟了安，先敘了些別話，公孫勝便提起元黃吊掛，因拜稟道：「弟子並非好勇鬬狠，不過與宋公明結義一場，也難為他倫常不謬，夢囈。如此次破了九陽鐘，也算報答他過了，此後入山，可無遺憾。」此句却不是詐，自是本心。實因轉念因循，悮之也。真人道：「你為誰來？」四字之妙，說不能盡。冷眼、熱腸、悲憫、感嘆都有。公孫勝道：「此次不必弟子親往。」東方橫接口道：「弟子願代清師兄一往。」真人嘆道：「業緣所到，雖銅牆鐵壁阻擋不得。言之可畏，令人不寒而慄。一清，你既銳意欲往，我豈能留你？聲淚俱下。東方賢弟乃張師兄高足，豈是我可以遣發的？撇開東方橫。一清，你自去罷了。」落題如土委地。便到室內取出元黃吊掛，付交公孫勝，肩上拍了兩拍，道：「自愛，自愛。」何等顧惜。公孫勝大喜，頂禮拜謝，便到住房中草草收拾了一回，何等草率。叩別了真人，收羅真人。與東方橫同出觀門。東方橫道：「師兄早去早回，勿忘令師慈訓。」東方橫真乃可愛。公孫勝應了，拱手辭別，收東方橫。取路下山。到了一柏陰亭下，公孫勝便息一息肩，忽想元黃吊掛在包袱裏恐致穢褻，奇情妙文。不如放在箱裏，便打開包袱取將出來。忽見一鹿到亭邊迎面來張，奇。公孫勝猛擡頭，不防那鹿將手中元黃吊掛啣去。奇極。公孫勝急前去奪，那鹿已飛奔而去。公孫勝大驚，急就那行李上掣出那把松文古定劍來，那鹿已跑到前面嶺上，走遠了一大段路。公孫勝忙使天羅法，遁住了那鹿，作法先作一引。只見那鹿在嶺上亂竄。奇，妙。公孫勝急追上去，那鹿見有人來追，一發亂逃，奇，妙。不覺墜落陡壁之下。真奇，真妙。公孫勝在壁上看時，那鹿與元黃吊掛同在溪邊磐石上。真奇，真妙。公孫勝紆途盤下，到了溪邊，取回那元黃吊掛，妙。那鹿已不見了。只一句，便令上文盡變為神靈之事。奇筆。公孫勝喘息略定，知是真人指醒他，心中十分凜凜。註明。收了元黃吊掛，覓路到了亭下，喜行李一物不失，簡淨。便收束好了。若此處必表明吊掛藏在箱內，則笨筆矣。不說一路曉行夜宿。

單表那日到了鹽山，拍合。知公明連戰十餘日不利，被困山中，忙使逼霧法護住鹽山，便進寨內見宋江。宋江喜出望外，忙教迎入。宋江便將前番幾疑公孫失信，今番果不失信的話敘了一番，公孫勝也將上項情事述了一番，與鄧天保、王大壽相見了。宋江便吩咐治筵，與公孫勝接風。公孫勝將取到元黃吊掛的事說了，宋江大喜。當時公孫勝在鹽山聚義廳上，連作了七日的法，起了七日大霧。那鄧宗弼與陶震霆只得商議收兵而回，辛從忠亦早退兵去了。一齊收起。宋江等在鹽山安息了十餘日。連戰十餘日也，七日大霧也，安息十餘日也，皆極細之筆。蓋魏輔樑聞鹽山有事，在打兗州月餘以前；此番寫鹽山事，如不敷衍時日，則破九陽鐘亦在一打兗州之前矣。宋江、公孫勝、楊雄、石秀提了原來人馬，由鹽山起行，鄧天保、王大壽、朱仝、雷橫候送。

宋江等仍由海道進小清河，不日到了萊蕪。吳用等見了公孫勝，又聞得了元黃吊掛，皆大喜。吳用告知陳希真打兗州，掃平飛虎寨，壞了鄒淵、鄒潤。一一關筍。宋江大怒，便傳令即日興兵，就請公孫軍師同行。公孫勝道：「且慢。生出奇文。那吊掛雖然到手，用法却費周折。」奇波又起。宋江、吳用齊問何故，公孫勝道：「本師說此寶若掛在鐘上，其鐘無故自碎。得吊掛矣，破鐘宜易易矣，偏生出許多難處，蓋題不難，則文不妙也。第一層，破鐘極捷而進身極難。今此事如何做得到？這個自然。其次，須在一百八步以內，但任用一人，只待其鐘響時，將吊掛向鐘招展，口念『靈寶元宗粉碎虛空』八字，奇文。其鐘亦應聲而碎。第二層破鐘不甚捷，而進身却稍易。若出一百八步以外，須步斗佈罡，持咒掐訣，許多禁法，方可破得。第三層，破鐘極費手，而進步亦不見甚易。至出三百六十五步以外，無濟于事矣。第四層，索性拉倒。那鐘係純陽鍊就，響徹九里之外，再就彼渲染一句，分外覺難。雖持吊掛之人無所妨害，但一吊掛不能廣庇眾人，進了九里界內，持法之人早已孤身隻影，如何佈置，送難已足，且看下文如何解難。當思良法。」吳用縐眉道：「若如那年張家道口，任憑生人行走，並不稽查，忽提前事。我們只須黑夜進去，莫說一百八步，單提第二層來說，第一層無可措手也。再近些也可去得。今聞其移在新柳營，方落到新柳營，迴應九十五回。不知他如何情形。」宋江道：「且待我統兵到彼，發人去探看形勢。」吳用道：「是極。但不可打草驚蛇，哥哥此去須假作回兗州之勢，俟探得形勢，驟然進兵。」又預吊動一筆。宋江便教吳用仍守新泰、萊蕪，將吳用釘住，妙。這里再抽動新泰頭領黃信、楊林，又抽出黃信、楊林。隨同宋江、公孫勝、楊雄、石秀帶領一萬人馬，向新柳營進發。不日到了新柳西境外，距新柳尚有三站多路，前隊楊雄、黃信早已假向兗州去。當日宋江傳令安營下寨，便教石秀去新柳營探路。先差石秀。石秀道：「非是小弟不肯去，奇。委實那年陳希真奪這青雲山時，忽回應奪青雲事，奇極。小弟在此地廝殺過數次，恐有人認識小弟面貌。」奇文。宋江點頭，便差楊林去。後差楊林。楊林去了，五日轉來，回報道：「小弟探得那鐘在新柳城西門外禹功山上，離城七里。應九十五回。小弟便到禹功山去，在山腳邊一小酒店坐下。此句放得極輕，故讀者不覺。聞說那鐘樓周圍一百四十四步，都是紅牆攔住，然則一百八步以內休想動手矣，將第二層計議又撇去。裏面外面，守鐘軍士五百名；那守鐘頭領，姓苟名英，也甚了得。」帶表頭領、軍士。宋江道：「你混進他三百多步內去看過否？」第二法不可用，急想第三法也。楊林道：「他山上都有稽查，不能混入。」妙。宋江道：「山高幾何？」此句得神。蓋楊林說山上稽查，未說山腳距鐘遠近，于是猛想山高幾何，蓋希冀其高不及三百步也。楊林道：「山高二里，那鐘正在山頂。」然則不止三百六十五步，第三計又拉倒矣。宋江看着公孫勝道：「這便怎處？」公孫勝亦躊躇無計。行文至此，山窮水盡矣，然後看他轉灣處。楊林道：「那山腳邊，却任憑生人行走。」可謂無聊之至，却就從掣轉，奇極。宋江道：「終在三百六十五步以外，何濟於事。」再頓。公孫勝忙道：「楊兄弟，你且說山腳邊如何情形？」勢如掣電。楊林道：「那里是個客商聚集之所，五方趕集之人却也不少，所以有三五爿酒店、飯店、茶店，還有一個肉舖，並有菜行、油行、糧食行之類，一切炊餅果糕攤也有好幾處。却都是店屋，並無住家。」山腳邊情形如此，然何益于破鐘哉！客商聚集之所，知非希真之所設，亦非希真之所禁也。有店屋而無住家，以便兵戈時可以速徙也。公孫勝道：「你在酒店時，望見鐘樓否？」想奇。楊林道：「望得逼明，六角挑起，彩畫壯麗。」公孫勝道：「山勢陡峻否？」更想得奇。楊林道：「山勢却陡峻。」公孫勝道：「山腳坡上還可上去否？」愈想愈奇，却不解其故。楊林道：「小弟到的酒店，正在山坡上。」公孫勝道：「如此還好設法。」奇。宋江忙問何故，公孫勝道：「望見鐘樓逼明，其近可知。奇，妙。山高雖有二里，然因其陡峻直上，並非平地，若計其平距，當不過三四百步。奇，妙。又坡上尚可進去，定當在三百六十五步界內矣。」奇，妙。如此曲折算來，真是出人意表，而仍入人意中，妙不可言。宋江道：「既如此，只好煩賢弟改扮了，親去一走。須早一日進去，小可統大兵隨後就來。」公孫勝領諾。

當時宋江傳令召轉楊雄、黃信，安排人馬。公孫勝扮作一個小行販，着了草鞋，穿一件舊短布衫，內繫麻布抹胸，中藏那元黃吊掛，挑一副舊籮擔，緩緩取路，走了三日。到了禹功山邊，叫聲苦，不知高低，奇極。那些店面盡行收拾，房屋盡行封鎖。奇極。原來苟英因探得宋江逗留境外，七八日不去，便知他不懷好意，（妙。寫荀英。）一面飛報青雲山上陳希真，并新柳城內祝萬年、王天霸，一面傳諭山下商賈等盡行徙去。（寫荀英。）公孫勝見了如此情形，只得撇了籮擔，（細）揀條僻路上山。天色已晚，且喜不撞見一人，便留心尋個安身之所。且喜走出小路，接着大路邊，有幾個空篷廬，公孫勝便踅將進去，掩好篷門。

新秋天氣，一夜微涼，直到黎明，公孫勝挖開後窗一張，却喜那鐘樓緊對看見。公孫勝曉得宋公明進兵就在此刻，（精靈之至。）便取出元黃吊掛在手，就在篷廬內將一切禹步禁咒，色色準備停當。（好）只聽得山下人喊馬嘶，（緊。）那鐘已喤地飛聲。（緊。）公孫勝忙開篷窗，將吊掛向鐘招展，（緊。文勢緊促，至此極矣。）却也作怪，（轉得奇極，筆筆不由人料。）那鐘安然不動，山下却震倒了二百名前衝的嘍囉。（奇極。此頓却出人意表，然則公孫勝破九陽鐘遂成虛語耶？）山上公孫勝、山下宋江等，一齊大驚。公孫勝曉得腳下必在三百六十五步界限之外；（隨手註明，隨手掣轉，筆力奇矯，至此極矣。不意「三百六十五步界限」八個字，有如許五花八門奇觀。）趁那鐘聲未絕，（捷。）不暇多計較，便飛步出廬，搶上山來，（捷。）將吊掛再向鐘招展，方纔聽得那鐘山崩崖倒的一聲響亮，好一似鐃鈸下地，金鼓喧天，一片聲紛紛墜落，（落地有聲，前文一路頓跌之力也。）把那口九陽神鐘化作粉碎鐵片。荀英大驚，（疾接荀英。）眾軍士盡皆失色。宋江望見鐘破，便催動全軍，排山倒海價殺上。（寫得聲勢之極，以見荀英之功。）荀英對眾軍士道：「事已如此，新柳城危在頃刻，我只得和你們拚死擋他一陣，讓新柳營好準備。」（出色寫荀英。）眾軍士應了。荀英仗着短劍，領眾殺下山來，與宋江大隊迎着，吶喊混戰。荀英力殺二十餘人，宋江前隊大亂。（極寫荀英。）怎奈寡不敵眾，荀英并一千軍士都死于陣雲之中。（荀英畢。）那班被鐘震倒的賊兵，也都踏成爛泥。（補得便。）（捷。）公孫勝早由小路逃回本陣。（更補得便。）宋江見荀英已死，便催軍飛速攻新柳營。祝萬年、王天霸早已準備停當，兩下敵住。（此荀英之功也。）

却說陳希真自打兗州回寨，奉得朝廷褒寵收復蒙陰的恩旨，陳希真加都監銜，祝永清、陳麗卿、欒廷玉、欒廷芳均加防禦銜，其部眾亦照官兵例賞邮。收復蒙陰恩旨，此處補出。希真等舞蹈謝恩，大開慶賀筵宴，眾英雄無不歡喜。七日宴畢，休息軍馬，滿擬再過半月，重整戈甲，再攻兗州。不料事出意外，這日忽接到苟英飛報，知宋江屯兵新柳境外，希真當時升廳，聚集眾將商議。希真道：「那廝知我新柳營有九陽鐘，却膽敢打從這路來，我料他必有破我之法，此事我須親去一走。」畢竟此老料事如見。說罷，便教祝永清、陳麗卿、劉慧娘守寨，自己帶領真祥麟、謝德、婁熊并五百名軍漢，到新柳營來。行至中途，離禹功山有八里之遙，忽聽得一片聲響亮，震天盈地，便道：「不好了，九陽鐘壞了！」疾接入。便催眾人速赴新柳營。只見宋江兵馬已蟻附南門，希真領兵繞道進山腳土闉，由新柳北門入城。將九十回中形勢提出，以為一百九回張本。祝萬年等迎入，希真方知苟英力戰陣亡，悲傷不已。希真守城，宋江攻城，兩邊都是勍敵，相持五日，毫無破綻。敘得簡明。宋江對公孫勝道：「陳希真手下真無半個弱將，我只道破了他的鐘，這新柳城唾手可得，誰知竟有如此難攻。」公孫勝道：「請再攻幾日，如若不破，待小弟與他鬬鬬法看。」此回本旨，必當渲染。宋江依了。一面四路設伏，防青雲山、猿臂寨兩處兵馬來襲；照應，一筆不漏。這里加緊攻城。又是三日，宋江毫無半分便宜。公孫勝已將丁甲神將祭煉停當，宋江大喜。是日天高氣爽，風清日暖，宋江將兵馬出營，在新柳南門外列成陣勢，高叫：「對面城主出來，今番和你分個輸贏！」只見陳希真已在城上，大笑道：「宋賊！我豈懼你，你要來便來！」宋江大怒，把鞭向後一揮，左有楊雄，右有石秀，領兵吶喊一聲，直到濠邊，一面將箭矢往上飛射，一面掘土填濠。那邊希真，左有謝德，右有婁熊，策眾一面用防牌抵禦，一面矢石飛下。攻城正文，不得不畧敘一番。宋江見不能取勝，只得鳴金收軍。那公孫勝早已披髮仗劍出馬陣前，口中念念有詞，那天地登時昏暗，喝聲道：「疾！」只見大風怒起，彤雲中眾目共見，無數金甲神兵殺奔城上。偏寫得有頭有目，其妙在「眾目共見」四字也。宋江大喜。忽見城內萬道金光射出，精光閃霍。那些神將個個都倒戈控背而退，霎時不見，真寫得好看煞人。只見希真披髮持鏡立在城上。希真便將罡氣盡佈在乾元鏡上，那萬道金光直射到宋江陣前，紙上亦覺金光射眼。耀得宋江人馬眼光瞀亂，不能擡頭。妙。只聽得城上擂鼓吶喊，希真兵馬已開城殺出也。妙，妙。宋江大驚，忙傳令拔陣飛奔。公孫勝忙使個太陰雲遁法，就地起了十里祥雲，蔽住金光，妙。宋江兵馬方得歸營。希真亦收兵而回。兩邊各收了符法。細。

宋江對公孫勝道：「這賊道如此利害，怎好？」公孫勝道：「行軍打仗，原不可全仗法術，我兵銳氣未墮，且設法攻擊，休要退却。」宋江道：「軍師之言甚是。我亦想此番勞師遠來，不得半分便宜，就此退兵，實不甘心。況且兗州飛虎寨被他轟成白地，忽提兗州，文有聲東擊西之奇。現在趕緊修築，工程浩大。我若此處退兵，他必隨去滋擾，兗州飛虎寨永無完工之日矣。」吊動二打兗州一篇，奇妙非常。當時宋江、公孫勝兩人商議攻城之法，接連攻了七日，不能取勝。簡絜。這日黎明，忽然大霧，一篇文字，以霧起，以霧結，章法奇極。須臾霧勢緊密，迷得目無所見，竟同黑夜。宋江前營，忽然人聲大亂，喊殺連天。奇極。宋江大驚，弄得不知甚麼頭路。奇極，妙極。若不虧這番霧氣騰騰，怎生教新柳城邊殺退雁行鸛陣；鎮陽關下，重看虎鬬龍爭。畢竟那霧中喊殺是甚緣故，且聽下回分解。

范金門曰：凡物之有生尅，事所必至，理所固然也。當九陽鐘未鍊之先，早有元黃吊掛矣。陳希真之鍊是鐘也，初不期其萬年永固也。適當張家道口無以禦敵，遂取以用之耳。及其破也，故無大驚小怪神氣。羅真人之藏此吊掛也，亦非為九陽鐘計也，其所以珍秘之而弗輕以予人者，益不欲以此生是惹非耳。而獨怪夫公孫勝一味助虐，以清淨潛修之具，視為干戈應敵之資，設心計騙。騙之不得，遂怏怏然眠食不安，此論理則可殺可剮，論情則可鄙可賤者也。東方横調停兩可，亦仲華之善於周全耳，不然筆墨無可轉矣。此一回純是攻實法。

公孫勝借吊掛一事，破九陽鐘一事，皆數語可了，而獨能寫出兩大篇文字者，無他送難送得足，解難自解得奇也。

第一百八回 真大義獨赴甑山道 陳希真兩打兗州城

却說宋江攻打新柳城不下，正在躊躇無計，這日黎明大霧，忽聞前營喊殺連天，宋江大驚。公孫勝道：「此必陳希真那廝作法也。」（註明。）原來陳希真見宋江兵馬不肯退去，心中十分焦急，對眾將道：「本師張真人常說，道法不可輕用，惟危急用之，庶可不犯天譴。（復述第九十回之言，所以救文之窮也。）今賊兵與我曠日持久，不肯退去，直待兗州飛虎寨修築完備，我攻取難為力矣。」（與宋江之言針鋒相值。）是夜五更，傳令取淨水一大缸，希真掐訣持咒，念念良久，書成四十九道硃符，焚化入淨水中，教三千名銳卒，各各前來蘸水洗眼，又教真祥麟、祝萬年也洗了眼。祝萬年問何故，希真道：「此水能令大霧中視物如同青天白日。（妙法。）少頃，我要逼起大霧也。」眾將皆喜。天方黎明，希真登城，取淨水一碗，念動真言，吸一口向宋江營裏噴去。放下水鐘，天已起霧。少頃霧大，那些不蘸法水的兵丁，早已茫無所見。（不特寫霧氣之重，而反襯三千銳卒，愈覺分明。）希真便派祝萬年、真祥麟領三千銳卒，殺入宋江前營。大霧中個個眼明手快，正如亮子殺瞎子，（妙，妙。）跨濠塹，登土闉，開營門，事事任意胡做，無人禁得。（妙，妙。）逢兵便斫，逢將便綑。（妙，妙。）黃信知不是頭，依稀認着一條路，（妙，寫盡大霧。）沒命逃來。前營人聲亂沸，宋江大驚，公孫勝急忙作法退霧，宋江忙傳令拔寨都退，霎時四邊喊亂。等得霧勢消盡，宋江前隊已盡沉沒，猿臂兵漫山遍野殺來。宋江等飛速遁逃，兵馬已不成隊伍，鳥獸迸散。就此句順遞落萬年，獨追楊雄，好筆力。祝萬年望見楊雄單騎失伍，落荒亂竄，萬年便驟馬加鞭，挺戟追去。楊雄無心廝殺，策馬飛逃，好。萬年仇人相見，如何肯捨，直追入林子去了。設法獨提開萬年。先按住，妙。真祥麟統人馬只顧掩殺前去，希真、王天霸亦領兵會上，一同追趕宋江，痛殺一陣。宋江兵馬大敗，逃回兗州。

且說祝萬年追楊雄入林子，楊雄前逃，萬年緊追，追了一段路，楊雄馬蹄被樹根一絆，楊雄掀下馬來。萬年追着，楊雄大怒，飛身上馬，挺手中樸刀來鬭萬年。兩個就在樹林邊，刀來戟往，鬭到三十餘合，楊雄被萬年逼得風旋雲緊。寫萬年。楊雄脫身不得，萬年也尋不出楊雄破綻，寫楊雄。兩下攪做一團，正在性命相撲。忽聽得林子邊有人議論道：突如其來。「那使刀的曉得從後三路掃去，手脚便鬆了。」奇極！誰也？楊雄被他提醒，便從後三路掃去，托地跳出圈子，不敢再戰，回馬加鞭而走。萬年大怒，回頭看那林子邊，立着一個大漢，身長八尺，眉如劍鋒，眼如銅鈴，虎鬚倒竪，凜凜威風。頭裹一頂萬年巾，身繫一件醬色戰袍，手提一枝鑌鐵齊眉棍，與一客人模樣的在那里談論。萬年見了，便不追趕楊雄，脫卸法。挺戟直奔那漢，喝道：「你是何路賊黨，擅來放走巨賊！」那大漢睜起怪眼道：「你自不能捡捉他，却來怪我！」又是一種聲口。萬年怒極，挺戟直刺那漢，那漢急用鐵棍架住，鬭到二十餘合，萬年暗想：「這厮手法真個不低。」筆筆跳縱。寫出那漢。便抖擻精神，與他奮力狠鬭。忽遠遠一個少年挺鎗躍馬而至，叫道：「狂賊不得無禮，我來也！」趕近前來，正是真祥麟。妙。祥麟便挺手中鎗，鬭那大漢。鬭不兩合，祥麟忽將鎗逼住那漢鐵棍，定睛一看道：「你莫非是我的大義哥哥？」奇極。那大漢亦定睛一看道：「呀，原來是祥麟兄弟！」奇極。哥哥、兄弟對得妙。兩人皆大笑，擲下兵器，下馬相拜。萬年急收了戟，忙問：「怎的？」祥麟道：「這就是小可同曾祖的哥哥，雙名大義，（忽又出一位英雄。）膂力過人，渾身十八件武藝，無不精熟。」（真大義忽于此處出現，妙。）萬年忙插了戟，翻身下馬便拜，真大義慌忙答拜，問了萬年姓名。英雄相會，有甚不喜。（妙。）大義便顧那個客人道：「起先我道甚麼強人，（補出林子邊看望之故。）原來都是認識的，你去照顧行李，我與他們談談就來。」那客人顏色方定，應聲去了。（用筆細。）

大義便問祥麟道：「兄弟，我聞得你棄官而逃，甚為着急，（忽提應真祥麟出身事，筆妙如環。）疑你出遊方外，記罣得緊，倒底你在那里？現作何事？」（畫出友愛。）祥麟道：「說起話長，現在住處去此不遠，請哥哥一同前去，躭擱幾天，以便長談。」（祥麟有心。）萬年道：「仁兄如誼不我棄，便請到敝寨一敘。」（萬年有心。）大義道：「我現有要事到郯山去，不能久留；祝兄貴寨是甚地名，小可一去就來。」（宛然三人扳談。）萬年道：「離此不過十餘里，仁兄只須問猿臂寨、青雲山。」大義道：「猿臂寨是那一營該管？二位做得甚麼官，還是當差効力？」祥麟道：「不是官，不是効力。」（答得含糊，妙。）大義道：「稱到營寨，總是用武的事，如何不是官？」祥麟道：「另有事業，（語更含糊，妙。）改日細談。」（所謂說起話長也。）大義道：「甚麼事業，怕他做強盜不成？」（妙，妙。甚矣，強盜之為世僇笑也。彼宋江者，張之以英雄，文之以忠義，而遂恬然為之，真無恥之甚者也。）祥麟道：「哥哥且慢猜疑。既有要事，速去速來，不可失信。」（祥麟幾次三番不便直說，益其初實是強盜也。）大義務要盤問底裏，（妙人。）祥麟只得將逃官之後，同苟氏弟兄及范成龍投奔猿臂寨，併了強大力，來了陳希真的話，（提清數十回以前事，筆法最妙。）一一說了。大義哈哈冷笑道：「有什麼嚕嚕囌囌，總而言之，竟做強盜。（快人快口。）你還不曉得，那曹州府西門外的張老魁，也做了強盜了。（忽提張魁，妙。口角宛然。）他的東家比你這里名望更大，喚做梁山泊。（「喚做」，妙。真是天神，目無下土。）說也可笑，他還寫封信與我，叫我去入夥，（張魁書信，只此處一點，文有蜻蜓點水之妙。）你想可笑不可笑？真是無字不妙。我把書却撕壞了，省得惹禍。真好。你如今也做強盜，我實在不懂你們，妙，妙，真是妙人。「你們」二字稍帶萬年。好好的本事，都要這般不習上，幹這些勾當。曰英雄，曰忠義，直斥之曰「不習上」，真是妙絕。但有一句，張魁不干我事，妙，妙。萬年亦不干我事也。你是真家門裏的子孫，宛然兄詔其弟聲口。快快收拾同我回去，不要發糊塗。」妙人，快人。萬年笑道：「敝寨之事，仁兄真個一無聞知。」妙。大義道：「甚事？」萬年道：「論起先，却也似乎強盜。直認不諱，妙極。惟其自認強盜，故日後翻成忠義。彼口口忠義者，吾早決其必終于強盜而已矣。但我這強盜，我這強盜，賣弄得奇。與眾不同，從不抗殺官兵，從不打家劫舍，現在戮力王家，再救蒙陰，蒙朝廷欽賜『忠義勇士』名號，又蒙欽賜都監、防禦等銜，刻下又擬恢復兗州，以為進身之地。如此舉動，却非強盜之所能為。妙，妙。方纔小弟所追的賊將，便是梁山泊上的病關索楊雄，本地風光，現前證據，妙極。仁兄請詳察之。」祥麟道：「哥哥路上去打聽去，如此言一有虛謬，哥哥便來取兄弟頭去。」祥麟語更妙。取頭先作一逗。大義道：「既如此，却也還好。聲口欲活。我住東京七年，但聞得山東盜賊橫多，至于如此備細，我却如何曉得。註明。現在有夥鄆山大客商，在東京獲利而歸，因路中歹人多，不好走，邀兄保護同行，所以到此。」註明來歷。萬年、祥麟齊聲道：「鄆山去此不遠，吾兄早去早來，弟等在寨恭候。」說罷，三人各取兵器上馬，拱手告別。大義自去了，萬年、祥麟同回山寨。希真已將兵馬發放，萬年、祥麟同繳了令。說起途遇真大義之事。說到梁山張魁邀大義入夥，大義撕毀書信一節，單捡要害入題。希真便入耳關心，此老真機警絕人。忙問道：「你們何不邀他同來？」祥麟道：「他有要事赴鄆山，小將已叮囑他務轉從這里來。」希真聽罷甚喜。當時在禹功山下，尋得苟英的屍身，安葬了，哭奠了一番，又撫卹陣亡軍士家屬，修理新柳城垣，添設燉煌，備禦梁山。振動下文。過了數日，忽報山下有大漢自稱姓真名人義，要來求見。希真大喜，忙同祝萬年、真祥麟親身下山迎接。待以殊禮。接大義用祥麟者，兄弟也；用萬年者，亦兗州之冤頭債主也。真大義見希真一表人物，不覺拜倒在地。不可少。希真慌忙答拜，便相邀一同上山。進廳分賓坐下，希真開言道：「今日得仁兄光降，敝寨增輝。」大義道：「一介武夫，何足掛齒。今日得近山斗，三生有幸。」眾英雄便依次通欵。希真吩咐殺猪宰羊，欵待大義。席間彼此相談，十分投契。虛按一句，妙。

席終，希真邀大義到後廳敘話。細。希真道：「吾兄如此奇才，未解何故高尚不仕？」便挑逗起來。大義道：「說不得。句。宰相不明，反是盜賊生眼。奇句。當今江湖上，營務中、市井內，但本領畧高些的，都被盜賊招去。千古同歎，不獨指梁山也。即如大義，自問無甚本領，却早吃那梁山賊徒有書信招致，正不解仕途中倒無此等人來汲引我。」千古同此浩歎。希真歎息不已。漸說到取兗州之事，大義道：「陳將軍此事若成，真是莫大功勞。」偏是大義稱功勞，妙。希真便立起拱手道：「此事之成敗，其權操之吾兄。」突然一句，奇極，妙極。大義愕然立起道：「將軍此話何來？小可一介武夫，如何有關于重務？」真是打頭不應腦，妙極。希真笑道：「仁兄請坐，老夫有細情奉告。若說力取兗州，不知何年何月。鎮陽關異常堅固，李應又守禦得法，端的是件難事，先告以取兗州之難。所以只有智取一法。告以主見。現有一個秀才姓魏的，在兗州府城外甑山下居住。此人品行極高，妙，非表輔樑也。言以品行極高之人，而肯從事內間，則大義又何苦而不屑為乎？足智多謀，大為李應之所契重。此人却深惡強盜，一心要扶助朝廷，特說與大義聽，所以動其心也。妙，妙。現與老夫密計停當，與老夫裏應外合，攻取兗州。但魏先生係是文人，尚少一員武將。今仁兄既有梁山招致之信，一句刺入。梁山必深信仁兄，倘仁兄不棄朝廷，俯肯周旋大事，希真不揣冒昧，欲請吾兄乘此機會偽入梁山，說輔樑許多曲折，說大義只一句直入，各有其妙。與魏先生呼應聯絡，共襄大事，勦除狂賊，肅清王土。提清大主腦。則葢世奇功，盡出吾兄一人之展施也。」極力歆動之。大義聽罷，呆了半響，做聲不得。希真又道：「仁兄不必細索，爾我所商之事，總斷只有八個大字，叫做：扶助朝廷，掃除強梁。」又是金字招牌來了。梁山亦有八個大字，叫做「忠義雙全，替天行道」。吾請天下人共論之，孰真孰假，孰明孰昧，孰正大孰混帳，明目者自能辨之。真大義道：「陳將軍，不瞞你說，七字答得奇。論別處小可却生疎，若論兖州，小可本是兖州人，妙極。兖州地方小可認識的人不少。妙極。小可若在兖州，要照那年楊騰蛟倡率義勇恢復南旺營故事，小可儘做得到。」忽提楊騰蛟，奇極，妙極。希真聽得喜極。妙。只見大義又道：「只是我此去，必然因張魁而進。將來事畢之後，宋江必然恨大義；恨大義亦必恨張魁，倘竟置之于死地，大義未免對付不得張魁。」不可少此論。總而言之，見孫立不齒人類。希真正色道：「吾兄休如此小見。令友張魁失身從賊，死不足惜。總而言之，吾兄須看朝廷面上。若如此瞻徇朋情，殊非食毛踐土、戴德報恩之義。」說來大義凜然推倒一部前水滸傳。大義道：「是極，是極！」如聞其聲，想見其傾倒之至。希真出來與祝永清、劉慧娘等說了，無不大喜。當下寫起一封致魏輔樑密信，信內開明兩條計，奇。請輔樑擇用。希真與永清等商議停當，便將信交與大義，又厚厚送些金銀。大義那里肯收，奸。吃希真遜不過，只得收了小半。好。住了兩日，作別起行。希真叮囑道：「凡事須與魏先生商就再做。至吾兄倡率義勇一事，可行則行，如不可行，還是把細為妙，恐人多易于泄漏也。」只道是撇開，不知下文仍用之。大義點頭，逕赴兖州甑山去了。眾人皆喜。這里希真商議起兵，慢表。

且說真大義單身匹馬，取路向甑山而行。不日到了甑山，只見車騎滿谷，原來是宋江、李應在那里拜會魏輔樑。妙，妙。真大義只得遠遠地一茶店坐下，等了好歇。宋江、李應去了，真大義方起步走到輔樑門首，向應門童子唱個喏，說道：「有張辟邪希真假姓名，前只提一姓，此處補出名來，錯落有致。書信致候。」童子應了進去。輔樑一聽見張辟邪三字，便知道那話兒到了，（絕倒。）忙教請來人進內敘話。大義進了內軒，與輔樑相見了。大義呈上希真密信，魏輔樑拆開從頭至尾細看一遍，笑逐顏開道：「吾兄來此，真是天賜成功也。」便又細問了大義來歷，大義一一細說了。輔樑留大義酒飯畢，便引大義進了密室，吩咐魏生與童子應門。輔樑道：「道子先生初計，欲吾兄假捻令弟勸降，從此一引兩，兩引三，就中取事。（希真計，從輔樑口中提出，妙。）計非不妙，但此事極險，宋江那廝外貌假仁假義，心地極多猜疑，（一筆勾出巨奸真容，實可作宋江像贊。善讀書者取前傳細玩自知。宋江如此，而輔樑卒能玩之于股掌之上，因歎輔樑之奇。）萬一被那廝猜破，大事休矣。我看還是依他第二計。（第二計先不說破，妙。）我明日也須得回拜那廝，（四字奇文。）你只須由別路進去，我與你兩不相識最妙。」（妙。）當下兩人將暗相照會的話，議個停當，真大義便投別處客店裏去了。（好。）

次日，輔樑坐乘小轎進兗州城去回拜宋江、李應。宋江、李應大喜迎入。輔樑道：「山野愚夫，有何奇才，頻勞大駕枉顧，實形惶恐。」（雖是應酬泛談，然亦愈謙愈足以取信也。）宋江、李應齊聲道：「區區兗州，全仗先生保護，先生何必過謙。」正在「豈敢」、「不敢」的鳥亂，（絕倒。）忽報：「有一大漢自稱姓真名大義，要來求見。」（緊入。）宋江驚喜道：（可憐。）「這真大義便是張魁兄弟所說的，今番來了。」（來了。）忙教迎入。真大義一見宋江，納頭便拜道：「小可聚義太遲了。」（妙。）宋江見大義一表偉岸，心中大喜，慌忙答拜。眾頭領都相見了。大義道：「蒙張魁兄有信相招，本欲即速便來，奈俗務羈身，是以遲遲。（辨得好。）因聞頭領在此，特來此地投納。（無痕。）所有張魁原信，小可恐漏泄招禍，已經燒燬。（真辨得好。）適纔關上疑小可來歷不明，（補出情節，妙。）望頭領叫張魁來識認便了。」（妙，妙。）宋江道：「好漢何出此言！小廝無知，衝撞休怪。（妙極。）據張魁兄弟說起賢弟本領，小可不勝企慕，今日光臨，實深萬幸。」當下請大義與輔樑坐了客位，宋江、李應等坐了主位奉陪。輔樑與大義假相問了姓名，絕倒。彼此又各相謙遜，絕倒。輔樑坐了首位。宋江吩咐殺猪宰羊，欵待新頭領。筵宴已畢，宋江吩咐撥間住房，安置大義。宋江與輔樑商議道：「陳希真那厮必然要來滋擾，願求退敵之策。」輔樑道：「希真那厮不能禁其不來，惟有將一切守備之法，計議停當，俟其來時，設法破他而已。」宋江稱是。又問該再留幾員大將帮同李應鎮守，輔樑一礙。輔樑道：「留將鎮守亦是要着，公明意下欲留幾人？」宋江道：「現在楊雄、石秀、黃信、楊林四人，愚意俱欲留守兖州。」偏不說留真大義，惡。輔樑道：「甚好。」輔樑遇難題目了，須看他做出好文字來。又道：「我料希真那厮日內必來，小弟擬在尊府攪擾數日，以便傾吐謬見，報効知己。」宋江大喜道：「吾兄肯居城中，真萬幸也。」次日，輔樑私對宋江道：「適纔新來頭領真大義，小可有些疑他。」奇極。虛者實之，實者虛之，宋江安得不入其元中。見宋江不留真大義，便從疑真大義進步。妙，妙。宋江道：「何故？」輔樑道：「用人之際，雖不可如此疑忌，先解一句，妙。然亦不可大意。妙。此人小可畧有些風聞他，他的堂兄弟名喚祥麟，現在猿臂寨為頭領。索性說明，妙極。雖日後各為其主，未可便以小人心胸測他，再寬一句，妙。只是目下切須留意，且待希真來時，看他對陣交鋒的情形，便知此人心意。」輕輕便將真大義留在兖州，真是妙極。宋江極口稱是。傍晚，忽報：「猿臂寨已起兵來也。」宋江道：「飛虎寨尚未修築起，怎好？」順便點出飛虎寨不曾修築起，妙。輔樑道：「我原勸李兄暫作土圍把守。補出從前之議。土圍工省易就，石城工大難成。今希真果然乘我工程未就，興兵前來也。自幸其言之中。為今之計，只得趕緊築帶木城。然數日亦不能完工，惟有公明統兵扼住泗河渡口，斷其來路，俟木城築就，再作計較。」為真大義建功計也。宋江便催築木城，一面點楊雄、石秀、黃信、楊林、孫立、孫新、顧大嫂帶領八千人馬，宋江、魏輔樑督領，由泗河進發。李應、公孫勝及眾頭領保守城池。真大義起身道：「小弟新來聚義，曾無半點功勞，願在前部充當小卒，殺賊立功。」（大義自請，妙。）輔樑道：「賢弟請留守鎮陽關。」（輔樑阻之，妙。）大義不悅。（妙。）宋江道：「真賢弟同去最好。」（偏是宋江自用大義，妙。）輔樑私對宋江道：「今番好看他真偽也。」（妙，妙。）宋江點頭。眾將連夜起行，次日到了泗河渡口射月村，（地名好，暗用呂錡射月事也。）前面不過五里，猿臂兵已安營立寨。宋江也傳令安營，請魏輔樑商議交戰之事。輔樑道：「我軍後到一步，險要已被那厮佔去，（妙。）若與他鬪兵，必不得利。據愚見，不如先與他鬪將。（領起後半篇。）我在陣後埋伏幾枝精兵，（妙，妙。極似為宋江，而不知早已置其精兵于無用也。）如鬪將得勝，便乘勢掩殺過去。這伏兵可作後應；（妙。）脫或不勝，我便乘勢詐敗而逃，那厮追來，我伏兵邀殺，那厮必中我計也。」（妙。看去全似幫宋江，故妙也。）宋江道：「魏先生真韜畧非常。」（宋江可憐。）便令楊雄、石秀領二千精兵靠後埋伏。（又藏過他兩將，妙。）這里差人到希真營裏下戰書。

且說陳希真自遣發真大義赴兖州後，即日便議興兵，派陳麗卿為正先鋒，真祥麟為副先鋒，祝永清為左翼，祝萬年為右翼，欒廷玉為左將軍，欒廷芳為右將軍，謝德為中軍左副將，婁熊為中軍右副將，王天霸為後將軍。希真親統大隊，劉慧娘為軍師，請劉廣鎮守青雲山，苟桓鎮守猿臂寨，范成龍鎮守虎爪關，劉麒鎮守新柳營。這里二萬四千馬步全軍，浩浩蕩蕩殺奔兖州。到了射月村，接着宋江戰書。原來這戰書是輔樑寫的，中有幾個暗字號，希真一望明白，（妙極。）便批刻日交鋒鬪將。來人賫書回去，希真與眾將商議道：「魏先生之意，是用我第二計。（妙。）但此計須真祥麟斬他一將，方纔醒豁，（妙，妙。然猜不出其何故。）此事如何必得定？」只見麗卿開口道：「這有何難，只消孩兒助他一箭罷了。」（「一箭」二字振起全神，不獨助真祥麟也。）希真道：

「這也却好。」當下議定。眾將紛紛將自己軍器備好。（總提一筆。）真祥麟提上乾紅西纓鑌鐵龍舌鎗；（先點真祥麟。鎗一。）祝永清、祝萬年各選起爛銀點鋼方天畫戟；（戟二、三。）欒廷玉帶了五指開鋒渾鐵鎗；（又鎗四。）欒廷芳懸了凝霜飛雪日月雙刀；（雙刀五。）謝德提了潑風雁翎刀；（單刀六。）婁熊掛了三隅鐵脊矛；（矛七。）陳麗卿挺着古定梨花鎗，（以七兵器襯麗卿兵器；而寫麗卿兵器，却先寫鎗、劍，而後及弓，層次井然。）腰懸青錞寶劍，右邊排着雕翎狼牙箭，左邊套着樺皮鵲華塔淵弓。（至此方落到弓，可謂鄭重而出之。）個個摩拳擦掌，等待厮殺。（總束一句，筆力挺勁。）只有王天霸倚着八十斤筆撻重撾，（于眾兵器之後，尚餘王天霸筆撾，奇。）在後押陣，不曾前來。只聽得營外人喊馬嘶，營門牙將報稱：「梁山賊兵來也。」希真便傳令出戰。營門外朴通通號炮響亮，鼓角齊鳴，眾英雄一齊上馬，緩緩出營，在營外列成陣勢。却好兩陣對圓，各把強弓勁弩射住陣脚。三軍吶一聲喊，麗卿一馬當先，縱出垓心，（麗卿先出。）高叫：「會厮殺的賊子，上來領鎗！」對陣宋江見是麗卿，倒也驚心，（可見麗卿威名震動。）顧眾頭領道：「這婆娘倒要當心抵敵，誰人出馬？」只見孫新大叫道：「哥哥為何張他人志氣，滅自己威風！」將要出馬，（彼軍先將孫新一逗。）只見背後一員女頭領叫道：「二哥不須費心，待奴去斬這賤人。」宋江看時，正是顧大嫂。顧大嫂舞動雙刀，直奔麗卿。（彼軍顧大嫂先出。）麗卿展開一枝梨花鎗，敵住顧大嫂。兩個鎗來刀往，鬭到三十餘合，顧大嫂雖有些實力，怎敵得麗卿手法神明變化，不可測摸。（百忙中註出二人優劣。）正在難支，只見這邊真祥麟躍馬而出，（此軍出真祥麟。）高叫：「姑娘不須費手，待小將來斬這婆娘！」（與顧大嫂語對鎖，成章法。）挺鎗直取顧大嫂。那邊孫新見顧大嫂敵不住麗卿，對陣又添一將，忙帶鞭鎗出陣。（彼軍出孫新。）麗卿見了，便撇了顧大嫂，直取孫新。（麗卿撇大嫂取孫新。）祥麟敵住顧大嫂。（祥麟敵大嫂。）戰場上四籌好漢，各奮神威，大呼酣戰。（先總束一筆。）那邊孫立見了，忍不住提鎗便出。（彼軍忽添孫立。）欒廷玉一見孫立，心頭那把無明業火高舉三千丈，按捺不下，（特提廷玉心事，妙。）挺鎗大叫道：「昧心狂賊，今番遇着我也！」（語如霹靂，駭不可當。）帶鎗掛鎚飛馬直取孫立。（此軍忽添廷玉。有此四字，分外駭疾。）麗卿已撇了孫新，直鬬孫立。（本是廷玉取孫立，卻忽換麗卿撇孫新，取孫立。）孫新便助顧大嫂鬬祥麟。（麗卿撇孫新，孫新便鬬祥麟。）欒廷玉已到，（駭疾。）挺鎗便刺孫新，（廷玉刺孫新。）孫新忙敵住廷玉。戰到分際，只見那邊祥麟鎗起，將顧大嫂頭盔刺落塵埃。顧大嫂大驚，不敢戀戰，撥馬回陣。（彼軍撤退顧大嫂。）麗卿見祥麟斬顧大嫂不得，（接落正文，奇妙非常。）猛記起放箭之事，（奇，妙不可言。）便虛幌一鎗，撇了孫立，驟馬回陣。（此軍撤退麗卿。）孫立驟馬追來，（孫立追麗卿。）吃廷玉挺鎗攔住。（廷玉攔住孫立。）戰場上四枝鎗如四條神龍飛騰出沒，兩邊陣上都看得目眩心駭。（又總束一筆。忽變成四條鎗，真是奇觀，安得不目眩心駭？）麗卿已在旗門邊，看得分明，忙掛了鎗，左取弓，右搭箭，覷準孫新，颼的一箭射去。（落正文。）孫新正在苦鬬祥麟，（上文戰場上淨剩廷玉、祥麟、孫立、孫新，而廷玉攔住孫立，自然祥麟獨戰孫新矣。乃偏不點明于前，而補敘于後，用筆狡獪如此。）不防麗卿一箭射來，急閃不迭，左肩早着，手法一亂，吃祥麟一鎗刺中心窩，翻身下馬。（取孫新，駭疾異常。）孫立、顧大嫂見傷了自己眷屬，一齊大驚。（百忙中偏有閒筆寫諸人心事，妙極。當取左傳語，自懺曰：余殺人眷屬多矣，能無及此乎？）孫立被欒廷玉逼緊不能脫身，（又照顧廷玉、孫立一邊，好筆力。）顧大嫂驟馬出來，搶孫新屍身。（駭疾。）不防麗卿又是一箭，（一箭偏有陪筆，妙極。）顧大嫂急閃過，真祥麟已將孫新首級割了，勒馬跑回本陣。（駭疾。孫新了。）希真大喜。

那邊真大義挺刀出馬，（疾放出真大義，緊極，妙極。）大叫：「祥麟不得猖獗！」驟馬追來，祥麟已回入陣中。（祥麟且不鬬大義，妙。）祝萬年挺戟迎住，（此軍忽出祝萬年。）大罵：「賊匹夫！那日你放走楊雄，（又提起一件事，妙。）你還矯辨不是賊黨，今日尚有何說！」（妙，妙。）大義更不答話，舞刀直取萬年，兩下便鬬。（大義鬬萬年。）宋江方知殺孫新的就是真祥麟，（妙，妙。）心中大怒；又知方纔楊雄所說指點他出路的，（補前所無。）就是真大義，（妙，妙。）心中暗喜。（「暗」字妙。）那一邊黃信見孫立與欒廷玉狠命相撲，勝負不辨，（忽又照欒廷玉、孫立，忽出黃信，筆力奇矯，遂不可方物矣。）便挺劍出馬直取廷玉。（黃信取廷玉。）這邊謝德看彀多時，更耐不得，便舞刀上前夾攻孫立。廷玉、謝德夾攻孫立。黃信已到，當時廷玉和黃信，廷玉本鬭孫立，此處寫鬭黃信，却不說撇孫立，敘法又變。謝德和孫立，四籌好漢鬭作一團。又總束一筆，最清眉目。這一邊真祥麟繳了孫新首級，重復出陣。忽又出真祥麟。顧大嫂怒氣填胸，舞雙刀已撲到萬年馬前。忽又出顧大嫂。真大義抽身提刀，直奔祥麟。大義奔祥麟。那一壁廂，讀者見大義奔祥麟，方欲拭目以觀之，忽又颺去。讀者兩目尚捉不定，不知仲華五指何以搦得定。欒廷玉戰到分際，賣個破綻，勒馬逃回。黃信驟馬追趕，欒廷玉一飛鎚，從黃信頭上飛過，飛鎚精神。直打中孫立坐馬。孫立翻身便倒，黃信追廷玉，廷玉却打中孫立，極五花八門之奇。謝德提刀便斫。黃信大驚，忙回馬救孫立。黃信追廷玉，却救孫立。顧大嫂亦大驚，忙撇了萬年轉身來救。大嫂救孫立。真祥麟恐失了孫立，便拍馬直追顧大嫂。上大義鬭祥麟。此祥麟忽追顧大嫂，忽又將大義、祥麟拆開，奇。黃信、孫立一齊逃回本陣。忽收過黃信、孫立。真大義正獨鬭祝萬年，眉目清楚之極。忽然猿臂陣內閃出一員大將，舞動雙刀，正是欒廷芳，來替萬年，忽出欒廷芳替萬年戰大義。萬年便抽戟回陣。忽收過萬年。欒廷玉打倒孫立，見孫立已走，忽提欒廷玉，又極忙極亂中理出頭緒，筆力大極。也舞鎗來取大義。廷玉取大義。那邊祥麟一鎗，謝德一刀，敵着顧大嫂雙刀飛舞；這邊也是廷玉一鎗，廷芳雙刀，繞着大義單刀盤旋。工整之至，奇妙之至，清晰之至。那邊廝殺是真的，這邊廝殺是假的，妙，妙。提清眉目。筆力之大，吾不能復讚矣。宋江一時如何辨得，妙，妙。希真早已看得分明。提清兩邊陣主。只見那謝德武藝究竟平常，百忙中註出謝德武藝。單靠真祥麟繞住顧大嫂。妙，妙。顧大嫂因祥麟斬了他丈夫，心中恨極，提出大嫂心事，妙。狠命相撲，真祥麟苦不得抽身來對付大義。百忙中提清各人心事，又將文中關節刷得雪亮，真是絕世奇才。麗卿見了，便舞鎗直取顧大嫂，替回真祥麟。又放出麗卿。只見宋江見也。欒氏弟兄都敵不過真大義，妙，妙。逃回本陣。忽收過欒氏弟兄。大義正待闖陣，闖陣，先作一逗。祥麟已回轉，用鎗逼住大義。至此方大義、祥麟交手矣。那邊謝德亦勒馬回陣，又順便收過謝德。單剩麗卿與顧大嫂廝殺。祥麟將鎗逼住大義的刀道：「哥哥，兩字呌明得妙。那日林子邊怎樣對你說來？妙，妙。你今日却甘心從賊！」妙，妙。大義道：「兄弟，亦還答一聲得妙。你不曉得公明哥哥忠義雙全，一心替天行道。妙，妙。你那陳希真是個草賊，如何及得來，妙，妙。你却教我沒長進！」妙，妙。祥麟大怒道：「你這廝真不生眼，你不看旗號上我們有『欽賜』字樣，他有沒有？妙，妙。一語駁倒宋江，快絕。我今日看你是哥哥，權讓你一次，妙，妙。你快快心中思量，棄邪歸正罷。」妙，妙，妙不可言。大義氣得暴躁如雷，真裝得像。道：「你這廝直如此顛倒說，妙，妙。你壞了我孫新頭領，妙，妙。我今日看你是兄弟，亦回答他一句，妙；與上不聯屬，妙。不來殺你。妙，妙。你識得的，趁早下馬受縛，我在公明哥哥前保你不死。」妙，妙。偏將希真初計提出。祥麟大怒道：「你這廝既做了強盜，辱沒我真家祖宗，與林邊大義之言對看，令人絕倒。我認識你甚麼哥哥！誰稀罕你不殺！」妙，妙。偏是祥麟動怒。說罷，挺鎗直刺大義，大義亦怒極，揮刀便鬬。鬬到三十餘合，只見亦宋江見也。祥麟漸漸氣力不加，鎗法散亂，大義喝聲：「着！」一刀劈去，令讀者一嚇。祥麟急閃，已將一頂束髮紫金冠劈落塵埃。妙，妙。祥麟大驚，一驚一怒，須知都從宋江看出。披髮回陣。大義緊緊追來，祝永清急忙提戟出陣，忽出永清。萬年亦出陣前，又出萬年。兩枝戟擋個不及，好。大義已搶入二祝背後。好。陣上因自己將官在外，不敢發矢，好極，妙極。大義已闖入陣中。好極，妙極。宋江大驚，忙揮軍馬掩上去救大義。偏是他先動軍馬，妙。永清、萬年忙揮戟，撥兩翼精兵迎住。寫得拉雜，忙亂如畫。麗卿見了，便撇顧大嫂，單鎗闖入宋江隊裏，方悟眾將齊收，獨抽出麗卿之妙。宋江軍馬大亂。妙，妙。只見希真陣內亦人聲亂喊，妙，妙。真大義已從永清左翼中，提着一顆人頭，奇，妙。衝殺出來。奇，妙。宋江見大義出來，慌忙鳴金收軍。好。麗卿亦從宋江陣中出來，妙，妙。迎着大義假意邀殺。妙。大義忙將手中人頭摜過在宋江面前，奇，妙。挺刀迎鬬。永清、萬年也一齊上前追殺大義。妙，妙。大義喘乏，無心戀戰，撥馬便走。好。永清、萬年追個不及，收兵回陣。好。麗卿那里肯歇，直追上去。妙，妙。顧大嫂見了，怒不可遏，便出馬敵住麗卿，放回大義。妙，妙。麗卿、顧大嫂重復狠鬬，以麗卿、顧大嫂戰起，仍以麗卿、顧大嫂戰結，章法妙。兩邊都不住的鳴金，麗卿、顧大嫂只得各歸本陣。一齊收落。

方纔宋江見大義攛過一顆頭來，倒也唬了一跳，急令拾來細看，正是真祥麟面目，奇極。驚喜出于望外。見了大義回陣，便道：「真賢弟，你真個公而忘私，國而忘家了。」自稱為國，實在無恥。大義請將祥麟首級掩葬，休要號令，「務求俯准，畧盡弟兄情分」。真是妙極。宋江歎服，眾人都佩服大義真是英雄豪傑。以殺弟為英雄豪傑，強盜之品題，與眾不同。輔樑埋怨大義道：「真將軍錯了。奇極。令弟既有心招致將軍，將軍大該將計就計，誘他過來，小可自有妙法，不但勸令弟歸誠，而且管教希真全軍覆沒。虛者實之，實者虛之，妙不可言。今將軍不忍一時之忿，竟把令弟殺了，雖見將軍事主之忠，妙。却于希真無損，徒壞了令弟。」妙。大義懊悔不迭，妙極。宋江也懊悔，絕倒。從此深信大義。妙，妙。看官，這個頭怕他真是真祥麟的？奇，妙。須記那年希真搶高封的時節，高封有個兔子，是阮其祥的兒子，名喚阮招兒，面目與祥麟相像，希真曾說有個用處，忽回應八十六回。今番把來如此用過也。妙，妙。宋江如何識得？

正在歡喜，絕倒。忽聞外面喊聲振天，報稱：「猿臂兵馬來也。」關筍緊。前宋江先至，此番是希真先至，變換好。宋江道：「今日勝負相當，可憐。真頭換顆假頭，還說相當。此番務要勝他一陣。」輔樑道：「如勝他不得，不如依愚見詐敗誘他。」宋江點頭，便將此話吩咐眾將，眾將領諾。宋江傳令出陣，只見麗卿早已立馬垓心，又是麗卿先出。高叫：「忍心殺弟的賊，快來納命！」獨尋真大義，真是像殺。大義大怒，正要出馬，只見顧大嫂叫道：「真大哥少歇，待奴家去結果了他。」一馬飛出。麗卿道：「你這賤人，非吾敵手，着好廝殺的出來！」顧大嫂咬牙大怒，直取麗卿，兩馬相交，軍器並舉。孫立見了，怒氣填胸，何苦。正待出陣，楊林叫道：大義正待出馬，顧大嫂叫道；孫立正待出陣，楊林叫道；不嫌其複，但覺其妙。

「前番我不曾厮殺，今番待我去！」一馬縱到垓心。前番不意漏落楊林，此處補出，奇極。只見希真陣裏，王天霸倒提鐵撾，大吼出來。忽出王天霸，奇極。亦是前番未寫者。原來希真因天霸不曾厮殺，此番特叫祝萬年、謝德去替天霸押後軍，調天霸到前陣。百忙中表出希真將將之才，奇妙。當時天霸敵住了楊林，奮勇酣戰。天霸、楊林為一耦。孫立見了，飛馬出陣。怎奈欒廷玉仇人相見，分外眼睜，不待他到垓心，已一馬馳出，迎住厮殺。廷玉、孫立為一耦。兩陣上喊聲振天，鼓角齊鳴。忽照陣上一筆，妙。真大義見顧大嫂鬬麗卿不過，便挺刀直取麗卿。妙廷芳見了，便舞雙刀去取顧大嫂。本是麗卿、大嫂為一耦，却換作廷芳、大嫂為一耦，文法累變。麗卿和大義不是真厮殺，妙，妙，設法抽回麗卿也。心中不樂，只得勉強如演戲般，鬬了十餘合。妙極。不惟抽回麗卿，兼且清出大義。希真深恐露出破綻，奇，妙。忙教婁熊一馬出陣，挺矛上前，忽出婁熊。叫道：「前番小將因保護主帥，不曾出陣，今番來替小姐厮殺也。」妙，妙。不料前番尚漏一婁熊，却好此處補出，替回麗卿。搆思之奇，佈局之妙，真不可測。麗卿聽了，便勒馬回陣。收轉麗卿，妙極。婁熊與大義大呼厮殺。婁熊、大義為一耦。前番以穿亂見奇，此番以整對見奇，才大如海。希真立馬陣前，永清在左，麗卿在右，看那戰場上八位英雄，分作四對兒厮殺，真是雲崩雹駭，日暗天昏。總束一筆，筆大如椽。麗卿見了，忽對永清道：「一不做，二不休，前番既用暗箭斬得賊將，挽上。今番我想再用，起下。你看射那個好？」奇語，寫得遊刃有餘。永清道：「捻賊先擒王，射羣賊何如射宋江。」一句豁醒倦眸。麗卿道：「路隔得遠，恐射不到。」特折一筆，鄭重其事也。希真聽了，便道：「趄到牙旗邊去，便好射。」麗卿便去壺中揀一枝上等直幹的雕翎狼牙箭，鄭重其事。趄到牙旗邊。只見場上喊聲大震，兩陣上鼓角喧天，不拋荒厮殺。麗卿左手抽那張寶雕弓，將箭搭在弦上，拽開那弓，正似一輪滿月，端的虎口過肩，鳳眼到鐵，八個字寫得弓箭十分飽滿。覷定了宋江的咽喉，颼的一箭射過去。霹靂聲中，流星迸到，造句、造字無不生新。正是明鎗好躲，暗箭難防。再加此二句，分外奇險。宋江正看那場上厮殺，那里留心到有人暗算，偏慢騰騰的說個不了。奇極，險極。此書慣于極忙、極亂時，偏能慢騰騰的寫，見其才之大，不可以道里計。那枝箭已射到宋江喉嚨前。奇極，險極。喉嚨不比別處，乃是致命之所，還要慢騰騰說，真是被他嚇殺。又無衣甲阻擋。奇極、妙極、險極、怪極！然則宋江奈何？看官，不要替古人躭憂，當年二字絕倒。那枝箭與宋江的喉嚨相去尚隔三五寸遠哩，奇極之語，然則寬空之至也。一黍之中，至彼可以立國，信然。宋江死不死傷不傷，尚未可定。愈出愈奇。且看到下回，便見分曉。

范金門曰：出真大義最為奇特。前數回極力伏線，個個久仰；後數回極力渲染，陣陣建功。此處却從閒中露面，而又從指點楊雄刀法入手。文筆如此，真所謂好整以暇。魏輔樑、真大義已入個中，而兗州猶不可驟得者，極寫希真之臨事好謀也。此時火候未到。若直抵鎮陽關，一番厮殺，梁山勇將正多，必致僨事。吾故曰：希真之謀陣法，實仲華之謀篇法也。

陣上換頭，極不易寫。乃前前後後，分戰合戰，攪得烟塵四起；而就中取事，又極明亮，非手腕純熟者不能任此。

耐庵二打祝莊一篇，筆陣變化之奇，聖歎已極讚之矣。仲華此篇，乃是摹仿彼傳。初讀之，以為不過形似而已；及細按之，彼傳以王矮虎、扈三娘作起訖，自是新豔筆墨，而中間却更無柱意。此則以陣上換頭為柱意，奇警絕人；又借追尋真大義，另化出後一幅奇文。而即以麗卿暗箭一事，遞到射宋江，寫成絕大關係。自當青出於藍。

第一百九回　吳加亮器攻新柳寨　劉慧娘計窘智多星

話說當日宋江不防麗卿暗算，吃麗卿一箭對咽喉射來。這也是宋江命不該絕，恰好黃信立馬在右側，方悟前厮殺不見黃信之妙。瞥然被他看見，大叫：「休使暗計！」話未絕，那箭已到宋江面前，駭疾。遲慢便遲慢煞人，駭疾便駭疾煞人。妙筆。黃信忙抽腰刀挑起，那枝箭吃這一挑，餘勢不衰，直爆在宋江左邊的大眼角上，真是博物君子。本射咽喉，却中眼角，奇文。宋江撞下馬來，宋江不濟。那枝箭已落在一邊。黃信忙就地上抓起宋江，抱在馬上，回陣便走。麗卿要放第二枝箭，見黃信已搶了宋江去。孫立等正在苦戰之際，聽得本陣人聲沸亂，知道失利，一齊忙奔回來。欒廷玉、欒廷芳、王天霸、婁熊四將都不解其故，立馬觀望。真妙。真大義早已瞧科，也勒馬回陣。真大義特提開寫，妙。只見希真、永清、麗卿已押大陣兵馬殺上來。希真對廷玉等四將說了，四將皆喜，當時擂鼓吶喊，殺奔過去。梁山軍馬無心戀戰，果然大輸一陣。猿臂兵追到分際，希真傳令教住，奇。只將鎗砲、弓矢等遠器，雨點價打去，奇。梁山兵飛速遁逃。

原來起先真大義闖入猿臂陣裏時，有一蠟丸擲到希真面前，奇妙之至。希真拆看，乃是魏輔樑通知，宋江陣後有精兵埋伏，妙，妙。初讀輔樑教宋江設伏，頗為寒心，得此乃解。所以希真追到分際，便傳令止住。註明。當時魏輔樑見宋江受傷，忙傳令軍心休亂，火速退兵。妙。此時只求其退，原不求其敗也。宋江虧黃信挑起那箭，只爆在眼睛上，幸不深入，却已將山根射傷，眼珠撅出。真是博物。黃信急抱他回營，已昏暈了一回。不濟。輔樑勸他勉強支持，休亂軍心。此時宋江苦極矣，輔樑亦落得作弄他。又替他傳令：大權在手矣。「教軍士按隊伍退回，失伍者斬！」妙極，帮宋江。軍士退到分際，只見希真軍馬止住不追。輔樑佯作大驚。妙道：「埋伏計被他猜破也，希真那廝真有先見之明。」有蠟丸通知，何必有先見之明。便對宋江道：「那廝既不直追，必有奇兵抄入林子，殺我伏兵，快教楊雄、石秀一齊退回。」妙，妙。又撤退其伏兵。宋江呻吟應道：「憑先生調度。」妙極。輔樑忙傳令：「教楊雄、石秀一齊出林子，嚴整隊伍，將伏兵改作斷後之兵。」妙，妙。楊、石二人得令，飛速出了林子，只聽得林子裏砲火連聲，果然猿臂奇兵抄入。奇妙之至。宋江深服魏先生高見。絕倒。當時宋江軍馬合成一處，緩緩退去。希真見宋江軍有紀律，不敢窮追，依理當說希真留輔樑地步，却偏說見宋江軍律，妙絕。約軍馬緩緩跟上。

宋江等退入鎮陽關，希真兵亦到鎮陽關下。妙絕，好看煞人。那飛虎寨方纔木城築好，突接飛虎寨。李應正擬派重兵鎮守，希真兵已到關下。盡在輔樑算中。或曰：輔樑豈能如此之巧？金門曰：輔樑口口勸宋江詐敗誘敵，分明欲其速退；雖麗卿射傷宋江出自輔樑意外，而撤回楊雄、石秀之計，輔樑早已算定也。李應急問輔樑道：「如此怎好，不是又空棄了這飛虎寨？」輔樑驚道：「我道仁兄安排已定，所以路上不計及。罪歸李應，惡極。為今之計，快由賣李谷一路，賣李谷再點，形勢瞭然，早為三打伏線矣。發精兵猛將到飛虎寨。如那廝已估了飛虎寨，切不可攻寨，再照那日的吃虧。回照地雷一筆，妙絕。只可守住賣李谷，再相機宜。」直呼起下回。李應忙教解珍、解寶領五千人馬赴飛虎寨去。宋江只是躺在牀上厮喚，妙筆。李應道：「哥哥貴體如此，豈可軍務煩心。」讓李應說，妙。忙教備乘煖轎，派了數百名兵，就請公孫勝、黃信、楊林督領護送，回歸梁山。宋江臨行，向魏輔樑拱手道：「區區兗州，奉託先生。」可憐。收過宋江、公孫勝、黃信、楊林。輔樑唯唯，心中暗喜。妙道：「不乘此時取他兗州，更待何時。」宋江在兗州，輔樑棘手情形躍然。言下乃下回偏添一勝于宋江之吳用，而輔樑卒能取之。輔樑之才以險而見奇，仲華之文亦以難而見巧矣。

希真聞得宋江射傷一目，還未曾死，已送回山寨，大喜，與眾將商議，一鼓便取兗州。兩層遏撥，轉出吳用，有聲有勢。忽接到本寨緊急文書，乃是吳用統領一萬二千人馬，直趨新柳營，筆力奇矯。現在劉廣與劉麒極力在禹功山堵禦，賊兵尚未逼近城下，誠恐機宜有失，特請大兵速回等語。希真與諸將皆驚，只見劉慧娘道：上文諸將個個細寫，獨不及慧娘，此處固應先鳴。「姨夫放心，甥女請領六千兵回去，遮莫在那里與他支持一月、半月。先逗起一句，妙。這里姨夫與眾將依舊攻奪兗州，看他失了兗州，還有甚麼法兒對付我。」確是慧娘計算。希真聽罷，沉吟半響道：「吳用那廝詭計絕人，此番攻我新柳，分明是解兗州之圍。但他不到兗州而取我新柳，其計正是可畏。極表吳用。我守寨的兵力微薄，不但新柳難支，即猿臂、青雲兩處，亦在在可圖。倘被那廝隨處奪了一處，我便吞滅了兗州，亦兌他不過。」吳用來意，借希真口中註出。永清道：「如此只得退兵。只是此等內間密計，利在迅速成功，豈可輾轉逗留，萬一軍機泄漏，大事去矣。」希真道：「不妨。吳用那廝不救兗州，分明亦信魏老。料事如見，畢竟讓此老獨占一籌。只是真祥麟一事，務要機密而又機密，現在知此事者，實無幾人，都是我心腹，必不泄漏。彌補完密之至。我此番回去退敵，務求迅速。我想此刻我等已受朝廷褒封，回應百七回。官兵處亦可求救，不怕那廝久持也。」先逗解圍一筆，妙。眾將稱是。當時傳令三軍拔寨都起，坦坦蕩蕩，公然退兵。八字妙。那李應已接到吳用飛報，并教李應與輔樑商議，妙極。如希真退兵，便須相機追逐。讀至此，須代輔樑想如何佈置。當時李應見希真退兵，便要追趕，輔樑止住道：「且慢。妙。你看他退得如此彰明較著，難道他不防備追兵？就是無謀下士，不至于此。真是會說。且發探子去探看虛實，再定計議。」李應聽了，便發探子去。半日，妙。探子來回報道：「希真已飛速退了八十餘里，妙。四邊並無伏兵。」妙。輔梁疑慮道：「奇了。妙。那厮真個一無防備，妙，妙。那個說有防備，單靠你一人防備儘彀了。吃他白走了，倒不甘心。其語更妙，真要笑倒人。仁兄且點齊兵馬，待小弟奉陪仁兄追上去。」原教他追，妙。李應點齊兵馬，天色已晚，輔梁教李應緩緩追上，行不十餘里，只聽得前面林子裏，探子說沒有伏兵的所在，忽然連珠號砲響亮，奇妙。李應大驚。輔梁曉得又是那鋼輪火櫃的法兒，隨手註明，而文情有廻映之妙。卻對李應道：「仁兄放心，此事定是那厮狡獪，必非伏兵。先明其灼見。但前去虛虛實實，竟難猜測。我們黑夜進兵，斷非所宜，次表其持穩。不如就此札住營寨，明晨再議。」到了明晨，探子探得林子內果非伏兵，魏先生高見。希真卻連夜又退四十里。妙。輔梁道：「不好了，我中他計也。妙。這厮分明令我疑畏不敢追他。」妙。便教李應快追。妙，妙。看官，奇。凡是天下的人，腳步大畧相同，奇，妙。不見得李應的兵比希真的兵，兩腿分外生得長些。奇情，妙想。希真早已退了一百多里，李應如何追趕得上？奇情妙想。況且一路上，每逢山路崎嶇、林木掩映，輔梁還有許多探路搜伏的事務敷演他。妙絕。當時李應追希真不及，只得怏怏提兵而退。收過李應。

且說吳用在萊蕪自從送宋江、公孫勝等起身後，便與朱武修緝新泰、萊蕪兩處燉煌營汛，端的十分如法，眾人皆喜。為天彪取萊蕪，希真取新泰伏線。續聞得宋江、公孫勝仍為希真所敗，心中十分懊惱。又聞得希真重復攻打兗州，驚道：「這厮如此冤冤相報，節節相纏，八字用在此處，奇妙。萬一兗州真個失手，大事去矣。」可見希真恢復兗州是非常奇功。便與朱武商議救兗州之策。朱武道：「那厮空羣爭兗州，他本寨必然空虛，我去襲他猿臂寨何如？」先說襲寨。吳用道：「此計固妙，但那厮豈有不防備之理。我想他那新柳營在青雲山南面，我兵由北而南，路頗迂曲，道里形勢瞭然。他那里或不甚防備，亦未可知。況且那鐘已被我們毀破，回應一筆。一路上更無阻礙，我等不如潛師進發，直攻那處。」方說攻新柳，文家尚層次也。朱武稱是。只見淩振起身道：「軍師既要攻城，何不仍用地雷之法？」輕輕引起一筆，妙。「仍」字，回映曹州。吳用道：「那里沒有內線，你如何混得入去？」反映兗州有內線，妙。李雲道：「適纔小弟想得一攻城栽埋地雷之法，取名『鐵穹廬』，自問勝于木驢。」吳用道：「你且將圖式與我看。」李雲呈上圖式，吳用道：「甚好，只須畧改數處。」落到正文，且先虛按，妙。李雲、淩振輩為智幾何，必須吳用親與慧娘鬬智方可顯慧娘。此處「畧改數處」四字，作者真斟酌盡善也。這里且發兵到彼，待我相機使用。」說罷，便教朱武與花榮鎮守二縣，抽萊蕪頭領史進、陳達、李忠、周通帶領一萬二千人馬，并帶李雲、湯隆、淩振應一百七回伏筆。及各項工匠，各種材料。將人馬分為二隊，吳用、史進、湯隆、李雲、淩振領前隊，陳達、李忠、周通領後隊，偃旗息鼓，包戈束甲，向新柳進發，一路悄悄前進。

這日到了下馬橋，距新柳尚有兩站路，忽然後隊發喊，一彪人馬殺來，奇筆突起。風飄旗號，正是猿臂寨。當先一員大將，躍馬橫刀，大叫：「逆賊敢亂闖，吾乃劉廣是也！」陳達、李忠、周通大驚，一齊迎殺。劉廣輪刀大戰，三人都敵不住。更兼梁山兵不及取甲，吃猿臂兵箭矢、鎗砲驟雨飛蝗價攢上。寫劉廣韜畧。這場廝殺，幸虧吳用出師素有警備，不致十分大敗，救出吳用。但人馬、器械已損折許多。寫劉廣。劉廣曉得吳用不是好欺的，得了這勝仗，連忙收兵而回。表劉廣能軍，又藉此收住，不侵佔正文地步，最妙。原來劉廣自希真伐兗州去後，深恐梁山來走冷著，便一體知會苟桓等，小心防禦。應吳用之言。苟桓與劉廣密議，梁山如來，必是新泰、萊蕪一路，便遣精細探子密到新泰、萊蕪去探吳用行止。表苟桓。這日探得吳用潛師出境之信，苟桓便去通報劉廣，劉廣便挑選了八百名精細壯勇，到下馬橋埋伏，只候他前隊過去，掩他後陣。表劉廣。吳用一時不防，「一時」二字，救吳用

（也。）正中其計。（註明。）吳用大怒，眾頭領無不忿怒，便請直攻新柳城。吳用道：「且慢，休中其奸計，這場他不是正戰，乃是挑敵之兵。（借吳用口中，註出劉廣之計。）那里他必定還有甚麼詭謀。」當時點閱人馬，便傳令扎下了營寨，一面發探子到新柳城去。過了一日，探子回報：「猿臂兵屯在禹功山上，四面林子、水草邊都有伏兵，也有幾處假的，虛插旌旗，堆積烟火。」（寫劉廣。）吳用聽了，便傳令拔寨進兵，離新柳營西面六十里下寨。史進道：「軍師何不就從他沒有伏兵處殺進去？」（也是。）吳用道：「你不曉得，他沒有伏兵處，定有伏兵。（公曾以此計掩高俅，故知之深也。）我們且就此屯札，不出十日之外，我有條計，管殺得他退入城中。」便對李雲道：「你那攻城鐵穹廬，（就從退入城中，說到攻城手法，亦敏捷。）比木驢果然較好。木驢是圓頂，逼到城下時最怕城上推千斤石壓碎木驢。今你改作尖頂，心思却好，但用四斜柱架一樑，總嫌頂平，千斤石終壓得斷。況你用鐵柱、鐵樑，又重又硬。重則難運，硬則易斷。（真是格物。）今我意改用粗大渾猫竹，猫竹粗而軟，勝于鐵桿；（無重且硬之弊。）又三柱便結成一廬，頂尖且銳，自然不怕千斤石了。（無頂平、頂圓之弊。）至于你用生牛皮繃篷，內襯亂髮絲緜，不受槍砲、矢石，最妙。至裏面支架也須用渾猫竹，可以萬全無弊。」李雲及眾頭領皆喜道：「軍師神智，真賽過諸葛也。」（極讚吳用，以襯慧娘。）吳用便教李雲聚集工匠，趕緊製造；又教凌振趕緊置辦地雷，在營後搭廠，限日辦齊。吳用號令機密，自不泄漏。這里且按兵不動。

那劉廣見吳用按兵三日不進，便知吳用另有詭謀，飛速通知希真。原來希真兵馬係分作兩隊退回，（此句不敘于退兵時，而敘于此，又藉此清出慧娘，妙。）劉慧娘同陳麗卿、真祥麟、祝萬年、欒廷玉先退。不日回到新柳，知劉廣兵馬已為吳用所敗，（吳用破劉廣之計虛寫過，最好不侵下文地步。）棄了禹功山，退入新柳，慧娘也進了新柳，協仝保守。吳用領兵直逼城下。（關筍緊。）

（蓋鐵穹廬不日可就使，非慧娘先到新柳，誰能禦之哉！）城下吳用派陳達、周通領四千人馬攻西門，李忠、史進領四千人馬攻南門，吳用和李雲等領四千人馬在後策應。那新柳原無東門，（應九十回。）單留北門不圍，這是兵法圍師必闕。（註一筆，奇。）那城上（城下城上，章法工整。）劉慧娘早已識得，便將北門塞了。（妙。）劉慧娘同陳麗卿、劉麒守西門，劉廣同祝萬年、欒廷玉守南門。真祥麟因避眾眼，已回青雲山去了。（妙而細。）這城內器械俱備，（特提器械，為一篇眼目。）就是竹箭之材，新得永清採辦，亦不憂不足，（再提竹，又迴照百五回妙筆。百五回辦箭材事，原為留永清、麗卿使得遇魏生也。箭材本無關輕重，但必應固泥，而不應亦嫌脫，今如此應過，手法極靈。）足可與吳用相持。（大書特書。）

當時吳用傳令攻城，城上劉廣等守禦得鐵桶也似，接連攻了三日，毫無破綻。那運鐵穹廬的軍士，腳步方纔練齊。（妙，有頓挫。）吳用陞帳閱看，端的齊如蟻行，捷如鳥飛。那穹廬每一輛，中藏掘子軍二十名，地雷兵二十名，共四十名人手。其傳城❶時，即用此四十人負之而趨。（所以貴輕軟也。一「負」字先逗出破綻，却令讀者不覺。）當時點齊人馬，并穹廬三十輛，吳用親自督領，直抵西門。（句。）城上劉慧娘見賊兵又來，傳令小心抵禦。只見城下喊聲振天，賊兵一字兒翻翻滾滾殺來，突放出三十輛鐵穹廬來。原來那穹廬，前有兩枝不駕馬的空轅，名為跨濠轅，那怕丈餘濶的濠溝，但將兩轅搭過，眾兵便好循著這轅，推穹廬直到城根。（奇想。鐵穹廬之狀陸續補出，敘法亦變。）當時賊軍品三通鼓，吶一聲喊，三十輛穹廬一齊衝過來。城上軍士不知是甚麼器械，各各心驚。（襯劉慧娘。）劉麒忙傳令開砲。（再襯慧娘。）令猶未下，慧娘忙叫道：「開砲無益，（生牛皮，不畏鎗砲故也。）快將石子一齊擲下去！」（奇。）一聲令下，城上大小石子雨點價下來。吳用大驚，忙教鳴金，收回穹廬。（奇。）李雲忙稟道：「這穹廬連鎗砲都

❶ 傳城：即「附城」。傳，貼近；貼靠。

不怕，怕他石子做甚？」吳用道：「你不曉得，快收回來，不然枉送這班兒郎們性命也。」真是不解，其故奇極。便疾忙收回穹廬，札住陣腳。李雲不解，再請其故，吳用道：「我一時不檢點，這穹廬旁用兩翅，使軍士負翅飛行，是老大毛病。又補出一層穹廬形狀。方纔我見那廝專用石子打來，那兩翅盛受石子最便，石子盛滿，穹廬必重，兒郎們均被壓死矣。」奇想天開，想見仲華格物。李雲方纔省悟。絕倒。那城上見一陣石子，果然打退賊兵，眾皆大喜。又襯慧娘。慧娘道：「且慢歡喜，奇。那廝識破那兩翅的毛病，必將兩翅去了，于廬中設幾個車輪，教軍士在廬內推運，仍可撲到城下。」慧娘用石子之故，借吳用註出；吳用改穹廬之謀，用慧娘料出，章法靈變可喜。劉麒、陳麗卿都道：「怎好？」慧娘笑道：「你們休要着急，寫慧娘，又妙在確是慧娘聲口。我猜那廝廬內除了地雷，更無別物。料定。可傳令速備水缸二百隻，教軍士運水上城；又備下牛喉水龍即今洋龍。六十條聽用。」一面告知南門上劉廣照樣準備，不拋荒劉廣。一面照常守備。那吳用見穹廬不得利，只得傳令軍士硬攻一番。但見城上城下，鎗砲、矢石亂得一天星斗，奇語，絕倒。終是無益，吳用只得傳令收兵。那邊南門李忠、史進悉力攻打，恁敵得劉廣、萬年、廷玉守禦得法，如何攻得。李忠倒吃欒廷玉飛鎚打壞左臂，也只得退兵。處處不拋荒，南門用筆最細。吳用聞知李忠受傷，大怒，便傳令到兗州取楊雄、石秀、孫立帶領一萬六千人馬，速來助戰。添兵以便久持。那陳希真、祝永清、謝德、婁熊、王天霸、欒廷芳等早已到了山寨，不漏。深知吳用詭計絕人，且不救新柳，但分派兵將各處鎮守，以防吳用來襲。應在在可攻。那吳用退回本營，查點軍馬，送李忠回萊蕪將息，這里聚集精銳，專攻西門。清出。那劉慧娘亦深畏吳用利害，端的衣不解帶，晝夜巡閱。逗動後文無數情事。當時彼攻此守，又是一日。那吳用果然將穹廬式製改造了。上有慧娘之言，此處便可省筆，詳畧得法。次日黎明，吳用將鐵穹廬在營內排齊，傳諭眾將道：「今番必破新柳城了，眾兄弟與我努力！」眾將齊聲答應。當時飽餐戰飯訖，營外三聲砲響，兵將出營，列成陣勢，蜂擁而進，直抵西門，放出那鐵穹廬跨濠過去，直傅城根。這番必破新柳城了。只見那城上軍士毫無懼色，與上各各心驚相映。須臾間城上數十道瀑布飛下。奇，妙。那穹廬內軍士方將地雷栽得少些，不防青天忽降大雨，奇文。將火藥盡行濕透，毫無用處，這喚做枉費心計。絕倒。吳用大怒。絕倒。賽過諸葛之譽，應當有愧。只見城上湧起一座飛樓，端坐着一位美貌佳人，手秉如意，指着吳用道：「吳用，先叫一聲，妙。人人說你是智多星，先揚一句，妙。但到我女諸葛手裏來領死却早哩！妙，妙。快回去，盡心學習兩三年再來罷！」真是無字不妙，氣殺吳用。吳用怒極，便叫：「那個上去與他廝併？」說未了，那座飛樓豁喇喇早卸了下去。周通正待出馬，只見城上又立出一位佳人，絕妙文境。黃金鎖子甲、梨花古定鎗，正是陳麗卿。周通見了，便不敢上前。絕倒。回憶安樂村事。今日兩個都在城上，為何不上去？陳達不識高低，出馬大叫道：「你這婆娘下城，來與我廝……」言未畢，一箭射來，急閃不迭，肩上正着，絕倒。急忙勒馬回陣。吳用見連日將官受傷，不敢催戰，只得忍着一肚皮氣，收兵回營。次日，一路勤寫，此二字見此番係晝夜攻圍，無少間歇也。吳用對眾人道：「攻城之法，終要令城中不得休息，人困馬疲，方可取勝。此次我雖兩將受傷，銳氣未挫，今日眾兄弟、眾兒郎仍與我努力攻城！」眾人一齊答應，重復列成陣勢，吶喊攻城，足足攻了一日。吳用道：「諸君休辭勞瘁，明日盡力再攻。況且兗州兵不日就到，可輪替攻打。」眾人應諾，當夜回營將息。

那陳希真將各處守備之法，俱已安派停當，一面點兵守新柳北面土圍，應九十回。一面發通稟到景陽鎮總管處求救。誰知那總管寇見喜，名字絕倒。正活是那年的魏虎臣，說起「點兵」二字，便似當頭打下霹靂，奇語。嚇得魂不附體，那敢來救，新柳營所以任憑吳用儘力攻圍。提清眉目，都為劉慧娘患病張本。那希真在土圍內，設法想襲吳用，吳用防備得緊，那里襲得。虛找一筆，妙。那吳用連日攻打新柳，一日接到楊雄、石秀、孫立一萬六千人馬，併糧草等物，再加一層糧草。吳用大喜，誓必滅了新柳，方肯退回。反振慧娘退吳用得力。只見凌振獻計道：「地砲不利，不如改用天砲。」地砲、天砲，奇文。吳用道：「何謂天砲？」凌振道：「小弟與湯隆已造了一個，請軍師察看。」吳用便教取來。須臾凌振取來獻上，只見是一個正方鐵匣，長濶高各一尺，中藏火藥鉛子，內有一道藥線盤入。遜于鋼輪火櫃遠矣。吳用問怎樣用法，凌振道：「仍用鐵穹廬載過去，仍用穹廬，妙。只須穹廬前竪起一竿，比他城牆畧高些，上用一滑車兒穿一根長索，一頭繫了這砲，只待穹廬將到城根，便將藥線點着，扯上竿頭，搭上城去，下面將繩索割斷。那砲自在城上炸開，打得他千人辟易，我兵便將雲梯爬城也。」吳用道：「此器固妙，但用時尚有一層斟酌。處處表出吳用，即處處襯出慧娘。此砲未搭上城時，先被那廝用長刀、長鐮割斷，墜下城來，豈不悞事？」凌振道：「軍師計將安出？」吳用道：「這事容易，但將穹廬改大些，中藏四十名鳥鎗手，將近城時，悉力向上打去，那廝無處立脚，怎能割我繩索？」真是盡善無弊，須看慧娘破法。眾人稱妙。吳用吩咐凌振、湯隆去照式製造，便點派兵將，留楊雄、石秀在西門，派孫立到南門去。不數日，天砲辦齊，分派停當，只待明日再攻。

且說劉慧娘目不交睫，已有十餘日，劉廣愛惜他，教他且去睡睡養神。慧娘那里肯，吃劉廣再三催不過，只得下城到營房裏就寢。正是困倦已極，一睡却睡得起不來了。都為生病伏線。時方黎明，慧娘睡夢中忽聽得城上發喊，大驚而起，疾忙上城，只見那個尖頂的廬兒又來了。鐵穹廬之名，慧娘不知也，入情入理。劉麒忙問道：「妹妹，這番怎破？」慧娘猛想到麗卿神箭，忙叫道：「卿姐，卿姐，快將他竿上繩索射斷！」吳用防得割，不防到射。

麗卿忙用連珠箭射去。忙極。慧娘又道：忙亂如畫。「卿姐一手不及徧射，怎好？」忙亂。麗卿一面射，一面說如畫。道：「這里我一人儘彀，只怕南門上不好，照顧南門。快傳桂花等四個丫頭去射，他們近來箭法狠好。」文情映帶之妙，令我歎絕。慧娘忙傳桂花、薄荷、佛手、玫瑰四丫頭到南門去，又吩咐：「萬一有一架不射到，被他撲上城來，可教本段避入左右段，但用弓弩遠遠射住，不容賊兵上城。其左右不準亂伍，亂伍者立斬！寫慧娘急智。飛速赴南門去！」這邊西門上天砲繩索都斷，城上平安無事。那邊南門上卻有兩架打上城牆。吾讀至此，而歎仲華之筆真奇妙，不可方物矣。兩架打上，寫天砲之利害也；何以不打上西門，表麗卿之神射也；兩架雖打上，而南門無害，又表慧娘之智與劉廣之才也。入情入理，而面面精神俱到，豈非奇才哉！史進、孫立見城上砲炸，濃烟障天，急推雲梯上城。不防濃烟中亂箭射來，登城之兵盡被射死。濃烟方散，城上早已列隊守備，推下千斤石壓斷雲梯，賊兵死者無數。史進、孫立懊恨而返。吳用歎道：「陳希真輔佐，個個如此，真吾心腹大患也。」極贊慧娘。傳令攻打一番，毫不得便宜，又只得收兵。慧娘見賊兵又退，對劉麒道：「那厮必然再用此法，一而再，再而三，我其危矣。」劉麒道：「怎好？」慧娘道：「此刻我城垜盡被那厮打壞，城垜打壞，借慧娘口中敘出，便極。我兵守禦甚難。為今之計，速將整枝粗竹，札成竹笆子，苫蓋城上。」奇妙。言訖，便傳令營中竹匠，立時札起無數竹排。慧娘教將竹排平鋪城上，只留竹根三尺餘在城內，其餘都吐出城外，竹梢參差，枝枝外指。奇妙。那吳用收回穹廬，正擬鑄砲換繩，再行攻打，不出慧娘所料。忽見城上蓋滿竹笆，不覺失聲歎道：「這番新柳城取不得了！」與今番必破新柳語對鎖，極寫慧娘。眾人忙問何故，吳用道：「竹梢軟而滑，這砲如何擱得上？仲華真是格物。更兼參差不齊，雲梯如何上得？真是格物。況且他平鋪吐外，不受鎗砲、矢石，更有何法攻他？」真是格物。眾人面面相覷，各各無言。極寫慧娘。半響，石秀道：「何不放火箭燒了他？」吳用道：「火箭怎能奇奇巧巧射在他竹笆上？」[反襯後文慧娘勾股。]石秀道：「但放得多，總射他着了。」吳用意本無聊，且准了石秀所請，令備數萬火箭，領兵直赴城下。一聲號砲，數萬火箭雨點價上去，却只有百十箭着在竹笆上，盡被城上水龍澆滅。[妙。]吳用又收兵而退。[無聊。]是夜獨坐帳中，悶悶不樂，心中暗忖道：「此番攻新柳，不料毫無便宜。意欲退兵，又恐此番一退，希真必隨即來滋擾兗州。」[逗起三打兗州，與百七回住法正同。]好生委決不下。想了好歇，忽生一計，[偏不便退，與百七回同意。]便傳淩振、湯隆進帳，吩咐道：「你們速將那天砲改造圓的應用。」[奇。]二人問何故，吳用道：「你去造來，我有用法。」二人諾諾而退。吳用便傳令選齊一百副砲架。[奇。]看官，你道砲架是怎樣的？[忽跳身題外論說，是仲華慣用之法。]原來就是古法石砲的架子。春秋時鄭子元旝動而鼓❷，范蠡❸發機運石，即是此物。自元以來始有火砲，雖仍襲砲名，其發放却用不着砲架。前傳施耐庵先生寫淩振支砲架放砲，實係失據。蓋緣當時火砲之法，最為秘密，設禁甚嚴，所以耐庵不得而知，以己意推測之，只道仍是石砲之法而已。這原怪不得耐庵。今此處却實以石砲之架，施放火砲。蓋石砲從架上發去，不過落到敵陣內，打壞數人而已；今火砲借用石砲架子，發放出去，到敵時，砲炸四迸，所傷實多。[明辨晳也。]當時吳用算計已定，只待圓砲製齊，便要施放。

且說劉慧娘見竹笆已蓋好，稍為放心，忽想道：「且尋思尋思，看他還有甚麼法兒攻我？」[知彼知己，所以百戰百勝。]

---

❷鄭子元旝動而鼓：鄭國公子子元一面揮旗，一面擊鼓。旝，音ㄎㄨㄞˋ，古代一種旗。

❸范蠡：春秋末期政治家、軍事家、經濟學家。輔助越土句踐滅吳，後至齊，定居陶。經商巨富，史稱「陶朱公」。

也。尋思一番道：「惟有石砲尚可打上城來。」真是兩智相遇，而吳用似尚遜一籌。因想擋禦石砲之法，沉思半響道：「有了。」便傳令教軍匠立時製起竹扇一千副。其法用粗竹編成，此處寫竹，如取如攜，方悟上文伏筆之妙。狀如掌扇，柄短扇長，下用神臂弓張開絆脚，另有機括小桭。當時一日辦齊，慧娘看了甚喜，忽想此器也好施放砲火，奇，妙。便又傳軍匠連夜打造砲子，以多為妙。其法正如吳用圓砲之法，奇，妙。而中藏小砲，又有毒烟，比吳用的更妙。奇，妙。此即後回飛天神雷也。此處特省寫，以讓後回。當時吩咐軍匠照式去做了。慧娘對眾人道：「有了此器，不但禦敵，兼可退敵矣。」駕吳用而上之。便請劉廣派兵。當時派劉麒管城上神砲，麗卿領三千鐵騎在城門邊，只待神砲得勝，便衝殺出去。那邊祝萬年、欒廷玉也摩拳擦掌，等待衝殺。又遣人縋城❹出去，潛到土圍，通知希真。那希真在土圍內，已與吳用遊騎戰過幾次，只是不得便宜。虛補一句，妙。今日一聞此信，大喜，便安派兵馬，等待追襲。那吳用雖然多智，如何料得。傳神之筆。次日黎明，吳用點齊人馬，又到城下，將砲架一字擺齊。一聲砲響，三軍吶喊，那圓砲如雹子般打上城去。寫出聲勢，極襯慧娘。只聽得城上哈哈大笑，奇，妙。那圓砲個個都打回本陣來了，奇，妙。滿天砲炸，四字奇文。吳用前隊大亂。原來那竹扇脚下神臂弓弦，係活桭子張開。這圓砲打在竹扇上，將扇子一振，活桭脫落，那弓弦便盡力往後一兜，自然撲得這圓砲爆回本陣了。註明。吳用忙傳令止住。卻不解何故無數圓砲絡繹不絕而來，奇，妙。雷霆四震，烟霧迷天，真寫得出。吳用大驚，疾忙退兵。陳麗卿已領兵殺出，那邊史進、孫立已被劉廣、萬年、廷玉三人殺敗，又被希真、永清兩路人馬從土圍殺出，直殺得大敗虧輸。永清便抄到西邊來襲吳用後營。寫永清。

❹ 縋城：把人繫在繩子上，從城上放下去。縋，音ㄓㄨㄟˋ。

且說吳用見飛砲失利，便教按隊退兵，怎當得麗卿勇猛衝殺，毒烟散處，（句細。）麗卿一馬衝來。周通手酥脚軟，那敢迎敵。（百忙中，有此趣筆。）吳用忙教札住陣脚，只用佛狼機打去。麗卿正在衝殺不入，（寫吳用利害。）忽見吳用陣後發起喊來，全陣俱亂。（讀者試掩卷猜之，無不以為永清也。）麗卿見了，便揮人馬殺上。吳用兵馬大敗四散，露出背後一隊人馬，（露出，妙。）當先一員少年勇將却是雲龍。（來得奇。）麗卿大喜，當時合兵掩殺，楊雄、石秀保着吳用，飛速逃回本營，恰又與永清兵馬遇着，混殺一陣。吳用等退入營內，營門急閉，鎗砲齊下。永清正待設法攻擊，只見鎗砲忽然絕聲，永清大疑。半響，差勇將登營觀看，吳用兵已遁去矣，（極寫吳用。）永清遂不敢追。（收住永清。）那邊萬年、廷玉追擊史進、孫立，正在不遺餘力。背後劉廣望見前面林木掩映，恐有伏兵，忙教鳴金收住。果然林子裏鎗砲撒豆般打來，（極寫吳用。）劉廣、萬年、廷玉亦不敢追。（收住劉廣、萬年、廷玉。）兩枝人馬一齊札住，都等希真號令發落。（總束一筆。曲終抽撥當心畫，四絃一聲如裂帛。）

且說希真見劉廣已得勝仗，便也抄過西邊掩吳用前隊。（永清襲後營，希真掩前隊，步伐井然。）見麗卿却與雲龍合兵一處痛殺賊兵，希真喜出望外。（真是喜出望外。）但見雲龍邀住周通輪刀大戰，不上十餘合，雲龍刀起斬周通于馬下。（周通死于雲龍之手，可謂果報不爽。）麗卿已揮軍掃滅了殘賊。（用筆簡淨。）希真謝了雲龍助陣退兵，不暇多敘，便入城去了，教麗卿陪雲龍隨後進來。那劉慧娘同劉麒正在城上督理軍務，麗卿同雲龍一路說說談談，到了城邊。雲龍猛擡頭見了慧娘，便問麗卿道：「城上那位女將軍是誰？」（一定是知而故問也。）麗卿笑道：「你問做甚？除是你那渾家，還有那個！（麗卿妙舌。）你看那城上的竹笆竹扇，都是他想出的。」（妙不可言。）雲龍大喜，便目不轉瞬的向那城上看得仔仔細細。（絕倒。）慧娘做夢也想不到雲龍來了，所以眼睜睜只看那個小將不知何人。（更絕倒，真是妙極，趣極。）及至進城，雲龍先人中軍去見希真，麗卿撇了雲龍徑上城來，（活是孩子氣。）慧娘便問麗卿道：「姐姐同了那里的一位少年將軍同來？」麗卿笑個不住道：（憨態可掬。）「就是你的，你的……」（妙）接連說了兩三個「你的」，（妙，妙。）慧娘早已會意，（絕倒。）便「啐」的一聲，（香口如生。）便道：「賊兵怎樣了？」（問得無謂，想見東扯西拉之神。）麗卿帶笑道：（妙，妙。）「回去的了。」劉麒亦暗笑。（更妙。一篇雷轟電掣之文，以此終篇，奇極。）慧娘傳令撤退兵將下城。（遇着那人怎好？）

却說希真接見雲龍，正欲動問諸事，忽報祝永清差人來請令。只因這一番，有分教：強將更逢強將，殘賊寒心；高才偏遇高才，仇讎授首。不知永清請令待欲如何，且聽下回分解。

范金門曰：戰陣攻取，其法甚多。此回以器攻，蓋極寫劉慧娘也。吳用之攻新柳，原所以鬆兗州；而希真欲圖兗州，必嚴以守新柳。著書至此，誠兩打兗州，三打兗州之關鍵也。乃吳用全神貫注，而獨以慧娘一人禦之。陳希真若退聽也者，則新柳之關係，全在慧娘；即兗州之關係，亦在慧娘也。無數新簇文字，逐層引逗而出，絕妙奇觀。又極寫慧娘，却又極寫吳用，蓋慧娘窮思極慮，方可相敵，則吳用之利害在其中矣。又借此為慧娘患病伏根，真是筆妙如環。

鐵穹廬一層，去翅改頂一層，換用天砲一層，層層佈置，層層抵禦，寫出棋逢敵手，神理煞費經營。

邵循伯曰：「計窘」二字，題目極難，計窘智多星則尤難。極難為仲華一心兩用。

第一百十回　祝永清單入賣李谷　陳希真三打兗州城

話說陳希真在新柳營內接見雲龍，正欲動問事務，忽聞祝永清差心腹人來請令。希真教喚入，那來人上前叩首起稟道：「祝頭領稟上主帥，說探得吳用向兗州退去，必是去守兗州。吳用那厮機警絕人，萬一我們機務泄漏，大事去矣。現在我們兵馬、衣甲、餱糧❶無不悉備，今日得勝，便算吉日，（妙。）就此起兵直搗兗州，使其迅雷不及掩耳，此議未知可否，請令定奪。」（寫永清報仇心急，而文法亦緊捷可喜。）希真早已會意，（妙。）便道：「有何不可。」便派陳麗卿、欒廷芳領四千人馬，會合祝永清、祝萬年、欒廷玉八千人馬，共一萬二千人馬，即日起行。請劉廣回守山寨。傳令訖，祝永清等便拔寨飛速向兗州進發，追吳用去了。（駛不可禦。）

且說希真接見雲龍，彼此各相問候。劉麒亦與雲龍相見了。雲龍道：「小姪久要來叩安，近得召家村報稱梁山賊兵滋擾貴寨，小姪稟明父親，特領部卒六千來從勦賊。召忻因兵力微薄，強寇比隣，不敢輕離部落，託小姪致意問候。」（雲龍赴援之故、人馬之數，并召忻之情況，一齊註出。）希真稱謝，又問道：「聞尊大人榮陞統制，（至此始知天彪陞統制。）入京陛見，（先為希真引見作襯。）未知係何日回任？」雲龍道：「家君於旬日前回署，正有一喜信要報知老伯。」（奇。）希真忙問何信，雲龍道：「家君入覲時，正值种經略凱旋。家君即將老伯歸誠之謀，商於經略，蒙經略

❶ 餱糧：乾糧。餱，亦作「糇」。

極口允許。有此位鉅公在朝，又何憂乎奸臣阻格哉！」希真大喜稱謝道：「承令尊如此周旋，愚伯何以為報。」正說間，忽報劉廣進城，希真傳令迎入。雲龍上前請劉廣安，彼此通問。劉廣大喜，相邀入坐。希真吩咐治筵，又命犒禮雲龍來軍，雲龍謙謝。雲龍坐客位，希真、劉廣、劉麒坐主位。希真對劉廣說起雲天彪懇託种師道之事，劉廣亦大喜稱謝。雲龍道：「老伯兩次蒙陰之捷，所有奏牘，實仗賀檢討一人調度。（忽表賀太平。通部寫賀太平只是「愛賢重才」四字，更無他技，而其人已卓卓千古矣。）劉安撫雖唯唯從命，其實不無眈視。（寫盡貪吏。）據家君之意，以為此等處，只由他去，（表雲天彪。）未識老伯以為何如？」希真道：「令尊固是至正之論。然委蛇從俗，君子亦有時不得已而為之，劉安撫處，愚伯自有理會。」（分別天彪、希真。兩處蒙陰之奏，此番歸誠之事，關節交代雪亮，必須雲龍親來，正為此也，不然前文為唐突筆墨矣。）當時開筵暢飲畢，希真對劉廣道：「我於明日當起兵去接應小壻，煩姨丈鎮守此地，修緝新柳城池，并欵留令坦，盤桓數日。」劉廣應諾。當夜備客館安頓雲龍，及一干軍馬。次日，希真、劉慧娘率領真祥麟、劉麒、王天霸、范成龍并一萬二千人馬，即日起行。（三打兗州，三次遣將，凡山寨中人，無不從役建功，分派極勻。不及劉廣、茍桓者，自有鎮守之功也。）劉廣、雲龍候送，雲龍道：「恭聽老伯捷音。」希真道：「此次若僥倖成功，所有歸誠之事，還仗尊大人費心一切。」雲龍道：「老伯放心，家君無不盡力。」希真告謝，上馬起行。這里劉廣留雲龍住了數日；雲龍告別起行，劉廣修緝新柳城池，不必細表。

且說吳用約敗軍退了三十里，方知周通陣亡，痛惜不已。（細。）令史進、陳達領本部回萊蕪，李雲、湯隆、淩振回梁山，自己與楊雄、石秀、孫立領兗州人馬，由鄒嶧一路回兗州。（分清。）次日，又退三十里，忽報祝永清領大隊人馬追來，吳用只顧緩緩退去。第三日又退三十里，誰知永清並不力追；（妙。）大約吳用退三十里，祝永清便進三十里，這個名色喚做「送王歸殿」。絕倒。如是者五日，省。吳用大怒，便教軍士休退，當時札下營寨。誰知吳用不退，永清亦不進，當時彼此相距一日。次日，吳用潛師退去，永清卻早已探得確實，便拔寨追來，只是相距三十里左右便住。奇。吳用大怒，又教札住營寨，遣人直叩永清營前挑戰，永清便提兵與混戰一場，各無勝負。更奇。次日，吳用又挑戰，永清便堅守不出。愈奇。吳用恍然大悟，道：「我中他計也。」說未了，接得兗州告急公文，乃是陳希真領萬餘人馬，由泗河順流而下，直攻鎮陽關。奇妙，奇妙。眾將皆驚，吳用道：「不妨，那里有魏先生助守，倒怕這里失利。」否，非此之謂也。便傳令分軍馬為二隊，奇正相生，火速退去。吳用未嘗不能，而卒失策於魏老，甚矣！魏老之奇也。永清果不敢窮追，妙。俟吳用已退入兗州，然後領兵直攻飛虎寨。雙峰齊落。

且說李應自追希真不及之後，與魏輔樑提兵而返。輔樑教李應安頓諸務畢，輔樑又欲回山。妙。李應道：「魏先生，非李應好溷高躅❷，此時希真必深恨於先生，希真曰：「何敢？」甑山孤懸城外，惟一希真偏師直犯尊府，先生危矣。依愚見何不挈寶眷暫居城內，一者小弟可旦晚領教，二者避了希真之患。統俟東方平定，定送先生白雲高臥也。」輔樑道：「甑山道遠而路僻，希真未必能至。但仁兄所慮，亦不可忽，謹遵台諭，容數日攜眷來城。」李應大喜。原來吳用有密信致李應，言輔樑好居山野，深恐被希真招去，為害不淺，所以李應此日固留輔樑。一筆勾出吳用機警，而輔樑亦十分出色矣。誰知輔樑竟脫口應承，羣疑頓釋。妙。過了數日，輔樑遂移居城中，日日與李應會晤。那眾頭領亦時來問候，真大義也在其內。妙極。真大義已暗集心腹二

❷好溷高躅：故作清高；高人一等。躅，音ㄓㄨˊ，足跡。

百多人，個個與大義同心合意，應一百八回。輔樑暗喜。妙。此時大義尚未與心腹諸人說明內間之事，機密好。只待希真到來便可舉事。這日輔樑正與李應閒談，忽報猿臂兵馬叩關而來，李應驚道：「吳軍師未見退回，怎麼那廝們來得這般快？」可見希真、永清之妙。輔樑道：「休慌，句。那廝想襲我不備，主意卻打錯了。我這鎮陽關陡峻異常，賊兵豈能飛越！快點將守關，再相機宜。」李應道：「須得先生偕小弟親去為妙。」輔樑道：「這個自然。但賊兵若由賣李谷襲我西門，特特提明，妙極。老大不便。快教真大義領二千人馬守住賣李谷，此為要着。」真是要着。李應忙令真大義領二千兵，赴賣李谷去了。妙極。這里李應同魏輔樑、杜興、樂和領兵六千名，守鎮陽關，端的防守嚴密，希真如何攻得。妙。那希真不數日已探得真大義守賣李谷，大喜，探得，妙，不必輔樑通密信也。正擬遣將襲賣李谷，適值吳用已領兵退到賣李谷了。好。若不爾，兖州唾手而取矣，那得許多文字耶？吳用見有將守賣李谷，大喜。與希真大喜對映，妙。進得谷來，真大義率眾出迎，吳用問了姓名，細。便叫：「真將軍小心防守，俟小可入城後，再定計議。」說罷，便同楊雄、石秀、孫立進兖州西門去了。形勢瞭然。進得城時，吳用命楊雄、孫立守城，自己同石秀赴鎮陽關。一見魏輔樑，深深一揖，許多費心的好話。妙極。魏輔樑心中一驚，妙筆精靈之至。佯作大喜之狀，妙。道：「小弟在此，蚊負徒勞。今先生親來，輔樑幸甚！」妙。吳用道：「先生休過謙。」輔樑道：「非也。奇。刻下軍務傍午，使小弟果勝於先生，定然當仁不讓；妙，妙。今弟撫衷自問，實知小智不及大智，妙，妙。先生勿以輔樑癡長，而有所遜讓也。」妙，妙。實實鉗得吳用，輔樑之才奇矣哉！正說間，忽報祝永清兵馬已將飛虎寨團團圍住。原來飛虎寨在兖州城西南十五里，賣李谷在西門外五里，鎮陽關在正東偏南五里。忽註形勢，章法奇。輔樑道：「不妙，那廝名雖圍飛虎寨，其意實欲襲賣李谷。那廝詭計多端，竊恐真大義一人守不住。」妙，妙。吳用道：

「我看再派石秀去助真大義。」（讀者頗覺棘手，故知輔樑之妙也。）輔樑道：「固好，但守關豈乏人，城中現有楊雄、孫立二將，不如就近調遣為妙。（忌石秀之精細也，說來無痕。）至於那廝詭計，端的不可勝防。（妙，妙。那廝貴無詭計，其如足下詭計不可勝防何？）今日弟與先生同肩鉅任，（妙，妙。）而鎮陽、賣李東西睽隔，不可兼顧。（妙，妙。）弟有愚見，請一人鎮守城中，以應西路；一人鎮守關中，以備東面，（妙，妙。）先生以為何如？」吳用道：「甚妙。未識先生願居城中，願居關上？」輔樑道：「關上任重，先生居之；城中守易，輔樑居之。」（妙。）當時吳用自問才勝於輔樑，（妙極。天下之自問才勝於人者，皆為人所勝者也，可不戒哉！）便口裏謙讓幾句，竟從輔樑所議。輔樑心中暗喜道：「這廝在我掌握也。」便回兗州城。

不說吳用與李應等守鎮陽關，單說輔樑到了城中，便發令派楊雄領兵一千去助真大義；（奇。）又派孫立領兵一千鎮守西門；（奇。着着不可解，故奇也。）又遣人到飛虎寨圍師闕處，（圍師必闕之言，始於孫子。想孫子當時未必料及有如此妙用也。）遞口號與解珍、解寶，以便彼此呼應；又教將口號密告真大義、楊雄。（妙在牽一楊雄作陪。）只有顧大嫂、時遷陪輔樑在城中。（明劃之至。）輔樑又差心腹，將着兩個錦囊去授真大義、楊雄。（奇妙。）真大義收了，當夜拆看，早已了了，（妙極。）楊雄如何識得。（妙，妙。兗州拱手而去矣。）當時魏輔樑、真大義密計已定，只待猿臂兵發作。（頓筆神來。）

且說祝永清圍飛虎寨，聞知真大義在賣李谷，甚喜。當時教欒廷玉押營，自己親到希真營內，商議襲賣李谷之策。問希真道：「泰山處有無魏老密信？」希真道：「沒有。」永清道：「想是吳用那廝關防嚴密，以致於斯。」希真道：「非也。你只管攻賣李谷，我料魏老必有道理。我這里且按兵不動，待你奪得兗州城，我與你夾攻鎮陽關罷了。」（數語表出希真。）永清會意，便回本營去了。當晚永清傳令，只留祝萬年領三千兵圍飛虎寨，又教他二更時分，將軍馬驟然約退，（奇妙。）「那廝如追出，便用埋伏計捦他；他如乖覺不追，「乖覺」二字，妙。雖乖覺而難逃我掌握，此永清之所以奇也。便按軍勿動，待我號令施行。」萬年應諾。先安頓飛虎寨一筆。當時永清將九千人馬分為三隊，永清與麗卿領中隊，欒廷玉領左隊，欒廷芳領右隊。分派已定，吩咐三軍飽餐，準備通宵捉賊。奇語。不曰廝殺者，捉之而已，無所謂廝殺也。三軍領命。不多時，忽報楊雄領兵來挑戰，永清大喜，喜得作怪。先，永清大喜。吩咐堅守，休要迎戰。楊雄依魏輔梁錦囊中密計，教軍士辱罵。墜魏老算中，可憐。永清會意，妙。三軍齊出，陳麗卿一馬當先，大戰楊雄。楊雄見是麗卿，心中畏懼，抖擻精神，儘力招架。暗應青雲山事，妙。永清便令三軍一齊掩上，兵勢浩大。楊雄佯作抵敵不住，領兵敗走。永清領軍飛追，欒廷玉諫道：「那廝防有詐謀。」永清道：「只管追去！」但見前面楊雄飛奔，猿臂兵擂鼓吶喊，直追到賣李谷口。到賣李谷。二更時分，陰雲四合，一天如墨。忽點時候，好筆力。真大義在賣李谷上，接真大義，筆挺勁。望見楊雄入谷，大喜，第二，真大義大喜。一聲令下，兩邊礌木滾石齊下，塞斷谷口。黑影裏眾人不問好歹，亂箭射下，妙，妙。楊雄並眾人一齊大叫道：「是自家人！」妙，妙。應答之曰：「不是，不是！」真大義佯作大驚道：「怎好？」妙。眾軍皆驚。真大義道：「諸君聽我說，事已如此，只得將錯就錯，休要歇手，我自有道理。」妙，妙。二百多名心腹齊聲答應，妙，妙。眾軍不知所為，妙，妙。亂箭不住手，將楊雄一千人盡射死在賣李谷下。妙，妙。楊雄生而糊塗，死亦糊塗。楊雄了。真大義道：「諸君聽者：我等進必為敵兵所殺，退必為本寨所誅，進退無路矣。先絕之以勢。我想我等究是大宋人民，不合從了宋公明，被天下萬世唾罵。次諭之以理。你看陳希真，他倒現成已受招安，將來定有出頭之日。又示之以途。我們既害了楊雄，不如就趁勢歸附了他，倒好充個頭功。又誘之以利。諸君顯親揚名，斷在此會，真乃不幸中之大幸也！」妙不可言。二千人齊聲答應道：「聽真將軍調度！」妙極。說罷，祝永清已領兵由谷口小路登山，接永清，緊捷之至。大義忙教迎入。原來永清起兵時，伏路兵捉得梁山奸細，正是真大義心腹，已將魏輔樑密計一一說了。妙人。知其為補筆，而不知其為省筆也。此時永清、大義相見，各已會意。省筆。大義將口號告與永清，永清急令欒廷芳將三千人馬，授了密計，赴飛虎寨去。急令，一。大義急令就本山放火。急令，二。永清急令欒廷玉領三千人馬在谷口北面埋伏，待有賊兵來救，即便拴捉。急令，三。大義急令本部人馬拔寨起身。急令，四。永清、麗卿急令本部人馬，隨大義直趨兗州南門。急令，五。筆勢如春潮帶雨。

魏輔樑在城中，望見賣李谷火起，大喜，第三，魏輔樑大喜。三大喜成章法。奔放中得此，便見矜鍊。急傳令教孫立帶本兵一千，又加精銳兵一千，飛速出西門，西門。去救賣李谷。妙，加精銳，更妙。孫立領令出城去了。去了，一。隨令顧大嫂領精銳三千，飛速出北門，北門。繞道去助孫立，妙。顧大嫂領令去了。去了，二。便令時遷飛速出東門，東門。直赴鎮陽關去告知吳用，惡極。時遷領令去了。去了，三。竟剩空城，妙。時遷方去，真大義已領了祝永清、陳麗卿大隊殺進南門。以東門、西門、北門襯南門，章法整齊。南門上只得些須老弱殘兵，如何抵當得住，妙。當時被真大義賺開城門，猿臂兵一擁而進，登時殺個罄淨。好。真大義領本部殺向東門去了。安頓真大義。祝永清、陳麗卿領兵撲到府裏，魏輔樑儒冠儒服恭候已久。妙極，趣極。見永清進來，急忙教流星飛馬追顧大嫂轉來，還救城中。妙。便問永清道：「那位往北門去截殺那厮？」問永清，卻是麗卿答，極悤忙，極有致。麗卿道：「就是奴家去！」說罷，便飛速領兵赴北門去。恰值顧大嫂得令轉來，方過吊橋，麗卿驟馬飛出，顧大嫂一見麗卿，弄得不知頭路，不防備吃麗卿一槍刺中心窩，攧下馬來。顧大嫂了。三千賊兵一齊大驚，吃猿臂兵一趕而散。好。麗卿取了顧大嫂首級，領兵進城。不多時，只見欒廷玉綑縛了孫立，領兵進西門來了。快文絡繹而來。原來廷玉得永清密計，領兵在賣李谷北口埋伏，又分兵一千到賣李谷南首吶喊。補出妙算。其時二更將畢，點時候，最妙。天昏地黑，星斗無光。孫立望見賣李谷火勢蒸天，谷南喊聲不絕，只道事在前面，妙。一直往前廝殺。不提防走到谷北，四面喊聲大振，絆馬索齊起，欒廷玉領撓鉤手一齊上前，捉得一個不剩。快極。孫立見欒廷玉，待要戰鬥，早已無能為力，快極。喫欒廷玉手到拴拏，快極。和眾賊一齊綑縛，領兵解進城來。永清大喜。獨誌永清喜者，主人翁也。不多時，只見欒廷芳帶了解珍、解寶兩顆首級，領兵也進西門來了。接踵而至，自成章法。原來欒廷芳受永清密計，當即到祝萬年營裏告知萬年。萬年便離了飛虎寨，速赴賣李谷南口埋伏。廷芳便飛速到飛虎寨，假傳魏軍師號令，稱敵兵全隊攻賣李谷，十分緊急，速分兵一半前去救援。解珍、解寶一來見口號不錯，照應密。二來望見賣李谷認真火起，賣李谷火起，一以通知輔樑，一以悞孫立，至此又悞二解，奇矣。而讀至後文，知此火尚有用處，因歎仲華之筆為奇絕也。三來見萬年的兵果然盡去，方知萬年之去，不僅為埋伏。如何不信，便開門請入。欒廷芳領四百名勇士直進飛虎寨，差解寶領兵出寨，約已去遠，便袖中突出利刀，砍殺解珍。解珍了。三百勇士一齊動手亂砍，打開寨門，放起旗花，如火如荼。寨外兩路伏兵，廷芳領兵三千，今入城只四百，自然其餘皆伏兵矣。前文不提而此處突出，乃簡筆非漏筆也。一齊殺進寨內。那邊祝萬年已用亂箭將解寶及一千人馬盡行在賣李谷南口射死。解寶了。得了勝仗，回轉飛虎寨來，見飛虎寨已破，大喜。廷芳將兵馬都交與萬年守寨，自己領兵五百，帶二解首級進兗城報捷。永清大喜。兩段對鎖成章法。這番襲賣李谷、破兗州城、奪飛虎寨、捡捉眾賊，盡出魏輔樑一人定計。總束有力。永清深深拜謝，便與輔樑出榜安民，兗州事畢。商議遣將攻鎮陽關。慢表。

且說吳用在鎮陽關，與李應等協力保守。那希真兵馬遠屯關外，毫無動靜。吳用正在疑慮，忽回頭見賣李谷上紅光浮天，妙。不料賣李谷放火，其得用至此。大驚道：「不好了，魏先生失手了！」只料魏先生失手，妙。便教石秀：「快進城去，（還想進城，絕倒。）通知魏軍師，須用計保城為妙。」（還想保城，絕倒。）石秀領令，飛速前去，中途撞着時遷。（可見吳用差石秀時，兗城尚未失也。吳用見機不可謂遲，而卒失手於魏老，甚矣！用間之不可測也。）石秀問了一聲，不暇多說，便兩來勢跑過。（妙。）石秀直到東門，猛擡頭見真大義立在吊橋，（真大義忽又現。亦是立在吊橋，為三打祝莊吐氣。）大驚道：（大驚，表石秀機警，他人必不驚也。）「你守賣李谷的，為何在這……」還未說完，真大義手起一刀砍去，石秀左臂已斷，滾於橋下。（疾。）石秀從人不滿百餘，如何敵得，真大義手下人一齊上前砍殺，只剩一兩個爹娘生下快腿的，（奇語，不嫌其複。）黑影裏逃了性命。（「黑影裏」三字，妙，不脫夜景。）那吳用既遣石秀入城，忽然叫苦不迭，教追石秀轉來。（以吳用之智而無救於事，所以深表魏老也。）令未發，時遷已到，將輔樑的事說了。吳用大驚失色，道：「吾命休矣！」李應亦大驚道：「怎地魏先生這般沒兵法？」（以李應之才，至此還只道魏先生沒兵法，極襯吳用；吳用襯得高，魏先生愈妙矣。）吳用道：「叫甚魏先生，（聲口逼肖。）我中他內間毒計也！」眾人皆一半驚駭，一半狐疑。（襯起吳用。使鎮陽關無吳用，則諸人但用輔樑一人賺之，而有餘矣。）吳用對李應道：「我與你趁早逃命罷。」（究是賊話。死社稷之說，賊何以知之。）說未了，忽關上亂叫：「鬼來！」（奇極，筆筆不從人間來。）只見真祥麟披髮流血，騎着一匹猙惡青毛獸，領着無數鬼兵，逼關而來，漫山遍野盡是綠映映的火光。（奇極，妙極。）黑夜裏，（處處不脫黑夜。）不辨真假，嚇得賊兵膽碎心驚。原來希真屯兵鎮陽關外，既與永清約會攻關，便教劉慧娘提心探望。三更將徹，望見西南上紅光，隱隱散漫，（賣李谷火起，直可通知希真，妙極。輔樑、孫立、二解皆見火起，吳用見紅光浮起，希真只見紅光隱隱，寫火勢有遠近，一筆不苟。）慧娘告希真道：「賣李谷火起已久了。」（「已久」二字，細。）希真忙令真祥麟借騎了慧娘的青獅，扮作鬼兵，又帶了慧娘素日製造的假燐火，（一一註明。）直攻鎮陽關。關上大驚大亂，吳用忙叫：「是陳希真的詭計！」（表吳用。）賊兵又錯會意是妖法，人心愈亂。（妙，妙。）背後陳麗卿、欒廷玉、欒廷芳已領大隊人馬，由兗州東門殺來。（緊捷。）吳用忙叫棄關逃走。（連棄關都要吳用叫，可見人心慌亂。）陳希真已領雲梯兵，由鬼兵隊裏登城，（緊捷。）人兵、鬼兵一齊上城。（人兵、鬼兵，奇文。）吳用、李應、杜興、樂和亂軍中逃出性命。吳用、李應領着六百餘名親兵，望西北狹道山飛奔，又與杜興、樂和相失。（極寫亂軍。）杜興、樂和從僻處越出關外，黑影裏（處處不脫黑夜。）領數十騎一溜烟逃脫。不料假鬼引出真鬼，（筆筆縱跳。）前面無數青燐，青燐中看得個個鬼兵胸前都有一個大「祝」字，十分明白，（迴應前傳，妙筆。）樂和驚倒，回頭已不見了杜興，（妙筆。）卻見一隊猿臂兵馬殺來。（筆筆縱跳。）樂和爬起待走，早喫那隊中大將王天霸一撾揮來，攔腰打斷，早已了賬。（樂和了。）那杜興失了樂和，昏黑中不辨東西南北，一味亂闖，（絕倒。）背後無數青燐趕來，（妙。）不覺闖入一隊猿臂陣中。（妙。）那陣中將官正是范成龍，將杜興擘胸揪住。（妙，又絕倒。）杜興急抽腰刀待砍，范成龍急將矛柄敲去，振落腰刀，（蓋矛乃長兵也。既以擘胸揪住，則相去甚近，而矛不及刺矣，故只用矛柄敲也。體會極細。）眾兵已取繩索上前，將杜興綑了。原來這些真燐、真鬼，猿臂兵都不看見。（註得明劃之至，又愈顯其真。）那天霸、成龍兩將係希真留他在關外巡捉逃賊的，卻好打殺樂和，活捦杜興，一齊進關。（明晳之至。）劉麒也保護了慧娘進關。（不漏。）鎮陽關已破，希真已與麗卿等兵馬會合。（鈎心鬭角。）欒廷玉道：「眼見李應保吳用從西北角上逃去，待小將去追斬了他。」（放出劉麒。）劉麒道：「眾位辛苦了，待我去。」真祥麟道：「我雖力斬百餘人，卻不疲乏，我願同去。」（祥麟戰功用自述，妙。）麗卿道：「我不曾大厮殺，我也要去。」（三段錯落有致。又不冷淡麗卿。）麗卿、祥麟、劉麒一齊請令去了。

那李應保着吳用，方從東北狹道山逃出，不防劉麒一馬追到。吳用急從山坡滾落，（苦極。）李應挺鎗敵住劉麒。劉麒輪着三尖兩刃刀，大戰李應。戰到四十餘合，正在性命相撲，忽見麗卿躍馬橫鎗而來。李應大驚，急忙兩邊招架。（李應險極。）不防刺斜裏殺出一個活鬼來，（奇。）正是真祥麟，李應道：「吾命休矣！」忽聽得有人大叫：「家君致意三位將軍，看家君薄面，休傷吾友！」妙極，趣極。回應輔樑勿快心殲戮之言。其時天已黎明，順點出天明。李應擡頭一看，只見魏生騎下一匹白馬，背後還有一位少年將軍，正是祝永清。大叫道：「李應聽者：看魏先生面上，饒你一次！」滿志躊躇。說罷，麗卿等三人一齊住手，李應只剩單騎去了。麗卿道：「可惜走了吳用。」永清道：「幾時走的？」劉麒道：「我們厮殺時，已不見了。」永清頓足道：「你們太不精細，開手厮殺時，便該着一人往西北追搜。」三人皆大悔。祥麟道：「我去追去。」永清道：「不及了。」祥麟追上一段，果然不見吳用而返。着此一段，放脫吳用最好。當時永清、麗卿、祥麟、劉麒、魏生領兵一同進兗州北門。李應得命單騎逃下狹道山，仰天長歎，擇徑便走，一路饑渴風霜，會着吳用，回梁山泊去了。

希真在鎮陽關收齊人馬，大排隊伍，掌得勝鼓，進兗州城。魏輔樑、真大義及祝永清等，一齊迎接。希真一見輔樑，拜倒在地道：「仗仁兄妙計，剪除狂賊，肅清王土，其受賜正不僅希真一人也。」結束飽滿。輔樑謙謝。當時陞廳計功：引前軍進賣李谷，襲兗州城，射死楊雄，生擒石秀，是真大義的功勞；先敘真大義，賞莫厚於間也。讀上文，無不謂石秀已死，至此忽稱生擒，其所以生之故，又留在後文補出，極得疎斷之致。派兵將分襲兗州城、飛虎寨等處，是祝永清的功勞；。二生擒孫立，是欒廷玉的功勞；。三賺開飛虎寨，斬得解珍，是欒廷芳的功勞；。四詐退誘敵，埋伏陳通橋，射死解寶，是祝萬年的功勞；。五奮勇斬開兗州南門，又直趨北門，斬顧大嫂，又追逐李應，是陳麗卿的功勞；。六詐作鬼兵，當先破鎮陽關，又追逐李應，是真祥麟的功勞；。七斬欒和，是王天霸的功勞；。八擒杜興是范成龍的功勞；。九砍天富星撲天鵰李應大旗一面，是劉麒的功勞；。十製造異獸、青燐，驚亂賊軍，是劉慧娘的功勞。十一。十一層，將本回收束完密。細按之，如真大義生擒石秀，萬年之埋伏陳通，劉麒之砍旂，皆藉此補出，故不嫌其板也。統計前後兗州三戰、新柳兩戰，再將前五回總計之。

祝萬年、祝永清、陳麗卿、劉麒兼有襲飛虎寨的功勞；一打兗州。劉麟亦有襲飛虎寨的功勞；一打兗州。劉慧娘兼有製造地雷，轟壞飛虎寨，震死鄒淵、鄒潤的功勞，一打兗州。又有製造諸器，守新柳的功勞；二打新柳。苟英有禦敵身死，捍衛新柳的功勞；一打新柳。祝萬年、真祥麟、王天霸又兼有追逐宋江，斬獲羣賊的功勞；一打新柳。真祥麟又有斬孫新的功勞；二打兗州。謝德、婁熊亦有斬獲賊首的功勞；二打兗州。苟桓有探吳用蹤跡，先機勝賊的功勞；二打新柳。陳麗卿兼有助祥麟射倒孫新，又射傷宋江的功勞。二打兗州。其眾將追亡逐北，搶斬小賊之功，及部下頭目卒伍各有奮勇斬獲之功，皆照軍政司行法，一體從實紀敘。總束，大筆如椽。惟有魏輔樑特抽出。功勞最大，只因自不願敘功，所以紀功不及。剔清。劉廣亦不紀功者，與希真分相均埒，非絳、灌之伍也。永清請魏輔樑上坐，納頭便拜。特筆。輔樑慌忙避開，希真攔住道：「仁兄如此苦心，襄成大功，希真因仁兄高尚，不敢挽留芳躅❸，於心實抱不安。令仁兄并一拜而不受，希真將何以為情！」永清道：「老叔聽稟：小姪今日之拜，其故有三：一為祝氏祖宗啣感九原❹，二為猿臂諸君子慶邀薦拔，三為山東數百萬生靈咸蒙庇佑也。寫出關係匪輕，彼孫立者礫死恨晚矣！老叔坐當其位，休要推辭。」輔樑聽了，只得側立在上面，受了永清九拜。好。

希真令劉麒、王天霸守飛虎寨，替回祝萬年；又派真祥麟、真大義去守鎮陽關。將一切事務安頓畢，日方亭午，希真吩咐在府堂上排起桌案，供起祝家莊祝朝奉并祝龍、祝虎、祝彪一應眷屬的神位。為祝莊義民大洩憤。萬年當先主祭，永清、麗卿以次行禮，希真、輔樑、廷玉等以次助祭。禮畢，左右獻上活三牲，絕倒。乃

---

❸ 芳躅：腳步。

❹ 九原：泛指墓地。春秋時晉國卿大夫均葬於此。禮記檀弓下：「趙文子與叔譽觀乎九原。」

是孫立、杜興、石秀。原來石秀被真大義砍斷左臂，滾入橋下，並不曾死，喫眾兵綑來。欒廷玉一見孫立，便叫道：「且慢動手，奇。快傳一應劊手、屠戶都上來。」須臾傳到。欒廷玉便問道：「你們想得出極慘毒慢慢死的刑法麼？」妙。內有一個劊子手答道：「請老爺暫放他寬活一日，妙。小的便想個法兒獻上。」妙。廷玉道：「狠好，你們退去。」以言代敘。便捲起衣袖，手提尖刀，指着孫立罵道：「你這害國殃民、叛君負友八字確。南山可移，此判必不可動。的內間奸賊，今日見我，尚有何說！」暢極，快極！孫立揚眉叫道：「今日高高上坐的魏輔樑是何人？『內間』二字須知忌諱。」語似近理。輔樑撚髭看着孫立笑道：妙極。「人苦不自知耳。妙。子所助者何如人？輔樑所助者何如人乎？妙。天下萬世，自有公論，何煩今日曉曉。」妙極。廷玉一罵，輔樑一笑，孫立鐵案定矣。廷玉持刀揀孫立身上不致命處，不致命，妙。搠了三個窟窿，取出三杯血酒，獻在祝朝奉位前，拜道：「祝兄，今日皇天垂佑，凶仇授首，吾兄英靈不滅，尚其來饗。」祝辭簡潔。祝罷，聲隨淚下。感慨淋漓。萬年、永清一齊淚落，眾英雄無不悲感。淋漓盡致。永清雙眉剔起，颼的提起尖刀，接筆駭疾。指着杜興道：「待我親割這個巧言敗義、甘心從賊的奸賊！」杜興定評。余讀前傳，頗疑三莊盟誓如此，何至一朝決裂。今讀此，方知仲華目光如炬也。夫三祝之辱罵李應，耐庵並不實寫，而但出之杜興口中，耐庵之意可知矣。聖歎屢批三祝無禮，被耐庵瞞過矣。便撲到杜興面前，將杜興亂割。廷芳攔住道：「一陣亂割，登時死了，不是便宜了這廝。」永清聽罷，便慢慢細割。妙。石秀大怒道：「無知小厮，何得無禮！」石秀先叫而後殺。萬年大怒，也提起刀來道：「你這賊胎賊骨，甘心下流的賊，石秀評定。敢說甚麼！」石秀不住口「小厮」、「小賊」的罵，三人杜興無言，孫立有言而婉，石秀言強，各合身分。萬年怒極，便把刀撬開石秀牙齒，割去舌頭。妙。道：「你這賊再罵！」便接連在石秀身上，搠了十七八個洞。快極。看那石秀兀自出氣多，進氣少了，萬年便一刀通進石秀心窩，直割下小肚子，取出心肺，快極。石秀了。與翠屏山割潘巧雲相似，然此為祝莊洩憤，非為巧雲報仇，讀者須知。捧向神位前來。永清也將杜興心肺取來，一齊獻上。快極。杜興了。希真叫刀斧手來梟去杜興、石秀首級。束一筆。廷玉指著孫立道：「饒你寬活一日，明日好好來領死！」喝左右牽孫立下去。提開寫。永清將孫立、杜興等眷屬盡行殺戮，不留一個。天道循環，報復可畏。當時送了神位，掃盡血跡，大開慶功筵宴。希真傳令飛虎寨、鎮陽關一齊開宴，大眾開懷暢飲，至夜方畢。

次日，希真命搠孫立赴十字路口聽刑。快極。劊子手來稟道：「小的想了一法，用細鉤鉤皮肉，用刀小割，備下鹽滷澆洗創口。倘有昏暈，可將人參湯灌下，令其不死。如此緩緩動手，自然彀他受用了。」慘極毒極。蓋不忠、不孝、不仁、不義至此人而極，不如此不足以蔽其辜也。廷玉大喜，重賞那個劊手，便教他照這法兒施行。那孫立自辰牌割起，直至申末方纔絕命。大快人心。孫立了。刀斧手梟下首級，統計陣上斬獲，并昨日所梟的首級共八顆，乃是楊雄、石秀、孫立、解珍、解寶、顧大嫂、杜興、樂和。總束一筆，文有節制。并計前次之斬獲，除鄒淵、鄒潤屍骨無存外，尚有孫新首級鹽封未壞，總共首級九顆。繳束前回，筆有餘力。希真大喜，眾人皆賀。希真一面報捷本寨，一面便將恢復兗州獻馘投誠的事，修了一封書，教劉麒由飛虎寨來，將書信、首級帶往青州去，求雲天彪辦理。只因這一去，有分教：龍顏大悅，崛起了羣力羣雄；虎旅宣威，削盡那假忠假義。不知後事如何，且聽下回分解。

范金門曰：失兗州於吳用之手，是極難做題目也。而又有楊雄之勇力，石秀之精細，輔佐其間，則難中更難。書中前後糾縛，以魏輔樑、真大義營其內，陳希真、祝永清攻其外，曲折寫來，天然合拍，能令吳用身分一毫不損，而兗州拱手去矣。妙哉！或曰：吳用若令魏輔梁守鎮陽關，自己守城中，則賣李谷之計不行，兗州得以無恙乎？不知非也。希真在關前，若吳用一離，陳希真單刀直入矣。誠如是也，還是魏輔梁守城，寬費手腳。

反拒楊雄一段，遣開時遷一段，刺殺石秀一段，以及逃出吳用，放走李應，處處如春雲出岫，變換不窮。

既為埋伏真大義而藏過真祥麟，則此時不用祥麟可也。乃就其死而出之以鬼陣，此非希真之奇兵，實仲華之奇筆。

第一百十一回 陳義士獻馘歸誠 宋天子誅奸斥佞

話說劉麒奉希真之命，持書到青州，將梁山泊強盜首級封匣標簽一同解去，點二千名壯兵沿途護送，不數日到了青州。

且說雲天彪自收降清真山之後，朝廷大加褒寵，（遙接百五回。）雲天彪陞授登、萊、青都統制，加忠武將軍銜，賜翬尾紫羅傘蓋一頂、（伏筆無痕。）玉帶一圍、黃金百兩；傅玉陞授馬陘鎮總管；聞達陞青州兵馬都監；胡瓊實授青州防禦使；歐陽壽通陞馬陘鎮防禦使；風會陞清真營都監；李成實授清真營防禦使；雲龍加遊騎將軍銜；哈蘭生加定遠將軍銜；哈雲生、沙志仁、冕以信均加遊擊將軍銜；馬元、皇甫雄準其贖罪，嗣後如能立功，仍予一體陞賞；其餘將弁、兵丁從重分別賞賚撫卹。（雲天彪陞任事，至此方細細補出，固因三打兗州、二打新柳，筆墨無暇之故，而寫在此回，卻好與希真歸誠授職對峙，作章法剪裁盡善。）天彪進京引見畢回署，聞知陳希真力圖恢復兗州，甚喜；又聞新柳營被梁山攻圍緊急，便準雲龍之請，帶兵前去解圍。雲龍轉來說陳希真奉託辦理歸誠之事，天彪點頭。（敘法簡潔。）

這日天彪正在署內與雲龍論說事務，忽報猿臂寨劉麒到來，天彪父子皆大喜，出廳接見劉麒。劉麒叅見了天彪，并與雲龍相見了，呈上希真書信。天彪大喜，一面遜坐，一面拆看書信。看畢，又備問劉麒細底情形，劉麒備述一番，天彪、雲龍一齊稱賀。劉麒又說些拜託仰仗的話，天彪諾諾連聲。便吩咐雲龍去查點了首級，又命雲龍引劉麒去青州拜見文武各官，眾人無不欣羨稱賀。（寫出榮幸，熱鬧。）當晚天彪治筵欵待劉麒，邀集各官相陪，又吩咐犒賞猿臂兵丁。席間，天彪對劉麒道：「道子來信，我都知道了。（點過希真書信。）但此事須得安撫使、檢討使、鎮撫將軍一同會銜開單具奏，（開出題目。）必得我親自帶印上省走一遭。（寫得懇至。）賢姪且留敝署盤桓幾天，待我轉來再回兗州罷。」眾官員都稱是，（夾寫眾官員，便覺鬧熱。）劉麒稱謝。眾官員又與劉麒談說一回，盡歡而散。劉麒就在天彪署中歇宿。

次日，天彪整頓起行，叫雲龍在署接待劉麒，另點營弁護送首級。劉麒、雲龍并眾官員等齊送天彪起身。路無耽擱，到了濟南，（省。）便到文武各衙都拜會了。那檢討使賀太平（於諸大員中特提此公，筆如分水犀。）聞知義士陳希真果然恢復兗州，斬獲羣賊，（「果然」二字，見恢復之謀，賀公知之久，而又望之深也。）大喜之至，（表出賀太平。）便與安撫使劉彬查點了首級。那劉彬已得了希真的打點，（一句點過足矣，多寫必累筆墨。）更兼賀、雲二人義氣深重，出言正大，只得依從。（好。）那鎮撫將軍張繼隨了大眾，唯唯諾諾，自不消說。（更好。）眾大員輪流請酒，一面商議把強盜首級用鐵籠裝盛，每籠上簽標賊名，就在都省各門號令，（收首級。）一面擬稿具奏。議畢，各歸本署，天彪亦歸公館。賀太平當晚在署，便請幕賓繕起奏稿。次日賀太平請天彪進署，并請劉彬、張繼同來會銜。（四人會銜，而主賀太平；又先提天彪，後及劉、張，書法極分明。不但此也。安撫位尊，會銜本宜在安撫署，今偏在檢討署中，皆所以清出賓主也。）眾人看那摺子上寫着：

山東安撫臣劉彬、（文庸。）山東檢討使臣賀太平、（文賢。）山東鎮撫將軍臣張繼、（武庸。）山東登、萊、青都統制臣雲天彪（武賢。四人兩文兩武兩賢兩庸，配搭勻稱。）謹奏：為義勇斬盜獻馘❶，收復城池，恭摺奏祈聖鑒事。竊臣等仰邀簡畀❷，自到任以來，首嚴盜賊。（此句賀、雲二人各有實功可據；因思張繼，若無金成英，幾成謊奏。因人成事者，臨事亦可藉口；而一事無成者，可悲矣。）因曹州府鄆城縣所屬梁山泊地方，強徒佔據，肆行剽掠，不就招安，（特題此四字，形擊入妙。）甚至戕官拒捕，割據城池；（梁山罪狀分明。）而兗州一區，尤為衝要所在，（兗州為衝要，則希真為殊功矣。）亦被賊眾佔據，三載於茲。臣等前次奏聞，已邀睿鑒。緣有沂州府蘭山縣義勇陳希真，原籍東京開封府人；劉廣，沂州府蘭山縣人，團練鄉勇，倡募經費，（八字敘希真卻當，毫無掩飾。若宋江則是聚集亡命，搜括油水，是非黑白昭然分明，請天下人辨之。）前於政和六年十月十一日，率眾救援蒙陰，擒獲賊目郭盛一名，臣等專摺奏聞。奉旨：「陳希真、劉廣奮勇斬賊，准抵前愆，着加忠義勇士名號。如再能斬盜立功，定予獎勵。欽此。」臣等領遵，當即飭知去後。嗣於政和七年三月十八日，梁山賊徒攻陷蒙陰，又經陳希真率眾收復，斬賊目龔旺、丁得孫二名，臣等又專摺奏聞。奉旨：「陳希真等忠勇報効，可嘉之至，着賞給都監職銜；祝永清等均加防禦職銜。如再能奮勇斬賊，定予不次重賞。欽此。」（兩次收復蒙陰，上諭此處補出，而「不次重賞」一句，已引起下文。）臣等領遵，又復飭知。該義勇奮勉報効，茲於本年正月初八日，據義勇陳希真、劉廣，（希真、劉廣每每並敘，以為一同引見作地。）報稱：於去年十二月二十三日，（收復兗州時日，此處補出。）率領鄉勇，將前佔兗州府城，力攻收復，所有賊目首級九名，封送前來。臣等據此，除委令文武幹員前往兗州，妥辦收復事宜，（前商議中所無，此處補出，踈密盡善。）賊目首級在省號令外，謹將陳希真、劉廣奮勇報効各情，合詞專摺具奏。所有陳希真及所率各勇士等，應寵加優敘之處，臣等開列名單，伏乞

---

❶ 馘：音ㄍㄨㄛˊ，指作戰時割下的敵人左耳。並以左耳的數量記功。

❷ 簡畀：謂經過選擇而付予。簡，書簡；信札。畀，音ㄅㄧˋ，給予；付予。

聖裁。（特寫奏稿者，為希真鄭重也。名單不復細列者，列之必與上計功文法複也，謀篇極善。）

眾人看畢，天彪稱是。（獨提天彪，以別眾人，賓主法也。）當即會銜封固，差官賫奏上京。眾人都辭了賀太平回署。次日，天彪往各衙門辭行回任。不日到了青州，與劉麒說知具奏之事，劉麒拜謝。次日，劉麒辭別了天彪、雲龍并各官員，便領本部二千壯兵，回到兗州，報知希真。按下慢表。

且說宋江自被陳麗卿箭傷左目，（不從吳用敗回敘入，而從宋江者，取其用筆易於周至也。）即回梁山大寨，幸有安道全內用託裏消瘀之劑，外敷安筋定痛之藥，不數日居然無恙。惟自問損了一目，五官有缺，不大舒服，（絕倒。）終日長吁短歎，悵恨不已。（何苦。）眾頭領與他閒談消悶，宋江又日夜提罣兗州之事。（何苦。）一日，時已傍晚，忽報軍師同李頭領單身回山來了，宋江大驚。吳用、李應已到，具言失兗州之事，宋江驀地一驚，狂叫一聲，往後便倒。（急殺。）左右急扶入榻上，早已昏厥了去，（苦也。）左目流血不止，箭瘡迸裂。（苦極。）盧俊義急請安道全到來診視，安道全道：「不妨，不妨，列位不可慌亂。」（是老名家口氣。）忠義堂上燈燭輝煌，照耀如同白日，（得神。）一面灌湯藥，一面敷靈丹，足足一個時辰，宋江方纔醒轉。（何苦。）眾人團簇般侍立，聲息全無。（得神。）吳用、盧俊義忙令扶宋江入臥室。太公早已出來問過數次。（補筆，妙。宋江虧體辱親，躍然言下，筆法嚴冷。）宋江進去了，外面各頭領喫了酒飯，談些失兗州之事，無非把魏輔樑、真大義兩個名字，千賊萬賊的痛罵而已。（絕倒。出乎爾者，反乎爾者也。知有今日，何不當初千賊萬賊痛罵孫立！）眾人道：「且等主帥好了再說。」眾人各散。次日，忽報時遷回山來了。（前回眾人都有下落，獨剩時遷在此處一補，妙不可言。）原來時遷當鎮陽關破之時，亂軍中潛身躲入僻處，當時猿臂諸人亦不查及。（妙。表前回不敘之故。）比至次日，時遷偷越關外，一路偷雞摸狗，喫饑傷飽，（絕倒。）溜回本寨。吳用見了大喜。（喜得奇。）過了數日，宋江起來，覺得身體好了，（好了。）坐出忠義堂，召集各頭領相敘。少刻，羣英畢集，李應上前跪倒，納首於地，口稱：「李應溺職失城，不敢私逃，求主帥正法。」（強盜請正法，千古所罕聞。）宋江一言不發。吳用起坐道：「此事主帥亦休怪李應。那魏輔樑、真大義二人，不但李應失眼，即吳用亦粗忽；不但吳用粗忽，即主帥亦過於忠厚待人矣。」（一層淺一層，措詞善。）說到此間，只見張魁亦俯伏於地，大叫：「張魁該死！誤薦真大義！」宋江亦起坐，歎口氣道：「事已如此，說他做甚，總是我們梁山氣運平常之故。」（梁山有氣運，天道亦茫茫。）說罷，親扶李、張二人起來道：「二位兄弟休得如此。」便把李應、張魁二人只記個公罪。（寫宋江權術。）李、張二人俱叩謝，仍各就坐。眾人相視無言。只見宋江對着吳用道：「怎好，怎好？」（兗州失陷，希真投誠之害，前文言之屢矣，故此處用省筆，而卻好摹出急遽之神。）吳用沉吟良久，開言道：「兗州已失了，且提開，只是陳希真不除，我憂患無已時矣。」（逗起正文。）

宋江便邀吳用入內議事。宋江道：「那年軍師曾議一託蔡京令希真引見，中途刺殺之計，（直應百四回之言。）嗣後希真那廝奪我蒙陰，（「我」字可惡，蒙陰從幾時是你的？）我曾託蔡京照計舉事，叵耐趙頭兒不教希真引見，以致此事中阻。（補前文所無，用筆簡淨。）今梁氏夫妻又相繼亡故，（梁氏夫妻之死，竟不實敘，順手帶出，亦簡潔法也。）無可通信於蔡老，奈何？」吳用道：「那倒不妨，只須將此事瞞過，教蕭讓摹仿筆跡，前去致信儘好了。今日時遷不死，實為哥哥萬幸。」（奇。宋江惜梁氏之死，吳用幸時遷之不死，妙對。）宋江忙問何幸，吳用附耳低言道：「有了時遷，便好中途如此如此引線。」（先虛寫。）宋江接連點頭。吳用又道：「只是下手行刺之人，尚須斟酌。算來陳希真即使上京，也還有時日，慢慢再議。（小作波折，便不直致。）刻下且教蕭讓寫起信來。」遂復出廳，教蕭讓摹了梁世傑筆跡，寫起一封書信，宋江亦自修一封書起來，無非教蔡京在天子前，聳陳希真引見，以便中途行刺而已。（信中語，驟括好。）便差戴宗送書上京，擇次日起行。當晚眾人各散。到了次日，戴宗持了書信，作起神行法，不數日到了東京，徑投范天喜家來。天喜接待一切，自不必說。當日同去見蔡京。蔡京見蕭讓假信，只道女兒、女壻無恙，甚慰，（夢夢可憐。）便對戴宗道：「宋頭領來意，我都知道了，你且去安息，消停數日來領回書。」戴宗隨了天喜退去。蔡京暗忖道：「上年天子曾說陳希真須再能立建殊功，方予引見施恩。（又補出前番天子不教引見之故，文法疎斷入妙。）今日希真這場功勞，可謂大極矣，要他引見，正如順水推舟，何難之有！且待摺子到了，再看機會。」

忽一日，山東省保舉陳希真、劉廣摺子到京。（摺子並稱陳、劉。）天子覽奏，龍顏大悅，硃批：「陳希真、劉廣均着加總管銜，先來京引見。」（硃批亦陳、劉並稱。不待蔡京聳恿，一以見天子之聖明，一以見希真并未嘗受蔡京之假汲引也。）蔡京心中暗喜。（呆鳥。）童貫不知就里，（絕倒。）忙跪奏道：「陳希真恢復兗州固應陞賞，（童貫只提希真。）但所率部眾皆亡命兇徒，（奇談。）名單中臣知二人焉，苟桓、苟英非逆臣苟邦達之子，亡命落草者乎？（應入十三回。）此輩濫邀恩賞，豈不為患！（可見童貫自有心事，不是專為蔡京出力。）伏望聖明裁奪。」天子拍案大怒道：「童貫何得顛倒至此！（妙。）梁山賊眾割據城池，肆逆無忌，爾等尚勸朕赦令自新。（現前比例，明快無比。）今陳希真、劉廣（天子仍陳、劉並提。）奮勇報効，獻馘收城，其忠誠已可共睹，而汝等反力阻不容，出自何意？（寫得無地自容。）至所說苟桓、苟英，一諜賊制勝，一禦賊忘身，忠智如此，即有前愆，亦當蠲免。朕子惠萬民，斷不為此已甚！」（煌煌聖明之言。）言及此處，遂旁顧羣臣道：「可是？」童貫尚想奏稱加總管銜寵賚❸太優，未及開口，种師道早奏道：（妙。）「聖論至是。陳希真（种公亦單提希真。）實係志念忠忱，才能超雋，使

❸ 寵賚：恩寵獎賞。

為一方大將，必能建立殊功，報効朝廷。」應天彪之囑。天子頷首，高俅在旁無言。原來高俅自蒙陰敗績之後，忽提高俅敗績事。虧陳希真救出，逃到濟南，便囑門生劉彬奏稱高俅招致陳希真，協同擊賊得勝，妙。又將敗仗報得極輕，因此得以免罪。忽補出一段情事，真是妙筆。彼時高俅因救罪要緊，不得不保舉希真；而因希真殺他兄弟高封，又辱他兒子，心中終不舒服，但既已保舉，不便又從中阻隔，是以默然無言。可見希真料事之神，又見雲龍設計之妙。惟蔡京奏稱：「陳希真合行引見。」蔡京又單稱希真。种公贊加銜，蔡京惟贊引見，極分明。天子點首降旨，諸臣退朝。蔡京回衙，即令范天喜通知戴宗，速往梁山，報知陳希真引見已定。報梁山，又只提希真，以上關節，讀者牢記。戴宗得信，飛速回歸山泊。宋江聞知此信，便與吳用商議。吳用道：「我計已定，此事只有武松去得，力氣最大，心思最細。」可見選才之難。宋江道：「希真那廝戰蒙陰時，久已認得武松，怎好？」生一難。吳用道：「不妨，只須如此如此而行。」亦先虛寫。宋江稱妙，遂密傳蕭讓、時遷、武松授計而去。按下慢表。

且說陳希真在兗州，接到劉麒帶轉雲天彪回信，知歸誠之事業已具奏，眾將無不大喜。不數日，都省員弁下來，一番交割，不必細表。此筆無關緊要，而必照應，可見心細。又不數日，奉到聖旨加總管銜，來京引見。希真舞蹈謝恩，當即差人到青雲山通知劉廣，一同束裝起行。派祝永清、陳麗卿、真祥麟領兵一萬名，助委員戍守兗州；其餘都回山寨各處鎮守；獨點范成龍一人隨護，又帶親隨數人，輕車簡從，與劉廣一同上京。麗卿上前道：「爹爹此去，孩兒不放心，要陪爹爹去。」寫麗卿孺慕固也。乃能以「不放心」三字吊動下文，豈非奇筆。希真笑道：「一路平坦道路，有甚不放心？反撲下文，能令讀者心下凜凜。你又不是喫嬭❹的孩子，跟我去做甚！」麗卿被老子說得沒趣，只

❹ 嬭：同「奶」。

得歇了。（絕倒。）只見魏輔樑向希真拱手道：（順手遞到輔樑，輕捷。）「恭喜仁兄，此去功成名就。輔樑有言在先，今日告辭去也。」希真道：「吾兄何須如此汲汲，且請與小壻盤桓數日，俟希真上京轉來，再與吾兄暢飲快談而後別，何如？」（希真情分自不容已。）永清道：「老叔此去，甑山未必可居。刻下賊人深恨於吾叔，甑山孤懸城外，倘賊人潛來謀害老叔，將奈何？（對照李應之言，又映起希真途中遇刺事，奇妙。）據小姪之意，老叔何不竟居城中，小姪亦可早晚求教。」（永清情分亦不容已。又對照李應之言。）輔樑道：「我此去不住甑山，另有去處。（奇，妙。）前小兒自諸城回來，（借得妙。）言及九仙山奇秀絕勝，（妙。）愚意本欲扶疾徙去，會逢令岳委以間賊重圖，是以中止，此番決意前去也。」希真道：「既如此，諸城路遠，何不少留，俟希真轉來，陪吾兄到了沂州，再從沂州送吾兄入九仙山也。」（自是情深如海。）輔樑見他翁壻二人留得十分關切，只得暫住了。後至希真引見回來，與永清同送輔樑到了沂州，又差人護送到諸城九仙山。輔樑自此隱居九仙山，終身不仕，枕流漱石以自終。（結魏輔樑高曠之至，視彼孫立真有雲泥之判。）後魏生出仕，官至徽猷閣學士，頗著才名。（并結魏生。）這是後話。

且說當時陳希真、劉廣被了命服，（榮甚。）帶了范成龍併僕從，由兗州起程，祝永清等并文武各員恭送啟行。（榮甚。）一路上州縣營汛無不迎送，（榮甚。希真第一次榮貴事也，故詳記之。）已是大員行程身分。（為名片送賊作地，非閒文也。）這日正是二月十五日，（牢記。）行至儀封縣地界仙厄鎮上，正是未末申初時候，頭站范成龍回轉馬來，稟希真道：「小將前行，探得此去須有一百餘里，方有站頭，來往客商到此盡皆住宿，故而小將已看定歇寓，就請此處宿夜。」（是希真一邊先看歇寓。）希真道：「既如此，且住了罷。」遂同到前面日升客寓安歇。原來這仙厄山是東京大路，兩邊有突兀小山，綿亘七八十里，山名仙厄，來往行人懼有賊盜，所以在鎮上住止。（因懼有賊盜，而在鎮上住止，則鎮上之無賊盜可知，反振下文有力。希真、劉廣、范成龍統了僕從進寓，寓主早已在門前接候。大員行程身分也。又與范成龍先看歇寓呼應。希真等下了馬，那搗家早來籠馬，到後槽去喂養。當請陳大人、劉大人到上房，早已打掃乾淨，眾僕從去安置了行李。希真看那上房一排三間，都是西向，牢記。院子空濶，牢記。店中管家又引眾僕從到右間廂房安歇，那左間廂房已有別人行李放着。輕輕一筆引起。那管家上前來稟希真、劉廣道：「稟上二位大人，適有太師府裏旂牌官范老爺公幹過此，要住上房。小人們因大人前站范老爺早已吩咐過，不敢應許。那范旂牌也只將行李放在左廂，特將上房恭讓大人，特此稟知。」可見此人之來，在成龍看寓之後。或疑此稟多事，然管家不稟，讀者何由知之。劉廣道：「知道了。」是劉廣。希真道：「那范旂牌是不是范天喜？」希真便多問一句。管家道：「不曉得，只知他姓范。」上文見「范天喜」三字，讀者眼光一閃矣，忽又隱過，妙。希真便吩咐造飯。當時劉廣獨住右間；希真、范成龍在左間，分上下鋪同住；牢記。中間客廳坐談、喫飯。

不多時，外面進來一個客官。來了。希真在廳上一望，卻不是范天喜。筆勢閃爍，可喜。只見那人相貌文雅，帶了一僕，是個鮮眼黑瘦子，共進了左廂房。只聽那客官向僕人道：「你到門口招呼招呼，恐怕文老爺偃武修文，妙。認錯了店家。」那僕人答應一聲出去。店小二送了茶水，問了酒菜，也出去了。閒筆不可少。不一時，只見那客官步出院子來閒走，一面看見希真、劉廣、范成龍在正屋閒談，便步進堂內，向上長揖，偏不合旂牌官身分，妙。通問姓名。希真等共忙還揖，遜坐。那人謙遜一回，也就坐了。希真問其姓名，那人便稱姓范，姓是范。是乙酉舉人，官卻不是旂牌。「上年上京會試，投託舍親蕭旂牌家，所投託者乃是旂牌，卻是姓蕭，蕭之與范可謂宗譜混淆矣。即在伊家設館。近因試期尚遙，故爾返舍。還有一個敝同年同行，因其車子走得緩，所以落後」等語。及知希真等係引見之人，便格外謙讓，「大人」、「先生」不絕於口。希真見他彬彬儒雅，舉止從容，吳用所以遣蕭讓者，為此。又因他說是個舉人，便十分敬重。非寫希真粗忽，實寫吳用週密。彼此談些閒話，不覺上火❺。上火。那僕人進來道：「文老爺來了。」來了。那范舉人告辭道：「敝同年來了，明早再見罷。」希真等送出簷外，在黑影中黑影中。望見外面踱進一個漢子，帶了風兜，風兜，妙。本意遮掩面目，卻又點綴時令。身軀壯偉，那范舉人邀進廂房去了。暫收一筆。忽聽得外面喧嚷，突起奇波。店小二被打，更奇。希真命范成龍出去打聽。成龍出外，見有一個東京差官，生得奇形怪狀，誰也？到店投宿，要住上房。可見上房為必爭之所，而蕭、范輩之先置行李於左廂，為有見也。店主覆他已有貴官住了，那差官便嚷道：「我難道不是官？」出手就打。寫出粗豪。成龍見來人不凡，表出成龍。上前勸住道：「請問客官尊姓大名，上房是小可等住着，即要相讓，亦甚容易。」寫出儒雅。那差官道：「咱們种經畧相公差到雲統制那邊去的，忽提雲統制。你們是誰？」另有一副聲口。成龍道：「我主人是收復兗州，奉旨加總管銜，進京引見的陳、劉二位相公，你可曉得麼？」那差官道：「是不是陳希真、劉廣？」直呼其名，寫盡粗豪。成龍道：「一點不錯。」那差官忙道：「我進去見見。」說罷，也不煩成龍導引，一直走到上房，粗豪爽直。大叫道：「那位是陳總管？」聲口欲活。范成龍已隨了進來，對希真道：「這位是种經畧的差官。」希真、劉廣一齊起身道：「貴官尊姓？」那人走到面前，隨說隨拜妙。道：「我姓康，名捷，在种經畧相公門下充當中侯之職。提出姓名、來歷。因奉樞密院劄付，往山東打探軍務。順手伏線，妙。久聞壯士大名，忽稱總管，忽稱壯士，妙。願得一拜。」希真即忙遜坐，願以上房相讓。左廂客人一齊喫驚。康捷道：「外面儘有好房子，小可告辭，明日相送。」不由分說，往外去了。康捷爽利。「往外去了」四字，牢記。忽插康捷一段，不特為本回應用，而且提起後文無數線索，奇筆。希真等含笑相送。妙。喫了夜飯，各自安息，希真對范成龍道：「方纔我到後面一看，是個曠野，為蕭讓逃走作地。竊匪

❺ 上火：點火取亮。

最易外入，（希真只防外入，而不知其內出也，讀之心下凜凜。）夜間須警醒為妙。」（賴此一句，救出希真性命。）成龍應了。希真又命成龍持燭在房屋內外，都照了一轉，（精靈之筆，險促之文。）方纔掩門就寢。

不移時，聽店中均已寂靜。（筆筆險。）劉廣已在右房睡着，（險。）范成龍已在牀上起鼾，（險。）希真在牀閉目坐息一回，也就睡了，（更險。）上房鼾聲齊起。（險極矣！）希真睡夢中忽聽得窗下鼠鬭，（駭人之筆，不寒而慄。）忽提耳靜聽，那鼠也漸漸不響了，（精靈之筆，險促之文。）希真又矇矇睡去。（險。）四更將盡，忽聽得後槽有隱隱班馬之聲，（精靈之筆，險促之文。頻寫聽得，方知希真警醒之妙。鼠也，馬也，皆是關鍵。）希真道：「怕他有盜馬的不成！」（只道是盜馬。）正要喚范成龍起來，（其勢險，其節短。）只見燈已滅了，（險。）月光射進窗來，（方悟二月十五及上房西向院子寬濶之妙。蓋賊必滅燈者，勢也，燈滅而武松持刀以進，希真手無寸鐵，不死亦傷矣。作者算及十五，則月光盛明，可以代燈，而賊動手必於四五更之交，惟西向之室，院子寬濶，可以受十五夜月之光。如此結撰，直嘔出心血者也。）驀見窗下人影一閃，開了房門，（險，急。）引進一個大漢，手提明刀，直到牀前。（兩軍鏖兮生死決，險極駭極，希真奈何！）希真忽地坐起，那漢已一刀砍入牀來。（險極，駭極！）希真見他砍了個空，（一閃。）急從牀上立起，飛出一腳，喫那漢左手用力抱住，右手明刀疾刺，（險極，駭極！讀至此，真令人心死氣絕，如死人也。）希真急攧❻根牀柱子來擋。（疾，急。）范成龍不及取劍，急起來，房內月光下（誰能於急極、忙極之時，顧此五字耶？吾服其筆力之大。）奪那漢的手中刀。（成龍不可謂無急智。）不防那漢順起一腳，成龍跌倒在地，（寫武松利害，分外險急。）希真二足難支，正在危急萬分，（註一筆。）只聽得一人飛也似進來，（奇。）到那漢身邊。（不敘着手處。）那漢便把希真左腳一鬆，（奇。）希真跳出牀外，（迅速。）見那來的卻是劉廣。（倒裝敘。）范成龍已立起來。（疾。）三人在月影裏（不脫月影。）攢擊那漢，（忽總一句。）那漢當不住，大吼一聲。（三人攢擊方走，極寫武松。）只聽得門邊一人叫道：「武二哥快走，我先去也。」（只此一句，便先走了時遷。時遷叫出武松真姓，妙。）店中人一齊驚起，（中藏康捷驚起。）右廂僕從已點齊火把撲到上房。（疾。方有火光。）那漢早已一面格鬭，一面

❻ 攧：音ㄐㄩㄝ，折斷。

走出廳上，（疾。）希真、劉廣、成龍已一齊趕出。（疾。）火光下，（三字接得精靈。）希真大叫：「這是梁山賊武松，（應希真認識武松。）休放走他！」語未畢，武松已縱上瓦簷。（迅疾之至。）只見中庭門外打進一人來，（奇。）大叫：「賊在那里？」（來勢緊捷。此句妙在無人答應，若答應一句便失神。）兩眼往上一瞧，飛身跳過瓦簷去了。眾人仰面看時，正是康捷。（奇。）須臾間，康捷手提一人擲到希真面前。（迅疾。）那左廂客人已不知去向了。（補得疾。）店內客人都起來看那捉着的賊，（此等筆最易忘記，因歎仲華之筆為周至也。雖是題旁渲染，卻又抱緊題目，文有範圍。）希真的僕從已將那賊綑了。（綑賊是希真的僕從，筆有賓主。）希真、劉廣、范成龍整理衣服，（細。）一面看那賊，就是方纔左廂房的僕人。（註明。）康捷對希真道：「我上瓦四望，見這賊和一大漢落屋後平陽同走。（應屋後曠野。）急追上去，那大漢手段溜撒，喫他走了，（走了武松。）只捉得這個賊回來。」（康捷捉時遷情狀，用康捷自敘出。）希真遜康捷坐了，（細。）劉廣、范成龍皆坐。希真問那賊道：「你這梁山賊叫甚麼名字？」那賊跪着道：「小的不是梁山人。」（此時時遷尚想抵賴，所謂一相情願。）希真笑道：「你同武松來的，還說不是梁山賊麼！」（時遷無可賴矣。）范成龍在旁道：「我看此人賊頭賊腦，小將久知梁山有個有名竊賊，叫做時遷，莫非就是此人？」（着。）那賊忙說道：「你們諸位大老爺不要認錯，那時遷是梁山大盜，（是他自供大盜。）小的不過是個剪綹賊，（絕倒。）若還送到當官，（是他自說送官，絕倒。）罪名大有輕重，斷斷弄錯不得。」（絕倒。）范成龍道：「你分明是時遷，（前云莫非是，此云分明是，妙。）還要混說甚麼。」那賊道：「時遷已死過的了。」（一發絕倒。）劉廣笑道：「時遷幾時死的？」那賊道：「今年元旦，他去拜賀宋江，宋江留他喫了幾杯新年酒，回轉家裏，一路上受了暑氣，當晚發痧死了。」（真是絕倒。）希真笑道：「元旦有暑氣的麼？」那賊道：「不是暑氣，是寒氣，是我時遷說錯了。」大眾皆笑道：「原來你是時遷。」（真是絕倒煞人。）希真便吩咐傳本地里正，將時遷鎖鏈拘禁。那康捷便拱手走出道：「天已大明，（天明，順手點出。）小可要趕程去了。」希真等不便強留，稱謝送別。康捷出了外房，打起包袱，店家已燒好熱湯熱水，（好。斷無一店之人盡趕進上房看熱鬧，不幹正事者。）康捷討口熱湯，喫些乾糧，踏起風火輪，向山東去了。（收過康捷。）

希真、劉廣、成龍各說些梁山利害的話，一面盥洗、早饍，一面將時遷送官，眾人也哄哄講說而散。（收過眾人。）馬夫來報：後槽失了一馬。原來那范舉人即是蕭讓，方纔班馬之聲，即是蕭讓盜馬先走；僕人是時遷，方纔鼠鬬，即是時遷進房。那文同年即是武松，特地黑夜進來，以免希真打眼。（一一註明，奇筆。）吳用計非不妙，（再議論一番，更奇。）爭奈蔡京報信疎忽，並不提及劉廣亦同引見，（妙。）以致吳用單遣武松，獨力難支，不能成事，（註得雪亮。）於是弄巧成拙，反斷送了一個時大哥。（妙極。）那宋江、吳用的懊恨，且在後慢題。（奇筆。）

單說時遷被希真拏了，當即差人送到儀封縣裏去。卻好儀封縣知縣，正是那做過曹州府東里司巡檢的張鳴珂陞任來的。（張鳴珂於此處忽現。）原來張鳴珂才能出眾，大為賀太平所契重，（忽表賀太平。）一力保舉，直提拔到知縣地位。（鳴珂陞任事，敘得簡明。）這日清早，接到希真、劉廣名刺，送一名梁山賊來。料得案情重大，且不審問時遷，叫請希真差人進來，備細問了蹤跡，叫差人先回寓去，便將時遷嚴行拘禁。（鳴珂神似蓋天錫。）一面吩咐備馬，親到日升寓來拜謁陳希真、劉廣。希真、劉廣接見，謙讓遜坐。希真開言道：「久違了，幾時榮任到此？今日降臨，有何見教？」鳴珂道：「卑職上年到任。今蒙大人獲交梁山劇賊時遷一名，卑職因思梁山黨羽星夜皇遽遁逃，必有粗重行李遺落寓所，未識大人查檢過否？有無內外私通書札？」（寫鳴珂屬目蔡京，一。）希真聽了這話，暗暗佩服道：「鳴珂此人原有膽識。」（希真、鳴珂雙管夾寫。）答道：「適纔弟已檢查此賊房內，毫無形跡。（非蕭讓精細，實吳用精細。）此賊黨羽，諒已逃歸，無由弋獲，仁兄但請就事發落罷了。」（希真自是與世無爭本色。）鳴珂道：「大人屏退左右，卑職請稟明其故。」希真、劉廣便教左右退去。鳴珂道：「蔡京突提此公。因為其女質於梁山，而班師媚賊，又為賊謀刺楊騰蛟，想大人知之深矣。今時遷來寓，而稱太師府旂牌官，老大把柄。則今日之事，安知非此大奸賊之所為乎？」目光如炬，聲如鐘。希真道：「仁兄高見。但彼乃當朝大臣，仁兄將奈之何？」希真只是委蛇。鳴珂道：「大人容稟：昔蓋天錫審楊騰蛟一案，得蔡京通賊手書，不敢發詳，實因此賊勢大，難以動搖。忽提蓋天錫，文情呼應之妙，真是篇如章，章如句。今此賊日失天寵，大有可乘之機，不趁此除滅，將來殘焰復熾，為害非淺。」真極大膽識。劉廣道：「仁兄之言固是，但不得那厮真憑實據，如何措手？」希真歎道：「朝中人人皆蔡京也，殺一蔡京何益。」已喝起童貫、高俅，墨光四射。鳴珂接口道：「一蔡京不能除，百蔡京不知何日除矣。絕大膽識。昔家叔克公，忽提張克公，奇。有志剪除此賊，奈時未可為，反為所傾。今此賊有可乘之機，斷斷不可再緩。再提可乘之機，時哉勿可失已。識時務者為俊傑，俊傑即聖賢也。聖歎歧而二之，未是。卑職位小才疎，思欲除奸鋤佞，以報國家養士之恩，奈力有不逮，故願與大人商之。」極寫鳴珂。希真便對劉廣道：「我想要除此賊，必用兩頭燒通之計。」計名奇。劉廣道：「何謂兩頭燒通？」希真道：「這里煩張兄且去審訊時遷，張兄才高，必能究得蹤跡。惟張兄僅係百里之尊，不能直達天聽。知縣所以最難做也。我想此事，朝中除种經畧相公外，無可商者。种經畧真是中流砥柱。我此番進京，本合去拜謁，就將此事和他商量。那時張兄上詳，天子下訪，自然做倒這老賊了。」所謂兩頭燒通。鳴珂大喜。當下計議已定，鳴珂辭了希真、劉廣，回署去了。這里希真、劉廣便依舊命范成龍打頭站，眾僕從收拾行李，一同啟行。不日到了東京，范成龍尋覓寓所，希真、劉廣往謁吏部，又持門生名帖去拜謁种師道。先拜种師道，特用重筆。种師道久聞雲天彪讚揚他二人，回應一筆。今日會面，又見二人品貌非凡，十分歡喜，當下敘談，大為投契。虛補一段，好。希真、劉廣說些仰仗的話，种師道一口應承，希真便密將蔡京這樁事一一稟明，种師道點首會意。（亦用虛寫。）希真、劉廣辭退，便去謁蔡京。（妙。）蔡京還有些需索，（可憐。）希真心內暗笑，（真要笑。）打點了他。又去見童貫，亦如蔡京之例。（省。）又去見高俅，高俅卻十分恧顏⑦。（絕倒。文情迴應之妙，真以神不以形矣。）又見了各大臣，到晚回寓無話。

不一日，正是重和元年⑧三月初五日黎明，（重筆特提。）天子御紫宸殿，吏部引陳希真、劉廣陛見。天子嘉寵二人功績，又問梁山怎樣情形，希真、劉廣愷切奏對。天子頷首，又有整飭戎行、訓練士卒、肅襄王事等諭，希真、劉廣領諭謝恩而出。（引見一段文字，敘得簡明。）天子忽回顧蔡京道：（上文藏過無數關節，此處突從天子放出，真有迅雷不及掩耳之奇。）「梁世傑是你女壻麼？」（直從此處斬關而入。應七十九回，天子不知蔡京、梁世傑是翁壻。）這句話分明青天打下霹靂，蔡京心有暗病，直嚇得汗流浹背，魂不附體，只得忙跪答道：「是臣的女壻。」（妙。）天子道：「他自那年失陷梁山，至今生死存亡何如？」（逼得緊。）蔡京不知天子撈着甚麼根底，一時又無處測摸，（情形確。）只咬着牙齒奏道：「梁世傑自失陷以後，杳無存亡信息。」（妙。）天子微笑道：「你不知他存亡，亦難怪你。（一按。）至儀封縣知縣張鳴珂通詳拏獲梁山賊一案，何故壅不上聞耶？」（陡然拍合，如獅子搏象，捻縱入妙。）蔡京伏地無言。原來希真與鳴珂商議，料定此案詳上，必被捺住，希真便就他捺住上生計。（妙極。「捺住」者，不通之謂也。故必兩頭燒之，而後通也。）那日張鳴珂回署，傳上時遷，一通刑嚇誘騙，時遷竟一老一實將蔡京私通梁山的細底，并范天喜入夥的原委，供個明明白白。（審時遷用虛寫，架過最好。）鳴珂竟照案發了通詳。那些上司大半是蔡京的黨羽，但見了這一角詳文，如何識得暗藏元妙，竟照老例隱瞞，（「老例」二字可歎，彼

⑦ 恧顏：慚顏；臉色尷尬。恧，音ㄋㄩˋ。

⑧ 重和元年：西元一一一八年。重和，北宋徽宗年號。

有彼之成例也。反怪這知縣不通時務。絕倒。卻不防希真將這根線遞與种師道，直達到天子面前。妙，妙。當時天子大怒，一面將蔡京拏交刑部，一面便勅种師道督領錦衣衛抄札蔡京家私，疾速得妙。一面勅提儀封縣盜案，交三法司會審。

那种師道奉了聖旨，即統錦衣衛兵役，飛也似到蔡京府裏。事出湊巧，四字接得奇。蔡京的兒子蔡攸，已由登州府陞直閣學士。應八十一回。這日正在蔡京府裏，忽接得蔡京嚙指血書衣襟一角，奇文。教快把內房複壁中拜匣內書信燒燬，奇文。上文寓中搜不出書信，只道不用書信，誰知忽於此處閃出，真是奇筆。蔡攸大喜。喜得奇極。忽聽外面人喊馬嘶，錦衣衛來抄札也。蔡攸大驚，特作對筆。兩腳早已僵了。悔不學張鸞跑路之法。种師道已進中庭，問蔡攸道：「你父親的筆跡書信藏在那里？」扼要。蔡攸跪求道：「恩相若容蔡攸減罪，蔡攸即當奉出。」師道道：「準你自首免罪。」蔡攸挖開複壁，尋出一個金線八寶的匣子。原來這複壁是蔡京最秘密之所，蔡攸也素來不知，幸這日血書通知，因得探囊取出。註一遍，妙。京之奸，攸之不孝，天道之巧，一齊都到。种師道便吩咐將蔡京房屋、箱籠一齊封起，只將這匣子先行呈上御前。天子啟匣一看，裏面除陷害忠賢、鬻賣官爵、私通關節等信不計外，分外渲染。卻有梁山書信七封。天子閱了一遍，大怒道：「這奸賊竟如此昧心！」便將書信發下三法司，教蔡京質對。蔡京一見此信，便無別話，但叩頭在地道：「蔡京該死，請皇上正法。」好。三法司擬罪已定，即日奏聞。至第三日，天子降旨，將蔡京與時遷一體綁赴市曹。東京城內外民人無不稱快。不可少。不一時，蔡京上前，時遷隨後，兩道靈魂，血瀝瀝的不知去向了。完蔡京。時遷了。太師與竊賊同死，妙。蔡京家私盡行沒入官府。蔡攸因自首加恩免罪。收蔡攸。范天喜逃亡不知去向。收范天喜。朝中坐蔡黨發軍州編管者二十三人，削職者四十六人，貶級者八十五人。加一層收束，可見非常大案。童貫、高俅等當嚴治蔡黨之時，嚇得屁滾尿流，幸而沒事。收童貫、高俅。留此二人為下文應用。

次日，天子復召見希真、劉廣，下午降旨：「陳希真授景陽鎮總管，劉廣授兗州鎮總管，各賜玉帶、金爵；祝永清授景陽鎮都監，特加壯武將軍銜；真大義授沂州府都監；祝萬年授猿臂寨正知寨；欒廷玉授青雲營防禦使；欒廷芳授新柳營防禦使；王天霸授猿臂寨副知寨；苟桓授兗州都監；真祥麟授飛虎寨正知寨；范成龍授飛虎寨副知寨；劉麒、劉麟均加致果校尉銜；謝德授沂州東城防禦使；婁熊授沂州西城防禦使；苟英追贈宣威將軍；陳麗卿誥封恭人，加電擊校尉；劉慧娘亦誥封恭人，敕賜智勇學士。」此段恰與雲天彪陞職華嶽並峙，章法謹嚴。陳希真、劉廣奉旨謝恩。次日，辭別了种師道并各大臣，遂帶了范成龍并僕從，同日出京。不一日過儀封縣地界，張鳴珂早已沿途迎接。原來鳴珂因辦蔡京一案，天子嘉其膽識，特陞歸德府知府。當時與希真、劉廣相見，彼此賀喜，又暢敘一回而別。

那張鳴珂赴歸德府上任，大有政聲。虛按一筆。後來伊胞叔張叔夜征討梁山時，忽提起叔夜，又直喝起平梁山，奇筆。鳴珂正做龍圖閣直學士。至靖康❾改元，金人南下，叔夜奉欽宗手札，率眾三萬人勤王，鳴珂為叅謀。與金人連戰四日，斬其金環貴將二人，大獲全勝，其計謀半出鳴珂，據史直書插入鳴珂，妙。帝大加褒寵。奈諸道援兵不至，以致城陷，二帝北狩。鳴珂從叔夜赴金軍，叔夜一路不食粟，惟飲湯以待死。及到白溝河，正是金人地界，鳴珂矍然起道：「過界門矣！」叔夜便仰天大呼，絕吭而死，鳴珂亦拔刀自刎。當授命之日，天昏地暗，山嶽震動，精忠大節，彪炳千秋。不辨其寫叔夜、寫鳴珂，妙。這是書外之事，日後之語。結鳴珂，卻抱叔夜傳作結，義詳總批。

❾ 靖康：北宋欽宗年號，西元一一二六至一一二七年。

且說陳希真、劉廣辭了鳴珂，一路曉行夜宿，取路山東。一日到了寧陵縣地界遇賢驛，夕陽在山，尋寓安歇，自然又自上房。又字妙。希真等吩咐僕人安放行李，店小二送了湯水，問了酒飯出去。希真正與劉廣、成龍坐談，不多時外面進來一個客官，帶了二僕，到左廂來安歇。故意與蕭讓作疑筆。只因這一個人來，有分教：相逢萍水，聚談此日經綸；同事干戈，建立他年事業。畢竟這個客官是誰，且聽下回分解。

范金門曰：此一回，乃全部大轉關處也。希真歸誠而後，堂堂正正，統領天兵，隨處征勦，而梁山之勢日益衰矣。中途行刺一層，勢所必有，宋江大忌希真，焉得不於要緊關頭，下一辣手？時遷、蕭讓、武松用人亦絲毫不錯，乃蔡京信中漏去劉廣，而傳中又添入康捷，即藉此拏獲時遷。外有張鳴珂，內有种師道，兩下夾攻，渡到誅奸斥佞。尤妙在蔡攸父子不合，在前文蓋天錫辦理楊騰蛟案內，已隱隱伏線，此刻水到渠成，除削蔡京，入情入理。讀者但覺其振筆直書，頭頭是道，而不知其前後擺佈絕大章法，甚非易易，真所謂成如容易卻艱辛也。

一部大書，以天下太平為正旨，既寫天下太平，則必諱靖康之禍；諱靖康之禍，則叔夜白溝河盡節之事不彰矣。文妙在幻出一張鳴珂，遂將白溝之事帶出，預結於此，以後叔夜傳中絕不提起，結搆煞費經營。

第一百十二回　徐槐求士遇任森　李成報國除楊志

卻說陳希真、劉廣等在遇賢驛客寓上房，正相坐談，又見一位客官，帶了二僕，進左廂房來。希真看那客官，劍眉秀目，方額微鬚，中等身材，滿面和光，深藏英氣，卻未知是誰，只見他已進廂房了。希真閒步下階一回，只見那客官也負手出房。希真便上前唱喏，希真有意訪賢。落回借映蕭讓，取其奇也。若此處必照蕭讓，則海鰲縶膝矣。那客官慌忙回禮。希真請問名姓，客官拱手答道：「小弟杭州徐槐。」稱呼也，籍貫也，姓也，名也，矢口而出，其自命不凡之概，已覺驚人。劉廣在堂上，慌忙下階與徐槐深揖，寫出聳動。問道：「仁兄府居，是西湖午橋莊否？」筆勢飛舞。徐槐答揖道：「正是。」劉廣大笑道：「遠在千里，近在目前，原來就是徐虎林兄，久慕之至，幸會之至！」筆勢飛舞。上文徐槐自述六字，只道已盡，卻不料尚留住址與字，再作兩次出，奇筆。希真便問劉廣道：「姨丈何處聞知此位徐兄大名？」劉廣道：「此徐兄表字虎林，居杭州西湖午橋莊，乃高平山徐溶夫之令從弟也。」忽提徐溶夫，順為後回伏線。徐槐轉問二人姓名，二人一一答了。當時三人一見如故，希真、劉廣便邀徐槐上堂敘坐，范成龍亦相見了。遜坐畢，劉廣對希真道：「徐溶夫才名，姨丈所知也。省筆。小弟那年往高平山會晤溶夫時，順帶劉廣到過高平山，伏筆無痕。溶夫說起虎林兄經濟滿懷，深通韜畧，能為人所不能為。七字表出徐槐。彼時弟已心醉，不期今日幸遇。」徐槐道：「『經濟』二字，弟何敢當，特遇事畏葸以悞君國，所不忍為耳。」此公胸襟和盤托出。希真稱道不絕。范成龍也說起溶夫稱述徐槐之事，并道久仰之意。希真請以上房相讓，徐槐謙謝。希真再三遜讓，徐槐便移至上房與希真共住。當晚共用晚饍畢，徐槐與希真等暢談竟夜。希真方知徐槐曾在東京考取議敘，歸部以知縣銓選，因選期尚早，故遊幕於山東；近得京信，知名次已近，所以上京投供。（敘出來歷。）希真暗想道：「山東正當干戈擾攘，此公倘得選山東，必大有一番作為也。」（虛空盤舞，有草枯鷹眼疾之勢。）次日早起，兩家僕從各收拾行裝，徐槐與希真等各盥洗畢，用了早饍，又談了一回。為時已不早了，徐槐與希真、劉廣、成龍拱手告別，希真等赴山東，徐槐赴東京。

話分兩頭。先說徐槐辭別希真起行，不日到了東京，覓所房子，安頓了行囊，又就京中僱了兩名車夫。次日即趕辦投遞親供之事，又拜了幾日客，應酬了一番。初夏將近，風和日暖，是日閒暇無事，（頓筆，妙。點出時令。）徐槐獨坐齋內，看那庭院青籐架上綠陰齊放。（閒閒引起。）徐槐忽叫車夫進來，問道：「神武門外元陽谷，我幼年曾到過，一路籐陰，景致甚好，此刻你可曉得籐花放否？」（閒閒引起。）車夫道：「不敢曉得。」徐槐喝道：「甚麼說話！不曉得便不曉得，有甚不敢曉得？」車夫忙答道：「是小人說錯了，小人說不敢打聽。」（奇文特起。）徐槐道：「怪哉，怎麼不敢打聽？」車夫道：「老爺不知道，近來這谷內進出不得了。」（奇。）徐槐道：「卻是何故？」車夫道：「近來這谷內有一夥強人，為頭的一個叫做千丈坑許平陸，一個叫做冰山韓同音。這兩個魔君，聚集一千七八百人，佔據了元陽谷，打家刼舍，無所不至，所以這山進出不得。」（突如其來。）徐槐愕然道：「元陽谷乃京都北門鎖鑰，（提起元陽谷形勢，開口便見經濟。）豈容盜賊盤踞，收捕的官兵怎樣了？」車夫在旁（加「在旁」二字，以見徐槐自議論，非向車夫說也。）笑道：「官兵還敢近他！」徐槐歎道：「天下盜賊如此橫多，安望太平。」（所歎者大。）車夫道：「只有一人，想該鬭得他過。」（奇文特起。）徐槐聽了，（加「聽了」二字，確是主人自感慨，僕人自聞說情形。）忙問是何人。寫出徐槐。車夫道：「這人姓顏，名叫樹德，號叫務滋。此公自一百二回韋揚隱口中一提，至此反從車夫口中說出，想仲華所感者深。那年小人送一起大客商，路過薊州府寒積山，突遇一夥強人，望去何至二三百人。這邊客人無一個不嚇得手腳冰冷，幸喜路旁酒店走出一個大漢，正是顏樹德，手提大砍刀，直奔過去，登時殺得那強人四散逃走。先畧點顏務滋本領。當時客人問了他姓名，又重重謝了他，他也老實收了，妙。又留客人酒飯，歇了一日。小人因此識得他本領。」車夫識得顏務滋本領。徐槐道：「這人現在那里？」求賢如渴。車夫道：「倒也巧極，這人向來東飄西泊，不知住處，恰好前日小人在不遠亭邊來復街口撞見他，「不遠」、「來復」寓意深。可惜不問他住處。」忽又一颺。徐槐道：「你下次遇着了他，速來通報。」求賢若渴。車夫應了出去。

一日，有一貴官來拜見徐槐，正在廳上分賓敘坐。那車夫急走進來，見主人正在會客，不敢上來，只得站在階下。嗟乎！妬賢者在廳上，薦賢者在階下，苟非徐槐，幾何而不昏庸一世哉！徐槐一見，便問道：「你有甚事來禀？」好徐槐。車夫上來道：「禀告老爺：那顏樹德正在巷口酒店裏，老爺說要見他，此刻要不要叫他來？」是車夫口氣。徐槐大喜，不覺立起道：「你怎說叫他，須我去見他纔是。」敬賢愛才如是，吾惟有拜倒在地而已。那貴官笑道：「原來是那個乞丐顏樹德，口角輕薄之，甚活是貴官？徐兄見他何為？」阻一句。徐槐道：「小弟聞知此人武藝超羣，故愛敬他。」不提車夫薦者，明知管庫取士，不足為此輩道也。貴官道：「此人武藝卻好，公亦知武藝好耶？但仁兄叫他來也罷了，何必輕身禮接下賤？又阻一句。況此人武藝雖好，性情鹵莽，本是故家子弟，自不習上，甘心流落，一味使酒逞性，行兇打降，所以他的舊交，無一人不厭惡他。補出顏務滋不合時宜，極襯後文徐槐善用。小弟久不聞他消息，只道他死了，誰知今日還在。補出情節。此處尚虛，至樹德口中自敘方實。仁兄若見了他，便曉得此人不好了。」又阻一句。貴官反厭惡顏務滋，與車夫稱讚類觀，令人浩歎。徐槐道：「仁兄所說，諒必不錯。但此人或有一長可取，亦未可知，總待小弟見過了他再看。」周旋世故語耳。其實此等諸詠，何足以惑徐槐之心。車夫道：「老爺不必自去，待小人去請他。」好前往見一語，表徐槐且不必定須往見也。徐槐道：「也可，但須說得恭敬。」表出。車夫應聲了出去。那貴官起身告辭，徐槐送至門首，貴官拱手陞輿而去。收過貴官。只見車夫領着一個黑大漢過來，徐槐看那漢面目黝黑，虎鬚倒捲，威光凜凜，身長九尺，腰大十圍，敘出顏務滋相貌。身上十分藍縷。可歎。車夫指着對徐槐道：「這就是顏樹德。」樹德向徐槐一揖，不遽下拜，其性情可知。顧車夫道：「這便是徐老爺麼？」如見顧盼之神。徐槐暗暗稱奇，表明。便答揖道：「小可正是徐槐。」路上人見一華服官人與乞丐施禮，都看得呆了。勾染一筆。樹德對徐槐道：「小可落魄半生，知己極少，聲口欲活。不曰無而曰少者，以尚有徐溶夫也。今日老先生見召，有何教言？」徐槐道：「請壯士進內敘談。」便攜了樹德的手，殊禮。一同進內。那些僕從盡皆駭然，連車夫也呆了。再勾染一筆。

樹德到了廳上，向徐槐撲翻虎軀，納頭便拜。動於禮貌而後拜，寫出樹德身分。徐槐慌忙答拜，勢利貴官對此能無愧乎？便吩咐：「浴堂內備好湯水，請顏相公沐浴。」三薰三沐之風。又吩咐：「取套新衣服與顏相公穿了，然後請顏相公出廳敘話。」顏樹德道：「小可承先生過愛，不知先生因何事看取？」士之不肯謬承知己也如此。徐槐道：「小可在山東時，久聞足下大名。頗疑車夫一言，徐槐何至深信如此？閱此方信徐槐並非偏信車夫也。但不知足下運途蹇晦，一至於此！」樹德浩然歎道：「小可是四川人，自幼遊行各處。那年小可在河北薊州，因生意虧本，往青州逕投表兄秦明，應一百二回。正還未到，不料那廝失心瘋了，早已降賊。大義凜然。小可失望，意欲仍回薊州，更不料還有個失心瘋的賊，奇文。就是傳言秦明降賊的人，奇。勸小可也去降梁山，喫小可一掌打死。此公平生畧見梗概矣。此處畧逗一句，至一百十九回中方詳言之。小可犯了人命，只得一口氣向南奔逃，路至濟南，盤纏乏絕，只得沿路行乞，甘心行乞而不降賊，真令我感愧淚下也。邐迤到了河南歸德府。（應一百二回。）小可初意，原想到這京裏來投奔一個好友。（將徐槐目光一引。）後想世間都是沒志氣的人，（是指秦明，亦不專指秦明。）我這副銅筋鐵骨埋沒了也就罷了，（好男子語語迸人血淚，然後知一百八人之皆可殺也。）便一口氣回四川去了。（好。）恰得奇兆，（奇。）小可到了四川之後，為人傭工度日，（可歎。）一日往景岳山去，走進一所廟宇，十分宏敞，只見裏面一個老者，相貌魁梧，向小可說道：『你是洞天中大將軍，豈可置之無用之地！』（奇文。）又說我遇午當顯。（奇文。）說罷，那老者并廟宇都不見了。（真奇。）小可感此奇兆，因重復一路行乞到東京來。到此方纔七日，不意便遇先生。先生果知我，異日為先生衝鋒陷敵，萬死不辭。」（語氣激昂慷慨，讀之令人氣壯。）說罷又拜。（淋漓盡致。）徐槐急忙扶起，感慨一回，便問道：「足下那位好友姓甚名誰？」（關心當問。）樹德道：「小可未曾和他會面，據另一個好友姓韋名揚隱的（照出韋揚隱。）在薊州說起他，性情仁厚，韜畧淵深，慷慨好施，謙光下士，現在櫃樹村神明里居住。他姓任名森，表字人衙。（出名鄭重。）小可久記在心。那年因思歸故鄉，不去見他，今番去見，叵耐他管門的這班鳥男女不容我進去。（英雄失路，可憐。）我想，就不去罷了！」（傲骨可風。）徐槐道：「想是下人之過，足下休怪他。且請用了便飯，改日小可與足下同去見他。」當日徐槐請顏樹德酒飯，又打掃一間房屋安置樹德，又暢談半夜。次日早起，徐槐在外面應酬了些事務，大約無非貴官貴客，一番常套，不必細表。（偏要回照一筆，妙。）到了傍午，與顏樹德用了中飯，便叫備個名帖，帶仝顏樹德，直到櫃樹村神明里去訪任森。原來任森世居皇城，先代顯宦相繼，世沐恩光，家居神明里，資財巨萬。（為捐貲伏線。）任森生得相貌清正，長鬚五綹，丰裁儒雅，勇力過人，性情仁厚，卻又嚴正，所以一切富家齷齪子弟，無不刻忌他。（鹵莽者既遭厭惡，而嚴正者又逢刻忌，天下自此無才士矣。）更兼他深居簡出，不喜趨走，所以朋友極少。（敘任森來歷。又出一位英雄。）這日任森正靜坐書齋，外面忽投進徐槐名刺，任森接了細細觀看，名士延客鄭重。恍然悟道：「那年先師陳念義夫子忽逗起陳念義。仙駕來臨，謂我道：『能用汝者，與余有二人也。』言訖而去，恰與顏務滋一段奇文相配。語在可解不可解之間。今想『余有二人』，非『徐』而何？奇文。只待我出去接見他。」鄭重。便命邀徐槐進廳，顏樹德一同進來，任森接見，遜坐敘茶。徐槐與任森畧談幾句，任森便大悅服，虛寫好。便請徐槐上坐，納頭下拜。寫任森。徐槐忙謙讓道：「豈可如此！」任森道：「我觀先生才德超羣，必建非常功業，日後但有用小弟處，無不効勞。」極寫任森。徐槐謙讓答拜，重復入坐。任森便指樹德問徐槐道：「這位大英雄是誰？」巨眼。徐槐代樹德通了姓名，樹德便向任森下拜。聞許其英雄而後下拜，知己之感也。任森大喜答拜道：「那年韋揚隱回東京，向小弟說知顏兄，小弟甚為欽佩。又說在歸德府尋訪吾兄不着，一句繳鎖過韋揚隱尋訪顏樹德事。小弟亦代為納悶。不期今日得瞻虎威，實為深幸！」樹德聽了大笑。寫樹德粗豪。

當時任森留徐槐、樹德酒飯，暢談一切，十分知己。席間徐槐開言道：「仁兄貴莊設立碉樓，整頓戈甲，神明里情形補出。想是為元陽谷賊人之事麼？」陡然綰合。徐槐有心。任森道：「正是。句。那厮見俺莊上豐富，任森之富，樹德之貧，相映成彩。常來滋擾，是以小弟不惜重資，募練鄉勇，保護村莊。那許平陞喫小弟誘敗一陣，從此不敢正覷我村。表出任森。只是那厮還有個黨羽韓同音，把守得緊，所以不能直搗他巢穴。」寫許、韓二賊利害。徐槐未及開言，樹德忙說道：妙。「那韓同音本領甚低甚低！如聞其聲。小弟一到東京，聞知此事，就去與他厮會。可見此公敢作敢為。那韓同音身披鐵葉甲，手執刀牌，小弟赤膊空拳，打得那厮觔斗頻翻。表出樹德。只可惜許平陞來幫他了，不然小弟活打殺他。」任森勝得許平陞，惜韓同音善守；樹德勝得韓同音，惜許平陞來幫一偏，如此安可無徐槐以作之合乎。徐槐撚鬚微笑道：「二公既同生公憤，敵愾殺賊，小可不才，取條妙計，管掃得那厮影跡無蹤。」託出徐槐身分。二人一齊請教。徐槐道：「火攻而已矣。」得神。

二人大喜。顏樹德便要前去，（是樹德。）任森道：「且將器械備好再去。」（是任森。）一面席上勸酒，一面吩咐莊客準備乾柴、蘆荻，并一切衣甲之屬。（寫出從容。）徐槐又指劃些攻取之法，（虛寫好。所以不欲實寫者，留後回地步也。）又暢論一切，盡歡終席。徐槐、顏樹德就歇在任森家。次日，徐槐替他稟明當官，請了號令，（細。）便坐在莊內聽信。（分別身分。）任森披起黃金鎖子甲，手提爛銀點鋼鎗，又取副獅蠻鐵葉甲與顏樹德披了，樹德自去架上選一把七十二觔鑌鐵大砍刀。任森跨上火炭棗騮馬，樹德跨上追風烏騅馬，點起八百名莊客，一齊殺奔元陽谷去。（聲勢。）那許平陞、韓同音正在商議打劫之事，忽報神明里鄉勇殺來。許平陞、韓同音一齊大怒，便各持兵器上馬，點起嘍囉們，殺出谷口。恰好兩陣對圓，韓同音當先出馬，高叫：「神明里牛子，敢再到這里來領死麼！」（回應任森語。）這邊顏樹德一馬飛出，大罵：「賊子！今番你休想僥倖了！」同音見是樹德，心中大驚，（回應樹德語。）許平陞慌忙出馬，二人攢戰樹德，樹德毫不懼怯，共鬭十五六合。任森早已立馬陣前，兩邊戰鼓齊鳴。那賊兵後隊忽然叫起苦來，只見元陽谷烟焰齊發，火光已蒸天價通紅了。（如此寫出火攻，真乃絕不費手。可惜一路籐陰。）賊軍大亂，韓同音被樹德一刀砍於馬下。（完韓同音。）許平陞大驚，拖鎗而走，任森早已指揮兩翼壯士掩上，將賊兵團團圍住，殺得一個不剩。（只道一個不剩，誰知偏剩此為後文作線。）許平陞已死於亂軍之中。（完許平陞。）那些放火的壯勇，都有斬獲，紛紛上來獻功，任森大喜。內中一個壯勇的頭目稟道：「可惜徐老爺不防及谷後，眼見還有兩員賊將從谷後逃走了。」（妙筆，令人不測，讀者亦幾疑徐槐疎忽。）任森愕然片刻道：「只好由他。」當時與樹德會合鄉勇，同掌得勝鼓回莊，徐槐接見甚喜。任森說起不守後谷，可惜走了兩員賊將，徐槐笑道：「任兄還怕不識此計元妙，我計正妙在不守後谷。（奇，妙。）若前後合圍，不留出路，那廝必然拚命，困獸猶鬭，非兵法所忌乎？」（妙，妙。）任森大服，從此拜徐槐為師。（表清正旨。不守後谷一計，既表出徐槐，又留與奔雷車作線，搆思佈局，直臻神妙。）徐槐將任、顏二人恢復元陽谷功勞報官，任森、顏樹德都得了防禦職銜。（省）自此任森、顏樹德都歸依了徐槐。（清出賓主。）

不數日，韋揚隱自睦州回來，來見任森。任森方知韋揚隱奉童貫差征方臘，（忽照方臘，奇。）不料諸庸將掣肘，以致敗績。（史乘中往往有之。）罪歸韋揚隱，削職。（可歎。一句繳鎖韋揚隱侍衛。）任森大為歎息，韋揚隱毫不介意。（好）因賀任森得勝之喜，見了顏樹德悲喜交集，各問原委。（一一應前，不漏一筆。）又聞知了徐槐英雄，便求任森介紹來見，一見大服，便拜徐槐為師。（重重收束。）又引李宗湯見徐槐，亦拜徐槐為師。（重重收束。韋、李二人不力寫者，前文已見故也，虛實相間妙。）徐槐與任森、顏樹德、韋揚隱、李宗湯日日盤桓，徐槐遂深知四人性情才能，（將將之才，談何容易。）日後各有用處。（大結束，振起全神。）不題。

且說那元陽谷後逃走的兩員賊將，（此後又宋江事也。從希真回山東可入，從宋江聞行刺不成亦可入，從康捷赴山東亦可入，乃皆不取而獨取此者，一取其頂上遞下之勢順，一取其鈎後落前之勢逆也。謀篇盡善。）一個是掃地龍火萬城，一個是擎天銅柱王良。（補出名字。）這二人見滿山火起，料知事敗，不敢去接應前軍，只得率領四百名嘍囉，（為據紫蓋山之根。）保着一位軍師，（軍師又不著姓名，以待後補出，用筆奇。）向山東而走。路上改換了捕盜官軍旂號，所以一路無阻無礙，（細）直達梁山。誰知那宋江喫了魏輔樑、真大義的作弄，見有新來弟兄，十分膽怯；（絕倒。又反振李成，妙筆。）更兼刺陳希真不成，枉送了時遷性命，杜絕了蔡京、范天喜門路，懊恨非常。（誰叫你自貽伊戚。）邇日希真又奉旨榮任，跨有兗、沂，眾將遵旨就職，日日簡練軍馬，（希真事竟就此簡遞過，手法敏捷。）宋江大小頭領無不震懼。這日早上，忽報有火萬城、王良二位好漢前來求見，卻未提起入夥的話。（細為下文走去地。）宋江正在煩恨，（妙）不得已接見了二人，卻於禮貌言辭間失於關切，覺得疏淡了些。（妙）二人不悅，託辭告去，宋江又不苦留，（妙）二人便同那軍師并四百嘍囉去了。（妙極。忽然而來，忽然而去，奇筆。）吳用在後山閱視燉煌，中午轉來，方纔知道此事，（細）

急來見宋江道：「兄長為何拒覆新來兄弟？（妙）兄長真是奈何不得東瓜，只把葫子來磨。（奇語。）那魏輔梁、真大義二人，小可自失眼了，怕他真個人人如此！（絕妙。）那新來兄弟，誠偽真假，我自有照察之法，何必遽行拒絕。（妙）兄長如此疑人，現在輔佐業已殘缺，未來豪傑裏足不前，我梁山其孤危矣！」（妙，寫出急遽聲口。數行喝起李成有聲有勢。）宋江大悔，（絕倒。）急命楊志、徐凝二人去追火、王二人轉來，與他陪禮。楊志、徐凝領令火速追去，早已不及了。（索性放落。）宋江看着吳用一言不發，（絕倒。）吳用道：「此事休提，（一句撇開。）且着人去探聽他下落，再作計較。（仍緊呼起後文。）只是陳希真那廝跨有兗、沂，兵勢浩大，逼近為患，極非小耍；更兼新泰、萊蕪隔絕兗州之東，我戎馬出入大為不便，所當速定大計。」（提到正文。）宋江矍然道：「這事怎處？」（描神之筆。）吳用道：「處此之勢，用兵或有生路，不用兵直坐以待亡耳。」（固是吳用卓識，亦見梁山勢危。）宋江道：「我去恢復兗州何如？」（亦名曰恢復。）吳用沉吟一回道：「陳希真何等利害，此番去奪兗州，定然枉費力氣。（封門。）我想此番我們新失兗州，雲天彪必不料我有事青州，不如乘勢去恢復清真山為妙。」（落題。）宋江道：「此一路被劉廣在兗州當我咽喉，進出不利，怎好？」吳用道：「我自有道理。且我此去奪清真山，亦不專為清真；如果清真山奪不得，我亦另有算計。（照起泰安府。）若從事兗州，則是舍遠守近，地勢愈促，不惟兗州不可必得，而失卻新泰、萊蕪，大非計也。」（吳用經緯如此，而卒以亡滅，豈非天哉！）宋江點頭，便從此日日加緊操演，鼓勵士卒，統計梁山兵馬尚有十五萬，并嘉祥、濮州兩處十七萬人馬，及新泰、萊蕪十萬人馬，合計共四十二萬人馬，錢糧尚可支三年。（忽總提梁山兵馬、錢糧，令精神一振。蓋上文一路寫來，梁山岌岌不可終日矣，若不着此振筆，則下文尚有二十餘回，將何以動筆乎。）吳用對宋江道：「似此儘可有為，兄長放心。」宋江亦喜，對吳用道：「只是我良將消亡了許多，以此躭憂。」吳用道：「再看機會，倘再能收羅幾位豪傑，便可補數了。」（再呼李成。）宋江稱是。

過了半月，兵馬操演已極精熟，宋江箭瘡亦早已全愈。（妙。）是日初伏天氣，（點出時令。）宋江陞忠義堂，聚集眾英雄，請吳用點兵派將。吳用請盧俊義率李應、徐凝、燕青、段景住，帶三萬馬步全軍，先行攻圍兗州北門及飛虎寨，不必定求攻破，只待大軍過時，便將兵馬約退，揀擇險要札住，一面為大軍作援，一面接應糧草。（的是要着。）盧俊義應諾，領徐凝等三萬人馬去了。吳用便請公孫勝守寨，點起秦明、楊志、魯智深、武松、燕順、鄭天壽、王英、孔明、呂方，帶三萬人馬，宋江、吳用親自督領，（打清真營，頭領即用鬧青州三山之賊，妙。孔亮已死，故以呂方代之。）即日起行，由汶河進發。那盧俊義率領徐凝等三萬軍馬，正在攻打兗州，劉廣悉力防守，不暇他顧。宋江、吳用已領大軍，抹兗州北境過去，（寫吳用妙算。）一路無阻無礙，直到萊蕪，朱武等迎接入城。歇了一日，宋江便同吳用率領秦明、楊志、魯智深、武松、燕順、鄭天壽、王英并三萬人馬，直趨清真山。早有探子報入清真營裏，都監風會聞報，便與防禦使李成商議道：（接風會、李成。）「俺這里五萬人馬，（點出清真兵馬之數，回應一百七回。）訓練精熟，盡皆有用之才。（表風會。）李將軍速派令戰守兵數，嚴行防備。」李成道：「相公且請鎮守，待小將帶三千精銳兵，由後山抄過赤松林，至野雲渡埋伏。（赤松林、野雲渡一齊點出。）待其兵過，便襲擊他後隊，先殺他個下馬威。」（表李成。）風會道：「此計亦好，但不可十分戀戰。」（寫風會。）李成領諾，便提兵赴赤松林去了。

且說宋江、吳用將兵馬分為三隊，秦明、魯智深領前隊，宋江、吳用、楊志、武松領中隊，燕順、鄭天壽、王英領後隊，一路由野雲渡進發。宋江中隊已過了赤松林，後隊方到林邊，吳用猛叫：「林內恐有埋伏！」（留吳用身分，用筆細慎。）說未了，只聽背後林子裏砲響，伏兵果然殺出，梁山後隊鄭天壽慌忙應敵。李成早已一馬當先，挺鎗直刺，鄭天壽舉刀急迎，兩下便鬭不上二十餘合，鄭天壽刀法已亂，那里是李成的對手。好。燕順拍馬來助，只見官軍吶喊齊出，好。殺氣影中，鄭天壽中鎗落馬。燕順大驚，只道鄭天壽一命休了，幸王英馬到，救了天壽。寫戰鬭受傷，筆法一新，得變換之妙。官兵奮勇衝殺，賊兵大亂。吳用急命楊志還救，那李成早已領兵退回去了。妙是寫李成，即是寫風會。鄭天壽左肩中傷，方點受傷處。折兵八百餘名。賊兵小挫。宋江大怒，便催軍馬飛速攻清真營，吳用諫道：「不可，句。恐前去尚有奸計。總之行軍萬不可因怒任性，一旦有失，悔之晚矣。」兵家至言。宋江依言，整頓了後隊，依舊按隊徐行。到了前面，果然風會已設伏等候，幸吳用料着，不曾中計。真寫得出色。

且說風會接得李成捷報大喜，便教李成守營，此回是李成傳，偏暫藏李成，妙。自己領精兵二萬人，札住西灝山口。又用前回地名。宋江兵馬屯在平地，顯出風會得地。相拒一日。此等筆最好，不然戰無停晷矣。風會見賊兵不中計，便起早領兵直叩宋江營前搦戰。宋江大怒，便命前隊迎戰。秦明領命，便提狼牙棒一馬先出，風會早已倒提九環潑風大砍刀，立馬垓心。兩人相見，各無言語，交鋒便戰，省。七十餘合不分勝負，風會拖刀便走，秦明狠命相追。吳用大驚道：「這廝分明有計。」忙教鳴金收住。寫吳用。風會見了，亦不追轉，便收兵而回。好。次日，風會一面告知雲天彪，插筆，好。一面又來討戰，魯智深當先迎戰。饒你魯智深本事高強，和風會只戰得個平手。宋江、吳用都看得呆了。二人狠鬭一百餘合，只得收兵。好。第三日又戰，宋江命武松出戰，也只是平手。好。用筆漸省。話休絮煩，那風會與秦明、魯智深、武松連戰五日，不分勝負。更省。然寫風會已十分出色矣。當晚收兵，吳用與宋江商議道：「風會這廝，真正了得，不如用計捡他為妙。」吳用所欲捡者風會也，而偏非風會受捡，妙。宋江問何計，吳用道：「他明日再來，便用如此如此拴他。」宋江稱是。當夜安派已定，只等風會再來。（再頓一筆，跌出李成。）

且說風會回西灝山寨內，正擬明早再出，只見李成前來道：「相公連日辛苦，明日待小將出戰。」風會應允。（放出李成。）次日，李成領兵直叩宋江營前，（與風會對峙。）大叫：「狂賊快獻上頭顱來！」宋江大怒，命燕順出馬迎戰。李成舉鎗急刺燕順，燕順舉刀敵住，一來一往，酣戰四五十合。宋江暗暗稱奇道：「李成真個不弱於風會。」（有此一句，則前寫風會處皆是寫李成矣，賓主之法。又乘勢引起欲降李成。）只見燕順氣力漸漸不加，虛幌一刀敗走，李成狠命相追，風會大驚，急叫鳴金，李成已追上一段。深草坑裏，絆馬索齊起，燕順揮眾軍掩上，將李成綑捉去了。（吳用用計這如此點過，絕不費手。）風會急命起鼓進兵來救李成，喫賊軍兩翼擋住，風會衝殺不入，只得懊恨收兵而返。（官軍小挫。）

且說宋江收兵回營，燕順解着李成進來，宋江隨即喝退燕順道：「我教你去相請李將軍，誰教綁縛將來？」（此下類抄前傳宋江降官軍語，義詳總批。此段直用降董平語。）燕順諾諾而退，宋江連忙跳離交椅，走下帳來，親自解了繩索，扶上帳來，納頭便拜道：「兄弟們不識尊卑，誤有冒犯，切乞恕罪。」（直用降秦明語。）李成答拜畢，大笑道：（妙。）「宋頭領，你此等詐術，（竟說他詐術，妙。）可以網羅俗子，不能結納英雄，（妙極，然則董平、秦明之類皆俗子也夫。）竟敢如此唐突李成，無怪你眼睛戳瞎了！」（罵得暢，罵得快，罵得好。宋江傷目後第一次受罵，然作者非罵宋江，實罵稱讚宋江之人。）宋江心中大怒，（心中怒。）眾頭領同聲共憤道：「俺哥哥山東、河北馳名，叫做及時雨宋公明，你這厮不知忠義之人，如何省得！」（直用降冠勝語。）宋江猛然得計，（權詐。）便喝住眾人道：「休得傷犯李將軍！」（權詐。）便向李成道：「小可宋江怎敢背負朝廷，蓋為官吏污濫，威逼得緊，誤犯大罪，因此權借水泊裏隨時避難，只待朝廷赦罪招安。不想起動將軍，致勞神力，實慕將軍虎威，今日誤有冒犯，切乞恕罪。」（直用前傳降呼延灼語。上文李成並不責其背叛而宋江先自供罪狀，可見心虛膽怯之至。卻與降秦明語複一筆，剪裁妙。）李成笑道：「宋公明，你須受招安，李成現是軍官，未免多此一番招安。你想李成受你的招安，你還想受那個的招安？」（并剪哀梨，其快無比。）宋江未及開言，只見鄭天壽大叫道：「哥哥休與這不明理的打話，小弟喫他傷了，哥哥反要與他陪禮！」說罷，提刀上帳，宋江忙攔住道：「兄弟若要如此報仇，皇天不佑，死於刀劍之下。」（直用降張清語。）李成拱手道：「忠義宋公明，俺乃不知忠義之人，殺亦何妨。」（李成語一次軟一次，一次妙一次。）宋江見李成口軟，（妙。）便怒視眾頭領（睨而視之，大有可觀。）道：「都是你們得罪了李將軍，快與李將軍陪罪。」與眾頭領丟了眼色，宋江先跪，後面眾頭領排排地都跪下。宋江道：「小可久聞將軍大名，如雷貫耳，今日幸得拜識，大慰生平，卻纔眾兄弟甚是冒瀆，萬乞恕罪。」（直用降盧俊義語與降秦明語作三複筆，不特剪裁入妙，且摹出宋江惟恐失李成之神，使非王良、火萬城失脫，何為至於此哉。綰合之奇，以神不以形矣。）李成亦拜倒在地道：「公明尊意究欲何為？」（妙。）宋江笑道：（一笑中計。）「且請將軍坐地。」眾人皆起，只見後帳轉出楊志，向李成敘禮，訴說別後相念，兩人執手灑淚。宋江便命置酒相待，用好言撫慰道：「李將軍，你看我眾兄弟，一大半都是朝廷軍官，若是將軍不棄，願求協助宋江，一同替天行道。」（直用降索超語。以上凡七段數抄前傳，並不覺其累墜，而別具蔥龍鬱勃之致。）

李成看到此際，暗暗想道：「我若任性拗他，白白的送了性命，與國家毫無益處，（是極。）不如趁他籠絡之時，我便將計就計，投降了他，就中取事。（是極。）或除得來宋江更妙，（其志不小。）萬一不能，就剪滅他幾個羽翼，也勝於白死。」（是極。）便對楊志道：「楊兄，公明哥哥好意，我非不知。（一句消釋。）但我李成梗直一身，斷不肯無功受祿，現在既蒙招留，我卻不敢附居眾英雄之列，儻一旦立得一二功勞，顯得我李成本領，然後再敘大義。」恐其置我於無用之地也，而措詞毫無痕跡。妙，妙。宋江又起坐長揖道：「將軍在此，山寨有光，又肯為我立功，莫說眾兄弟欽服，就是我宋江這把椅兒也當奉讓。」宋江老法兒。妙在李成無答語。大眾歡談了一回，李成對宋江道：「公明哥哥大義，小弟十分欽佩，現在小弟還有一個知己，儻能邀得他來，亦可一同聚義。」看他設計。宋江問是何人，李成看着楊志道：得神。「就是大刀聞達，現在雲統制帳下。」楊志接口道：「此人真有萬夫不當之勇，應前傳。惜乎不能招致。」宋江道：「想雲天彪日內必來，聞將軍必然同來。」呼聞將軍，已入彀矣。便對吳用道：得神。「何不用計捦之？」吳用撚髭微笑道：「且看。」得神。當時眾人又談一回，酒闌而散。吳用私對宋江道：「李成此意真偽難測，寫吳用精細，以襯李成。今小可已定主見，來日調楊志為先鋒，即以李成為副先鋒。我看楊志和李成交情卻好，必能聯絡得李成。因是妙術，其如李成另有一調何。陣上我教楊志與李成寸步不離，他亦無所施技。又烏知大可施技哉。李成儻肯奮勇斬獲，便是誠心歸我；如或有退縮，便見其偽。吳用妙，李成因之愈妙矣。至招致聞達一層，小弟另看機會。」放過。宋江稱是。當下計議已定，吳用便教將李成手下被捦的官兵放走幾個，回去通知李成投降，以絕李成歸路。的是妙算，偏管不住李成。

風會在西灝山聞知李成降賊，大驚。正在躊躇無計，次早忽報雲統制領傅玉、雲龍、聞達、歐陽壽通并三萬人馬前來，風會忙令開營迎入。原來天彪自接到康捷傳樞密院劄子，令其收復萊蕪、新泰，應前。正在調集各路人馬，忽接到宋江攻清真營之信，便飛速統兵赴清真營來。風會稟稱：「李成追賊被捦，聞得已降於賊，殊為詫異。」傅玉、聞達等亦個個呆了，齊聲道：「萬不料李成有此一事。」極寫吳用妙算。天彪沉吟了一回道：「非也。吾料李成決不出此。天彪特識。他從我年餘，春秋大義聞之熟矣，表李成，卻是自表。何至今日昧心。(天彪料李成不叛,而吳用猶望李成真降,盜賊之心,斷不能測聖賢也。)且統兵前進,以觀行止。」說罷,便命聞達為前部,密諭道:「此去如見李成,不可鹵莽,須細心察看行止。」聞達領令起行。天彪便命傅玉守營,眾將齊出。天彪三萬人馬,并風會二萬人馬,共五萬人馬,浩浩蕩蕩殺奔宋江營前。宋江見天彪兵馬果到,又是聞達為先鋒,大喜,(可憐。)便命楊志領李成當先出馬,宋江領全軍齊出。兩陣對圓,這邊官軍隊裏,五百名砍刀手擁天彪出陣,大罵:「宋江瞎賊!因你目無朝廷,故爾天加大罰,尚不悔悟,還敢猖狂!」(罵得妙極。與李成語類觀,不料麗卿一箭包括如許精義。)宋江大怒,出陣大罵:「你這廝早晚必為吾擒,尚敢口出狂言!」便叫楊志出馬。這邊聞達提大刀迎住,兩下便鬬。兩陣吶喊,戰鼓齊鳴,李成在楊志背後看着楊志,立馬挺鎗待刺,(十七字精光辟易萬人。)心中忽然不忍,(頓筆好。)猛咬牙道:「今日如此狗情,臣多一友,君少一臣矣!」(卓然名言,此真聞春秋大義者。迴視冠勝,君知我則報君,友知我則報友,真狗彘不食之言也。)驟馬上前,一鎗直透楊志背心,穿出前胸,(駭疾。)大叫:「楊志!我顧你不得了!」(仁至義盡之言。)賊軍一齊大驚。天彪大喜,急揮前軍殺上,李成抽出鎗頭,(楊志了。)與聞達並馬殺奔賊軍,賊軍前隊大亂。官軍一齊奮勇大殺,直殺得賊兵屍橫遍野,血流成河。(李成之功也。)宋江、吳用忙約後隊飛逃,怎當得官兵勢大,遮天蓋地的殺來。正是:泰山壓卵,不須輾轉之勞;螳臂當車,豈有完全之理。不知宋江、吳用等性命如何,且聽下回分解。

范金門曰:徐槐為此書後半部一大人物,將來之建功立業,胥於此處肇其端。任森、顏務滋、韋揚隱、李宗湯,此日搜羅四人,後日即為四柱,寫其禮賢下士,勇敢有為,絕非宋江之籠絡駕馭者比。是從奸詭叢中，另畫出一副忠勇面目。

入手便遇陳希真、劉廣，不特為後文同心協力作伏，抑且方以類聚，物以羣分。

邵循伯曰：觀李成乘機偽降一事，而知宋江運蹇時乖也。放去真心之王良、火萬城而收假意之李成；貪一李成，失一楊志，并吳用出於不及料，煞是好笑。

許平陛、韓同音命名甚妙，是先安插任森、務滋作用處。

第一百十三回　白軍師巧造奔雷車　雲統制兵敗野雲渡

卻說宋江領後隊兵馬飛逃，雲天彪領大軍追上，宋江前隊早已沉沒。但見官軍各奮神威，大呼衝殺，四邊盡是青州、登州、萊州旗號，（天彪所調各路人馬，此處補出。）翻翻滾滾，銅牆鐵壁價裹來。宋江等逃過赤松林，天彪驅軍直追那林子內。吳用原有孔明、呂方兩枝伏兵，此時見了官軍，便襲殺出來。官軍抽出兩翼迎敵，（抽出妙，寫紀律之師。）左翼是雲龍，敵住呂方，不上十餘合，雲龍格開呂方畫戟，右手搶入呂方肋下，擒過馬來；（好。）右翼是歐陽壽通，敵住孔明，不三合，吃壽通一鞭打去，死于馬下，（寫孔明了。）兩枝伏兵都敗。（好。）官兵一齊痛追，宋江、吳用等紛紛逃入野雲渡原寨。（「紛紛」二字，描出敗兵。至此官軍方大勝。）天彪亦傳令住扎。眾將、兵丁齊來獻功，計斬首五千餘級，擒獲三千餘名。李成獻上楊志首級，伏地請罪，天彪親自扶起道：「今日這番大勝，皆防禦一人之功也，豈可言罪。」（提清題旨。）眾將見李成果然殺賊回來，皆深服天彪巨識。天彪吩咐軍政司將眾兵將功勞從實紀錄，一面將楊志、孔明首級，并呂方正身解去都省，這里傳令三軍安營造飯，慢表。

且說宋江收聚敗殘人馬，在野雲渡寨內，對吳用道：「萬不料中了李成毒計，害了楊兄弟性命，又失陷了呂方、孔明兩位兄弟，人馬損折一半，此仇如何不報！軍師可有良策麼？」吳用沉吟道：「我軍銳氣已挫，兄弟們受傷者不少，敵勢方張，若捨了此地而走，新泰、萊蕪拱手而去矣。（利害得失，瞭如指掌。）為今之計，速調新泰、萊蕪兵馬各一萬二千名，同來把這野雲渡守住，再作計較。好歹要報這敗陣之仇，兄長且寬心勿慮。」宋江依言，查點受傷頭領，燕順、王英（補筆。）并前次受傷之鄭天壽，俱送回山寨養息。這里調新泰頭領穆洪、李俊，萊蕪頭領史進、陳達、李忠，各領一萬二千人馬，前來助守營寨。次日紛紛都到。宋江與眾好漢飲酒解悶，吳用正於座間商議進攻之策，（此句必須襯入，不然竟似專待奔雷車來救矣。）忽報：「金鎗手徐將軍，帶領紫蓋山新降火、王二位頭領，並四百人馬到來。」（火、王二人忽然又來，筆法矯變可喜。）

原來火萬城、王良因宋江不禮貌他，忿然而去，直到東平府佔據了紫蓋山。宋江探聽的實，便教蕭讓寫下一封賠罪的書信，差徐凝親自賫去，這是一月前的話。那火、王二人自得了宋江書信，自相商議，因本寨兵微力薄，斷難久守，不如仍舊歸順梁山。二人便奉了那位軍師，并帶四百人馬，投到梁山。適宋江不在山寨，便徑投兗州盧俊義軍中。（火、王事補得簡淨。）那盧俊義三萬人馬已由兗州北門退出八十里安營下寨，（更補得便捷。）當時接到火、王二人，一番慰勞犒賞，自不必說。那火、王二人并那位軍師四百人馬，在盧俊義營內歇了一宿，盧俊義便差徐凝護送他到宋江營裏來。宋江聞報大喜，忙叫請入。只見徐凝領着火萬城、王良進來。火、王二人俱全副披掛，進來見了宋江，便拜倒在地。宋江亦拜倒在地，自責道：「宋江不識英雄，前次實屬簡慢，千乞恕罪。」火萬城、王良齊聲答道：「不才下將，得蒙收錄，實為深幸。」二人又與眾頭領相見了。宋江遜了坐位。看那二人都是少年英雄，火萬城狀貌魁梧，王良骨格勁秀，使的軍器都是金錢豹尾熟鐵點鋼方天畫戟，端的威風凜凜。（二人狀貌、軍器，此處補出。）宋江一見了兩人的戟，驀然想起郭盛久已被害，呂方現又遭擒，止不住一陣心酸。（文情俱妙。）因想得這兩位英雄，又曉得他實是誠心歸順，（勾染而兼幹補。也是歡喜。提過慰勞謙遜的話頭，說到：「官兵利害，我等新挫銳氣，怎生報仇？」火、王二人道：「公明哥哥放心，我等有一位軍師同來，係是一位異人，乃大西洋歐羅巴國人氏，名喚白瓦爾罕。係彼國巧師唎啞呢唎之子，此處出白瓦爾罕名字、來歷，如此鄭重，方知上文藏過名字之妙也。專能打造戰攻器械。他現在製造一等戰車，可稱無敵。據他說來，此車可以橫行天下。現在帶了二十輛在此，先說此車數目并大概。他在後面押着就到。」

正說間，只見報來道：「新軍師新軍師，妙。白瓦爾罕到了。」宋江忙吩咐請來。白瓦爾罕到內帳相見，眾人看那人中等身材，粉紅色面皮，深目高鼻，碧睛黃髮，戴一頂桶子樣淺邊帽，身披一領大紅小呢一口鐘，像殺西洋畫上的鬼子。宋江與他見了禮，問候畢，說到戰車一事，白瓦爾罕道：「我這車法有一丈四尺濶，二丈四尺深，三丈高矮，三輪、八馬、一轅；中分三層，上一層大銃，中一層強弩，下一層長矛利鈎，車後還有四個翻山輪，……」話未說完，截得妙，好章法。只見吳學究接口說道：「據軍師說來，仍是呂公車❶的格式。不是小生多說，若是在邊庭之外，沙漠地上，千里平坦的所在交兵對陣，用那呂公車最為勝算。如今卻在內地，山林映掩，七高八低的路途，即有平原，亦不過十數里開濶，此等處亦用呂公車，豈非大器小用？」白瓦爾罕聽了笑道：「怪得老先生不曉得，只知你那中華呂公車利害。又是一種聲口。細按之，前傳一百八人，此書三十六人皆無，奇絕。呂公車雖好，卻如何及得我這車法！這車我國喚做『色厄爾吐溪』，你們漢字譯來卻是『奔雷』二字。如此點出車名，奇妙。那呂公車四輪六馬，四根車轅，馬在前，車在後，轉折最笨，四平八穩的所

❶ 呂公車：古代一種大型戰車。車起樓數層，內藏士兵，外蔽皮革，因與城同高，可直接攀越城牆，與敵交戰。續資治通鑑元順帝十九年：「造呂公車……擁至城下，高與城齊，欲階之以登。」

在，方好馳騁。況且馬既在前，最易受傷，一馬傷損，全車無用。又遇着小小坑塹，便跌倒了，再也扶不起。（先言呂公之鈍，後言奔雷之利。）怎比這奔雷車，卻是車在前，馬在後。平坦處馬駕車，險難處車帶馬。（奇。）三輪八馬，只用一根車轅，妙處只在那小輪上，轉折最靈。車下有輥板，輪邊有尖腳，那怕八尺濶的濠溝，五尺高的拒馬，都阻他不得。轂後又拖兩扇鐵篦，防敵兵撒鐵蒺藜掤馬腳，遇着鐵篦便掃了開去。（此言進之利。）若是收兵回時，將馬頭帶轉，仍可馬前車後，倒退而回，弓弩、銃矢仍向着外面，敵人不能追逼。（此言退之利。）隨地扎營，便將車來作圍垣，人馬都歇在裏面，車內便是帳房，勝如銅牆鐵壁。（此言守之利。）只有高山不能上，（伏二龍山。）雜樹林內不能進去，（伏赤松林。）餘外都去得。（此言其鈍不過止此而已。長江大河也未必去得。）那呂公車如何及得？」（再抱上文一句，章法一片。）說罷，便教手下人：「把色厄爾吐溪駕一輛進來，與大王爺過目。」火萬城、王良齊道：「賢弟也須要請了宋大哥將令再行。」（火、王之恭順，白瓦之逕直，梁山之法令俱見。）宋江聽了，（「聽了」二字，三人之言都在內。）大喜道：「這有何不可，便教駕來。」

不多時，輪鳴轂響，白瓦爾罕手下人駕了一輛奔雷車進來。宋江同眾頭領起身觀看，只見那車（連用四個那車，分作四段。）正面刻作一巨獸頭面，油漆畫成五彩顏色，兩隻巴斗大小眼睛，直通車內的上一層，便當作兩個炮眼；（奇文。）巨口開張，中一層軍士俱在口內，那弩箭便從口內噴射出；（奇文。）下一層便是巨獸頦下，六枝長矛、四把撓鈎當作鬚髯，（奇文。）裏面鈎矛壯士俱披鐵甲。（此處上一層、中一層、下一層，從外面說出；後文又下一層、中一層、上一層，從裏勘明，總是寫得淋漓盡致。）車的周圍，俱用生牛皮、磨菰大釘釘牢，裏面墊着人髮，頭髮裏層又鋪線紙，所以鎗箭、銃砲萬不能傷。車後一轅四衡，駕着八匹馬。車上又有小小一座西洋樓在獸額上，裏面立得一個人，執着一面令旗，為全軍耳目。（此一段詳寫車外面。）白瓦爾罕又教將那車打開了，請宋江看裏面的機括。下一層鈎矛，中一層勁弩，是不必說，惟有那上一層的兩座火銃，甚是利害。那銃名喚「落匣連珠銃」。事之奇者，文中作文，畫中有畫，戲中演戲，夢裏說夢。今奔雷車奇巧極矣，乃偏于車中再加入連珠銃、翻山輪、神臂弓諸多妙器，真是奇巧之中更藏奇巧，安得不佩服我仲華公也。上面一隻銅戽子，容得本銃四十出火藥、四十出鉛子。但將銅戽內火藥、鉛子加足，又將下面銃門火藥點着，那銅戽中的火藥、鉛子自能落匣溜入銃管，向外轟打，不煩人裝灌，便銃聲絡繹不絕，直待四十銃發完了方止。若四十銃不足用，只顧將火藥、鉛子加入銅戽，那怕千百聲，陸續發出不斷。奇文。更防銃管熱炸，銃下各備大水壺一把，頻頻澆灌。那銃能發一千餘步遠近，都從巨獸眼眶中發出。奇文。車後又有四個翻山輪，激那石子飛出去。石子大小不等，小者飛得遠，大者飛得近，真是格物君子。也有數百步可發。此一段詳寫車內。那車每輪共用三十人；六個人在上層用銃，八個人在中層使弩，十個人在下層用鈎矛，五個人在車後步行駕馬，一個人在西洋樓內掌令旗。軍士不須習練，一指撥便會。只要進退有序，第三段詳寫用法。那車發動了，分明是陸地狴犴❷，果有轟雷掣電之威，倒海排山之勢。方用一段贊語作總結。宋江同眾人看了，十分歡喜，便吩咐并十九輛都藏入中軍，一面殺牛宰馬，重整杯盤，蓋火、王、白瓦來時，直至看完奔雷車，宋江等宴會尚未散也。此等處不但作者忘，讀者亦多忘矣，可見此書筆墨周徵閒細。慶賀新到頭領。那紫蓋山新降四百人馬，俱着犒賞。宋江因火、王等人新來，俱讓在右邊客席，自己同眾弟兄在左邊主位上奉陪。火、王二人又讓白瓦爾罕坐了首席。雖是尊師，亦實點明一篇題目也。輪杯換盞，開懷暢飲。宋江問白瓦爾罕道：「小可萬幸，得遇軍師降臨，不知軍師離貴國幾年了？」白瓦爾罕道：「我雖西洋人，實是中華出世，我祖上原係淵渠國人，所以能為沉螺舟。因到歐囉巴國貿易，流寓大西洋。近因國王與中國交好，生意往來，我爹娘也到中國，居於廣州的澳門，方生下了我。我爹名唎啞呢

❷ 狴犴：音ㄅㄧˋ ㄢˋ，野獸名，形如虎，多勇猛，因獄中門上多繪有其形，故又用作牢獄的代稱。

唎，是西洋國有名的巧師，五年前已去世了。我學得爹的本事，廣南制置司訪知了我，將我貢于道君皇帝❸。我是中國生長，所以中華禮儀、言語、風俗都省得。註得好。天子卻愛我，怎奈蔡太師、童郡王需索利害，我供應不迭，他便在天子前進了讒言，幾乎被殺了。幸官家聖明，赦我死罪，發回廣南編管，一路又受盡差官的腌臢氣。饒你巧奪天工，無錢亦是如此，可歎。恰好從大庾嶺經過，吃火、王二兄來劫了，殺死差官，取我上山。原因我與火大哥在廣南時便厮熟，我回去不得，就在那裏落草。不料官軍追捕得緊，不能容留，火、王二兄因此棄了山寨，與我同投東京元陽谷。火、王二人到元陽谷來歷補出。到彼未久，此車夫所以不知，而任森所以未及探聽也。又被鄉勇所破，今日幸遇公明哥哥。只我是個粗漢，過謙。兵法韜畧卻都不曉，只會造些攻戰器械罷了。此其不及劉慧娘也。我還有沉螺舟之法，水戰最利，此處伏沉螺舟，真是羚羊掛角，無迹可尋。將來我做了與哥哥應用。」眾人大喜。

宋江對眾人道：「攻新柳城時，白家兄弟若在，何懼劉慧娘哉！」照前呼後，筆法最妙。只見吳學究只是不語，低頭拈髭，出神價尋思。奇文。眾人不解其意，宋江只道他籌劃破敵之策，便笑道：「有此戰車，何愁不勝，軍師還想甚麼？」吳用笑道：「非也。」又想了半響，笑道：「白先生此車，果是妙絕。非吳某誇口，也省得些戰守器具；機括巧法，今我在這車上反復要尋他破綻，設法破壞他，委實算計不出。余讀結水滸，看至此處，適一友人來，遂與共看。友喟然歎曰：「仲華固妙筆哉！寫眾人一見奔雷車，便皆大歡喜，只見其利，不見其弊也。獨于吳用必欲推求其弊，以備全用，真極力寫出智多星也。」余亦謂然。比看至後篇，余始爽然若失，喟然歎曰：「仲華非竭力寫智多星，實乃極力寫女諸葛也。」友亦憮然。嗟乎，文章成于寸心，示于萬目，而得失仍在寸心知耳。此法再以兵家奇計駕馭，真可以橫行天下也。」白瓦爾罕笑道：「我的法兒，你如何能破壞得！真又是一副聲口。我算得千穩萬當，便是我自己尋破綻也難。」極襯出劉慧娘。吳用道：

❸ 道君皇帝：即北宋徽宗皇帝趙佶。徽宗尊崇道教，自稱教主道君皇帝。

「我想只得二十輛，破敵如何彀用，我要照樣多造數百輛，不知隨軍工匠可做得否？」白瓦爾罕道：「我帶來巧匠有三十餘人，若本地有巧匠，可以照樣帮做。」吳用對宋江道：「既如此，可速傳令廣備材料。這里隨營粗細匠人有一千餘人，便連夜併工製造，勒限二十日內，要打造二百輛奔雷車。一面挑選壯健頭口騾馬一千六百匹，慣戰頭目軍兵六千人聽用。」白瓦爾罕道：「軍師且慢。極妙頓挫。這車雖照樣打得，便是車內鈎矛、弓弩也都容易，欲緊故寬，妙。只有那兩座連珠銃，非比等閒，卻極工緻。畧帶粗糙，便不合用。又沒得這許多上好鑌鐵，那怕匠手多，二十日工夫要造二百座，如何趕得及？」忽生一難，妙。總是不肯草率寫出也。吳用聽了，尋思道：「有了。且打起來，看有多少且用。如不彀時，我想佛郎機可以代得，每一輛車上用兩架佛郎機如何？」忽生一解。白瓦爾罕道：「佛郎機雖好，只是六個人如何使得轉兩架？若多添人，車上窄狹擠不開。而且人多了，那車便上重下輕，用不得。又生一難。我想你們用的一種神臂弓，倒也利害。「倒也」二字，活寫出小智不及大智來。舊法那弓是橫用，兩人合用一張，箭長六尺，發五百步；今我改作豎弓，三人合用一張，箭長八尺，發八百步。這等做來，仍是六人彀了。」亦可名為新法神臂弓。宋江便催連夜預備。宋江親與白瓦爾罕把盞，眾頭領歡飲，至五更方散。飲酒分三次作章法，可見累累數千言，乃一席之談也。次日，隨營軍匠去趕辦材料，吳用請宋江傳令，在後營空地上搭起廬廠，當了作場，盡選隨營工匠共一千餘人，在內打造，就請白瓦爾罕在內作提調，又派兩員頭目做監督，都關了二十日的口糧。將現成的奔雷車，折了兩輛作式樣，其餘十八輛都在中軍聽用。又調金鎗手徐凝領三千步兵，週圍晝夜巡查，作場內不許半個人進去，半個人出來。口頭奇語，人自不察。蓋質言之，只是不許一人進出耳。今欲寫得機密之極，故其詞至于不許半個人進，半個人出也。夫人焉有半個，而半個人又焉能出入者哉！又傳令堅守，不許出戰。此一句遞入下文。

卻說雲天彪自大勝了宋江，遣人報與都省。不數日，賀太平文書轉來，言呂方已就都省正法梟示，呂方了。所有統制戰功已恭摺奏聞。天彪便賫發了來使。這里日日遣將挑戰，宋江堅守不出，一連十餘日。天彪與眾將商議劫宋江的營，又被吳用料着了，不能取勝。天彪對眾將道：「這廝不肯出戰，又不退去，必然有謀。」傅玉道：「末將之意，乘此時移檄景陽鎮，教陳希真發兵屯在白沙塢，順手點出白沙塢。牽制這賊，卻是勝算。」天彪道：「總管之言甚是，陳希真此刻一切部署都妥了，可以調動。希真部署只借天彪口中點出。但我深防這賊抄過赤松林，去取二龍山；他占了二龍山，攻青州最便。順手點出二龍山。可分一彪人馬去赤松林後扎營，那賊若來，便可截殺。天彪可謂先事預防，乃日後卒棄赤松林，而賊軍畢攻二龍山，可見奔雷車之利害也。我在這里不妨。」頓筆險極。便令風會、歐陽壽通分八千人馬投赤松林去訖。一面發公文調陳希真發兵進白沙塢，一面又去宋江營挑戰，宋江只不出，不覺又有十四五日。

卻說宋江營裏趕緊打造奔雷車，至十八日晚間已皆造完，十八日造完，妙。若必待二十日，不特無此印板文字，抑且斷無此印板事務矣。共造成二百零二輛，此二輛即原拆作樣式者，讀者自知。連中軍那原有的十八輛，共是二百二十輛。內中新造者，六十輛有連珠銃，其餘都用神臂弓。連原有的算來，七十八輛用連珠銃，一百四十二輛用神臂弓。那新造的與白瓦爾罕所造原車，毫忽無二。宋江大喜。吳用便傳令，將二百二十輛奔雷車分作四隊：中間二隊是掃地龍火萬城、銅柱王良，每人各領馬軍五百，步軍一千，奔雷車五十輛，內用連珠銃者十五輛，用神臂弓者三十五輛；又令沒遮攔穆洪領六十輛在左軍，霹靂火秦明領六十輛在右軍，各帶馬軍五百，步軍一千。那六十輛皆是二十四輛銃，三十六輛弓。宋江同李俊、史進領三千兵為前軍。吳用道：「天彪若敗，必投赤松林，可令魯智深、武松分兩路步兵，往彼埋伏。徐凝領馬軍抄出林後，斷他歸路。」分派都定。雲天彪那料到這件戰器。當日正親領大隊兵，直叩賊營搦戰，留傅玉守寨，陣上帶的大將是雲龍、胡瓊、聞達、李成，當時在賊營前列成陣勢。宋江早領兵出迎。天彪遠望見宋江陣後的塵土高而且銳，早猜疑道：「這厮半個多月不出，莫非習了車戰之法與我厮殺？」極寫天彪英雄精細。忙吩咐李成、聞達道：「我看賊兵陣後的塵土好似戰車，你快將後軍約退，多多准備下鹿角、拒馬❹、鐵蒺藜，防他衝突。」天彪不為不仔細。李成、聞達領命。宋江已將人馬擺開，大叫：「對面陣主答話！」得意。天彪罵道：「殺不盡的賊子，快來納命！」宋江大笑道：暫時得意，便乃爾猖獗。「前誤中你的奸計，今日與你分個勝負！」天彪大怒，命胡瓊出馬。宋江陣上並不發人交鋒，便把軍馬退後，放出那四隊奔雷車來。天彪看時，果是戰車，都做成惡獸模樣，中間一輛頂上立着一人，皂衣披髮，手執一桿七星旗，指揮全軍。天彪急將前軍調轉，那奔雷車已到，弓弩、銃石好一似轟雷驟雨打來。李成、聞達忙叫撒放拒馬、蒺藜，那知那車山崩嶽倒價擁來，拒馬、蒺藜全不濟事。車下有鐵篦掃去故也。但見火銃到時，屍骸粉碎；矢石落處，血雨紛飛。那神臂弓的羽箭八尺長短，橫射來，遇着人馬，五六七八個的平穿過，官兵如何抵敵得，都棄甲拋戈，叫苦連天，各逃性命。那胡瓊已中火銃，連人帶馬死在陣裏。寫奔雷車聲勢。胡瓊完。宋江同花榮、李俊、史進分兩路抄殺，官兵死者無數。天彪料得那車不能入樹林，忙同雲龍、李、聞二將奔入赤松林內。那林子裏面樹木叢雜，馬匹難行，馬軍大半棄了馬，奔入去。宋江見官兵避入林內，便大驅奔雷車殺奔天彪大營去了。不入林便奔大營，寫出因利乘便之勢。

❹ 拒馬：可移動的軍事防禦障礙物。因主要防禦騎兵，故名。

這里天彪敗兵方入林中，只聽喊聲大起，一隊步兵殺來，正是武松。天彪無心戀戰，只顧奔走。前面喊聲又起，魯智深領一枝步兵攔住去路。天彪見賊人俱是步兵，也與眾將下馬步戰，爭奈官兵受傷者多，難以力鬭，正被困住。幸而一枝官兵殺到，正是風會、歐陽壽通，（應前文寫天彪。）也是步戰，殺開賊兵，救天彪一干兵將出了松林來，一齊上馬投北便走。風會道：「西灝山大營已被賊兵奪了，原來那厮戰車不怕濠溝，拒馬都擋他不得。傅玉敵不住，敗回清真營去了。（虛補一層好。）且請主帥回清真營，再作計較。」那魯智深、武松見天彪走了，那里肯放，併力追來。天彪且戰且走，不到一二里，一彪馬上賊兵，吶喊搖旗截殺出來，兵馬甚多，正是徐凝。一個個兵強馬壯，大喝：「雲天彪想逃那里去，官兵都被老爺們殺盡了！」天彪歎道：「天亡我也！」雲龍道：「爹爹斷後，讓孩兒同風二伯伯當先，與他決一死戰，不帶傷的兒郎們都隨我來！」雲龍正待向前，忽見徐凝陣內都叫苦價亂起來。（奇文。）雲龍定睛看時，只見一隊猩紅飛火旗，從賊兵陣後殺出來，當先一員女將，黃金鎖子連環甲，棗騮火炭飛電馬，爛銀梨花點鋼鎗，（絕妙句法。）領着那一班女兒郎，火雜雜的闖進來，好一似虎入羊羣。（姑娘不來則已，來時必然驚天動地。）雲龍認得是麗卿，大喜，忙叫天彪道：「爹爹，陳道子兵馬到也！」天彪大喜。眾敗兵聽了，都精神百倍，一齊拚命殺奔上來。那麗卿一枝梨花鎗，飛花滾雪價捲來。天彪、雲龍已殺到，合兵一處。麗卿道：「雲叔叔，我爹爹得了檄文即便起兵，未到白沙塢，聞知官兵失利，爹爹卻教奴家夫妻分兵兩路來此策應，我那玉郎也就來了。」（誰來奪你的玉郎，上要帶定「我那」二字？）說不了，西北上塵土障天，金鼓震地，祝永清領一彪兵馬殺到。天彪傳令，叫受傷者靠後，其餘一齊向前，協同永清、麗卿的兵馬奮勇厮殺。那徐凝見官兵有救，又復凶猛，料知勝不得，便會同武松、魯智深收兵去了。天彪問麗卿道：「你父親何在？」永清道：「泰山恐新營再失，忙去保護。他說我兵已挫銳氣，赤松林切不可棄了，且守住此林，再商量。」（此處云守赤松林，後文卻變做棄赤松林，絕妙轉關。）雲龍道：「孩兒也這般想，須得守定林子，方好議破敵之策。」（天彪問麗卿，卻是永清荅；永清語天彪，卻是雲龍對，錯綜有致。）天彪便分下聞達、歐陽壽通把守赤松林，眾人一齊收兵回新營來。

陳希真已到，與天彪毗連下營。陳希真與天彪相見，查點兵馬，三停折了兩停，帶傷者無數，失去器械、馬匹的更不必說。天彪道：「若非風都監、歐陽防禦來救，吾已失陷了。此刻壞了大將胡瓊，傷兵二萬多人，大營沉沒，這賊必然乘勢來攻，宜早定良策。這車不知何名，便是呂公車，亦無此利害。」李成、聞達道：「若非主將先幾，將後軍約退，勢必全軍覆沒了。」雲龍獻計道：「赤松林雖可守，那廝若順風燒林，或由上坂坡攻來，仍沒阻擋。我想他雖能跨溝，畢竟溝窄之故，若是溝寬，未必就跨得。何不于這幾處掘下濶溝，築起土闉，豎起軟壁，可保無虞。」天彪道：「你這癡子，虧你想，也須要設法破滅他。那個同他來死守過日子！」（天彪將才也，應作此等語。）希真道：「令郎之言不為無理，我等此刻銳氣正墮，只好暫守幾日。」天彪依言，便傳令去上坂坡、松林後等處，開掘濶溝，連夜鑿打土闉、軟壁。希真道：「要破滅這車，只除請這一個人來，再無第二能者。」天彪問是誰，希真道：「除了你的令媳劉慧娘，更有何人。」天彪道：「小兒尚未完娶，怎得他來相助？除非速去知會劉親家，教小兒去贅婚，只好草草成禮，聘了他來。破敵之後，我自與劉親家陪話。」希真道：「完姻到好講，只是他此刻病勢甚是危篤，如何來得。」（又作一變幻，文筆奇特。）天彪道：「是何貴病，如此利害？」希真道：「便是他自從兗州破賊之後，得了吐血症，不曾好得，日甚一日。我來時，漸漸不能起牀了。」天彪道：「既如此沉重，何不延請孔厚醫治？」希真道：「劉廣夫妻日日念誦孔厚，知他在那里，何處去請？」天彪道：「惜不早說，他現在馬陘鎮姬公山內。」便叫：「龍兒，休要再慢，快請孔先生到兗州鎮去，全軍之危在此解也。」（奇語。）雲龍領命，忙請了令箭，帶領伴當，奔姬公山請孔厚去了。（也算忠勇，也算老婆心切。）天彪道：「劉小姐雖病，若還可商議計策，何不先去問他一聲，或有妙策可用，豈不強于困守到他病好。」（極寫時事之急。）希真道：「賢弟之言甚是，待希真即寫信去問。」希真當將此車情形，備細寫了一封書信，差人飛遞兗州劉廣處問慧娘去了。這里派聞達、歐陽壽通緊守赤松林；又教風會去上坂坡把守；又傳令教傅玉堅守清真營。

卻說宋江大獲全勝，掌得勝鼓回營。奔雷車陸續收齊，毫無破損，都把來擺在營外，就如連城一般。軍士、馬匹都卸去將息，教軍匠趕緊添補銃石、箭矢。眾頭領都來請功，殺死官兵無數，奪得器械、戰馬極多。徐凝道：「天彪將要擒住了，卻吃兩路官兵救去。」宋江道：「今雖逃脫，不久便為吾擒。」遂大開慶賀筵席，犒賞三軍。白瓦爾罕見大勝了一陣，歡喜得手舞足蹈。（四字寫盡西洋人性格。）宋江與眾頭領都與他把盞稱謝，白瓦爾罕吃得酩酊大醉，支撐不得，先扶去睡了。（寫盡一種性格。雖是寫白瓦性格，然顧着本題章法，宜如是也。）眾頭領盡歡而散。

次日，報事人稟道：「探得官兵在上坂坡開掘濠溝，都有二丈餘寬，分裏外兩層，相去一里遠近，內藏八卦線路。隔溝豎立軟壁，鑿打土圍。赤松林內樹木，都用鐵索橫貫攔截，裏面也掘濠塹屯兵，林內排滿鎗砲把守。」（官軍把守情形，從賊一邊敘出。）宋江便請吳用、白瓦爾罕商議。吳用道：「他道我奔雷車不能入樹林，所以用此法堅守。殊不知近日天氣乍熱，必有南風，准備下乾柴蘆葦，順風燒林，看他如何！」（此段言赤松林不能守。）白瓦爾罕道：「這車二丈多寬的溝果然跨不過，若是直逼近溝邊，他也不能奈何我們。我們且把奔雷車都逼近濠溝，堵住了他的線路，再一面用鎗砲攻打，一面填濠，他那軟壁、土闉雖不怕鎗砲，卻能守遠，不能守近，逼近了打，有何不能破！」（此段言上坂坡不能守。）宋江道：「兩計都妙。」便令秦明、穆洪、火萬城、王良仍統領全隊奔雷車，攻打上坂坡，每車二乘，中夾火器兵一隊，各帶金輪砲、風火砲、過山鳥、九節銃；又令李忠領掘子軍，各帶搬土器具，一面填濠，待濠平闉倒，便大驅奔雷車掩殺。這里便令李俊、史進帶軍馬二萬，攻打赤松林，多聚乾柴、蘆葦，灌了硫黃、焰硝，只待風起縱火。（寫得梁山一邊聲勢之極。）眾賊領命，依計攻打，甚是兇勇。風會抵敵不住，雪片價報與天彪道：「賊兵逼近濠溝放砲，軟壁、土闉都被打通，我軍鎗砲打在他車上，分毫不能傷動。軍士死傷甚多，小將等力守不住，請令定奪。」接連又接到聞達、歐陽壽通報道：「賊兵數萬來攻赤松林，探得賊人廣聚乾柴、蘆葦，恐南風驟起，賊兵乘風縱火，勢難抵敵，請令定奪。」天彪與希真商議道：「賊兵既能逼近濠溝攻打，土闉、軟壁又擋他不住，（上坂坡。）早晚必有南風，如賊用火攻，勢難把守，（赤松林。）不如暫時退兵。我想賊兵要圖青州，必經二龍山。別處都是陂蕩、港汊，他用車戰不能得利。二龍山八面險阻，亘長數百里，賊兵必不能全圍。哈蘭生營內錢糧軍需可支數月，我兵屯守在彼，扼其咽喉。賊兵進戰不能，久屯兵疲，乘其疲時，再設計破他，自能取勝。」希真道：「統制之言甚是。我等退兵，須分兩路，統制在左，我在右。我的隊伍俱用青龍牙旗，統制俱用八卦斗方旗。倘賊兵追來，互相策應，各認自己旗號。」便傳令叫風會、聞達、歐陽壽通都收兵，一齊退回。

正說間，只見正南上火光沖天而起，聞達等都敗了回來，說道：「賊兵已用火攻燒入林子來了。」風會等也收兵回來，說道：「賊兵已將土圍攻倒，那廝的車子已過溝了。」（極寫賊勢猖獗。）官兵盡皆失色。天彪吩咐拔營都起，三軍得令，都紛紛動身。忽一騎流星馬飛來，看時乃是差去兗州鎮的人回來了。那人稟道：「有劉小姐緊急回書在此。」希真、天彪忙取書信拆看，上寫着：「據所述戰車情形，大約亦呂公車之類。（猜擬一半，妙。）車上執旗之人，乃全軍耳目。若令善射者先射殺此人，則全軍可破矣。甥女之病不過如此，既去請孔先生，望以速來為妙。」（帶說醫病，為下文一篇好文字作引。）天彪對希真道：「兵之勝敗，不可輕試。（此之謂持重。）教輜重、病弱只顧先走，我與總管各統精兵，分為兩翼，看賊勢頭。如劉小姐之計果驗，我等分抄襲殺；若是不驗，我兵已是遠走，萬全無害。（此之謂持重。）去射賊兵頭目，只有煩麗卿姪女前去，善射之人更無出他之右。」希真道：「此言甚當。」遂將輜重、病弱先退回青州去，希真一面選八名精壯防牌軍，護着麗卿，前往射賊。只見火光沖天，吶喊動地，梁山兵馬已是殺來。天彪、希真分兵兩路便退。麗卿領命，貫弓插箭，帶着八名防牌軍，縱馬往那奔雷車迎上去。希真教永清、萬年各引一枝兵接應麗卿；又令真祥麟將慧娘的新法連弩手五千人，撥在赤松林後埋伏，軍中盡掛起青龍牙旗。天彪亦將火器、弓弩都調在面前，全軍都換了八卦斗方旗，只等麗卿手到成功。望見賊兵已攻透上坂坡，大驅奔雷車掩來，只見麗卿匹馬迎去，防牌軍緊緊護定。麗卿不待他奔雷車跑發，早將一枝箭搭在弦上，拽滿雕弓，對那正中執七星皂旗人的咽喉射去。那人中箭，往後便倒，二百餘輛奔雷車，沒了這皂旗人，就像人無眼目，行動不得，都亂起來。天彪、希真望見大喜，忙麾兩路兵馬殺出。正是：將軍雖有彎弓技，利器須防變法多。畢竟奔雷車破得與否，且聽下回分解。

邵循伯曰：梁山大盜，至此已有江河日下之勢。若竟從此折將損兵，直說到一敗塗地，不但無此文法，而且天壤間亦無此疾風迅雷之事也。作者即從元陽谷逃出二賊之中，夾一軍師，此刻入夥，即從軍師中帶出奔雷車，又不驟然作用。寫出吳用多少躊躇，寫出奔雷車多少款式，則其籌之審而細之至矣。厥後之破是車也，不必陳希真保舉慧娘，天下後世閱是書者，至此亦無不曰須得劉慧娘也。然則希真一說，立刻請到慧娘，設一妙法，而奔雷車于是乎破，亦奚不可哉！雖然，天下事斷不若是之徑遂也。仲華之筆，亦不如是之直率也。妙矣哉，慧娘在新柳之勞傷也。勞傷斯吐血，吐血斯病篤，病篤則一百十四回，又有文章矣。

第一百十四回　宋江攻打二龍山　孔厚議取長生藥

卻說天彪、希真望見麗卿射倒奔雷車上皂衣執旗之人，奔雷車不戰自亂，當時發兩路兵殺出。卻不防左邊車上，又鑽出一個人來，一樣身穿皂衣，手執七星旗，指揮三軍。（奇絕之文。嘗謂前傳花榮一箭射落祝家莊紅燈，此不過文采好看，於事則大不通。夫汝能射，彼豈不能換？大軍之中，人非一人，手非一手，全軍耳目所寄，豈肯不留餘地，令一蹶不振耶？文情兼顧，固推此書為勝。）麗卿待要再射，見右邊車上也鑽出一個人來。（更奇。）霎時間，十數乘車上共鑽出十數個人來，都一樣裝束，手執七星旗，隨你去射那一個，（更奇，更奇。）那奔雷車依就轟雷掣電價掩殺過來。麗卿見不是頭，勒回馬便走，幸虧那匹穿雲電快，又虧不頂着連珠落匣銃的車道，背後神臂箭一疊連射來，都吃他用鎗撥落。饒你這般溜撒，右手腕下還着了一石子，那棗騮馬已飛出十餘里之外，竄過裏溝，奔雷車追趕不上。八名防牌軍，只有一個逃得性命。萬年、永清兩枝兵忙來接應了麗卿、天彪、希真連忙退兵而走。赤松林內烈焰障天，李俊、史進領兵殺來，卻不防深草內伏下五千張連弩，一弩發九矢，都是藥箭，賊兵射殺無數。（快逗慧娘。）李俊、史進從亂軍中逃脫性命。（差快人意。）火萬城等渡過裏溝，大驅奔雷車追殺時，官兵已去遠了，火萬城等便在天彪扎營之處屯下，等候宋江、吳用到來定奪。不多時，梁山兵馬都紛紛到齊，宋江、吳用升帳商議。吳用道：「天彪此去必守二龍山，眾位兄弟且休歇馬，可乘此勝勢，速去攻打。若破了二龍山，取青萊易如反掌也。」（應天彪之言，寫賊勢可畏。）當時都起，將奔雷車為前部，直造二龍山來。

卻說天彪、希真等收兵回二龍山，哈蘭生接上去。希真卻在山口平地上，據河下寨，為犄角之勢。又教風會、李成速赴清真營把守，以便聯絡呼應。等得梁山兵馬到來，天彪、希真營已安妥。這番幸虧天彪備下退步，雖敗了一陣，卻未傷失人馬，亦不遺失器械。宋江、吳用追到，見天彪、希真已據了形勢，便也下寨。吳用道：「官兵一半據山，一半臨水，為犄角之勢。吾當先攻陳希真的營，破了他犄角，然後併力攻天彪。」定了主意，次日便整頓奔雷車，來攻希真。希真守住河口，急切攻打不入。天彪請希真上山，商議破敵之策。天彪道：「夜來細作探得此車名喚『奔雷車』，是什麼西洋人白瓦爾罕替他製造。（天彪至此方知，見吳用機密，而筆墨亦有層次。）劉小姐之計，竟不濟事，卻更用何法破他？」希真道：「此車既已利害，更加吳用這廝善于調度，如虎生翼，實難破他。（申明此語，可見用兵不貴以器械見長。）今我愚見，定下一計，不知如何。」天彪道：「計將安在？」希真道：「這廝欲先攻我營，破我犄角之勢，卻吃我守定河沿，奈何我不得。我看這條河下流頭，水淺而窄，河這面平陽空濶，這廝必由此而渡。若用一萬人馬在彼守住，營內暗埋地雷，用竹竿通出藥線。這廝用奔雷車來，誘他到地雷之所，用劉慧娘鋼輪火匱之法，（再映慧娘。）點着總藥線，從地下直打車底，必然可破。此橫攻不利，用直攻之法也。」天彪道：「此計大妙。但你緊守河口，兵勢分不得，待我分兵去誘敵。」遂問：「那位將軍去？」聞達道：「末將願往。」當日領了將令，分軍馬一萬，帶了地雷、火砲，下山扎營，依計行事。

卻說宋江、吳用攻打希真營寨，因河深水溜，一連數日不能取勝。吳用果然親來踏看地利，見下流頭河道狹窄，水勢平漫，車馬可渡；又探得河那邊一派平陽，可攻希真寨柵，（吳用主意在此。）便請宋江引大軍渡河。聞達見宋江等都渡過河來，大喜，便領兵出營，在地雷之所，布成陣勢，等待賊兵。梁山兵馬出營，見有官兵，報與宋江。白瓦爾罕便教休管他，只將奔雷車上衝過去。吳用忙止住道：「且休鹵莽。（吳用偏賊。）這廝明知奔雷車利害，卻在此安營布陣，前後並無依傍；我兵驟到，彼軍並不驚惶，且有歡幸之意，必然有謀。（賊。）這廝見我奔雷車不能橫攻，卻用直取之法，若非陷坑，必用地雷。但陷坑之法，他先不敢在彼行走，（註此一句，以見後文鬼戶之巧。）必是地雷無疑。（竟被他猜破。）且將兵馬屯住，一面埋鍋造飯，一面叫李忠領掘子軍，併力去打地道。若地下遇着竹竿，便是藥線，先與他點着了，再驅兵掩殺。」（吳用真能。）宋江大喜，當時李忠領掘子軍刨掘地道。那片地卻是土厚而鬆，不消半日工夫，掘到聞達陣腳下。（只寫一半，好。）聞達見宋江按兵不動，領兵挑戰。宋江將奔雷車橫截軍前，只不出戰。聞達領兵辱罵，賊兵亦罵，（竟是鬭口，絕倒。）只是不出。

卻說希真與天彪都全裝盔甲，立馬山上觀望，約定三軍，只待賊兵中計，併力殺下。希真望見賊兵將奔雷車橫截面前，欲進不進，車後遊騎往來不定，隱隱望見有泥絡擔走動。希真大驚，對天彪道：「此計被吳用料破也！他若掘地道，先放地雷，反受其害，（希真、吳用真是懿、亮並峙。）快傳令叫聞達火速收兵。」一員軍官忙領了令箭，飛馬下山，直到聞達陣裏。聞達得令，急忙退兵。只退一半，早已乒乒乓乓天崩地塌價響亮，地雷一齊發作，一霎時天昏地暗，日月無光，但見那半空中血肉紛飛，肢骸亂舞，聞達前隊官兵，已化飛灰。宋江大驅奔雷車掩殺，喊聲震地，聞達落荒逃走。奔雷車擁來，祝永清、祝萬年、陳麗卿、真祥麟屯扎不住，棄寨而走。天彪、希真忙接應眾將上山，折兵無數。希真的營寨，盡被賊兵奪了去。

（梁山第三次大勝。）宋江領兵直逼山口，將奔雷車圍在山下，仰上攻打。幸這座二龍山山坡陡峻，而且山上礧石、滾木、灰瓶、砲子甚多，奔雷車不敢逼近山腳。宋江道：「可惜這山亘長，不能全圍。」吳用道：「不必全圍，只須加緊攻打，打得這廝守不住，往山後逃走，我跨過二龍山，大事成矣。今且教徐凝分兵退後，屯扎野雲渡，多多採辦材料，添造奔雷車應用，（為後文慧娘破敵地步。）這里再設計攻打。」宋江依言。白瓦爾罕又勸宋江將這車後翻山輪上，多加石子，往山上飛打。那石子好一似驟雨雹子般的飛上來，防守軍士叫苦不迭，只好各人將防牌遮護身體，那里展得手腳。希真見了，記起慧娘守新柳時用竹笆子之法，（再逗慧娘。）忙傳令將寶珠寺後竹林內的青竹盡數砍來，連夜編成笆子，苫蓋在上面。那石子打來，都溜了開去。比及黎明，宋江已用雲梯來爬山崖。卻不防希真已將笆子蓋好，軍士們鬆了手腳，便將礧石、滾木一齊打下，把雲梯打折了數十架，雲梯兵一千餘名，盡皆砑成齏粉。自此賊兵方不敢來廝逼。（安頓一筆。）

天彪與希真商議，希真道：「不料被這賊猜破地雷之計，反送了兒郎們性命。」正說間，忽報：「大公子已請得孔先生到了。」天彪忙叫請來。二人俱從山後小路上來，天彪、希真接入相見。雲龍繳令畢，孔厚與希真、天彪相見了。孔厚道：「劉小姐之病，據雲公子粗述大概，情形凶多吉少，恐小生前去，亦屬無益。（先作驚人語。）今且盡心謀幹，事不宜遲，須火速前往。」天彪、希真齊聲道：「全仗先生妙手回春。」孔厚道：「那一位將軍同小生一行？」天彪對希真道：「此非仁兄不可。一者可與劉親家商議破敵之計，二者探劉小姐之病。（因劉小姐病危，故只說與親家商議，不便說問計于小姐也。）今賊勢雖然猖獗，吾觀此山險峻，軍械全備，錢糧充足，又有風會等在清真營策應，（清真營只一點好。）遮莫也與他守得數個月。（再安頓一筆。這邊若不安放下，如何去寫那邊。前傳戴宗二尋公孫勝，先射高廉一箭，即此法也。倘劉小姐一時不得全愈，還望再來相助。」此收筆也。希真領諾。必須希真來者，射皂衣人非麗卿不可也；必須希真回去者，圓光非希真不可也。孔厚將藥囊已收拾起，作辭便行。天彪請他用了酒筵去，都不肯。自是英雄腸熱，豈比郎中技癢。希真將原帶來的兵馬都交與天彪，自己止帶五百名軍健隨行，又吩咐麗卿道：「你與玉郎在此聽候雲叔叔調遣，休要怠慢。」麗卿料道不久要大廝殺，欣然領命。作者畢竟不肯冷淡麗卿。希真、孔厚辭了天彪，帶了從人由山後小路下山。

不說天彪與宋江相持，且說希真、孔厚下得山來，出了大路，向兗州進發。不日到了兗州，報入劉總管署內。劉廣夫妻聞得孔厚到來，真是神仙下降，極寫病家盼望郎中。卻又喜裏帶憂。奇文。喜的是孔厚醫道高明，當能起死回生；憂的是只恐孔厚也說沒法醫治，真是心斷念絕。是極。閒文少說，當時劉廣和兩個兒子劉麒、劉麟到馬頭上迎接孔厚、希真，眾官員都來相見了，劉廣便直延至署中花廳敘坐。劉廣先問近日賊勢，寫劉廣。希真將賊人猖獗的話畧說一番。劉廣道：「盧俊義那廝犯我北門，一攻而走，現在屯住境外北固山。忽提盧俊義，章法奇。我飭各處嚴緊把守，十餘日前，我用火攻之法燒那廝後營，虛補一筆，妙不可言。還是秀兒病中替我劃策的，順遞到慧娘，妙。卻不能十分得利。好。如今病勢日重，孔兄降臨，深慰渴念。」孔厚道：「小弟自被高封斥逐之後，在敝鄉居了年餘，又因訪友到姬公山，兜纏許久，久疎音問。吾兄榮陞，尚未道賀，孔厚一向來歷不可不敘，故特補之，卻又不宜多說。並不知令愛小姐貴恙如此沉重，雲公子來追尋，小弟恨不插翅飛來。」劉廣稱謝，便延希真、孔厚進後堂，劉夫人也出來相見。孔厚問近日病勢，問賊勢，問病勢，對得妙。劉廣搖頭歎氣道：「這兩日我也不望他活了，百計千方，真是有增無減，日甚一日。雖承賢弟遠來相救，看來只是盡人事耳。」遂將慧娘自初至今的病情細說了一番。劉夫人道：「只望孔叔叔仙手，救他的性命。」說着滿眼流淚。劉廣對希真道：

「我已探知破奔雷車之計不成，秀兒前恐他躭憂，並不提起，寫慧娘國而忘身。只說已得勝了。少刻你也休提起。」希真點頭。孔厚便請診視，劉夫人道：「房中都預備妥了，只等孔叔叔進去。」于是希真、劉廣同夫人引了孔厚，齊到慧娘臥室。裏面自有侍女們伏侍，將羅幃掛起。只見慧娘斜靠在枕上，雲髩❶蓬鬆，花容憔悴，八字描出一幅病美人。兩顴被虛火燒得桃花霞彩也似通紅；氣促痰喘，十分危重。希真、孔厚至榻前問候，慧娘口稱「萬福」。劉夫人請孔厚診脉，孔厚調息靜氣，細診那慧娘的六部脈息，俱散亂如絲，也分不出至數，但覺撇撇霍霍，如火燃鼎沸。心中大驚，卻不敢直說，因問：「胸中悶滯否？」慧娘道：「甚是飽悶，亦有時忽然鬆爽。」又問：「瀉利否？」審病樞要全在於此，歎粗心者之不察也。男龍光註。慧娘道：「便是泄瀉利害，飲食不進，痰如膘膠❷，晝夜咳嗽不絕，通夜不能安睡。每夜發熱，天明盜汗不止。心中不敢想事，一想便覺頭暈欲倒。血卻有四十餘日不曾吐。」孔厚道：「此小姐因軍機重事，用心太過，以致水火不交。須寬心靜養，服小生之藥，可以全愈。」慧娘知是孔厚假言安慰，因歎道：「孔叔叔，生死有定，有何足惜。況奴家素來參究內典，了達生死，色身去留，毫不介意。的是見道之言。只是我家俱受朝廷厚恩，奴正要竭此一隙之明，佐我父兄報効國家。今狂寇未滅，此志不遂，含恨入地，真可悲也。」眾人聽了，無不慷慨下淚。想到杜公出師未捷身先死之句，真令千古英雄齊聲痛哭也。作者描寫女諸葛三字如此妙。

慧娘果然問起奔雷車之事何如，希真道：「正要教甥女放心，用你的妙計，叫卿兒射殺那頭目，果

---

❶ 髩：同「鬢」，指兩頰旁近耳之髮。

❷ 膘膠：黏性物質，由魚膘煮治而成，俗稱「魚膠」。

然大破了那車。宋江大敗而走，逃入萊蕪，早晚可就擒也。」慧娘聽罷笑道：「卻是姨夫哄我，甥女早已知道此計不濟，賊勢正在猖獗。」（奇，妙。）劉廣、劉夫人驚道：「是那個走漏消息，吃你知道了？」慧娘道：「何用走漏消息，若使官兵大勝，大姨夫必在彼辦賊，豈能與孔叔叔同來？（妙。）前日爹娘之言，孩兒倒信了；方纔一聽說大姨夫亦來，便知此車尚未曾破，爹娘恐孩兒憂苦，特地瞞我。」（病危至此，畢竟料事如神，寫得慧娘智在身外，妙筆。）爹爹昨夜說探得此車，係西洋人白瓦爾罕所造，孩兒卻曉得此人，是西洋有名巧師唎啞呢唎之子，最善製造攻守器具，端的心思利害。此人不除，真官軍之大害也。我又守着牀上，用心不得，如何是好？」希真安慰道：「賢甥女病勢如此，切勿再憂念軍國，宜息心靜養，服孔先生之藥，及早全愈，破賊未晚。」慧娘點頭，覺得多說了幾句話，氣衝上來，喘嗽不已。孔厚道：「我等且出外面議方。」劉夫人叫侍女仍把羅幃放下，（細。）都一齊出來。

孔厚已先到了廳堂上，頓足捶胸，叫起撞天苦來。（好。）眾人驚問道：「敢是真不可救了？」孔厚道：「還問甚的！再是十八日便歸天了，更有何法可救。今日二十七日，這個月大盡，下月十四日，那想再留得。」（妙文。古樂府云：良辰三十日，今已二十七。真是駭死人語。）眾人都哭起來。劉夫人只是向孔厚下拜哀求，孔厚道：「嫂嫂揣理，小生並非不肯出力，只我不是神仙，那有靈芝仙藥，（引逗下文。）所用不過樹皮草根，油乾燈盡，大命已終，如何救得。」劉廣道：「我疑莫不是從前之藥吃壞事？」孔厚道：「從前是何人醫治？」劉廣道：「此間醫生不少，最有名的兩個都來看過，用藥全不濟事。還有一個老醫陳履安（偏捏出名姓，似真有其人者。）一看過一次，卻不曾服他的藥。因眾醫士都說他的藥太霸道，所以不敢用。」便叫：「取從前服過的藥方，并那老醫未服之方，一齊取來，與孔先生看。」孔厚逐一看了，拍案叫苦道：「這樣藥，豈是醫這樣病的！令愛小姐貴恙，實由前番力守孤城，捍禦強寇，（迴應新柳事，至此方註出病源，奇妙。）晝夜焦勞，心脾耗傷，以致二陽之氣鬱結不伸，咳嗽發熱，吐血不寐。當時若用甘平之劑，調和培補，無不全愈。郤怎的把來當做了風寒症候，一味發散，提得虛火不降；郤又妄冀退熱止血，恣意苦寒抑遏，反逼得龍雷之火，發越上騰，脾腎之陽已被苦寒藥戕賊殆盡，所以水火不交，喘瀉不已。且因天癸❸虛乾，認為阻閉，謬用行血破瘀，血海愈加枯竭。近日想必沒處摸頭路，故將一派不涼不熱、不消不補的果子藥兒，搪塞了事。此等虛實不明，寒熱不辨，胡猜瞎鬧，誤盡蒼生。（罵盡庸醫。）這陳履安的方兒，雖非十分神化，郤也洞明本源，不失規矩，早用他的藥，何至於此！郤怎地胡說他是霸道，請問霸在何處？真是燕雀笑鴻鵠，糊塗顛倒，至于如此，這病怎的不是這一派藥醫壞！」（此句是應劉廣之問。）孔厚正罵得高興，（好笑。）劉廣不聽則已，一聽孔厚這番言語，便叫軍官：「去鎖那兩個名醫來，發中軍官重責一百棍再說。」夫人、孔厚再三勸阻。劉廣耐了半響，方着人持了名刺，到地方官衙門去，傳那兩個名醫來，每人處責順腿四十板，以洩忿恨。一面速教人去請陳履安來。誰知那陳履安有人聘請，到濟南去了。當時孔厚只得獨自定方，以心問心，足議了一個時辰，（慘淡經營。）纔酌定了君臣佐使❹，天色已晚。孔厚親自製藥，直至三鼓，方纔煎好，送與慧娘吃下。孔厚又陪了半歇，劉廣相勸，方去就寢。當夜孔厚那里睡得着，翻來覆去的籌畫這病勢。看看窗紙發白，只見劉廣慌張出來，

---

❸ 天癸：精氣、元氣的別稱。

❹ 君臣佐使：指主藥、配藥搭配。

直至榻前，放聲痛哭（奇文）。道：「今番休也，吃了你的藥，索性氣都絕也。」（奇文，奇文。）孔厚大驚，忙問其故，劉廣道：「藥下去不多時，滿腹攪痛，連嗆帶嘔，把顆心都嘔出來，人已是死了。」（奇文，奇極，卻是何故？）孔厚好似跌在冰窖裏，只聽裏面一片哭聲，叫道：「孔厚，還我女兒命來！」卻是劉夫人奔出來，披頭散髮，撞入孔厚懷裏。孔厚驀地竄醒來，卻是一夢，（原來如此，不但孔厚吃了一嚇，讀者也吃一嚇。凡寫夢，不先說破，末後點出，已成熟套，獨此地猶令人不測，故妙。）扼不住心頭亂跳，冷汗如雨，心內愈加憂煎。（極寫孔厚忠誠。）披衣出房，只見曉風習習，殘星在天，（妙文。西廂曲云：梵王宮殿月輪高，碧琉璃瑞烟籠罩。便把一夜不睡之張生寫出來。今此八字，真把一夜不睡之孔厚寫出來也。）聽上房卻靜悄悄地。入房又坐了許多時，侍從人方都起來。只見劉廣與夫人一齊出來，（一齊出來，妙。）笑容可掬，稱謝不已，（故意與夢相反，妙。）道：「先生真是仙手也。昨夜小女服了妙藥，竟得安睡，不過瀉了一次，咳嗽亦減了大半。今早醒來，竟思飲食。」孔厚聞言大喜。劉夫人道：「小女這番重生，皆孔叔叔再造之恩也。」（句句與夢時相反，妙絕。）須臾，希真亦出來，說道：「且請先生再去一看。」孔厚欣然，一同入慧娘臥室，重診了脉，又細問了幾句，（前詳此畧。）仍到前廳上。劉廣問道：「如何？」孔厚只是搖頭歎氣，（好。）道：「不是真好，脉氣絲毫不轉，不過因這藥性鼓舞臟氣，待藥性慣了，仍然不濟事。」劉廣同夫人一段歡喜，聽了這話，依然一塊石頭壓在心上；希真垂頭不語，無計可施。少刻，合署聞知慧娘病有轉機，都來問候稱賀。劉廣、孔厚將脉氣不轉的話說了一遍，眾人道：「或者孔先生加意小心，脉氣漸漸會好，也未可定。」劉夫人道：「我昨夜對天許下願心，今日須得邀請道眾設醮禳解❺，請主祭禱消災。」

---

❺ 設醮禳解：擺設道場，禳除災禍。醮，一種禱神的祭禮。後來專指僧道為禳除災祟而設的道場。禳，音ㄖㄤˊ，

帥號令，傳齊人手，禁止屠宰；大小軍士，各持齋三日，務求神天垂佑。」絕倒。劉廣道：「似此病入膏肓，恐禳解亦是無益。」希真道：「夫人所見亦是。」大眾均稱是極，遂差人邀下道眾。希真道：「既如此，吾當親來朝真進表，秉誠求禱。」便傳令持齋斷屠，又吩咐備下香湯，沐浴更衣，將都籙道寶請出正廳供養。

不說眾人去安排醮事，這里孔厚仍舊盡心竭慮，按方進藥。下晝❻慧娘服了藥，還能安睡；到半夜後，果然外甥打燈籠，其名曰「照舊」，絕倒。劉廣、希真愁煞，仲華還要作趣語。依然諸病復轉來。三日醮事圓滿，看那慧娘日沉一日，希真無計可施，孔厚束手無策，劉廣只把腳來跌，垂頭歎氣，劉夫人只是哭，他兩個哥子劉麒、劉麟也只是愁眉相向。吃藥下去，好一似石頭上淋水。妙喻。看官須知：這番慧娘端的上天路遠，入地路近，並非孔厚前番做夢。百忙中自註一筆，然則慧娘奈何？只見劉麟道：「那年卿妹妹被高封妖法逼壞，忽將第八十五回中事一提。大姨夫曾用乾元鏡照看有影無影以定吉凶，今何不試試，以決疑惑。」劉夫人道：「此說甚當。」便同到外面與希真商議。希真道：「又沒有救他的方法，照看也是無益。我往常定中觀看，甥女根基不薄，今不幸如此，真不可解。此句須補。方纔我得個計較在此：我那乾元鏡圓起光來，能測未來吉凶，有趨避之術，而且人人可看。不比世上圓光，定要用童子。我今夜便作用，你們都來看，或有生路，也未可知。」眾人聽了甚喜。

當晚打掃淨室一間，用香花燈燭供起那面寶鏡，希真引了眾人，到淨室裏面行禮叅拜了。希真念動

❻ 下晝：下午。

真言，鏡面上布了罡氣，教眾人凝神靜觀，休要指點喧嘩。眾人依言，都靜心息氣，看那銅鏡只三寸大小，空空無物。注目良久，正看得眼花撩亂，[真寫得出。]但見那鏡面漸漸的有車輪大小；再看時，只見鏡內黑雲湧起，滿鏡黑暗，黑雲影裏電光飛舞，閃閃不定；許多時，電光漸歇，黑雲亦漫漫地散開了，鏡子裏面現出一座高山。[寫得活靈活現。]眾人都不敢則聲。[帶眾人一筆。]只見那高山上，一個三四歲大小的小孩子，赤條條不着一絲，在山上跳上跳下，來去如飛。山凹裏蹲着一隻金錢豹子，十分猙獰兇猛。山腳下又一個男子，坐在牛背上吹笛，兩個童子隨在後邊。眾人甚是驚異。[又照顧眾人。]只見那山漸漸改變了模樣，那些人物通不見了，山上卻湧出一座寶塔來。[筆墨之間，直與蜃樓無異。]那座塔金壁莊嚴，共有七層。卻一種作怪，沒有塔頂。[塔下奇。]又有三間茅菴，蒲團上坐一老僧，山腳下無數兵馬營寨帳房，旌旗滿野。再看時，塔頂忽全，那老僧面前，又添一個青年女子，頂禮膜拜，行狀舉止，仿佛慧娘。眾人正驚訝間，[照顧眾人。]只見裏面天上[「裏面天上」四字奇文，從未曾有。]跌下一團火來，直落在塔前，霎時間滿鏡都是火光，像一輪太陽一般，奪目耀眼，眾人都不能正視。不多時，火光斂歇，依舊三寸大小一面銅鏡，空空無物。[妙極。神靈恍惚之事，寫來仍有步驟，有層次，不肯草率了事。]看畢，希真將寶鏡收好。問眾人時，所見皆同。[四字精靈之極，俗筆斷不能補。]大家都揣擬不出，只見劉夫人道：「莫不是那裏有寺院建修寶塔，不曾完工，丈夫何不差人各處訪問，可有寶塔不曾安頂，想是佛天要女兒身上去圓滿功德也。」[妙是夫人語也。]劉廣道：「你休亂說。據我看那初次所現的山，確是高平山鄉境界，那騎牛吹笛的人，必是徐溶夫。[忽然落到徐溶夫身上，文情奇特。]我常時聽孔兄弟說，徐溶夫醫道不在他之下……」話未說完，只見孔厚把腳連頓道：[奇。]「我正忘了，他在鉅野縣高平山，離此不到三站路，[註出路程。]當初仁兄何不請他來診視？」[筆勢縱跳。]劉廣聽了大悔，因恨道：「都被那兩個狗頭醫生說得絕不要緊，所以我也不見到他。」（逼肖。）劉夫人、劉麒、劉麟也兀自懊悔不迭。

正說間，只見慧娘差侍女來問圓光之事。希真道：「我們且去告知了他，或者他心中之事自己了悟，我等如何猜得。」（是。）眾人聽了，便都起身到慧娘臥室，將圓光之事細對他說了。慧娘聽罷，便道：（四字寫出慧娘了達死生。）「既是如此，請爹娘與孩兒安排後事，此病決不起也。」（故作驚人之筆。）眾人驚問：「何出此言？」慧娘道：「但問姨夫，他知道我，往常說我的功行似七層寶塔，只少一頂；今圓光中無頂之塔，忽然有頂，又是我向僧伽皈依頂禮，此種景象，豈不是我的結局了。」（先用慧娘自己解說，筆墨曲折。）希真道：「非也，賢甥女休如此解。聖人云：言不苟造，論不虛生。（二語出參同契。稱聖人者，蓋道家尊魏伯陽為聖師也。）若依甥女所說，只解得末後一段，上頭那些景象，豈非虛言空文？神明之兆，必不如此。我想圓光中既現出高平山境界，甥女之命必應在徐溶夫來救。（仍綰到徐溶夫。）若七層寶塔之說，或應在甥女日後功程圓滿也。」（呼起一百四十回。）孔厚道：「我時常聽得徐溶夫說，高平山鍾靈毓秀，內多仙藥，可以續命延年。那小孩子同金錢豹，想必是草木的精靈。（方落正文。）神明既示應兆，想小姐必然有救星也。」慧娘點頭，眾人一齊退出。孔厚道：「此去鉅野縣三站路程，回往須得五六日。（點出日期。）我看小姐病勢，斷挨不到十日工夫。（逼緊。）為事緊急，小弟願星夜趲程前去，與徐溶夫商量，或請得同來更妙。」劉廣道：「小女全仗賢弟診視，你如何可去。我想不如央范成龍去，他也與溶夫厮熟，（一百十二回，閒中伏筆都應。）不必遲疑。」便請范成龍來說了。范成龍道：「如此說，事不宜遲，（不但事不宜遲，文亦不宜遲也。）小弟帶些盤費乾糧，挨到天明便動身。」（寫范成龍。）希真道：「此去鉅野縣若走正路，恐悞日期；若抄近走，那山僻曠野，無人之地最多，恐遇狼蟲虎豹，狼蟲虎豹逼動下文，卻無痕跡。賢弟休一人去。」范成龍道：「只消帶五七個精壯軍健，並選好頭目，帶了弓弩、鳥鎗，總為下文作地，不然何故寫到此等事。同了我去不妨。」當時議定了。劉廣、希真、孔厚三人，聯名寫下一封書，付范成龍收好。看看天將明亮，范成龍等飽餐已畢，辭了眾人，帶着伴當，取路便行。

不說孔厚等仍按方進藥，醫治慧娘，卻說范成龍離了兖州，一行人馬取路直奔鉅野縣來。此等緊要事，范成龍怎敢怠慢，端的馬不停蹄，一氣迤趕。當不得天氣炎熱，太陽當空，汗如淋水，人馬喘乏。為取水之根。到了酉牌，已過了棲霞關。從人道：「今日可投孤雲汛安歇。」范成龍道：「若住孤雲汛，明日又須得走一日。今日初五，已有月光，我們趁些光亮，過孤雲汛寬走幾程，遮莫那里去權宿一宵，明日傍晚可到高平山鄉，第二日就打個來回纔好。」寫范成龍之忠。當日范成龍趕過了孤雲汛，往前又走，卻已都是山路。那輪炎日已漸漸下去，聽的是萬樹蟬聲，見的是千層濃綠。山景如畫。范成龍主僕走彀多時，人馬枯渴，卻又遇不着個溪澗。妙，確有此事。一個從人指着那邊說道：「深樹裏微微有些烟，想必是村人家，我們且去討口水吃。」范成龍依言，便岔將過去，不上半里之遙，已到那人家面前。卻是一座半大不小四字妙。的莊院，有數十椽瓦屋，裏面也有些園林、樓閣，門前卻有一帶清溪，八字門首立着一個五十餘歲的婦人，衣裳清楚，大家風範，扶着一個小丫鬟在門首閒看。我讀至此，想起王右丞「依杖柴門外，臨風聽暮蟬」之句，真令人羨殺山居也。范成龍一干人見了那道清溪，都去取水吃。本因見了人家想到討水吃，已有水便丟開人家，此是實在情事，然寫來卻令文字不直率。婦人見了他們這夥人，便扶着小丫頭，近前幾步，看了看范成龍，問道：「你這官人上姓？」成龍答道：「姓范。」婦人笑道：「大名敢是成龍？」

奇。范成龍吃了一驚，看那婦人卻不認識，便拱手道：「老奶奶何處曉得賤名？」那婦人笑道：「果然是的麼，你認不得我。」那老婦人說出來歷，有分教：高平山中，殺翻竄山跳澗猛惡獸；猿臂寨內，更添衝鋒陷陣勇將軍。畢竟這婦人是誰，且聽下回分解。

邵循伯曰：世間大有為之人，而不遇極險阻之事，則其才力不彰。雲天彪、陳希真何等見識，何等韜畧，欲寫其真實本領，而不從對面着想，說出十分利害，則雖曲繪其文經武緯，終不過鋪揚話頭而已。傳中以奔雷車之洶湧，加以吳用之運劃，則抵禦之難可知矣。禦之以箭射而無益，禦之以地雷而自傷，若才力稍庸者，其不拋戈棄甲也幾何哉！所以此回筆墨，不善讀者以為極寫吳用、白瓦爾罕，善讀者必知其極寫天彪、希真也。

范金門曰：後半幅幻出劉慧娘病篤一事，孔厚之用藥，希真之圓光，劉廣夫妻之着急，曲盡家常情致，又順手遞落高平山，敘出一回新別文字，忙裏抽閒，筆有餘緒。

第一百十五回　高平山唐猛捦神獸　秦王洞成龍捉參仙

卻說那范成龍因口渴溪邊取水，不覺遇着這婦人認識他，當時請問那婦人姓名，那婦人道：「衙內不認得我，龍馬營知寨唐天柱便是老身的先夫。」卻連讀者亦不認得。范成龍聽了，又驚又喜，忙唱喏道：「再不知恭人在這里。」原來這唐天柱也是一員勇將，在邊庭多立功績，後授龍馬營知寨，在任上病故。在日曾與范成龍的父親相識，更喜愛范成龍，常對人說：「此人是個英雄。」范成龍開關馬行時，多得唐天柱的看覷。當時范成龍道：「恭人卻為何居在深山裏？」婦人道：「這里原是我家的祖基，唐猛何必在深山哉。然不在深山，採獵豈便？乃官眷、仕族不居都邑，而居巖谷，不註明其故，未免含混。借此一問一答，畧畧點過，最省筆墨。先夫亦對你說過。」急補。范成龍道：「一位衙內何在？」如此敘出。恭人笑道：「在我身邊，此刻入山打獵去了。他如今改名唐猛，何必定是改名？然不改名則其原名，范成龍必已知之，唐母何用交代？唐母不交代，讀者何由知之？今年二十三歲，也學了一身好武藝，只是不肯讀書，最喜滿山採獵。他舊年完娶，今年也生下個兒子了。」敘唐猛來歷，確是乃母聲口。范成龍道：「卻是可喜。小人記得那年在知寨相公衙署裏，衙內只得十來歲，花園裏一顆杏樹，碗來粗細，他連根拔起來。如今正在英年，怕不有數千斤的神力。先虛虛一寫。可惜小人今日有緊急公事在身，不能同他相會。」畧作一縱。正說間，那恭人遙指山凹邊道：「兀那小厮回來也。」即捦。范成龍看時，果見凜凜一位壯士，披一件秋羅小衫，着一條水紬短褲，踏一雙多耳麻鞋，袒着胸脯，手提一桿五股托天叉，上面叉着一隻青草狼，後面跟着十數個莊客，拏着些獵具，挑着些蟲蟻，一齊走近前來。又出一位英雄。那唐猛將叉遞與莊客，唱了個喏，回頭看見范成龍等，問道：「列位何來？」恭人笑道：「這位你可認識？」唐猛細細看了范成龍，沉吟道：「足下敢是蘭山縣范大哥？」看去似周折，其實省去許多。范成龍笑道：「衙內真好記性。似衙內這般魁偉，我卻不能認識了。」唐猛大喜道：「那陣風兒吹你到此，何不請入草舍！」范成龍道：「小弟此來，實是不誠，並不知尊府在此。現在有緊急公幹，不敢刻延，待轉來再登堂奉謁。」唐猛那里肯，一把拖定道：「甚麼大不了的公事，天已晚了，前面並無宿頭，仁兄直如此見外！」恭人亦留道：「濶別十餘年，難得衙內到此，休嫌怠慢。」

范成龍本不肯住，一來看天色已晚，料想趕不過孤雲汛；二來人困馬乏，天氣炎熱；三來當不得唐猛母子苦留，只得稱謝了，同唐猛母子齊進莊來。到廳堂上，范成龍請恭人上坐，以晚輩之禮叅拜。恭人連忙答拜道：「衙內是甚麼道理！」范成龍道：「小將深蒙知寨相公愛憐，怎敢忘心。」恭人道：「衙內休這般說。尊翁任開封府時，寒舍也深蒙照拂。」范成龍與唐猛相見了禮。唐猛請范成龍主僕淨了浴，頭口牽去喂養。莊客掌上燈來，先切了兩大盤西瓜來止渴。點綴夏景，亦不可少。恭人吩咐廚下整頓酒飯欵待，唐猛教將來擺在院子中心涼棚下，分賓主坐下。恭人道：「我是吃過飯了，坐在此聽你們講講。」便坐在廊下陪話。唐猛道：「我記得與仁兄分手，彼時我才十一歲，我那套金鎗短跌，還是仁兄指教的。」趣甚。此非浪筆，葢一則註明唐、范交情之密，一則註明唐、范濶別之久也。范成龍大笑。恭人道：「彼時衙內到先夫處來，老身時常在後堂望見。」此註明恭人認識成龍，成龍不認識恭人之故。范成龍道：「正是小人失于親近。」恭人道：「衙內現居何職？」范成龍就把怎樣救苟桓兄弟落草，後來隨陳道子投誠，欽授飛虎寨副知寨的話，一一說了。恭人稱賀道：「老身也聽得有人說起，果然如此，真乃可羨。我亦時常教小兒探望衙內，就衙內處圖個出身，他是這般腳懶，總不肯去。」唐猛道：「不是孩兒懶，不成把娘拋撇在家裏。」（卻是孝心。）恭人道：「敢怕猫兒拖了我去，（趣話。）要你瞎記罣！大丈夫功名要緊，我想不如趁范衙內在此，你就拜他為兄，衙內倘肯提拔小兒，老身也完了一條願了。」（末句是對范成龍說，讀之宛然，見三個人扳話。）范成龍大喜道：「此事深中下懷，可惜今夜悤悤，不及了。待小姪轉來，完了這起公事，再證盟也。」（須知只此一句，便已是證盟了，不必另日再敘焚香通誠也。）唐猛道：「阿哥是何公差，如此火急？」范成龍遂把梁山奔雷車如何利害，雲天彪吃他困住在二龍山，只有劉慧娘破得，那慧娘又病在危急，神醫孔厚無法可施，他說只有高平山內多有靈草仙藥，特差我飛速到徐溶夫家採取等語，細說一遍，「如今不知仙草有無，正是捕風捉影。那慧娘又命在呼吸，所以不敢刻延」。唐猛道：「原來如此。那徐溶夫我也認識，他曾醫過我母親，端的好手段。（此處帶一筆，免得日後相見多少通問。）只是你去高平山裏面採藥，須要仔細，近來那座山裏出了一件古怪東西。」（異采驚人，令讀者至此心中知有一段奇文來，卻猜不出。）范成龍道：「出了何物？」唐猛道：「是一個錦紋獨角金錢豹。」（七字字字有鋒芒。）

范成龍笑道：「我道是甚麼了得的東西，原來是虎豹之類。不是愚兄誇口，自己也付着千百斤實力，便是這幾個孩兒，也都是挑選來的。那畜生若還撞着了我，一鳥鎗（鳥鎗二字一逗。）先結果了他。」（先借范成龍口中一抑。）唐猛搖頭吐舌道：「哥哥你休輕覷了，這畜生端的兇猛利害，莫說人畜猪羊傷得不少，高平山內原有幾隻大蟲，都吃那厮吞食了。（再借唐猛口中一揚。）那厮不但兇猛，且通靈性，一切窩弓弩箭，地銃坑阱，他全不上當。更兼額上生出一角，堅利無比。有人來說，有尺餘長短，光明如水晶一般。數月之前他們想盡巧法，做了個雙閒籠誘他，難得他竟落了阱。那知反被那廝的角利害，只消五七挑，臂膊粗的毛竹都齊齊折斷，仍吃他逃走了。如今一發弄得滑了，竟捉不得。盡力稱揚。這惡物正不知他是那裏來的。此句妙不可言。向敘高平山並無此物，何得今番突如其來？借此一呼下文，徐溶夫一應自然圓足。鉅野縣知縣只顧限比獵戶捕捉，量那些獵戶如何近得，不知吃過多少限棒，枉是去送性命。」

范成龍聽了，暗自心驚，想道：「陳道子的圓光直如此靈異，豹子之兆既應，靈藥必有著落了。」問唐猛道：「賢弟何不與他去耍耍？」唐猛大笑道：「哥哥不知，說起倒有場好笑。若使小弟去時，或者捉得，亦未可定。直冒下文。叵奈鉅野縣幾個鳥公人不識高低，他竟不知我爺做知寨，我是個衙內，又是一種聲口。把來做獵戶看承，將知縣信牌行落我家，要取我出去充役。鳥公人太冒失。我當時大怒，喝令莊客們將那廝綑了，若非母親喝住，我活活打殺這幾個狗男女。那知縣得知了，差體己人拿名帖來陪話，我方纔罷休。如今由那廝們捉得捉不得，我何犯去出力。」不但解出唐猛不去之故，兼寫出少年使氣光景。范成龍聽罷，也大笑道：「且待我到彼再商。」連飲數觥，又問道：「賢弟近來弓、馬何如？」唐猛道：「鳥耐煩去騎馬，我最喜步戰，我學的都是步下生活。不瞞哥說，我上阪下坡，追趕野獸，來去如飛。我用的兵器，請哥哥看。」遂教莊客取來。范成龍看時，乃是一扇偃月銅劉，重六十五斤。范成龍道：「這兵器最利步戰，長鎗、樸刀都攻不入。」唐猛當時出了坐位，雙手輪動，就在天井中舞了一回，盤肩蓋頂，路路精熟。舞罷，范成龍喝采不已。只見恭人開言道：「我兒休要只顧纏障不了，你哥哥行路辛苦，又有要緊公事在身，夜深了，吃了飯，請哥哥安歇罷，明日可趕路程。」范成龍道：「伯母之言甚是。」唐猛道：「母親說教孩兒隨哥哥去，可收拾起，待哥哥轉來，孩兒便同去。」范成龍大喜。恭人道：「那事容易。」莊客送飯上來，大家吃飽了。牀席已安排好，恭人、唐猛告了安置，進內去了。范成龍上牀去睡，署矓矓眼，天色大明，忙起來喚起從人，反是主來喚僕，見范成龍之愳至。唐猛亦起來，陪用了些飲食。范成龍向恭人、唐猛都稱謝了，提了鐵脊矛，上馬便行。唐猛亦騎了頭口，送出山口。唐猛道：「此去徐溶夫家不過五十多里，哥哥早去早回，兄弟在家相等。」范成龍道：「不須賢弟吩咐。賢弟既要同我去，可回府先收拾起。」唐猛應了，分手回家，整頓行裝，不題。此回是唐猛正傳也，卻不一直寫下，妙有頓挫。

且說范成龍別了唐猛，飛速前行，不過未牌時分，已到徐溶夫家。恰好徐和在家避暑，不曾他出。徐和見范成龍來，吃了一驚，問道：「仁兄遠道冒暑而來，必有事故，敢是有甚軍務，又來尋我？」范成龍不即開口，妙。便將那封書信，遞與徐和道：「仁兄但觀此信便知。」徐和將信拆開看罷，呵呵笑道：「原來如此。」回顧兩個兒子說道：「想是那參仙這番要出世了。」奇文。范成龍道：「甚麼喚做參仙？」徐溶夫道：「陳道子圓光，真乃靈異。你道那鏡子裏的孩兒是那個？便是這高平山裏一件稀世奇珍，乃一千多年一枝成氣候的人參，形如嬰孩，風清月朗之夜，時常出來叅拜星斗，各處峰巒溪澗遊戲，名曰『參仙』。若能取得他到手，如法服食，可成地仙；病人垂死，得他的血飲一杯，立能起死回生。真是至寶。只是他的身子輕如飛鳥，竄山跳澗，來去如風。他又不吃飲食，最難捕捉。我也守了他多年，兀自算計不到手。據今日看來，這寶貝想是劉小姐的救星，因緣莫非前定也。」點清題旨，在制藝家所謂出落是也。范成龍聽了大喜道：「妙哉，真乃未聞之事。既有此等至寶，今夜好歹想個法兒去捉，劉小姐有命了。」徐溶夫道：「說得這般容易！如今這山裏進出不得了。」范成龍道：「敢是為着一個豹子？」徐溶夫道：「正是。你敢是為鏡中現出豹子猜疑着？」范成龍道：「我並非猜着。我來時遇着唐猛，他向我說的。」徐溶夫道：「我為了這孽畜，多時不能入山採藥，（山有猛獸，藜藿為之不採，況參仙乎。）必須先驅除了他，纔好再去取參仙。」（柱意。）范成龍沉吟道：「此地可有出名好手獵戶？」（不急落到唐猛。）徐溶夫搖手道：「休題，休題。這豹子不是胎生的，乃虎鯊魚所化。（奇文，想見仲華博物。）虎鯊在深潭底下潛修三百年，能化獨角豹，勇猛勝于凡豹。（上文唐猛云這惡物不知是那里來的，是難；此處溶夫云云是答總。欲註明豹子來歷，遂令高平山突生猛獸，再不受駁也。此等精細，實是他書所不及。）這些獵戶縱有高手，如何近得，（反剔唐猛。）多少吃比不過，都挈家逃走了。」范成龍道：「有不搬去的且邀幾個來，我與他們商量。」（不急落到唐猛。）徐溶夫便教大兒子去邀本山獵戶，一面吩咐妻子安排酒飯，欵待范成龍。不多時，溶夫的兒子已邀了七八個人來，都是本山有名獵戶。徐溶夫對眾人道：「這位范將軍，是兗州總管相公差來的，有公事與眾位商議。」眾獵戶見成龍是位官人，都上前施禮。范成龍讓他們坐地，說起捕豹子的話，眾獵戶都咬着指頭說：「難，難，難。」范成龍道：「我因公幹緊急，只得央求眾位，格外出力，能驅除了這東西，除本地知縣相公賞賜外，我另有重謝。」眾人道：「非是小人們不貪賞賜，委實做不到，官人便送俺萬兩金子，小人們也沒設法。為這畜生，沒有的苦不吃過了。官人不知，我這里多少吃不過比的都溜了，只小人這幾家走不脫的，不知花了許多使費，纔得告病在家。若使好做，何待官人上緊。」范成龍緺眉良久道：「既如此說，我自己去捉，央眾位相帮何如？」獵戶道：「這有何不可，只恐官人也未必捉得來，枉費力氣。」（是獵戶聲口。）范成龍道：「捉得捉不得，眾位休管，只是本山路逕我不認識，早晚央眾位同去，切勿推卻。」眾獵戶都答應了，告辭回去，卻都在背後說道：「倒要看這官人怎去擺佈他！」（是獵戶聲口。處處反剔唐猛。）徐溶夫問范成龍道：「仁兄怎生去捉他？」范成龍道：「我想此事只有去請了唐猛來。」（方落到唐猛。）徐溶夫道：「他未必肯來，前者我也去請過他，怎奈他與鉅野縣彆了口氣，立誓賭咒不肯來。」（再重註一筆。）范成龍道：「雖如此說，今日為軍國公事面上，他正在求功名之際，未必推卻，明日我去走遭。」

當晚范成龍在溶夫家歇了一夜，次日一早，單鎗匹馬竟到唐猛家裏。唐猛正在收拾行裝，交代家務，見范成龍轉來，歡喜道：「哥哥轉回得好快，我們下午便可動身。」范成龍道：「早哩！早哩！百家姓不曾開簿面哩！」唐猛問其原故，范成龍把那上番話說了，「如今不除這豹子，怎去取參仙？所以轉來拜請賢弟。」唐猛沉吟道：「我去不難，只是吃那鉅野縣官人笑我沒志氣。」范成龍道：「他怎笑得你？你這番是救劉小姐，去助軍國大事，並不去他那里討賞錢，干他甚事！」唐猛道：「兄長也說得是，如此我們就去。」當時進內向娘說了，喚了十多個精壯莊客，各帶了器械。唐猛指着那桿三眼鎗對范成龍道：「哥哥你看，我這傢伙是鑌鐵鍊就，一排三管，重三十六斤，每管吃火藥一兩，鐵標八錢。一道火門發時，三枝鐵標齊出，聲如雷霆，那怕人熊、狒狒，穿胸直過。」范成龍稱贊不已。（先極贊鳥鎗，以襯後文豹子利害。）便一同動身，都到徐溶夫家。唐猛與溶夫相見了。范成龍央徐溶夫的兒子，仍去邀了眾獵戶來。須臾到齊，約有四五十人，都是精壯後生，連唐猛、范成龍的莊客、伴當，約六七十人。范成龍早已將出銀子，央徐溶夫去近村買下十數瓶酒，殺翻一頭肥牛，請眾人都吃飽了。天色已晚，眾人都抖扎起動身。唐猛問山裏路逕，眾獵戶道：「那廝巢穴在山後的裏凹，進出有三條路：一條是大王廟背後，一條是大樹灣，一條是碎石坡。那碎石坡在秦王洞後面，一直上，最不好把守，路又狹，兩邊都是深草，當中一片空地，滑塌塌的碎石子，又沒半株樹木可以藏身。那廝單單喜走這條路上來，多少鬆手的都送在那里。」原來獵戶們忌說失陷虎口，凡傷于野獸的，只說是鬆手。（公亦獵戶耶？何知之悉也。）數內又一個獵戶道：「便是昨夜山南李家村李太公家的兩條黃牛，又吃那廝拖了去，正是由碎石坡上落，今夜那廝又必走那條路。」（捏一事以襯之，不但文不枯寂，亦見碎石坡實是要道，必宜守之。）唐猛道：「既這般說，待我獨自去守這碎石坡。」（武松不敢，李逵不能，所以拔幟自成一隊也。寫唐猛性情，又是一種。）范成龍道：「賢弟休鹵莽。」唐猛不聽。說話之間，已入山裏。唐猛教人直引到碎石坡，舉眼看時，只見兩邊茸茸綠草，一帶細路直通山腳下。獵戶指點道：「這草內我們時常埋窩弓，再也射他不着。」（有景。）唐猛再看那坡旁邊一塊巨石，高有二丈餘，周繞數十圍，危危的立着，（五字寫出巨石精神。）月光下好似個巨靈神撲來一般。（寫得森森可怕。帶出「月光下」，三字妙。）唐猛道：「有此巨石，還怕沒處躲閃！（此句是安慰眾人語，並非籌畫自己。）你們都去守那兩條路，這條路上讓我一人在此。只愁這孽畜不來，（奇語驚人，武松、李逵再不敢說。）來時不能活捉，也結果了他。」（挑逗下文。好膽氣。）眾獵戶道：「唐衙內不可造次，還讓我們慣家在此把守。」（又是一激。）唐猛聽了，（二字精靈。）睜着怪眼，看了眾獵戶道：「咦！」（一字精靈。此一字不知仲華費若干躊躇，直將唐猛一肚皮骯髒刳出來，我實不能動筆。嗟乎！一字之難，如此作文，談何容易。）半響道：（再加三字，愈顯「咦」字之神。）「虧你們恁地顛倒說！」（字字精靈。）范成龍道：「賢弟既要在此，也須留莊客們帮你。」唐猛道：「不要，不要，半個都不要！你們都去！」（胸有成竹，其樂如此。好膽氣。）眾獵戶又苦勸，唐猛焦燥道：「休要管我，都是你們這些膿包不濟，寵得這畜生這般橫行，（「寵得」，妙。連前傳屢次捕盜官軍都罵在一處。）今日還要試試縮縮。我若吃他拖去嚼碎了，（獵戶許多避忌，他只衝口直叫，快哉！）不要你們償命。」眾人見他發作，只好由他，便留下一枝畫角道：「得了手，可吹起來，我們好來策應。」（奇文。）

唐猛收了畫角，將那三眼鎗灌了火藥，下了三條鐵標，點旺火繩，奮身一縱，早跳在大石上，拖着鎗四面觀望。一片神威。眾人都紛紛去了。范成龍領了伴當、莊客并幾個獵戶，投大王廟背後去，其餘都投大樹灣去。那兩處樹木郤多，眾人都去深草裏，密麻價的埋了地弓藥箭，整頓了弓弩、鳥鎗一應獵器。也有上樹的，也有乘涼的，四面照應着。安插細緻。范成龍倚了鐵脊矛，坐在樹根下，暗想道：「此刻參仙若出來，一把捉住了，豈不省了與豹子纏障。」迴龍顧祖之筆。

郤說唐猛催他們去了，獨自坐在巨石上四面觀望。只見星月交輝，山上山下流螢萬點；風吹草樹，瀰瀰的似落雨一般，果然山有猛獸，狐兔、麞鹿之類，蹤跡全無。陰森之氣逼現紙上。唐猛不轉眼看着那條路上，只等那豹子出來。神威之極。實實不是武松。只見星移斗轉，已有三更天氣，滿身上都是露水。寫夜景，為豹子作勢。唐猛想道：「這廝莫非不從這條路上來，那兩條路也不見響動，照應那兩條路。敢是今夜不出來？」再作一頓，文勢便不平直。又是半響，只見天上都上了雲，霎時間把那半輪明月遮蓋，滿山昏黑。寫得慘畏，為唐猛增實在威勇。唐猛放下了鳥鎗，取出腰間那把扇子來撲涼，忽聽得山下人聲啼哭。險畏入神。唐猛道：「這里又沒人家，必定是倀鬼❶哭，急自註明。筆端鬼氣拂拂。想是那行貨來了。」一定睛細看，並沒些影響。愈頓愈緊。猛回頭，忽見背後山腳邊兩盞碧綠燈，慢慢地向細路上移過來。唐猛認識是虎睛，說道：「豹子不來，山下倒來了個大蟲，再作一幻筆，深入其阻。且就結果了他！」寫得游刃有餘。便撇了扇子，取起鳥鎗，撲地跳落大石背後，閃開身軀，張着那綠燈漸漸上來。近看時，只見額上一枝水晶角，那里是大蟲，正是那話兒❷到了。水桶底脫。唐猛叫聲：「慚愧！我只道他不曾出窩，只顧前面，險些

❶ 倀鬼：為虎服役的鬼魂，亦作「虎倀」。倀，音ㄔㄤ。

❷ 那話兒：指豹子。

被他後面掩來！」那豹子一步步慢慢地上山來，（手寫豹子，神注唐猛。）口裏嘑嘑的噴着氣，身體甚是壯大。唐猛從不見過這般大豹，也是心驚，索性藏過身子，待他走過了頭再下手。不多時，那豹已上了山坡，就在那大石邊挨了挨癢，慢慢地踱上山去。（愈頓愈妙。）唐猛屏住了氣，待他走過了，（文筆曲折不盡。）將門藥加足，吹旺火繩，鉗緊在火機上，傴僂着身軀，從大石背後踅出來。黑影裏，只見那豹子拖着斗來粗細的尾耙，在前面慢走。唐猛輕輕踅上幾步，擎起那桿三眼鎗，正待……，（待些甚麼，仲華因文勢緊迫，只餘二字，遂使千載下，不可得而知之矣。）那豹子好似屁股上有眼睛，早知背後有人暗算，「唔」的一聲，身子倒調轉來。（險畏。）唐猛急待仍閃入大石後，怎奈離得大石已遠。（險。）那豹看見有人，大吼一聲，半空中起個霹靂，四爪一縱，離地二三尺，直撲過來。（險。）唐猛留不住那鎗，早已機落火發，三管火標齊放，聲似雷吼，三枝鐵標不知射向何處。（更險。）那豹就那聲鎗裏撲到唐猛身上，兩隻前爪搭着肩胛，張口待咬。唐猛撇了鳥鎗，就勢子向那豹的胸腹下搶進去。（博浪一椎。）恰好那豹的兩隻前爪掛落唐猛背後，唐猛兩條鐵臂膊從豹子兩脇下，穿出脊梁上，雙手交叉抱住。（入木三分。）那豹子張開血盆也似的巨口，待咬唐猛的頭頸，恰吃唐猛的頭拄定下頦，頣❸不倒頭來。（吾聞其語，未見其事。）那豹又吼了一聲，提起後爪來抓唐猛，那唐猛早將兩腿縮起，夾住那豹的腰跨。（斯道乃得。）唐猛和豹子都跌倒在坡上，那豹子項下的毛片滑溜，唐猛的頭滑在一邊，與豹頸頦子交叉着。唐猛用盡生平的神力，貼胸摟住，不敢鬆手。（所以獵戶以鬆手為死也。）兩個只就坡上顛倒打滾，不覺滾落深草坑裏去。兩個都掙扎不得，（精靈之至。）只得呼呼的喘氣。（極力描寫，精靈之至。）唐猛心生一計，待咬斷豹子的喉管，一時匪不轉頭來，只在頸脖邊着力啃咬。（匪夷所思。）

❸ 頣：音ㄍㄣˇ，頰後；脖頷。

卻說范成龍在大王廟後，急接。同眾人都聽得那碎石坡劈雷價鳥鎗響亮，就從鳥鎗通聲，妙。半歇不聽見吹畫角，眾人驚疑。范成龍道：「敢是豹子中了鎗，不死逃走，他追了去，代生一解。我們快去看來！」霎時大樹灣眾獵戶也都到齊，吹起火把，大聲吶喊，撲到碎石坡來。熱鬧。范成龍挺着鐵脊矛當先，寫范成龍關心。大叫：「唐兄弟，我來也！」不見答應，只見三五個莊客先叫起苦來，奇文。必須莊客叫苦方是情理。說道：「苦也，那地下不是銜內的鳥鎗，火繩兀自明亮，情形如生，此等筆非設身處地，烏能動其毫末哉！人到那里去了？」范成龍轟去了三魂七魄，那顆心換鈴價幌起來，寫范成龍。唐猛如果被豹吃了，范成龍實難為情。忙叫：「快尋是那條路！」又只見幾個獵戶叫道：「你們休亂，這深草內有人做聲。」眾人聽時，只聽哼道：「我在這里，你們快來！」成龍同眾人大驚，忙上前將火把照時，只見唐猛同一隻大豹貼胸抱定，臥在草坑裏，眾人都嚇了一跳，驚得倒退。是眾人。范成龍忙挺手中矛，覷定了那豹的肋縫裏，用力戳進去，是成龍。矛鋒從下面透過，簽入地內。那豹子已吃唐猛鋼牙啃傷頸顙，奈何得沒了氣力，歸功唐猛。又吃這一矛，吼了一聲，登時喪命。范成龍放了矛，又去腰間取出那柄鐵鎚，去豹子的耳根邊連打十餘鎚，那豹子鮮血迸濺，烏珠突出，腦骨損碎，動也不動了。此非寫成龍，總是極力描出豹子。范成龍道：「兄弟放手，好了！」那唐猛那里肯放。入神。成龍又叫道：「豹已死了，兄弟只管放來！」唐猛纔放開了手，坐在草地上喘做一團，入神。滿口裏都是豹子的毛血。寫得情景都有。眾莊客上前攙扶了，走出深草。真乃入神之筆。脫不如此寫，即聖歎所謂三家村說子路不近情理矣。范成龍拔起鐵矛，眾多獵戶上前將死豹扛出坑上。眾獵戶方纔上前，俱極寫唐猛。范成龍問唐猛道：「兄弟受傷否？」唐猛道：「沒事，兩肘好似擦傷了些。」好。范成龍道：「兄弟不聽吾言，早是叫幾個人帮你，何用如此費力。」唐猛道：「不瞞哥說，我去年也曾兩次空手活捉兩隻大蟲，特補此語，已見其獨當虎口已是胸有成竹，總深表唐猛勝于武、李。）卻不恁地費力。這畜生果然利害，怪道眾人近他不得，我也險送了性命。」（總是深表此豹勝于前傳大蟲。）眾獵戶都拜服道：「唐衙內真是天神降凡也。」當時眾人見除了這豹子，歡天喜地，把來扛擡了，并派人收了窩弓，莊客收了唐猛的鳥鎗，（細。）一陣下山回徐溶夫村上來。

原來徐溶夫家裏也不曾睡，都秉燭相待。（好。）五更時分，只見三五個莊客、獵戶先跑回來，報道：「那豹子已吃唐衙內結果了。」（寫得有層次。不必兼稱范成龍者，文有題目故也。）徐和大喜，忙叫妻子預備下酒飯。不多時，遠遠一簇火把，只見眾人吆吆喝喝，扛了那隻獨角錦紋豹，范成龍、唐猛都隨在後面，一齊奔回莊上來，（先寫報信，次寫望見火把，又次寫眾人，然後表出成龍、唐猛，極火雜雜，極有層次。只數十人扛一死豹回家，看他寫來便如千兵萬馬班師振旅氣象，作文烏得不講筆哉。）將那死豹安放在廳中間，東方已發白。徐溶夫與眾人都向唐猛道乏，唐猛笑道：「快把酒來，與我接一接力。」（唐猛鹵莽鬱勃，又是一樣。）溶夫忙叫搬出來，擺在廳上，大盤小碗價酒肉，眾人都一齊亂吃。天已大明，驚動村前村後無數老少男女，都到徐溶夫家看豹，見了唐猛，都誇奬不已道：「只道戲塲評話裏這般說，那知真有如此壯士。」（絕倒語。想見仲華頑皮。）那里正也到來，遂與眾人商議，要將這豹子送到唐衙內府上去。（眾人不可無此議。）唐猛道：「我要他做甚！（妙。真另是一副聲口。）只顧扛去，獻與你們那知縣，（你們那知縣，奇語。）也教他放了心，省得比較。倒是這畜生的一隻水晶角可愛，對知縣說，可要取下來還我。」（奇文。）眾人大喜。唐猛道：「我覺得有些筋骨酸，頭腦發脹，打熬不得，與我個好牀舖，要去睡一睡。」徐和道：「衙內辛苦了，正好草塌上將息。」唐猛滾入牀內，（四字寫得粗豪。）放下紗帳，齁齁的睡着了。（此處與前傳寫武松同，總是寫出一片神威，非俗筆所能也。）里正已差人去飛報知縣，范成龍與徐溶夫商量道：「今此豹已除，卻怎樣去取參仙？」（急接正文。）溶夫道：「仁兄放心，我已准備下了，須如此作用，今夜管取他到手。」成龍大喜。

當時成龍與眾人也都困乏了，都去睡睡將息。下午時分，那鉅野縣知縣差一名都頭，帶了幾個土兵，前來取豹；又差一個體己親隨，將着一封書信來，啟請唐衙內到縣裏，置酒申謝。唐猛尊貴。此時唐猛、范成龍已都睡起，那親隨向唐猛聲喏，呈上知縣書信。拆開看時，上寫道：「深蒙世兄神威，掃除一方巨害，下官感激之至。本欲親自登堂拜謝，因公事在身，望屈世兄到冰衙一敘，勿卻是禱。」絕倒。唐猛對來人道：「你去上覆相公，我有緊急公幹，要往兗州鎮去，不及相見了，多多拜謝。」遂叫莊客取幾兩銀子賞那親隨。又叫莊客用利斧將那死豹的腦蓋骨鑿開，取下那支水晶角來。看時，果然堅利無比，非銅非鐵，賽過金鋼石。唐猛甚喜道：「你去對你相公說，此是一面與親隨說話，一面取角也，神情宛然。這豹的一隻角我取了。又絕倒。橫甚。你去罷！」再加三字，神全氣足。寫唐猛高貴，寫唐猛傲岸，總是渲染。上文綑公人一段言語，皆作者善于掩筆墨痕跡也。唐猛鹵莽鬱勃處，自是一樣細。按實與魯、武、阮、李輩毫不相犯，故妙。那親隨也不敢多說，見得唐猛神采威猛。取了賞銀，自回縣去。范成龍又取出些銀兩謝了眾獵戶，那都頭同里正押督眾獵戶、土兵，扛了那隻死豹，辭了徐溶夫并唐、范二位，解豹到縣裏去了。完打豹一案。

唐猛問取參仙之事，徐和道：「我已說過了，今夜去取。那參仙最喜撲燈光，最愛的是木香，最怕的是五靈脂。我早已准備下五七斗五靈脂，數十斤木香屑，只須用紅紙糊一個繡毬燈兒，用長繩拴了。此處山這面有一洞，名『秦王避暑洞』，最是幽深。那一頭洞口，先用五靈脂截住去路。他生長之處，我卻認識，在中峰左側，只將木香屑迤邐灑至秦王洞。將燈放在前面洞口，一人躲在裏面，牽住繩索，待他來撲燈火時，將燈牽入洞裏，引他進洞。須得一快走的人，速將五靈脂截斷歸路，然後進洞去捉，他自不能逃走也。」奇極之事，奇極之文。唐猛道：「妙哉！撒五靈脂，須得我去。」范成龍大喜。當日無話。看看天色將晚，眾人都吃過了飯，徐溶夫的娘子已糊好一個繡毬燈兒。溶夫道：「去的人多不得，取豹必須人多，取參仙不必人多，章法參差好。只消兩三個伴當，負了藥布袋去足矣。」眾人依言。當時徐和留兩個兒子并不去的人在家裏，自己同了范成龍、唐猛，帶了藥布袋、紅燈、繩索，緩步進山。到得山裏，星斗滿天，月明如晝。「星斗」二字，極似閒筆，不料為後文正事。看看已到秦王洞口，徐和立住腳，指着一處峯巒道：「那里便是參仙根本之地，有神。此去不遠。二位不必上前，只須在此安排，我上去散木香屑。」范成龍聽了，便去洞後撒下五靈脂，餘多的都交與唐猛。徐溶夫同那幾個伴當背了木香口袋，到中峯左側，將木香屑傾出，迤邐灑下來，直灑到秦王洞口。周匝無遺漏。那范成龍已將紅燈點起，放在洞口，將繩拴好了，拏着繩頭，走入洞裏去。此去膽欲大，而心欲細。徐溶夫同唐猛等眾人都走下山坡，在樹林裏躲了，只留范成龍一人在洞裏。捡豹子只用唐猛一個人，捉參仙只成龍一個人，題界甚清。徐溶夫在深樹內，眼不轉睛的盼望那參仙。星移斗轉，「星斗」二字再一逗。直到三更時分，果然隱隱的望見一個孩子，從峯後跳舞出來，光赤着身子，望去約有四五歲大小。寫得好。唐猛喜道：「來也！」二字傳神。徐溶夫忙叫：「休高做聲，快躲了！」以下提過眾人，從參仙一邊落筆。那參仙出離了地面，朝禮了星斗，叅拜了四方，跳舞一回。驀地聞見一陣木香香，各處尋覓，尋着了木香屑，跳跳舞舞，一路尋來。不覺到了秦王洞口，看見了那繡毬紅燈，甚是歡喜，便遠遠立定了看，不便即合。慢慢的上前用手來取，只見那紅燈滾入洞裏。可憐草木精靈初成氣候，那里料得人心機詐，忽夾入詠歎，妙筆。數語令我欲哭。便追了紅燈，也進洞裏去。徐溶夫望得明明清清，叫聲：「慚愧！」忙叫唐猛快下手。唐猛提了五靈脂袋，三腳兩步趕到洞口邊，把五靈脂撒滿地面，更無隙縫。那參仙覺得有人，忙逃出來，見了五靈脂，不能跨過，急反身入洞裏。范成龍從裏面撲出來，參仙大驚，前後無路，只是四面亂撞。唐猛撇了布袋，細。搶入洞來。那裏面黑洞洞地，只聽得參仙哭叫，沒處捉摸。少刻，徐溶夫同幾個伴當點了火把，一擁進來。參仙亂哭亂叫，走投無路。眾人七手八腳，亂撲亂趕，火雜雜地，好看煞人。逼到一個狹窄所在，吃范成龍一把抓住。徐溶夫上前看時，更喜是個男子身，奇文。忙叫：「哥哥手放輕些，看捏殺了！」當時范成龍大喜，抱入懷裏，忙出洞來，齊回舊路。

那參仙一路啼哭，只叫「饒命」。徐溶夫老大不忍，歎道：「也是你的劫數，為國家大事，也顧你不得了。」看他說得如此拿穩。恰又是反擊下文。范成龍既得了參仙，眾人無不歡喜，飛奔回來。下得山時，平地上行不得百十步，離徐溶夫家已是不遠，聽那參仙聲息全無，動也不動。暗用蘇長公黠鼠賦。范成龍道：「不好了，想是抱得緊，捏死了。」教把火把來照看，卻不防那參仙儘力一掙，范成龍捉不住，好似有人奪去的一般，吃他掙脫落地，一溜烟往山下飛跑的去了。阿呀。唐猛忙飛步追去，饒你唐猛腳步如飛，那里奔得他過，只見他在前面，好一似斷線的風箏，輕如禽鳥，往山上一直飛去。范成龍、徐溶夫同眾伴當只叫得苦。唐猛趕了一程，已是無影無踪，追趕不上，氣急敗壞回來。范成龍目瞪口呆，罔知所措。正是：水銀入地難收取，鷂子鑽天沒處尋。不知那參仙究竟如何，且看下回分解。

范金門曰：武松之打虎也，耐庵為之傳；唐猛之擒豹也，仲華為之傳。兩兩比較，真是前後競爽，互相焜耀也。耐庵之敘虎也，雄壯而結實；仲華之敘豹也，奇特而灑落，等勇也，寫勇之法分焉矣。當夫綠眼晶角漸漸上山，而曰唐猛也是心驚，此句甚妙，若落他手，必曰唐猛心中暗喜；迨豹子轉身，火標齊放，而曰不知射向何處，此句甚妙，若落他手，必曰火標射個正着。至于筋骨酸痛，頭腦發脹，皆于擒豹之後，寫豹之難擒也，其筆意煞是可愛。參仙一段，本是奇文。徐溶夫知其所愛所忌之性，而層層佈置，居然入彀，乃既得之而旋失之，甚是新頴。

第一百十六回　陳念義重取參仙血　劉慧娘大破奔雷車

却說范成龍央求徐溶夫用盡方法，取得參仙到手，仍吃他逃脫，范成龍懊恨欲死。徐溶夫道：「事已如此，恨亦無益，且回舍下再商。」范成龍道：「仁兄你想，教我怎生回兗州去？」唐猛道：「我被蚊子叮得一身老大疙瘩，前日取豹為何不題蚊子？蓋豹子到手，稱心遂意，故不說也。仍撲了一塲空。早知如此，捉住時，先弄殺了，倒沒這樁事。」是唐猛聲口。范成龍只是呆想，徐溶夫再三相勸，只好回家，真是一步懶一步。到了家裏，徐溶夫的娘子并兩個兒子得知，也是納悶。范成龍問溶夫道：「何不就去一掘，且試如何？」溶夫道：「仁兄不信，夜來說過，此物端的在地下遊行無礙，只是出入的路必從生根發苗之處。若在那里刨掘，他先走了，掘亦何益！如果好刨掘，何用費如許力氣？補此一段，再不遭駁，尤妙在「夜來說過」四字。如今他着了這番驚恐，三五個月不敢出頭，却怎好？」不落則已，一落務令到地，真妙筆也。范成龍道：「捨了這參仙，仁兄可另有何法治得劉慧娘好？」妙筆。蓋此番舉動只為慧娘之病耳，又何故苦苦與參仙作對耶！若出俗手，只顧寫得高興，那里記得正事。徐和道：「這個實難。我的學問，怎能加乎孔厚之上，應上文孔厚之言。他兀自沒擺佈處。除此參仙之外，都自草木凡品，却如何換得命過！」水窮山盡。范成龍沉吟歎氣。唐猛道：「哥哥，今夜心焦也是無益，不如且睡了，明日再商。」是唐猛語。溶夫道：「也說得是。」便勸范成龍安置。

眾人都去睡了，范成龍那里睡得，巴到天明，爬起來。見眾人都還未起，却開門出去小解，一面看那高平山上，山光嵐氣，曉色蒼蒼，好鳥亂鳴，泉聲清泠。（寫山中曉景，又確是長夏。妙筆。）成龍感歎不已，（心中如湯沸火焚，而眼前清涼如許，成龍感歎不已。真感歎也。）想到：「慧娘命在旦夕，奔雷車怎生解圍，（處處抱緊題目，章法不斷。）我却如何回猿臂寨？」看看那山上，只是吁氣。（如畫。真是水窮山盡。）正在出神呆想，只見山脚邊幽林深處，一個老人走來。（奇，妙。）成龍看那老者，道家裝束，拄一枝過頭藜杖，穿一領舊葛道袍，首頂竹冠，脚踏麻鞋，腰懸兩個葫蘆，生得仙風道骨，鶴髮童顏，（奇。伊何人斯？）緩步而來。到了成龍面前，把成龍一看，笑道：「足下是何處英雄，不去與國家出力，來此深山何幹？」（其語甚奇。自己貪自在，却教別人出頭，寫方外人如畫。）范成龍見他形容古怪，言語非常，便答道：「小可委是兖州府軍官，有公幹到此。」那道長大笑道：「我省得了，想是山東干戈未靜，又來尋徐溶夫商議甚麼。」（何以知之？）成龍道：「正是為此。」道長道：「他已是額外之人，各有正事，（四字可歎，歎世內世外人皆不知也。）只顧纏他做甚！不瞞將軍說，徐溶夫乃是老拙的小徒，我適從此間過，正要來探他。」（妙極。）范成龍聽了，吃了一驚，連忙施禮。

只見徐溶夫的小兒子跑出來，見了忙報進去道：「老師父來了。」徐和忙出來迎拜道：「師父長久不來了，快請進來。」那道長便同范成龍一齊進來，只見他更不謙讓，就去上面坐了。（寫得道高德重。）徐娘子同兩個兒子都來參見。此時唐猛已起來，亦來相見。那師父問了范、唐二人姓名，稱贊道：「皆濟世英豪也。」（世外人何嘗邈視世內人哉。）徐和便對范、唐二人道：（溶夫代說，妙。）「我這師父姓陳名念義，道號通一子。本是吳越名醫，深明陰陽消長之理。（此言談何容易。）七十歲上厭棄塵世，入山修道，得地仙證果。今年一百四十歲了，現在隱居天台山中，是小弟受法恩師。」范成龍稱羨不已。徐和問道：「師父何來？」陳念義道：「我到薊北赴龍沙會，比較赤書玉字，意欲通誠張真人，保持刼運。（四字甚奇。）又因金雲門仙子，借我丹母久不見還，前往索取，今已取得，仍歸天台。道從青州經過，見官兵與寇賊鏖戰，殺氣沖滿，遂繞道而行。因久不與你相見，特留殘步相看。閒雲野鶴，來去無心，真令人羨殺也。昨夜到孤雲汛，見月光可愛，遂住于松林之下，寫得毫無一點烟火氣。聖歎先生嘗云：日中麻麥一餐，樹下冰霜一宿。說經四萬八千，度人恒河沙數。噫，微斯人吾誰與歸？所以今早纔到。」范成龍眉峰一縐，私對徐和道：「令師既是現在神仙，劉慧娘病何不求告於他，必有妙術相救。」徐和道：「我也正如此想。」便拜問陳念義道：「有一俗事拜求老師，伏望慈悲救濟。」陳念義道：「又是甚麼？我一切俗緣俱已生疎，你這般熱腸，何時得了。」必如此寫好，不惟世外人不關俗事，且見得陳通一不是為參仙而來矣。徐和道：「此實不得已之事。」遂說起慧娘病症如此沉重，孔厚不能醫治，陳念義歎道：「造物樞機，豈凡庸所可窺弄。感慨世情不少，非止調侃庸醫也。鹵莽粗工，舉眼皆是，實軒岐❶之大魔，生民之刦運也。孔厚無法可施，求我亦是無益。」又雙應孔厚、徐和之言，亦見孔厚醫道高之無出其右。只見范成龍再拜道：「小將奉令而來，不但為劉慧娘一人，現在逆賊宋江仗奔雷車之勢，橫行無忌。若慧娘一死，再無勝他之人，眼見山東百萬生靈盡遭塗炭，望老師大捨慈悲，拯救則個。」寫得張皇，便見題目極濶大，文章極難做。陳念義道：「將軍不知，非是我怠惰。我的本領並無私藏秘妙，開着大門由人搬取，竟是聖人無行不與口氣。世之矜一得、秘一術者，能無愧殺！不但小徒盡得我法，便是孔厚亦莫不盡知。今慧娘已為庸醫所誤，勢難挽回，正所謂一個人輕輕推得倒，十個人用力扶不起。孔厚束手，老拙更有何法。」真是水窮山盡，然讀者至此意中已有救星也。范成龍道：「陳道子圓光，照出此地有參仙可以救命，小將昨夜與徐、唐二兄如此用計，已捉到手，自不小心，仍吃他逃脫了。」陳念義愕然道：「你們老大鹵莽，此事豈可亂做！幸眾位都是大根器人，不然自家性命休矣。」奇語奇文，筆筆跳脫。眾人人驚，忙問其故。陳

❶ 軒岐：指中醫學。或稱「岐黃」。

念義道：「凡生於天地之間皆曰命，上天好生，一切飛潛動植，無不覆育。大段道理。而于其中能修養靈根，不擾世界者，尤為鍾愛。上蒼之愛護道種，如慈母之保赤子，豈容人魔加害！嗟夫，奈何人不自勉哉。那人參在地下三百年，秉上天瑤光之精，感山川靈秀之氣，全具人形；六百年便外開九竅，內生臟腑；九百年能出地面，叅拜星斗，遊戲山川。此時便有山靈地祇守護，不許凡人欺害。倘故違禁忌，便是捉得到手，犯了神怒必死。一千二百年能吐人言，天神誦章，脫離根株，游行十洲三島，成全大道，與人之修成陽神無異，敘參仙來歷，比徐溶夫又加詳，可當一則奇書讀。你們却如何胡亂惹他！那隻獨角豹子，忽然提到豹子。未嘗不是他的護衛，申明打豹之故。却吃你們硬結果了。絕倒。我看眾位都是天神下界，暗暗逗一句。本處神祇一時亦拗你們不過，絕倒。所以安然無事，不然如何做得到？雖然做被你們做了，畢竟不能取他到手。」眾人聽了這話，都呆了，做聲不得。

陳念義道：「范將軍既不為一己之私，救那一方生靈，也是一件大事。漸漸攏來。既是陳道子圓光見此參仙，不為無因。老拙此來，不為無緣。將軍一定要這參仙救劉小姐，須依老拙言語。」漸漸攏來。范成龍欣然請教。夾敘。「切切不可害這參仙性命。范將軍須熏沐齋戒，辦一片真誠之心，須用白雞元酒做篇祝文，昭告本處山川神祇，求這參仙一杯白血，亦可以起死回生。倘得天心眷顧，老拙使個方法，管取他來。」

范成龍大喜。徐和道：「他經這番驚嚇，如何再肯出頭？」陳念義道：「不妨。參仙每當瑤光朝天門之時，他必然出來朝元。你休用五靈脂鑾做，只須去備一張兔網，再備幾根竹竿，糊七盞紅燈，仍用紅燈。紮成北斗七星形象，把來豎在他出路的南首。須將斗柄瑤光星，指着西北乾地。却將兔網張在面前，人都躲過了。他出來禮星之時，見了此燈，必認是本命星君下界接引。奇事。待他撲去，踏着機關，兜在網裏，便好捉了。你要準備下盛血的傢伙一件，務要潔淨，休得臨時匆忙。」溶夫聽了，便忙準備下白雞元酒，做了祝文，向獵戶家借了張兔網來。范成龍去沐浴更衣，帶了香燭祭禮，去山神廟內祭山。范成龍換了公服行禮，做個主祭官。徐和讀祝道：

維年月日，信官范成龍，奉命致禱高平山主尊神：宋江造孽，仗奔雷車之勢，不可向邇❷，非劉慧娘不能克。慧娘沉疴，非參仙不能救。成龍奉大帥之命而來，神不聽許，以致得而復失。仰見天道好生，恩及草木，敢不祇念。但不得參仙，則慧娘必死；慧娘一死，則青、萊數郡蒼生，俱不得命。今遵地仙陳師所教，只取其血，勿隕其命，實乃兩全。惟爾山川鬼神，咸受朝廷封錫，望顯威靈默助，毋俾神羞。神其鑒之。祝文亦簡潔。

祭罷焚祝，祝文升上樹杪，香風飄動，隱然似有鬼神受饗。也寫得妙。

眾人出廟，仍到徐和家中。徐和尋了竹竿，將斗星燈紮好了。陳念義道：「此時節氣，斗柄指乾方，須得四更以後。我們前半夜且去睡，交五更動身不遲。」又是一夜，妙有頓挫。眾人依言，早吃夜飯都睡。將近五更大家起來，帶了有用的行頭，一同入山。徐溶夫在前面帶路，直到中峰下，看那天上斗柄橫斜，已向西方下垂，正近天門。陳念義道：「是這時候了，你們快去安排。」徐和等忙去將星燈豎好，唐猛去張了兔網，大家都去左近深林內躲了。沒多時，只聽得兔網上銅鈴兒亂響，眾人忙出林看時，只見那參仙已

❷ 邇：音ㄦˇ，近。

兜入網內。（先詳此畧，先實此虛，恰好；若只顧實寫，呆滯極矣。）眾人大喜，忙撲上去取。陳念義忙止住道：「你等休要鹵莽，都隨我來。」陳念義拄了藜杖，引眾人緩緩走近網前。那參仙掙扎不脫，只叫「饒命」。陳念義道：「參仙休驚，有我在此，決不傷你性命，只求你一點純陽白血，救個要緊人的性命。」（要緊人三字妙，可見不要緊之人死亦不足惜也。）說罷，便把參仙隔網抱定，衣襟邊取出一把瑪瑙石砭刀來。徐溶夫忙捧過那個羊脂白玉瓶兒，陳念義將參仙左臂砭破，流出白漿來，滴入瓶內。那參仙啼哭不止。又將右臂亦砭破，流了許多。看時，已有小半瓶，陳念義道：「足有一酒杯，彀了，彀了。再取恐傷了他。」便去葫蘆內取出丹藥，與他敷了瘡口，又吩咐道：「參仙，你幹了這塲功德，雖遲了些路程，日後證果了，却繳銷一起大公案，亦不失便宜也。」便解開了網，抱到他那生根發苗之處，放落地下。那參仙委委悴悴的鑽入土去了。陳念義對范成龍道：「這點無價之寶，人死了臟腑不壞，灌下去尚可回生，何況有氣未死。」范成龍稱謝不盡。陳念義道：「若非神靈默佑，焉能到手得如此容易！天已明了，可速回去。」眾人收拾了行頭，一陣回家。到了後軒，范成龍道：「小可不敢久留，就此告辭，星夜馳歸，不知劉總管怎生盼望也。」陳念義道：「此物最嬌嫩，你飛馬回去，也須兩三日，（回應前文，吊動下文。）天氣又熱，深恐變壞。你另用個瓦鉢兒，將這玉瓶坐入，四圍用冰護住；路上沒冰賣之處，可用冷井水坐定，小心提在手內，方保無事。」范成龍道：「老師說得是。」

范成龍正待動身，只聽前面廳上發起喊來，（奇文。）只見徐溶夫的娘子同兩個兒子，跌跌爬爬的進來。眾人忙問其故，娘子面如土色道：「一個山神趕來我家也。」（奇文，奇極。）徐和喝道：「青天白日，休要胡說！」娘子道：「那個胡說！一個青臉山神，髮如硃砂，在前面廳上朝我唱喏，叫你出去哩。」（奇極。）眾人不信，都閧出去看，果見一個青臉獠牙的立在廳上。（却是何故，奇文，奇極。）唐猛拔刀上前，大喝：「你是何方鬼魅，敢白晝出現！」那人大叫道：「我好端的是人，你等不要鳥亂！」范成龍在後面認得是康捷，（原來如此。）忙叫道：「這是康中侯，你們休要造次。」眾人方纔省悟，都大笑起來，唱個無禮喏，讓坐。娘子道：「怎的康老爺恁般相貌，險些嚇碎我娘兒的苦膽。只道他們掘參仙，得罪了山神發作。」（趣甚。）康捷笑道：「我恐嫂嫂喫驚，連忙唱喏，嫂嫂兀自害怕。我一路問到此處，路上還有許多人詫異哩。」（絕倒。）眾人又笑了一回，徐和忙叫娘子去看茶。（安頓娘子。）成龍問道：「康兄何來？」康捷道：「我奉樞密院劄付，去青州打探軍情。雲天彪在二龍山十分危急，東昌、德州兩路官兵來救，皆被宋江用奔雷車殺敗。天彪教我到兗州探信，那劉小姐的病已是不中用了，性命只在旦夕，現在後事已都備齊。（追緊寫。）劉廣心腸不死，央我到這里來探問吉凶，你等辦的事怎的了？」范成龍將上文之事，約畧說了一遍，「如今虧這位陳念義老師，取得參仙血在此，可以起死回生，正待動身要去。」康捷道：「何不交與我帶去，今日便可到。」范成龍大喜道：「我也這般說。」徐溶夫取了瓦鉢，用冰塊將那玉瓶坐好，交與康捷，小心提了。康捷道：「此事火急，我不敢多坐，就此告辭。」眾人送出門外。康捷別了眾人，作起法來，踏開風火輪，飛也似去了。眾人無不稱羨。

徐和對范成龍道：「康中侯此去，仁兄可以放心，且將息一日再去。」范成龍果然疲倦，便依言住下。陳念義辭別道：「天台道侶盼望，更要去會張紫陽真人，老拙去也。」徐和與眾人再三苦留不住。

徐和道：「師父此去，何時再來？」陳念義道：「且看。（二字真寫盡閒雲野鶴性情。）只你也須得了便了，與其力能打虎，何如避虎更妙。（真是大學問語。）一旦失足，悔不及矣。」徐和聽了。陳念義又道：「取參仙一節事，鬨動了村坊，恐有那不曉事的希圖長生，去刨掘胡弄，觸犯鬼神，性命不保，可告誡他們。」（安頓得妙。）徐和應了。來對唐猛道：「你那隻豹角，用芝麻油浸三日，便緜軟如泥，隨意捏成刀劍。再用水浸去油，堅利無比。此乃水晶天兵，非凡鐵可比。只怕的鹽滷，犯了全體都霉爛。」唐猛聽了甚喜，稱謝。眾人相送出門，范成龍再拜流涕道：「恩師去了，大恩何以為報？」陳念義笑道：「老拙此來，真是因緣生法，莫之為而為，豈望報哉！將軍能勸世人，非大英雄大豪傑，夙具慧根者，切勿胡亂學醫，此將軍之功，亦老拙之深望也。」說罷，曳杖飄然而去。（完陳念義。）范成龍歎道：「真當世神仙也。」范成龍遂同唐猛在徐溶夫家又住了一夜。次日飯罷，二人謝別溶夫，帶了原來伴當，回到唐猛家裏。唐猛行裝已收拾好了。唐母聞知唐猛打了豹子，范成龍公事了畢，也甚歡喜。唐猛辭了母親，囑付了妻子，帶了三五個莊客相隨。范成龍亦辭了唐母，一同起身回兗州。不題。

且說康捷將着那瓶仙藥，駕起風火輪，真個是飛雲掣電，巳牌時分已到了兗州，不待通報，直入署內。那劉慧娘自從范成龍去後，（接前文。）步步沉重，氣衝上焦❸，睡眠不得，已是三晝夜不貼枕席，只靠在侍女們的身上，飯食全不能進，一切後事俱已備齊。孔厚診脉道：「不過明日寅時之局。」（步步追緊寫。）劉夫人聽了，心如刀割，只是「兒天，兒地」的痛哭。劉廣、希真只搓手撚腳，沒抓癢處。眾人面面廝覷。劉

❸上焦：中醫學名詞。以胸膈部、上腹部及臍腹部的臟器組成三焦，自膈以上，名為上焦。

廣道：「女兒的病已是無望了，且丟過一邊。自是英雄語。我想盧俊義的兵屯我境北，我們何不大發兵馬去攻擊那廝。」忽提盧俊義，章法奇。希真道：「我同你前兩日不是親去探看過的，補一筆，妙。論文希真來兗州是專為圓光一事也；若論事則希真此時乃景陽總管，有職有守，豈可毫無公事而久寓兗州者。前借天彪與劉親家商議軍事一語，此借希真與劉廣探看賊營，真是安插盡善。又提動下文，用筆真有如環之妙。他把守得鐵桶也似，如何攻得。」正在議論，忽報康將軍回來。劉廣、希真、孔厚都懷着鬼胎，不知吉凶禍福，齊出廳來。只見康捷提着個瓦鉢兒進來道：「好了，仙丹到手也。」眾人吃了一驚，忙問原委。康捷將瓦鉢放在桌上，把那唐猛怎地打豹，范成龍、徐溶夫怎地捉參仙得而又失，怎地虧得遇着了陳念義老師父指點，只取得參仙的血，「我到了高平山，他們正才得手」，細細說了一徧，范成龍約略說，是事在急促；康捷細細說，是到手安閒，好。「如今小姐貴體何如了？」問一句，是表康捷不是了世事。眾人聽了都大喜，看那玉瓶內好似乳酥一般，清香撲鼻。孔厚大喜道：「有此異寶，何愁不起死回生，趁早安頓來與他吃。」當時送到慧娘房裏，取一隻細磁杯兒，把那寶貝傾入杯內，劉廣戰戰兢兢地真是絕倒。捧了，遞與女兒。那慧娘恐怕打翻，不敢用手去接，就着老子手裏，一口口的呷完了。孔厚又將現成預備的人參湯，傾入玉瓶內，洗蕩得乾淨，倒在磁杯內，慧娘又呷完了。劉廣放下杯兒，坐在外間，看他何如。房內寂然無聲。得不到半頓飯頃，只見慧娘道：「妙阿，這仙藥下去，真是甘露沁心，虛火痰涎都挫下去也。精神覺得疲倦，我許久不睡，且卧倒試試。」劉夫人便教那侍女慢慢的抽出身子，將慧娘放倒頭來，擱在枕上。果然仙藥不比凡草，不多時，下歸元府❹，上達三關❺，追魂魄于已失散之後，

❹ 元府：又名「玄府」，即汗孔。

❺ 三關：中醫名詞。診脈部位。指寸、口、切脈的部位。醫宗金鑑：「三關者，寸、關、尺也。」

復真元于無何有之鄉；水火坎離，登時聚會，絕妙人參贊。慧娘瞑目凝神，齁齁的睡去。就中快活殺了孔厚，說道：「房內不可多着人，留一兩個伏侍足矣，其餘都出去，由他靜睡。」眾人依言，都到外面。劉夫人問道：「孔叔叔，看這景象何如？」孔厚道：「嫂嫂放心，他服藥後能安睡，生機已轉也，切勿驚動他。」那慧娘這一覺，直睡至次日黎明，還不曾醒。劉夫人輕輕的去摸了他一把，渾身冰冷，又驚惶起來，忙來問孔厚道：「不要竟是這般沉了去也？」孔厚去輕輕偷診了脉息說道：「不妨，恭喜嫂嫂，此乃真陽內斂，已是得手了。」眾人聽了這話，都歡天喜地。慧娘直睡到午末方醒，口裏叫餓。劉夫人忙將人參粥與他吃了。慧娘坐起來道：「孩兒今日覺得神氣清爽，與前幾日大不相同，母親可以放心也。」劉夫人道：「我兒，虧了眾位叔伯出力救你轉來，須要小心將息。」慧娘道：「孩兒前日正在二龍山辦賊，母親何故只管哭我？」劉夫人道：「你說夢話哩！你病到如今，何曾離牀，幾時到過二龍山。」慧娘想了想道：「怪哉！我前日靂靂清清地在二龍山，見那奔雷車都做成巨獸模樣；又見白瓦爾罕造作火老鴉，飛上山來燒竹笆子，幸而天降大雨，燒不成功，怎說都是假的？想是我的真魂離舍也。」初得生機，病情如繪。劉夫人道：「只為你往日用心太過，以致如此，還不靜養！」慧娘應了。劉夫人出來與眾人說起，孔厚道：「此乃神不守舍，亦可見小姐的盡忠盡瘁，真乃可敬。」

正說間，忽二龍山軍報飛到，果說是某日賊兵用紙造成火鴉數千，內藏火藥，齊飛集竹笆上焚燒，人不能救，幸天降大雨撲滅。所說的日子、時辰，與慧娘所說無異，眾皆駭然。誠能動物，固然之理也，慧娘亦誠而已矣，駭何為哉。那文書上又說，恐天晴後，賊兵復用故智，要希真商議良策。語透下文。這話傳入慧娘耳裏，慧娘便請希真、劉廣到榻前道：「既是這厮真用火鴉，（真字是慧娘出魂過語氣，皆所謂字法也。）此法不難，孩兒也會得。此法是用勾股法算定尺寸，恰好地位落在竹笆上。（為飛天神雷作引。）但火鴉的兩翅最無力，只能飛不能衝突，（妙有憑有據，一似真有此物者。）一碰着東西便墜落地，再飛不起。（妙。）我兵只須在竹笆前張掛羅網，火鴉自不能過。」（妙。）劉廣道：「須得鐵網方好，軍中一時間那里備得許多。」（奇文。）慧娘道：「不必鐵網，只用絲繩足矣，現成的魚罾兔網都可用。」（妙。）劉廣道：「絲繩遇火豈不燒了？」（奇文。）慧娘道：「用鹽滷浸透，再也不能燒。（妙。）況且那火鴉不落實地，不能發火。」（妙。此法亦格理亦通情。）希真喜道：「此計妙極。事不宜遲，可速辦回文，就教康中侯去。」劉廣道：「我看女兒的病漸漸好來，可知會雲親家，酌宜良辰，請雲公子來做了親，送他過門，好去破賊也。」（劉廣只顧破賊，一邊自是英雄，正好借他時時說起，令章法不斷。）希真道：「姨丈說得是。」當即發了回文書信，交與康捷去飛報天彪。這里孔厚用心醫治，這番不比從前，那藥帖帖靈驗。不日，范成龍、唐猛俱到，聞知慧娘服了仙藥漸愈，也甚歡喜。成龍領唐猛見了希真，說了來歷，希真亦喜。到了七日上，那慧娘身體已是復原，較前更覺精靈。當日康捷又從二龍山來，說天彪得知劉小姐病愈，不勝之喜，先備來禮物數件相送。將出天彪回信，說「不敢再遲，擇日命小兒雲龍迎取魚軒❻」；又說「用網截住火鴉之計大妙，賊兵竟不能害」等語。劉廣亦喜，收了禮物。希真見慧娘已是全愈，又得了唐猛一員大將，甚是歡悅，辦個慶賀筵席，犒賞三軍。慧娘命侍女設香案，先望空拜謝了參仙，（絕倒。）并拜謝陳通一、徐溶夫，然後拜謝孔厚、范成龍、唐猛、康捷諸人，眾人無不歡喜。席上說起唐猛打豹一節，眾人無不欽佩；又說到參仙得而復失，虧通一子陳念義指

---

❻ 魚軒：古代貴族婦女所乘之車，用魚皮為飾，故名。

點一節，眾人無不感歎。希真歎道：「凡事莫非前定。不是孔先生，不能醫治得法；不是我圓光，亦不知高平山有參仙；不遇唐兄弟，誰能除那豹子？不是徐溶夫并念義老師，誰來指點？康將軍不來，雖有仙藥，到不得恁地快，亦無及于事。諸緣輻輳，非偶然也。」（雲收霧捲，一齊結束，真大筆力也。）過了兩日，真祥麟同雲龍到了。劉廣迎接上山，備外館安息，帶來三百人馬都鎮上駐扎。雲龍拜見了劉廣，呈上天彪書信道：「家父說干戈匆忙之際，一切聘禮都是草草，只好平定之後補備，望泰山恕罪。」劉廣道：「我處一切妝奩亦不能備齊，都苟且了事，等大事已畢，再補送上。」雲龍去見了希真及眾位英雄，劉廣先辦個接風筵席。希真問起軍情，真祥麟道：「自從主帥到兗州，未及一個月，（希真赴兗州，至慧娘病愈，其日期多少，此處點出。）宋江那廝又添造奔雷車三百餘輛，來輪番攻打。幸虧二龍山上糧草充足，器械不缺，雲統制設計堅守，方得保全。」（層層補足。）希真道：「待我慧娘甥女到彼，奔雷車盡成齏粉矣。」（一筆振起全神。）

劉廣選擇吉日良辰，乃是六月二十七日，雲龍、慧娘合巹成禮。到了那日，鼓樂喧天，掛燈結彩，說不盡那錦繡榮華，一段富貴。眾官員齊來慶賀。婚禮已畢，大宴三日。過了三朝，雲龍不敢久留，告稟岳父、岳母，要請慧娘于歸討賊。（奇文。「于歸討賊」四字，從不曾連也。）劉廣與希真商議，備了香車、寶馬，精兵一千，（香車、寶馬、精兵一千，亦不曾連。）教劉麒、劉麟統領了送親，尅日動身。慧娘拜別父母，劉夫人悽惶道：「方纔望得你的病好，又離了我面前，你諸事須要保重。那孝順公姑，敬重丈夫的話，我屢次教過，今亦不必再說了。」慧娘領諾。又拜別嫂子，少不得都流些眼淚。劉夫人又對劉廣道：「女兒病體纔好，我要孔叔叔同去，早晚看視，我纔放心。」劉廣道：「有何不可。」便對孔厚說了，孔厚欣然應諾，（郎中做陪嫁，絕倒。）收拾藥囊，一齊動身。

慧娘又別了希真及眾位英雄，希真歎道：「賢甥女去了，我折一臂矣。」寫得淋漓。天彪却添一臂。那一千兵馬，并二龍山原來的三百人，同慧娘的妝奩、行頭車輛，俱已在外伺候。當時發炮起馬，鼓角震天，金戈曜日，一齊護送劉慧娘去了。希真、劉廣等送別回鎮，希真對劉廣道：「甥女此去，奔雷車必為齏粉矣。再振一筆。姨丈前說要擊盧俊義，今番正好相機進攻。我亦要回景陽鎮去，調猿臂、青雲兩處兵馬，出秦封山去，邀擊賊人歸路也。」與會淋漓，蚪起下文。劉廣大喜。希真辭劉廣回景陽，慢表。

且說雲龍、劉麒、劉麟、真祥麟、孔厚五位英雄，一千兵馬，保着劉慧娘，清出賓主，大書特書。往二龍山去。寫得熱鬧。不日到了二龍山，祝永清、陳麗卿先來迎接，眾皆大喜，各相見了。麗卿見慧娘已愈，又與雲龍成了親，十分歡喜，笑對雲龍道：「我不騙你麼？前日城上還是遠看，近應新柳事，遠應猿臂事。今日近看，我這妹子端的如何？」百忙中夾寫麗卿憨態，真乃妙筆。「我這妹子」，奇文。何不曰「我這妹子，端的比我如何？」雲龍大笑道：「卿姐又來瘋了！」眾英雄都上了二龍山，進寶珠寺，叅見天彪。天彪先迎接劉麒、劉麟二位舅爺，慰勞畢，然後受兒媳叅拜。雲龍、慧娘以新婚之禮拜見。禮畢，天彪賜坐，夫妻二人謝了坐下。慧娘擡頭見那天彪神威蕩蕩，天表亭亭，心內暗自喝采：「怪道他們都說公公儀表非常，真乃天神下界，當世英雄也。」天彪開言道：「聞說小姐貴恙沉重，為舅的甚是憂慮，今喜全愈也。」慧娘荅道：「仗公公洪福，現在已是復元，仍服孔叔叔的藥。」天彪道：「本不敢催娶小姐，怎奈宋江這厮奔雷車難破，為舅不能勝他。小姐已到寒舍，是一家之人，家無常禮，不必繁文多儀，願聞破敵良策。」慧娘道：「官兵失利之由，丈夫都對媳婦細細說過，省出無數。已定得個主見在心。預補此句，以見下文之目無全牛，皆此時之胸有成竹也。讀者只怪慧娘不慘淡經營，未免太易，而不知仲華固慘淡經營也。只因未曾親身臨塲，不敢便決。是今日便請公公帶了丈夫、媳婦去登高一望，以觀其局勢，再行定計。」天彪道：「既如此，今日且不必了。今日龍兒與小姐喜慶之日，我們且只顧慶賀，明日再商。」非天彪大意，亦非從容。蓋藉此可以補出從前一個多月，把守得住，不失陷之故也。況雲龍、慧娘完姻，亦是一件大事，豈可冷淡淡。于是天彪命排酒筵，大會諸將，奏軍中得勝之樂，以軍中得勝之樂，宴爾新婚，奇事，奇文。大犒三軍，盡歡而散。不惟寫出天彪視宋江如無物，亦深表慧娘破敵游刃有餘。謀定之師，往往如此。

次日，天彪帶領雲龍、慧娘三騎馬，到二龍山高巔之處，望下面觀看。但見那紅塵滾滾，慘霧漫漫，那梁山兵馬寨柵連雲，奔雷車擺在山前，好似一字長蛇，端的是孤雲隨殺氣，飛鳥避轅門。寫出一片戰場。慧娘恍然記得出神時所見，正是如此景象，回顧一筆，極有情致。不覺歎息，因問道：「這帶水是何處？」天彪道：「是二龍河。」遂用鞭稍指道：「那一片地，便是誤用地雷，失陷三千人馬之所。」又回顧一筆。慧娘道：「那面望去一片白茫茫的，是何所在？」天彪道：「在何處？」慧娘用馬鞭指點，天彪、雲龍都看不見。奇。慧娘笑道：「是媳婦忘了，此去有三十多里。媳婦是慧眼，所以望到，怪得公公、丈夫都不看見。」天彪教左右取千里鏡來照看，說道：「那里是白沙塢。」慧娘道：「水土何如？」天彪道：「都是沙土，鬆而且淺。」慧娘笑道：「如此正好，就那里用計破他。」奇絕。天彪驚訝道：「你休作戲言，那白沙塢已是失陷了，你不看見賊兵直逼山下，如何得能到彼破敵？」慧娘道：「媳婦怎敢戲言。這奔雷車若在平地下，破他極其容易。奇。須知此四字不是臨場看出，從兖州聽丈夫細細說已有定局也。如今平地盡被他佔去，從山上破他較難些。然亦不妨，待媳婦先同他小耍耍，妙語。趕這廝到白沙塢去受擒便了。」趣甚。天彪、雲龍聽了，都吃一驚。天彪道：「我的兒，三字寫出驚愛。你真有神鬼不測之機！」慧娘道：「不瞞公公說，非是媳婦誇口，媳婦有件兵器，十日之內，管教把這厮的奔雷車盡數奪了來，與公公使用。」奇絕、妙絕、趣絕。天彪道：「既如此，且回軍中去說。」頓挫，妙。就中歡喜殺了雲龍。妙筆。

三人回到寶珠寺坐了，慧娘教侍女取出一個羅鈿匣兒，呈與天彪觀看，道：「破奔雷車，只在這匣兒裏。」奇絕。聖歎所謂元之又元，幾乎元殺。天彪打開匣兒看時，只是一副象牙算籌。奇絕。天彪道：「此是算籌，怎去破敵？你方纔說是兵器，怎麼又說是算籌？」慧娘道：「便是那件兵器，須要這算籌做主。」奇，妙。那件兵器，名喚『飛天神雷』，絕妙名色。媳婦在新柳城時，已曾用過，又回應新柳一筆。來時曾帶了十架在此。公公可速教軍中工匠照樣製造，却又價廉工省。尤妙。這奔雷車若在平地上，破他另有巧法。先不說破，妙。不說者乃是正法，却將變法先說，妙。今在山上，必須飛天神雷。」說罷，便請紙筆，將那飛天神雷畫出圖樣，呈與天彪。慧娘指着說道：身分確肖。「這飛天神雷此段單題飛天神雷。最為利害，用堅木作架，上用粗繩四十道，踏板二十塊。每架用精壯兵二十五人，五個人替換雷子，二十個人踏杠。雷子用生鐵鑄就，大如西瓜，五分厚薄，裏面空心，藏毒烟神火，又包三十六個小雷子。小雷子內，又藏火藥、鉛彈，用螺旋將藥線盤到裏面。所以較吳用天砲為妙也。雷子落處，四面迸打，雷轟霆擊，不問人馬，皆成齏粉。一百九回中畧寫，此處細寫。媳婦看那奔雷車上的西洋樓，上開一穴，有桌面大小，乃是老大破綻。見笑大方。他雖是用葢門封住，我兵放神雷時，只消擂鼓吶喊，那厮必然開葢門觀望。我這雷子已是從天而降，從葢門打入車肚裏，管教他土崩瓦解。」妙。此非吳用所見不到，特耐庵傳中無劉慧娘耳。天彪道：「你說得雖是，怎能雷子奇奇巧巧都落入他葢門裏？」奇文。慧娘道：「此所以必用算籌也。媳婦會勾股算術，算那雷子落處，遠近尺寸，不爽分毫。妙。前日白瓦爾罕用火鴉，亦是此術。不然，那火鴉如何都落到竹笆上，不飛到別處去？」迴顧白瓦爾罕一筆，妙。天彪道：「恐你萬一算錯，豈非白費神思？」奇文。慧娘道：「公公不信，媳婦來時，後面軍裝車上現有十架，可取一架來，媳婦算與公公看。」妙。與白瓦爾罕取奔雷車對照。天彪便令軍士拆了一架飛天神雷來。慧娘請天彪隨意指一處，掘個坑潭，如桌面大小。慧娘用標竿線索佈在地上，窺望定了，布上算籌，不多時已是算就，按定遠近步位，定下線道，支起炮架，教軍士放上雷子，不必點火，只拽足了，踏轉杠子發炮。只見那雷子飛去，不偏不斜，正落在那坑潭裏。實落正文。若是點好火線，發出去方炸響轟打，此刻不過試個樣子。堂皇冠冕。天彪見了大喜道：「吾兒工巧如此，雖周髀❼、魯班❽不及也。」這飛天神雷最要緊，便傳令教軍中匠人連夜打造。

次日，慧娘早起，見了雲天彪，請了令，去各山坡測望，便教侍從人扛出那面象限儀來。奇文。一「扛」字足見仲華內教益測數里遠近之步數，斷非徑尺之儀，手中可執持者所能御也。眾人問了原委，慧娘說了。眾皆驚異道：「賊軍未放火鴉之前，曾見那兒子也用這件傢伙向上窺望，我們都不測何故。不一日，那火鴉來了。又綰合白瓦爾罕一筆。由今思之，原來就是此法。」雲龍問道：「娘子，你昨日為何不用這件儀器？」慧娘道：「此儀大而重，我昨日因貪省力，故用標竿、繩索代之。真是內行語。但是係從平測遠，此番乃從高測深，用法兩途，前番可代，此番不可代也。」真是內行語。當時慧娘和雲龍領一班侍女僕從，去各處山坡測望，算定地步，較准線道。軍匠晝夜併工，到了三日上，奔雷車二十日造完，而破奔雷車之法只消三日。甚矣，成之難，而毀之易也。已造成三百餘架飛天神雷。慧娘稟天彪道：「破敵足矣。」五百乘奔雷車，只消三百架飛天神雷。奔

❼ 周髀：古代測量日影的表。髀，音ㄅㄧˋ。

❽ 魯班：中國古代著名建築工匠。公輸氏，名般，春秋時魯國人。般與班同音，故稱魯班。

雷車破其大半，賊兵自亂，可出奇兵攻營劫寨。此一舉不妨全師俱出，媳婦同孔叔叔、康將軍守寨，在後面策應。」天彪道：「我兒之言極是。」當時把兵馬分為兩翼，天彪帶領聞達、雲龍、歐陽壽通、哈蘭生為左翼，祝永清、陳麗卿、劉麒、劉麟、祝萬年、真祥麟為右翼，命慧娘同孔厚、康捷領一千人守寨。周匝。慧娘又令軍士堆積柴草，待官兵得勝之際，舉火助戰。

却說宋江緊接，奇特。自殺敗官軍之後，連日宴會。東昌府、德州兩路官兵來救，宋江都用奔雷車掩過去，那兩路官兵那里敵得，都大敗而去。宋江一發放心，對眾頭領道：「我若得成大事，成何大事。白軍師當居頭功。」宋江籠絡人的老法。忽探子來報兗州劉慧娘抱病將死，宋江一發歡喜。數日後，又探得慧娘已愈，與雲龍成親，已迎取到二龍山，宋江請吳用、白瓦爾罕商量道：「前日火鴉，被官兵用網截住，不能取勝，今聞女諸葛來了，須防備他。」吳用道：「不妨事。我想此車，莫說女諸葛，便是女軒轅❾來，也未必破得。吳用猶且托大，可見大勝之易驕也。我想再是幾日，如真攻不破，便且去攻打別處。呼起泰安府。現又添造的三百多輛，不日可成。先伏一句，以便下文應用。八百多輛足以橫行天下矣。」遂不以官軍為意。那日二鼓時分，宋江正與吳用、白瓦爾罕在中軍帳內，忽聽得二龍山上連珠砲響，鼓角喧天，忙出帳看時，只見山上並無半點火光，只是鼓角鬧熱。慧娘妙人。吳用恐官兵突圍，只料到突圍，可見飛天神雷之難測。忙傳令奔雷軍應敵。不移時，只見奔雷車盡皆崩炸。霎時間，乒乒乓乓，好一似地裂山崩。火光冲天，官兵吶喊震地，分兩翼殺下山來。賊兵大驚。原來慧娘日裏定下線道，到夜間黑影裏，將飛天神雷架好，却先放砲擂鼓驚起賊兵，慧娘妙人。然後暗傳號令，齊放神雷。那雷子從西洋樓

❾軒轅：即黃帝，上古時期五帝之一。史記五帝本紀：「黃帝者，少典之子，姓公孫，名軒轅。」

蓋門裏直滾入車肚，火到砲炸，母砲內又有小雷子亂迸亂打。車內原有火藥，一齊都着，更妙。四面轟裂。一霎時，但見碎板斷木同人馬的屍骸，横飛亂舞，眾英雄大奮神威，兩路殺入賊營，賊兵大亂。正是：

虎豹常愁逢獬豸⑩，蛟龍又怕遇蜈蚣。不知後事如何，且看下回分解。

邵循伯曰：今試設一讀者於此，而問之曰：破奔雷車者何物也？必曰：飛天神雷也。飛天神雷誠是矣，而猶是皮相也。蓋所以用神雷者，劉慧娘；所以救慧娘者，參仙也。如抉其所以然，應直書之回目曰：參仙大破奔雷車。然兩不相涉，扞格焉而不近于事情矣。必得仲華握三寸管，井井寫來，方能合拍，絕似大學中物格而后知至一節文字。

⑩獬豸：傳說中的異獸名。能辨曲直，見人爭鬥，即以角觸不直者。

第一百十七回　雲天彪進攻蓼兒洼　宋公明襲取泰安府

話說雲天彪分兵兩路殺入賊營，慧娘又教軍士各山頭堆積柴草舉火，照得那座二龍山通天徹地如同白晝，眾英雄奮勇殺賊。宋江等見那奔雷車已破，魂飛魄散，人不及甲，馬不及鞍，棄寨而走。天彪驅兵掩殺，追趕二十餘里。（所謂小耍耍。）宋江虧得徐凝來救，都逃入野雲渡營裏去。天彪依慧娘之言，就白沙塢扎住營寨，殺死賊兵無數，大獲全勝。

比及天明，慧娘同孔厚、康捷領那一千兵，護着兵符、印信，帶了一百多輛不損壞的奔雷車都到。天彪對慧娘道：「今賊兵雖敗，其眾尚有數萬，盡在野雲渡，探得還有奔雷車數百輛，須及早勦滅。」慧娘道：「二龍山下的奔雷車，除神雷打壞之外，還有未損壞的一百三十餘輛，媳婦同孔叔叔、康將軍都奪取了來，車上的賊兵盡行殺光，（此事借慧娘口中補敘極便。）已教軍士驅駕來也。公公可挑選精兵，先看熟了方法，待他那新的做好，一發取來破賊。」（妙甚，趣甚。）天彪道：「前日奔雷車在山下，係埋輪繫馬，安插不動，所以用飛天神雷可以取勝。如今這廝陸地上掩殺過來，係是行動的，我想飛天神雷未必濟事，你說另有巧法，當用何計？」慧娘道：「公公放心，越是陸地上越好破。（奇語。）只愁他乖覺，不掩殺過來。（妙語。若竟不掩殺過來，奔雷車亦復何用。）若來時，有一輛取他一輛，有兩輛取他一雙。不但那飛天神雷此番用不着，這廝經這一跌，那西洋樓必然改造了。媳婦却另有一法，教那廝沒處捉摸，名曰『陷地鬼戶』。絕妙名色。尤妙在與這飛天神雷四字絕對，真是工力悉敵。此法比飛天神雷更為省力，愈妙。奔雷車四五百輛，只消做一千扇鬼戶，足以擒他。如今營中工匠二千餘人，若材料足備，不過一日便可完備。」當將圖樣呈上。原來陷地鬼戶但用粗木製造，如門戶一般，濶二尺，長八尺，枋厚四寸，下面還有擎天柱、推山輪、千斤索等機括，上面可以安營跑馬，下面可藏伏精兵，最利沙土地面。號炮響亮，拽動千斤索，輪轉柱倒，數十里之地一齊都陷成深坑。總而言之，飛天神雷者，飛炮之變法也；陷地鬼戶者，陷坑之變法也。將兩般利器總註一筆結穴，絕妙筆法。飛天神雷用過了結，陷地鬼戶結了後用，參差變換得妙。就是那鋼輪火櫃，亦是地雷變法。忽然提出鋼輪火櫃，為此地陪襯，遂令章法奇離，如東雲現鱗，西雲露爪。可見文無定法，全在措置得宜也。慧娘技巧過人，能化常法為神奇，往往如此。慧娘嘗云：我不過因成法變化些，正此之謂。慧娘又對天彪道：「用了此法，賊兵見我千軍萬馬在上面任意行走無礙，必不想到是陷坑；妙。見此地沙鬆水多，再不疑是地雷。妙。「再」字回顧上回希真用地雷失利。公公可請眾位將軍如此如此，再教丈夫帶一彪軍去那土山後面虛設旌旂，多置烟火，那廝必猜是那壁廂算計他。妙，妙。真所謂虛者實之，實者虛之。待他掩到此地，媳婦却去土山上放起號炮，一齊動手，破敵必矣。」天彪聽了大喜，一面差人到清真營，傳諭傅玉、風會、李成，領兵截住天長嶺，休教萊蕪賊兵出來接應；一面採辦木料，製造陷地鬼戶，如法藏埋；一面教雲龍去土山背後埋伏，並吩咐眾人都依慧娘如此如此。天彪號令機密，那有半點透風。一句彌補無數。雲龍私問慧娘道：「娘子遣兵調將，為何置我于無用之地？」妙。慧娘道：「怎地是無用之地？」雲龍道：「你教我去山後擺樣，擺樣，絕倒。不是置我于無用之地？」妙。慧娘笑道：「我愛惜你，特留此安耽差使與你，你顛倒不識好人。」慧娘更妙，絕倒。雲龍不悅道：「我隨爹爹出師多次，不曾落後，你却小覷我，那個要你愛惜！」

（妙。）慧娘大笑道：「官人兀是認了真哩！這是最緊要差使，你只聽我的砲響，（一炮二用，妙。）奔雷車陷住了，全仗你引兵殺出來奮勇擒捉，是第一有功勞的勾當，怎說是擺樣？」（丈夫原非擺樣。）雲龍方省悟，（好笑。）欣然道：「不道娘子如此深心，須要精細着，號炮休悞了。」慧娘笑道：「待得你吩咐哩！」（絕倒。于干戈擊撞之際，偶能夾寫閨房調舌，讀之如征鼓聲中，忽聞鶯歌燕語，真絕奇之筆，絕奇之文。）當時都去分投幹事。慧娘身騎青獅，手秉如意，領二十多名軍士并侍女們，去那土山頂上，支幾間帳房住了。（特表慧娘一筆，乃是題旨。）天彪安排已畢，只等賊兵來攻。不題。

却說宋江被官兵殺敗，退入野雲渡，計點軍馬，傷了七千餘人，五百餘輛奔雷車盡皆失陷。宋江道：「叵耐劉慧娘這賤人，奔雷車竟被他所破，此仇豈可不報，却如何勝他？」白瓦爾罕道：「不料這厮從蓋門內打入砲子來，以致失利。這劉慧娘果然利害，竟亦有如此勾股精算。如今將西洋樓都改造尖頂，自然不怕他。」（果如慧娘所言。）宋江依言。忽報官軍都在白沙塢下寨，宋江問吳用道：「這厮敢是又要用地雷？」吳用道：「非也。那白沙塢沙土地面，掘下去都是水，地雷如何埋得？待小生同仁兄親去一看。」宋江遂與吳用帶了數十騎出營登高觀看，只見官兵一字安營，並不設立濠塹、閫壁。（官兵不設立濠塹、閫壁，却從宋江、吳用眼裏敘出。）吳用沉吟道：「這厮莫不是用陷坑誘我？但既是陷坑，他却為何自己有軍馬來往行走？」（陷地鬼戶之所以妙也。）再遠望那土山邊，只見樹林內隱隱有旌旗烟火，吳用笑道：「是了。」（且慢拏穩。）遂歸營對宋江道：「這厮不從營內使計，（大猜錯。）必是誘我奔雷車追過土山，那面不知又用甚麼生活，我等休迫他到彼。仁兄只顧選將去挑戰，却將奔雷車悄悄從下坂坡抄出他背後掩殺，面前再設伏兵接應，天彪可擒也。」（計非不佳，怎奈與女諸葛尚差一籌何！）宋江道：「軍師真神算也。」（且慢贊着。）遂令魯智深、武松去官兵營前挑戰，天彪堅守，不發一將迎敵。一連三日，宋江三百輛奔雷車西洋樓已改造好，（陷地鬼戶更早好矣。）就令秦明、徐凝、王良、火萬城統領了。當夜飽吃戰飯，二更時分，人皆啣枚，馬皆解鈴，從下坂坡魚貫而進。宋江同穆洪、李俊、史進、陳達一萬二千人馬，在官兵前面埋伏。

却說劉慧娘（忽接入劉慧娘筆勢突兀。），在土山頂上，晝夜提心探望。那夜愁雲慘淡，星斗無光，怎當得他那雙慧眼，看得清清白白。當時遠望見那奔雷車從下坂坡一條綫悄悄度過來，慧娘笑道：「笨賊自道刁哩！你恐中計，却從背後掩我，豈知我這陷地鬼戶由你進那一門，俱可擒你。」（再從慧娘口中註一遍，益增奇詭。）慧娘恐天彪不知，忙遣小校飛報大營。那知天彪見賊將連日挑戰，早料道有詐，（此處是寫天彪。）多差伏路兵查探。當夜伏路來報下坂坡有賊兵行動，天彪早已准備。（妙。）秦明等領了奔雷車掩到官兵寨後，見官兵寂然無聲，遂擂鼓吶喊，大驅奔雷車殺入營來。天彪領眾將棄甲拋戈而走。賊兵以為得計，（可笑，可憐。）隨後掩殺，直入官軍營內，已進了鬼戶界限。只聽得土山上一個號炮飛入九天雲裏，（聲勢之極。）埋伏壯士發聲喊，拽動推山輪。那賊兵只叫得苦，不知高低，三百輛奔雷車都平地陷了下去，（落地戶亦堂正大方。）車輪馬脚都穿入地內，休想拔得出。後隊看見連忙收轡，便使立得定脚，爭奈車下的地無故自陷，（妙，妙。）急放艎板❶不及。（妙，妙。）還有那不曾踏着鬼戶的，只道無事，那知都吃地穴內的壯士鑽出來，用利矛亂搠馬腹，（妙，妙。）一馬倒地，全車動不得。（妙，妙。）雲龍已領那彪軍，搖旗奮勇殺來，（緊接雲龍得勢。）鼓聲震天，賊兵亂竄。秦明、徐凝等一齊大驚，正不知官兵多少。雲龍混殺一陣，秦明等落荒而走。奔雷車上賊兵走投無路，齊聲「願降」。雲龍都教綁了，將奔雷車提出

❶ 艎板：船板。艎，音ㄏㄨㄤˊ，船。

鬼戶，都駕到平地上。（起下文用奔雷車。）

却說宋江望見官兵營內軍聲大亂，不知頭路，只道是秦明等得勝，正驅兵前進，忽見連珠炮響，左邊登、萊二州兵馬殺來，右邊沂州景陽鎮兵馬殺來，天彪領青州兵從中路殺來，三面夾攻，宋江首尾不能相顧，大敗而走，踉蹌逃入野雲渡。正擬悉力守寨，只見官軍豁地分開，（奇筆。）陣後喊聲動地，四面八方，火光照天，雲龍放出那三百輛奔雷車，遮天蓋地殺來。（奇，妙。）宋江不知頭路，還要探望，（妙極。）官兵已駕奔雷車直逼營前。宋江大驚，忙令眾將丟了營寨便走。官軍勢如潮湧，殺死賊兵不計其數，直追到天長山，道路崎嶇，奔雷車難進，官兵方纔收住。

天色將明，宋江收聚殘兵，略定喘息，對吳用道：「不料奔雷車盡被那廝奪去，秦明等無一人回來，不知存亡何如。」吳用道：「且進了萊蕪城，再相機宜。」說不了，只聽得天長山東號炮響亮，鼓角大震，一彪官軍殺出，大叫：「逆賊休走，馬陘、清真眾位老爺都在此！」宋江幾乎落馬。（嚇殺。）眾頭領捨死忘生，冲圍突陣，且戰且走。傅玉在陣雲影裏，望見宋江，撇了史進，（上文並不言傅玉戰史進，此處只撇了史進，虛神欲活。）驟馬追去，一飛鎚對宋江後腦打去。可惜高了些兒，將宋江頭上金盔打落塵埃。李俊、史進雙馬敵住傅玉。那風會也隨後掩到，陳達不識高低，前來迎敵，鬪不三合，風會刀起，斬陳達于馬下。（陳達了。）官兵痛殺一陣，大獲全勝。李成接應傅玉、風會，一齊上山，依舊堵住了萊蕪。宋江等進不得萊蕪，（不令宋江進萊蕪者，避出攻萊蕪一篇文字也。）只得領敗兵向梁山逃去。一路馬不停蹄，走到秦封山下，追兵已遠，宋江方纔心安。只見秦明、徐凝、王良、火萬城領數十殘騎奔來，（收秦明等。）見了宋江，訴說奔雷車平地自陷，宋江、吳用、白瓦爾罕一齊大駭。宋江且教安鍋造飯，飯熟未食，（妙。）只聽秦封山後又是一個號炮，山內旌旗飛出，乃是猿臂寨、青雲山旗號，（陳希真兵馬，此處放出。）陳希真一馬當先，左有欒廷玉，右有欒廷芳，大叫：「休放走宋江！」宋江膽落魂飛，棄食逃走。（細。）秦明、徐凝、王良、火萬城捨命敵住希真，苦鬬了數合，只得逃走。李俊、史進緊緊保護了宋江。那希真領兵追上，宋江、吳用、白瓦爾罕由小路逃脫了性命，（寫得險極，苦極。）兵馬已被希真殺完。（可謂全軍覆沒。）宋江等會着了眾頭領，敗兵不滿三百騎，狼狽遁逃。希真已收兵回景陽鎮去了。宋江道：「不知兗州盧員外兵馬，又是如何了？」說未了，只見前面一彪人馬飛來。（故作驚人之筆。）宋江等大驚，正想再逃，只見來將乃是叚景住，領着八千人馬前來，宋江喜出望外。（真是喜出望外。）叚景住道：「盧頭領寨內，已被劉廣衝突幾次，十分難守；（劉廣一路只虛寫，妙。）又知大軍敗衂，特遣小弟前來接應，一同回歸山寨。」（虛補出一段情節。）宋江長歎一聲，（得神。）就在叚景住軍中吃了飯，（細。）一同會上盧俊義等，收兵回梁山去了。

且說天彪在野雲渡扎住大營，眾將紛紛獻功：風會差人呈上陳達首級，傅玉差人獻上宋江金盔，其餘眾將官、眾兵丁斬獲立功者無數。（非寫風會、傅玉，亦非寫眾將官、眾兵丁，皆寫慧娘也。）天彪請祝永清（是。）一同慰勞將士，記功錄簿。雲龍將奔雷車上投降的賊兵五千八百人，請天彪發落。天彪道：「此等愍❷不畏死之徒，留之何益，都斬決報來。」雲龍道：「爹爹常說為將不可誅降戮服，今賊兵已降，何故斬他？」天彪道：「你只知其一，不知其二。此輩勢窮無路，方纔投降，與誠心歸服者不同。況這班賊，害我官軍無數，應得償命，休要赦他。」（也說得是。）祝永清諫道：「舅父雖是正論，但此輩中難保無脅從者。（此是論情。）此次若不赦了他，恐

❷ 愍：音ㄇㄧㄣˇ，哀憐。

日後賊兵遇困，求生無路，必然死鬭矣。」（此是論勢。）天彪道：「吾奉天討逆，豈怕鼠賊拚命！（自是天彪語。）只是賢甥的言語，亦是仰體上天好生之德。（句。）也罷，僥倖這厮們，吩咐每人割去耳朵一隻，發與有功的官兵為奴，再有罪犯，立即處死。」（好。）正說間，報來道：「小娘子劉恭人回營，在轅門外候命。」天彪吩咐雲龍，將自己那柄御賜的翬尾紫羅傘蓋，迎慧娘由正門進營。（榮甚。）雲龍領命，轅門外眾軍官見是主帥傘蓋，都肅伍伏道迎接。慧娘大驚，忙下坐騎，侍女上前接了如意，走上中軍帳，叅拜天彪道：「公公如此恩賜，折殺媳婦也。」天彪教雲龍扶起賜坐道：「全仗吾兒妙計，大伸國威，為舅焉得不喜。那時天子賜我這翬尾紫羅蓋時，曾面奉聖諭道：軍中有建奇功大振軍威者，即以此蓋賜之。我賞不私親，如今正合賜你，休得推辭。我奏聞天子，拜你為軍師，總督全軍事務。」慧娘拜謝領命。天彪傳令大開慶功筵席，三軍休養三日班師。慧娘稟道：「今日乘勝，正要去擒賊，公公何故班師？」天彪道：「你怎不明白兵勢，此刻宋賊雖大敗而回，梁山根本未動，我不過數萬之眾，如何平定得。況官兵久暴于外，費用浩大，今清真之圍已解，得勝不回，是畫蛇添足矣。」慧娘道：「公公雖是高見，但白瓦爾罕不除，終是後患。媳婦亦深愛此人的技巧，欲生擒了來應用，望公公依媳婦進兵。」天彪道：「他已歸巢穴，深藏不出，你怎去擒他？」慧娘道：「只須如此如此用計，管擒此人到手。前日媳婦問水軍，正是為此。」（補得密。）天彪聽罷大喜道：「吾兒真有鬼神不測之機，得你為軍師，我何憂哉！」（只顧極口稱贊，却不說是甚妙計，好筆。）便傳令傳玉、風會、李成仍舊扼住萊蕪，（安頓傳玉等一筆。）這裏請景陽鎮兵馬一同進勦。祝氏弟兄欣然領諾。次日一齊拔寨，大刀濶斧，殺奔梁山泊來。

却說宋江敗回梁山，眾頭領都來問安。宋江道：「勝敗軍家常事，不足計較，只可惜傷我楊志、陳達、呂方、孔明四位兄弟，吾當整頓軍馬，誓報此讎。」不日伏路軍報上山道：「官兵大隊殺來，隔水泊下寨，將奪去奔雷車分作兩翼，奔雷車餘波。遣人來挑戰。」奇而幻。吳用大怒道：「這廝直如此欺人！我已悞輸于他罷了，他還不知足。不是誇口，我這座梁山，金城湯池，待要吞滅我，休要妄想！」眾頭領人人忿怒，都願死戰。讀至此，只道下文接連又一起大厮殺矣，却殊不然。宋江道：「他用我的奔雷車，怎生敵得？」我的奔雷車，却為他所用；他用我的奔雷車，我却敵他不得；他之為他得矣，而我之為我苦矣。白瓦爾罕道：「這個不難，可多差細作去彼軍打聽，怎樣陷地之法，反倒學轉，好笑。即用他法兒擋他。後文慧娘所云器械不足恃也。我勸哥哥將水軍船隻盡拘在南岸，待小弟造幾隻沉螺舟，從水底下延過彼岸，出其不意，劫他營寨，此軍可破也。」妙物。宋江、吳用問道：「沉螺舟怎樣？」白瓦爾罕道：「此舟形如蚌殼，能伏行水底。妙物。大者裏面容得千百人，重洋大海都可渡得，日行萬里，不畏風浪。人在舟內，裏面藏下燈火，備足乾糧，可居數月。的是妙物。進出之處，用瀝青封口，水不能入。今在內河，只須照樣做小的，藏得百十人足矣。」妙。宋江道：「恐牽延時日，彼軍得利奈何？」白瓦爾罕道：「不過月餘，便可完備。」吳用道：「且一面與他厮殺，相機決勝，一面請白軍師造舟。儲此妙物，預為一百三十四回應用。若用此舟時，一半渡過北岸劫寨，一半由夾河抄出官軍背後，絕其歸路，使他不知我兵從何而來，必然大亂，妙物妙計，惜乎不為我用。可報敗兵之仇也。」宋江大喜，便教白瓦爾罕畫出圖本製造。白瓦爾罕道：「此舟不能畫圖，須小弟自去監督指點。」有此一句便令此法不傳于梁山。宋江便教水軍頭領張橫、張順、李俊、童威、童猛、阮氏三雄，齊去金沙灘下寨，就岸邊搭起作場，選備作料，請白軍師製造；一面發細作去打聽慧娘陷地之法，與吳用商議破敵。

却說天彪立營北岸三日，因天降大雨，彼此不能交兵。當夜晴霽，慧娘上飛樓觀望對岸水寨，但見一簇燈火明亮，遠遠聞斧斤鋸鑿之聲。（妙景。）慧娘下了飛樓，稟天彪道：「白瓦爾罕必在對岸，不知又做甚麼器械哩。請公公發令，媳婦明日此刻光景，必擒此人到手也。」（正不知如何擒法，令人測摸不出。）天彪甚喜，準了。次日，慧娘便教劉麟、歐陽壽通授了密計，帶領一千名水軍，都付了捍水橐籥，腰帶鐵弩，臨期如此行事。劉麟道：「我不認得白瓦爾罕，怎好？」慧娘道：「此人西洋裝束，容易辨識。」歐陽壽通道：「我昨日追殺賊兵時曾見過，是個三十來歲的鬼子，我識得這厮的鳥臉。」（補此一段，方不孟浪。必不可少。）二人領計去了。慧娘又吩咐隨身侍女，將兩隻紅板箱開了，取出那獅獸架子，「須如此如此作用」；又將標竿算籌去測量了水泊的寬狹，水寨的遠近，（細寫，妙。）備下粗蔴繩一根，長短與水泊相等，一頭繫了銅鈴。（細寫，妙。）選壯士二十名領去，安排停當。

當日黃昏時分，各營掌火，那白瓦爾罕正與李俊等頭領講論，忽聽得水泊中央浪聲如雷，湧出兩個怪物來，似龍非龍，似虬非虬，在波心裏鬬成一處，身耀金翠，口噴火光，推得那白浪如山。（故作奇。）岸邊把守的嘍囉見了大驚，正不知是何物，忙去報與李俊等眾頭領。眾頭領不信，齊出寨來看時，互相詫異。那時候晚色朦朧，也辨不出真假。（妙。）白瓦爾罕道：「不是甚麼怪物，必是劉慧娘做夔虎，（借白瓦爾罕口中註明，妙。）待我看了明白。」（妙。）便跳上木排，（妙。）腰內取出那管千里鏡，正待照看，（截住，急遞下文。）不防水裏鑽出兩個人來，一個捉住了左腳，一個捉住了右腳，喝聲：「下來！」撲通一聲，把白瓦爾罕拖下水去。（捉得便捷，寫得亦便捷。）那兩個人便是劉麟、歐陽壽通。逆點人名顯亮。張順并三阮大驚，忙抽短刀，跳下水來。劉、歐二人早已將白瓦爾罕按入水底，腰裏解下那根帶過水的繩頭，把白瓦爾罕攔腰拴定，儘力扯動北岸銅鈴，岸上二十名壯士拽着巨索便走，不由分說，絕倒，在水底下如何分說耶？把白瓦爾罕着河底拖過北岸來，好似釣着個大團魚。絕倒。劉、歐二人隨着都回。那邊李俊、二童等，忙招呼水軍二三百人一齊下水，齊來搶奪。此時暑月天氣，入水最便。百忙中夾敘暑月一筆，真是筆筆不漏。眾人未曾赴到中流，北岸上一個號炮，水裏鑽出千餘官軍，吶喊一聲，鐵弩齊發。李俊、張順等見有備防，回身便走。水軍嘍囉已射死百餘人，中箭者無數，阮小二、阮小七、張順都帶了箭逃回。白瓦爾罕已被捉上北岸，解回大營去。這邊眾頭領看了對岸，四字絕倒，想此時波平浪靜，連烟火都沒得看。只叫得苦，忙去報與宋江。宋江聽說失了白瓦爾罕，大驚，與吳用商議，要連夜大發兵渡過水泊，與官軍決一死戰。吳用再三諫道：「天彪既已得計，必有准備，攻殺必不見利。我想天彪知兵，無故入我重地，乃是專為白瓦爾罕，今已被他得利，不久必然退兵。乘他退時，以傾寨之兵追襲，必獲全勝。」宋江只得依言，懊恨不已。

却說劉麟、歐陽壽通捉了白瓦爾罕，收齊水軍，一齊回營。慧娘大喜，教侍女收了巨獸，稟知天彪。天彪亦大喜，當時升帳，刀斧手將白瓦爾罕綁上帳來。天彪大喝道：「你這廝既是夷種，何故敢助盜賊，速速推出凌遲處死！」白瓦爾罕魂不附體，刀斧手將他推出帳外。將要行刑，忽見火光裏一位佳人從外進來，連叫：「刀下留人！」刀斧手立定，那女子上帳稟道：「白瓦爾罕雖然該殺，念他是為權奸所逼，不得已為盜，望公公寬宥。」天彪道：「這廝用奔雷車傷害官兵無數，如何赦得？」慧娘道：「此人尚有一技可用，留下他將功贖罪。」天彪道：「既如此，喝教放回。」前慧娘已對天彪云要生擒應用，今乃如此者，定是天彪商量做就，使其感慧娘之恩也。白瓦爾罕忖道：「此人必定就是劉慧娘，難得他救我性命。」天彪喝道：「你罪本當處死，少夫人再三求情，饒你一命。你可降麼？」白瓦爾罕道：「小人蒙不殺之恩，怎敢不降！」天彪道：「既如此，着少夫人領了去。」如此則不失體統，若親釋其縛，延之上坐，是待敵國降臣之禮，非所以待強盜也。況貪生畏死之流，脅之以威足矣，奚必結之以恩哉！天彪退帳，慧娘把白瓦爾罕帶到自己帳裏，先令他拜見了雲龍，命手下人替他換下了濕衣服，細。賜酒食壓驚。白瓦爾罕磕頭拜謝道：「小人是該死的人，蒙夫人救了性命，但有用小人處，敢不效命。」慧娘道：「久慕先生乃喇啞呢喇之賢嗣，必知輪機經的來歷，務望指教，幸勿隱瞞。」用人明正。白瓦爾罕道：「小人也佩服夫人巧奪天工，又感救命大恩，既遇知音，怎敢欺瞞。小人祖傳這部輪機經，敘原委。乃西洋歐邏巴國陽瑪諾真傳，不立書冊，小人都是記熟在肚裏，情願錄出來，獻與夫人。但都是西洋番字，必須譒譯漢文，方可與夫人應用。」慧娘大喜道：「我久慕此經，不意今日得遇，望先生速與譒出，決不相負。我又聞得他國巧師亞爾幾默特，能製造火鏡，引太陽真火燒數十里之物，先生可曉得此法否？」白瓦爾罕道：「此法亦在輪機經內，總不外勾股而已。鏡光的凸凹遠近，另有元妙，小人錄出，夫人一覽便知也。」忽又插入火鏡一段，遠遠為後文應用，奇妙之極。慧娘聽了，喜不自勝，重賞白瓦爾罕，另立一帳，撥人去伏侍他，手下人都稱白教授，不呼其名。位置得法。

慧娘得了白瓦爾罕，甚是得意，取酒與雲龍歡飲達旦。公事畢，然後敢治私事。次日，稟天彪道：「白瓦爾罕已擒得，可以班師也。」天彪道：「這個自然，我定于今日退兵。」祝永清道：「吳用見我退兵，必來追襲，舅父須先發輜重，選猛將率領奔雷車斷後。」麗卿便道：此處應點此人。「雲叔叔同眾位將軍只顧先行，賊兵敢來追時，姪女與玉郎斷後。」天彪道：「不須斷後。此刻宋賊恨我已甚，見我退兵，須防空羣來追，賢姪女雖然驍勇，也恐抵當不易。我有一策在此，玉山弟兄可領貴鎮人馬，押了全軍輜重先退，不可去遠，只退二三十里，選那依山傍水險要所在，立下營寨等我；我却于明日提本部兵都退六七十里，險要處下寨，等玉山；玉山却于後日拔營再退六七十里，立營等我。如此輪番更替，以守為退。賊如來追，動者應敵，靜者策應，動靜相因，奇正相倚，追兵雖強，吾何懼哉！」（寫天彪極是將才。）眾將聽了，都拜服道：「相公韜畧，真不可及也。」當日祝永清便提本部人馬，押了全軍輜重，先退二十餘里，在那衛家山（偏註出一地名。）扎下寨柵。那劉慧娘是斯文人，不能厮殺，也從了永清營內去。（安置慧娘，細。）次日黎明，天彪嚴肅部伍，造飯飽餐，去水泊邊吶喊搖旗，巡哨一轉，用紅衣蕩寇大礮隔水泊打去，連發九礮，礮子都打入水寨裏去，方拔寨退兵，用奔雷車為後殿。（奔雷車餘波。絕倒之事。）到了衛家山，將奔雷車都交與祝永清。永清將輜重都交與天彪，慧娘帶了白瓦爾罕又隨在天彪營裏。天彪離了衛家山，又行三十餘里，到了良濟集，（又一地名。）相了地利，扎下營寨。祝永清仍在衛家山安營不動。次日，永清方拔寨退兵，仍將奔雷車為後殿，離衛家山，到了良濟集，又把奔雷車交與天彪，永清仍同慧娘押着輜重再退數十里安營。次日，天彪拔營又退，去替永清。（筆墨漸省。）話休絮繁，天彪、永清輪番更替，或二三十里，或三四十里不等，總揀險要有依傍之處安營，以防賊兵來追。

早有探子報入梁山寨裏。宋江便問吳用道：「他如此退兵，我們須怎樣法兒追他？」吳用沉吟道：「這却是難事了。（極贊天彪。）且點起人馬追去，再看機會。但人馬須在八萬以上，方可濟事。這里仍派上將領兵三萬，攻圍兗州以便我們大軍飛渡。」應前文作複筆。一提兗州，再提兗州，兗州之為梁山巨梗可知，希真恢復兗州之功為莫大也。宋江驚道：「軍師休要戲言，此次清真一役，除新泰、萊蕪二萬四千人馬外，本寨三萬人馬盡沒于外矣。現存人馬僅得十二萬，依軍師所言，寨內鎮守之兵不是盡行掃空了？」宋江口中明註一筆，應前文，起下文，絕妙關鍵。吳用道：「兄長休要慌急，我此次進兵，名雖追雲天彪，繳上。其實別有所圖。起下。兄長可暗調嘉祥、濮州兩路人馬，各四萬來守山寨。此事便好部署了。」宋江道：「嘉祥、濮州力薄了，怎好？」吳用道：「我們南路自曹州失陷以來，目下尚屬平安，忽提曹州，章法妙極。嘉祥、濮州暫調不妨。反振徐槐。即使有事，順呼徐槐。嘉祥尚有五萬，濮州尚有四萬，直應首回。儘可抵禦。宋江之兵馬，猶我輩之錢財也。如此移頭蓋尾，而情形之拮据可知也。至小弟所謂別圖之事，中途再說。」先擱一筆。宋江依言，便先差人傳令至嘉祥、濮州調兵。這里逐日有探子來回報，末一報知天彪兵馬已退回青州，傅玉等亦由天長山退歸，祝永清等也領兵回沂州去了。就此收過天彪、永清等兵馬，用筆簡便。吳用道：「且待嘉祥、濮州兩處人馬調來，再議進兵。」

次早忽報嘉祥單廷珪、魏定國領兵四萬名到了，下午濮州劉唐、杜遷也領四萬兵馬到來。陸續到，合理。吳用便與宋江商議，教單廷珪、魏定國仍回嘉祥，又派宣贊、郝思文同去，留劉唐、杜遷在山寨。這里派秦明、戴宗、張橫、張順、馬麟、鄧飛去濮州助林冲鎮守，此打祝莊之第二撥也，置之濮州，以待希真、永清之殲戮。合新泰第一撥而觀之，益服仲華位置人物之才。特藏一王英，以便後文與扈三娘同調，妙。并替回宋萬、曹正。加一筆更顯。那燕順、鄭天壽、王英傷痕未愈，留寨將息。此句乃註出王英不調濮州之故，却牽燕順、鄭天壽作陪。宋江、吳用、公孫勝領劉唐、阮小二、阮小五、阮小七、七星聚義者，晁蓋已死，以宋江代之。杜遷、宋萬、朱貴，最初上水泊者。吾于是不能不服仲華遺將之才矣。點起八萬人馬。吳用道：「且慢，須添上等勇將幾員同往。」特作一波折者，以免後數人與前相混也。用筆明晰。宋江便點魯智深、武松、呼延綽，并原來新泰頭領穆洪、李俊，萊蕪頭領史進、李忠，又新到頭領火萬城、王良，共十六位頭領，八萬人馬。不日部署停妥，宋江、吳用、公孫勝率領了起行，派李應、徐凝、張魁領三萬人馬攻圍兗州，宋江便統大軍抹過兗州北境，向青州進發。不日到秦封山下，天色已晚，八萬軍馬連營立寨。帳中吳用對宋江道：「雲天彪那廝已退，清真山守禦得法，斷難攻取。（繳過天彪一路。）小弟前番來此，早探得此處泰安府城，（落題。）新任總管叫做甚麼寇見喜，（寇見喜忽又出現。）本領凡庸，性情畏葸❸。（可見盜之生心，皆由于將之不才也。）小弟之意，將大兵就屯在此處，只須遣勇將數員，領兵一萬，前去襲取，必然到手。（料定。）若得了泰安，兄長可就將這幾位兄弟、八萬人馬住札于彼，聯絡新泰、萊蕪，東南西北可以乘間圖取，又可與本寨遙相呼應，從此成功立業，可計日而待矣。」（此時猶存此心，盜勢實實可畏。）宋江大喜，便請公孫勝領穆洪、史進、魯智深、武松、呼延綽、王良、火萬城并一萬人馬，直趨泰安。

且說泰安府知府魯紹和，（忽提魯紹和。不從寇見喜入手，而從魯紹和者，避熟就生也。）便是上年在青州與雲天彪同事的，自天彪收降清真山之後，奉旨加文淵閣直學士銜，調任泰安，（補筆。）端的清正持身，嚴明治下，合境競頌神明。（寫文員之賢。）不料到任不上半載，忽總管寇見喜從景陽鎮調來，（補筆。）魯紹和一見寇見喜如此舉止行狀，便生憂慮，（寫武員之庸。魯紹和實寫，寇見喜虛寫，相間得妙。）暗想道：「此地乃梁山強寇出沒之所，這等總管如何靠得住？」因此常常愁慮。（太守之智，總管之庸，一齊寫出。）那日梁山大隊攻清真時，魯紹和深恐賊兵來走冷着，便請寇見喜趕緊備禦。（表魯紹和。）寇見喜一聽，便慌慌忙忙運了些灰瓶、石子上城。（無一字不絕倒。）及賊兵敗回，魯紹和力勸寇見喜邀擊，（深表魯紹和。）寇見喜只是不敢發兵，（不救新柳，故態。）魯紹和歎氣而已。（真可歎。）這日忽報梁山大隊賊兵都屯秦封山東面，魯紹和大驚，急命駕至總管署見寇見

❸葸：音ㄒㄧˇ，害怕；膽怯。

喜。此時大小將弁已都集總管衙門請令，（插筆。）魯紹和開言道：「請總管將軍速統大兵，扼住秦封山，使其不得轉來。秦封西面，谷口狹隘，一人守谷，千人不得飛渡。（卓識。）請總管速速定計。」（急迫之狀如見。）寇見喜早已魂飛天外，目瞪口呆，半響答道：「這，這，這，自然。（與高衙內「這，這」，「這，怎處」，遙遙相對。）我，我，明日出，出城押陣；請，請，請，都監將軍去建，建頭功。」（讓別人建頭功，好將軍。）魯紹和道：「明日恐無及矣，（急極。）總管今晚速去為妙。（急極。）扼谷口乃是要緊之着，總管請勿遲疑。」（再申明「扼谷口」一句，言者汲汲，而聽者憒憒，奈何！）寇見喜道：「我，我就去。」（真是絕倒。）魯紹和道：「請總管速發號令。」（再催一句。）寇見喜對都監道：「快，快，快請都監點齊人馬，（真是無字不絕倒。）本，本帥就去。」都監領令，（也算是令。）立時傳齊兵馬，都在總管衙門外伺候起行。（寇見喜性命休矣。）魯紹和辭別回署，仰天長歎道：「微臣魯紹和，明日見危授命矣。」（聲如裂帛。）一面傳令點齊民壯，并本標兵丁守城，一面叫衙內出來諭話道：「我明日碎身報國了。我世受皇恩，分所應爾，（慷慨悲歌，令人淚下。）你却不可隨我同死，你祖宗血脈攸關，快去尋個逃走的路罷。」（慷慨。）衙內驚道：「父親何出此言？」魯紹和道：「你只依我，休多問。」（只七字傳神。）又自歎道：「雲統制，我與你官船一別，不料從此永訣了。」（忽顧雲天彪，筆墨淋漓。）說罷上馬便行。（慷慨。）

且說寇見喜見兵馬已齊，怎好不去，且入內去訣別夫人道：「夫人，我今夜就要升天了。」（絕倒。）夫人道：「相公何出此言？」寇見喜道：「夫人，我的三十六路斧頭，當初原是有名望的，（久仰。）近來有了些年紀，恐濟不得事。（放心。）更兼梁山賊兵好生利害，如何敵得！（豈敢，豈敢；客氣，客氣。）我此去包管你有頭而去，沒頭而歸。我也細細想過，（足見精明。）活在這里，做這官兒，倒也擔驚受嚇，（真的。）不如咬了牙齒，颼的一來，忍了一時之痛，免了一世之愁，倒也看得破。而且落個好名望，總算為國忘身；忠臣。兒子好謅個蔭生官兒做做，又是一代衣食飯碗到手，豈非上算！」却是上算。言畢，拍拍自己的頭頸道：「腦袋，腦袋，我同你打夥一場，明日分手了！」可謂自知之明。一路寫來，無字不絕倒，然平心而論，賢于符立遠矣。正在合家言別，哭的哭，愁的愁，只見都監飛報道：「本府相公業已上城，魯紹和點兵在寇見喜之後，上城在寇見喜之前，極寫賢勞。請將軍出師。」催命符到了。寇見喜伸伸舌頭道：「險了，險了！」形容絕倒。歪戴頭盔，斜披鐵甲，絕倒。背了一把斧頭，背字，妙。別了夫人上馬，跟着大隊兵將，跟字妙。一齊殺到秦封山。公孫勝已領兵殺出西谷，陡然拍合。果不出魯紹和所慮。天已微明。寇見喜望見賊兵火把齊明，鼓角震天，兀自心驚，只得硬着頭皮出陣，真難為他。大叫：「泰安府總管寇大將軍在此，失敬。草寇快來納命！」遵教。實在難為他叫得出這兩句。賊軍隊裏早飛出一個莽和尚，一禪杖打來，都監慌忙迎住。寇見喜便躲在都監背後，躲字妙。捧着斧頭待劈，捧字妙。早吃王良、火萬城看見，一齊驟馬追來。此之謂寇見喜也。只聽得寇見喜「阿呀呀」一聲，兩戟齊施，早已了賬。完寇見喜，無字不絕倒。都監大驚，勒馬回陣。公孫勝已領大隊掩上，官兵失了主帥，無心戀戰，大敗而走，都監死于亂軍之中。公孫勝領兵直逼城下，督眾悉力攻打。魯紹和督兵抵禦，鎗炮、矢石齊下，打壞賊兵無數。深表魯紹和。怎奈城內一無勇將，賊兵攻打不息，魯紹和足足與賊兵相持了一日一夜。深表魯紹和。次日辰刻，武松、李俊已領兵由雲梯上城，城上賊兵已滿。魯紹和料知事去，便向東京叩頭道：「微臣今日致命了。」抽佩刀自刎而亡。可惜魯紹和。城門大開，賊兵一擁而入。公孫勝一面差人到大營報捷，一面盤查倉庫，吩咐眾將：「這番休行殺戮。」休行殺戮之上，加「這番」二字，筆法嚴冷。便教李俊、史進速領四千鐵騎管住各城門，安撫百姓，安撫百姓，上加「管住各城門」五字，筆法嚴冷。便將闔城壯丁盡編名冊，收為兵卒。休行殺戮，安撫百姓，盡為此耳。那魯紹和的兒子逃出城外，奔上都省，朝廷哀榮恤蔭，後來也做得顯宦。（賢臣宜有後。）寇見喜的兒子也逃脫性命，受朝廷蔭錫。（亦應得。收魯、寇二人眷屬，筆有詳畧，好。）不必細表。

且說宋江、吳用聞公孫勝得了泰安城，大喜，便教劉唐、三阮領兵二萬，守住東封山以備天彪，自己領大隊進城。公孫勝等迎接，宋江一一慰勞，便入城大開慶功筵宴。席間宋江對吳用、公孫勝道：「深仗二位軍師，得此雄城，以是左制天彪，右擊希真，無往而不利矣。」（得意。）吳用、公孫勝皆稱「兄長洪福」，眾人無不大喜，盡歡而散。吳用便請宋江傳令，教李應、徐凝、張魁將攻兗州的兵馬撤回梁山，（收李應等。）所有梁山事務，并嘉祥、濮州兩處的策應，盡請盧俊義一人調度；（安頓梁山一筆。為徐虎林臨訓作地。）命史進、李忠仍回萊蕪，（收史進、李忠。）就命二人撥萊蕪兵一萬鎮守天長山，以作萊蕪保障；（安頓萊蕪，并安頓天長山。）命穆洪、李俊仍回新泰；（收穆洪、李俊。）命劉唐、三阮就將二萬人馬駐扎秦封山，保護泰安。（收劉唐、三阮并安頓秦封山。）宋江領吳用、公孫勝二位軍師，并魯智深、武松、呼延綽、杜遷、宋萬、朱貴、火萬城、王良八員頭領，統六萬人馬，坐鎮泰安府。又到山寨調施恩、曹正同來協助，策應新萊，雄視山東。并知會梁山副都頭領盧俊義，一體招兵買馬，屯積糧草，以圖振興事業。（收宋江、吳用、公孫勝等，用大結束收得住，振得起，筆大如椽。所謂事業者何事何業，豈猶是贖罪招安之謂歟？）計議已定，宋江喜不自勝，便問吳用道：「軍師請看此時攻擊何方為利？」（鋒芒直射。）吳用道：「且將基業立定了再議。」（暫頓一筆。）正說間，忽報：「雲天彪領大隊人馬來也。」（突兀。）正是纔稱高枕臥，又遇叩門驚。有分教：秦封谷口，權充鐵壁銅牆；汶水流頭，翻作屍山血海。不知雲天彪如何部署而來，且聽下回分解。

范金門曰：合觀前傳、本傳一百四十回，戰器至奔雷車而觀止矣。飛天神雷一也，射倒執旗者二也。此其中損傷人馬無數，奔走道路若干，勞動奇人、碩士不少。煞費經營，纏連牽制。迨白瓦爾罕就擒，而斯役免矣。然得此必失彼，官軍如何大喜，即賊兵如何大憂，而仲華亦善於解憂，將一座泰安城權寄外府。文不寂寞，筆有餘妍。

寫魯紹和、寇見喜，又是一種神情，體貼備至。

第一百十八回　陳總管兵敗汶河渡　吳軍師病困新泰城

話說雲天彪自大勝宋江，進攻梁山搶得白瓦爾罕之後，（用原敘法起。）與祝永清收集人馬，掌得勝鼓回青州，各文武及守將都來迎接賀喜。天彪發放人馬，把兵器、旂幟并奔雷車，都收藏庫內。眾人看那奔雷車，正如一羣巨獸，怪狀猙獰，（為聚獸陣作引，非為奔雷車喝采也。）無不稱妙，便議照式多打造百十輛，以備日後應用。劉慧娘道：「行軍全仗機謀韜畧，區區器械不足恃也。（兵家至言。）他若識得我陷地之法，奔雷車無用處矣。」（一句繳銷過奔雷車。應白瓦爾罕之言，又為吳用探得捍水櫜籥作引。一筆兩用，妙不可言。）天彪稱是。當時將破宋江之事，申報都省，表奏朝廷，這里大開慶賀筵宴。次日，祝永清等辭別了天彪，領本部兵回沂州去。天彪傳諭眾將，各歸職守，休養訓練，以圖恢復萊蕪，（倒鈎一筆。）眾將各領命而去。

不數日，忽報宋江領大隊賊兵殺來。天彪大怒，便傳令點兵。眾將都請堅守以避其銳，俟其氣衰而後擊之。天彪道：「非也。賊兵此來，未必專為青州，必有他圖。（吳用之謀，天彪一口料定，寫天彪神智。）不然，為何待我兵已退盡，然後徐徐而來？（極是。）我此去大軍掩擊，使其不得他顧。若深守不出，他必恣意蹂躪我鄰邑矣。」（卓識。使泰安非寇見喜，宋江未必得利也。）眾將皆服。當時天彪與傅玉、雲龍、聞達領兵四萬名，浩浩蕩蕩，一直西向殺出。方到二龍山，忽報賊兵已陷了泰安府，總管、知府等皆狥難。眾將齊驚道：「果不出元帥所料。」傅玉道：「寇總管真是庸才，怎麼守着堂堂一府，竟待不到救兵，就失陷了。（不議魯太守，深知魯太守也。）此時泰安已陷，我兵後到，已成倒拔蛇之勢，如何是好？」天彪沉吟道：「趁這廝部署未定，且去力攻收復。」眾將領令，一齊大刀闊斧，殺奔泰安府去。到得秦封山下，已有賊兵堵禦，（寫吳用。）天彪傳令攻打。那劉唐、三阮遵吳用吩咐，堅守不出，一面報知宋江。宋江大驚，當與吳用商議，請公孫勝鎮守泰安府，部署一切，自己與吳用親到秦封山，設計堅守。相持一月有餘，天彪道：「賊人必將泰安早部署了，（應前。）我們久暴師于外，軍需浩大，無濟于事。不如收兵而回，加緊訓練，再看機會。」（應前。）眾將稱是。遂傳令嚴整部伍，拔寨退兵。不日退回青州，（收落天彪。）發放人馬，并傳諭風會、李成嚴守清真營，簡練軍馬，以為恢復萊蕪之舉。（再鈎一筆。）眾將各歸職守。不日朝廷恩旨下降，雲天彪并眾將均加一級，各有賞賜；孔厚授青州益都縣縣丞；胡瓊追贈明威將軍。其餘將弁、兵丁均分別賞卹。惟劉慧娘（特提開寫。）特賜顯謨閣學士銜，賞宮錦一襲，玉如意一柄，紫誥一軸。眾人皆舞蹈謝恩。那邊沂州陳希真、兗州劉廣，并部下効力將士，亦有褒寵賞錫，不必細表。

且說宋江見天彪兵退，深恐有詐，不敢追襲。（好。）續探得天彪認真退回青州，亦不敢發兵攻擊，只吩咐劉唐、三阮小心防守秦封山，自己同吳用回轉泰安府，趕緊修理諸務。忽探子來報：景陽鎮陳希真（疾接入。）傳諭蒙陰縣防禦使（想必差勝于符立者。）訓練軍馬；（一）又委祝永清親來閱視；（二）并檄知召家村一體練兵。（三）宋江聽了，便對吳用道：「那廝此意分明是覬覦我新泰，（着着。）軍師將何法以禦之？」吳用道：「新泰為希真所覬覦❶，萊蕪未嘗不為天彪所覬覦。（提綱挈領。）我兩邊策應，本是難事，所幸天長山綿亘數十里，足為萊蕪保障，可飭史進、李忠守備，毋得疎忽，天彪亦不能飛渡。（將寫希真一邊，先按過天彪一邊，文家一定之法。）至希真想圖我新泰，我不如用先發制人之法，攻他蒙陰。（落題。）休管那廝善用兵，我總去攻攻他看，天命難測，未必那廝定是勝，我們定是敗也。」（振起下文，又妙在確是受創後語。）宋江連聲稱是。只見公孫勝道：「去年兄長攻新柳時，小弟曾用丁甲攻城，却吃那廝破了。（忽提攻新柳事。）刻下小弟將此法加練精熟，又練得吼風、混海、火光三大將法，（名色都有來歷，仲華真色在行。）兩法並用，諒可破得希真矣。」宋江甚喜。吳用道：「公孫兄弟既說到此，小弟倒有一必破希真之法。」（筆墨突兀淋漓。）宋江、公孫勝齊問何法，吳用道：「只消如此如此一法。」（公孫勝計明說，吳用計暗說，令下文出筆奇特，文勢極善。）宋江、公孫勝齊聲稱妙。宋江便傳令到山寨取樊瑞、項充、李袞前來。不日，三人到了泰安府，叅見了宋江。宋江便議點將興兵，吳用道：「哥哥須坐鎮泰安府，不可輕動，（顧住泰安府。）待小弟與公孫兄弟一行。」便點魯智深、武松、樊瑞、項充、李袞帶兵四千名。吳用、公孫勝統領了，辭了宋江，直到新泰，花榮等迎入。吳用正與公孫勝商議發兵偷渡汶河，襲取蒙陰，（可見吳用志在襲取。）忽報前面汶河南岸，已有召家村兵馬屯住。（召家村又現。蒙陰始終賴召忻保住，極著召忻之功。）吳用大怒。公孫勝道：「我們且發兵屯住汶河北岸，與他隔河敵住，再相機進取。」吳用道：「所議亦是。」便教花榮守新泰，自己同公孫勝帶領新泰頭領李逵、黃信、楊林一萬二千人馬，隨同魯智深、武松、樊瑞、項充、李袞，并原來四千人馬，一同到汶河北岸安營立寨，與召村兵馬隔河敵住。

且說召忻探得梁山賊兵將到，與高梁、史谷恭領本村鄉勇八千名，往南岸下寨，將船隻盡拘南岸，（為渡河作地。）一面報知希真。希真聞報，便與祝永清、陳麗卿、欒廷玉、欒廷芳、真大義、王天霸，領景陽鎮官兵

---

❶ 覬覦：音ㄐㄧˋ ㄩˊ，非分的冀望和希圖。

一萬名，猿臂寨鄉勇一萬名，星夜趕到蒙陰，直赴汶河北岸下寨。與召忻相見了，便與祝永清親到河岸巡閱一轉，回營對永清道：「我此來為收復新泰也。賊軍與我隔河相拒，我不可往，彼不肯來，兩邊相守，曠日持久，如何是好？」可見隔河相拒，非希真本意。永清道：「且與他拒守數日再看。刻屆嚴冬時節，天寒地凍，河冰將合，點出時令，逗起河冰。我可以往，彼可以來，亦未必常相守也。」希真稱是，傳諭各營并召家村一體嚴禁防守，並諭蒙陰文武各官，小心照應城中事務。不漏。當晚發令訖，河上數萬貔貅聽遵號令，寂靜無聲，但見皓月之下，熊旗鳥幟❷，列伍整齊，一片聲畫角悲鳴而已。貔貅、熊鳥，皆為聚獸陣作引，非泛常設色也。

與賊軍相拒十餘日，兩邊各無動靜。希真與永清商議渡河劫營，永清獻計道：「我等且虛設旌旂，堆積烟火，沿河一字長蛇勢，長蛇亦映聚獸。連營列柵，將上下河邊一齊佈滿。用虞詡增竈計。吳用必道我增兵，必然分兵防我。待到月盡夜，天地昏暗，點出昏暗。可教上下陣乘黑夜悄悄鼓舟前進；又故意微露破綻，令其知覺。此即句踐左右句卒之法也。但彼鼓譟而進，此悄悄前進，微露破綻，更加元妙。那廝必盡力防我左右，我却以全軍渡河，直取他的中營。以我之聚，攻彼之散。泰山以為何如？」希真道：「甚好。但渡河時，尚須一層斟酌。希真精細。可將所拘船隻盡付左右陣，為渡河之用。我全軍渡河，却用慧娘甥女的飛橋，忽回應九十四回飛橋之事，郤吊動下文，奇筆。不用船隻，又須用雁行陣渡過去。雁行亦映聚獸。如得利，則全師進搗；萬一不得利，則退歸亦易易也。」極寫希真精細，以反振下文。永清稱妙。當下計議停妥。至十一月三十日夜間，天昏地暗，星斗無光。再照昏暗。希真傳令，教左陣、右陣各用二百人，每五人駕一隻大船，右陣從上流過去，左陣從下流過去。果然被賊人哨探的軍士知覺了，微露破綻故也，虛寫架過，妙。急忙報入賊營。吳用日

---

❷ 熊旗鳥幟：畫著熊和鳥隼的旗子，進兵時所用。旟，音ㄩˊ，古代旗的一種。

裏見希真增兵，本是警心，至夜間聞報，昏黑中不辨虛實，（三提昏暗。）忙傳令教左右備禦。不多時，希真全軍已殺到中營。（捷。）吳用忙教軍心休亂，齊心應敵。（寫吳用忙中不亂。）眾軍急忙登閫，昏黑中（四提昏黑。）望見對陣列炬燭天，照耀出一羣猛獸，正是奔雷車模樣，（奇妙之至。又映聚獸陣。）嚇得賊兵膽碎心落，却不知奔雷車身重，如何渡得過飛橋。這都是希真、永清連日造下的大防牌。（忙中註一筆，奇妙。）吳用也一時辨不真，（妙。）急忙棄寨而逃。麗卿當先搶寨，希真、王天霸領左翼，永清、真大義領右翼，火光燭天，（於四提昏黑之後，接寫火光。）翻翻滾滾殺上。召忻、高粱亦分兩隊，隨左右翼登岸。（此即雁行陣也，于此補出，妙。）麗卿已搶入寨中，（先用小勝作喜，極妙頓跌之法。）忽見寨後狂風大起，滿天火毬火團，（句。）火光中（上文一路昏黑，以後盛寫火光，自成異樣精彩。三火字接連寫來，聲勢辟易萬人。）無數神兵神將，身披金甲，手執戈矛，驅着火龍、毒獸，殺入寨來。（奇文陡發。提清火龍毒獸。）麗卿即忙領兵退出，那些鬼兵、獸卒隨着狂風烈火，一齊殺出寨來，（殺入寨，殺出寨，接連寫來，聲勢非常。）官兵大驚。希真忙傳令道：「此賊人妖法也！本帥道法高強，眾軍休怕！」急忙疊起印訣，念念有詞，向前放去，喝聲道：「疾！」一道白光冲去，那些鬼兵、烈火盡皆退了。（偏有頓跌。）眾軍大喜，重復起鼓前進。吳用見公孫勝道法被破，忙教眾軍抵敵。怎當官軍勢大，（全軍之力故也。）抵敵不住，吳用忙傳左右營齊來助戰，（忙中卻照應極靈，吾服其筆力之大。）黑夜火光中兩陣混殺。（總寫一筆。）公孫勝見丁甲法不能取勝，（方註前法係丁甲。）忙祭起三大將來，（用筆如分水犀。）攝神兵百萬垓，（垓，數目名也，是道術中語。）前來助戰。希真見吳用亦用全軍合戰，料想劫不得營，便傳令按隊退回。未及中流，公孫勝神兵已到，（捷。）大風怒吼，波濤洶湧，徹天徹地，都是大火。（寫來非常聲勢。）但見數千萬的長人，望去身軀何止丈餘，統領無數熊羆軍❸，隔河殺來，（第二起奇波，又換一番聲勢。）眾軍膽裂魂飛。希真傳令休亂，只管

❸ 熊羆軍：法術中熊羆之獸揮戈作戰。熊、羆，均為猛獸名。

渡河退去，較前多渡河退去一句。自己替眾人斷後，捏起真武印訣，較前番多一印訣名。鎮住對岸神兵，只見風平浪靜，那些神兵果然紛紛立住對岸，不敢過來。再頓跌。較前少退去一句。希真兵馬已有史谷恭及欒氏弟兄接應登岸，就在南岸一字扎住陣勢。順收兵馬一筆。那對岸神兵也不住的在北岸邊巡行，火勢蒸天，只是不敢過來。再疊一筆。看官，忽跳身書外論說，奇極。那丁甲、三大將，並非邪術小法，公孫勝又非等閒之輩，如何還鬭不過希真？只因希真係奉天討逆，堂皇正大，公孫勝乃是盜賊一邊人，寫清正旨。那些神將如何肯替他効力，抗違天朝？是極。當時雖迫於符檄，不能不到，却只是不敢過來。三疊筆逼起下文。奇文確論。

希真見他們雖不過來，只是不退，一筆便轉。心中大怒，便教麗卿快回營去取乾元寶鏡來，奇突。回營去取，是作者用筆細處，若出俗筆，必自希真身邊取出矣。麗卿驟馬回去。這里只聽得對岸賊兵不住的吶喊，這邊官軍、鄉勇也一齊吶喊，兩邊喊聲大振。這邊只因對岸長人、巨獸利害，個個心驚。精靈之筆，神采之筆。麗卿已取了寶鏡轉來，疾接。只聽得對面起了一個震天動地的霹靂，疾接駭人。希真即將罡氣佈在乾元鏡上，金光向對岸射去。疾。忽見那些長人、熊羆紛紛都退，一閃。却轉一羣虎豹來，黃烟濃霧在火光中斑爛照耀，徑直渡過河來。筆光閃爍，令人駭絕。希真不住的印訣禁咒，那虎豹竟不退避，從水面直衝過來，加「從水面」三字，分外奇絕駭人。南岸軍馬一齊大驚。希真也不解其意，奇極。正想加用禁咒，那羣虎豹已撲到南岸，奇極，駭極。濃烟中殺出一彪蠻牌兵，個個藍面赤髮，殺上岸來，奇極，駭極。希真兵馬大駭潰亂。吳用已統全軍殺過河來，本是希真過河，却變做吳用過河，奇極。樊瑞、項充、李袞領着鬼兵，用蠻牌當先掩殺，那羣虎豹也各有鬼兵驅策，四邊衝突。奇文。這邊官兵、鄉勇個個膽碎心驚，那敢迎敵，都紛紛敗下。寫出大崩之勢。黃信從左邊殺來，楊林從右邊殺來。麗卿叫起苦來道：奇筆。「爹爹，我怎的這般昏了？奇極。你那乾元鏡上，虎豹兀自毫無影子。（奇文，奇極。）爹爹常說，鏡子有影的方是神奇鬼怪，這虎豹鏡裏沒影，怕不是假的？」（奇文，奇極。回應八十五回之言，從天外來却自眼前得。）希真猛回頭時，天已大明，（順手註出。）看那虎豹正是馬上蒙了張皮，那鬼兵也是假扮的，夜間看不清，却着他的道兒。（方註出虎豹之假，妙筆，奇筆。尚未解水面行走之故。）只見那些蠻牌兵、虎豹隊都退去了，（順手收過。）大隊賊兵遮天蓋地價殺來。（緊接。）這邊兵馬大敗，（先總一句。）召村鄉勇盡行沉沒，幸虧高梁飛刀利害，標傷了楊林，召忻方與高梁領數十騎逃脫。（先按過召村。）祝永清、真大義已識得賊人妖法是假，（順手帶出，妙。）率眾奮勇還鬬黃信。不防斜刺裏殺出武松一彪人馬，馳驟衝突而來。（忽現出武松。）祝永清當不住，率眾敗走。真大義已受重傷，厮殺不得，賊兵緊追不捨。正在性命呼吸，忽一彪救兵殺到，乃欒廷玉、欒廷芳奮勇殺退賊兵。欒廷玉領永清、大義并數千敗兵奔黃鵠山，史谷恭接應上山去了。（按過永清、大義并史谷恭、欒廷玉，忙中用筆，井井有條。）欒廷芳便領一半兵馬去接應希真。（就從欒廷芳順遞希真。）

且說希真識破賊人假妖法，正欲策眾禦敵，（遙接法。）奈敵人勢大，（與官軍勢大相照。）銅牆鐵壁價裏來。李逵當先領着步兵，手提兩把板斧，着地捲來，銳不可當。（忽出李逵。）麗卿大怒，驟馬挺鎗迎去。（寫麗卿，從不作一弱筆。）希真待欲收兵，奈賊人逼近，已無可收，便還軍去接應麗卿。（寫亂軍如畫。）不防斜刺裏殺出魯智深一彪人馬，橫衝截斷。（忽現魯智深。與武松遙對。）希真正待衝殺，更不防武松、黃信已由黃鵠山轉來，邀住希真。希真前後受敵，（險極。）麗卿已呼應不及，沒入陣雲了。（隨點出麗卿去處，急極。）希真只叫得苦，仗着一枝蛇矛，數千敗兵，左馳右突，不得衝出。忽見賊軍一面人馬大亂，喊聲大起，（筆勢跳舞。）希真定睛看時，正是欒廷芳舞着兩刀，飛花滚雪價捲來，賊兵當不住，被他殺開一條血衖堂進來。（寫欒廷芳。）希真大喜，領兵殺來。忽聽背後賊兵又亂喊，（更不測。）希真回頭看時，只見一條筆撾，流星價從賊軍裏捲進來，正是王天霸。（寫王天霸。廷芳先點後寫，天霸先寫後點。）希真愈喜，當時與廷芳、天霸合兵一處，共殺賊兵，那武松、黃信都紛紛敗下。（收落。）只見前面魯智深一隊兵馬，喊聲震天，希真指着道：「小女陷入此軍中，不知性命何如，待我衝殺進去，接應他出來。」（特起。）王天霸道：「主帥不須親勞，待小將殺進去救小姐出來。」（寫天霸。）欒廷芳道：「聞賊人正在奪堂阜，主帥須速去策應為要。這里要救小姐，待小將與王將軍同去。」（寫廷芳。）希真聽罷，便領兵赴堂阜去了。（暫收希真。）王天霸已倒提鐵撾，虎吼般向賊軍奔去。欒廷芳正待同去，忽欒廷玉一騎飛到，（筆筆閃霍。）叫住廷芳，（更奇極，筆筆令人不測。）道：「玉山郎已守住了黃鵠山，叫我來探聽主帥與小姐的，如今主帥、小姐怎樣了？」廷芳具說主帥去奪堂阜，小姐陷入陣中，正待去救。廷玉道：「既如此，你助主帥去，（此句要緊，不然何故務要廷玉來替廷芳也。）我去接應小姐。」廷芳聽了，也便領兵赴堂阜去了。（收廷芳與希真遙對。凡奔放中着遙對法，便見矜練，此乃作文要訣也。）欒廷玉提鎗掛鎚，直奔賊軍，去救麗卿。

且說麗卿（與且說希真遙對。）單鎗匹馬敵住李逵，（遙接。）一馬一步旋風也似的戰鬬。（分明。）李逵舞起兩板斧，在馬前馬後，馬左馬右，亂劈個不住。（確是李逵身分。）麗卿一枝梨花鎗，放出三花大撒頂手段，渾身一片銀光，敵住李逵。（精彩閃耀。）吳用見了，（疾接吳用。）便揮兩翼掩上，裏住麗卿。（寫出麗卿沒陣之故。）麗卿大怒，撇了李逵，便驟馬直取吳用。（筆筆縱跳。）吳用大驚。公孫勝忙作法遣神將來鬬麗卿，誰知那些神將經希真一番鎮伏，都呼喚不靈了。（不但回應盡妙，而且情理確真。）麗卿馬快，已到吳用面前。（寫麗卿。）吳用、公孫勝急忙領兵飛逃，一面用亂箭射來。（亂箭先作一逗。）麗卿正待衝去，忽背後撲到一隻瘋老虎。（筆筆奇。又回映聚獸。）麗卿回頭一看，正是李逵。（瘋老虎之名不虛。）麗卿便轉身鬬李逵，（極寫麗卿。）吳用、公孫勝重復驅兵殺轉來。（又轉來。）武松、黃信鬬希真不過，已回到後陣。（突接奇筆。）吳用大喜，忙叫：「武二弟休要歇力，快上前去，協同李兄弟活捡這賤人！」武松便舞動戒刀，直奔麗卿。麗卿正鬬李逵，忽見武松殺來，麗卿不慌不忙，一枝鎗敵住兩人。極寫麗卿不易敗。鬬到十餘合，麗卿方纔叫得苦，分明兩隻猛虎，盤住馬前。染一筆，奇險之至，精靈之至。又映聚獸。麗卿抖擻精神，苦戰二人，正在性賭命換，加一句分外險極。忽見前面又殺進一條咆哮大蟲。筆筆奇。又映聚獸。麗卿定睛一看，一枝禪杖捲舞，正是魯智深。麗卿大驚道：「吾命休矣！」險筆。吳用大喜。緊接麗卿大驚，妙。喜猶未了，轉筆奇。只見前面軍馬大亂，一員大將一枝筆撾着地打進，隨着魯智深進來，隨著魯智深五字十分精靈。大叫：「姑娘休慌，小將王天霸來也！」吳用、公孫勝一齊大叫：「魯智深，快轉身敵住天霸！」得惟恐失之之神。麗卿已架住李、武二人，偷空走出，撲到魯智深面前，一閃。武松、李逵一齊大吼奔來。復一合。麗卿、天霸敵住魯、武、李三人大戰。總一句。吳用本意想生捡麗卿，妙。看到此際，只得設想暗箭之法，却苦得急切沒神箭手，恐反傷自己將官。情形確真。麗卿已躍馬跳出圈子，看那王天霸獨戰三人，便把鎗掛了，拈弓搭箭，射那三人，只可惜氣力已盡，左臂又傷，箭發無力，射不着了。方寫麗卿傷。吳用忙傳令教前隊齊放亂箭，麗卿取鎗不及，忙把弓梢來撥，一時措手不及，中箭落馬。至此而麗卿始敗，真是出力寫。王天霸大驚，急待還救麗卿，却吃魯、武、李三人逼緊，不得脫身。險極，麗卿奈何。賊兵一擁而上，來捉麗卿。險極，麗卿奈何。只聽得賊兵又亂喊起來，欒廷玉一馬飛到。突兀而來。麗卿飛身上馬，撇弓取鎗，隨着欒廷玉殺出陣雲。與沒入陣呼應一氣。麗卿道：「可惜王天霸陷入陣中了，待奴家與欒將軍再殺進去救他出來。」寫麗卿畢竟不弱。廷玉道：「姑娘身受重傷，厮殺不得了，快回黃鵠山，這里待小將進去罷。」麗卿那里肯聽，正要同去，行不數武，果然覺得傷重，展手不得。情形確真。廷玉替麗卿拔下了箭，麗卿棄下那副黃金鎖子甲，廷玉撕條戰裙，替他裹了瘡口。細寫，好。忽見前面鎗炮震地，殺出兩彪人馬，（筆筆駭疾，令人不測。）麗卿、廷玉一齊大驚，定睛一看，左邊乃是祝永清，領猿臂鄉勇并蒙陰官兵四千名殺來；右邊乃是陳希真，領景陽官兵并召村新調鄉勇五千名殺來。（「新調」二字妙極，以後竟不必補寫斡旋矣，又寫出召忻。）麗卿、廷玉大喜，一齊奔上，訴說天霸陷陣，須得速去救援。希真、永清急揮軍馬去掩殺賊兵。原來官兵、賊兵自二更戰起，直至未牌時分，（點出戰時，可見非常鏖戰矣。）兩邊都人困馬乏，惟有蒙陰官兵并召村新調鄉勇是生力軍，（註得明劃。）賊軍當不住，紛紛敗走。（賊兵又走。）王天霸已由賊軍中殺出來，渾身血污，傷痕遍身，一見希真，大叫：「小將王天霸今日絕命了！」言訖，大吼一聲，口噴鮮血，臥倒于地。（寫天霸之死十分精靈。）希真失聲慟哭，忙教數卒舁了屍身回去。（完王天霸。）欒廷玉已護送陳麗卿回黃鵠山去了。（得空便補，最好筆法。）希真、永清合兵一處追賊，賊兵退到汶河渡口。（又到渡口。）吳用傳令前隊背水死戰，（寫吳用。）魯智深、武松、李逵三人應命，轉身迎敵官軍。（又迎敵。）樊瑞、項充、李衮搶堂阜不得，（句）已領兵回來。吳用教公孫勝督陣，自己同樊瑞等渡河回去。（渡河回去。）原來吳用自既勝官軍之後，原想擇地安營，佔住南岸，奈被麗卿、天霸攪入陣中，不得住手，（極表麗卿、天霸之功。）以致希真、永清領生力軍殺來，抵敵不住。（趁空便註，絕好筆法。）吳用懊悶非常，心亂目昏，不覺登舟時失足落水，（妙筆，順便拖起後幅。）眾人急忙救起。只見北岸一彪軍馬渡河過來，（渡河過來。）正是花榮、李俊領軍接應。吳用大喜，便叫樊瑞等休退，會齊了花榮、李俊兵馬，重復殺上南岸。（重復殺上南岸，只就一汶河上設色，已絢爛極矣。）那邊希真、永清見賊兵死鬬，（遙接。）不敢十分追逼，便領軍退回。希真領景陽、召村兩枝人馬，退守堂阜去了。永清領猿臂、蒙陰兩枝人馬，退守黃鵠山去了。（至此方纔收落，好一場大鏖戰，好一陣旺筆氣。）原來黃鵠山在蒙陰東北，堂阜在蒙陰西北，兩處險要，足為蒙陰保障。希真、永清所以用軍保守。（註明地利。）

那吳用同了花榮、李俊、樊瑞、項充、李袞上了南岸，與公孫勝等屯札南岸。吳用早已有手下人替他換了濕衣，（細。）便與公孫勝升帳，計點軍馬，查核戰功。眾將紛紛報上，計殺死官兵、鄉勇無數，（是賊軍大勝處。）雖然楊林受傷，（承寫。）黃信中箭，（補寫。所以自黃鵠退回後，不見黃信上陣也。是小挫。）却喜未曾亡失一將，就是兵丁損折也不上千餘名，（未足為敗。）只可惜黃鵠、堂阜兩處險要，不曾奪得。（亦未能全得利也。註得明白雪亮，真好筆力。）吳用道：「且就此安營立寨，休養三日，再作計較。」當時送黃信、楊林回新泰將息，這里安營造飯，已是酉牌時分了。

看官，這一日一夜的大戰，（又跳身書外論說，真奇。）前後關鍵，都交代清楚。（是。）惟有吳用的虎豹陣并一彪人馬，為何從水面上渡得過來？原來軍機雖然秘密，日久終成泄漏。（至言。）記得那年劉慧娘的飛橋利害，吳用在蘆川渡口吃盡苦頭。（回應九十四回。）此刻被他探得，他便用此法，裝載馬隻，蒙了虎皮、豹皮，渡過河來。當時又有公孫勝法術掩蓋，（吳用妙算。）希真竟一時看不破，（與吳用看不真相對。）被他殺敗。吳用安排此計，取名為「聚獸陣」，（陣名至此點出，奇。）原待十二月初一日夜分應用，不料希真于三十夜裏已來劫營，所以不及調度人馬，慌忙用過。（並花榮兵馬來遲之故都註明，妙筆。）

當時兩邊各安兵靜守。（二頓。）是夜朔風陡發，天地凛冽，山川樹木一色寒威。（十六字挺接，文亦有朔風陡發之奇。）次日大風住了，嚴寒愈甚，點水成冰。（點出冰字，應永清之言，領起下文。）那希真已將王天霸盛殮了送回景陽鎮，陳麗卿、真大義也送回景陽鎮養息。這里希真與永清商議破敵之策，永清道：「那廝力爭汶河之渡，其意蓋欲取蒙陰也。（料得透。）今我據險要，彼據平地，我無內顧之憂，彼朝晚難保無事。（形勢瞭然。又順呼下回一句。）小婿想，不如用後人之法，以待其衰。（吳用先發制人，永清後人待衰，勁對絕對。）彼現在之勢，利在速戰；我偏堅守不出，看他來意如何，以定計議。」希真道：「我亦料他必速來求戰也，（料定其速戰。）賢壻堅守之法極是。」當時議定。希真、廷芳、召忻、高梁守堂皁，永清、廷玉、史谷恭守黃鵠山。守到七八日，賊軍毫無動靜。（筆筆不測。）永清道：「奇了。（奇了。）這廝既不肯退，又不肯進，却是何故？」（真不解。）便到堂皁來問希真，希真道：「這廝的意思，我也猜不出。（真猜不出。）且着人持書去催戰，并責背盟，（忽應一百五回之事，絕倒。）看他回書如何。」永清道：「吳用那廝最精細，豈肯有破綻被我看出。小壻因其如此情形，深恐大有詭計，或又是製造甚麼器械，（回想奔雷車一事，驚心弔膽。）不可不為預防之計。」希真道：「此亦當慮。但我守禦得法，亦不怕他。總之，我此刻銳氣新挫，更兼我手下勇將一死二傷，他那里魯達、武松等都在，我與他搦戰未必得利也。（藉此按住希真一邊，妙。）且多發細作四邊打聽，這里再堅守數日以觀動靜。」當時眾將互相猜疑，都猜不出吳用的主意。（再擱一筆，起下有勢。）永清也回黃鵠山去。慢表。

且說吳用兵馬屯在汶河南岸，十餘日不動，端的有甚主見？（奇筆。）哈哈，原來並無主見。（真是奇筆。）只因渡河落水，受了寒氣，當日頭痛壯熱，氣粗無汗，渾身拘急，神情恍惚，（奇文陡發。）忙接醫士來胗。醫士大聲道：「此傷寒太陽經症也。」（前三句是太陽症，而「神情恍惚」一句，乃太陽經症所無，亦悞作太陽經症，粗忽之至。錄此以為審症不細心者戒。男龍光註。）開了一帖麻黃湯。當晚煎好，吳用服了，一面請公孫勝、花榮到牀前道：「煩二位賢弟督兵嚴守，千萬不可輕棄這南岸。待我病好了，再設計破敵。」（照應一筆。可見不肯退，是吳用本意，而不能進，乃天實為之也。）說罷，擁被而臥。公孫勝、花榮出去彈壓事務，一面差人到泰安府報知宋江。（不漏。）是夜五更，吳用竟出大汗，身熱退了，氣喘亦定，眾人皆喜。（亦用小喜作波折。）花榮與公孫勝商議道：「吳軍師雖吩咐堅守，但險要盡被敵軍佔住，我兵背河為陣，不得地利，未必守得。（深知兵法之言。）今日吳軍師病機已轉，不如商議退兵為妙。」公孫勝道：「甚是。」當時二人進了內帳，問候畢，便說起退兵之事。吳用睜起怪目，厲聲大喝道：奇。「誰敢言退兵？退兵者立斬！」奇極。公孫勝、花榮一齊大驚。只見吳用一片聲大罵道：愈奇。「你們白白的要把新泰送與陳希真，我問你受了陳希真的多少買囑，替他做內間？真是天外奇語。你不看見魏輔梁、真大義兩顆首級，帳下兀自號令着？」真是奇極，怪極。說罷，呼的豁開被頭，立起身來。奇極矣！眾人齊聲叫苦道：「却是發狂也，怎好？」原來如此。病症却夾着軍務齊寫，妙筆。公孫勝、花榮一齊退出，吳用已趕出來。奇文。魯智深、武松忙上前勸住，抱他進帳，只聽得帳內兀自一片聲大罵。奇文，妙文。花榮看着公孫勝道：「怎好，怎好？」神情、聲口都活。公孫勝道：「此是中邪，待小可用符法鎮鎮看。」忽用公孫勝符法，奇。當時公孫勝在帳前佈罡運氣，呵筆書符。眾人看那張符，有五個大虎字，以回映聚獸陣也，非浪筆。其餘篆文縈帶，都不識得。眾人持去吳用牀前掛了，公孫勝又進去念了幾遍咒語，吳用果然安靜，只是還有些喃喃妄語。妙。花榮已到各營去彈壓軍心，休得慌亂。夾寫一句軍政，最妙。這里已邀集了好幾位醫生，齊來胗視，有的說邪入心包，宜用牛黃、犀角之屬；有的說痰火聚于膻中，亂其神明，宜用竹茹、膽星、菖蒲之屬；有的說汗乃心液，汗多而心液虧，宜用歸脾定心之劑；有的說謀慮傷肝，志鬱不遂，宜用鬱金、香附之屬；有的說陽明實熱，宜用大黃、芒硝之屬，議論紛紛不一，各有一方，正不知服何方為妥。寫出醫家聚訟，病家無主。此時花榮已回中營，眾人說起如此情形，花榮緺眉半響道：「此事只有速發人到山寨，去請安太醫來方好。」落到安道全。公孫勝道：「正是。句。但此去山寨，回往極快，也要十日左右，快發人趕去，今日便動身。」李逵立起身道：「就是我去。」花榮道：「李兄弟休去，這里早晚厮殺，論不定正有用你處。」當時留住了李逵，便差項充飛速到山寨去請安道全。花榮便對公孫勝道：「這里軍心慌亂，惟有公孫軍師作主，傳諭各營退兵為妙。」公孫勝道：「此事我也想過，用了如此大鏖戰，方纔殺過南岸，今若退兵，豈非全功盡棄？不但此也，我若退過北岸，希真那廝亦必隨跡殺過北岸，吳軍師所謂送他新泰之說，正當深慮。」（即借吳用譫語，阻住退兵之說，巧妙之至。）花榮沉吟不語。公孫勝道：「刻下河冰已合，甚為堅厚，我兵進退極便，不必躭憂。（又回映永清河冰之言，阻住退兵，真巧不可階。）或者日內吳軍師病就好，（病家期望往往如此。）可以定計破敵，便省得退兵也。」花榮點頭。當日眾人共議，就那各醫所開之方，揀擇穩當的暫用一帖。（病家無主見，往往如此，實屬可憐。）吳用吃下了，毫不濟事，身子依舊發熱，晝夜譫妄❹不息。眾頭領個個愁眉相向。花榮歎道：「好容易渡到此地，正欲進取，不料天不容我。」（處處夾寫軍務，妙。替天行道之人乃至為天所不容，奇矣哉！）樊瑞對公孫勝道：「此事想上天定有譴謫，老師何不表天祈禳❺？（即從天不容我轉落，文氣一絲不斷。嗟乎，獲罪于天無所禱也。曹瞞猶自知之，而梁山諸人并此而不知，何哉！）或者從此得有轉機，亦未可知。」公孫勝道：「也是。」當時在營後設起醮堂，邀集幾員道眾，（巫醫競進，寫盡病家情形。）公孫勝親自到壇持法。三日醮事圓滿，吳用也一面服了三日不涼不熱、不表不裏、不輕不重的穩當藥，倒也神色漸清。眾人皆喜，齊稱天佑，（醮事中間必夾入服藥一筆，又用「倒也」字樣，「天佑」字樣，筆法之妙，雖耐庵復生無以過此。）紛紛進內帳問候。吳用終吩咐休要退兵，（再勾染一筆。）又道：「我此刻心思實在用不起。」（又勾染一筆。）眾人都道：「軍師寬心養息數日，我等遵令嚴守，斷不疎虞。」吳用道：「你們看退兵好否？」（仍是神情恍惚語。）花榮道：「退兵亦是。我們只要保得新泰，至于克取蒙陰一着，且從緩圖。」吳用道：「兵究竟退不得。」（心神恍惚。）眾人諾諾而出。宋江已由泰安遣人來問病。（不漏。）又是數日，眾人因吳用神氣未曾復元，終是躭憂。又日日盼望

❹ 譫妄：胡言亂語。譫，音ㄓㄢ，多言。

❺ 祈禳：祈神消災。

安道全，真是心如懸旌。情形逼真。

這日，忽聞營外戰鼓振天，喊聲動地，陳希真領兵殺來也。筆勢突兀淋漓。召忻當先叩營，大叫：「詐稱有病，規避戰陣的賊！一語省却一段希真探聽文字。今番定要出來分個輸贏！」公孫勝、花榮一齊失色，魯智深、武松、李逵都咬牙切齒價忿怒，齊要迎戰。公孫勝忙傳令堅守，不許出戰。花榮道：「這厮已曉得俺軍師有病，斷不肯與我干休。我若不退，全軍性命難保矣！」至此退兵之議方決。說未了，北岸營汛兵丁，雪片也似的報過河來道：「祝永清已由上渡口涉冰殺過，搶北岸望蒙山也。筆勢突兀淋漓。公孫勝以河冰為進退之便，而不知敵人之進退亦便也。蔿賈曰：我能往寇，亦能往洵，是兵家至言，使吳用不病，必早見及此矣。現有歐鵬頭領把守，誠恐抵擋不住，請令定奪。」眾人一齊叫苦。吳用吃此一驚，依然舊病復作，狂言亂語，神情顛悖。妙，妙。花榮道：「此真天亡我也。」方稱天佑，忽稱天亡，妙筆。咬了牙齒和公孫勝督兵死守，與希真相拒了一日。勁敵。那邊北岸歐鵬也與永清死命敵住，黃信裹瘡相助，幸未失守。又照應北岸一筆。公孫勝道：「不妙矣。花兄弟快領一枝兵回去，札住北岸，一面先保吳軍師回去；一面可以聲援歐鵬，一面可以接應我們。」賴此一策，得以渡河。花榮急領兵二千餘名，保着吳用退回北岸，先差二百壯兵送吳用入新泰城，安插吳用。這里二千名在北岸按隊札住。公孫勝見花榮已過北岸，便統全隊棄寨退回，希真已領兵追上。疾。公孫勝兵馬方到北岸，希真已領兵過河。疾。公孫勝大怒，傳令就冰上迎殺。那知希真並不厮殺，只傳令鎗砲、弓矢雨點價打擊過去。寫希真。公孫勝兵馬紛紛登岸，時已黃昏，月色朦朧，點出時候。「月色朦朧」四字細針密縷之筆。只見岸上飛出無數旌旗，火把影裏看得分明，都是猿臂寨、蒙陰縣的旗號。寫祝永清。花榮大驚，接應公孫勝等一齊退去。希真兵馬已殺上北岸，疾。登時北岸上佈滿了景陽鎮、召家村旗號。希真、永清旗號陸續註明，妙。公孫勝叫花榮道：

「快聯住歐鵬兄弟，保住望蒙山。不然，敵兵逼臨城下矣！」賴此一策，希真不逼城下，仲華兵法、文法兩臻其妙。花榮忙與公孫勝領兵赴望蒙山。祝永清兵馬正在攻擊望蒙山，花榮領魯、武、李三人與永清混戰，公孫勝領樊瑞、李袞偷空上了望蒙山。希真、召忻、高梁已領兵掩來，數行寫來，一人不漏。花榮等也即忙退入望蒙山去了。原來那岸上猿臂、蒙陰旗號盡是永清虛設的，花榮不知虛實，是以大驚退去。註明一筆，極寫永清。當時希真、永清合兵一處，攻擊望蒙山，公孫勝、花榮極力把守，直至夜半，希真、永清方纔收兵，屯住北岸。次日，欒廷玉、欒廷芳、史谷恭都領兵渡河過來，并點出二欒、史谷恭真是一筆不漏。與希真等輪替攻望蒙山。接連攻了七日，不能取勝。天氣嚴寒，兩邊人馬凍死無數。顧嚴寒一筆。希真與永清商議道：「嚴寒如此，士卒不堪其苦，久役必非所宜。況我背河為營，不得地利，敵人深據險要，我亦難與久持，與花榮之言相對，絕妙章法。不如退兵為妙。」永清稱是。當時希真率領景陽、猿臂、蒙陰、召村四路人馬，退回蒙陰；命召忻、高梁、史谷恭領本部兵回莊，休養訓練，以備來春勦賊。勾一筆。召忻等領令回去。收召忻等。命蒙陰文武各官，堅守蒙陰，收蒙陰。希真領景陽兵回景陽鎮去了。收希真。公孫勝、花榮見希真兵退，也不敢追擊，只帶同魯智深、武松、李逵、歐鵬、黃信、樊瑞、李袞收兵回新泰。收公孫勝等，一一收過。項充同安道全到新泰已有兩日了，緊接。眾人皆喜。見素所欽佩之醫，不待病愈而便喜，情形逼真。項充道：「小弟一到山寨，說起軍師之恙，安先生拔步便來。寫道全。奈河冰堅凝，安先生霜夜坐冰車渡出水泊，受了寒氣，伏筆。有些不自在。五字望去，其故甚小，妙筆。一路上只得遲起早宿，日子又短，以此到得遲了。且喜安先生胗過軍師之脈，說還不妨事。」順遞輕捷，省却無數。眾人喜問其故，安道全道：「軍師之恙，乃是內外合邪。一日一夜鏖戰，六字入醫案亦新奇。謀慮、憂驚、忿怒兼而有之。確。五志之動，五火交燃，乃驟焉失足墮水，寒氣驟侵，以致陽火驟束；更兼驚氣歸心，寒水亦傷心。心主血，心傷而血滯矣。（好議論。）是以外雖現太陽之症，內已具蓄血之形。（老眼無花。）其始治不得法，撤其表而遺其裏；其繼又誤認發狂，而湯劑妄投，藥不中病，遂爾貽患。夫軍師之狂，（四字奇文。）非真狂也，名曰『如狂』。如狂乃蓄血之明徵也。（洗剔極清，審症不當如是耶？）觀其語言皆實事，絕無神靈、鬼異之語，可見矣。今參脈合症，確宜逐瘀為主。惟心君大傷，復元終須來春，非可旦夕速效也。」（忽作一片醫案，妙。）眾人聽了，卻又喜裏帶憂，深恐軍師未愈，希真先來，大非妙事。（緊抱正文，妙。）這里安道全按方進藥，外面眾頭領吃酒飯。項充說起：「近有新任鄆城縣知縣，親到俺山寨內，口出大言，說要除滅我們。」（奇峯突起。）眾人大笑，（反振下文。）惟花榮躭憂道：「既有此事，恐他認真做出來，倒不可不防。」眾人都道：「多大一個鄆城縣，怕他強到那里！」（極力反振。）大眾說說笑笑，飯畢而散。

且說吳用日日服安道全之藥，果然漸有轉機，只是用不起心思。安道全道：「不妨。（句。）趕緊調理，自然漸漸復元也。」眾人皆喜。（收吳用一筆。）這里公孫勝、花榮加緊保守新泰，防備希真；（帶束汶河交兵事一筆。）那黃信、楊林二人的傷痕，也經安道全治愈，便協同訓練防守；（補得便捷。）一面差人至泰安府，將吳軍師病有轉機之說，報知宋江。宋江亦喜。（不漏。）這里安道全日日診視吳用，處方進藥。忽一日，山寨中報來說：「近來山寨兵馬與鄆城縣官兵交鋒一陣，寨兵大敗，五虎上將霹靂火秦明陣亡。」（奇文突兀而來。）眾人一齊大驚。看官也驚問道：「鄆城縣來了甚麼人，這樣了得？」（奇筆。）看官既然性急要問，（奇筆自來，稗官所無。）只好將吳用的病情擱一擱起，下回先交代鄆城之事。（真是出奇無窮。）

范金門曰：汶河之敗，至情至理，若吳用一失奔雷車，即畏縮不前，不成為吳用矣。至黑夜蒙馬、虎皮，法制雖古，而用法頗新。蓋夾在公孫勝神兵之後，其疑為妖法也，宜哉。至於彼攻我戰，或進或退，寫得甚是錯落，確是左公之寫戰於郯。

麗卿陷陣，寫得險極，說到分際而易之以王天霸，命意深厚，筆轉如環。

邵循伯曰：此回吳用不病，則兩軍對壘，勢不可解，非官軍奪新泰，即賊軍奪蒙陰，殺伐之氣過重矣。吳用既病，而一誤于藥，再誤于藥，迨安道全來化作奄奄緩症，則病情文情雙茂，自有吳用之病，不但汶河之戰可以結梢，即梁山之役，亦于此入手。

第一百十九回　徐虎林臨訓玉麒麟　顏務滋力斬霹靂火

話說山東曹州府鄆城縣，于重和元年八月間新換一位知縣。你道這知縣是誰？就是在東京時，指使任森、顏務滋收復元陽谷的虎林徐槐。（大書特書。）原來徐槐自上京投供之後，（遙接。）不上一月，適值山東省請揀發知縣十員，以供委用，部吏即將應選人員內遴選引見，天子挑得十員發往山東，徐槐在內。（嗟乎，彼九員者誰也？何沒沒無聞耶？）當時束裝起行，任森、顏樹德、李宗湯、韋揚隱都願追隨同行，徐槐甚喜，便一同出京。到了山東都省，已是五月天氣，劉彬已考終正寢，（絕倒。隨手收過，便捷。）賀太平坐陞山東安撫使。（此公出塲，山東士民額手稱慶矣。）當時徐槐參見了賀太平。賀太平一見徐槐，便曉得徐槐才能不凡，（表賀太平，又表徐槐。）便委了一起差使，又委署了一次事，（寫徐槐到省，原委簡明。）適逢鄆城縣出缺。當時鄆城縣係調缺，而通省縣官因此地境下大盜盤踞，公務掣肘，人人畏惡此缺，（寫出鄆城難治，如此盤根錯節，所以別利器也。）若果要調，都願告病。上憲正在無計，早驚動了這個有作有為的徐虎林。（筆如迅雷乍發，驚電忽起。）因他也是應補之員，遂稟見上司，請補此缺。（錐處囊中，脫穎而出。）賀太平頷首許可，惟徐槐係未經實任之員，即補是缺，與例稍有未符，因援人地實在相需之例，耑摺奏聞。

徐槐退歸公館，任森等聞知此事，都有難色。（非抑任森諸人，欲以顯出徐槐也。）原來梁山泊一區地界，乃是三府二州四縣交轄之地，（附會得奇。）其東面是濟寧州該管，前傳施耐庵已交代過；（奇筆。必欲附會一番，正以下文數處，前傳所無故也。）還有正東一面，是兗州府汶上縣該管；東北是東平州該管；正北是東昌府壽張縣該管；西北是范縣該管；惟有西、南兩面，最當衝要，偏落在曹州府鄆城縣管下。（特重鄆城，賓主分明。）此時曹州府知府張叔夜（忽提張叔夜，奇筆。）因蔡京對頭已死，兩個种師道極力保舉，（迴應緊密。）已奉旨復還禮部侍郎原秩，進京供職。（調叔夜上京，為放經畧地也。而敘于此處，又以收去叔夜，顯出徐槐，一筆兩用，妙。）兩個兒子伯奮、仲熊也隨同進京。（又收去伯奮、仲熊。）金成英陞京畿東城兵馬指揮使，楊騰蛟陞京畿兵馬都監，（又收金成英、楊騰蛟。）曹州府城中虛無人材。（註明一筆。）任森因鄆城地小，曹府無援，是以驚疑。（再註一筆。我讀上文，徐槐請補鄆城，心中頗疑叔夜在曹州，可為聲援。今讀至此，令我心駭氣奪也。）便勸徐槐，不可輕肩此任。徐槐笑道：「吾求此任，正為此耳。（其語奇，其氣壯。）賊心不忘曹州，其不敢舉動者，畏張公也。張公去，而賊人肆然無忌矣！從此捲去曹州，南則渡黃河到寧陵，（前九十八回所有之議。）西則剪開州向陳留。（前文所無。）雲統制、陳總管兩路銳師，都阻絕在東方，不能呼應。（又顧雲、陳一筆。）此地若無人出身犯難以作砥柱，東京未可知矣。」（寫出關係重大，而後見徐槐之功為不小也。）任森、顏樹德、李宗湯、韋揚隱聽了，都精神奮發起來道：「老師既有此志，我等無不効力。」（好。）徐槐甚喜。

不上一月，朝廷降旨，允准賀太平所奏，徐槐着授鄆城縣知縣。時已八月，徐槐稟辭了賀安撫及各上憲，帶了任森、顏樹德、李宗湯、韋揚隱赴鄆城縣上任，接理印務。當案書辦滑中正，（名字好。）呈送須知各冊，并面稟梁山向有免徵一項。（鬬起波文。）原來宋江自嘯聚以來，各處搶擄，（遠一層。）就是本治內如東平、東昌、汶上、范縣等處，亦無不侵犯，（近一層。）獨不來擾累鄆城縣。（兩層逼拶，方落此句，筆法嚴冷。）你道這是何故？因宋江是鄆城生長，這鄆城是他父母之鄉，所以他約眾人勿得侵犯，以存恭敬桑梓之誼。（權詐如畫。續貂者見之必又矢口稱讚仁義也。）兼且凡有本縣到任，送他銀子一千兩，名曰「免徵費」。得了他這一千兩銀子，不來催錢粮，并永不捕獲示禁，兩無干涉。勾染一筆，深入顯出。如此多年，習以為常。歷任縣官聽見，無不依從。失斡旋盞天錫一筆，是小疵。惟有徐槐一聽此言，勃然大怒，暗想道：「且慢。九字寫出經濟學術。我初臨此地，本根未曾培固，不宜輕露鋒鋩。」真有經濟學術者。便嚴辭正色對那書辦道：「這事休提。四字一片神威，而不露圭角，真妙。本縣雖兩袖清風，豈肯收此不義之財，你下次休得胡言。」一妙，書辦不敢再提，諾諾而出。次日，徐槐帶了任森閱視城池，盤查倉庫。首着。任森道：「不料此地城郭如此坍壞，錢粮如此匱乏。出難題。此宋江之所以落得盡桑梓之誼也。張嵇仲統屬此縣，不早為之部署，真不解其意。」回顧嵇仲一筆，奇。徐槐道：「張公正是卓識。奇語。此地逼近盜鄉，修城儲粮，無損于盜，而反生盜賊覬覦之心。奇語，確論。今日我臨此地，卻不可不振作一番。」一筆轉。任森道：「此事老師放心，門生自能調度。門生家財頗稱殷富，應前。若破家以報國，錢粮足而城郭亦可完固矣。」寫任森。徐槐極口稱許，又道：「我看此地民風刁敝，又出難題。也須得振作起來纔好。」任森道：「此事老師亦放心。對鎖小章法。昔年張嵇仲海州下車，一募而得死士千人，又回顧張嵇仲一筆。所以然者，人人俱有忠義本心。我以忠義感之，自然響應桴鼓❶。真是大學問語。況現有李、韋二兄弟，智勇之才，左提右挈。顏樹德勇氣邁倫，足為三軍倡導。至于訓練之法，門生不才，可効微勞。如能趕緊調度，不數月而鄆城一區，蔚為強國，數萬勁旅所向無前矣。」極寫任森，又帶表李、韋、顏三人。覺紙上精神煥發。徐槐大喜，便一面照常辦理公務，一面派令任森籌畫經費，一面倡募義勇。自八月初旬起，至十月底，三個月工程。極言神速。任森報稱：「倉庫錢糧、衣甲器械，俱已完備，足支三年之用；一城郭墩煌修理告竣；二義勇軍士得五萬人，坐作進退，無不如法。」三。真寫得出色。李宗湯、韋揚隱都禀稱：「似此勁旅，足可踏平梁山。」

❶桴鼓：以桴擊鼓，鼓即發聲，比喻響應。桴，鼓槌。

到了十一月十五日，徐槐吩咐備馬，親赴梁山。奇文特起。任森不解所謂，請問其故。徐槐道：「梁山以忠義為名，若不先破其名，雖死有所藉口。一語破的。我初臨此地，不可不教而誅，且去面諭一番，使他死而無怨。」語氣辟易萬人。任森道：「老師高識，但尚須選一人隨護而去。」李宗湯挺身願往。徐槐許可，便帶了李宗湯一同出城。李宗湯全裝披掛，佩了弓箭，提了大斫刀，跨下大宛名馬，偏詳寫李宗湯，所以襯起徐槐也。隨從了徐槐，一路上鳴金喝道，軍健、公差前後簇擁，寫出威凜。直到水泊邊。此時朱貴已在泰安府，這泊上酒店委石勇兼管。細。當時遙見官來，便悄悄探問帶多少官兵。公差回言：「沒有官兵。徐老爺有話面諭你們頭領，速即備船。」寫出威凜。石勇見這縣官不帶武備，示以坦易。便一面報上山去，一面備船請官渡了水泊，一路吆喝上去。威凜。盧俊義在寨中聞報，尋思道：「這官兒倒也奇了。前番不來要免徵費，本來有點古怪，迴應一筆。今番親來，又是何意？大哥、軍師又不在這里，又回顧宋江、吳用一筆。我且見他。」便教取冠帶來迎接。不一時，徐槐馬到忠義堂，盧俊義上前深深打恭道：「治下梁山泊居士盧俊義，迎接父臺憲駕。」妙。徐槐首頷，得體。下馬進廳，見忠義堂上中設炕坐，徐槐即便上坐。得體。李宗湯扶刀侍立。得體。盧俊義也在下首坐了，眾頭領都在堂下。兼帶眾頭領一筆。徐槐問盧俊義道：「你就是梁山泊裏副頭領麼？」一語驚人。盧俊義道：「治生盧俊義。」再報名。徐槐道：「宋江那里去了？」知而故詰，妙。盧俊義道：「到泰安辦撫卹去了，遁詞矣。有失恭迎，多多有罪。」徐槐道：「爾梁山聚集多人，名稱『忠義』，可曉得『忠義』二字怎樣講的？」詰問突兀，獨捻忠義入題，且不駁撫卹之遁詞，妙。盧俊義道：「伏處草茅，以待朝廷之起用，忠也；會集同志，以公天下之好惡，義也。」此二句若出宋江口中，則為籠絡語；今出盧俊義口中，再振一筆。徐槐甚喜。

乃狡辨語耳。籠絡則大言不慚，狡辨則有隙可乘，此本回之所以捨宋江而取盧俊義也。老父臺以為然否？」句狠。徐槐道：「焚掠州郡，剪屠生靈，又是何說？」鋒芒漸露，然尚是詰問語，非斥駁語，文有步驟。盧俊義道：「貪官污吏乃朝廷之蠹，故去之；土豪鄉猾乃民物之害，故除之。非敢焚掠剪屠也。」狡辨。徐槐道：「如此說來，是爾等心心不忘朝廷也？」套一句，妙。盧俊義道：「正是。」着手。徐槐道：「如此，又何故刺殺天使，自毀招安綸綍乎？」迅雷不及掩耳。盧俊義按口道：「冤哉！陳希真遣其女兒刺殺天使，絕我招安，至今負冤不白。」絕倒。徐槐道：「且住。二字傳神。姑無論錢吉口供可據，郭盛面貌可憑，萬無可妄言稱冤。快極。即使果冤，當初何不自行面縛，叩闕❷陳辭？直駁得透。乃爾飲恨曹州，肆行侵犯。似此行為，分明自實罪狀。明快無比。況猶志不自足，東侵蒙陰，抗拒天兵，以致希真義旂北下，藉手而先取招安。使其自悔莫追，妙，妙。拙何如矣，愚莫甚焉！笑其愚拙，妙，妙。哀哉！緊對冤哉二字。爾等若不顧忠義，將不有於天子，又何有於本縣。妙，妙。若其猶顧忠義之名，名字惡。則宜敬聽本縣之訓。即以忠義二字為箝制，妙，妙。本縣初臨此地，不忍不教而誅。爾可傳諭宋江，即日前來投到。那時本縣或可轉乞上憲，代達天聽，從寬議罪。予以出路，好。若再怙惡不悛，哈哈，盧俊義，盧俊義，恐你悔之不及了！語確膽壯。即據你所說，宋江到泰安撫邮去了。這『撫邮』二字，足見荒謬絕倫。方駁撫邮二字。泰安乃天子地方，撫邮是官長責任，與你何干，輕言撫邮？」駁得透極。盧俊義道：「父臺且緩責備，姑容縷敘下情。當今天子未嘗不聖明，而奸臣蔽富，下情冤抑。老墨調來了。父臺榮臨此地，未察其詳，我梁山中一百餘人，半皆負屈含冤而至。原是。倘父臺不嫌瑣碎，容俊義等逐一開單，將我輩被官長逼迫之由，敘呈原委，恐老父臺設身處地，亦當怒髮沖冠。原是。此方是盧俊義本心語，以上皆狡辨也。緣

❷ 叩闕：向皇帝申述冤情之謂。闕，宮門外的高臺，代稱宮門。

我等皆剛直性成，願為天下建奇功，不甘為一人受惡氣。十五字乃強盜真面目也，特表而出之，以告天下後世之知人者。觀仲華所敘三十六人，無一人身上放得進這十五字可知矣。是以推而廣之，四字含糊得好。凡聞有不平之處，輒擬力挽其非。更含糊。此心此志，惟可籲蒼天而告無罪耳。」吾誰欺，欺天乎？徐槐道：「你錯極了！四字雄快。天子聖明，官員治事，如爾等奉公守法，豈有不罪而誅？先冠冕，語得體。就使偶有微冤，希圖逃避，也不過深山窮谷，斂跡埋名，何敢嘯聚匪徒，大張旂鼓，悖倫逆理，何說之辭！真是何說之辭。大名之百姓何辜？東昌之官員何咎？因一身之小端不白，致數百萬生靈之無罪遭殃，良心苟未喪盡，亦當寢寐難安。痛快之極。即如你盧俊義，單捻。系出良家，不圖上進，願與吏胥、妖賊謂宋江、公孫勝也。可見此輩不足訓責。同處下流。我且問你：萬里而遙，千載而下，『盧俊義』三字能脫離『強盜』二字之名乎？確論，快論，聲聲打入鼓心。文之雄快爽利，無踰此矣。玷辱祖宗，貽羞孫子，只就你一人而論，清夜自思，恐已羞慚無地矣。筆如長風掃籜，雄快極矣。尚敢飾詞狡辨，殊屬厚顏。本縣奉天子之命，來宰鄆城，梁山自我應管，一草一木，任我去留。我境下不容犯上之徒，我境下不畜逞兇之輩。雄邁之氣，排奡之筆，千人辟易。遵我者保如赤子，溫撫一句。逆我者斬若鯨鯢❸。厲語一句。真是雄文。自此次面諭後，限爾等十日之內，速即自行投首。如敢玩違，爾等立成齏粉矣！」圖窮而匕首見，吾于是觀止矣。盧俊義竦然不語。到此也，知自反。原來盧俊義原曉得宋江口稱忠義，明是權詐籠絡，迴應前傳，註明一筆，妙。是徐槐臨訓本意。若宋江在水泊，徐槐必不至也。此時當不得身子已落水泊，只得順着眾人，開口忠義，閉口忠義。妙，妙。經此番徐槐詰駁，本是勉強支吾；妙，妙。不期又經徐槐羞辱了一場，心中大為悔悶，十分委決不下。妙，妙。彼時忠義堂下，好幾個頭領輪流觀聽，交頭接耳，個個駭異。補出眾頭領情形。燕順、穆春聽得不平，皆欲逞兇行刺，必有之事。又看李宗湯提刀在旁，凜凜威風，有些

❸ 鯨鯢：即「鯨」，比喻凶惡的人。

怯懼。（并補出李宗湯神氣。）想來者不愚，愚者不來。（妙。）李應、徐凝都道：「使不得。」眾頭領目視盧俊義，盧俊義授之以色，似乎不許聲張的模樣。（補此一段，神采生動。不寫眾頭領非也，寫眾頭領而錯出于前段中，使文氣阻礙，亦非也。移補于後，深得謀篇審勢之法。）只見徐槐立起身就叫帶馬，李宗湯同出廳前。徐槐看見那「替天行道」的大旂，便對李宗湯道：「這個『替』字荒謬萬分，將軍為我除之。」（奇文確論。）李宗湯將刀付與從人，抽弓搭箭向上颼的一聲，把那個「替」字對心穿過，（奇文妙義。）堂下各頭領人人咋舌。盧俊義也看呆了，便向徐槐打一躬道：「恭送憲駕。」（呼應章法。）徐槐上馬，張着華蓋，鳴金喝道。（威濶。）李宗湯也插弓提刀，上馬隨從，緩緩的下山去了。（威濶。）渡了水泊，一路上觀看形勢，回到鄆城，慢表。

且說盧俊義自送徐槐去後，各頭領一鬨而上，忠義堂上七張八嘴，議論徐槐之事。（絕倒。）也有忿怒這縣官，不肯與他干休的；也有笑這縣官說大話的；也有說口出大言，必有大事，須得防備一番的，（情形逼肖。）盧俊義只是默默無言。（傳神之筆。）眾人見盧俊義無言，便問盧俊義定何主見，盧俊義點頭而已。（傳神之筆。）眾人各散。是晚盧俊義退入臥室，挑燈獨坐，歎口氣道：「宋公明，宋公明！你把『忠義』二字悞了自己，又悞了我盧俊義了，（如聞晨鐘暮鼓。）眾兄弟兀自睡裏夢裏哩！（真是一點不錯。）算來山泊裏幹些聚眾抗官、殺人奪貨的勾當，要把這『忠義』二字影子佔着何用？（妙，妙。天下愚人聽者。）今日卻吃這縣官一番斥駁，弄得我沒話支吾。（妙，妙。）當初老老實實自認了不忠不義，豈不省了這番做作之苦。」（妙，妙。用筆如燃犀照水。）便看着自己的身子道：「盧俊義，盧俊義，你是個漢子，素來言語爽直，今番為何也弄得格格不吐？」（妙，妙，倒描出徐槐臨訓之神。）歎了一回，猛然提起一個念頭道：（驚鴻忽起。）「宋公明既不願受招安，盧俊義料無出頭之日。（是極。）我看今日這位徐縣官，雖聲色並厲，卻中有顧盼之意，看出。我看竟不如一身獨自歸投了他。他果知我，我就在他身邊圖個出身也。」怒猊抉石，凜凜欲墜。想了一想，便自己吩咐自己道：「盧俊義主意已定，休要更換！」再找一句，入神之筆。想定片時，忽轉一個念頭道：忽轉過來，筆如神龍，夭矯不可方物。「只是捨不得公明哥哥這個情分！一句逗留，遂終身無由振拔矣，可畏哉！況且現前這基業，無故棄捨了，亦是可惜。」深入迷津，不可復返矣。想到此處，便心中七來八往的輾轉了一回，竟定依了後來的主意，便思量對付徐槐之事。懸崖轉石，訇然墜地。寫出盧俊義理、欲交爭一段文字，真是誅心之筆，並托起徐槐臨訓之意。妙筆入神。一夜躊躇，窗外早已雞鳴，盧俊義便上牀去畧矓了一矓。天明起來，梳洗畢，便出忠義堂，聚集眾頭領，商議事務。盧俊義開言道：「公明哥哥因張叔夜已離曹州，教我簡鍊軍馬，覷看曹州動靜。準對徐槐之言。此事不用原敘，竟借盧俊義口中帶出，便捷。不爭這徐官兒坐在鄆城，當我咽喉，于是知徐槐之功為莫大焉。須得先對付了他，方好再議別事。」穆春道：「鏉子大小的一個鄆城，盧兄長顧忌他做甚？」盧俊義道：「非也。月前聞知他修理城池，今番又親來宣揚威武，此事斷非小耍。今日就差人到泰安府，速去通知公明哥哥。這里一面差探子往鄆城去探聽消息，一面簡選起兵馬來，準備厮殺。」李應道：「兄長所議極是。」當時盧俊義便差人分頭而去。

不日往鄆城去的探子轉來回報道：「鄆城縣城池、墩煌，果然修理得十分整齊，錢粮、器械也十分充足。至此方探得錢粮充足，見徐槐之密。那徐官兒身邊有三員勇將，好生了得。一個叫做李宗湯，便是方纔陪徐官兒親到我們山寨的；近抱一句。賓。一個叫做韋揚隱，聞說是那年在曹州刺殺董頭領的；遠應一句。亦賓。還有一個叫做顏樹德，卻不曉他甚麼來歷。」以二賓陪出一主，而落到主人偏有頓跌，筆法極妙。燕順聽了，接口問道：「這顏樹德，是不是號叫做務滋的？」奇，妙。探子道：「正是。」燕順回顧鄭天壽道：「這人原來在他身邊，倒要當心抵禦。」奇，妙。眾人齊問燕順：「原何認識此人？」讀者亦要問。燕順道：「小弟原不認識。愈奇。小弟那年同鄭天壽、王英兩位兄弟在清風嶺時，秦明兄長同來聚義，據秦兄說起，此人是他表兄。迴應一百二回，如此綰出秦明，奇筆。秦兄又說此人武藝端的在他之上，表明。有一事為證：秦兄與這顏樹德同處家鄉時，村上有兩鐵鼓，各重千餘斤。秦兄兩手擎得起，卻不能行走；那樹德卻高擎兩個鐵鼓，奔走百餘步。加一實事，分外精彩動人。那時弟等聽得無不駭異。」眾人聽了，各各咋舌道：「這事倒認真，不是小耍也。」應盧俊義之言，章法一綫。盧俊義道：「當時既說得如此，何不早邀他入夥，免得今日貽患。」燕順道：「早時何嘗不邀他，秦兄長差人去邀他，卻吃他把差去的人打死了。應一百十二回，方知樹德打死之人，即秦明差來的。秦兄長氣極，抵樁當面邀住他理論。卻因公明哥哥勸歸這里大寨要緊，所以不及了。綰合前傳，補出情節，真是妙筆。如今他恰落在那邊，秦大哥又不在這里，倒要商量誰人抵禦。」盧俊義道：「可作速差王英、扈三娘往濮州去替回秦明，再定計議。」落到秦明。說罷，便差王英、扈三娘往濮州去替回秦明。等得秦明轉來，一往一返，早已出了十日限期之外。細。那徐槐忽接徐槐。在鄆城縣早已與任森簡選了一萬人馬，派顏樹德為先鋒，任森為參謀，徐槐親自統領出城，一路浩浩蕩蕩，殺奔梁山來了。自那徐槐起，至此句止，當作一氣讀，方見氣旺而機緊。探子報入梁山，并言官軍的先鋒正是顏樹德。特題。秦明一聽，便眼裏冒烟，鼻端出火，是霹靂火。道：「這厮來得正好，俺正要和他理論！」盧俊義道：「賢弟且耐，此去二虎相爭，必有一傷。小可想令表兄如肯受勸，還是勸他來為妙。」癡想。秦明點頭。當時盧俊義便派秦明為先鋒，自己同李應、張魁領中隊，燕順、鄭天壽押後軍，也點起一萬人馬，出了山寨。

此時天氣連日嚴寒，河冰已堅凝七日，迴應河冰，領起後幅，真細針密縷之筆也。易曰履霜堅冰至，又曰七日來復。此之謂也。項充迎取安道全事，竟不事屑屑補插，乃是老作家手法，非踈漏也。觀其不忘河冰，豈反於此事而健忘乎？賊軍涉過冰泊，迎敵官軍。徐槐兵馬已到導龍岡下，關筍緊。前軍探報：「賊人先鋒乃是霹靂火秦明。」亦特題。徐槐大喜，對任森道：「霹靂火撞在我手裏，管教他墜崖不返了。」奇。便傳顏樹德進帳授計。樹德進來，徐槐道：「務滋此番當心。字之而又教之，是善用務滋者。探得賊軍來將，正是那霹靂火，人人畏他，着此一句，所以鼓樹德而舞之也。惟將軍可以制之也。」妙，妙。樹德高聲道：「恩師放心，小將不才，管取那背君賊子來獻麾下。」徐槐道：「將軍且慢，須依我言語，管教將軍獨建奇功。」籠絡鼓舞兼而有之，是善將將者。樹德道：「請恩師吩咐。」徐槐道：「我已將這導龍岡形勢看閱分明，這岡北面坡勢峻削，可速將全軍移屯岡頂。先佔地利。好在來將秦明與將軍有親，又有批殺使者之仇，妙。此時一見將軍，必然衝岡直上。將軍且勿與戰，可將朝廷順逆大理，剴切曉諭。妙，妙。彼若順從弭伏，吾又何求。妙。若其不伏，那時我岡上俯擊，彼岡下仰攻，本縣又有如此如此妙計，必得大勝矣。」妙。任森、顏樹德一齊拜服。當時傳令，營外三聲砲響，大軍一齊登山。山頭愛日當空，冰道微融，流澌涓涓。極妙冬月山景。官兵在岡上列成陣勢，旌旂暄赫，戈甲盛明。絕妙軍容。顏樹德挺着大砍刀，立馬陣前，望見前面大隊賊兵，已背著朔風來也。緊。背著朔風，妙筆。須臾到了岡下，當先隊裏，飛出一枝旂號，乃是「天猛星霹靂火」六個大字。寫得聲勢。樹德一見，便大叫：「我那表弟秦明快來聽諭！」秦明在隊裏一聽此言，怒從心起，不待佈陣，便一馬飛出，舞着狼牙棒，惡狠狠殺上岡來。聲勢。不防磴道冰滑，馬失前蹄，秦明掀下馬，滾落岡來。絕倒！可謂先報小兆。越是性急人，越多顛躓。性急者戒之哉！官軍大笑，秦明大怒。大笑，大怒，真是妙文。爬起來，絕倒。重復上岡。此時任森亦在陣前，高叫：「霹靂火何須性急，緩緩上來何妨。」都是妙諦。秦明怒不可遏，舞狼牙棒直取樹德。勢急矣，須看他下文颺開去。樹德正待迎戰，任森急忙出馬，用鎗逼住秦明，迴叫樹德道：

「務滋，你有話向他說，便好先說了。」寫任森。秦明氣忿忿道：「顏表兄！你那年打死我伴當，今日有何話說？」這邊只是忿怒。樹德把徐槐吩咐的話，想了一想，妙筆，確是樹德身分。便道：「表弟別來無恙！昨奉手書，藉審眠食安康，伏惟萬福。」奇極之語。秦明睜起怪眼道：「怪哉！讀者至此，亦當齊叫：怪哉！我幾時有信與你？」真奇極。任森忙接口道：「是務滋聽聞傳言。妙。越解得圓，越做出破綻。今係軍務倥偬之時，寒溫已畢，速速兩下厮殺。」直將急遽掩飾之態，裝得逼肖，妙不可言。說罷抽鎗退出。樹德便輪刀直取秦明，秦明用狼牙棒急架。兩個各奮神威，在岡上戰了三十餘合，端的性鬬命撲，毫不相讓。偏寫出一筆，妙。那邊盧俊義及李應、燕順等在岡下，看得這番情形，都疑惑起來。妙。只見任森在馬上大叫：「務滋戰得彀了。」妙。樹德便用刀架住狼牙棒，勒馬奔回本陣。妙。秦明那里肯歇，直追進來。這邊陣脚亂箭齊發，秦明衝殺不入，只得遠遠立住了馬，大叫：「你這厮休用反間計！是他叫出反間計。你快出來，我倒有話向你說。」何話。用筆奇恣。這邊陣上無人答話，只是放箭。好一歇，妙。中藏徐槐吩咐一人語。方見官軍陣裏一個號砲，亂箭齊歇，旂門開處，依舊任森、顏樹德並馬而出。筆光閃爍可喜。樹德高叫道：「秦賢弟，有何見諭？」秦明道：「你休使這等反間計！再表明一句。你如不忘兄弟之誼，且聽小弟一言。」樹德道：「謹領教。」妙。秦明道：「你這身武藝，跟了這點點知縣，也不值得。絕倒。不如同了我去，俺堂堂山寨，足可展施驥足，仁兄以為何如？」言語直率無致，是秦明也。樹德高聲道：「謹領教。」複一句，妙。樹德不善說假話，此語定是徐槐教之，乃雖遵徐槐之教，而終不掩其直率之本色，故妙也。任森低聲道：樹德高聲，任森低聲，妙筆。「將軍請回，今夜三更准來報命。」奇，妙。弄得秦明目瞪口呆。絕倒。任森道：「將軍快回，此等勸降密事，豈可軍前聲張耶？」妙，妙。「勸降密事」四字兩面圓通，不知秦明降樹德耶，抑樹德降秦明耶，妙不可言。秦明不知所為，只得勒馬下山，一路暗想：「今日這事奇了。奇了。我依了盧頭領言語，勸了這幾句話，他竟居然唯唯從命，且看他三更來如何情形。」（此所謂直項老虎也。）一路想，一路緩緩的下山去了。（纔收落。上山急急，下山緩緩，妙。）那任森、顏樹德已收兵回營，就岡頂安營立寨。（安官兵一筆。）盧俊義等在岡下接着秦明，心中十分疑惑。（妙。）只見秦明開言道：「這廝們想用這等反間計來離間我們，真是好笑。（秦明只顧叫破反間，而徐槐能仍用反間入之，此所以妙也。）方纔我勸了他幾句，他卻唯唯從命，倒是奇事。他說三更准來報命，且看他真假如何。」（絕倒。）盧俊義諾諾，心中卻十分搖惑不定。（妙。）

當晚各自歸帳，盧俊義召李應、張魁入帳。盧俊義道：「今日秦兄弟如此舉動，大是可疑。（妙。）我想他在我山寨多年，情分十分交洽，今日也不到得有此內叛之事。」（妙是盧俊義語。）李應道：「敗軍之將不可與言勇，亡國大夫不可以圖存。小弟自受了魏輔樑、真大義之欺，今日實難叅末議。」（妙，妙。提前照後，真是靈心妙筆。）張魁也凜然變色道：「近來世上人心難測，不可不深為之慮。」（妙，妙。）盧俊義口中不說，心內躊躇道：「即如我盧俊義，方纔聽了這徐官兒的言語，也險些心動。（天梯、石棧相勾連，絕妙文心。）今日的秦明，豈能保他心腸不變？或者他受了這官兒的密囑，也未可定。（妙，妙。）只是軍師不在這里，無可商量，怎好？」（又顧吳用一筆。）想了一回，便教傳燕順、鄭天壽進帳。盧俊義問道：「二位賢弟，今日看這秦兄弟心意何如？」燕順道：「小弟正在疑慮。（妙。）他初入夥時，係花榮兄長用計將他衣甲着別人披了，打劫了村莊，以致慕容知府冤他叛逆，殺其妻子，他回去不得，勉強歸投我們，實非出于誠心。（將前傳事實一提，妙筆神來。予讀前傳，秦明受花榮之害，竟遂甘心入夥，頗覺不通，不知仲華早見及之，因有此洗發也。）今日他或者陡然心變，正未可預測。」（妙。）鄭天壽道：「他初來時，心中好生不自在，（又應前傳摹寫神氣，真是妙筆。）小弟兀自防他發作。（妙。）但現在他已與公明哥哥投契多年，或者不至于此。」（妙，妙。）盧俊義道：「他自說三更時分敵人必然潛來，且看他如何佈置。」（妙，妙。）眾人稱是，各自散去。次早，盧俊義陞帳，請秦明進來，問道：

「秦賢弟，夜來三更之事何如？」妙。秦明道：「那廝竟不來，毫無信息。」奇，妙。盧俊義大驚疑，妙。正待詰問，妙。忽報顏樹德單騎到營外，大叫：「請秦賢弟單騎上山敘話。」奇妙。單騎二字妙絕。盧俊義愈加驚疑，妙。便道：「秦兄弟，你休怪我說。妙極。我和你巧言不如直道，妙極。你夜間三更之事，端的何如？」妙極。秦明大叫道：「兄長果悞信那廝反間計也。妙，妙。秦明只顧叫破反間，徐槐只管自用反間。三更端的無事，兄長不信，今日他叫我單騎上山，我偏大隊上山；妙極，遂中徐槐計矣。他要和我敘話，我便趁他不防，斬了他來，妙極，遂中徐槐計矣。以表秦明今日之心。」盧俊義道：「甚好。」眾人一齊稱是。遂傳令拔營齊起，大隊人馬隨了秦明登山。顏樹德早已回山，與任森並馬立在山頂。妙極。秦明氣忿忿登山，又氣忿忿上來。後面大隊賊兵潮湧上來。只聽得山上一聲號砲，官軍一齊吶喊，礌木、滾石一齊打下，打倒了一半，滑跌了一半，滿山但見賊兵屍首，好一似下水的湯圓，紛紛的滾落岡下去了。寫得聲勢之極。卻留出了秦明的一條馬路。奇極，妙極。秦明大驚，急回馬奔下岡去。任森急叫道：「秦將軍快請轉來，你幹了這塲奇功，無俟反戈殺賊矣！」畢竟反間破入，妙極。下面眾頭領見秦明果叛，一齊大怒，只聽得一片聲罵：妙。「秦明反賊！秦明失心狂賊！」妙，妙，竟中反間矣。下面罵個不住，上面叫個不住，妙，妙。弄得秦明立在山腰，上又不得，落又不得。妙，妙，絕倒。

看官，秦明既到此地，回去不得，大可趁勢歸順，忽插入議論，奇筆。你道他何故不肯？奇。一來石碣有名，分當誅戮；八字直提動全部精神。奇筆，妙筆。二來朝廷恩德，斷敵不過公明哥哥的情分；嬉笑怒罵兼而有之。與盧俊義對看，一念執迷，終身沉溺。可悲也夫！三來終想斬得顏樹德，回去好表明自己心跡。妙筆。與前傳入夥時三欵，遙相呼應。便對山下大叫道：「眾位息怒，待我斬得顏樹德，回來表心。」即承第三欵，遞落便捷。說罷，舞狼牙棒殺上岡來。疾。顏樹德在岡上，望見賊人大罵秦明，滿擬秦明必來歸順，無人不擬。忽見秦明殺上，便心中遏不住蓬勃大怒，真可怒。舉刀直斫秦明。此處方是務滋本性格，以上皆任森為之裁制也。兩個就在岡上，展開兵器大鬬。疾。任森大叫：「二位少住！」任森尚想善勸。樹德大叫道：「住甚麼！這種透心糊塗的賊，確。留他何用！」秦明亦大怒道：「你行這毒計害我，我怎肯與你干休！」樹德圓睜怒目，輪大砍刀直攻秦明，秦明直豎飛眉，舞狼牙棒轉鬬樹德。方落到力斬正文。兩個在導龍岡上，官軍陣前，大展神威，橫飛殺氣，一來一往，一去一還，酣鬬了六十餘合。六十餘合。岡上岡下，兩邊陣上，都看得呆了。就陣上渲染一筆。先總一句。盧俊義已看出秦明無他意，妙筆。只見樹德刀光揮霍，力量縱橫，就盧俊義邊寫樹德一句。深恐秦明失手，分出。大叫道：「秦賢弟請回，小可錯疑你也，快回來從長計較！」妙。秦明那里肯歇，妙。但見岡上四條鐵臂盤旋，八盞銀蹄翻越，早已酣戰到百三十餘合。百三十餘合。秦明把棒逼住樹德道：「且慢，我的馬乏了。」細筆。言未畢，樹德大喝道：「就同你下馬步戰！」將刀指着秦明，翻身跳下馬來，樹德粗直身分絲毫不爽，妙筆。秦明亦跳下馬。兩馬都跑回本陣去了。細。這里刀來棒往，棒去刀迎，約莫將到二百餘合，兀自轉戰不衰。二百餘合，敘法變。任森看那霹靂火殺氣騰騰，顏務滋力量卻儘彀壓得住。就任森邊寫樹德一句。盧俊義等深恐礌木、滾石利害，不敢上岡來帮，又就盧俊義邊寫一筆。只叫得苦。看看已鬬到二百四十餘合，賊軍陣上不住叫「免戰」，兩人只是不肯住手。二百四十餘合，敘法又變。此時任森亦出陣前，看那顏樹德一片神威，愈戰愈奮；再渲染一筆。那秦明氣燄，已有些平挫，妙筆。只是怒氣未息，狠命厮撲。妙筆。盧俊義、李應、張魁等在岡下只叫得苦，看那秦明漸漸不是樹德的對手了。妙筆。到得四百合頭上，四百合，敘法又變。逐段細寫，極顯出非常鏖戰之神，真是妙筆。任森長嘯一聲，驟馬衝出，神鎗飛到，鎮住了秦明上三部。筆勢馳驟飛揚。「鎮住」二字精靈。秦明措手不及，樹德的刀已從下三部捲進，駭疾之文，馳驟之筆。只聽得官軍陣裏歡天喜地的一聲吶喊，就官兵寫一句。

賊軍一齊失驚，（就賊兵寫一句。）霹靂火早已咯碌碌直滾下山麓去腦漿迸裂了。（此句本直接下三部挑進。句中夾官軍歡呼、賊兵失驚兩句，便覺精光畢現紙上，真是妙筆。秦明了。）岡上官軍搖旗擂鼓，大呼殺下。賊兵無心戀戰，紛紛敗走。（好。）顏樹德奮勇當先，一口大刀奔雷掣電價殺下。（再找顏樹德一筆，十分酣足。）賊兵個個心碎膽落，那敢迎敵。（好。）任森揮兩翼精兵，一齊掩上，殺得賊兵僵尸遍野，流血成冰。（妙在不脫時令。）盧俊義身受重傷。（順手點出，以為後文地步。）李應、張魁死命保住，燕順、鄭天壽領敗殘兵，渡過冰泊，（冰泊，妙。）踉蹌逃入山寨，張清等接應上山去了。官軍直追到岸邊，方纔收住。計斬賊人上將一員，殺死賊兵五千餘名，生捦賊兵一千餘名，奪得器械馬匹不計其數，大獲全勝。眾人無不欽佩本縣徐相公韜畧神妙，三軍歡呼動地。（第一段收徐槐。）原來顏樹德當力戰秦明之時，（忽抽出一頭另敘，深得左公筆法。）徐槐左右都深恐樹德失手，齊請徐槐傳令免戰，徐槐不準。（第一層不準。）及戰到二百餘合時，左右又苦請免戰，徐槐大喝：「無知小厮，安識顏將軍本領！」厲聲叱退。（第二層叱退。）左右看那樹德苦戰不休，都料要受傷，暗暗叫苦，再向徐槐說，徐槐大怒，傳令：「有敢言免戰者，立斬！」（第三層傳令嚴禁。三層逼寫令徐槐與樹德精神都凜凜生動，摹神妙筆。）果然秦明授首，樹德成功。（八字簡勁。）左右方曉得徐相公眼力過人，深深佩服。（第二段收徐槐，兼收樹德。）

當時徐槐傳令，在水泊上發了九砲，整齊部伍，大吹大擂，掌得勝鼓，回歸縣城。防禦使莫知人（名字絕倒。）出城迎接。原來莫知人見樹德莽撞，任森迂重，（不知從何見得，真所謂莫知人也。）深恐徐槐此去不能取勝，誰知居然大捷，心中十分驚異。（活畫出。第三段收徐槐兼收樹德又兼收任森，一片咏歎之神，真不知手之舞之，足之蹈之矣。）徐槐、任森、顏樹德領兵進城，發放人馬，一面申報曹州本府，（此等處雖耐庵往往漏之，仲華獨補得周密，真好。細思所費不過數字，原不必惜墨如金也。）一面通詳都省，并將秦明首級一顆，及生捦賊徒一千餘名，派得力將弁督兵護送解去。這里鄆城縣文武各官，都來賀徐槐戰勝之喜，大開慶賀筵宴，徐槐不慌不忙說出一番話來，有分教：鄆城縣裏，重添兩位女英雄；宛子城中，破卻幾重深險阻。正是：巨盜生腹心之患，蒼生憑保障之功。畢竟徐槐說出甚麼話來，且聽下回分解。

眾人無不稱羨徐槐韜畧。此語非束上，乃起下也。徐槐笑道：「未可恃也。」八字活寫出滿腹經綸。如此渡下，筆法最輕敏可喜。眾人請問其故，

范金門曰：起首特落徐槐，何等鄭重，蓋以梁山功業，實肇端于斯人也。觀其築城垣，充倉庫，選士厲兵，無在不堂皇正大。至於臨訓一節，剴切曉諭，能使無情者不得盡其辭，而其居心，總以「不忍不教而誅」六字為主，是誠民之父母。

邵循伯曰：晦翁有言曰：以己之心，度人之心，未嘗不同。盧俊義正因此十二字，斷送了秦明性命。徐槐之反間計，原屬周密，而盧俊義不能決秦明之必無異心，反將自己念頭一為比較，安得不入其彀中。寫務滋鹵莽而能受命，寫任森精細而有作為，各如其分，一筆不苟。

第一百二十回　徐青娘隨叔探親　汪恭人獻圖定策

卻說徐槐席間對眾官員道：「本縣此番克賊，其故有三：一者盜魁宋江遠在泰安，所有勇將雄兵，盡離本寨；吳用自曹州以來，每每弄巧成拙，然未有失策如此事者也。從此心腹患成，終以滅亡，豈真吳用之智短而慮窮歟？亦天命不可以力爭耳，另有論詳總批。一者吳用病困新泰，賊軍主謀無人；此則天實為之也。三者梁山羣賊藐視我們，以為無害。故我軍一出，得以大獲全勝。註明。但賊人根本未動，經此一跌，必然空羣而來；應第三句。更防吳用病愈，必轉來對付我們；應第二句。即宋江聞報，亦必盛怒前來以報其仇。應第一句，應上起下，章法、句法極善。那時賊人勢大，區區鄆城，未易輕攖其鋒也。」又出難題。眾人聽了，都躭起憂來道：「怎好？」寫眾人活是眾人。徐槐道：「諸君不必躭憂，本縣自有調度。」大眾無言，酒闌而散。

徐槐對任森道：「近日天氣嚴寒異常，人畜凍死無數，賊兵亦是血肉身軀，未必熬得寒氣，涉冰如飛；況聞賊魁盧俊義已受重傷，養病不暇，亦何暇與我拚命來爭乎？暫擱盧俊義一邊，文家急脈緩受法也。尤妙在提出天寒，以與希真避寒退兵相應，真細針密縷之筆也。惟來年春暖，賊人武怒而來，那時梁山全隊當我前面，又有嘉祥、濮州兩路夾攻，又出難題。絕非小耍，也所當預思良策。」任森躊躇良久道：「此地鄰縣鉅野，有一位隱君子，具知人之識，人人樂為之用，也與老師同姓，表字溶夫……」忽提起徐溶夫，文如春雲膚起。任森詞未畢，徐槐點頭道：「是吾族兄也。現在高平之麓，我卻忘了。若我去請他，諒不我卻，須差何人去走遭？」春雲膚起。只見顏務滋上前道：「恩師要請溶夫先生，小將願去，這溶夫最知我的。春雲膚起。恩師何不寫起信來，待小將星夜前去，包管一請就來。」是務滋口氣。徐槐大喜，當時修起一封書札，次日交與顏樹德，樹德佩了寶刀，跨了烏騅馬，一路衝風破寒向高平山而去。你道顏樹德為何認識徐溶夫？一句領起。原來徐溶夫有個姪女，小字青娘，是嫁在顏家的。丈夫名喚顏鼈，音僖。即樹德之堂叔也。綰合奇。溶夫乃虎林之族兄，顏鼈又樹德之堂叔，從此因親及親，英雄以類相聚矣。顏鼈幼小聰明，讀書成誦，過目不忘；稍長便通諸子百家，更兼舉止嫻雅，處事精詳，父老見者無不許為少年英器。惜乎天不永年而夭，族中無不惜之。此徐青娘傳也。中插入顏鼈小傳，妙。是書慣于虛寫人物，郭英、李氏而外，顏鼈又其一也。又妙借族中無不許顏鼈，反襯出無不惡樹德，而因以引起青娘之卓識也，妙筆。樹德無賴使酒，諸事逞性，不務正業，族中無不惡之。絕妙裁對法，左公得意之筆也。史記淮陰傳「貧無行」三字，活托出淮陰英雄，作者本此。惟青娘深知樹德日後必成大器，顏鼈在日，時常勸顏鼈好生看覷這姪兒，卓識。樹德因此常感戴這位嬸娘。畧表樹德。且舉一事為證：那顏氏族中有一個名喚顏之厚的，名字絕倒。較樹德長一輩。有個兒子叫做顏赤如，三字寓意。性情極其躁暴，膽子卻極懦弱。顏之厚因其性躁，深恐其學了他哥子樹德的壞樣，因此禁止樹德，不許上門。可歎。又延請了一位先生，姓黃名漣，在家中日日教赤如讀書，又兼教赤如舉止須要謹慎，凡事須要忍耐等語。絕倒。這黃先生教法極嚴，板子、界方❶不少貸。赤如忍氣吞聲，膽子越小，煩恨越深，可歎可傷，錄此以為天下不善教子者炯戒。想想左右終是一打，索性瞞着父師，三瓦四舍，無不遊蕩。父子相夷，必至于此，吾願天下之為人父者，讀此三思。也是合當有事，那年顏氏移居鉅野，為綰合溶夫地。鉅野縣內有一家姓井的，住居泥水衕。井也，泥水也，皆寓意也。赤如不合一時慷慨，私借與他十兩小貨銀子。那井家探知赤如父師嚴緊，料此事必不敢聲張，便賴了他。可恨。赤如去討過數次，那井家只是不

❶ 界方：鎮書紙的文具。一般為木製，也有用水晶、象牙、玉石等為材料。這裏是說用界方打人。

還。赤如深畏聲張，忍了氣不敢發話，可憐。想了一想，猛記一個父輩朋友來，那個朋友姓何雙名見機，名字寓意。極為商量方法的。赤如想到了，便徑去尋他。原來那何見機也與樹德相認識，如此綰合，妙。當時一見赤如進來，各相施禮。何見機開言問道：「赤兄有何見諭？」赤如將井家的事情說了，并求妙策。何見機歎道：「我往常常說令尊家教太嚴。吾兄質地本是醇謹，大宜開拓胸襟，暢展懷抱。不期令師黃先生只知一味拘束，弄得神氣蕭索，人人都生戲侮。其語極是。我也向令尊前說過多次，令尊總說足下性情暴躁，不可不禁，我看足下何嘗暴躁哉？足見巨眼，然事至于此，而猶薦務滋，是乃所謂何見機也。如今此事，只有央令兄務滋同去。令兄一貌堂堂，聲如巨雷，那井家必然怕他，此去定可集事。」赤如道：「家父得罪了他，恐他未必肯來。」何見機道：「令兄義氣深重，況足下又與他手足至親，我料他斷不膜視。」可謂深知務滋者。赤如領教，當下辭了何見機，去尋着了樹德。樹德上加「尋着」二字，可歎。赤如拖住樹德道：拖住二字可憐。「哥哥，閒常我家少禮貌，總看祖宗面上，休要介意。」可憐。樹德道：「賢弟，你說那里話來！今日你有甚事求我？」其語爽直。赤如將井家的事說了，還未說到求助的話，加一句顯出樹德。只見樹德雙眉剔起道：「我家兄弟直被外人如此欺侮！賢弟休走，反叫賢弟休走，神采生動。我同你去和他理會。」當時同赤如直奔井家。井家一見樹德，早已嚇殺。樹德一把揪住，問道：「你這廝欠我赤如兄弟十兩銀子，是真的麼？」井家道：「是，是，是有的。」樹德道：「既有的，今日便還。」快極。井家不敢不依，只得先還了五兩，說：「那五兩，求懇緩到明日，再行奉上。」樹德教赤如收了五兩銀子，方纔放手，與赤如去了。那井家不伏氣，直去告訴顏之厚，說：「赤如通同樹德到我家來逞強，勒掯了五兩銀子去。」之厚一聽「赤如通同樹德」六字，怒從心上起，便奪那赤如的五兩銀子，還了井家，將赤如交與黃先生結實打。赤如一口氣回不轉，竟登時殞命。必至于此而後已。黃漣大驚，一溜烟逃走，不知去向。之厚見兒子死了，恨樹德入骨，竟將樹德賺到書房，一索綑了，做了一張呈子，稱樹德毆死堂弟赤如，買囑幾個家人作見證，竟直送到鉅野縣去。務滋遭不白之冤。此段乃為徐青娘識英雄作緣起，非樹德正傳也。徐青娘在顏氏別宅❷，疾入正傳。別宅二字，細。一聞此事，便柳眉對鎖，疑了半響道：「樹德，樹德，我看你性雖剛勇，卻斷斷不是逞性殺人的野蠻子。特識。況且你與赤如無仇，何故殺他！斷定。之厚叔有深恨于你，你今日這起案，定有奇冤。料得透。然都是猜測之辭，無目睹之情形，故曰別宅二字，細也。況且你這身本事，從此埋沒了，豈不可惜！真是巨眼熱腸。只可歎我丈夫已故，我是一個女流，如何能救得你？」忽作一折，折出溶夫。想了一想道：「有了。」便吩咐備乘轎子，逕到高平山徐溶夫家來。筆勢跳脫。徐和一見便道：「賢姪女許久不見了，你嬸娘兀自常常記罣❸你。」青娘道：「正是一向不來請叔叔、嬸娘的安，兩位兄弟都好？」家常話不可省。當時徐和的娘子并長生、偉生徐和二子名字，此處補出。都相見了。到後軒坐地，青娘開言道：「今日有件要緊事來求叔叔。」急捻。徐和道：「甚事？」青娘道：「寒族顏樹德，想叔叔素常也曉得的，今日遭了不白之冤。」竟說冤，眼力準。徐和驚道：「這顏務滋，我素常聞知他是位英雄，表溶夫。只因我深山修養，懶于應酬，不曾見他。註明。他今日端的遭了什麼冤事？」問得關切，足見熱腸。青娘便將上項事說了一遍，便道：「赤如怎樣死的，不曉得他。但姪女看來，斷斷不是樹德打殺的。一口咬定。如今他身在囹圄，性命難保，叔叔可有方法救得他？問一句。此人如果冤殺，真是可惜。」再緊一句，急迫之狀如見。徐和道：「賢

❷ 別宅：外室。舊時對妾的一種稱調。

❸ 罣：即「掛」字。

才遭難，豈容不救！表出溶夫。只是此事，非錢不行，千古一轍，可歎。可恨我現在瓶無儲粟，家徒四壁，如何做得？可歎。至于當道官吏，我素常又懶于往來，今日有事，卻無門路可尋。」兩層一開，令讀者失驚。青娘道：「如此說來，這樹德竟救不得了，又沉沒了一位英雄。語語英雄，巨眼卓識。姪女想如要用錢，姪女典鬻些簪珥，可以湊得。極表青娘。至于如何設法之處，還望叔叔費心。」極表青娘。徐和道：「姪女休着急。我想只是買上告下，挖尋門路一法，弄得極好，只落得務滋免得死罪，脊杖刺配，終受了惡名。今我須定個主見，竟要令務滋洗脫冤枉，釋然無事方好。」極表溶夫。沉吟了好一歇，道：「有了。與青娘語對鎖。此去鄰縣鄆城中有一家姓汪的，係是世家大族，當道大為契重，隔山照水，奇妙非常。我也有人認識，且去尋尋他看。一合。只是他族中與我最親近的一個，名喚汪往然，名字又絕倒。為人卻模楞無主見，此事他未必就承得。」又一開。只見青娘笑逐顏開道：「這汪家，句原來叔叔認識的，妙極矣。奇，妙。不瞞叔叔說，這汪家與我顏家也有好幾門親，所以他家的人，姪女都曉得。又是好幾門親，妙。叔叔所說的汪往然，他有個親叔，是戊子科舉人，戊子科舉人，宜其能救務滋矣。現在曹州府裏辦刑名，府尊最契重他，且喜是鉅野縣頂頭上司衙門。他為人最有義氣，畧表一筆。叔叔去託他，無不成功。」再一句。徐和道：「既如此，事不宜遲，便作速寫起書札，到鄆城去先投汪往然，託其轉懇。」只見偉生立起身道：「此去先到鄆城，再到曹州，曹州又到鉅野，路途迂回，須得星夜持書趕去為妙，孩兒願去。」帶表偉生。徐和道：「甚好。」當將書信交與偉生，偉生持到鄆城縣，面交汪往然，又再三懇託；汪往然當即差人賫書到曹州府裏去，求他的叔子；他叔子一見，便將冤枉情由訴與本府；本府當即修起一封書信，投遞到鉅野縣。都用省筆捲過好。等得偉生轉來，鉅野縣已將顏樹德一案昭雪，好。顏樹德無罪釋放；果如溶夫之言。顏之厚依誣告人死罪反坐律，未決減一等擬罪；收顏之厚。遺失服屬一層，是仲華律例未精處。井家被審出賴債、誣陷等情，亦依律擬罪；收井家。何見機原案株連，因樹德無罪，亦不追究；收何見機。黃漣現在逃避，俟獲日另結。收黃漣。青娘謝了徐和，仍回夫家。樹德出了重罪，過了數日，方纔曉得是溶夫與他的孀娘救他的。見溶夫、青娘不市恩。感恩涕泣，叩謝了青娘，又直奔到高平山，向徐和叩謝。徐和一見樹德，果然聞名不如見面，見面勝于聞名，當時大喜，留飲敘談。自此樹德常到徐和家來。徐和家有事，樹德常為出力，徐和因此稱樹德為「我家禦侮之臣」。這都是十餘年前的話。註明一筆。其後樹德遠遊四海，忽拓開樹德。惟徐青娘常來轉望徐和。專寫青娘，妙。

原來徐和得了本師陳念義先生的真傳，忽又提陳念義，妙。深曉火候還丹之術，只是累着一個貧字，衣食操勞，以故下手不得，可歎。閒時且參究內典禪乘。一層金丹，一層禪乘，襯出淨土。青娘見了，也殷勤動問。徐和便與說些四果的修證，文有步驟。便道：「這是中小兩乘的工夫，清劃。再上去還有大乘❹工夫，最上乘工夫，古人面壁十年，方能頓悟，從此直超無生法忍。即以無生引起往生。我輩根淺智薄，如何攀得上。自謙。所以我佛無量慈悲，特于三乘之外，開一異勝方便法門：落到淨土鄭重。因凡夫不能無念，而命之曰念佛；不能無生，而命之曰往生；語意明白顯亮。又示以勝妙光明之境界，名之曰極樂國土，又曰淨土。使之繫心一緣，直抵淨境，語意明白顯亮。及至誕登彼岸，方恍然悟念佛之本無念，往生之本無生也。語意明白顯亮。此法無智無愚，無閒無忙，皆可行得。智者以圓

---

❹大乘：佛法之一，係梵語音譯。不同的佛法，名為乘。「乘以運載為義，以名教法。」除大乘外，尚有中乘、小乘之分，故稱「三教」。認為一切眾生皆可成佛，以普渡天下眾生為念者為大乘；自我解脫為主，主張個人修身養性者為小乘（教）。

悟而速證，愚者亦以純一而竟成；閒者以積功而徐至，忙者亦但以念切而直前。圓到之至。世人不信，哀哉！只六字足矣。賢姪女如有意求脫生死，愚叔書架上有天台智者十疑論、永明禪師宗鏡錄、天如祖師或問、飛錫禪師寶王論、龍舒居士淨土文、蓮池大師彌陀疏鈔，以及近士所輯之淨土歸源、淨土輯要、蓮宗輯錄、淨土聖賢論等書，都是發明淨土妙義的，賢姪女俱可參閱。」仲華自註云：淨土一門，廣大精微，若欲探本尋源，雖十更僕未能暢其旨也。今此部結水滸非為闡揚淨土而設，故雖提及淨土，亦只得約畧十數語而止。又恐讀者一時不明，因而疑謗，則謗佛、謗法之罪皆是我啟，不可不慎，故特登各種先賢淨土名論書目，讀者苟按名而得其書，以玩索其由來，自不至以不肖之言為河漢也。至于彌陀疏鈔等書，宋時所未有，此處援引失據，則在所不計。青娘聽了大喜，夙根人也。從此不時到徐和家轉往，聽受淨土妙義。那徐娘子性地質直慈祥，時常聽徐和講些淨土，早已深信行持；帶表徐娘子。又得了青娘為道侶，彼此互相談論，大為精進。合寫。徐和亦甚喜，又教青娘行持觀佛之法。青娘一一領悟，從此年年歲歲，神遊于琉璃寶地、七寶行樹間也。忽入一段娓娓談道之文，令人頓忘前此之屍山血海，後此之白骨青燐，章法踈斷，文氣靜逸。又映起慧娘、麗卿悟道事，真妙筆入神也。

一日，徐和正與青娘談說妙道，時已將晚，只見長生自外入報道：「顏務滋來了。」陡然拍合。言未畢，顏務滋已大踏步進來，一見徐和納頭便拜。徐和急忙扶起，看時大喜道：「奇了，務滋從那里來？」宛然。樹德道：「恩公容稟。」徐和道：「且慢，且請坐了說話。」妙筆，烘染出樹德之神。樹德又拜了青娘，青娘道：「久不聞你消息，真憂得你苦也。」樹德在末下一位坐了。逕直之至，又不答嬸娘一語，妙甚。偉生道：「顏大哥遠客，請上坐。」溶夫道：「務滋最爽利，由他自坐適意，不要同他客氣。」溶夫之所以能用務滋也。便對長生道：「你母親在廚房，你向他說，端正一個火鍋，點染冬景。隨便添些葷菜，請顏大哥在此吃便飯。你再去燙一壺酒來。」只見青娘道：「我進去向嬸娘說罷了。」便立起身來，又向樹德道：「你先將那年去後情形告知你外祖，我進去了就來。」說罷進內去了。（暫收過青娘，以便溶夫、樹德敘話。）樹德便取出書信來道：「虎林相公有信呈上，恩公請看，我去帶馬進來。」徐和道：「馬，（句。）我教偉兒去着疊❺，你只管坐坐。」（皆所以烘托務滋神氣也。）便一面看信。看畢便向樹德道：「原來你在虎林處，（真有得其所哉之羨。顏樹德去高平後，所有青州批殺秦明使者，歸德行乞，四川遇異兆，東京遇任森，皆一概不敘，所以避累墜而歸簡潔也。莫議其疎漏。）好極了。（如聞懽幸之聲。）任森又在那里，（拔茅之慶。）甚好，甚好。（再疊一句，一片懽幸之情，呼之欲出。）務滋，務滋，（叫得關切。）你好好的聽虎林相公驅策，（重囑之。）料不負你一身名望。」（又深許之，一片神理，四邊精彩畢現紙上，真贊之不可勝贊矣。）樹德道：「刻下虎林相公誠恐梁山利害，因請恩公前去，恩公萬不可辭。」（樹德語更有精神。蓋其意以溶夫徒知羨我之遇，而不急虎林之請也。故矢口急迫如此，真乃傳神妙筆。）徐和道：「我去亦可，但亦何必我去。」（神情栩栩欲活。）正在談說，只聽裏面青娘叫：「偉弟進來。」（不必青娘叫也。必用青娘者，以其為此回之主，故頻點之。）偉生進去，須臾搬出一個大火鍋來。長生自外面提了一大壺酒來，（想是賒賬，必非現錢。）偉生又安排了杯筷。徐和自己首坐，樹德也隨便坐了，長生、偉生也坐了同吃。（脫灑景象。）樹德道：「虎林相公專等恩公，恩公若不去，樹德亦不回。」（竟是南霽雲乞師，神情何至于此！寫出務滋神采。左氏曰：師不興，孤不歸矣。仲華盍倣此。）徐和微笑道：「我去，我去！」（欲活。）遂顧二子道：「虎林叔要我去，我去去就來。」二子唯唯。酒闌飯畢，務滋在外房安歇。徐和進內，娘子問道：「聞相公要出門，到底何事？」徐和道：「就是那虎林叔做了鄆城縣，要滅梁山大盜。」（此語本不奇，以遙接念佛、往生後，故奇也。吾杭有趙雩門者，搢紳先生也。長齋念佛，宗門淨土，兩致其功，會與杭州朱太守有年誼，太守重之。因舉其所知之地棍鄉豪以告，遂一洗而空之。因有竊竊議其後者曰：念佛人固當如是耶？此等俗子陋見，真不可與一朝居。）此刻賊人勢分，自有可乘之機。但據我的意見，尚須遲一步為妙。（高眼巨識，為徐槐赴難伏線。）如今他既性急要做，（或問仲華亦何故性急要做？金門答曰：書只有二十回，本則不得不性急。）又要我去，我也只得去一遭。」（徐和落落大方。）青娘在旁道：「虎林叔叔原來就在這里做鄆城縣，樹德是在他手

❺ 着疊：打理。

下麼？問一句得神，又妙在無人答應，便徑接下文，倒也不枉。確是一面雖問，一面已喻之神。倒也不枉了。宛然。今溶叔叔既要到虎叔叔處去，姪女願同去，落題。一則望望叔叔、嬸娘，二則虎叔叔向談韜畧，姪女借此看看，庶使才歸實際。」出語遂驚長老。徐和點頭。

次日，青娘回到鉅野縣裏夫家去，收拾些行裝，細。稟告了尊長，細。不但細而已也。青娘為主，例應詳寫。第二日重復轉高平山來。下午，溶夫、務滋兩馬，青娘一轎，幾擔行裝，一同起行。不日到了鄆城縣署，徐槐接見大喜；又見青娘同來，便喜問道：「想是吾兄特地邀他同來也？」一語點睛，神采生動。徐和笑道：「他自己要來看看你，說你到底有多大的本領。」妙語，絕倒。即承青娘語而實疏之。而溶夫之脫灑，青娘之才名，虎林之驚天動地，一齊俱出，真是妙筆。徐槐大笑。青娘拜見了徐槐，便進內署去了。任森、李宗湯、韋揚隱都來拜謁徐和，徐和各道契濶。原來這三人，徐和都認識的。順註一筆。

徐槐命備酒為徐和洗塵。席間，徐和開言道：「吾弟勇敢過人，此舉端的常人所不能為。但以愚兄觀之，似乎嫌太早些了。」徐槐道：「弟非不知，所以鹵莽而先為之者，正是有見奇恣。張公解曹州任，曹州虛無人焉，賊人耽耽虎視；若使曹州再失，賊人長驅直搗，駛不可禦，為患大非淺鮮。即上回對任森語意。惜乎我秩止縣官，是以僅乞得區區一鄆城，以與虎狼相馳逐。杯土彈丸，聊為東京保障。語氣雄邁，辟易萬人。其濟則君之靈，不濟則微臣隕首以報國耳。人誰不死，有司死職守，乃分所宜也。」慨當以慷，讀之長人氣概。已呼起百三十二回。徐和歎服，滿座皆動色。真寫得神采生動。徐和道：「今日為吾弟決策有二：一曰守，一曰戰。鄆城一邑，經任人銜修理完備，若以議守，足可與賊人久持。但賊若偏師圍鄆城，仍可大隊以捲曹州，非策也。必議戰而後可，戰則必須搗賊人巢穴而後可，一語定後半部之局，筆力極大。吾弟於梁山圖形，能審悉其曲折否？」領起後半回。徐槐道：「吾所躊躇，正為此耳。」徐和道：「此中就里，吾弟當於手下六部中細求之。」雙關，妙極。徐槐領悟，想是須知冊原分六部，明日當傳六房書吏訪察。當下酒飯畢，又談說些事務，任森等各退去。

徐和與徐槐入內，與徐槐眷屬相見了，又問些安好，談些家中度日景況。徐槐道：「不料吾兄情形如此拮措❻，如有須弟相助處，無不効勞。」徐和稱謝道：「若論逐日度日，倒也天賜其緣，無有欠缺。特心中所歉然者，諸親友恩錢義債，一承慨挪，輒永無還期耳。兄嘗有句曰『貧窮只覺負人多』，正謂此也。」（無端又夾入一段家況，筆致疎斷入妙。不惟寫出虎林之慷慨仗義，溶夫之瀟灑浩落，而且令天下清貧寒士對此無不三歎，真妙筆也。）說說談談，又說到梁山事務。（有銀瓶乍破、鐵騎突出之奇。）徐槐道：「吾所慮者，不僅在輿圖。（輿圖乃下半回之正文，此處偏先作一颺，有欲賦天台山，先指東海霞之妙。）此地賊人形勢，梁山、嘉祥、濮州鼎足而立，蕞爾❼一鄆城孤立其中，環應三面，大非易事。」（應前文的是棘手題目。）徐和道：「此三面中，有一面吾弟不必躭憂。（奇。）兄於路上曾與青娘姪女談過，（妙筆。）劉總管虎踞兖州，精兵勇將正壓嘉祥東境。彼嘉祥之賊除是不動，動則劉總管雄兵直下矣，故曰此一面吾弟不必躭憂。」（借溶夫口中輕輕按倒嘉祥，又帶表出劉廣。奇筆，妙筆。）青娘道：「此地距濮州，中間有無險阻地利？」（奇。）徐槐道：「濮州在魏河之北，魏河南岸有一座截林山，那年金成英恢復曹州時，就於此處置設疑兵，阻截劉唐。（忽迴應金成英復曹州事，又為彼補出地名，真是妙筆如環。）端的縣亘百餘里，山崖峻險。」（妙。）青娘道：「如此說來，這一面吾叔又不必躭憂了。（奇。與徐和語相應。）只消五千精兵，扼住此路，賊人雖有數萬雄師，不能飛渡。（又按倒濮州。）叔叔如果乏人，姪女願去。」（好勇敢，真不愧為虎林之姪女也。領後文。）徐槐喜形于色。（妙筆。）當時一番談說，早已漏下三更，大家各自安歇。（極寫出從容閒暇。）次日，徐槐傳集各書辦諭話，問及梁山地利情形。那滑中正上稟

---

❻ 拮措：即「拮据」，經濟拮据，無所籌措之意。

❼ 蕞爾：微小。

道：「梁山地圖曾經於原冊內呈閱，如須洞明此中曲折，只有城中汪學士藏有秘圖。出落。可惜其家現惟婦女，不知此圖存否，落到地圖矣，偏又作一颺。唐荊川作文只一開一合，不洵然歟。婦女不惜書，可為世上歎。相公須往訪之，或有元妙。」徐槐道：「我就即刻親訪何妨。」便命滑書辦傳諭號房汪府住址，立時往拜。

原來那汪家世代書香，名門舊族。這汪學士便是方纔說過的戊子科舉人、曹州府遊幕的，挽上一筆。端的是個不凡之輩。後來家遭顛沛，有學問者盡不永年，剩了一班無賴子弟，專門鬭賭吃着，偏偏永遠不死。寫出大家消落情形，確。汪學士已故，遺下少年妻室，便叫做汪恭人。出汪恭人。這汪恭人也是名門淑女，不幸青年早寡，矢志守節，端的有膽有識，才德兼全。先總贊一句。自從丈夫亡故之後，大遭這班無賴之擾，汪恭人卻從從容容，因人佈置，無不得宜。又虛敘一筆。若要問他這地圖從何而來，這事卻久遠了。奇筆。

原來這梁山，宋江未至之前，先有晁蓋；晁蓋未到之時，乃有王倫；王倫未來之日，這梁山原是一片清平世界，熙皞乾坤❽。奇極，妙極。自前傳七十回，此書又已有五十回，共計百二十回。一片悖逆之形，戰鬭之狀，倒海翻江，駭心眩目，無論善讀不善讀之人，無不忘卻梁山為如何境界，如何土地矣。仲華出其雷霆精銳、冰雪聰明之筆，突于此處舉梁山之本來面目，昭而揭之，以告天下，而後知梁山之本無宋江，本無吳用，本無一百八人也。而後知宋江等一百八人之在梁山真僑焉，如寄也。而後知二十六員雷將之迅掃奮擊，無非洗出梁山真容，直是行所無事也。而後知續貂者，吠聲者之嘖嘖忠義，直如蕩子之忘其家，遊客之忘其鄉，使其一旦覺悟，必不作此夢囈也。此等奇筆，金門惟有拜倒在地久之。久之惕息，不敢仰視而已。裏面說不盡那清泉碧澗，怪石奇峯，暮靄朝雲，春光秋色，誰能于屍腥血污窟中，洗出如此真面目耶？吾不能不服其筆之奇矣。端的一座好山水。那汪學士在日，素有山水癖，奇情異想，落紙雲烟。時常縱遊梁山。又請了一位有名丹青先生，畫了數十幅，裱成冊頁，藏在家中。地圖由來，從此落想，奇極。但有一層，凡畫家寫山水，每要就自己的佈置，雖復盡態極妙，卻與真地形大同小異。忽作一折，入情入理，而筆法離奇，動人耳目。況

---

❽ 熙皞乾坤：光明世界，猶言朗朗乾坤。皞，音ㄏㄠˋ，明亮。

且汪學士所圖，不過擇其邸墅最好的畫了些，也不是梁山全圖。更奇妙，入情入理。那滑書辦所曉得的，就是此圖。註一筆，更奇。若將此圖獻與徐槐，只好持去拓大了，張屏掛壁，何補實用？妙筆。調侃畫家。反不如須知冊中地圖，還有三分真形。再找一筆，索性送足。奇極。然則汪恭人獻圖定策，竟成虛語耶？看官不要心慌，奇。卻好那汪學士有個朋友，與汪學士最知己，又同有山水癖，奇情異想。他卻將梁山景致用西洋畫法畫出。原來這西洋畫法，寫山水最得真形，一草一木，一坡一塘，尺寸遠近，分毫不爽。奇情異想，戛戛獨造，真令我歎絕矣。更兼這個朋友最高興畫山水，竟將梁山泊前後、左右、裏外、正面、背面、側面，一一畫出，共計圖六百三十餘幅。文筆之妙，文心之奇，至此而無以復加矣。汪學士也愛他的圖，借來觀看，不料借來不上半年，那朋友亡故了。汪學士想倩工臨摹好，再將原圖還他的兒子，不料因循躭擱了一年有餘，他兒子又死了。那家無人，此圖無從歸還。又未幾而汪學士亦故，此圖落在汪恭人手裏。簡明之筆。必幻一朋友者，借作波折也。已有圖矣，而汪家必須臨摹歸還，則笨筆矣。然不表明，則汪家又嫌非其有而取之。此處用筆，深得輕重之法。此時王倫已據水泊，汪恭人曉得此圖大有用處，便什襲珍藏。表汪恭人一筆，點睛欲飛，真神龍之筆也。那班無賴子弟弄得鬮賭精空，起心此圖，想賺去賣了，陶成幾個鬮賭本錢，向汪恭人來聒噪，汪恭人只說已還了那友家了。妙筆，細筆。無賴曉得恭人收藏，又詐稱那友家有人來取，汪恭人只託故不與。妙筆，細筆。後來糾纏不清，吃汪恭人結實發揮了一頓，從此無人敢來問了。妙筆，細筆。補出此圖十餘年尚存之故，針對滑書辦不知此圖存否語落筆，又寫出汪恭人才識，真是極靈之筆。年復一年，此圖依然無恙。好筆力。

　　這日恭人閒坐內室，忽見蒼頭進來報道：「本縣徐太爺親自到門拜望。」拍合。汪恭人道：「奇了。我家雖是鄉紳，現已無人做官，久不與當道來往。既如此，且去擋駕，改日差人謝步罷。」入情入理之事，借作波折，真妙。蒼頭出去稟覆訖。徐槐回署，見徐和道：「汪宅惟內眷，宜其不見。細慎之筆。但我此次往拜，亦明知其不見，不過我先盡敬賢之禮。極表徐槐。我想青娘姪女頗有才智，可教他去往見罷。」極妙引線。徐和稱是。徐槐進內與青娘說了，青娘領諾，並道：「這汪家原與我有親。白雲迴望合。叔叔所說這位汪恭人，姪女深知他才智過人。姪女此去，不但求圖，兼可與他面商一切也。」領起後回文字，極妙點題之筆。徐槐甚喜。到了次日，青娘乘輿徑往汪府。蒼頭報入裏面道：「今日徐小姐來拜會也。」汪恭人想了一想，點頭會意，妙筆。便教請進來。青娘進來，汪恭人出堂迎接，一見青娘，便道：「我道是那位徐小姐，原來就是顏大娘，一向久別了。」聲口宛然，見文情綰合之奇。青娘道：「正是少來奉候。」當時邀進內室，遜坐敘茶。汪恭人道：「寒家自先夫去世，祚薄門衰，既無叔伯，終鮮兄弟，又乏子嗣，是以當路貴人久不來往。乃荷令叔大人，玉趾降臨，寒家託在治下，只好求父師官長，俯恕失禮之罪。」且從閒話敘起，文家寬字訣也。青娘道：「何敢！答一句。家叔前次造府，一則仰慕家聲，二則亦有所求。」便拍緊。汪恭人道：「令叔征討狂賊，威震人寰，雖深閨亦有所聞。今日小姐親來，願請其詳。」汪恭人語又漾開，不特行文盡離合之妙，而且令下文輾轉循環，方落輿圖，出筆亦鄭重也。青娘遂將臨訓盧俊義、斬秦明的話，一一說了，并道：「這斬秦明的顏樹德，便是舍姪。那年身罹冤屈，深賴汪大兄出力救拔，今日果真不負知己。」宕開本文，綰合前文，妙筆神來。汪恭人道：「小姐眼力亦端的不差。那年令叔溶大信到時，先夫見吾嫂求救此人，如此其急，便料到此公必是大器，所以有當于小姐青睞也。并補出一段情事，令上篇文字亦增生色，真有「石出倒聽楓葉下，櫓搖背指菊花開」之奇。如今令叔父臺榮臨此地，首斬巨寇，威名震動。忽拍合行文，真極得離合之妙。但賊人根本未拔，經此一跌，必然盛怒而來，寫汪恭人。想父臺必有備禦之奇策。宕一句，入情入理。以愚婦人之見，似宜乘此直搗巢穴，與徐和語，英雄所見畧同。方為上策。」青娘道：「家叔奉訪，正為此也。欲搗賊巢，必須先明地利。聞府上有梁山極準輿圖，故來求賜一觀。」汪恭人微笑道：「寒家卻有輿圖，只是用時尚須斟酌。是大見識語。令叔既是當道英雄，此圖當以奉獻。」落到本文。

言談間，僕婦擺上酒飯。恭人遜坐道：「千里遠親，便饍相留，殊嫌簡慢。」青娘謙謝就坐。落到輿圖矣，忽又漾開，奇筆。坐間，汪恭人問青娘道：「鎮撫將軍賈夫人，賢嫂可曉得否？」忽提及賈夫人，奇筆。青娘道：「不錯。這賈夫人便是張將軍的夫人。這張將軍那年做兗州總管時，忽點張繼一歷任處，奇。其少君有病，曾請家叔溶夫去胗視。據家叔轉來說起，他少君之症係是虛弱，家叔用三錢人參，這張將軍畏懼不敢用，家叔亦見機辭退。忽又描寫張繼一番，真是無妙不臻。家叔又言，這位將軍懦弱偷安，恐非將才。汪夫人劈頭一問，青娘應亦不測將軍與恭人有無親誼，何便即出此言唐突。蓋恭人開口「鎮撫將軍賈夫人」七字，早已寓不足將軍之意，而青娘察顏觀色，為深有智眼也。又說聞知他的夫人賢明才智，卻是個女中丈夫。今恭人曉得他端的何如？」轉問一句。汪恭人道：「這賈夫人便是我的表姐。又是一門親，妙極。幼時與他同居盤桓，端的見識非常，他母家童僕使令不下百餘人，他一見便辨賢奸，日後無不應驗。賈夫人傳忽于此處補出，奇筆。自從嫁了這張將軍，卻似鳳凰配燕雀。奇語。如今張將軍漸有羸病，順點張繼病。將軍有羸病，奇文。即使不病亦無能為。這賈夫人掌握兵權，凡有兵將調遣，盡出其手。今日我所以提及此者，為令叔獻條愚策也。」忽又拍合。此回慣以疎斷見奇。如此處忽插入賈夫人一段事實，真有微雲河漢，疎雨梧桐之妙。青娘喜問何策，汪恭人道：「此刻賊人吃令叔斬其上將，來春必然傾寨報仇，其銳不可當。愚意欲修書致賈夫人，託其提兵坐鎮梁山後路，賊人自不敢輕動了。」一句提起後回汪、賈二夫人，俱凜凜生動。青娘大喜，稱謝道：「得恭人如此設策，家叔尚有何憂！」極贊之。當下談說十分投契。青娘道：「恭人惜與我等同係女流，不然豈非國家柱石。」彼此入港，恭人試青娘乎？青娘激恭人乎？或曰皆非也，英雄相遇耳。酒饍畢，又談說些事務，青娘便請輿圖一看。忽遙接。恭人應諾，又道：「舍間圖有兩本，一本乃畫家山水，無補實用；必須撇清一句，是筆法。我將那西洋畫圖取出來。」說罷，進內室去。良久，鄭重之詞。

同僕婦捧出一個錦包，鄭重之詞。放在當廳桌上，打開來與青娘看，乃是六本冊頁。青娘翻開看時，果是西洋畫式的山水。青娘看了一回，心中躊躇起來，暗忖道：「此圖有一層不合用。」此一折奇極，令讀者不測。便問道：「恭人，此圖地形雖細，卻是太平時山水之形，無賊人盤踞之狀。如此山中，刻下未知設關隘否？彼山中，刻下未知設砲臺否？圖中皆無之，恐於攻取情形未合，怎好？」疑其來自天外，卻不知得自眼前，真絕世妙筆。汪恭人道：「這卻不難，只須令叔大人捉幾名小賊，赦其不死，誘之以恩，脅之以威，令其將山寨中現設之關隘，就圖中一一指出。妙極。又須分作兩三賊，各開指認，如彼此稍有不符，即便斬首。再補一句，十分周至。如此，則賊人盤踞之真形勢，瞭如指掌矣。」妙極。青娘大喜道：「恭人真高見也。」當時將冊頁疊好，錦袱包了，細。放在上首琴桌上。細。又坐了談說一回，青娘起來道擾謝教，攜圖告辭。汪恭人送出中庭，青娘又拜託：「致賈夫人之信，望作速為妙。」再勾一筆。汪恭人應諾，青娘升輿而去。

不說汪恭人仍回內室，且說徐青娘回署。入內，徐槐問：「何如？」青娘一面說，一面將圖呈上，徐和亦入內共看。看了一回，只見徐槐忽縐眉道：「此圖尚有一層不合用。」又作一折，真是出奇無窮。青娘道：「叔叔敢是為圖中沒有關隘守備情形？讀者亦以為此。這卻不難。」便將汪恭人捉賊指認的話說了。徐槐道：「不但為此，然則又為何事，真悶煞讀者。這圖中並不註明道里丈尺，從天外來，自眼前得。更兼他是洋畫，遠近濶狹，大有伸縮，又不可用方格硬取，真是妙文奇筆。如何是好？」徐和亦沉吟了一回，道：「有了。」奇。長兒知勾股之法，可作速寫信到高平山去叫他來，他定算得出。」真是奇情妙文，匪夷所思。青娘道：「正是不錯。」徐和當時便寫起信來。尚未寫完，忽報長生自高平山來也。必須徐和信召長生，然後長生來署，事非不通，然多費筆墨，卻是何苦。今令長生自來，又順便帶陳念義一信，收回徐和，真極妙、極巧之結搆也。徐和詫異道：

「他來何事？」（本欲召其來，卻又詫其來奇。）徐槐叫請進來。長生入內，一一拜見了，命坐。長生開言道：「前日陳通一太夫子來家，（忽提陳通一，奇。）說為父親選得一個修道的大機緣，（妙。回應前下手不得。）擇于下月可行。因父親不在家，太夫子便去了，說再過半個月又來，故此孩兒特來告知。」（忽又插入通一、溶夫修道事一段，真是極盡疎斷之致。）徐和道：「這卻失候了。」便對徐槐道：「既如此，愚兄明日告辭回家，靜候老師。」長生道：「父親何須汲汲，太夫子說過半個月再來，此刻緩緩動身回去，儘彀哩。」徐和點頭，便對長生道：「你恰來得湊巧，替虎叔叔効一微勞。」（緊拍。）長生問何事，徐槐將梁山輿圖須算道里的話說了，并道：「正欲寫信來邀賢姪，賢姪恰自來，真天賜其便也。」長生請看圖，徐槐便將那冊頁交他看了。長生道：「這事容易，小姪可効微勞。」（帶表長生。）徐槐甚喜，當日欵留酒飯，不必細表。次日，長生將那洋畫中道里、遠近一一算明了。徐槐便命就監中取出那審別脅從，未曾斬決的賊，（好。必欲捉賊，則費事費筆矣。）叫上來指認畫圖。不日將那梁山前前後後、裏裏外外，所有關門營寨、炮臺墩煌，一一指出。竟將宋江嚴密盤踞之所，顯而登之几案之上。（結輿圖，大筆如椽。）眾人皆喜，徐和道：「吾弟得此真圖，破賊必矣。（喝起後文。）家中老師旬日將來，兄深恐又致失候，就此告辭。」徐槐知留不住，遂命治酒相餞，又談說了一夜，并厚贈金銀以助修道之資。次早，徐和別了虎林、夫人及青娘，又辭別了任森、顏樹德諸人，率同長生起行，回高平山。（收落。）徐和遇着了陳通一，受了妙訣，安插了家眷，（修道事也，必須先安插此事，則知此事之為累也大矣。）便同陳通一入山去了。（收結徐溶夫。）

且說徐槐送別了徐和回署來，接到朝廷恩旨：徐槐着超陞曹州府知府，加總管銜，得調動全曹兵馬，仍駐札鄆城；任森、顏樹德均授游擊。原來徐槐破賊事，賀安撫奏入朝廷，張叔夜在朝一見此奏，便力保徐槐宜付重任，故有此旨。忽提張叔夜者，此部大書之主人翁也。自此回以後，遂屢屢提之。徐槐奉旨謝恩，對任森等喜色道：「這遭賊人無奈我何了！一筆振起全神。曹州兵馬經張公訓練極精，又提張公。今番歸我調用，是我又添勁旅數萬也，何敵不克，何攻不破！」寫得精神奮發。任森、顏樹德、韋揚隱、李宗湯皆大喜。徐槐接曹州知府印，委推官代行事務，自己駐札鄆城，便日日操演人馬。按下慢表。

且說盧俊義自導龍岡敗回，遙接。身中六箭，流血滿身，眾頭領保着了，率領敗兵逃回山寨，口裏不住的說道：「不料這點點知縣，有如此利害！錄此以為藐視縣官者戒。秦明兄弟又吃壞了，怎好，怎好？」侍從人上來拔箭、卸甲。眾頭領都要興兵報仇，盧俊義道：「目今天氣嚴寒，我又傷重，動撣不得，且待來春，定當傾寨之兵，對付那廝。」果如徐槐所料。說未了，那去泰安的差人持了宋江回文轉來。原來宋江還不曉得徐太爺的利害，絕倒。所以信內只說「區區縣官有何伎倆，盡桑梓之誼者出言，果如是耶？盧兄弟太把細了。絕倒。目下曹州情形何如，可圖則速圖之。虛補一筆，妙不可言。賢弟如顧忌鄆城，不妨遣將先圍鄆城，大軍直趨曹州」云云。果如徐和所料。盧俊義看罷歎道：「公明哥哥兀自不嚐着酸辣哩。刻下這鄆城不知怎生對付，還想甚麼曹州！」極表徐槐之功。便教蕭讓寫起一封告敗文書，差人賫送到泰安去。忽報：「神行太保戴院長到了。」只因這一來，有分教：湖泊填平，驚倒堂堂頭領；雄關擊破，追回赫赫軍師。畢竟戴宗到來說甚麼話，且聽下回分解。

范金門曰：昌黎有言曰：人之將死，其臟腑必有先受其病者；引繩而絕之，其絕必有處。今欲寫梁山滅亡，而梁山一無失算，則梁山何自而滅亡哉！然寫他人之失算易，寫梁山之失算難。以梁山之主謀為吳用，吳用似不可以失算也。仲華出其精思，運其奇筆，偏能寫出一失算之吳用，此真不知幾許錘鍊而成者也。

統觀前後數十回，自兗州失陷，奔雷車敗衂之後，梁山之勢岌岌不可終日。吳用取泰安一議，不為無識，然因是而徐槐乘間直入，披竅導卻，巢穴毀其半矣，猶賴泰安一區，聯絡新萊，雲、陳兩路雄師阻絕東方，不能直達梁山，則吳用之算，尚未為大失也。然而二十餘弟兄、十餘萬軍士，亦從此呼應不及，盡折於外，無一人還，而梁山亦終於滅亡矣。曲折算來，能使吳用於絕不失算之中，翻出一大失算之局。

邵循伯曰：語有之：運籌帷幄，決勝千里。凡攻敵取勝，必得熟審再三，然後成師而出。梁山大盜聚集眾多，橫掠州郡，其聲勢為何如也！一日而欲直搗賊巢，談何容易。任森等四將，固萬人敵，但地輿不可不詳，叅謀不可不有，傳中因徐和而得青娘，因輿圖而得汪恭人，文情斐亹。巾幗也，而鬚眉用之矣。再益以賈夫人，竟以女英雄鼎峙而三，尚以才不尚以力，較之孫二娘、顧大嫂、扈三娘為何如耶？

補顏務滋履歷一段，前綰後應，絕不粘滯，極穿插之妙。

徐槐即以前功特陞郡守，是便于遣兵也。不然，下文無可着筆矣。此文家開提法。金門曰：仲華筆墨，余最喜其用「且夫」二字，精妙入神。此即其緒餘也。

第一百二十一回　六六隊大攻水泊　三三陣迅掃頭關

卻說戴宗一到山寨，聞知鄆城利害，寨兵大敗之事，吃了一驚。進來見盧俊義，盧俊義已重傷臥病。戴宗忙問緣由，眾人將徐知縣親到山寨發話，及導龍岡交鋒大敗，秦明陣亡的話說了。戴宗道：「怎好？句。我自奉公明哥哥將令，由濮州起身，一路去開州、東明、考城、陳留，再過去便是東京。細細打聽了一月有餘，所以徐槐臨訓及導龍岡鏖兵事，戴宗皆不知也。用筆極細。端的將弱兵微，大有可圖。憑空又補一筆，應徐槐之言，顯徐槐之功。徐槐料其西剪開州，南圖寧陵兩著，今宋江探聽不至寧陵者，猶畏荀冠仙也。不爭被這鄆城從中作梗，大事不成，怎好？」複一筆得神。盧俊義道：「戴兄弟所說，且權擱一擱起。不料從此一擱起，竟同泥牛入海，永無消息矣。待我病體養好，來春必去報仇，終等除滅了鄆城再說。」戴宗道：「小弟想此刻不如去泰安，飛速請公明哥哥回來。」先逗一筆。盧俊義道：「不必。句。此刻天寒地凍，開兵不得，處處不脫寒凍，妙。公明哥哥回來，亦是徒然。況且公明哥哥此刻亦離不得泰安。公明哥哥託我本寨重任，我今番經此一跌，自己不圖振奮，便去驚他貴體跋涉，亦大非所宜。非寫盧員外義氣也。此時不欲驚動公明哥哥，而日後乃至急請吳軍師不迭，所以深寫徐槐也。只是吳軍師抱恙新泰，應筆。未識全愈否，我卻記罣得緊。院長消停數日，去探看一遭。」亦先逗一筆，卻落得極輕，妙。戴宗應諾。盧俊義道：「此刻寨中軍務緊急，賢弟可留山寨，走報消息，不必回濮州去了。」留戴宗在寨。戴宗領命而退。盧俊義在牀養傷，吩咐各頭領當心守備。不數日，戴宗從泰安、新泰兩處都走轉回了，說公明哥哥聞報兀自心驚，只因自己不敢離泰安，教盧俊義哥哥調治身體，來春力圖報復，（畧還宋江一邊。）吳軍師病未痊愈等話。（畧還吳用一邊。）戴宗一冬在外，拋風冒霜，亦覺疲乏。（閒筆，細筆，妙筆。）

日子最快，不覺又是一年春暖，盧俊義病體早已痊好，正在聚集眾頭領商議報仇之舉，只見石勇領着數十名嘍囉，氣急敗壞奔上山來，報稱：「曹州闔府屬官兵殺到水泊也！」（寫得聲勢赫赫，先聲奪人，極表徐槐。）眾人皆驚。盧俊義兀自心中震懼，（先聲奪人。）且定定心，對眾人道：「諸位兄弟休怕，（句。）我這湖泊裏（此五字亦平平，而讀之不覺三歎者何也？此刻尚稱「我這」，少頃便屬他人，便將永遠不是我的也。）港汊最多，路逕甚雜。（述前傳一句。）他道來過一次，便深知地利，（迴顧臨訓一事，又反映輿圖，妙。）大膽進來，真是可笑。（公自可笑耳，何笑乎？蓋公只知有前水滸，不知有結水滸也。）盧某不才，施條小計，（甚麼小計？閱至後幅，方信其真是小計也。）教他隻船不返。」（大話少說。）說罷，便傳令童威、童猛領六千水軍，當港抵禦。（水軍。）石勇忙禀道：「探得官軍來者，約莫有六七萬人馬。（官軍人數先約畧一逗。）這里只撥六千水軍，怎敎抵禦？」盧俊義道：「你不曉得，那年晁天王哥哥初到水泊時，只得劉、阮等兄弟七個人，殺敗官兵一千名，（忽提前傳，妙。深表此回正意是翻駁彼傳也。）原因地利險阻，深可依仗，所以得勝。（註一筆反振韋揚隱有力。）如今我因這徐官兒利害，所以加派六千名水軍，不然正不消得。」（歇了，歇了，一相情願，只道常佔如此便宜。）李應道：「兄長固是高見，（何高之有。）然亦不可大意，望添派水軍，更須點陸軍接應為妙。」盧俊義道：「也說得是。」便再派六千名水軍，（只添六千。）連前共一萬二千名水軍，（共一萬二千。）教童威、童猛率領了，受了密計，（又是密計。）到各港去排好了，抵禦官軍。二童領令，登時點起八員頭目，乃是歸福、佘祿、俞壽、畢喜、羅富、彭貴、秋安、單康。（隨手點起八人，卻是龜、蛇、魚、鼈、螺、蟛、鰍、鱓，配福、祿、壽、喜、富、貴、安、康，弄筆如戲。）原來這八人都是二張、三阮的徒弟，端的水法精熟，武藝高強，（贊一筆，以便文章熱鬧。）領了二童的諭，都分頭去幹事了。

再說盧俊義在山寨中對眾人道：「我今得一計較在此：又得一計較。他既傾城而來，內地必然虛空。我意這里也傾寨出去，卻只用四萬人馬接應二童兄弟，四萬接應。另撥四萬人馬去抄襲他的鄆城。」四萬抄襲。張清道：「兄長真是妙計。」又是妙計。當下盧俊義領徐凝、燕青、燕順、鄭天壽四萬人馬去接應二童；命李應、張清、朱富、李雲領四萬人馬，由西路小港抄出去襲鄆城。忽添出八萬人馬，妙。蓋前之六千欲藉石勇一難，以提照前傳也。如果以六千賊兵攻徐槐六萬名官軍，斬殺則徐槐為不武矣。分派已畢，大眾領軍出寨。忽後山小校飛報前來道：「後面無數官兵，打着鎮撫將軍旂號，隔水泊殺來也！」突如其來。盧俊義失驚道：「他原來先有準備，識得了。我後面無人，深恐失利。」忙收回抄襲鄆城之令，教李應、張清、朱富、李雲領本部四萬人去守後山。李應等領令，忙赴後山去了。四萬人去了。誰去之？賈夫人也；誰能令汪恭人教賈夫人去之？則徐虎林也。原來賈夫人在鎮撫署內，得了汪恭人託興兵牽制賊人的信，汪恭人信只就此虛點過，最妙。便請張繼發兵。張繼怕起來了，絕倒。夫人言：「不必將軍親去，又無須打仗，只須虛張聲勢。」寫賈夫人。張繼方纔放心，絕倒。點起八萬人馬，差一員兵馬都監率領了，直攻梁山後泊。旂旂遍野，烟竈連緜，望去竟不止十餘萬人馬。寫賈夫人。李應不識虛實，心中大懼，只得督眾堅守而已。按住。這邊盧俊義等四萬人馬，到了金沙灘北岸，徐槐兵馬已在南邊水口。原來徐槐自陞了曹州府加總管銜之後，便將屬下各縣水陸軍馬一一校閱，端的步伐整齊，隊伍嚴肅。寫張叔夜也。徐槐甚喜。到了正月中旬，便與諸將議勦梁山，留顏樹德守鄆城，一。并教如有事務，可與汪恭人商議；二。教任森領曹州兵五千去守截林山，三。聽徐青娘調度。四。此四欵先插于此，後文一一應用。按地圖，攻梁山惟石碣村為進兵之路，自石碣村達梁山，兩邊有二十四條汊港。提挈分明。四六二十四是純陰數。徐槐便點起曹州府、菏澤縣、鄆城縣、定陶縣、曹縣、城武縣、鉅野縣、單縣、滿家營九路水陸人馬，分為三十六隊：寫出聲勢赫赫。蓋自此而水泊盡奪，梁山地利大失，官軍長驅直進，深入其阻，巨寇授首，天下太平皆本于此。實此部之大關鍵也，故鋪張揚厲言之。四九三十六是純陽數，以純陽破純陰也。第一隊，鄆城縣中營水路官軍；第二隊，鄆城縣中營陸路官軍；第三隊，鄆城縣北村水路鄉勇；第四隊，鄆城縣北村陸路鄉勇。這四隊人馬為前軍嚮導，所以特用鄆城土著，每隊各二千人，合計得八千人，駕小船五十隻。四隊俱用鄆城，先作一束。第五隊，菏澤縣水路官軍；第六隊，菏澤縣陸路官軍；第七隊，定陶縣水路官軍；第八隊，定陶縣陸路官軍；第九隊，曹縣水路官軍；第十隊，曹縣陸路官軍。這六隊人馬，沿途堵守各港，以截賊兵進退之路，每隊各二千人，合計得一萬二千人，駕小船六十隻。六隊用首縣及外縣一束。第十一隊，曹州府左標水路官軍；第十二隊，曹州府左標陸路官軍；第十三隊，曹州府右標水路官軍；第十四隊，曹州府右標陸路官軍；第十五隊，曹州府忠武水村鄉勇；第十六隊，曹州府義順旱村鄉勇；忽點出忠義字樣，以見徐槐左忠右義，所以能勦滅假忠義也。第十七隊，曹州府曹南山水路鄉勇；第十八隊，曹州府曹南山陸路鄉勇；忽提曹南山，奇文。第十九隊，曹州游擊府水路官軍；第二十隊，曹州游擊府陸路官軍；第二十一隊，曹州府中營水路官軍；第二十二隊，曹州府陸路官軍。這十二隊人馬，沿途策應，直攻梁山，每隊各二千人馬，合計得二萬四千人馬，駕大船二百四十隻。十二隊俱是曹州府，作一束。第二十三隊，城武縣水路官軍；第二十四隊，城武縣陸路官軍；第二十五隊，鉅野縣水路官軍；第二十六隊，鉅野縣陸路官軍；第二十七隊，單縣水路官軍；第二十八隊，單縣陸路官軍；第二十九隊，滿家營水路官軍；第三十隊，滿家營陸路官軍。這八隊人馬，隨着曹州兵前進，沿途把截內港，以與菏澤、定陶、曹縣兵馬輪替攻守，每隊各二千人，合計得一萬六千人，駕小船一百隻。八隊俱外縣，一束。

第三十一隊，鄆城縣左營水路官軍；第三十二隊，鄆城縣左營陸路官軍；第三十三隊，鄆城縣右營水路官軍；第三十四隊，鄆城縣右營陸路官軍；第三十五隊，鄆城縣南村水路鄉勇；第三十六隊，鄆城縣南村陸路鄉勇。這六隊人馬，隨着曹州大軍進攻梁山，以作後軍接應，每隊各二千人，合計得一萬二千人，駕大船一百二十隻。(六隊又俱用鄆城，一束。三十六隊中用曹州、鄆城兩處人馬獨多，重之也。又起訖皆是鄆城，中間大寫曹州，間以別縣，章法極善。)統共一府七縣一營，水陸官軍、鄉勇計七萬二千人，大小船隻計五百七十號。(總束一筆。)每單數隊內盡是水軍，備一應火攻器械，命韋揚隱統領指揮；(韋揚隱領水軍。)每雙數隊內盡是陸軍，備一應挑土駕梁的器械，命李宗湯統領指揮。(李宗湯領陸軍。極力鋪張揚厲，終見此戰為全部大關係也。)安排停妥，擇于正月十八日兵寶吉期，(鄭重。)徐槐統領全軍征勦梁山，浩浩蕩蕩，向石碣村進發。(大書特書。)三聲號砲，三通鼓角，三十六隊大軍，震天震地的一聲吶喊，五百七十號兵船，一字兒擺列南港。中軍船後一聲砲響，七萬二千貔貅寂靜無聲。(絕大軍容，絕妙頓挫，絕奇筆力。)只聽得對面西大港(港一。)蘆葦裏，遠遠地嗚嗚咽咽畫角之聲，徐槐笑道：「又是誘何濤、黃安之故智也。」(明註一筆，極妙。)

原來這西大港向西北進去，北岸有頭港、(港二。)二港、(港三。)三港，(港四。)南岸有分叉港，(港五。)再過去便是斷頭溝，(點出前傳斷頭溝。)何濤失陷于此。(分明。)那二港、三港、分叉港，都是絕港。(分明。)當時徐槐臨訓山泊，是從頭港進去，轉東進黃雲西港，(港六。)過黃雲蕩，出北口轉鬧魚灣，直北進十字渡，到金沙渡上岸。(將進山泊路逕詳述一番，令下各隊進兵瞭如指掌，筆力極大。)那頭港最隱狹難認。(句。)進了頭港，還有笋尖港、(港七。)鼠尾港(港八。)兩條絕港，與黃雲西港蒙混。(註得極分明。)盧俊義料徐槐必從此地進來，所以教童威領歸福、佘祿誘徐槐進港，教童猛領俞壽、畢喜埋伏黃雲西港，只待誘進二、三港，便出頭港截殺。(先點清盧俊義之計，頗亦不差，看下文徐槐如何破法。)這兩處都是重兵。(特註明。)其餘派羅富、彭貴、秋安、單康分頭巡綽。(餘路又不註出，妙。)安排早定。

當時童威、歸福、佘祿依計，駕小船三隻，看他特抄前傳。從西大港出來。這邊官軍第一隊旂號招颭，鼓角齊鳴，韋揚隱橫鎗船頭而出。第一隊出。童威等三隻船漸漸出離港口，官軍第一隊船裏一聲號砲，吶喊追去。妙。以其極似黃安，故妙也。三隻船唿哨一聲，一齊便回，鑽入蘆葦裏去了。抄前傳，加一句鑽入蘆葦，極形其小也。妙。韋揚隱道：「呸！自前傳寫水泊至今，幾疑水泊為天險地阻，不可復入矣。今只以「一」字了之，快極！你躲在銅牆鐵壁內，俺也要取你性命。暢極、快極之語。如今不過依仗這點點蘆葦，待要怎的！」說破不值半文錢。妙極、暢極、快極之語。吩咐舉火，十餘號兵船一齊答應，火箭如流星掣電價齊發。韋揚隱提着一面白旂，指東燒東，指西燒西，霎時間對岸一帶蘆葦齊着，寫得聲勢之極。李宗湯領第二隊已出。第二隊出。韋揚隱船上一個號砲，第三隊水軍、鄉勇飛出。第三隊出。韋揚隱旂向西指，第三隊飛也似追入西大港去了。妙。以其頗類黃安，故妙也。對岸烟焰障天，刮雜雜烈火怒發。夾着火勢、聲勢之極。李宗湯也燃起號砲，招動第四隊陸軍鄉勇，隨着第三隊由西大港殺進去了。第四隊出。此時號砲響亮，旂帶招動，各隊都紛紛得令，忽總提一句，極大筆。第五隊吶喊投東，截銀魚港港九。放火，第五隊出。第六隊隨着第五隊登銀魚岸去了。第六隊出。號砲又響，第七隊投西殺入西小港，港十。第七隊出。第八隊隨着第七隊去了。第八隊出。號砲再響，第九隊投直西去搶斜港，港十一。第九隊出。第十隊隨着第九隊去了。第十隊出。只用投東投西等字樣，紙上便有千軍萬馬呼喊馳驟，真是極奇、極大之筆。韋揚隱、李宗湯見各隊俱動，又總一筆，好筆。便率第一隊直取東港。港十二。李宗湯領第二隊隨進東港登岸，進東北燒陳家港。港十三。此時各港火勢齊發，滿泊通紅。再寫火勢、聲勢之極。韋揚隱第一隊進得東港，又點第一隊。前面李家港港十四。已燒成白地，好筆力。只見第六隊早由銀魚港抄在前面接應，第六隊忽現。第五隊已抄在桃花港口了。港十五。第五隊忽現。水上第一隊、第五隊，岸上第二隊、第六隊，明劃之至。從火光中雁行魚貫而進，一齊會集陳家港口。極精靈、極明劃之筆。後面第十一、十二兩隊，已分水陸兩路，由東港口進來。第十一隊、第十二隊出。明劃之至。一路旌旆浩渺，靜蕩蕩不見一個賊兵，奇筆。寫徐槐勝算。但見四邊濃烟烈火，刮雜雜滿泊怒發，再寫火勢、聲勢之極。陳家港已變成火街。就陳家港再寫一筆，便疾接下文，奇極。

那童猛、俞壽、畢喜在黃雲西港，望見陳家港火起，疾入童猛，筆力縱跳可喜。大驚道：「不好了，官軍從東路殺進來了！」官軍得勢，從賊人叫出，妙筆。原來東港最是僻路，向東北一路左灣右曲進到陳家港，轉灣向西，過來又是許多灣曲，方接着黃雲東港。港十六。忽又提清路逕，令前後關節雪亮，真是極大筆力。俞壽道：「怎麼這條僻路被他尋着？」畢喜道：「官軍若殺進黃雲蕩，我們全泊地利都失。提清關係。為今之計，也等不得盧頭領將令，快去截住黃雲東港。」算到截東港，重兵之勢已分一路矣。童猛道：「不妙。他若從陳家港分出五聖港，港十七。就不進這黃雲蕩，也好過鬧魚灣，抄我山寨。官軍進發之路，即借賊兵口中提清，真極簡極靈之筆。為今之計，還須得我去截住鬧魚灣方好。」又算到截鬧魚灣，重兵之勢又分一路矣。說罷，便領三千水軍赴鬧魚灣去。俞壽也領三千水軍赴黃雲東港去，一面差人飛報盧頭領。這黃雲西港，只留畢喜一人領二千兵把守。明劃之至。不防這里西大港口，砲火連聲，第十三隊官軍由頭港殺進黃雲西港也。第十三隊出。此時岸上蘆葦燒盡，頭港一灣一曲無不顯出。徐槐妙算，仲華妙筆。第十三隊水軍吶喊殺進，畢喜慌忙應敵。第十五隊水軍也到，第十五隊出。兩下喊鬭。畢喜正在勉力相拒，不防岸上又飛出兩隊，正是第十四隊、第十六隊。第十四隊、第十六隊出。真突兀淋漓之筆。岸上、水中一齊攻殺，賊兵大敗，畢喜死于亂箭之下。完畢喜。童威、歸福、宗祿在斷頭溝內，被三、四兩隊堵住二港，衝殺不出。畧安童威等一筆，又點出第三、第四兩隊，好。童猛在鬧魚灣，聞畢喜陣亡，大驚，急抽身轉來，復截黃雲西港。大誤，然亦不誤，蓋不轉身來截西港，官軍亦必進西港夾擊他也。總之，棋高一着，縛手縛腳耳。那邊韋揚隱、李宗湯大隊水陸軍馬，已由五聖港整渡鬧魚灣。妙筆入神。官軍勦賊其軍容如此，視彼劉唐、三阮之忽出忽沒于烟濤中，以為奇妙，真可不顧而唾矣。童猛一手按不得兩處，叫苦不迭。絕倒。忽見俞壽奔來道：「黃雲東港被官軍挑土塞斷，官軍塞黃雲東港亦只就賊人口中敘出，極簡極靈。小人想他既塞斷港口，自己亦必不過來，這一路不必防了，所以抽軍轉來。」中計。童猛道：「你來得正好，快替我堵截這里西港，我仍去黃雲北口，殺出鬧魚灣，截擊官軍。」真所謂罷于奔命也。俞壽領諾。童猛便領兵赴鬧魚灣，方到得黃雲北口，叫一聲苦，奇極。原來第十八隊官軍也到了，第十八隊出。夾兩岸鎗砲、矢石齊下。極寫官軍，極寫徐槐。童猛即忙退轉，又叫聲苦，更奇極。原來第十七隊官軍決開黃雲西港土堤，殺進黃雲蕩也，第十七隊出。突兀淋漓。自我湮之，自我決之，一舉手之勞耳，何笨賊之不察也。正邀住了童猛。童猛手下兵卒早已殺盡，童猛回轉頭，單身衝冒矢石，仍出黃雲北口，搶鬧魚灣。帶寫童猛。正撞着李宗湯，迎住戰鬬。不數合，李宗湯刀起，斬童猛于水中。童猛了。韋揚隱已進了十字渡。順插一筆。這里黃雲西港鎗砲動地，吶喊震天，須臾間，一隊戰船殺進黃雲蕩，風飄旂號，正是第十九隊官軍。第十九隊出。突兀淋漓。那俞壽并三千水軍，都了結在笋尖港口。省筆、捷筆。完俞壽。第二十隊也由笋尖港登岸，進黃雲蕩。第二十隊出。突兀淋漓。第一、第二、第三、第四、第五、第六、第十一、第十二、第十三、第十四、第十五、第十六、第十七、第十八、第十九、第二十，共十六隊水陸軍馬，都陸續向鬧魚灣進發。一總一句，極大筆力。此時黃雲蕩以外，一片茫茫新燒白地，結清「火」字，好筆力。大港、小港、長港、斷港一一清出，好筆力。一望都是官軍旂號。好筆力。第二十三隊、第二十四隊守住東港內陳家港，第二十三隊、第二十四隊出。第二十五隊、第二十六隊守住西大港內二港、分叉港，第二十五隊、第二十六隊出。第二十七隊、第二十八隊已陸續進東港口，第二十七隊、第二十八隊出。第二十九隊、第三十隊也啣接進了西大港。第二十九隊、第三十隊出。八隊忽作總筆，出奇妙之筆。其餘諸隊亦紛紛拔動。餘隊且渾提，妙。黃雲蕩外，賊人已盡。煞筆如截鐵斬釘，明劃之至。李宗湯也到了十字渡。應韋揚隱到十字渡句，好筆力。

正值盧俊義率領徐凝、燕青、燕順、鄭天壽四萬人馬，在十字渡接入盧俊義，筆力奇矯。與韋揚隱大隊兵馬，就水上交鋒大戰，崩雷駭電，震海翻江，一片喊殺之聲，天搖地動。方入大戰正文，蔚然奇觀。李宗湯兵到，就岸上鎗砲助戰。但見洪濤中，兩邊戰船擺列，旂幟飛揚，鎗砲、矢石、織梭，船來往喊呼不絕。寫出勁敵。岸上李宗湯督率大隊陸軍，一片大砲、鳥鎗、佛狼機、子母砲，乒乒乓乓，捲着濃烟黑霧，齊向戰船轟打。寫出一幅水戰圖，真令紙上亦天搖地動。足足戰了兩個時辰，不分勝負。寫出勁敵。火器已盡，長鎗接戰。八字寫出戰苦雲深，入神之筆。韋揚隱挺鎗在船頭，與盧俊義切近廝殺。妙筆。徐凝揮兩路水軍殺出，乃是羅富、彭貴。羅富、彭貴在此處出。原來這二人是守鬧魚灣的，官軍進灣時，兵勢浩大，將他衝退，忽補出官軍進鬧魚灣事，奇。所以在徐凝隊裏。當時領着水軍直抄在官軍前面夾擊，十分勇銳。寫一句賊軍。韋揚隱左旁飛出第十一隊隊長，乃是曹州府左標提轄，邀住羅富；右旁飛出第十三隊隊長，乃是曹州府右標提轄，邀住彭貴，已寫到合兵大戰矣，忽又抽出第十一、第十三兩隊，一點正如畫龍，略露一二處鱗爪，而全龍宛然在目，真奇筆也。各各奮勇大鬬。李宗湯正在岸上督戰，忽見了羅富，便掛了刀，抽弓搭箭，颼的射去，喝一聲：「着！」羅富貫項而倒。寫李宗湯。完羅富。賊人皆驚。盧俊義驀然記起李宗湯弓箭利害，迴應射「替天行道」杏黃旂，妙筆。不覺一個寒噤，險些被韋揚隱一鎗刺着。燕青大驚，急來相助。賊兵早已大亂。寫韋揚隱。盧俊義連忙押齊各船，不許亂伍，徐徐向後而退。寫盧俊義。韋揚隱正待追逐，只聽得背後樸通通九個號砲。突兀淋漓。韋揚隱曉得本官令到，便領所屬水軍吶喊一聲，進左邊藏龍港，港十八。殺向天王渡、長鎗埠去了。筆勢閃爍可喜。背後一隊大軍殺到，坐船上一枝大纛，寫着「欽加總管銜曹州府正堂徐」十一個大字，正是第二十一隊曹州府中營水路官軍。第二十一隊特留此重筆出之，妙極。飛起一個號砲，李宗湯率領所屬陸軍，吶喊一聲，向右邊伏雷港，港十九。沿岸進去。分明與韋揚隱作兩扇，而中夾徐槐中軍，章法好。徐凝大驚，忙教彭貴領三十號戰船去追截。李宗湯大怒，率眾在岸上盡力打擊。李宗湯霍的跳到彭貴船上，一刀砍彭貴于水中。寫李宗湯。完彭貴。官兵一齊登船，殺盡賊兵，就把那船搭作浮橋，妙。渡到對岸小王港，港二十。填塞蕪姑港，港二十一。殺向大刀坪去了。雙峯並峙。

盧俊義大驚道：「不好了！」只三字傳神。忙令燕順領八千人去堵禦長鎗埠，鄭天壽領八千人去堵禦大刀坪，大失計矣。二人領令，分頭而去。勢分矣。盧俊義對眾人道：「這里既是這徐官兒親到，我與眾兄弟協力進去擒他來。談何容易。好在他兩員勇將自己遣開了，這個機會是天與我。」絕倒。非寫盧俊義鹵莽，正寫徐槐藐視盧俊義也。眾人一齊答應，吶喊追去。只見對面官軍掌起號筒，紛紛退後，極寫徐槐之妙。賊軍奮呼前追。岸上一個號砲，第二十二隊官軍一字排齊，鎗砲齊下，第二十二隊出。突兀淋漓。盧俊義忙收住了前軍。只見官軍一聲號砲，第三十一隊水軍殺出，第三十一隊出。閃爍之至。賊軍慌忙迎敵，第三十三隊水軍也到。第三十三隊出。閃爍之至。兩隊官軍一齊迎戰。忽聽陣後鳴金，兩隊都退了。奇筆閃爍。盧俊義又率眾追進，只見左岸排列第三十二隊，右岸排列第三十四隊，鎗砲一齊捲下。第三十二隊、第三十四隊出。突兀淋漓。原來盧俊義人馬雖多，俱已戰乏，怎當這幾隊生力軍。註得明劃。當時策眾努力前攻，忽水上又殺到第三十五隊，岸上又殺到第三十六隊，第三十五隊、第三十六隊出。一篇大文字出三十六隊，或正點或倒點，或整點或散點，或依序點或間行點，或總或分，或抽或補，筆法之奇真神妙不可方物矣。

盧俊義失驚道：「這官兒人馬共三十六隊，此地不見到齊，莫非是留着幾隊去搶我別路也？」三十六隊出齊後，忽借盧俊義口中托出徐槐全神，真是奇妙之筆。說未了，忽報燕順已大敗也。奇筆。原來韋揚隱到了長鎗埠，迎着燕順厮殺。這燕順本敵不過韋揚隱，妙。正在死命相爭，不防二十七、二十八兩隊兵馬，由桃花港掘通了藕梢港，妙。港二十二。領着二十三、二十四兩隊，上東灘頭，抄轉背後。妙。韋揚隱領眾登岸，奮勇前殺，前後夾攻，是以燕順大敗。

好筆力。盧俊義聞報大驚，驚猶未了，忽報鄭天壽又大敗也。奇筆。原來鄭天壽截大刀坪，正悉力對付李宗湯，忽得燕順敗信，軍心大亂。借得便極。李宗湯乘勢掩殺，是以鄭天壽又大敗。與燕順對煞，好筆力。筆意從左傳城濮之戰來。韋揚隱戰十字渡，因李宗湯而勝；李宗湯戰大刀坪，因韋揚隱而勝。五雀六燕銖兩悉稱，絕無偏輕偏重之虞。盧俊義、徐凝、燕青一齊大驚，率眾急忙退回。徐槐策眾軍追上，連環鎗捲進。盧俊義等逃到金沙渡，紛紛棄舟登岸。徐槐兵馬已奪岸殺上，至此如長風掃籜，駛不可禦矣。直殺得賊兵屍橫遍野。盧俊義、徐凝、燕青率領敗殘人馬，會着燕順、鄭天壽逃回山寨去了。

徐槐大隊登岸，韋揚隱、李宗湯都來率眾獻功。徐槐傳令安營立寨，只見第七隊、第八隊自西小港到來；第九隊、第十隊自斜港到來。那第八隊的隊長，提着秋安首級獻上，稟稱：「小將奉令抄西小港，遇着賊人當路，小將一面放火燒珊瑚港，港二十三。一面亂箭射賊。這秋安用青狐皮擋箭，吃小將一箭射透狐皮，貫腦而死，因此取得首級。」完秋安。青狐皮擋箭以為得計，不知只消箭猛也。第七、八、九、十隊事，忽于戰後補出，亦奇文。第七隊的隊長，捧上血淋淋的手指一大捧獻上，奇文。稟稱：「小將殺入珊瑚港時，賊人從水中扳船，小將喝令眾軍亂刀砍去，因此砍得許多手指。」妙極。動輒扳船以為得計，不知只消刀砍也。第九隊的隊長，提着一條人手臂獻上，奇文。稟稱：「小將奉令由斜港抄入鹿角港，港二十四。三十六隊以明點見奇，二十四港以暗點見奇。正欲登岸，不防水裏伸出一手來扯小將左腿，小將急抽刀砍下，因此砍得一臂。」妙極。動輒扯腿以為得計，不知亦只消刀砍也。第十隊的隊長，提着單康首級獻上，稟稱：「小將率眾登岸，遇這單康在岸上提着一個鋤頭，不必鋤頭也，必用鋤頭者，以回照前傳耳。十分兇猛。這邊軍漢，吃他一鋤頭一個，打死了七個，眾人都怕。歸功自己語。經小將督領眾人一齊上前，亂鎗搠死，用左傳文之錯如牆而進意。因此取得首級。」完單康。一鋤頭一個，以為得計，不知只須人多可以亂鎗搠死也。段段翻駁前傳，妙極。或曰想仲華大不足于耐庵而作是筆歟？金門曰：非也，耐庵寫無用之官軍，仲華寫有用之官軍耳，然寫無用之官軍而使盜賊生玩心，何如寫有用之官軍而使盜賊生畏志乎？耐庵乃遜于仲華矣。眾軍士亦各有首級獻上。徐槐一一慰勞記功。只見第二十五隊、第二十六隊、第二十九隊、第三十隊的隊長，共差人來飛稟道：「小將等守扼二港、分叉港，斬賊無數。惟賊將童威委實兇猛，又有歸福、佘祿為羽翼，小將進逼斷頭溝，該賊將潛入水中。奇文。小將等在岸上水口團團圍住，驅水軍入水捡捉，均被殺死。寫童威。現在無人敢入，只得將斷頭溝外水口擁土守定，好。深恐該賊逃走，請令定奪。」妙筆。童威、歸福、佘祿先出，卻是童威、歸福、佘祿最後死，章法好。徐槐聽了，問：「誰去斬這賊來？」韋揚隱道：「小將願去。」殺童猛既用李宗湯，殺童威必用韋揚隱，取其相稱也。徐槐許可。韋揚隱便飛也似到了斷頭溝，先看了一看情形，便吩咐戽水❶。奇文。眾軍答應，一齊車戽。須臾，水乾賊現，四字奇文。童威、歸福、佘祿一齊大驚。原來人怕虎，虎怕人。六字奇文。嗣後官軍有怕賊者，當以此六字解之。當時童威潛躲水中，本是懼怕官軍；今吃官軍戽水覓出，無從迴避，妙筆。只得大呼殺出。韋揚隱挺鎗迎住，大鬬七八合，韋揚隱長鎗捲舞，童威一口短刀如何抵敵，明晰。一個破綻，吃韋揚隱一鎗刺腹而死。童威了。出洞蛟無路可出而死，翻江蜃幾翻幾覆而死，妙。歸福大驚，退入泥中，泥中，細。眾水軍一齊上前搠死。完歸福。佘祿逃向西岸，吃西岸上第二十六隊、第三十隊兩隊的隊長邀住戰鬬，不上六七合，兩矛並下而死。完佘祿。韋揚隱收聚四隊人馬，齊回金沙渡，到徐槐前獻功。大戰之後，將餘文陸續補出，深得左公筆法。徐槐大喜。

當時水泊盡行奪得，三十六隊人馬齊到金沙灘北岸，按隊列寨，次序嚴明，齊候徐槐號令。長句結束，收住一大篇文字，吾服筆力之大。徐槐檢點軍士，連死帶傷共計不上千名，勝兵每如此。計斬賊人首級得八千餘顆，生擒四千餘名，奪器械、船隻、馬匹不計其數，大獲全勝。又一起大獲全勝。眾人皆喜。徐槐吩咐眾軍造飯飽餐，一面差人到都省及曹

❶ 戽水：汲水。戽，音ㄏㄨˋ。

州報捷。這里便與韋揚隱、李宗湯議攻山寨。疾入下文。韋揚隱道：「我軍新得勝仗，銳氣正旺，不如乘此大隊進勦。」「氣極旺」，是韋揚隱語。徐槐道：「甚是。句。但我按此地圖，又提地圖。梁山頭關峻險異常，尚須想一善攻之策。」寫徐槐。李宗湯道：「他那半山上斷金亭子，應前傳。地當四山道路之交，我先用全軍佔住了他，以便四面策應。」是李宗湯語。徐槐道：「亦是。句。但本帥得一計在此。當時初臨鄆城，一見那須知冊內地圖，便早定這主見；今看了汪恭人所藏地圖，此計愈決。」此等筆意最精最妙，蓋破巢搗穴必仗地圖者，理也。得地圖而後可攻賊人巢穴，則地圖之關係乃重乎。其重大乎？其大者矣。故使徐槐一下車而得地圖，按之梁山絲毫不悞，用以斬關奪隘，如取如攜，非所以重地圖也。于是曲折其筆，紆迴其墨，敲其思，撰出汪恭人獻圖定策一篇文字，洋洋數千言，不惟寫出圖之由來極遠極奇，而并藏圖之汪恭人才智識學，亦從旁烘染而出，此無他，皆所以為輿圖增重而已。輿圖重矣，而迴視徐槐者于其未得輿圖之前，竟似匹夫逞勇，冒昧前行，使非得此輿圖僥倖成功，幾幾乎有小敵之堅，大敵之擒之失，又非所以重徐槐矣。作者眼高于頂，力大于身，突然放出此筆，以見徐槐無汪恭人之圖，未必一無展施，特得圖而益彰其用耳，重徐槐、重輿圖兩層主見，不觸不背，粗心暴棄者烏能道其隻字哉！李宗湯、韋揚隱齊問何計，徐槐道：「我按地圖，此處有一條坎離谷，進通梁山內地。妙。但一路亂峯怪石，上無跬步可容；此賊所以不能守。疊莽叢榛，下無隻身可過。此我所以不能入。賊不能守，而我亦不能入。承上文而疏之。谷名坎離而人迹不通如此，是坎、離不交也。坎、離不交，宜其滿目呻吟，蒼黎盡病矣。我曾將此地情形，問過那幾個賊囚，迴映環抱。據他們供稱：這坎離谷，谷上一無守兵，惟內面北口，卻有一枝軍馬屯守。寫吳用。衆口一詞，諒必不錯。我想此路既不可入，何必內守？現在他既內守，必有可攻之道。因其守而知其可攻，奇想，奇極。不過攻法極難，然大丈夫為其難者。」是徐槐本色語，又以鼓舞韋、李，妙極。說到此際，韋揚隱眉飛目舞，立起身來道：「待小將去探看一遭，再定計議。」鼓之舞之以盡神。徐槐許可。

韋揚隱奉了將令，帶了十幾個伴當、各色登山行頭，到那坎離谷去。在山腳下閒視一轉，果然峻峯峭壁，怪石嵯峨，無路可登。將言可登必先言不可登，極得開合縱擒之妙。初學悟此，行文無難事矣。韋揚隱看了半響，但見半壁已上枯松倒掛，籐蘿糾蔓而已。再頓。韋揚隱忽吩咐取一把鉤鐮鎗來，轉得奇。伴當獻上鉤鐮鎗；又吩咐取條長繩繫在鎗底。奇文。韋揚隱便把那鎗向半壁裏直標上去，奇文，妙想。只見那枝鎗衝上四十餘丈，鎗鉤恰搭在一株枯松根上。真正奇文，真正妙筆。眾人無不稱奇。渲染一句。韋揚隱便叫伴當內一個身軀輕小的，緣繩先上。奇文，妙文。那個伴當上了半壁，便將那鎗鉤拔出了松根。下面眾人便將一條巨綆繫在繩端，那半壁上的伴當，便收上這根巨綆，把那巨綆❷緊緊的吊在松樹上。真正精細奇妙之思。蓋鎗上不可縛巨綆，然非巨綆何以供數千軍士之攀登？于是曲折想到用輕小身軀之一人先上，待其換了巨綆，眾人便可一鬨而上。如此精妙心思，粗心人不能道其隻字。韋揚隱便同眾人一齊緣綆而上。奇文，妙文。連用五「便」字，極形迅速之狀。上了半壁，或緣籐，或繫繩，省筆。頃刻到了山頂。韋揚隱一見道：「呸！奇極。前以一「呸」字了卻水泊，今又以一「呸」字了卻頭關，皆絕雄快之筆。我道甚麼奇險，你們不看這一片綠茸茸芳草地，屯着二三千軍馬也不見得挨擠，奇文，奇極。怎麼說跬步不容？真妙極。可笑這班賊人，久居此山，未曾探到此處也。」隨解一句，妙。便命眾人向前尋下山的路，只見暮色蒼蒼，濃靄已起。忽點出天暮，妙。此書每于極鬧熱極忙亂，昏曉記得極清，見其心細如髮。眾伴當稟稱：「天色已晚，昏暗難辨，不如明日再來。」借天暮作一頓挫，偏不一起探完，極妙章法。韋揚隱道：「也是。」便與眾人轉來。重復緣綆下山，逕到大營來，將這番情形，稟報徐槐。徐槐甚喜，當晚傳令，把軍馬分為九隊。三十六隊忽變九隊，奇。所有水軍共計三萬五千餘人：曹州府水軍一萬餘人為一隊，守水泊南面；一隊。菏澤、曹縣、城武、定陶四縣共七千餘人為一隊，守水泊東面；二隊。鄆城、單縣、鉅野三縣及滿家營共一萬五千餘人為一隊，守水泊西面。三隊。這後軍三隊，守住水泊，以防賊人乘間偷襲，句。又教他一面相機填港築堤。三隊水軍為一束，結水泊并起後文。計陸軍隊內，鄆城縣九千餘人，每三千餘人為一隊，中隊乃是鄆城中營官軍，帶南北村鄉勇各一千名；

❷ 巨綆：粗大的繩索。綆，音ㄍㄥˇ，繩索。

（四隊。）左隊乃是鄆城左營官軍，兼北村鄉勇；（五隊。）右隊乃是鄆城右營官軍，帶南村鄉勇，（六隊。）交韋揚隱、李宗湯二將率領。（鄆城三隊作一束，領起襲關文字。）曹州府陸軍一萬餘人為一隊；（七隊。）菏澤、曹縣、定陶三縣陸軍共五千餘人為一隊；（八隊。）城武、單縣、鉅野三縣及滿家營陸軍共七千餘人為一隊，（九隊。）這三隊徐槐親自率領。（曹州及餘縣三隊作一束，領起攻關文字。）陸軍六隊，都屯在金沙岸上。（六隊又作一束。）所有起先三十六隊旂號，盡插在曹州隊內。（三十六隊旂號，卻只收作一隊，奇。）眾人遵令。（此段特與前寫三十六隊人數均勻。此九隊人數不一，前三十六隊全用，此九隊不全用，筆法固尚變換也。每人數皆註餘字，蓋除死傷外，不能盡符原數也。用筆極細。）

次日黎明，徐槐教韋揚隱仍去探看坎離谷那面下山之路。只見李宗湯躬身道：「這番何不委小將前去？」（前用韋揚隱，此用李宗湯，不欲令二人有偏輕偏重耳。）徐槐道：「也可。」便命李宗湯前去。李宗湯領了十數名伴當，直到坎離谷，緣絙而上。到了山頂，便四邊尋覓下山之路。（與韋揚隱一段文字緊接。）望下去盡是懸崖陡壁，無路可下，（亦作一頓，與韋揚隱一段相映。）又無些毫樹根可墜繩索。（偏翻前文一句，以顯其奇。）李宗湯轉輾尋覓，數內伴當尋着一個洞口，（奇文。）便道：「這洞不知通不通下面的。」（又作一漾。）李宗湯看時，只見一座危崖，下放着四五頂桌面大小的一個大洞，裏面黑沉沉，其深無底。（奇文。）李宗湯道：「休管他通不通下面，且尋將下去。」眾人依命，敲火秉炬而入。（奇文。）裏面曲曲折折，轉了好幾個灣，忽然一派亮光透入，（奇文，奇極。）眾人叫聲「慚愧」，果然通下面的。（行文佶屈離奇，一至于此，真神於文鬼於文者也。）李宗湯一看，卻又是懸崖陡壁。（偏能再有頓挫。）眾人道：「無路可下怎好？」李宗湯細看道：「兀的不是一條石梁。」（奇文怪極，天外飛來。）便命眾人繫了一條巨索，李宗湯與眾人緣絙而下。（奇文，妙文。）到了平地，李宗湯定睛細看道：「呀！（與韋揚隱之「呸」相對。）這里原來就是圖中所畫的幽洞天！」（回照地圖一筆，思之妙，筆之奇，真令我歎絕也。幽洞天三字確是遊人獎賞之辭，妙筆。）只見遠遠地一帶旌旗，（突接此筆，奇極險極。）乃是關內夾道擺列之兵；（註明。迴應前傳。）又回頭望見遠遠一隊旌旗，（又筆。）乃是坎離谷北口守備之兵。又註明。迴應本文。可見此處是僻地，距谷口尚遠也。眾人都個個心駭色變。染一句托出李宗湯。李宗湯面不改色，按着佩刀閒閒地四邊觀看，前寫韋揚隱，借標鎗一事寫之；今欲寫李宗湯，卻無可寫，故用此筆寫之，文字勻稱之至。將四周路逕潤狹轉折，兩旁有無陂塘泥淖，一一細看，一一緊記，精細之文，奇妙之筆。卻不撞見一個賊人。可見是僻靜處。與上文靜蕩蕩不見一個賊兵對看，以見徐槐善于批窾導卻，所以勝敵而芒刃不頓也。李宗湯將情形看得十分仔細，便與眾人緣綆而上，轉落山頭，直回大營，報知徐槐。徐槐大喜道：「仗二位將軍探得此路，今番破關必矣！領起全神。那廝只防我從谷下入，不防我從谷上進也。註一筆，明白顯亮。我看地圖內，從幽洞天通關內夾道最易。又按圖一筆，形勢瞭然。韋將軍可將鄆城左右兩隊，先點鄆城左右兩隊。從此路下去，多帶鎗砲、火藥，轟擊那廝夾道後面。」擊後面。韋揚隱領令。徐槐又道：「李將軍可將鄆城中隊次點鄆城中隊。也從此路下去，多帶火箭、蘆荻，截守那廝夾道中路；見有營房糧草，即便放火。」守中路。放火亦迴映前文，以作餘波。李宗湯領令。徐槐又道：「二位將軍可檢點本部人馬，有昨夜力戰困乏的，揀出另為一隊，鄆城三隊中，又另出一隊，奇筆。就教他在那山上舉火吶喊，以疑亂賊人。妙。這是安耽差使，留與他們疲乏的做罷。」入情入理，奇文妙文。二將應諾。徐槐便傳眾將進帳，寫出機密。告以襲關之計，并道：「一俟韋、李二將得手，仰諸位將軍率領曹州、菏澤等三隊，努力攻關。」次點曹州、菏澤等三隊。只見眾都監都凜然變色，一齊跪稟道：「此計太險。惟險故奇也，眾人烏知之。兩位勇將一齊深陷重地，恐非所宜，望主帥三思。」此輩即韋揚隱所斥為凡事規避，以為穩當者也。徐槐笑道：一笑字寫出滿腹經綸。「諸位將軍休怕。妙。凡用兵之道，有者求之，無者求之；虛者責之，實者責之。四語出素問至真要大論，移作兵法，奇極妙極，蓋醫法、兵法實一理也。今幽洞天下情形既已虛隙可乘，虛。更兼吳用病困新泰未歸山寨，賊內無人，無。單頂虛無兩層，妙。迴顧吳用一筆，奇極。不乘此出奇制勝，遷延坐悞，後悔無及矣。」目光如炬，聲如鐘，好徐槐。只見韋揚隱、李宗湯一齊開言道：「主帥若要攻關，還是叫顏樹德來。忽提顏樹德，奇突。「還是」二字寫出滿眼齷齪不堪，暫注之神情見乎辭。

斬關奪隘，斷非此人不可。」可續之曰：餘子碌碌，不足道也。斬關奪隘非務滋不可，齷齪者何足以知之？徐槐道：「正是。」便傳令飛速到鄆城召顏樹德來。這里安排兵馬，只等顏樹德一到，便要攻關。寫得眉飛目舞。

且說盧俊義忽接盧俊義。從金沙渡敗回，眾人都面面廝覷道：「水泊被他奪佔了怎好？」盧俊義道：「快點兵嚴守關口再說。」何不使他隻船不返。便點起三萬人馬守住頭關，一面對戴宗說道：「戴兄弟，這番只好快去泰安，請公明哥哥回來也。」這番只好驚動公明哥哥貴體跋涉也，迴應前文，妙在「這番只好」四字。戴宗應命，作起神行法，從山旁小路細。出去，飛速到泰安去了。這里眾頭領抖擻精神，把住頭關。盧俊義又傳令，教後山李應等嚴緊把守，休教失利。偏有閒筆照應，妙。李應等聞知水泊已失，也驚得呆了。妙筆。這邊盧俊義及眾頭領端的嚇得把卵立在肩頭，奇文，趣筆。緊緊保守頭關，那里還敢放鬆。妙筆振起徐槐。只見官軍兩日不見動靜，盧俊義心中十分狐疑，不知這徐官兒又有甚麼法兒來制度他，卻又沒處捉摸。妙筆。猛想起吳軍師置兵守坎離谷口之舉，當時頗笑其迂，補出從前情事。今日想起，莫非認真此路不可疎虞。妙筆。便傳飭坎離谷北口兵丁當心防備，又加派一千名精兵協同相助。特題此筆襯起徐槐。這關上盧俊義及眾頭領，輪替巡綽，晝夜絡繹不絕，特寫守關之嚴，以顯徐槐取關之奇。只是不見官軍動靜。妙筆。不知徐槐只等顏樹德到來，便要舉事。接入徐槐，奇。

次早，顏樹德到了軍中，徐槐與他說了攻關之事，樹德大喜。寫樹德。徐槐吩咐待夜分舉行，所以本日又按兵不動。極妙頓挫。直待申牌時分，韋揚隱、李宗湯率鄆城部眾陸續動身。妙筆。徐槐也傳令拔營齊進，三聲砲響，鼓角齊鳴，曹州府、菏澤縣、曹縣、定陶縣、城武縣、單縣、鉅野縣、滿家營兵馬，按隊而出，顏樹德倒提大砍刀，勒馬在前，徐徐前進。謀定之師其從容如此。盧俊義在關上，望見官軍隊裏，三十六隊旗號歷歷分明。（妙）盧俊義道：「那廝原來養了三日氣力，用全隊前來攻關也，（見徐槐收三十六隊旗號于中軍之妙。）眾兄弟與我努力守關。」（可憐還要守關。）又將頭關內兵丁盡點上關，鎗砲、矢石擺得密蔴也似，嚴緊守住。（盡點關內兵丁，關內虛無人矣，三十六隊旗號悞之也。妙，妙。）只見官軍已到半山，擺列隊伍，明整旗號，只是躊躇不進。（妙）盧俊義那敢疎忽，（可憐。）只是提心督率嚴守。（可憐。）看看時已傍晚，（時辰到也。）官軍只是按隊不動，（妙）盧俊義心中越慌，（可憐。）眼不落放的照顧四面。（可憐。）到了三更時分，（點出時分。）瞥見坎離谷上火把亂明，聲聲吶喊。（妙）大驚道：「敵兵果然殺進坎離谷也！」忙傳令教谷口兵丁當心備禦。說未了，只聽得關內鎗砲之聲，乒乒乓乓，一片震天動地價響亮，人聲亂喊，（韋揚隱。突兀淋漓。）糧房、營房一齊大火怒發。（李宗湯。突兀淋漓。）關外官軍一聲號砲，潮湧般殺上關來，（聲勢之極。）火把叢中，顏樹德一手提刀，一手高擎着那「欽加總管銜曹州府正堂徐」的一枝大燈纛❸，已由雲梯奔上關也。（聲勢之極，迅速之極。與上文攻十字渡旗號照耀成異樣精采，實暗用螢弧先登故事也。）官軍、鄉勇見大纛登城，便一齊吶喊奔上。（聲勢之極。）兩邊山上賊兵見了，急放礧石、滾木，（迴應前傳一句，不欲讀者言其取之易也。）官軍、鄉勇吃打壞了許多。（寫賊人利害。）怎當得顏樹德奮勇倡先，（歸功顏樹德，妙。）正是一夫善射，百夫決拾，（用國語兩句，妙。）都個個拚死忘身，一齊登關。（聲勢之極。）關上徐凝、燕青、燕順、鄭天壽還想抵禦，（接寫關上，妙。）盧俊義忙叫：「不必了，快回去保二關要緊！」（倒底員外見識不錯。）說罷，急與四人逃下關門，向夾道直奔二關。不料兩旁亂箭齊發，李宗湯橫刀迎住。（出李宗湯。）五人拚命死併，盧俊義奮力架住李宗湯，那四人併力衝開官軍逃走，盧俊義也抽身飛奔。（寫得紙上海沸山裂。）只聽得四邊鎗砲動地，吶喊震天，前面韋揚隱已在攻擊二關也。（駭疾之至。出韋揚隱。）盧俊義等五人拚命衝入，（連用拚命字樣，可見非常危急。）韋揚隱轉身邀住大關，盧俊義等如何敢戰，架住韋揚隱，一抹

❸燈纛：掛著燈籠的大旗。纛，音ㄉㄠˋ，大旗。

地逃入二關，疾忙登關守備。逃入二關。外面徐槐大隊盡入頭關。天色未明，頭關已破。寫出神速。徐槐在頭關收集關內關外并坎離谷上人馬，大奏凱歌。眾將、兵丁都紛紛上來獻功，斬首一萬三千餘級，擒獲五千餘名，三軍讙呼動地。結束處，與會淋漓。徐槐傳令就關內安營立寨，一面記功錄簿。天已大明，徐槐吩咐疊起文書，差人到都省及曹州各路報捷。這場大功業，端的驚動了山東、河北，無不聞名。極力張皇，筆大如椽。這里徐槐吩咐三軍休養數日，再議攻取二關之策。大收束。那盧俊義逃入二關，駭得目瞪口呆道：「這，這，這官兒真有神出鬼沒之機，這枝兵從那里殺進的？」將軍原來從天而下也。眾人都面面廝覷，不能做聲。盧俊義道：「今日頭關已破，只有力守二關，等待公明哥哥回來，再定計議。更須得請軍師同來方好。」先勾一筆。眾人都惶急無計，只得打起精神，點兵守住二關。

且說宋江在泰安自聞知秦明陣亡之後，識得徐槐利害，本是日夜罣心，這日忽見戴宗奔來報稱水泊已被徐槐奪去，還未知失頭關之事，宋江早已驚得一身冷汗，瞪着隻眼細筆，妙筆。道：「怎麼，怎麼，怎麼？」得神。戴宗道：「盧兄長說，快請兄長回去計議。」戴宗語更得神。宋江定了定神，看着天，歎一口氣，其意若曰我現在替你行道，你奈何不要我替耶。便教傳令到新泰，請公孫勝、魯智深、武松、樊瑞、項充、李袞前來保守泰安；即日起身，改扮了輕衣小帽，同戴宗飛速奔回山寨。宋江用神行法，此其第一次。回到寨時，小路進山，盧俊義等迎入，伏地請罪，方知頭關失陷之事，宋江驚得跌倒在地。驚殺。眾人急前扶起，宋江定神片響，向眾人細問了一番情由，便道：「甚麼官兒，竟有如此利害？藐視縣官者，當知所戒矣。現在吳軍師病體新愈，順便提出。正商議攻取蒙陰，補出情事。且不提安道全，妙。不料這里弄出如此心腹大患，我看沒奈何，只得煩戴兄弟飛速去請他來，退了這里，方好再議別事。」別事者，何事也？虛願未償，抱恨終天，亦可哀矣。眾人稱是。當時便命戴宗飛速赴新泰去請吳用回來。只因這一去，有分教：多謀足智軍師，終作甕中之鼈；稱忠道義頭領，竟成油裏之鰍。不知吳用回寨時事情如何，且看下回分解。

范金門曰：嘗讀尚書泰誓，而知恭行天罰，步伐止齊；又讀左氏春秋，而知霸主爭雄，三軍整飭。可見三王、五霸之所以用兵，而成大功定大業者，無不森嚴其紀律也。彼嘯聚多人，徼用詭計者，烏足以當堂堂正正之師哉！文以三十六隊攻水泊，以九隊奪頭關，億萬斯人絲毫不亂，是宜有謀必獲，所向披靡矣。

以仲華之筆法，寫徐槐之陣法，畢竟文法乎，兵法乎？吾得而斷之曰：文成法立。

第一百二十二回　吳用智禦鄆城兵　宋江奔命泰安府

卻說上年冬季，吳用因病困在新泰城內，（遙接一百十八回。）得安道全醫治，漸有轉機。適接到山寨中徐槐臨訓之信，彼時吳用神識尚昏，此話傳入耳中，倒也不十分着急，（妙。）只說些不怕他，不關緊要的話；又說些必須防備，不可大意的話。（妙。）到了次日，卻早已忘了。（妙。補前所無。細思此數語，前文必不可有，有則行文有錯雜之虞；此處必不可無，無則起下無舒徐之致。即此可悟章法剪裁之理。）安道全議方進藥，吳用漸漸神識清了，恰又接到秦明陣亡之信。安道全一聽見，忙出來關會眾人道：（筆勢縱跳。）「此信千萬不可嚷入軍師耳中了。軍師心疾暫得平安，若一聞此報，憂驚齊至，神明再被擾亂，為害不小。」（是醫家關切語。）眾人稱是。大家約會了，瞞得實騰騰地。一面安道全趕緊處方調理，吳用無事擾心，倒也無思無慮，其樂陶陶，（忽用晉文兩句，奇。）所以服藥帖帖得益。（頓挫曲折。）眾人倒替他日夜提心，深恐又有甚麼警報，擾亂了他的心思。（筆筆靈。）且喜連冬過春，徐槐一邊久無消息，（筆筆靈。）更喜雲、陳兩處亦無動靜，（筆筆靈。兼顧雲、陳兩處，妙。）一路順風，無些毫打叉之事，以是吳用漸漸向愈。安道全已開了一張補心養神的方，說道：「此方即有加減，亦不過一二味而已。（賴此一句，吳用不至為庸醫所殺。）服此方三十劑，可以全愈。」眾人皆喜。不料驟然起了一樁大打叉的事，（筆有驚蛇脫兔之奇。）你道是甚事？（試掩卷猜之，不善讀者以為必是雲、陳、徐三處事也；其善讀者則知其另有一樁事耳。蓋不數行前，按過雲、陳、徐三處，而且一路文氣專尚紆徐，豈可于此突接雲、陳、徐三處事，以使緊迫傷氣乎？）

原來安道全係好色之徒，腎元素虧，（應前傳一句，奇妙。）更兼上年冬季星夜渡冰，受了寒氣。（應本傳一句，奇妙。）內經云：「冬傷于寒，春必病溫。」又云：「冬不藏精，春必病溫。」（引內經兩句，作先斷後敘體，奇筆。）安道全既不藏精，而又傷于寒，（分頂。）寒邪乘虛襲入少陰，深藏不出，（總承。）日久醞釀成熱，至春時少陽氣升，再經外感一召，內邪勃發。（仲華自註曰：此說先賢後學聚訟紛紛，迄無定論。其實皆多費唇舌耳！但使藥之而愈，足矣。知其伏邪，亦無先事預備之法；不知伏邪，亦不過見症治症而愈，何分優劣乎？然平心而論，覺伏邪之說為長，故取之。）那日安道全診視吳用畢，（緊抱題目。）出來覺得有些困倦，便上牀去躺了一躺。天晚起來，覺得身子發熱。（文勢紆徐。）次日便口渴咽痛，神思不清，眾人忙來問候。安道全提心診了自己的脈，便道：「不好了，此名春溫症，（應上。）來勢不輕。」（自知之明。）眾人都躭起憂來。安道全自己開了一張藥方，眾人看時，乃是薄荷、杏仁、桔梗、枳殼、淡豆豉、牛蒡子之類，（細寫方味，妙。）方味極輕，眾人不解。（着此一句，妙。）當日，安道全還扶病出來，到吳用房裏診視吳用，（緊抱題目。一「還」字凄涼，我聞此語，心骨悲。）說道：「原方不必改易，仍可守服。」（着此句，妙。）吳用勸安先生歸房養息。安道全退出，到了自己臥房，上牀便睡。（對此四字，想起道情中上牀脫了鞋和襪，未審明晨穿不穿之語，毛骨竦然。）侍從人將他自己開的藥方配藥煎好，與他吃了。當夜無話。第三日病方漸漸沉重，覺得指頭蝡蝡微動，眩暈驚悸，腰膝痿軟，齒燥唇焦，口渴不解。（詳寫病狀。）安道全道：「不好了，此腎虛亡陰，將成痙厥之候也。」（段段症候，借安道全口中自註。）此時已起牀不得，便叫旁人書方，用生地黃、麥門冬、元參、知母、炙甘草、龜板、鼈甲。（細寫方味。）眾人都進來看望，看那藥方分兩太重，又不解其故，（又複一筆，妙。）只是問候數語而已。安道全道：「小可賤恙，竟大是險症。（自知之明。）可惜兩個小妾都遠在山寨中，此處無貼身服侍之人。」（妙筆。）原來安道全這兩妾都有羞花閉月之貌，是山寨中搶擄來的，當時安道全看得中意，向宋公明討了來，此時病急，還記罣這兩個寶貝。（為腎虛下一註腳耳。卻將劫掠之情形，旅病之苦况，都一齊帶出；又廻應前傳李巧奴，真妙筆也。眾人都道：「這事容易，今日便差人到山寨去迎取兩位如嫂夫人來。」此句後無應筆，正以不應為高也。道全點首，眾人退出。是日吳用守服安道全原方，不脫吳用。聞知安道全病重，也兀自記罣，親自扶病出來探看安道全一次。順提吳用扶病出來，妙。出來者，病已愈之辭也；扶病者，尚未全愈之辭也。安道全上午服了藥，至下午前以日計，此以時計，其勢漸緊。病勢不少衰。「不少衰」三字，下得有分寸。安道全便吩咐用熟地黃、生地黃、芍藥、石斛、麥門冬、五味子、元參、阿膠、炙甘草，其生、熟地分兩竟用出二三兩以外。此趙養葵、高鼓峯之心法也。安先生能用之，見亦卓矣，然安先生終于不起，此法亦終于受誣，可慨也夫。男龍光註。眾人看了，盡皆駭然道：「怎麼外感症，好吃這種大補藥？算來快刀不削自己的柄，口頭語，卻是奇文。一準是他昏了，開錯的，須接位高明先生來評評看。」逼肖。安先生死于此矣。方悟上文插兩筆眾人不解之妙。須臾，請到泰安城內一位極行時的先生，叫做過仙橋，名字好。前來診視。眾人求他直言，那過先生診了安道全的病出來，看了安道全的方兒，拍案道：「安先生悞矣！安先生死矣。此症內外邪氣充塞，豈可服此滋膩、指膠地。收斂指味芍。之藥？此藥如果下咽，必然內陷。足見高明。按此語可謂不通之至，人自不察也。果係悞補，惟有內閉，必無內陷；乘虛而入曰陷，鬱遏不出曰閉；內閉則宜宣通，內陷惟有補托。乃近今醫家案上，無不批內陷而方中絕無補托，真乃自相矛盾。如此之流，直謂之不識字可也。他起初這張方原是不差，不知何故忽然更改。」說罷，便就他起初的原方，加了柴胡、葛根、鈎籐、黃芩、連翹，并批了幾句慎防內陷痙厥等語，偏被他說着，故可惡也。用了茶，拱手升輿而去。

安道全索看那醫之方，便道：「殺我者，必此人也！可憐。眾位休保他，只顧煎了我那個方藥來。」我讀至此而三歎焉。言出于余口，思發于余心，以余心、余口議余方藥以救余身，此真極近、極便，而不假手于他人者矣，乃卒為他人困而殺之。而余卓然之心，君竟坐視而莫之禦，人至于此，猶不看破色身是假，何哉！男龍光註。眾人諾諾而出，主見難定。吳用亦躊躇無計。處處不脫吳用。躊躇無計亦書內所常用，獨此處用之令人絕倒，智足以將數十萬雄師，而不能明于十二經藏，可怪也。只見旁邊一個小厮稟道：「此地東門頭大王廟大王菩薩，小厮薦大王，妙。不著大王名號者，蓋此等處無非搊筆作趣，不欲唐突神明也。見仲華之謹慎。最為靈驗，與極行時相對。廟內設有藥籤，何不去求帖神藥來吃？」趣筆。花榮喝道：「你省得甚麼，卻來多嘴！」吳用道：「也是。句。但我想天道遠，人道邇❶。用子產語，妙。藥籤不必求，可將那過先生與安先生的藥方寫了鬮兒，就神前拈卜罷了。」畢竟吳用見識高些。眾人依言，即忙做了兩鬮，備副香燭，花榮親去。不須花榮親去也。花榮親去者，為安先生故也。待先生固宜如此，其忠且敬矣。到了大王廟裏，拜禱拈鬮。文思曲折。蓋藥死安道全，端非易事也。也是梁山一班魔君業緣將盡，理當收伏，突出此筆，就小小題中振動全神，奇極，怪極。安道全本在地煞數內，如何免得，奇筆。當時偏偏拈着那過先生的方。妙筆。花榮轉來，眾人主見遂定，也不去問安道全，妙。便將那過先生的方配藥煎了。時已掌燈，以時計。安道全病勢大重，已催藥好幾次。細。眾人忙將那藥煎好，遞進去。原來那兩張方氣味判然不同，細筆，妙筆，作波折。安道全上嘴呷了一口，便叫苦道：「你們果聽那庸醫之言來殺我也！」妙筆。推開藥盞，叫：「快煎我那方劑救我！六字可悲。「我那方劑」救人無數，今日竟救我不得耶？恐怕不及了！」借道全口中註明。語言已覺蹇澁。到了。眾人聽此言語，急迫無計，便將他方劑減取三分之一，大誤。說道：「且試試看。如不錯，明日依他原劑不遲。」情理逼肖。豈知時不待人，當夜煎好與他服了，到了天明，安道全已舌卷囊縮，四肢抽搐，不能言語。急請了過先生並幾位名醫齊來診視，吃藥不瞞郎中，竟將昨夜安道全不肯服過先生的藥，先服自己的藥等話說了。過先生道：「果然補壞，內陷了，冤哉，地黃；冤哉，道全。我說何如！」自幸其言之中。當時眾人共議了一張藥方，無非羚羊、犀角、柴胡、鈎籐之屬，灌了一劑，一「灌」字，為安道全設身處地，想之不覺慟哭。全然無效。吳用此時雖守服安道全原方，然因安道全病危，心中連日着急，也覺得病重了些。插筆，妙。那安道全竟

---

❶天道遠二句：春秋時鄭子產語。事見左傳昭公十八年。全文是：「天道遠，人道邇，非所及也，何以知之？灶焉知天道？是亦多言矣，豈不或信。」

不言不語的臥了一日。次日，眾醫競至，過先生已辭不開方。收過過先生。此其所以為行時之先生也。悲夫！還有幾個不知死活的，妙筆，絕倒。在那里開方議藥，所有藥味也記他不得這許多。省筆，妙筆。不上三日，竟把一個神聖工巧的地靈星神醫安道全，送入黃泉。安道全了。道全死于腎虛春溫症，可為醫家徒知治病，而不知攝生者戒。使安道全死易也，使安道全死于病則難；使安道全死于病猶易也，使安道全死于病而悞藥，則大難矣。仲華想到此處，可謂自出難題，乃觀其行文，抑何天造地設，毫無假借也。因安道全戀李巧奴，而悟出腎虛，然腎虛猶未至于死也，于是借吳用隆冬患病一事，令安道全涉冰受寒，釀成春溫。蓋腎虛非春溫，不速死；春溫非腎虛，亦不驟至昏厥。而授手于庸醫，一聽其下刃，而無如之何也。如此輾轉，算出迴視前傳李巧奴事，翻覺耐庵預為此處先作一伏筆者，真奇不可言，巧不可階也。當時盛殮好了，送回山寨。安道全出梁山，在徐槐臨訓事後，而一百十九回中，不補安道全歸梁山，在徐槐攻關事前，而一百二十回中不插，皆是落落大方之筆，不得議其疎漏也。吳用的病，緊縮吳用。正是為山九仞，功虧一簣。驟然失卻良醫，莫能措手，不免也請那班過先生之流來酌議方藥。可憐那班先生，還不敢十分改易安道全的原方，絕倒。不過畧畧增減了幾味，絕倒。吳用服下，便覺乖張，絕倒。眾人都惶急起來。何不向大王菩薩去拈鬮？吳用道：「我想安先生病急時曾說，此方可以守服。賴此一句，救出吳用性命。如今安先生已故，又無人能增減，只好老守他這張方吃過去。」眾人稱是。吳用仍服安道全原方，日復一日，不必細表。

吳用覺得精神復舊，極寫安道全，深明其死非自悞，實庸醫殺之也。這日止在商議攻取之策，一句入題，離則擲之天外，合則忽在眼前，極盡離合之致。忽報宋江差人來請公孫勝、魯達、武松、樊瑞、項充、李袞同守泰安，并報知徐槐攻入水泊之信。吳用大驚道：「這話從何而來？」活是全不接頭之言。公孫勝便將上年冬季徐槐親到水泊，又導龍岡交鋒，秦明陣亡等話說了，并道：「那年因軍師貴恙沉重，所以厮瞞。」吳用道：「原來先有此一事，當初何不早為防備？」花榮道：「那時小弟一聞此信，便稟知公明哥哥，知會盧兄長，飭嘉祥、濮州夾攻鄆城。補出前文，提起後文，妙筆。那時因寒凍，開兵不得，處處不脫此筆，以見其細。今已春暖，他們不知為何按兵不動。」說至此時，吳用凜然變色道：

（奇筆。）「濮州可動，嘉祥萬不可動。緣劉廣在兗州虎視耽耽，倘呼延兄弟偶一離開，必遭毒手。（應徐溶夫之言。）就是濮州林兄弟進兵，也須相機施行，不可鹵莽。我料這徐官兒必有備防。（應徐青娘之言。又寫吳用。）只是現在水泊已失，大非所宜，但願保得頭關，方可無事。（可憐員外疎虞地，猶費軍師記念心。）公孫兄弟此去，便將我這番言語，致意公明哥哥為妙。如今我病體新愈，難以道途跋涉，（藉此暫捺住吳用。）這徐官兒未必一時退得。（又烏知終于退不得耶？）俟數日後，我稍可行動，即便拔步而來。」（起下。）公孫勝應諾，即辭了吳用諸人，領魯達、武松、樊瑞、項充、李袞赴泰安去了。吳用對花榮道：「不料又遭了意外之虞，看來此處剪除雲、陳之舉，只好暫擱一擱起。（又是一處暫擱。只說暫擱，不料竟成永擱。）我歇數日，必須親往。」花榮道：「我們山寨頭關，地形峻險，料想那徐官兒未必一時破得。他不得頭關，也不能常守水泊。」（花榮之見固是，乃徐槐卒不如其所料，因歎徐槐之奇。）吳用道：「賢弟之見固是，然我終心內記罣得緊，必須親去走遭。」二人因此時時憂慮。不數日，忽報戴院長到。（驚電驟至。）吳用大驚，急問戴宗：「甚麼急務？」戴宗報稱頭關已失，並具言：「官兵從坎離谷上面殺入，以致失利。現在公明哥哥急遽無計，速請軍師回山，商議退敵之策。」吳用驚得幾乎跌倒，眾人盡皆失色。吳用道：「這官兒真有神出鬼沒之奇！（與盧俊義之言相映，極贊徐槐。）這坎離谷上，亂峯怪石，跬步不容，他卻如何進來？（註出吳用不知之故。）現在事已如此，我只得速去也。」花榮便命歐鵬點五千兵護送。（句。）吳用忙叫：「不可，不可！（奇。）此去路過兗州，劉廣在彼，我雖有五千名兵，如何敵得，卻反打草驚蛇。（兗州竟為梁山出入之巨梗，廻思希真恢復兗州，真是莫大之功。）我想不如青衣小帽，同戴院長偷渡過去為穩。」花榮道：「軍師貴體新痊，豈可如此奔勞？」（宋江未奔命，吳用已先奔命，妙。）吳用道：「也說不得。」便教侍從人打起包袱，眾人送行，盡皆淒咽無色。（極寫徐槐。）吳用對花榮道：「花兄弟善守新泰，并知會泰安公孫兄弟、萊蕪朱兄弟，三處聯絡把守，千萬不可失利。我回去退了這徐官兒再來。」說罷，與眾人別了，從此永訣。同戴宗拔步上路。不說花榮等送別吳用，自回新泰與公孫勝、朱武聯絡保守。

且說吳用同了戴宗回山，一路曉行夜宿，不日到了兗州地界。時已昏黑，尋個客店安身。不防劉廣早已料他要來，十餘日前已差苟桓在境上嚴行查察。這日吳用方到境上，苟桓早已訪着，便飭兵役直到店中來拏吳用。幸虧吳用機警，早一時先已覺得，忙與戴宗拴上甲馬，星夜皇遽遁逃，神行法快，苟桓追不着而返。插此一段，不冷落劉廣、苟桓也，行文極到。吳用、戴宗一口氣奔馳，腳不暫停，一日一夜逃出兗州西境。吳用已覺得喘乏眩暈，緩緩地到得梁山，只見前面水泊盡築了堤岸、土圍，水泊上堤岸土圍此處補出，妙。一帶旌旆戈甲，嚴緊守備。吳用叫苦道：「他這意分明要永遠和我廝併也。」先就吳用口中，提起後數回意。便繞轉梁山東面，尋入山的路。戴宗叫苦道：小對鎖章法。「方纔小弟出來，是走這條路的，此刻又被他用兵堵住了，我們歸去不得，怎好？」情理逼真。吳用道：「後山何如？」戴宗道：「後山有鎮撫將軍兵馬堵住，難以進出。」吳用道：「在水泊以外否？」戴宗道：「在卻在水泊以外。」吳用道：「這卻不妨事。這路兵馬一準是徐官兒邀他來虛張聲勢的，我可以設法偷渡進去。」此一段為吳用進山計耳，卻反振起賈夫人因逗起宋江走夜明渡之路。才子靈心妙腕，真是左右咸宜。當時吳用、戴宗從東泊曲曲灣灣，左廻右避，渡到後山，果然不被官兵所覺，省捷之筆。直到後關。關上李應見了吳用，急忙開門迎入，一面差人報知宋江。宋江聞吳用到了，急忙迎見。宋江、盧俊義一齊訴說徐槐利害，「此刻他將頭關上築了土圍，就此點出土圍。悉力攻我二關。徐槐攻二關，竟從此處帶入，便捷之至。他手下三員勇將，驍勇異常，無人近得，怎好？」吳用道：「且守住了二關再說。句。小弟走了這番急路，兀自有些頭眩心悸。」病困事猶有餘波。妙。說未完，宋江忙道：「我正忘了，四字托出方纔惶急之神。軍師貴體何如？」吳用道：「旬日前，賤軀竟已精神復舊，叵耐此番回來，兗州境上吃劉廣那廝搜根剔齒價尋來，不是小弟先機逃走，性命幾傷他手。現因與戴院長連走了兩夜一日，兀自疲乏得緊，打熬不得了。」宋江及眾頭領聽了，都咬牙切齒價忿怒起來道：「誓必生捨這廝們來碎割，出口惡氣！」萬萬不能。宋江道：「既如此，軍師且請安睡養息，改日再議。」吳用便進房去睡了。宋江、盧俊義及眾頭領登二關守備。

且說徐槐接入徐槐。自渡過水泊，攻破頭關之後，賀太平本章奏入，天子大悅，便加徐槐壯武將軍銜，特賜紫羅傘蓋、金爵玉帶；李宗湯、韋揚隱、任森、顏樹德均加都監銜。張叔夜又奏：又提張叔夜。徐槐此番深入梁山，竊恐兵力不足，請勅山東鎮撫將軍酌撥全省兵馬前去協助，并勅山東安撫使酌撥錢糧。寫叔夜擘劃周至，則徐槐建功處，皆叔夜建功處也。妙。天子准奏，便傳旨往山東去。徐槐奉旨謝恩，感激奮勉，不等各路兵馬到來，細。便與韋揚隱、李宗湯安派人馬，將軍分為二隊，三十六隊、九隊之後猶有二隊。韋揚隱、李宗湯分領了兵，輪替攻打二關，晝夜不息。顏樹德兼領二隊先鋒，勇銳衝突。宋江、盧俊義飭眾人死命把守，那里還敢鬆手。二關攻守情形詳寫，則佔後文地位；不寫又荒本回正旨，此處最詳略得宜。只等吳用養息好了，商議退敵之策。

吳用卻足足臥病了三日。妙。幸虧安道全原方將根本培足了，所以不致敗壞。三日之後，漸漸養轉，好。不然病到何日了？便請宋江到牀前來議軍務。宋江到了牀前，先問候了幾句。吳用便開言問道：「坎離谷上官兵，到底怎樣殺進的？」至此吳用尚不知其故，以見徐槐之奇。宋江道：「我前日方纔探得，宋江前日方纔探得，益見徐槐之奇。那廝實從幽洞天懸繩而下。」吳用變色道：「這里原來有如此老大破綻，我當初兀是防到谷下，卻不防到這谷上也。應徐槐之言，將破頭關原委註明。

兄長快派精細頭目四面巡察，現在二關內並四面隘道山谷，再有沒有這樣漏洞？」順手引起夜明渡，奇妙非常。宋江道：「盧兄弟已巡察過一遍，小弟回山時也巡察了一遍，兩層補前所無。卻沒有甚麼漏洞看得出。」放落。吳用道：「雖如此說，寧可再尋尋看，倘或有之，不惟我可預防，并且乘那廝不知，就可從此處出奇制勝。」仍提起，卻是為防敵勝敵計，並不為逃走計，故讀者不覺也。宋江稱是，便傳令帳下各頭目仍去分頭巡看。領起。吳用又道：「兄長，你後山如許防堵重兵，設他做甚？」奇語。宋江道：「軍師，你不看見後山現有鎮撫將軍兵馬十萬壓境立陣，此處豈可疏虞？」吳用笑道：「十萬便如此怕他，若百萬壓境待怎地？其語愈奇。兄長可曉得鎮撫將軍張繼有甚伎倆，這枝兵馬怕不是這徐官兒邀他來虛張聲勢、牽制我們的？我們用重兵把守，豈不是正受其欺？」一口喝破，令讀者失驚。宋江恍然悟道：「軍師真是高見，如今依軍師調度將如何？」吳用道：「他既虛張聲勢，我亦何妨虛作備禦。的是妙算。如今前面既如此緊急，我們且丟開後面假局，盡傾寨內之兵對付前面。讀者失驚。這徐官兒一面要正覷我山寨，又要兼顧嘉祥、濮州，我料他兵力必然不足。如今我以全寨之力對付他，何患不勝！」層層料透，讀者至此無不失驚矣。宋江喜道：「得軍師此策，吾無憂矣。又無憂矣。軍師且請安息，我去如法調度。」說罷，便出廳傳令，教後泊旱寨、水寨各各虛插旌旂，只留少許兵丁把守，這里將寨內所有兵將，盡數點齊，殺向二關。

徐槐正在攻關。宋江傳令，開關殺出，開關殺出。韋揚隱、李宗湯督兵奮勇迎戰。徐槐見賊兵勢大，便傳令先約後隊退入頭關。寫徐槐。宋江督率眾頭領，與韋、李二人拚命大戰。拚命大戰。徐槐傳令，教韋、李二人左右呼應，徐徐退回頭關。極寫徐槐。宋江領眾緊緊逼上，緊緊逼上。韋、李二人領兵先後按隊進了頭關土圍。極寫徐槐。宋江兵馬直逼土圍，直逼土圍。那土圍上鎗砲、矢石，已密麻也似守住。極寫徐槐。宋江大怒，顧眾兄弟道：「我兵馬四倍于他，若三日之內破不得這土圍，我宋江也無顏立于山寨了。」眾兄弟受這番激動的話，端的督率眾兵捨死忘生，親冒矢石，攻打土圍。親冒矢石攻打土圍。一路雖極寫徐槐能軍，卻夾寫宋江聲勢，筆勢如春潮帶雨，一氣奔注，至此而湍急不受篙矣。使讀者至此無不心駭氣絕，然後一筆掉轉，真是行文大觀。攻到第二日，忽報後山水泊各港火發，官兵已殺入水寨。山從人面起，雲傍馬頭生。宋江大驚。原來徐槐數日前探知吳用回寨，便差人到鄆城教徐青娘與汪恭人商議。入二人傳。汪恭人道：「不妨。二字經綸滿腹。吳用雖然多智，並不是上界天神，令叔但當心抵禦，儘彀敵得，未見定是他勝我敗。是極。只有一着，山後鎮撫兵馬，本是虛張聲勢，他既來了，必然料破此計；被他料破，他必傾寨而來。與吳用針鋒相值，極寫汪恭人。那時令叔寡不敵眾，卻是老大費手了。」青娘沉吟道：「他既料我那面是假，必然不設防備，我何妨叫他弄假成真！」妙。寫徐青娘大似劉慧娘。汪恭人笑道：「我也這樣想。妙。那賈夫人才智超羣，帶入賈夫人傳。他的兵馬訓練有方，儘可用得。妙。那年金成英突起草野，只借他八千名兵，便能迅掃強敵，忽又提金成英，奇筆；并為彼註明勝敵之故，更奇。成效彰彰可睹。如今我便屈他親身下場，顯點手段，有何不可！」妙筆。青娘聽了甚喜道：「既如此，煩恭人作速寫起書札，我回署去，即將梁山後面輿圖攜來，一并寄去，以便賈夫人相勢進攻。」又提起輿圖，并寫出青娘智畧，妙筆。汪恭人稱妙。青娘當即回署，取了梁山後面輿圖，復到汪府來，汪恭人已將書信寫好。省捷。當時看畢封好，即差人賫送到鎮撫署內去，青娘辭別回署。那賈夫人接入賈夫人。接到汪恭人書信，并梁山地輿，暗想道：「此事卻難。折筆，奇。我從未親臨戎行，今日驟然用兵，我與將士不曾相習，深恐呼應不便。確論，然已托出賈夫人才畧矣。但此番係國家大事，我家世受皇恩，未有捐埃❷報答，今日汪恭人大義勸我，我怎好不去！」大義凜然，寫出賈夫人又寫出汪恭人，妙筆。想了一回，便

❷ 捐埃：棄身於土；死亡。

與張繼說了，請了令箭、兵符，大擺鎮撫將軍儀仗，裝束起行。不日到了營中，大小將士一齊接見。賈夫人陞中軍帳坐了，便先將皇朝恩德、現在情勢，剴切宣諭了一番，（極寫賈夫人，卻只是虛寫，妙。）眾將齊聽命。（極寫賈夫人。）賈夫人按地圖水泊各港道路，將戰守兵丁一一派定。（極寫賈夫人，亦只是虛寫者，以避前徐槐攻水泊一段文字，後避天彪攻後關一段文字也。）次日，傳令一齊進攻，八萬人馬力勢浩大，火攻水戰，鎗砲捲雹般打進水泊。（二十九字簡捷之至。又有聲有勢。）吳用聞報大驚，（疾接。）急差人報與宋江道：「今番只好撤回軍馬，不然頭關未得，後關先失了。」（盡在徐槐算中。）宋江便傳令退兵。來人忙稟道：「軍師尚有一言，退兵須要舒徐，切不可露出急遽之態。若吃那廝併力追來，深恐後關未保，二關又失了。」（寫吳用。與上句對看，此時梁山支絀之形，可想而知矣。）宋江依言，便將軍馬分作數隊，陸續退入二關。宋江一退入關，就即教盧俊義同了張清、燕青、張魁保守二關，自己帶同李應、徐凝、燕順、鄭天壽率領後半人馬，同吳用飛速去策應後關。鎮撫兵馬已登北岸。（疾接。）吳用教宋江且守後關，待軍心稍安，再定計議。守了一日，賈夫人探得宋江已到後關，便收兵退去了。（妙。似寫賈夫人，卻是作者圖省筆也。）徐槐已在那邊力攻二關。（用筆有彈丸脫手之妙。）宋江對吳用道：「如此怎好？」吳用縐眉不語，半響道：「且兩邊都堅守了，過幾日再看機會。」（千仞之岡，邐迤下弛矣。）宋江、吳用當日在後關看守了一日。次日教李應等當心防禦，宋江便同吳用到二關。官兵力攻，賊兵力守，兩下拒住。（勒筆勁。）

且說林冲在濮州，上年冬季奉到盧俊義夾攻鄆城之令，（應花榮之言，抽題法、追敘法。）等到本年春暖，便差鄧飛、馬麟領兵一萬二千名，偷渡魏河，襲擊鄆城。鄧飛、馬麟領令前去。到了魏河，鄧飛與馬麟商議，馬麟領兵一半先渡魏河，鄧飛在後策應。（寫賊亦畧有見識。）商議停當，馬麟先渡。渡得河時，正想擇地安營，忽聽得對面截林山一個號砲飛入九天，（寫官兵，從賊兵一邊看出。）四邊林子內大砲、鳥鎗、佛狼機、子母砲，乒乒乓乓，潮湧般捲進來。（寫官軍，寫徐青娘。）馬麟大驚，率眾飛逃，卻不見一個官兵追來。（奇，妙。寫徐青娘。）馬麟大怒，（大驚大怒，妙。）重復殺轉來。（入算中矣。）鄧飛在對岸望見馬麟兵敗，大怒，領兵盡數渡河，（中計。）與馬麟合兵一處，只不見一個官兵。（復一句，入妙。）鄧飛、馬麟大怒，催兵殺進，三番衝突，都被林子內鎗砲打退。（妙。）賊兵死傷無數，銳氣已墜，（註明一筆，妙。）只得領兵渡河回去。方纔過得一半，只聽後面又是一個號砲，大隊官兵殺來，（妙。）賊兵此時已無心戀戰，任森一馬當先，（忽飛出任森。）揮眾殺賊，南岸賊兵盡死，鄧飛、馬麟領着北岸敗兵，逃回濮州去了。（繳銷一路。）

任森派兵守住截林山，自己領百餘騎到鄆城報捷。徐青娘在署正與汪恭人接談，（插筆，妙。）忽接到任森報捷，汪恭人稱賀道：「小姐以五千兵勝賊兵一萬二千，真妙才也。」（點睛。又補點出官軍數目。）任森道：「小將現在仍派那五千兵丁守截林山，深恐賊人經此一跌，盛怒而來，這邊兵少，抵當不住，所以特來與恭人、小姐商議。」（好。前回青娘言只消五千兵者，表青娘也。今五千勝一萬二千，則成效已見，而青娘亦不為虛說大話矣。若此後只顧五千可以常守，則寫林冲未免太覺不濟。自來稗官孰有如仲華之兩面兼顧哉！）青娘未及開言，（讓出汪恭人，此之謂筆法。）汪恭人道：「任將軍所見甚是。今可速稟徐相公，調定陶、曹縣兵馬，守住魏河，西連截林山兵馬，東連水泊土闉兵馬，隔河與鄆城、范縣又相呼應，賊兵自不能飛渡也。」（極寫汪恭人。）青娘笑道：「恭人全不顧嘉祥一面耶？（妙。）真是大膽。」（極贊之。）汪恭人亦笑。（妙筆。）當時任森將魏河捷音，并汪恭人之議，報與徐槐。

徐槐聞報甚喜，答書慰任森，并教依汪恭人之議，安排各路。任森得信，便傳徐知府令，檄調各路人馬，安排去訖。忽報嘉祥賊兵殺來，（接入便疾。）任森差人往探，乃是韓滔、彭玘領三千兵到來。（賊目亦二員，兵卻只三千。）任森報與汪、徐二夫人。汪恭人道：「今番又有三千顆首級，請任將軍建功也。」（妙筆，極寫汪恭人。）任森傳令軍士各處堅守。眾將道：「濮州賊兵一萬二千，主將尚欲迎戰；今嘉祥賊兵只得三千，主將何故反要堅守？」借此一問，以洗發其義。任森道：「諸君未知其故。濮州賊兵一萬二千，其氣甚銳，若不先破其銳氣，使他全力逼近攻圍，何時得解。今嘉祥賊兵只得三千，其氣甚餒，必不能與我久持。我但堅守以俟其退，退而擊之，必得大勝。今日不消得性急也。」妙論。極寫任森。將嘉、濮兩處得勝之故，作一合論。然在濮州為先敘，而後論在嘉祥，則為先論而後敘也，章法妙。賊多則能戰而破之，賊少則能守而待之，確切任森。眾將皆稱是，遵令各處嚴守，拒住賊兵。

原來呼延灼在嘉祥，本欲夾攻鄆城，自接到宋江教他防備劉廣，不可輕動之諭，應吳用之言。花榮、吳用兩議，前文不用正敘，而此處陸續補點，筆法最妙。便不敢興兵。這日聞得徐槐殺入水泊，破了頭關，林冲兵馬又敗，遞落便捷。可見林冲、呼延灼攻鄆城，係與徐槐攻梁山同時並發，乃前寫徐槐攻梁山時，絕不提及，所以見徐槐才大，視二人如無物也。此等妙筆，須于無字句處尋之。大為駭異，便集宣贊、郝思文、韓滔、彭玘商議，只得違了公明將令，發兵攻鄆城。卻又心下難決，只遣韓滔、彭玘帶領三千名出去。那韓滔、彭玘攻鄆城，攻了五日，官軍堅守不出，毫無便宜。呼延灼見劉廣一邊毫無動靜，便教宣贊、郝思文守嘉祥，自己領兵一萬，去接應韓滔、彭玘。誰知那兗州的劉廣，自聞徐槐攻梁山，又得徐溶夫轉致牽制嘉祥之信，補前所無。便教苟桓日日差人探聽嘉祥信息。帶表劉廣、苟桓。這日探得呼延灼大隊出境，劉廣便與苟桓、劉麒、劉麟點起兵馬四萬，即刻起身攻擊嘉祥，一日即到城下。可見兗州、嘉祥直是擊柝相聞，而呼延輕離巢穴，大為失計也。呼延灼聞報大驚，即忙轉來，與劉廣兵馬遇着，劉廣、苟桓的兵馬本是訓練有素，呼延灼被他牽制奔勞，如何敵得。簡而明。當時交鋒一陣，賊兵大敗。劉廣等四人率眾奮勇厮殺，斬獲無數，大掌得勝鼓回兗州。插入劉廣一段，妙在簡法。韓滔、彭玘聞報大驚，對遞筆法整齊。忙抽軍回救嘉祥。任森見了，便驅大隊銳騎掩殺出來，韓滔、彭玘大敗，任森揮軍痛殺，殺得賊兵全軍敗覆，韓滔、彭玘領百數殘騎逃回嘉祥。（又繳銷一路。上回提出嘉祥、濮州兩路，直至此處，方纔應過，不雜入徐槐攻梁山文中，深得剪裁之法。）任森收集人馬，仍與汪恭人、徐青娘商議守備之法，（總結。）差人報捷于徐槐。

徐槐聞報大喜，便策眾力攻二關。（接入。）宋江、盧俊義同吳用費盡心機，協力守備。徐槐兵馬在二關下毫不相讓。（簡妙。）自春歷夏，此攻彼守，相拒四月有餘。中間彼此各有小勝小負，徐槐只是不退。（簡妙。）此時徐槐已陸續收齊鎮撫將軍調撥的人馬，又得賀安撫接運的錢粮，勢力愈大，（應張嵇仲之奏，徐槐所以能與梁山久持，梁山所以終于被困，不得復振者，皆以此也。嵇仲之功偉矣。）便將軍馬調作十餘撥，勻派勞逸，輪替相代，竟將梁山四面合圍。（提筆。）宋江、吳用在圍城中百計守禦，十分焦急。宋江道：「這徐官兒兵勢愈大，竟與我永遠相持，怎好？此刻我寨內兵糧尚不見缺乏，（攻圍將及半年尚不見缺乏，其富強可知。）但日久攻圍不解，終屬不妙。」（拖起後文。）吳用道：「不但此也。他三、四月間還用力攻打，此刻他竟按兵四守，坐困我們，此其意不可測。（徐槐攻守情形借吳用口中敘出，亦簡妙。）我被他四面合圍，弄得一人進出不得，外面消息竟無從探聽，如何是好？」宋江愁急萬分，不上幾時，頭髮白了許多莖數。（好笑。）吳用仍教頭目嘍囉們去尋四邊的僻路。（應上起下。）忽一頭目稟稱尋着一洞，在後關外，（「後關外」三字，是大關鍵。）北山下。（奇文特起。）宋江、吳用皆喜，忙問恁樣的。那頭目道：「小人見這山下榛棘中好像有洞，（細筆表明從前不尋搜之故。）便掃除了榛棘進去，果然是洞。小人隨即進洞細探，果然通外面的。」（妙。）吳用道：「外面通甚路？」頭目道：「只有一條崎嶇狹隘小路，（此處不詳寫，留與宋江奔夜明渡時寫，妙。）直到運河。」（妙。）宋江道：「運河寸寸節節都有壩閘，對岸密蕪的都是東平州營汛燉煌，如何用得來兵？」（借宋江口中註出，妙筆。所以禁其佚擊徐槐也。）吳用道：「用兵雖用不得，（再就吳用口中撤一句。）但有此一路，可以探聽消息，亦是天賜其便也。」（緊抱。）便差戴宗出去，先往東京打聽，轉來便往泰安、新泰、萊蕪、嘉祥、濮州各處，都打聽些消息，速即回報。（即用戴宗一人提出許多線索，簡極，妙極。）戴宗領命，即日由後山洞偷出，飛速往東京去了。

原來种師道自征遼奏凱回京之後，（忽遙接百七回。）天子本要就命他征討梁山。那時蔡京尚未正法，一心要替梁山出力，便奏稱：「邊庭重地不可無人，仍請命种師道去鎮守。」天子竟準其奏。（補出一段情事。）吳用也聞知此事，所以一向不以東京為慮。（更補得周密。）自蔡京正法之後，种師道仍出鎮邊關，（如此移開种師道，讓出張叔夜，真妙。）因力保張叔夜可當征討梁山之任。（全部主句。）天子準奏，便召張叔夜內用。（並註出嵇仲內用之故。）適因高俅奉差誤事，辜恩溺職，天子便將高俅貶了三級，削去太尉之職，（高俅處分小者，避下文滄州一段事也。）便命張叔夜陞授太尉，（曰「便將」，曰「便命」，寫出天子任賢勿貳，去邪勿疑。）因與叔夜議征討梁山之事，便命兵部先行檢點軍馬。戴宗一聞此信，驚出一身大汗，急回頭便走，也無暇往泰安等處，便取路急回梁山。正走到東平地界運河岸邊，忽回頭見一人徘徊岸上，戴宗認得是公孫軍師的心腹，（筆如雲奔雨赴，雜沓紛紜。）吃了一驚，悄問其故。那人悄答道：「公孫軍師有緊急文書差我投遞，（一件緊急事，又隨接一件緊急事，令人應接不暇。）如今我到了此地，無路可入，怎好？」戴宗便邀他同取後山小洞，到了大寨。

宋江得聞張嵇仲將放經畧之說，嚇得魂不附體，（此驚固應不小。）看着吳用道：「怎好，怎好？」吳用道：「且慢。（句）事至于此，（句）已危急萬分，（句）兄長急壞無益，（句）待小可想一法來。」（此五句語氣急迫而不相聯屬，智多星亦如是，可見勢危。）宋江只顧自己口裏嘈道：「可惜蔡京已死，不然求他斡旋最好。」（得神。）吳用正在低頭沉思，一聞宋江此言，便顧宋江微笑道：「既失大龜，盍求小子？」（絕妙好詞。）宋江恍然大悟，便教蕭讓趕緊修起一封求童貫的信來。蕭讓領命退去。那隨戴宗同來的差人，便呈上公孫勝的文書。（緊簇。）宋江拆開看時，只見上寫着：

「雲天彪率領大隊人馬來攻泰安，（遞入。）小弟策眾守備，幸未疎虞。（畧表公孫勝。）因探知陳希真女兒傷已平復，（應一百十八回，然此處尚虛入百二十四回方實寫。又不提真大義，蓋此處乃作者自表其不疎漏，非真呼應處也。）希真日日操演人馬，想不久亦便要來滋事矣。小弟兩邊策應，深恐疎失，特請兄長與吳軍師教之。」（雲、陳事，與嵇仲出征事夾寫，便覺緊急。）宋江見了，又添一重焦急。（何苦。）吳用道：「這泰安三城，本是緊要所在。我此來本欲速退了這徐官兒，便去策應那邊。（誰知終于不能，徐槐之功，于是為莫大矣。）如今本寨兵圍不解，泰安又軍報緊急，為今之計，只有兄長親赴泰安，助公孫兄弟協同保守方好。」（調開宋江。）宋江聽罷沉吟。（見其難。）吳用道：「泰安三城。乃緊要所在，（再複一句，得神。）若使此處疎失了，雲、陳兩處兵馬無阻無礙，直達本寨，為害不小。（讀至此，而矢口讚吳用前取泰安為大有見者，悞也。須知仲華佈置，煞費苦心。）小弟因公孫兄弟未必支得，所以請兄長前去。這里山寨，小弟同盧兄長在此協力保守，力想一法破這徐官兒，兄長勿憂。」宋江點頭依允。只見蕭讓將信稿呈上，（夾敘法，妙。）宋江、吳用一看，都稱甚好，便命蕭讓即速謄清，又命即速辦齊賄賂。次日便命戴宗帶了書信、賄賂，飛速往東京求童貫去了。（迅筆直掃，妙。）戴宗已去，宋江也隨即起身，帶了幾個伴當，由後山洞出去。

不說吳用與盧俊義守山寨，且說宋江出了後山，不數日到了泰安。公孫勝等迎入城中，訴說：「雲天彪全隊在秦封山下攻打，已有五十餘日，十分利害。（補出天彪攻泰安情形。）弟等百計守禦，幸未失守。（複述一句。）現在探得陳希真兵馬已起，（較前報加緊一句。）小弟已急教花榮趕緊備禦。但如此兩路受敵，如何是好？」宋江道：「吳軍師籌畫此處，三城聯絡呼應，四面險要，各設重兵，本是盡善之法。（本是盡善之法，而竟成大不善之事，故妙也。）今日叵耐山寨被徐官兒所困，以致如此緊促。為今之計，只有各處嚴守，諒此地儘雲、陳二人之力，未必一時拔得。（提出三城聯絡之利，呼起雲、陳亟肆多方之計。我但求保守得定，統俟山寨圍解之後，再定計議。」公孫勝稱是，便一面傳知新泰花榮、萊蕪朱武，這里請宋江同往秦封山督守。忽報官兵已盡行退去。奇。宋江、公孫勝都大為詫異，親赴秦封山去，差人再去探看，果然去遠了。奇。宋江不解其故，妙。又不敢追擊，第一次不敢追擊，妙。只得督令加修寨柵，訓練兵丁。忽報陳希真差上將領兵一萬，直奔新泰，遞入。花榮在望蒙山協力堵守，聞得後面還有官兵，希真父女親自要來，一虛一實，妙。為此特來請令。宋江大憂，先差人去教花榮且自嚴守，這里日日去探天彪兵馬，果然盡行歸鎮了，奇。宋江方委公孫勝督眾保守泰安、秦封，自己領魯達、武松并泰安兵五千名，星夜趲程趕到新泰，直趨望蒙山，只見花榮遠遠迎來，並無官軍。奇。宋江見了花榮，便問道：「官軍何在？」花榮道：「連日攻望蒙山，昨日小弟還與欒廷玉前天彪兵馬不點其將，此希真兵馬又署逗一將，錯綜入妙。廝殺一陣。妙。收兵後，三更時分，他營裏尚是火光燭天，漸漸澌滅。奇。及黎明後，探得盡剩空寨，所有人馬一齊遁去。」奇。宋江大怒，便傳令追擊。花榮忙諫道：「我們今日只求沒事罷了。此語得神。追上去，萬一中其奸計，悔不可及。」宋江只得依言。第二次忿欲追擊，因諫而止，妙。領軍馬進了新泰城，住了十餘日，忽報雲天彪攻萊蕪緊急。奇，妙。宋江忙令花榮緊守新泰，自己領兵往救萊蕪。及到萊蕪，說也不信，竟又是新泰的老戲法。奇。凡段落連敘處，有無可變換者，莫妙于省筆括之。歎自來稗官不知此法，輒重複板滯可厭也。宋江怒極，領兵追去，果然中伏，大敗而歸。第三次追擊，中伏敗歸，一次妙一次。天彪也不追轉，只顧領兵退去了。奇。看官，你道這是何故？妙筆。原來天彪起初攻泰安時，本想一鼓而下，不料賊人守禦得法，攻了一月有餘，只是不動。天彪便遣人與希真商議。希真想賊人三城聯絡，四面險要，一時本難猝拔。應宋江之言。為今之計，不如用春秋伍子胥疲楚之法❸，註出來歷，妙。各將兵馬派勻，輪替攻擊，令其無一日之安。妙。又不擇東南西北，隨處攻擊，令其茫然不知我所圖者在何處。（妙，妙。）待其疲乏厭怠，然後突用大軍，併力進勦一路，必得大勝。（妙，妙。此二行即子胥之言也，疏解得妙。）當時想停當了，便修書答報天彪。天彪大喜，便依計施行。（註出。）宋江大受其困，半年之間奔命九次。（點題。又隱括。）明知天彪、希真用計困他，亦叫做無可如何，只得恨恨而已。後事按下慢表。

且說徐槐圍梁山，（又接徐槐。）自二月至六月，圍得梁山十分危急，又接到張嵇仲書信，言不久便有天兵征討，勸其守待天兵，萬勿疎虞。（補前所無。寫嵇仲。）徐槐得信大喜，眾將皆喜。徐槐傳諭各營，嚴禁守備，靜候天兵。（寫得興會，反振下文得力。深著童貫之罪。）不料自六月至八月，日日盼望天兵，只是不來，徐槐大疑這一事，不知為何助逆棄順，真叫做無巧非書。有分教：羣盜殘魂苟續，留須盈貫之誅；真仙大願漸成，終著精忠之望。畢竟天兵不到是甚緣故，且聽下回分解。

范金門曰：良醫之子，多死于病，古有是言也。若及身誤于藥，未必有之，有之則自安道全始。然而安道全亦非自誤也，其死也厥有二故：一曰盧醫不自醫，一曰好色之報應耳。

邵循伯曰：吳用為梁山柱石，天網恢恢，予之以病，於是乎死秦明，棄水泊，失頭關，

---

❸ 春秋伍子胥疲楚之法：機動靈活的「敵出我退，敵退我出」之法。春秋時伍子胥率吳國夫差軍隊與楚軍作戰，吳軍採取「彼出則歸，彼歸則出」之法，連續數年間，楚軍大疲，終被吳軍攻入楚都郢。

大勢淩衰，江河日下。然惡貫滿盈，而人事猶必勉力，全副精神，和盤托出，蓋此一回極寫吳用也。

宋江之罷于奔命，亦明知之而故犯之者也。三城不可或失，軍師又不可分勞，既拓土之甚難，亦守成之匪易。宋江固盜賊，應吃如是苦，然充類至義，亦可為貪多者作戒語一則。

第一百二十三回　東京城賀太平誅佞　青州府畢應元薦賢

話說徐槐接到張嵇仲書信，靜候天兵，眼睜睜望了幾個月，只不見天兵到來。徐槐正在疑惑，忽一日接閱京報，方知睦州方臘造反，賊勢浩大，（忽提方臘，奇。）童貫奏請將征勦梁山之師改征方臘，奏稿剴切❶詳明，（六字寫出老奸。）申言梁山現有勇幹大員進勦，不日可除，似可無庸專伐。（真善於措詞。）其奏詞內有云：（節錄，妙。）「陳希真才冠三軍，雲天彪威揚全省，劉廣統強兵以壓盜境，徐槐率勁旅以搗賊巢，小醜就擒，指日可待」等語。（極贊梁山之易滅，而梁山之不必命將專征，自見老奸真善措詞也。）天子動聽，硃批：「所奏甚是。」即命張叔夜為經畧大將軍，統領二十萬人馬，赴睦州去征勦方臘。張叔夜明知童貫中有詭詐，（寫叔夜。）只因方臘勢力猖獗，征討亦不容緩，（此句係表童貫勝算。）今日已奉簡命，不能不去。當日受命謝恩，回府沉思道：「童貫奸賊默右❷梁山，其意叵測。我今奉旨遠征，獨留此種奸佞在朝秉政，將來為害不淺，如何是好？」（寫出張公憂國憂民。）又想了一回道：「有了。古人有薦賢自代之法，今山東賀安撫，（忽提賀太平。）其人深能辨別賢奸，外貌雖委蛇隨俗，而內卻深藏風力。（就張公口中表出賀太平，妙筆。）若使此人在朝，必能調護諸賢，潛銷❸奸黨。（極贊之。）我明日便在官家前，力保此人內用❹罷了。」次日叔

---

❶ 剴切：切實；切中事理。剴，音ㄎㄞˇ。

❷ 默右：暗助。右，即「佑」。

夜入朝，便請召賀太平內用。天子允許，即日便傳旨加陞賀太平為吏部尚書，（內用。）兼理太尉事務，（代叔夜。）來京供職。叔夜謝恩。待到天子所命的出師吉日，便率領張伯奮、張仲熊、金成英、楊騰蛟、鄧宗弼、辛從忠、張應雷、陶震霆，統領天兵，辭朝出征。（不詳寫者，此非本書之正文故也。）原來這鄧、辛、張、陶四將于上年秋冬、本年春初，陸續調京內用，四人恰做了四城兵馬司總管。（忽補出鄧、辛、張、陶四人遷級事，用筆極簡極省而放鬆；鹽山出頭又可令朱仝、雷橫回寨并可令宋江走夜明渡，此等線索真是妙手空空。）張叔夜見四人才勇超羣，此番出征，必須此等上將方可成功，（寫張公。）便奏準了天子，調撥四人，一同協征。當時天子御餞叔夜。叔夜領旨率諸將、天兵進趨睦州。途中伯奮請道：「睦州路遠，軍情事重，防有緊急事務，父親尚須遴選專事往來差官一員為妙。」張公沉吟點頭道：「有了。我記得种經畧處有一人姓康名捷，（忽提康捷。）為种公驅馳多年，甚為得力。我今日不妨備文移調，諒种公必不我卻。」（种公之不卻，即借張公口中說出，簡捷法。）說罷，便繕起一角文書，差人賫到种公處去。這裏一面督兵起程。果然行至中途，康捷奉命而至，（簡潔之至。嵇仲此次所率之將，皆日後征梁山時中軍之將也。金成英、楊騰蛟，先提其內用于一百十九回中；鄧、辛、張、陶之內用，則又補敘于此。至康捷在种公帳下，則又用備文移借一法以召集之，皆作者慘淡經營處。）一同向睦州進發。討平方臘，（按：史稱討平方臘，實童貫之功。續貂者奪童貫而予宋江，吾不知其何厚于宋江而薄于童貫也。江之與貫果有異同乎？今仲華奪以予嵇仲，庶為平允。然童太冤抑矣，乃無人為之呼冤者，是以君子惡居下流，一身之善皆奪焉。）這是另一起公案，不涉水滸之事，不必細表。（妙筆。宋江處北海，方臘處南海，惟是風馬牛不相及也。以方臘事入水滸傳，此其人無論不識事，亦且不識文矣。）

且說一件事來，也是國運興隆，合當除奸削佞。（探源星宿海落墨，正大堂皇。）這件事，卻是衅啟闈幃❺，功歸廊廟。（提綱挈

---

❸ 潛銷：暗中除掉。

❹ 內用：指在朝中任職。

❺ 闈幃：此謂內室。幃，音ㄨㄟˊ，帳子。

（領，斷制謹嚴。）原來童貫（不從賀太平入手，而從童貫逆入得勢。）因蔡京引進了梁山路頭，（補出宋江敢求童貫之故。）近來因宋江事急相求，又得了宋江的油水不少。（一「又」字顯出從前賄賂不止一次矣，不補之補，妙筆。）童貫實是老奸，一點不露形跡，即如阻張公征討梁山之師，反以攻方臘為詞，又極力贊揚雲、陳諸人，外面看來，豈非一片公道，（即將阻師事，斷制起下，妙。）不知從中包藏奸宄，誤國賣權，實實罪無可逭❻。當時聖明天子以及在朝諸臣，一時都看他不出。（勾染老奸，反振下文，妙筆。）誰知天道昭彰，自古無不破之奸兇。那童貫百般詭秘，卻不知不覺弄出一件事來。（再振一筆。）原來童貫自富貴之後，孌童季女，充室盈房，（從此事入題，妙。）雖不能舉行實事，但意淫目構，倍勝于人。（或曰為其閹宦歟，為其年老歟？金門曰：二說可並存。閹宦以不背本史，年老以戒後世之年老者。）就中有個最鍾愛的小子，名喚珠兒，年紀十有七八，生得曲眉豐頰，俊俏異常，（妙極。）又能粗通文墨，作事乖覺，（妙極。）童貫派在內書房管理一切書札。（書札，伏筆。）至於上房姬妾雖多，也只有一個極寵愛的，本是童府裏乳娘帶來的女兒，小字阿繡。後來長得十分標致，性情又極伶俐，（妙極。）童老便消受了，（絕倒。）合家便稱為繡姨。童貫在他身上，真是百般優待，千樣溫存。誰知那繡姨因徒受虛聲，都無實惠，（絕倒。）未免心內有些不自在處。（絕倒。就從此生事，妙極。）童貫全然不覺得，（妙。）只是日日照常過去。（妙。）那珠兒素常掌管筆墨，遞送書札，有時童貫在繡姨房內時，珠兒便進房內投遞，（妙。）童貫寵愛他，也不呵斥，（妙。）也日日照常過去。（妙。兩句對插下文，便迅渡而去。）從此人不知，鬼不覺，那珠兒同繡姨竟不待父母之命、媒妁之言，兩相交易了。（絕倒。語腐得妙。）起初時把個童老頭兒瞞得實騰騰地，困在鼓裏撒播❼。（妙。）日後也漸漸有些刮到他耳朵裏，（妙。文有層次。）因想這阿繡終不是真妻

---

❻ 逭：音ㄏㄨㄢˋ，避；逃。

❼ 鼓裏撒播：裏面響外面聽不到。

室，妙。且裝個假聾，由他們去；妙，有停頓。忽念無故弄出個當龜的名聲，絕倒，誰叫你自貽伊戚！心中大為不悅，便一心要處治他們。禍不遠矣。也叫做天網恢恢，合當有事。往常童貫回府，必先由外通報，內外大小各守職迎待。這一日童貫回來，絕無消息，有心歟，無意歟，令讀者于言外得之。一脚直奔到阿繡房中，只見阿繡斜靠妝臺，珠兒在後，為其整理簪珥。絕妙情景。較劉、王之大體雙風，雅過之矣。不見喜而見怒，童貫可謂俗物。童貫驀地一驚，放下那張不好看的面孔來。何苦。珠兒見顏色不善，丟開了手，往外一跑。童貫在屏門前見他跑出，便對着珠兒糞門兩靴脚踢去，絕倒。謹防踢破。珠兒只顧一溜烟的跑出去了。妙。阿繡也立起身，看他做作。紅着兩隻俏眼，低聲作泣道：「珠兒害我，情急而嫁禍于人，活畫出小女子。他無緣無故走進來。」越賴越顯其真。妙極。此時童貫又氣又愛，倒弄得毫無主張，絕倒。進房坐下道：「你們這般不要好！」既欲容之，何必責之；責之而又容之，貫於是為無術矣。阿繡道：「珠兒害我，複一句，如見其情。我不要做人的了。妙。但這回並不曾同他怎的。妙。我今晚死了，還要求你好好的收殮我。」妙。說罷，嗚嗚咽咽的啼哭起來。妙。看官，這番情形，如何騙得過老奸巨猾的童貫？妙。上文阿繡語。金門屢次批「妙」，妙在此也。只因童貫十分鍾愛這阿繡，妙。又恐怕這事聲張出去，弄得名聲不好聽，妙。又絕倒。便堆下好面色來，迴應，筆細。道：「你也不用哭，下次不可就是了。」妙。阿繡還要哭個不住，妙。童貫又撫惜了幾句，妙。撫惜之詞必然好聽，惜仲華之不寫也。方纔無事。無事，妙。童貫便在阿繡房中同吃了午飯，方纔出去，便到書房，只見珠兒也紅着兩眼，見了童貫，只是抖個不住，似乎怕打的模樣。繡詳，珠畧，妙。童貫道：「不必裝腔，下次不許進出罷了。」與語阿繡對看，彼方以是，甚為駕馭小人之術也，亦疏矣。珠兒又陪了許多小心。妙。童貫便吩咐老蒼頭、老僕婦，以上房石環門為界，男婦毋許混行出入，立了章程。絕倒。章程立，而性命去矣。那知童貫章程雖立，珠兒進出依然。妙筆。日復一日，又有些刮到他耳朵裏來，妙。童貫無可如何，絕倒。也只得大度包容，絕倒。只求不聲張出去而已。絕倒。那珠兒和阿繡因為童貫上回一番發作，又立了這樣章程，弄得進進出出十分礙手，妙。真所謂畏首畏尾，身其餘幾。妙。所以兩人當情酣意濃之時，或聞人聲，或聞狗叫，必惕然驚起，苦不可言。妙，妙。兩人時常相對愁歎，也叫無法。頓筆神來。

話中單表珠兒每當府中無事之時，常常上街閒行，戲館茶坊，尋些快樂。常事。眾人因他是個相府親隨，儀表又好，誰不想結識他？入情。所以珠兒到處有人奪會酒鈔，會茶鈔。閒文引起。珠兒少年高興，也喜歡結識些朋友。引起。正是天假奇緣，奸臣數當伏法。奇筆。那賀太平突接賀太平，令讀者眼光一亮。奉旨陞任吏部尚書，將要進京，適值當家管總的一個老僕因病亡故，無人堪任此職。此時蓋天錫忽飛出蓋天錫，奇。已陞東昌府知府，與賀太平本來最為投契，聞得賀府少一得力家人，遂薦一個姓高名鑑的。這高鑑是蓋天錫親信的人，為人有才識，有智量，生性樸忠，又最和氣。特特表出。賀太平一見，便極歡喜，當時收用了，一同進京。原來賀太平生得面皮黃縐，鬚髮蒼白，腰背微傴，舉步安詳，聲音幽靜。忽補出賀太平狀貌，奇。文子其中退然如不勝衣，其言吶吶然，如不出諸其口。作者命意本此。童貫輩素來叫他做賀鼻涕，妙筆。所以此番進京內用，那些奸黨竟沒有人來畏忌他。妙筆。那家人高鑑在府中，也不過掌管些家常事務，公忠勤謹而已。妙筆。

一日，那高鑑出來閒行，忽被那珠兒看見了。陡然拍合。珠兒便叫聲：「高二伯伯！」奇。原來珠兒本是山東人，他的老子曾與高鑑同事過的，所以認得。註明一筆，簡捷。當時高鑑也回叫了一聲，兩人便相邀茶店敘坐，彼此各問了原由。那珠兒本來歡喜拉扯，一。又見高鑑是父輩朋友，二。更兼高鑑也是相府僕從，同聲相應，同氣相求，三。拓出三層緣由，不令文字直致也。便邀高鑑到酒館裏去。妙。那高鑑本來和氣，一。又與珠兒多年不見，二。今日珠兒又邀得親熱，不忍拂他的意，三。亦分三層，妙。便隨了珠兒同去。當時酒館中兩下談說，倒覺知己。妙筆。次日，高鑑也回請珠兒。數日後，珠兒又回請高鑑。由是彼此盤桓，往來月餘，便覺得十分親熱起來了。漸漸引到。

一日，同遊承天寺，靜室閒談，不覺談及主人的知遇看承。春雲乍展。高鑑便將賀相公如何聽信他，如何委任他的話，說了一遍。珠兒驀地記起童貫踢打之恥，便道：「老伯福氣好，遇着這樣精忠主人，得展才猷❽。」羨他人得展才猷是矣，不知己所欲展之才猷，果係何事？一笑。高鑑全然不覺，停蓄，妙筆。便道：「貴上人身居相位，國家柱石，吾弟協理公務，亦是勤勞王事。」珠兒沉吟半響，得神。道：「老伯真所謂但知其一，不知其二。」得神。高鑑聽到此際，心中大疑，便問道：「此話何來？」珠兒道：「咳，說他做甚！」得神。高鑑不好逼問下去，遂將此話放在肚裏，那口裏卻說向別處去了。停蓄，妙筆。當下閒談一番，高鑑肚中尋思，高鑑肚中尋思。道：「我時常聞得舊主人蔡相公說，忽挽到蔡天錫，妙。童貫那廝是個奸臣，只是訪他不着真憑實據。妙。今日我聽這珠兒口中的話，大有蹊蹺。妙。莫非這奸人，合當天敗？妙。休管他，待我賺他一下。」妙。便對珠兒道：「賢弟今日有沒有公事？」珠兒道：「沒有公事。」高鑑道：「既如此，何不請到舍間一敘？」珠兒應諾。當時二人出了寺門，高鑑竟邀珠兒到了自己家中。高鑑道：「今日屈駕來舍，一因貴務閒暇，可便長談；二因家有薄釀，聊申微意。」有心。珠兒稱謝敘坐。高鑑吩咐家裏治酒。須臾間，裏面搬托出來，主客謙遜就坐。省筆。果然好酒，珠兒稱讚不絕，就遞落。高鑑不住的勸侑。妙。酒後話多，四字妙不可言。扯東拉西的已說了大片。妙。高鑑乘勢又提起那主人知遇的話頭，不必另尋題目也。妙，妙。那珠兒口裏終不提及自己主人。妙。高鑑已瞧科到七八分，妙。便道：

❽ 才猷：才謀；才能。猷，音一ㄡˊ，計謀；謀劃。

「貴上人童郡王精忠報國，中外咸仰。（妙。）吾弟在他手下，真個不枉。」（妙，直取其中。）珠兒聽到此際，本不肯說出童貫陰謀，奈因一來酒後，二來年輕，三因高鑑打夥之情，四因童貫阻姦之隙，（細細疏出，妙。）便開言道：「老伯，你兀自道他忠臣哩！（妙。）我同老伯情分，不比別人，但說何妨。」（直與「說他做甚」呼應。）便將童貫怎樣怎樣私通梁山的話，從頭至尾，細細說了。（順流而下。）高鑑故作愕然道：（妙。）「貴主人有這等舉動？」珠兒道：「梁山書信常常往來。」高鑑道：「嗄，（句。）那書信怎樣寫法的？」（妙。）珠兒道：「明日拏來與你看看便知。」（妙。）高鑑道：「倒要瞻仰瞻仰。」（妙。）說到此處，又另談別項事了。（妙，妙。）當時兩人暢飲而別。臨別時，珠兒相邀，明日酒樓上回請，高鑑領諾。（高鑑不叮囑書信。）到了次日下午，高鑑果不失信，直到童府來尋珠兒。珠兒甚喜，便一同出去，到一所酒樓上去。酒至數轉，珠兒笑嘻嘻的向懷中取出那封梁山寄與童貫的書信來。（落題如土委地，如水赴壑，輕靈之至。）原來是珠兒同阿繡商同了，向內室去偷出來的。（勾染一筆，并不拋荒阿繡。妙，妙。）高鑑一接此信，心中倒驀地詫異起來，（筆筆跳舞。）暗想道：「這封書來得直如此容易！」（一筆勾出緣由，蓋此處寫童奸伏誅，實由天道之巧，非寫賀公及高鑑之智也。）便收了那信，立起身來，附着珠兒的耳朵道：「這裏人多，此信不便開看。」（妙。）一面說，一面便將那信揣在自己的懷裏了。（妙。）方將坐下，忽賀府中一個親隨氣急敗壞進來，（接筆駭疾，天道之巧益見。）一見高鑑，便道：「高二爺果然在此，老爺有件要事，等你已久，快去，快去！」（巧。）高鑑一聽，便立起身對珠兒道：「敝主人既有要事，只好改日再會了。」（四字已收過珠兒，便捷之至。）說罷，便同那親隨離了酒樓，一直奔到賀府，見了賀大人，完結了那件事。（細。）高鑑便請屏退左右，將那封書信呈上，并稟說如此如此得來。（簡捷。）賀太平聽了，（聽高鑑之稟也。）并將那信從頭至尾細看了一遍，又看那信內接到日期，確是童貫親筆標寫，（註出真憑實據，細。）勃然大怒道：「我說童賊大有蹊蹺，原來如此！」便教高鑑退去，吩咐備馬。疾。

原來賀太平作事，凡樣迂徐，惟有涉到舉賢、除奸兩椿事上，便刻不停留。註明一筆，迴應嵇仲之言，分外形出迅速。又提清主人翁。當時懷了這封書信，直達宮前，叩閽請見。疾。時已酉牌，天子正在內宮，黃門官報人，天子急忙召見。賀吏部進前，便將出童貫書信，面奏童貫奸慝❾誤國。疾。天子聽了賀太平所奏，又見了童貫親筆，不覺大怒道：「怪道這廝時常諫阻征討梁山！」妙，妙。與陷茍邦達事對看，分明為忠臣吐氣。便立刻傳旨召童貫當面。疾。天子一見童貫，也不說話，疾。只將宋江之信擲與童貫。疾。童貫一看，嚇得魂不附體，俯伏金堦，一言不發。妙。天子便命拏交刑部。可憐一個位極人臣的童貫，早上還烜赫朝中，晚間已拘囚獄底了。寫出迅疾。京中臣民，駭異之聲，不絕于耳。渲染法。那珠兒方自酒樓回來，聞得童老已吃拏了，寫出迅疾。喜出望外，妙筆。便同了阿繡，捲了細軟，見幾而作，四字絕倒。騰雲價不知去向了。收過珠兒、阿繡。次早，聖上傳旨，將童貫家私盡行抄沒。第三日，三法司彙奏童貫罪狀，天子便傳旨，將童貫綁赴市曹正法。童貫臨刑之時，方曉得此案係賀太平所奏，浩然歎道：「我素常笑他是個鼻涕，不料今日死于鼻涕之手！」回應上文，提清本回主人，妙筆。蓋此回是賀太平為主，寫高鑑即是寫賀太平也。須臾間，一道靈魂往業鏡臺去了。童貫了。士民無不稱快。染筆。天子便命賀太平供樞密院使之職。代童貫。賀太平因高鑑舉事敏捷，得除大奸，甚為歡喜，便重賞了高鑑，從此大為重用。收高鑑。又深服蓋天錫知人之明，就從此片帆飛渡，便利之至。便在天子前密保蓋天錫。天子也深知蓋天錫才能可用，寫天子明聖好力，表其未嘗輕聽偏任也。山東檢討使缺出，天子便命蓋天錫特陞山東檢討使，刑賞黜陟，悉由睿斷。天子有知人之哲，而賀公無樹黨之嫌，真妙筆也。傳旨山東去訖。按下朝中之事。

❾ 奸慝：奸詐邪惡的心術和行為。慝，音ㄊㄜˋ，邪惡；邪念。

且說蓋天錫奉旨陞任山東檢討使，端的秉公率事，去佞舉賢，政聲愈著。寫蓋天錫切本回正旨。其時濟南府推官畢應元，忽飛出畢應元。就是那年在曹州府做押獄的，遙應九十回。因其才能強幹，深得賀太平器重，一力提拔，直做到這個位分。補敘畢應元陞任事，卻又表出賀太平。今又值蓋天錫做檢討使，畢應元本是舊屬中之知己，此刻上下相孚，更為莫逆。因青州知府缺出，蓋天錫特保畢應元陞任。一賢又舉一賢，真拔茅之慶也。真個是人地相宜，才能稱職。

時值初夏，畢應元收拾了行李，稟辭了蓋天錫，由濟南赴青州。當時出了濟南城東門，一路車仗馬匹，平坦道路，到了接龍山，接龍山。按站歇宿。次日行抵集鳳村，集鳳村。棄岸登舟，由沉黿港沉黿港。一路直抵章邱縣南境夢熊河。以接龍山、集鳳村、沉黿港，襯出夢熊河，工麗之至。時已傍晚，到了站頭，泊舟堤下。堤。畢應元吩咐僕人造飯，自己負手出篷四邊閒看，閒中引起。只見羣舟停泊，一片燈光與水光相映，賓。大小桅檣密麻也似的排列堤下。賓。那堤岸高二三丈，連雲屹峙。主。行文有襯托則文不枯寂，此要訣也。畢應元看了一回，走進艙來，吃了夜飯，就在燈下觀書。夜分已深，方將就寢，忽聽得人聲喧嚷，羣舟紛紛解纜，十分忙亂。奇峯突起。畢應元急忙出問甚事，舟子道：「老爺快請艙內安坐，這裏堤岸將倒，小人們解纜急避也。」奇極，卻是何故？說未了，羣舟已紛紛離岸。不多時，只聽得天崩地塌的一聲響亮，那條長堤已坍倒了四十餘丈。寫得駭絕，卻是何故？幸喜各舟迴避得快，未曾打壞一隻，乾淨。只聽一片聲叫「運氣」，叫個不絕。渲染不可少。畢應元問舟子道：「這堤岸我方纔看他好好的，為何忽地崩壞？你們為何預先曉得？」讀者亦急于要問。舟子道：「老爺有所不知。真個不知。這河裏有個猪婆龍作怪。方點出猪婆龍，鄭重之至。這猪婆龍最喜攻決堤岸，方纔小人們聽得堤下水聲異常，便曉得這孽畜作怪也。」一一註明。應元道：「原來如此。這倒是一方巨害，理合速行設法驅除。」漸漸遞到。舟子道：「數日前這裏地方上共想一個釣他的法兒，原要明日舉行，不料今夜他先作怪了。」應元道：「今夜他既如此，想明日一發要捉他了？」舟子道：「正是。」（方落到捉猪婆龍。）應元道：「這猪婆龍怎樣捉法，我明日且看他們捉了再去。」（方留畢應元看捉猪婆龍，行文有層次。）當夜無話。

次早舟子進來稟道：「老爺要看捉猪婆龍，他們此刻來也。」（筆勢跳勃。）畢應元甚喜，便叫推開船窗。應元憑窗看時，只見一隻小艇，五六個漁人載了鈎具，（如畫。）到了江心，便將那棍子粗細的一根鈎索，鈎了香餌，投下江去。衆人都靜悄無言。（得神。）不移時，只見數内一人叫道：「有了！」（得神。又簡捷。）衆人急收繩索，卻叫聲苦，（轉筆，奇。）原來這猪婆龍力氣倍常，（特筆提明。）衆人收索子時，他儘力往後一退，這船上五六個人險些都被他拖下水去。（極寫猪婆龍。）衆人急忙將索子吊在船上，那隻船已被猪婆龍拽得飛也似去了，（極寫猪婆龍。）衆人皆驚。只見那船隨了水中的猪婆龍到了一處岸邊，那船汩的往水裏一沉，（極寫猪婆龍。力寫先三層，反振下文。）嚇得衆人面如土色。幸喜那船卻不認真沉下，漸漸在水面浮定了。（奇，妙。）衆人將船攏岸，大家都上了岸，就岸打了個樁，將索子頭在樁上繫牢了。（交代得細。）畢應元暗想道：（忽接畢應元，不拋荒正文。）「這猪婆龍真個大力。（就畢應元口中再贊一句。）方纔這船在水上一沉，分明是他尋着了石骨，忽的鑽入水底去據石骨之故。他在水底一鑽，這船自然在水上一沉了。（註出原故，真是格物君子。）但他已據了石骨，一時到難取他，（極力送難。此處送得足，下文方收得奇也。）且看他們如何設法。」只見衆人在岸上，畧歇了一歇力，（歇力。）便再邀幾個帮手，（邀帮手。）在岸上一齊拏了索頭，一聲打號，衆力齊舉，（衆力齊舉。）只見那條巨索，好像水底下生牢的一般，休想拽動分毫。（極寫猪婆龍，極力反振下文。）衆人拽了好歇，力氣已盡。岸上看的人已團箕般立攏來，數内有幾個人不伏氣，便一鬨鬨起了三十多人，（三十多人。情形逼肖。）再來協力共拉。（協力共拉。）只見呼喊連天，煙塵陸亂，渲染生動。拉了好半歇，見其用力之久。那根索子動也不動。極寫猪婆龍，極力反振下文。那三十多人一半還拉住索子，一半已丟了手，情形逼肖。喘呼呼地看着水裏，束手無計。頓筆。畢應元在船裏也看得呆了，替他們想不出法兒。再頓。那對岸看的人，也如圍牆般立着，正想渡過河來帮他們。補出對岸一筆，順便遞落，便極。忽見這岸人叢中有一個老翁，鬚髮蒼白，精神矍鑠，臂長腰挺，面赤耳長，挨近岸旁，飄然而來。揚聲道：「你們做甚？」問得懵懂，不露鋒芒。連問數聲。無人答應也得神。一個壯漢道：「你問他做甚？此事并不容其問耶？甚矣，老之見侮于人也。我們拉龍，奇語。你可來帮帮麼？」妙在「帮」字。帮拉尚非所堪，又烏知獨拉不消帮也。那老人冷笑道：「甚麼叫做拉龍？仍作懵懂語，妙。只怕你們這樣拉式，就拉蛆也拉不起來。」奇語驚人，至此方漸露鋒芒。內中有幾個不服道：「你這老兒不懂人事！我們多少人拉不動，你有多大本領，來說風涼話！」何至唐突如此，寫少年又是少年。那老人道：「嘎，原來如此，我倒不信了。」仍作懵懂語，妙。那羣壯漢呼的將繩索遞與老人道：「你不信，便是你拉。」妙筆傳神。畢應元在船內暗點頭道：「這人倒有些古怪。」插入畢應元一筆，急于抱主也。只見那老人不慌不忙，接繩在手，卻並不拽動，反將岸上一大梱繩索放入江內。奇極，令人不測。約有半時之久，奇。旁人冷言微笑，半多不解。忽聽得水中硼然一聲，奇突。眾人都吃一驚。只見那老人迅手拽起絕大一件東西，提到岸上，非常聲勢，前文一路反振之力也。兩岸齊聲喝采。眾人急忙上前，亂鈎亂搭，竟是一個大大的猪婆龍。只見那猪婆龍左爪已斷。倒勾一筆，分外出色。原來猪婆龍的前兩爪深據沙中，最為有力，有考有據，真是格物。所以任憑牽扯，只是不動。待老人將繩索放鬆片時，他卻拔鬆了一爪，去挖上顎的釣鈎，吃老人猛然一拽，應手上來。註明一遍，奇妙。或曰：此仲華想當然歟，抑真有所考歟？金門曰：仲華，博物者也，其必有所考。但一爪據沙，力已非常，若非老人大力，亦斷不能拔斷其左臂也。歸重老人，清出賓主，所謂筆法也。

畢應元見了，大為驚異，忙令親隨上岸，請那老人登舟相見。求賢如渴。那老人笑道：「致謝相公，老夫現有要事，容日再當稟見罷。」（寫出老人身分。）畢應元在舟中又打發第二次人上岸道：「請老先生少留，容主人登岸親見。」（敬賢才之道。）應元一面便出舟登岸，那老人見其至誠，便隨着應元同到舟中。應元遜坐道：「適見老先生神力異常，不勝欽佩，敢問尊姓大名，仙鄉何處，高壽何年，願領人教。」老人深深長揖答道：「老夫姓龐名毅，（點出名姓。又出一位英雄。）小字致果。祖貫泰安人氏，現在暫居此地章邱縣界。（點出籍貫、住址。）虛度七十三春。（點出年紀。）自幼不成一藝。」（雖是謙詞，已暗點出境遇。）應元恭敬道：「先生武技絕倫，詞論高雅，必有一番著績，敢問幼壯年間，曾有若何功業？」龐毅道：「長官謬贊了。老夫乃漢臣士元之裔，（表出世系。）業儒數世。老夫幼年也曾攻讀詩書，（論武勇卻先從文藝上說起，亦奇。）暇時習鍊些武藝。記得那年嵇仲張公做甘肅蘭州錄事參軍時，（忽提嵇仲傳中事，奇。）老夫正做蘭州提轄。那時年富力強，正值張公平定西羌，老夫備員行列，效得微勞，因遷團練，陞授防禦。（敘來歷簡括。）後張公內用，老夫仍在蘭州，祗以性情剛戾，與上司不相投合，以致沉滯多年。（敘坎坷之境，而無悲憤氣，知七十三年中，磨礪深矣。）後聞張公為蔡京所害，貶謫西安，老夫聞信之下，憤惋不食者數日。又因自身現在地位，亦毫無功業可建，便辭退原職，告休回家了。（語氣悲鬱沉痛，別具蒼老之致。）回家之後，無所事事，少年狂態未除，聊以入山採獵為戲。（語氣沉雄。）當世英雄中，老夫素所稱許者，乃是蒲州大刀冠勝，（忽想到冠勝身上，奇極。）竊以為此人忠勇軼倫⑩。續聞那厮竟降于賊，詫異不絕者累月。因歎世上人心難測如此，遂不敢出而問世了。（妙筆。此實耐庵誤之，非龐公無識也。余嘗曰：耐庵一片奇才，不料寫出冠勝一段大惡札，令人不堪注目。今觀仲華此論，蓋先得我心者也。）家居多年，倒也躁釋矜平⑪。（絢爛之後，歸于平淡，出力寫一員老將。）那年雲將軍攻討清真山，（忽提天彪攻討清真事，）

---

⑩ 軼倫：亦作「逸倫」，超過同輩。

⑪ 躁釋矜平：克服煩躁情緒，保持平靜心態。

奇。老夫在泰安，正是咫尺之地，頗有人勸老夫投軍。老夫因想年紀老邁，還有何用，況且雲將軍手下謀士如雨，勇將如雲，也不少我龐毅一人，因此俄延不出。沉鬱頓挫。今日閒遊過此，偶見孽鼉害人，未免又使少年豪興。適被長官見之，竊恐為長官所笑。」一片滔滔自敘，讀至後幅，初見謂其火氣已脫，乃細按之，尚覺眉宇飛舞，英氣逼人。仲華盎出力描出「沉雄」二字也，奇哉！應元道：「先生說那裏話來，眼見得文武高才，老當益壯，定是笑傲當世，不屑屑于榮祿者。龐毅非隱逸者流，此語似嫌未合，然在應元口中，不得不如此也。如不見棄，願訂金蘭。」頗有嫌其太速者，然兩賢相契有甚騰挪，不如速之妙也。龐毅道：「承長官過愛，只是老夫癡長，未免妄僭了。」直爽。當時在舟中便焚香證盟，訂為異姓昆仲⓬。捷。畢應元便吩咐舟中治筵席。龐毅道：「既承仁弟不棄，一見如故，可以無須如此客套。非寫龐毅豪爽也，實省筆也。舍下離此不遠，願請行旌⓭小住一日，未知可否？」應元欣然應諾。

龐毅家在章邱縣東境，應元此去正是順路，皆省捷法也。遂命舟解纜前行。只聽得岸上那班人還在那裏哄哄的講說猪婆龍的利害，老頭兒的本領。迴應一筆，情景俱妙。畢、龐二人自在舟中暢談。不多時，同到了龐氏草廬。龐毅請畢應元登岸，只見三間矮屋，斜臨江口。龐毅指着對應元道：「這就是愚兄舍下也。」有情有景。相邀一同進去，裏面院子極其空濶，習武所需，讀者自知。廊下排列些弓矢刀鎗，叉鈀棍鋭。只見面前三間平屋，左首窗前倚着一把厚背薄刃截頭大斫刀。畢應元近前看時，約重六十餘觔。特提筆。應元道：「想是老兄軍器也。」龐毅點頭道：「正是。」得神。當時遜應元進內坐地。只見有十餘人供奉驅策，內外肅清。少頃，擺上酒

⓬ 昆仲：兄弟。

⓭ 行旌：這裏是「出行」之意。旌，旗。

餚，麗毅遜了坐。應元見他珍饈百味，不同于人；（故作奇筆。）異樣品類，異樣烹飪。應元一一問了，麗毅一一答道：「這是豹肝，這是虎腦，這是狼臂，這是豺髓。」（奇文。）諸如此類，真是嘗所未嘗，應元極口稱許。麗毅道：「山肴野味，不足供君子之餐。今仁弟既是通家，勿嫌褻瀆。」應元謙謝。席間應元問起：「老兄貴貫泰安，何年遷居此地？」（就此引起後幅。）麗毅道：「說起來，倒也一大段緣由。愚兄自蘭州退歸之後，（忽接前論。）泰安境下伏處多年，舍間就在秦封山內。（提到秦封山。）這山外面峻險異常，入內蹊逕灣雜，所以那年三山鬧青州時，（忽提前傳事，奇筆。）各處村坊均被擾害，獨有此山安然無事。後來梁山巨賊每犯青州，必經秦封，卻因地勢險阻，從未敢來。愚兄生性懷安，也因循不遷。（妙。）上年忽聞泰安來了一位姓寇的總管，（忽提寇見喜，愈奇。）懦弱凡庸。愚兄看到此際，深恐不好，便挈眷避居在此。（說出遷居原委。）誰知遷避不上半年，泰安已陷，愚兄真深慚天幸也。」（以謙為矜，妙。）應元佩服其先見，便動問秦封山形勢。（留心當務。）麗毅道：「此是愚兄朝夕進出之所，豈有不知。」便將山前、山後、山左、山右的形勢細說了一遍，（虛寫，妙。）又道：「那時愚兄因賊兵新到，情形未必熟悉，愚兄原想募集鄉勇，殺退強賊，恢復此山。（補出從前大志。）但因經費煩多，難以召募。即使募得幾名，不加訓練，亦未必可用，為此觀望中止。（簡淨。）況且雲將軍現在節制青、萊，雄兵十萬，韜畧如神，料想泰安不久亦當恢復，正不必草野愚夫多此一事也。」（妙。）應元聽到此際，暗暗點頭道：「天誘其衷，應元得遇此公，想雲統制合當添一臂也。」（點睛飛去。）當時與麗毅談起雲統制智勇雙全，才能出眾，手下一無弱將，制勝萬里，真是朝廷柱石之臣。你談我說，興會淋漓。（文亦興會淋漓。）麗毅又深羨畢應元際此名將屬下，真可大展才猷。（虛神旺筆。）畢應元又說些當此羣賢際遇之時，理當少竭愚才，報効王國；（虛神，旺神。）便說到大丈夫乘時建業，休錯機會，因勸：「麗兄奮建暮年功業，追跡鷹揚。」（虛空盤舞，翻然下擊，奇妙非常。）麗毅奮髯而起，慨然應諾。當下一番暢談，正是酒逢知己千杯少。看看夕陽在山，兩人俱不覺頹然醉倒。（如是收筆，妙不可言。）夜間，畢應元就在麗宅安歇。次早起來，應元因上任程期迫促，只得告辭，相訂一月之內，麗毅到青州府盤桓，戀戀不捨而別。

畢應元即由章邱東境起岸，不日到了青州，接理青州知府印務，謁見了雲天彪。天彪見應元儀表非俗，十分敬重，接談之下，異常投合。（省筆。）應元連日進見，一日忽論及泰安之事，天彪道：「總須審明泰封山形勢，然後進兵，方為上策。」（拍合。）畢應元便特表麗毅深悉泰封形勢，兼且武藝超羣，提及路上如何得遇，如何捉猪婆龍之事。（縮到本題。）天彪亦甚驚喜，便教畢應元寫起一封書札，差一心腹官，賫了聘儀，持了書信，逕到章邱縣去聘請麗毅。不數日，麗毅攜眷同了差官來到青州。（省筆捲過最好。）差官去統制署中銷了差，麗毅先到知府署內，見了畢應元。應元甚喜，歡談一回，便與麗毅同去見天彪。天彪接見麗毅，敘禮遜坐。（麗毅未受職，故賓禮代之。）接談數語，天彪大悅，吩咐內廳治筵相待，邀畢應元相陪。三人聚談，甚為投契。酒畢，天彪命送廣宅安置麗毅，又送衣服、器具之類，甚為周備。（寫待賢之禮。）數日後，天彪請麗毅進署，細問泰封山形勢，麗毅一一具對，瞭如指掌。（虛寫。）天彪大喜，便聚集眾將商議攻取泰安之策。忽閽人⑭傳進江南家報到來，（突然而來。）天彪慌忙拆看。看得未及數行，只見雲統制「阿呀」一聲，往後便倒，（奇極。）嚇得眾人目定口呆。不知為甚緣故，且聽下回分解。

---

⑭ 閽人：守門人。閽，音ㄏㄨㄣ。

范金門曰：豪門望族一旦滅家亡身者，不知凡幾，迴察其致此之由，未有不起于纖細之事者。而于閨幃中為多，而於閨幃中淫褻之事為尤多。士君子治家，所貴杜漸防微也。若童貫者，身為相國，行止有虧，而又藐視同朝，罪犯重大，焉得不乘其微隙，顯其厚愆哉！

此回除童貫不難，除童貫而帶起賀太平、蓋天錫之為難；而帶起賀太平、蓋天錫，仍由于微細之事以蟬聯之，則是難中之難。仲華誠好為其難也。

邵循伯曰：將欲恢復泰安府，必先熟審秦封山，此際出麗毅，適當其可也。但欲用其人，必先表其技，於走馬輪刀之外，而幻一事曰拉龍，何等新頴，何等沉實。

第一百二十四回　汶河渡三戰黑旋風　望蒙山連破及時雨

卻說雲天彪接到江南家報，拆看數行，立時運倒❶。大眾不知家中有何禍事，畢應元便即攜書一看，知是雲老太公于七月初七日仙逝之信。（自七十六回風雲莊上一見之後，至此遂成永訣耶，我亦欲哭。）一時眾人齊集上前，喚醒天彪。雲龍在內聞報，飛速出來，一看書信，也即放聲慟哭。（不漏雲龍，細。）天彪甦醒轉來，大叫道：「生不能奉事，殮不能憑棺❷，雲天彪萬死莫贖了！」大眾齊聲勸慰。天彪號痛一番，飲泣一番，神氣稍定，與雲龍（細。）同取家報，重復從頭至尾細閱，方知子儀太公因年高穨熟，（補出病情。）歿前三日神情微覺不適，（妙筆，蓋無疾而終也，可謂極寫太公矣。）忽傳集家人面諭道：「我夢不祥，去期將至，後事應得如何如何辦理，毋違喪制。（竟是曳杖易簀神理，極寫太公。）我有遺訓一通，可寄至青州毋失。」（奇，妙。）天彪閱至此處，忙索信後，果有太公親筆一紙。（精光炯炯。）天彪持訓號哭，匍匐於地，泣血看視。（真是一片血淚。）雲龍亦隨在後面，俯伏地上，拭淚同看。（處處不脫雲龍，細極。）只見上寫着：

囑天彪大兒知悉：人誰不死。我年老矣，死固其所。況一生上不愧于國，下不愧于家，（十字抵一篇行述。）我

---

❶ 運倒：即暈倒。運，諧「暈」。

❷ 憑棺：扶棺；親自收殮。

死亦無遺憾。真無遺憾。願為我子孫者，居家則孝，為官則忠，勿隕家聲，毋墜我志。訓簡而明。至于毀身哀瘠❸，徒自傷懷，於九泉何益哉！我聞此語心首悲。況汝致身事國，此身乃國家驅馳奔走之身，若令哀毀廢沒，則上負乃君之知遇，即下負乃父之屬望也。戒之！臨死不忘報國，令人肅然起敬。陳道子頗知自愛，是我之所最愛企者，為我道辭。訓末兼及陳希真，餘韻悠然，又藉此渡到希真，靈心妙筆。七月初五日，子儀特諭。

天彪看畢，同雲龍一齊起來，細。又痛泣一番。大眾又勸其仰承遺囑，不可過哀。天彪即時將兵符、印信交與總管傅玉護理，一面疊起訃狀，報知各鎮。惟陳希真處，附寄一封專信，提及遺囑道辭之意。特詳陳希真。這里就都統制署內設座守孝，開喪致客。各官員贈賻吊奠，絡繹不絕。風會在清真營，接到訃信大驚，即時備下儀物，親來吊奠。想起風雲莊聚首之情，不禁悲從中來，就靈前慟哭一番。又慰勸天彪一番，仍回職守。補入風會一段，迴應風雲莊事，章法謹嚴，絲毫不漏。天彪開喪事畢，擇日率領雲龍、劉慧娘二人特提為後伏線。或謂雲龍是孫，例不丁憂，何得棄職回籍？此讀書不細心者也。雲龍一向加授虛銜，何嘗有職守哉！及眾眷，奔喪回江南風雲莊去了。讀上回，無人不謂此一回定寫天彪戰功矣，乃忽用奔喪一事收去，既以收結雲太公，又藉以讓出陳希真，佈置之巧，真有化工鑄物之奇。

且說陳希真自那年汶河渡戰敗之後，回鎮休養訓練。待至春和，陳麗卿養傷亦愈，插入便捷。惟真大義傷未痊可。并補出真大義。希真見自己兵馬精足，而新泰等處守禦得法，因與雲天彪商議亟肄多方之法。年餘以來，雲、陳兩處錢糧不費，兵甲不頓，又且小有斬獲，補出無數情節，妙。宋江早已被他溜得奔走疲乏。這日，希真在署內後堂，祝永清、祝萬年都在。希真正議致書與天彪，夾攻新泰，特提此筆入題，作者可謂金針善渡矣。蓋雲、陳毗境，新、萊亦接壤，是惟無事，若

---

❸ 哀瘠：因悲痛而致病傷身。

有事則庸次北耦，通力合作矣。于事非不宜，而于文病其夾雜，故上文特借丁艱收過天彪，讓出希真，猶恐其意不明，而復于此處提出夾攻之原議，以見其勢必夾攻，而偏成獨攻，所以自表其剔清分疏之法也。忽接到雲太公訃信，并知遺囑後提及道辭，不覺失聲慟哭道：「子儀叔，自那年風雲莊一別，不料竟成永訣了！」萬年、永清也都悲泣起來。二人乃太公之外孫也，故兼及之。麗卿追想到風雲莊一番厚待情節，放聲慟哭。因此父女二人索性想到逃難時的苦楚，不覺血淚併流。真寫得淋漓盡致。希真道：「我為職守所羈，不能往吊，速備厚實禮儀，寫下懇切祭文，差人前去。」麗卿道：「這個自然。但我處先須設位祭奠。」情致纏綿。希真稱是。當即遙向江南風雲莊供立雲太公神位，三牲五鼎，虔備香燭，父女二人泣叩祭奠，情致纏綿。真所謂如喪考妣。情致纏綿。事畢，二字迅筆收去，妙不可言。蓋上文必須詳寫者，迴應七十六回風雲莊情分，必不可省也。既已洋洋灑灑寫至數百言，若再縱筆寫去，則是顧賓失主，筆墨之支蔓糾纏無已時矣。作文有繩墨者如此。希真復集諸將商議道：「本帥初意，欲與雲統制夾攻新泰。再伸前議。不料事出意外，雲統制丁艱回籍，我處失一帮手。現在賊人盤踞新泰等處，已有年所，若不速行勦滅，必至養癰貽患。看來此處，只有我們獨任其事了。」清出題目。眾將稱是。當時便傳諭各營將弁，檢點軍士、馬匹，一應糧草、器械。令方下，忽報護理都統制傳玉差人投信。希真即時拆看，原來傳玉誠恐智謀不及天彪，與眾將商議，此番如欲興兵征討，究當請教老將，因此專信前來。不冷落傳玉一邊，細。希真見信，便默想了一回，令來差且暫休息。次早給與回文，信內言：「賊人泰安、新泰、萊蕪三處聯絡相守，勢難猝拔。為今之計，請傳統制領重兵扼住秦封山、天長山等處，以便景陽兵攻取新泰。賓主分明，絕筆法。如新泰收復之後，泰安、萊蕪勢孤，攻取自易也。」又預透一筆，章法謹嚴之至。差人領回文去訖，傳玉自然奉教而行。頓住。這里希真點齊景陽、沂州、猿臂、青雲四處大小兵將，乃是祝永清、陳麗卿、欒廷玉、欒廷芳、祝萬年、唐猛、謝德、婁熊八員大將，四萬人馬。總題。又移文至兖州鎮劉廣處，調真祥麟、范成龍二人，率領二千人馬，前來助戰。（又添二員。）擇日起行。真大義上前稟道：「上年主帥屢次興兵，因係設計誘疲賊人，不是真厮殺，所以小將不從戎馬。（補出。）今主帥此番興兵，志在吞滅賊人，小將也願同去。」希真道：「聞將軍傷未平復，如何去得。」真大義道：「休管他，且去去看。」（寫真大義。）希真躊躇一回道：「將軍臥病年餘，未曾一試膂力，今日何不且試試看。」真大義欣然請令。（寫真大義。）希真命取十六力硬弓交與真大義。真大義接弓在手，儘平生氣力，開得大半，（「大半」二字，出力寫真大義也。）覺右臂疼痛異常，支持不得，撇弓在地，大歎道：「大丈夫生于聖世，不能報知遇之恩，慚恨已極。」（沉鬱。）原來真大義那年在汶河渡與武松鏖戰之際，因急閃不迭，右肩受傷，（真大義受傷之故，不敘于前而補于此，有疎密相間之致。）百般調治，創口雖合，筋骨已損，竟不可用。希真勸慰道：「那年恢復兗州，全山將軍之力，將軍也不為無功于國了。如今事已如此，也叫做無可如何，休要煩惱。」真大義歎了口氣道：「罷了，魏先生與我同事，他功勞、才智十倍于我，尚且退居山林，不樂仕進，（忽挽到魏輔樑，妙筆。）我想望甚麼。」遂就希真前告退了原職。後來希真替他表奏朝廷，給予都監半俸，養其終身。真大義自此叩別了希真，拜辭了各將，竟趂九仙山，與魏輔樑隱居去了。希真厚厚贈了貲糧，灑淚而別。（收結真大義。）

言歸正傳。且說陳希真統領諸將兵馬，由景陽鎮浩浩蕩蕩向新泰進發。起程了一日，正欲安營棲宿，忽報檢討使蓋天錫遞到通行文書一角。（突然插入。）希真即忙拆看，只見內開：「奉樞密院面奉聖諭，嗣後所有梁山大盜就擒之日，訊係盜中頭目，一概隨地監禁，統俟巨魁獲到之日，以備獻俘」等諭。（一筆喝起獻俘，領起後半部之局，另開生面，筆力絕大。）這角文書，是通行各鎮、各地方衙門的，自然一體遵照。（趁勢提明各鎮各地方，筆力奇矯，非世所能。）陳希真領了此諭，便吩咐眾將努力擒賊，以副聖心。次早拔寨起行，不日到了蒙陰。早有嘍囉探了信息，飛迸泰安，報知宋江。宋江自上年屢次奔命以來，（處處跟定。）這番聞希真又來，竟猜不出來意，（寫希真之妙。）只得飛速傳諭花榮率領李逵、楊林、黃信先行拒住汶河，自己領魯達、王良、火萬城星夜奔命，（奔命餘波。）到了汶河。希真兵馬已在汶河南岸，又檄調召家村召忻、高粱、史谷恭、花貂、金莊率領鄉勇齊來下寨。西岸寨柵連雲，旌旗蔽日，夾河相拒。足足拒了三日，並不開戰。（一頓。）李逵大肆咆哮，對宋江道：「他不過來，我不過去，等到幾時？誰肯耐這股鳥氣！（先逗起。）萬一等了幾日，這廝們又鳥躲了去，（處處環抱前文。）我們又吃他哄了，實在不甘心。（見希真亟肄之妙。）趁今日一直殺將過去，活捉那廝們來下酒！」（方欲活捉人，乃即為人活捉，豈不哀哉！）宋江道：「你休亂說，陳希真那廝不是好惹的。（氣殺李逵。）此刻他對岸列陣，三日不見動靜，不知又是甚麼詭計。我今番只有靜守，（可見受創之深。）若直奔過去，必中其計。」（受創深矣。）李逵不敢再說，忍了一肚皮氣，怏怏而退。（再逗。）

再說希真在營中，與祝永清商議道：「我與賊兵如此相拒，勝負難分，總須設計渡河決戰，方可成事。」（一路寫來駸駸，與一百十回相犯矣，且看下文。）永清道：「昨晚卿姐想得一法，倒也用得。」（奇文，奇極。）希真問是何計，永清道：「他說請岳父在此嚴守，小壻分兵暗地抄到渡尾，由顓與嶺襲望蒙山。」（予讀至此，而歎仲華妙思真不可方物也。蓋此計本不奇特，亦無可出色，乃出之麗卿口中而詫其奇特矣，行文亦出色矣。化朽腐為神奇，其妙竟如此乎？）希真點頭微笑道：「若使吳用在彼，此計斷難行得。（忽回顧吳用一筆，奇妙不可言，詳總批。）如今彼軍幸無吳用，且差精細探子去汶河渡尾探看形跡，再定計議。」永清稱是。當時發探子去，不一時探子轉來回報，那里毫無賊兵。永清倒疑惑起來，（妙。）道：「宋江智謀雖不及吳用，（再綰吳用。）然何至疎虞如此，莫非另有詭計？」（妙。）希真笑道：「賢壻休用心過頭，反高看了這廝。（妙。）這廝不守此路之故，我曉得了。

他被我多方所誤，（處處迴抱，妙。）待欲分兵四守，又恐我乘其力薄，用全力專攻一處，他卻抵禦不住，（宋江之意，用希真猜出，妙。）因此不敢兼管這路也。總而言之，吳用不在營中，此路進去，必無妨礙。」（又縮吳用。）永清點頭。當時希真派永清、麗卿、真祥麟、范成龍、花貂、金莊領兵一半，悄悄前去。麗卿得令，聞知是用其計，大喜，便欲飛速進去。（偏有閒筆寫麗卿。妙，妙。）永清忙止住道：「不可。」當晚部署了人馬，三更時分，掩旗息鼓，直到渡尾，抄過顯與嶺，約計行了數十里，果然無人知覺，（寫希真料事如神也。）漸漸到了望蒙山。只見望蒙山燈燭輝煌，卻有賊兵把守。（筆筆出人意表。）原來宋江守汶河，花榮深恐望蒙山有失，（寫花榮。）便請了令，帶了魯達、王良、火萬城去守望蒙山。（順手註明，只一省捷法，而筆勢矯變可喜。）祝永清見了，（疾接入。）心生一計，便令軍馬火速進去，直逼山下，鎗砲、弓矢一齊驟發，仰山攻打。（妙。）花榮大驚，急忙督兵抵禦。祝永清便差百餘名兵丁，詐作敗兵，直奔宋江營前，報稱望蒙山已失。（妙，妙。讀書之道往往粗心反得之，而細心反失之。即如此事，細心人見之必疑，此百餘名假扮敗兵如何騙得宋江？此疑未嘗不是，殊不知其中必有預探虛實，或洩漏口號，或擒得伏路小卒威脅引路等事。作者因其累筆而省之，遂致讀者之疑也。史傳中筆墨往往有之，讀者不察，遂致古書不可用矣。）宋江聞報大驚，急令後隊改作前隊，令楊林先行，黃信護中軍，李逵斷後，飛速赴望蒙山救援。（中計。）又吩咐李逵道：「你後隊且慢動，使對岸不露消息。（宋江未嘗不能。）若敵軍曉得我退，必然全師過渡，一時難禦了。」（宋江未嘗不能。）李逵道：「哥哥不要管他，我在後邊，只管放一百二十個心。他若敢追來，包管你來一千死一萬，出出李伯伯的鳥氣。」（李逵死矣。）宋江再三叮囑「休得鹵莽」而去。（李逵死矣，此處見宋江不及吳用處。）

且說陳希真自遣永清等去後，約計永清兵馬將到望蒙山，料得宋江必然退軍，密令水軍探子偷渡彼岸，探看形跡，曉得賊軍業已拔動，惟留後隊緩行。希真便率領祝萬年、欒廷玉、欒廷芳、謝德、婁熊、唐猛、召忻、高粱、史谷恭（人名全敘，最清眉目。）人馬齊到岸邊，吶喊振天，只是不殺過河。（奇。）李逵見官軍不過來，便想道：「這廝一定見我走得慢了，所以不敢來追。（李逵忽想，用智謀。）如今鳥耐煩和他等過去，（妙。）不如我走得快些，讓他趕來，便好惡鬬一場。」（妙。）便傳令速退。退不到數里，果見官軍飛流競渡，霎時間兵馬盈岸。（希真之進，卻從李逵看出。）李逵大喜，（活畫李逵。）急轉身狠命來戰。此時天已大明，（順手註出天明。）陳希真見是李逵，便教唐猛、召忻、高粱道：「你們三人快去，盤住這黑賊。須依本帥之計，如此如此，今番定可生擒也。（先虛寫一句。）但須先去其手中板斧，方可集事。」（又明逗一句。李逵無斧，猶如豪傑無錢，任你高強何濟于事。）三人領令前去。希真便率領眾將豁地分為兩路，從李逵左右兩邊抄去。（妙。）李逵不省事機，只顧虎吼般迎殺唐猛、召忻、高粱三人。（妙。）希真兵馬已抄出背後。此時宋江先行一步，與李逵中間脫節。（妙筆，安插無痕。）希真急令軍馬從中截斷。（妙。）宋江見希真兵馬已到，明知李逵失陷，不敢還救，便一直向望蒙山去了。（按過希真、宋江，下文專寫擒李逵事，筆力清絕。）

且說唐猛、召忻、高粱奉希真將令，敵住李逵，（提清。）召忻一馬當先，先與李逵厮殺，那唐猛、高粱都退去了。（奇，妙。）李逵見對面只得一人，便抖擻精神，輪動雙斧，直劈召忻，召忻舉鋭相迎。兩個就在衰草地上，一步一馬，一來一往，一去一還，鬬了六十餘合。（一來一往，一去一還，已成寫戰熟套；此處卻連着一馬一步，說語平而意遞，遂覺推陳出新。）這金鋭使展開來，如一片黃雲；那板斧耍圓過去，如兩團白雪。（忽用工整句法。）狠鬬多時，不分勝負。召忻便詐作力乏，虛幌一鋭，回馬而走。（妙。）李逵見他去了，畧畧站定，（奇。）把上身衣服卸去，脫得赤條條的，（應前傳。）提起兩柄板斧，如飛也似的趕上去。只轉得一個林子，召忻早已不見。（妙。）急得李逵暴躁如雷，大叫道：「鳥賊那裏去了？」言未畢，只見背後一人狂笑道：「黑賊休急，俺等久也！」（奇，妙。）李逵急回頭看時，正是唐猛。出唐猛。李逵更不答話，劈面就是一斧。寫李逵。不防唐猛一面銅劉早已捲到脅下，駭疾，極寫唐猛。李逵急忙跳離數丈。駭疾，極寫李逵。唐猛見李逵閃開，便舞動那面銅劉，旋風也似捲進去。筆勢跳動，精光閃霍。李逵大怒，輪起手中雙斧直上直下，揮霍撩亂的砍過來。筆勢亦具揮霍撩亂之致。唐猛毫不怯懼，耍開那面劉，渾身上下化作一輪滿月，將李逵雙斧敵住。絕妙好辭，出色寫出唐猛。氣得李逵舞着雙斧，急切沒砍處。是寫唐猛，卻已寫李逵。須臾間，那兩柄板斧盤旋左右，也化兩條閃電。與劉對寫，工力悉敵。此時斧光、劉光早已熔成一片銀光，不辨人影，斧、劉合寫，筆力奇矯絕人。但聞喊呼之聲，震天動地。寫唐猛獨詳，蓋召忻、高梁戰陣已出力寫過，惟唐猛未曾寫故也。只見後面一員女將，舞動雙刀，飛也似殺來，須臾衝到面前。突兀而來。唐猛見是高梁，便將劉一閃，跳出圈子，讓高梁去戰李逵。奇，妙。高梁輪着雙刀直取李逵，李逵雙斧、高梁雙刀扭合便鬬。鬬到三十餘合，只見一片刀斧之光，飛騰穿插，變作四條殺氣。一路措詞設色，各成異樣精彩，真是無懈可擊。正在狠命相撲，忽見召忻躍馬舞鋭而來，閃爍可喜。大叫：「黑賊！你也好少息了！你那兵馬已被咱們殺完，你還要戀戰做甚？」一句繳鎖李逵兵馬，何等簡捷。李逵大怒，翻身又鬬召忻，召忻舞鋭敵住。那高梁更不住手，助召忻同戰李逵。前輪戰，此合戰，先寫二人，文有層次。李逵戰了幾合，托地跳出圈子，大叫道：「我也識得你們這班鳥賊，用車輪戰的法兒，想弄殺我！就李逵口中註出希真之計，奇妙。我如今也不要命了，你們也休想好好的回去！」說罷，舞動雙斧，又殺入來。寫李逵正復可畏，此欲擒先縱之法。只見唐猛從右邊捲舞銅劉，飛也似殺到。閃爍可喜。唐、李二員步將，勁敵相逢，作個正戰。分明。召忻、高梁兩馬盤住李逵的左右，策應唐猛。分明如此，吾服筆力之大。至此方三人合戰。李逵一人敵住三員上將，力氣雖乏，還能勉力招架。極寫李逵不易取。高梁見他如此，想道：「此時若要傷他，卻也不難，表出。只是主帥務要生擒這廝，如何下手？」便把雙刀一晃，縱馬而出。奇。召忻、唐猛盤住李逵，李逵見少了一個對頭，署署放心，（可見此時李逵不支。）正在奮身鏖戰，不防着耍的一響，一飛刀正中右手背上。（如此寫出高梁飛刀，真乃絕不費力。）李逵「阿呀」一聲，丟了右手板斧。（應希真之言，一斧去矣。）唐猛便乘勢旋轉一劉，捲過李逵後三路。（駭疾。）李逵急忙轉身，單只左手一斧，招架唐猛。（駭疾。）不防召忻一鋭，已捲進左脅，（駭疾。）李逵急閃不迭，早吃那鋭割開左腕，（駭疾。）赤膊身上腕筋割斷。（迴應細筆。誰教你赤膊。）李逵狂叫一聲，左手斧也摜去了。（又一斧去矣。）唐猛撇了銅劉，忙將兩手叉住李逵後頸，掀倒在地。（確似擒豹身分，然施之李逵位置恰宜。）不防李逵飛起右腿，正中唐猛膝蓋。唐猛急閃，把手一鬆，幾乎放起李逵。（李逵到底不弱。非寫李逵也，非寫唐猛也，實欲照應耐庵之前傳也。）召忻即忙下馬，撇了軍器，拘住李逵兩脚。（捉李逵用如此身段，真乃位置得宜。）高梁也飛馬來助。任李逵萬夫不當，到此也難為力，（註得明白雪亮。）軍士們蜂擁而前，把李逵同野猪也似捆挷牢緊，擡了去了。（李逵就擒。李逵不難于智取，不難于術勝，而獨難于力擒。仲華故欲如此，非自出難題，以求其文之奇哉！）召忻、高梁、唐猛各收了自己軍器，（細。）統領本部人馬，押了李逵正身，并群賊首級，（補出。）緩緩的隨了大軍去見希真。

且說希真自將兵馬截住宋江之後，（復理前緒。）宋江明知後隊有失，不敢轉來，只得直趨望蒙山，襲擊祝永清。（明劃。）陳希真見了，即令祝萬年、欒廷玉、欒廷芳去追擊宋江。（明劃。）此時陳希真前面，是宋江的兵馬；宋江前面，是祝永清的兵馬；祝永清前面，是望蒙山上花榮的兵馬，（提綱挈領，明劃無比。）四隊軍馬，五花三層價間錯着。（紛如雜俎，較若列眉。）就中最吃苦的是宋江，（抽出特寫。）夾在中層，左衝右突，厮殺不出。這邊萬年及欒氏弟兄，縱兵掩殺，（此軍一段。）楊林、黃信二人一面迎敵，一面要保宋江，危急萬分。（彼軍一段。）陳希真已遣謝德從左邊殺來，婁熊從右邊殺來，希真同史谷恭分頭指揮，衆軍大呼衝殺。（此軍一段。）花榮在望蒙山上，正策衆力拒永清，（接入花榮。）忽望見宋江被圍，大驚，急令魯達、火萬城領兵殺下山來。（彼軍一段。）祝永清急與陳麗卿、真祥麟、范成龍奮勇迎住；又令花貂、金莊去搶望蒙山。此軍一段。花榮與王良將望蒙山死命守住。魯達、火萬城在永清官軍隊裏亂衝亂突。宋江在後面望見，便叫楊林、黃信奮力向永清一邊衝去，與魯達、火萬城會着了，一同奔望蒙山，花榮、王良接應上山去了。彼軍忽合，寫一段作收。當宋江衝突之時，祝永清見賊兵捨命死鬬，忙命軍馬分開，讓出一條走路，放宋江過去。奇，妙。宋江已過，便合兵追擊一陣，斬獲無數。即將花貂、金莊收回本陣，與後面希真軍馬合在一處，就望蒙山下安營立寨。此軍亦合寫一段作收。只十餘行數百字，但將人名逐一清出，隊伍逐段分疎，便覺紙上有千軍萬馬喊殺之聲，洵非仲華之筆不辦。唐猛、召忻、高梁押解了李逵獻上。拍合。希真大喜，當時陞帳計功。這一戰奪過汶河，擒獲賊人上將一名，斬首二千餘級，擒獲賊徒一千餘名，奪器械、馬匹不計其數。雖望蒙山未能奪得，賊人軍馬未能全覆，然此場戰功已非小可。段落處用提頓法，令前後之關節雪亮，洵非大手筆不能。希真記功錄簿，慰勞三軍，一面將李逵釘入陷車，差營弁押解到沂州寄收府監，嚴行拘禁。應樞密論。監禁第一個。這裏三軍安營造飯，商議攻取望蒙山之策，慢表。

且說宋江上了望蒙山，方知望蒙山並不曾失，乃是為敵人所悞；回應上文，落墨奇情，妙筆。又知李逵遭擒，大怒，叫：「眾兄弟兒郎休要息力，盡殺下山，決一死戰，奪這汶河北岸！」領起後半回。花榮忙諫道：「陳希真詭計絕人，未可輕敵，況我軍銳氣新挫，惟有堅守數日，再行設計報復。」宋江那里肯聽。花榮再三苦諫，宋江只得忍了氣，依從了。都為下文作地。當時查點死傷，補緝隊伍，將望蒙山嚴行守住。次早，陳希真果統大隊來攻望蒙山，宋江聽花榮之勸，堅守不出。希真攻了一日，毫無破綻，只得收兵。次日又攻，宋江只是不出，接連攻了五日，不能取勝。希真與永清商議道：「這廝堅守不戰，如何是好？」永清道：「我去攻他，他死守，我為其難；他來攻我，我力戰，我為其易。（絕妙兵機，絕妙句法。）須得誘他來擊，方為上計。」希真點頭道：「甚是。但誘他的法，總不出于大激其怒而已。（提出。）賢婿可想得一激他的法麼？」永清沉吟道：「宋賊此刻恨我已極，但用其深仇之人以激之，必然盛怒而來。」（呼起麗卿。）希真道：「我亦想得一法。（確是兩人各自沉思情形。）昨晚接到青州傅總管軍報，知青州、馬陘等處兵馬已出。（傳玉出兵，竟從此處帶出，簡捷法也。）我們這里不如遣人辱罵他一場，却詐作退兵，使他又疑我是亟肄多方之法，（此回屢抱上文，獨此筆尤為妙絕。）必然盛怒而來。」（與永清語對，煞成章法。）永清稱妙。希真便叫麗卿進帳，（深仇之人，也用永清計。）授了密計，吩咐如此如此。麗卿道：「孩兒理會得。」當時帶了五百名精兵，驟馬直到望蒙山來，高叫：「宋江瞎賊，（四字出自麗卿之口，不必痛罵，而宋江已氣殺矣，妙。）出來說話！」宋江大怒，即刻點起三百名親兵，護送出營，大罵：「賤人來此何幹？」（氣極。）麗卿在馬上大笑道：（以笑對罵，妙。）「瞎強盜，（妙。）你還不曾死麼？（妙。）上年新泰、萊蕪奔得好有趣，（妙。）如今我們又要去了，（妙。）特來通報你一聲，（妙。）快回去守泰安去，（妙。）這個地方冬季一定再來。」（妙，真乃妙不可言。）宋江不聽則已，一聽此言，不覺三尸神炸，六竅生烟，（不曰七竅者，少一目故也，妙筆絕倒。）大喝道：「小賤人安得胡言！你老頭子如果好漢，不要再走，好歹大戰一場。如再躲來躲去，便比狗彘不如！」（葢亦信其真退也，見希真之妙。）麗卿大笑道：「瞎賊，（聲聲瞎賊，妙極，惡極。）不要誇口了！（妙。）我還未曾動手，你這里一員上將李逵已經獻上來。（妙。）若再戰一戰，連你瞎賊的性命也難保得了。（妙，妙。）我老實通知你，（妙。）這番我是特來誘你出來。（明告之，妙極。）你若害怕，不敢出來，便吃我白罵一頓，我就要走了。」（妙，妙。）說罷，帶轉馬頭便走。（妙，妙，妙不可言。）宋江氣得腦門幾乎炸破，叫道：「我怕你不是人！」（氣極了。）便將望蒙山上兵馬盡數點齊，惡狠狠殺下山來。（果然盛怒而來矣。）麗卿回頭見賊兵已潮湧般下來，曉得銳不可當，便不敢使性邀擊，（表出麗卿本色，妙。）飛速奔回大營。希真已將兵馬拔退，奇，妙。麗卿也隨同走了。妙。宋江兵馬殺到營前，見希真營前一無人馬，只是闉上旌旃插滿，靜蕩蕩聲息全無。希真退後情形，從宋江看出。宋江便傳令殺進營去。花榮忙諫：「深恐有詐，不可逞忿中計。」宋江那里肯聽，三軍一齊吶喊，殺進營內，竟是空營，賊軍一齊吃驚。盛怒而來，銳不可當，經此一驚，銳氣頓減。此希真之妙術也，不可忽過。宋江忙令四邊探看，不見一個伏兵。妙。只見中軍帳前懸着一匹白布，奇。上有大字數行道：

陳希真謹奉勸宋公明：奇，妙。貴寨被困有年矣，忽廻應徐槐事，奇極之筆。本根重地，心腹大患，何故棄而不顧，尚戀戀于此數邑之地耶？妙。希真不忍乘人于危，妙。勸公明大宜慨然割愛此地，速救本源。妙。若猶忍而不捨，大禍必至，數萬雄師盡折于外，毫無補救于本寨，亦非計之得矣。妙，妙。實是正言告之，其奈宋江不肯聽何。或疑宋江果依此數語，似宜猶有可為，不知其中有萬萬不能者。讀後回吳用與宋江書，方信仲華之秘妙也。

宋江看罷，倒也怦然動念。銳氣已減。忽想起麗卿辱罵情形，重復大怒，再而衰矣。便催軍馬殺出營後，追擊希真，道：「休教那廝白手走了，好歹要與他混殺一塲。」三軍得令齊起，殺出後營，又追上十餘里。其氣愈衰矣。希真軍馬已在岸邊背水佈陣。妙。只見希真軍馬分為三隊：希真橫矛立馬，親押中軍，麗卿當先為前部先鋒，謝德、婁熊二將分護左右，一字兒盡是紅旗；中軍紅旗。左軍乃是欒廷玉率領，欒廷芳為副將，一字兒盡是青旗；左軍青旗。右軍乃是召忻統領，高粱為副將，一字兒盡是白旗。右軍白旗。端的旌旗嚴整，盔甲鮮明。軍中大將個個全裝披掛，佩帶軍器，立在陣前，威風凜凜，等待廝殺。特將軍容描寫一番。宋江見了這樣軍容，方知他志在廝殺，並非退兵，心中暗地叫苦道：「這番我又中他計也。」妙極。此時宋江銳氣減盡矣，激其怒而來，又挫其怒而後戰，極寫希真妙算。

既已到此，不得不戰，（妙筆。）便將軍馬也分為三隊：宋江、魯達領中隊；黃信領左隊；楊林領右隊。（亦是三隊。）佈陣畢，將要出戰，（寫出躊躇。）宋江叫花榮密議道：「我不合逞一時之忿，不聽賢弟之諫，以至於此也。（悔無及矣。）我看這賊道詭計，必是又去奪望蒙山。（希真之謀從宋江料出，妙。）我此刻若即速分兵去保望蒙山，必然疑亂軍心，弄得人人顧後，厮殺不力，大非所宜。若不救望蒙山，我進退無路了，怎好？」（寫希真勝算。）花榮道：「不妨。小弟分兵一半回去，只說去抄襲敵人右路，却令軍士不知不覺，忽到望蒙山罷了。」（賴此一策，宋江得回新泰。）宋江稱是，急令花榮、王良、火萬城帶兵一半去了。這里宋江傳令三軍，奮勇開戰。（「奮勇」二字，掩耳盜鈴。）三軍得令，吶喊齊出。（強打精神。）希真見宋江躊躇良久，然後出戰，便曉得其氣已餒，即將此意宣諭三軍，（妙。）一齊出陣迎戰。麗卿當先搦戰，魯達飛禪杖出來，敵住麗卿。二人大奮神威，狠鬬六十餘合，謝德、婁熊兩騎飛馬驟出，不助麗卿，直取宋江，（奇。）宋江大驚。魯達急忙撇了麗卿，轉救宋江，轉身敵住謝德、婁熊。（寫賊軍有支絀之狀。）麗卿見了，便驟馬直取宋江。（寫眾人志在擒王，妙。）楊林在右隊，急忙來救，（亂矣。）欒廷玉驟馬飛出，一鎚過去，楊林閃個不及，頭顱上正着，腦漿迸裂，死于馬下。（疾。楊林了。）賊軍大驚，欒廷芳已驅左軍掩殺賊人右軍，召忻、高梁也驅右軍掩殺賊人左軍，賊人大亂。（寫賊軍不支，神理從上文來。）宋江急得面如土色，幸喜魯達一枝禪杖，一面敵住麗卿，一面兼戰謝、婁。殺氣影中，禪杖一閃，謝德翻身落馬，（仗一魯達禦敵，宋江亦危甚矣。謝德完。）婁熊驚退，官軍亦稍却。宋江方得收集軍馬，急忙飛逃。（方得脫身。）希真已約全軍追來。宋江急逃，希真急追，追上十數里，直到望蒙山下。只見花榮已與祝永清、祝萬年等兵馬大呼厮殺。（結搆緊。）宋江見了，便急忙迎上去。原來花榮方到望蒙山時，（推原。）祝永清兵馬也正到望蒙山下。（可謂針鋒相值。）花榮忙令王良領兵先去佔住山頂，（寫花榮。）誰知永清一見花榮，便也速令唐猛領兵去佔山頂。寫永清。當時王良與唐猛在山頂上厮殺，花榮、火萬城與永清等在山脚下厮殺，極忙雜事，偏寫得極明劃，真是絕大筆力。山上山下，苦鬬不解。總一筆。花榮正在惶急，忽見宋江到來，便與宋江合兵一處，急忙上山去會王良。極匆忙，極細緻。永清見了，也即便招呼希真，一同上山去接應唐猛。極匆忙，極細緻。官軍、賊軍一齊都在山上。再總一筆，明劃無比。宋江兵馬已大半帶傷，厮殺不得，註明。花榮也獨力難支，註明。只得一齊從望蒙山北面奔落山下去了。一篇洋洋數千言大文字，盡為奪望蒙山計也。因花榮善守不可奪，于是激怒宋江，令其空羣下山，然後永清乘虛而奪之。此時為希真則良得矣。惟是宋江追希真時，宋江在望蒙之南，而新泰在望蒙之北，永清一奪望蒙，則宋江將何由而入新泰乎？不惟此也，希真前遮，永清後擊，宋江性命亦無瓦全之道矣。于是想到令宋江自知中計，急令花榮還守望蒙，然猶未足以達新泰也。于是花榮拒永清于山下，兼令王良拒唐猛于山上，而宋江遂得越嶺而入新泰矣。如此曲折算來，其意無非求新泰之可入，而其文遂極五花八門之觀。稱是奇才，洵不誣矣。希真、永清合兵一處，佔住了望蒙山，就在山上安營立寨。原來望蒙山在新泰城東南，離城四里，山高五里，忽註出望蒙山形勢，已為後回伏線。實為新泰保障。希真奪了此山，心中大喜。當日三軍在山上休息，無話。

那宋江同花榮等逃過了望蒙山，到了新泰城下，李俊、歐鵬、穆洪出來迎接。宋江喘息方定，收集敗殘人馬，正要入城，猛想此城保障已失，如何守得，便對花榮道：「我今番要與陳希真拚命了，今日可將受傷力乏的軍士挑開，另選精銳的補數，明日就攻望蒙山。若奪不轉望蒙山，誓不為人！」憤極。花榮道：「哥哥請從長計較。」宋江道：「此番非我愎諫，亦復心虛。這望蒙山既被希真奪去，新泰如何可保？今城中粮草、器械雖然備足，透一筆。但保障已失，那厮曠日持久與我攻圍，大非妙事。如今我也急切無計較處，答花榮語。只有乘這厮新得此山，安排未定，我便儘力攻之。我細細想來，竟無別法，賢弟如有妙計，小可無不樂從。」花榮無話可答，可見勢窮。宋江主意遂定。到了黎明，宋江部署人馬，領了花榮、歐鵬、王良、火萬城四籌好漢，一萬人馬，直到望蒙山下。宋江叫軍士一齊辱罵，（辱罵猶有餘波，以不忍辱罵而敗，因欲以辱罵敗人，可笑。）叫希真下來厮併。永清對希真道：「瞎賊此來，必因我奪了他險要，他曉得退守必至坐困，所以情急求戰也。（料得透。）但拚命而來，其氣甚銳，我們且堅守以避之。」希真稱是。當下便傳令堅守，不許出戰。（偏作一頓。）宋江攻了一日，希真不出，宋江忿忿而返。到了次日，宋江又來討戰，希真只是不出。（再頓。）第三日，宋江怒氣填胸，一定要大厮殺一場，又來山下討戰。希真笑着對永清道：「這瞎賊叫罵了三日，可憐喉嚨都乾了，今日準了他罷。（妙極，趣極。）我今日與他厮殺一場，若是我勝，便可直逼城下；（亦預透一句。）若我不勝，便退保此山，左右無妨害也。」（操縱自如。）永清稱是，便道：「請泰山保守此山，俟小壻下山去，與他小耍一陣罷了。」（趣絕。）希真依言，便命祝永清、陳麗卿、祝萬年、欒廷玉四員大將，領兵一萬，殺下山去。

永清到了半山，見宋江軍馬逼近山腳，便大叫：「宋公明，你太不曉事，（奇。）既要我下來厮殺，為何不放片戰場與我？」（奇語，妙語。）宋江一聽此言，便揚眉答道：「你要下來，我便讓你；你若欺人，便不是人。」（神理都從上文受欺之後而來，絕非無理取鬧也。）永清笑道：「我值得欺你！」宋江便將軍馬約退，永清等四人領兵下山，就在山下扎住陣腳。兩陣對圓，鼓角齊鳴，一聲吶喊，祝永清倒提方天畫戟拍馬先出，高叫：「對陣誰人出馬？」花榮挺鎗而出。兩人更不敘話，舉器便鬬，戰場上一戟一鎗，來來往往，鬬到四十餘合。（先出一鎗一戟。）麗卿挺着梨花鎗出來，直取花榮，替回永清。（收回一戟。）麗卿與花榮兩馬盤旋，兩鎗捲舞，（變作兩鎗。）戰夠多時，歐鵬見花榮不能取勝，便拍馬挺鎗來助花榮。麗卿不慌不忙，一枝鎗敵住花榮、歐鵬。（忽增作三鎗。）這邊欒廷玉見了，也提鎗躍馬去助麗卿。戰塲上四條鎗神出鬼沒，虯舞龍飛，化作一團殺氣。（又增為四鎗，忽作總讚，奇。此次戰陣，實鎗賓而戟主，乃不讚戟而讚鎗，得借賓定主之法。兩陣都暗暗喝采。那邊王良看夠多時，更耐不得，便托戟在手，驟馬奔來，替回花榮。收去一鎗。宋江見了，不漏宋江。便叫火萬城也去替回歐鵬。又收去一鎗。火萬城挺戟便出，兩戟兩鎗，飛花滾雪價往來厮併。忽變為兩鎗兩戟。麗卿統計前後，已戰經二百餘合，忽畧逗一戰數，疎妙之至。生恐馬乏，便抽身回陣。收回一鎗。欒廷玉一枝鎗敵住火、王兩戟，轉戰不衰。餘一鎗兩戟。兩陣戰鼓振天，喊聲動地。夾寫陣上一句。宋江見欒廷玉鎗法神明變化，火、王兩個敵他一個，兀自遮攔多，攻取少，忽極讚一鎗，然後遞落下文，絕妙停頓之法。正想再着人去帮，只見對陣祝萬年已橫戟躍馬而來。欒廷玉見火、王二人本領不見甚高，便抽身而出，又收回一鎗。讓萬年且去厮併幾合再看。筆筆變換。萬年便挺戟向前，敵住火、王二戟，大呼厮殺。至此方淨成三戟。此段乃過接文字耳。然觀其用筆，抑何毫髮不苟也。官軍選四將，賊軍亦選四將，各是兩鎗、兩戟，別無他器相雜，一妙也。鎗、戟並寫，其意在戟，尤在末之三戟，乃將虛設作陪之一戟先出，二妙也。戟易而鎗，鎗復易而戟，其先後之次、多寡之數，井然不亂，三妙也。小小處結構謹嚴如此，作文豈易事哉！萬年擺開那枝畫戟，忽左忽右，迎敵火、王；火、王二人各奮一戟，左旋右轉，攢刺萬年。戰到二十餘合，那三枝畫戟上的金錢豹尾幡，忽然攪作一處，各人都要傢伙使用，急切掙拆不開。看他故意與前傳相犯。對陣小李廣花榮卻看得親切，連忙將鎗掛了，拈弓搭箭，拍馬向前，先寫拈弓搭箭，後寫拍馬向前，一時情景都有。拽滿鵰弓，覷定萬年咽喉颼的一箭射去，喝聲：「着！」看他故意與前傳相犯。看官須也識得花榮弓箭不比尋常，今射萬年咽喉，又復覷得親切，豈有不着之理。妙。當時那枝箭去萬年咽喉也只不過一尺光景，看他故意與本傳相犯。「也」字妙。前回陳麗卿射宋江時，幸有黃信在旁救護，今日萬年却並無那個救護他。前回猶有人猜宋江得救，傷而不死，今此回着此一句，則元之又元，竟未易猜矣。然則萬年性命怎好，且待下回交代。令人不厭其複，但見其妙。

邵循伯曰：金門以李逵不難于智取術勝，而獨難于力擒，仲華故欲為此，是誠好為其難也。余以為李逵只有力擒一法，益不力擒，不足以服李逵之心；不力擒，不足以示官軍之勇。而猶以三戰擒之，照顧耐庵筆墨，是其精細處。

李逵之後陣失，宋江之敗可知矣。至於連破，則宋江自取之矣。凡事愈急愈不得。極欲恢復，極形虧折，閱此可以例凡事。明以寫宋江之連打敗仗，即實以見吳用之不能隨軍，然則徐槐之功偉矣哉！

范金門曰：宋江之聞父喪也，悲不欲生，呼天搶地，其孝原出于真誠。天彪之聞父喪也，情深泣血，開弔奔喪，其禮亦不逾庸眾。但以孝道而論，不在臨時痛親之死，徒自變形骸而哀毀異常，在乎平日體親之心，俾之盡天年而毫無遺憾耳！彼時宋太公之死固偽也，如其死之，則兒子逃罪他方，焉能瞑目？為人子者以身事親，不能使之瞑目以死，則雖涕淚皆血，奚補哉！一觀雲天彪，相去萬萬。

第一百二十五回　陳麗卿鬬箭射花榮　劉慧娘縱火燒新泰

卻說祝萬年與王良、火萬城三枝畫戟，攪做一團，花榮看得親切，對萬年咽喉一箭射來。這也是祝萬年名列雷宮，不容妖魔加害，（此轉筆也，卻無意中將正旨提出，奇妙。）早被陣上陳麗卿心明眼快，瞥然看見，即忙撇鎗在地，（勢急不及掛也，體會極細。）抽弓搭箭，大叫：「對陣休使暗計！」（此句在抽弓搭箭後，傳出急速之神。）語未絕，花榮一箭已到萬年咽喉。（駭疾。）說時遲，那時快，花榮箭到，麗卿一箭也到，（疾。）兩箭相遇，「噹」的一聲，箭鏃和箭鏃射個正着，（異樣精彩。）將那花榮的箭射開數丈，（異樣精彩。）兩枝箭都滴溜溜的斜插在衰草地上。（本是射開一箭，卻將兩箭並寫，遂覺精彩，異樣驚人。）官軍一聲喝采，驚得那賊軍個個目瞪口呆。（紙上有聲。）連花榮也駭得倒退數步。（此是主句，領起下文。）麗卿長笑一聲，又是一箭，（神采生動。）電光到處，那三枝戟上豹尾豁地分開。（真是精彩動人。）王良、火萬城嚇得汗雨通流，不敢戀戰，兩馬飛速跑回本陣去了。（先收過兩個最便捷。）祝萬年精神振奮，（所以寫麗卿也。）挺戟追去。花榮插弓提鎗，慌忙迎住。（收花榮之弓及鎗。）祝永清飛馬殺出，那邊歐鵬也慌忙出馬。麗卿將弓插了，拾了那枝鎗，（收麗卿之弓及鎗，一筆不苟。）正待殺出，（好。若必殺出，則多事矣。）只見萬年、永清和花榮、歐鵬戰得不分勝負，各自勒馬回陣，（一齊收落。）兩陣一齊收兵。

先說宋江回營，煩悶異常，滿擬此番人勝官軍一陣，便好奪望蒙山，（迴抱。）不料希真將佐如此利害，不能取勝。想起來，不覺憂從中來，長吁短歎。眾頭領各無言語。花榮見宋江如此，便起身對宋江道：

「哥哥休要心焦，陳麗卿箭法卻高，小弟倒氣他不過，何不竟去下個戰書，訂他明日專來鬭箭。領起題目。先除了這人，陣上之事就容易了。」宋江依言，當夜修起一封戰書，差人往希真營裏。

且說當日祝永清收兵回來，希真在山上迎接入營，安放人馬。少頃，設酒敘宴，談論本日戰陣之事。萬年深謝麗卿救命之恩，細。麗卿道：「花榮那廝端的好箭，名不虛傳。花榮讚麗卿，麗卿讚花榮，先寫出勁敵。此人不除，將來陣上好生不便。」花榮欲除麗卿，麗卿欲除花榮，亦寫出勁敵。言未畢，忽報敵軍有戰書呈上。希真拆開看時，只見上寫着：

山東義士宋江致書于總管閣下：竊以兩將相爭，各為其主。人各有技，將各有能。貴營中陳麗卿僅列其名，而無稱謂，奇。決拾專能，僕姑擅妙。每挾關弓之術，常圖暗箭之施。中目之恨，耿耿于心。但正士不尚陰謀，君子何妨爭射。與其潛身以取事，不如明奏以圖功。語語啣中目之恨也。不然此次暗箭出自花榮，不幾于說自己哉！敝寨中有花榮者，特題。藝亦成名，學能志彀。茲屆兩軍相見，何妨一矢加遺。各盡其才，各施其技，專程鬭箭，共覩張弓。出題。餘器不列于陣前，他將不容乎助戰。再找兩句剔清題目，所謂刪去旁枝存正幹，行文所以清刻也。縱有死傷而勿論，必分勝負以收兵。再加此二句，令下文酣足盡致。肅泐奉陳，立請時日。忽詳寫一片戰書，妙。

希真看罷，回顧麗卿：「花榮要與你鬭箭，你意何如？」麗卿聽了這句話，正如天上脫落一個大寶貝來，奇語。寫盡麗卿。歡喜得五臟開張，何至於此。極寫麗卿。對希真連稱道：「有何不可，有何不可！如聞其聲。爹爹就批了今夜何如？」妙。希真笑道：「無此理也。你既願去，竟批明日。」當時將戰書批了，交來差帶了轉去。

次日黎明，宋江部署人馬，黃信、魯達等頭領，均着保守新泰。這裏先調齊鳥鎗兵、長鎗兵、短刀兵，列為三層，派歐鵬、王良、火萬城管領，都藏在陣後，只等花榮射殺了麗卿，便乘勝衝殺過去。（有滅此朝食之勢。）調弓箭兵做了頭陣，（應餘器不列陣前，然藏餘器于陣後，是亦詐而已矣。）花榮領兵，宋江押陣先行。當時三聲號砲，鼓角齊鳴，拔寨齊起，殺到望蒙山下。早有營門小校報入希真中營道：「賊兵來也。」希真便傳弓弩兵簇擁了麗卿，（此軍先寫弓兵，先點麗卿。）這里安排鎗砲、劍戟、刀牌各隊，埋伏陣後，等待麗卿得勝，即便衝殺。（此軍餘器後點。）祝永清、祝萬年、欒廷玉、欒廷芳、召忻、高粱隨着希真齊出，只留史谷恭率領唐猛、婁熊、花貂、金莊看守山上大營。（此軍餘將亦後點，與前變換。）當時三聲號砲，官軍一齊下山，就山下一片大空地上扎了陣腳。恰好兩陣對圓，各品三通畫角，震天震地一聲吶喊。須臾兩軍靜蕩無聲，兩邊無數勇將俱在陣腳邊遠遠觀看，（應他將不容助戰。）靜等陣麗卿與花榮鬬箭。（卓筆山立。）只見賊軍一邊旂門開處，花榮先出。（花榮先出。）那花榮頭帶一頂鋪霜耀日紅纓鳳翅金盔，（盔。）身披一副榆葉鈎嵌唐猊鎧，（鎧。）腰繫一條鍍金獅子蠻帶，（帶。）前後獸面掩心，（掩心。）繫着一條緋紅團花戰袍，（戰袍。）下穿一雙捲雲黃皮靴，（靴。）左佩一口赤銑劍，（劍。）右懸一壺修幹銅牙箭，（箭。）手中持着一張樺皮青鵲弓，（弓。弓用手執，便與他處戰陣不同。）坐下一匹慣戰能征大宛名馬，（馬。）不帶別項軍器，（特表明。）拍馬直到垓心等待鬬箭。（頓筆。）這邊陣上麗卿見花榮不帶軍器，也不帶那梨花鎗，（麗卿一邊此句先提。）只一副弓箭，放轡而出。（麗卿後出。）那麗卿頭戴一頂閃雲鳳翅金冠，（冠。）身披一副連環鎖子黃金甲，（甲。前一百十八回麗卿中傷棄甲矣，此處仍連環鎖子黃金甲，分明是第二副也，以此迴應八十八回永清贈甲兩副之文，真是羚羊掛角，無迹可尋。此等處難為金門尋出。）腰繫一條鍍金夔龍鈎心帶，（帶。）前後兩面青銅護心鏡，（護心鏡。）繫一條大紅湖縐繡鳳戰裙，（戰裙。）下穿一雙盤金飛鳳鞋，（鞋。）左佩一口青錞劍，（劍。）右懸一壺鵰翎狼牙箭，（箭。）手中持着一張塔淵寶鵰弓，（弓。）坐下一匹飛電棗騮馬，（馬。）緩緩縱到垓心。兩陣上寂靜無聲。（好筆力。）那邊花榮見麗卿出陣，便在馬上橫弓，欠身道：「女將軍聽者，俺花榮久慕神箭，願請賜教。」（花榮文雅。）麗卿道：「既是將軍先願比箭，就請將軍先射。」（麗卿爽直。）花榮縱馬放開，厲聲道：「有僭了！」言未畢，翻身開弓，颼的一箭。（駭疾，乘人不備，其心不良。）麗卿即忙抽箭搭在弦上，緊對着花榮箭頭，一箭射去。（險促。）殺氣影中，電光飛到，（造句新。）將那花榮的箭對頭一激，（四字奇極、拗極。）兩箭力不相讓，（奇拗。）箭鋒錯過，（奇拗之至。）麗卿的箭斜向花榮一邊去了，花榮的箭也斜向麗卿一邊去了，（奇拗之至。）兩箭都不傷人，空擲在衰草地上。（找一句奇拗險仄，無以復加矣。）兩陣上都看得呆了。（顧兩陣。）花榮道：「女將軍且住。（頓筆神來。）若照如此，只管箭鏃對箭鏃射過去，射到幾時。（撇去上文。）須得另議章程，立分勝負。」（別開生面。）麗卿道：「花將軍意中待要恁樣射法?」花榮道：「此次後，你三箭，我三箭，輪流代換。你射時，我不動手；我射時，你也不許動手。」（三箭相輪比箭，常套矣，此忽用立禁法，遂覺推陳出新。）麗卿道：「甚好，仍請將軍先射。」（寫麗卿神閒氣舒，綽有餘勇。）說罷，便帶轉馬頭，潑剌剌向東而走。（至此方寫馬。）花榮縱馬趕上，右手放下韁繩，（細承接緊捷。）便去壺中拔箭。（一路寫來，極易與前傳楊志、周謹比箭相犯，須看其能避處。）麗卿的馬已馳電般去了，（花榮取箭則宜接寫花榮射箭矣，乃不寫花榮箭，而寫麗卿馬，此之謂奇，此之謂矯。）幸虧花榮的馬還追隨得上。（用筆有輕重。）花榮在馬上扣弦搭箭，暗想道：（扣弦搭箭則宜射矣，乃忽接「暗想道」三字，筆筆不測。極寫得鄭重。）「這賤人狠不易取，我須用聲東擊西之計。」（箭上用計，奇。聲東擊西。）便把那扣好的這枝箭取下，（奇。讀者試猜其意欲何為？）交與左手和弓一併揑了，（更奇。）右手便將弓虛扯一扯。（直抄楊志傳中一句。）麗卿聽得腦後弓弦聲響，急忙閃避。花榮便從他閃避這邊一箭射來。（奇極，險極。較前傳楊志，何如令我瞠目而視矣。）麗卿閃了個空，曉得中計，（斡轉迅疾。）便索性往閃的一邊再閃過去，（奇拗。）那枝箭恰恰的往耳邊拂過了。（奇極，險極。）希真在陣上替麗卿揑一把汗，（十分精靈之筆。）宋江連稱可惜。（十分精靈之筆。）麗卿的馬已跑到圍場盡處，（忽又接寫馬，真正奇拗之筆。）把馬一兜，霍的迴轉身，望西邊跑來。花榮也勒轉馬頭，就勢裏趕將來。地上八盞馬蹄，闘風擊電價奔走。（接縫中夾寫馬一段，妙。）麗卿識得花榮利害，十分提心。十分精靈之筆。花榮因初計不成，心內已有些虛怯，十分精靈之筆。抽箭在手，又生一法，奇。想道：「我用送往迎來之計，看他何如。」計名奇。送往迎來。即忙搭箭弦上，卻將馬一拍，往斜刺裏便走，奇。讀者又猜其意欲何為？便把那弓拽滿，卻不去覷準麗卿，愈出愈奇。偏將那箭鋒向麗卿馬前過去少許地方一箭射去。真是愈出愈奇。麗卿見他馬向刺斜裏走，早已識得，偏卻要蹈險逞奇，斡得更奇。竟放心一馬衝去。那枝箭已橫飛的到了胸前，奇極，險極。麗卿只把身子往後一仰，奇極，險極。順便用手將那枝箭桿一撲，那枝箭遠遠的跌落在地下了。行文即好奇險何至於此，務令讀者嚇得心死氣絕，然後令之一快，此聖歎之所以恨才子也。宋江及眾賊將都大吃一驚，十分精靈之筆。希真及諸將都同聲稱奇。十分精靈之筆。與前掉轉又添寫諸將，變換得妙。花榮心中十分焦躁。十分精靈之筆。麗卿見花榮如此利害，因想：「再閃了他一箭，須要讓我射了，好歹要結果了他。」十分精靈之筆。亦與前掉轉，又前文兩句，在寫馬之後，此在寫馬之前，變換又妙。只見那馬跑到西邊盡頭，忽地又回轉身來。又接寫馬。花榮見麗卿轉馬，猛想得一個移遠就近之計，接筆緊極、奇極。計名愈奇。移遠就近，合前兩計觀之，真是工力悉敵。便將自己的馬立住了，奇。讀者請再猜其意欲何為？將箭藏在身後，奇。只等麗卿的馬迎過來，奇極矣。霍地翻身，颼的一箭向麗卿劈面射去。奇極、險極、駭極。麗卿不慌不忙，加此四字，分外奇險。張開櫻口，將那箭頭輕輕的啣住，奇極、險極、怪極。面不改色。加此四字，精神百倍。花榮及兩陣上的人一齊失驚，忽用總寫之法，束住三段大文字，筆力橫掃千人。一片駭聲不絕。找一句神旺氣足。

麗卿見花榮失驚，一筆迅渡，犀利無前。即將花榮的箭搭在弦上，颼的射來。迅雷不及掩耳，天下有如是迅利駭疾之筆乎？「即將花榮的箭」六字何等精靈，何等奇幻，何等便捷，何等迅速，真嘖嘖讚之，終日不能盡其妙也。花榮急忙閃過。駭疾。這箭出人意外，公既自讚矣。若非花榮急避得快，當下便已斷送性命。註一筆，奇。當時花榮閃避了這箭，拍馬便走。麗卿的馬奔雷掣電價追上，駭疾。第二枝箭已發。六字駭疾無比。有此六字，則上文「奔雷掣電」四字不辨其為寫馬寫箭矣。奇哉，筆乎？怪哉，筆乎？花榮不及隄防，箭鋒已到後頸，奇極、險極。花榮急閃，那枝箭已從頭頸邊貼肉的刮過，（奇極、險極。）花榮驚出一身大汗。背後弓弦又響，（駭絕。）花榮急紐過身子，把手中的弓忙去一隔，（駭疾。）麗卿第三枝箭早到，（駭疾。）只聽「潑剌」一聲，花榮的弓幹已被那箭劈碎。（真正奇絕之文。又借此劈碎弓幹，使兩人少息，章法亦善。）這是麗卿的連珠箭法，神化無比，精妙絕倫。（註明一筆，其力足以橫截長流。花榮三計，麗卿只是一法，妙絕。花榮三箭逐段寫，麗卿三箭迅筆寫，謀篇審勢之妙，不可名言。寫來絕不犯楊志、周謹文字，人知用筆之奇，而不知其審題之確也。蓋前傳楊志、周謹絕非對手，而此處麗卿、花榮實係勁敵，題不同則文烏得而同乎？故曰：不知審題而求文之妙，不知其可也。）花榮看得目瞪口呆。麗卿高叫道：「花將軍，且請回陣換弓再來比較！」（麗卿亦能儒雅，奇矣。）花榮更不答話，拍馬回陣去了。麗卿也放馬歸到本陣。（兩邊忽然收科，奇。）希真、永清迎接麗卿入陣，都咋舌稱險。（餘勢遒勁。）麗卿道：「爹爹休慌。（急慰親心，寫出麗卿之孝觀；其下文語語稱險，並非不慌可知。）只是花榮這廝好生了得，他頭一箭險些着他的手。」（單提第一箭，說錯綜入妙。極讚花榮。）希真道：「你此時劈碎了他弓幹，已算得勝。我看鬭箭一事，就此停止，速將陣後鳥鎗兵放出，乘其不備，掩殺過去，倒好得個大勝。」（自是希真機變，然亦因深畏花榮，恐傷麗卿之故也。極寫花榮。）麗卿道：「不可。孩兒已約他再來比箭，豈可失信！」永清道：「兵不厭詐，但能得勝，失信何妨。」麗卿道：「我也不但為此，這人不除，終是大患。今日好歹要射殺了他，以便日後陣上放心。」（寫花榮直令人食不甘味，寢不安席，可謂出力寫。）希真拗他不過，只得依了。麗卿在陣中少息，等待出陣。

那邊花榮回陣，宋江迎入，只是搖頭咋舌。花榮下了馬，畧坐坐定了神。宋江口裏不說，心中躊躇，想：「此番若再教花榮出去，深恐萬一失手，又送一個兄弟；若不再出，又實實氣他不過。」（寫出棘手。）只見花榮開言道：「這陣麗卿果然利害，待小弟畧歇歇力，定要去除滅了他。（與麗卿語對看，儼然勁敵。）一來為兄長去一大患，二來小弟方纔折弓之恥也須洩忿。」（希真因折弓而欲止，花榮因折弓而不肯止，極妙關鍵。）宋江未及回言，只聽得對陣起鼓，麗卿已出。（緊接。）花榮急忙換張新弓，（細。）又添了幾枝好箭，（又補出添箭，細極。麗卿亦須添箭，今不補出者，舉此以見彼也。必屑屑於此，則陋矣。）飛身上馬，縱出陣前。兩人相見，更不答話，開弓便射。（省捷。）但見兩騎奔軼，一似飛電相追；兩箭往來，一似流星相逐。（箭、馬忽用偶句對寫。）各逞本領，各顯神奇，足足的放了七八枝箭，你來我閃，我去你逃，兩邊各無傷損。（虛寫七八箭，疎氣最妙。）麗卿心下焦急起來，因想：「此番若不射他的馬，斷難濟事。」（忽想到射馬，另換生面。）此時花榮馬在前奔，麗卿馬在後追。（安插此筆，手法熟極。）當時搭箭弦上，拽滿鵰弓，眼睜睜覷定花榮坐馬後跨，一箭射去。（加「眼睜睜覷定」五字，便覺精神。）花榮回頭看時，只見那枝箭向着下三部風也似的追來，（麗卿一箭神彩，從花榮看出，精靈之至。）便識得是射馬，（機警駭疾。）即忙把轡繩一偏，（警絕。）那馬霍地一跳，（異樣精彩，熠燿紙上。）那箭從馬腹下過去了。（真是異樣精彩，非常奇險。）花榮大怒，（四字恣橫。）便也颼的一箭，向麗卿馬頭對得準準地射來。（加「對得準準地」五字，便覺精神。）那匹飛電棗騮馬（馬上特加名色，其意重寫此馬可知。）見有箭來，不待人去照應，（加此四字，分外精神。）急竄向斜刺裏去，（警絕。）那箭卻射到空處去了。（精彩。）麗卿大怒，（對寫警絕。）一箭往馬左射去，花榮急忙避得；一箭又從馬右射去，（忽用短音促節，章法警絕。）兩箭幸而都射不着。花榮心裏惶急起來，暗想：「這番認不得真了，（奇。）不如乘他射馬之時，他正全神照顧下面，我卻出其不意，射他頭盔，（射下忽易射上，奇。）不管他死傷何如，我便算得勝回營。」（寫花榮志在收兵。）算計已定。誰知麗卿心中也生算計，（真是針鋒相值。）一心要借射馬作樣，畧放高些射他的肚皮。（寫麗卿志在殺賊。）正是人各有心，各不相知。（總斷一句，奇筆。）

此刻兩陣上的主帥、將官、兵卒，都靜悄悄的提心觀看。（百忙中夾寫兩陣上一句，筆力大極。我亦提心觀看。）只見兩弓齊開，兩箭齊發，（好筆力。）花榮的箭畧早些兒，一箭過去，麗卿頭盔飛去。（墨光閃霍，筆機險促。）希真陣上一齊大驚。（折筆險促，鬼斧神工。）花榮大喜，驀地裏一聲狂叫，（奇極。）一箭中腹，仰後而倒。（奇極。花榮了。射殺花榮談何容易，洋洋一大篇文字，仲華手腕已脫，金門心膽亦裂矣。）宋江大驚退後，希真揮軍殺上。（十二字接得簡勁。）麗卿得意已極，插弓在袋，（細。）挽了頭髮，（細。）抽劍當先，（細。）殺入賊軍。賊軍見花榮陣亡，個個心膽碎裂，那敢迎敵。好。希真、永清已統領大軍，鎗砲夾着箭矢，潮湧般殺上來。好。宋江又氣又驚，神識已昏。好。歐鵬、王良、火萬城只得緊緊保着宋江奔逃，那有餘神約束全軍。好。只見官軍個個精神奮發，大呼掩殺，賊兵早已屍橫遍野，血流成河。好。黃信在新泰城內聞報大驚，遞到新泰。即忙領兵出城接應宋江。宋江、歐鵬、王良、火萬城紛紛隨着黃信逃入城中。官兵已到城下，一氣趕到新泰，筆如春潮帶雨，駛急異常。賊軍把城門急閉。官軍乘勢攻城，幸喜城上早有準備，攻了半日不下。希真傳令收兵，就把新泰城團團圍定，四周扎下了營寨。天色已晚，曲終收撥。希真傳令各營開筵暢飲。酒席之間，眾人讚揚麗卿聲不絕口，餘音嫋嫋。麗卿搖頭道：「今日之事，只好算個僥倖。極救花榮。其實那花榮端的好箭，當今之世，只怕再要第二個花榮斷沒有了。想今番也是他命該絕，不然，這箭有何難避。」極救花榮。頗有人讀至此，極贊麗卿虛己，此不善讀書者矣。希真、永清都道：「花榮真個利害，今番除滅了他，我們真大放了心。」大眾各各歡喜，酣飲盡歡而散，準擬次日攻城。

且說宋江逃入城中，急得神昏氣敗。黃信代他料理登城守備之事。補出。宋江半響神定，想到花榮陣亡，兵馬大敗，官軍逼臨城下，事勢危急萬分，真是無法可施，不覺放聲大哭道：「天絕我也！」可見不要你替他行道。眾人急前解勸。宋江收淚癡坐，浩然長歎道：「花兄弟與我患難至交，回應前傳。不料今日和他分手了。」其語酸楚，此等處自是宋江真情，卻不可疵求其權詐。不覺大哭。眾人又慰勸了一番，宋江方問起守城之策。妙筆傳神。黃信答道：「方纔敵人逼攻城下，小弟和眾人協守，擋禦一陣，此刻已退去了。現在已探得，他已沿城築營，竟把我們團團圍住。」宋江聽了，接連頓足道：「不好了，不好了。我這新泰城內，雖然錢糧充足，器械完備，就宋江口中點出錢糧充足，器械完備，為

（新泰難破之根。）只是被他久圍不解，終於難支。況且此刻泰安、萊蕪兩處，也被官兵大隊扼住，不能來救。（傳玉出師只前文希真口中，今日宋江口中一提便算應過，用筆最簡捷。）望蒙山又被希真奪去，他若從望蒙山窺探我城中虛實，最為便捷。（先逗一句。）我卻如何守得？」眾人皆相向無言。宋江歎道：「使吳軍師在此，我何至於此，徐官兒真害殺我也！」（忽提吳用，忽表徐槐，聲東擊西，奇妙非常，此等筆非俗士所能。）當晚無話。次早黎明，忽報陳希真兵馬攻城。宋江急忙與眾將登城守備，只見官軍數萬蜂擁而來。麗卿當先一馬飛出，見宋江在城上，便哈哈大笑道：「瞎強盜，我教你不要誇口，今日何如又是一員上將決送了？」（此等不關緊要語，務要迴應一筆，想見仲華心閒手敏。）氣得宋江暴跳如雷，便要開城決一死戰。（氣殺。）忽想前日為不忍一時之忿，失將亡師，今日銳氣新挫，未可輕出，只得將那股氣捺了一捺，捺下去了，便當心守城。（苦極。）希真見宋江此番激他不動，（方知麗卿仍是激法，妙。）只得傳令硬攻一番，但見城上城下鎗砲之聲，乒乒乓乓，震天動地。這邊希真攻法十分勇猛，那邊宋江守法亦十分嚴密。（簡括。）攻了一日，不分勝負，只得收兵回營。希真道：「攻城原無猝拔之理，只有將兵馬分為數隊，輪替攻打，晝夜不息，方可集事。」永清道：「正是。（句。）只是我早上教史谷恭在望蒙山探看城中虛實，為何此刻還不來回報？」（忽補出一事，又逗起慧娘。）說未了，忽報史谷恭差人來報知城中之事。希真即叫傳來人進來。來人將城中情形，細細的稟述了一番。（虛寫最好，蓋此等處無非逗起慧娘看城之事，又藉以不冷落史谷恭耳。）希真道：「據此說，這城倒一時難破，如何是好？」（反振劉慧娘。）那來差獻上一封小稟，希真拆開看時，乃是史谷恭擬一攻城之策，（亦虛寫。）希真點頭稱是。次日，希真依了史谷恭之計，點兵攻城，攻了一日，只是不動。（反振劉慧娘。）當晚永清想了一法，第三日又去攻城，仍然不下。（反振劉慧娘。）話休絮煩，那希真、永清督令官兵，接連攻新泰城，攻了十餘日，（省筆。）那城樓雉堞，雖然也攻壞了數處，宋江堅守得法，隨壞隨補，終是無隙可乘。（反振劉慧娘。）希真、永清日日登望蒙山窺探城中，有時就在望蒙山與史谷恭商量計策。

這日，希真正在望蒙山，忽報江南雲龍公子同劉慧娘到來，（飄然而來。）前來請見。希真訝然道：「這事奇了。（真奇。）雲統制丁艱回籍，久已挈眷同行，今日何以復來此地？」急請入見。雲龍、慧娘都上前請了安，希真道了契闊。二人又與永清、麗卿等相見了，遜了坐。希真問道：「賢梁、孟隨同尊人回籍已久，此際何來？」雲龍道：「父親回家不多幾日，正在料理祖公窀穸之事，特奉聖諭，因山東正在整飭戎行之際，不可疎忽，即着父親奪情辦事，仍回原職。（余讀前回天彪丁艱固了然，知其必奪情也，卻不料其輕輕帶出於此，極鬆極靈有如此者，蓋天彪丁艱一事，本藉以讓出希真，若必待希真攻新泰事畢，然後特筆寫天彪起復，則未免有拆屋造屋之誚，故特避之。不但此也，天彪讓希真獨攻新泰，而新泰之破偏出自天彪手下之人，分明則極分明，融洽則極融洽，妙不可言。慧娘在天彪一邊，必待希真招之而來，斧鑿痕太重矣。今借回籍往返，使其便道自來，巧不可言。）因此，父親趕辦葬事已畢，隨即起行。先令小姪奉母率眷先行抵署，因聞大軍在此，特來進謁。」希真道：「原來是尊大人奉旨復任，這於梁山事宜，大有裨益。二位此來，亦是奇遇。」便吩咐備酒，就在山上（四字關鍵。）擺開筵席，與雲龍夫妻接風。席間雲龍、慧娘問起破賊之事，（徐徐引起。）希真從汶河渡鏖戰之事，（借此綰一筆上文，亦奇。）逐節說了。說到活捻李逵，二人俱嘖嘖稱奇；說到箭射花榮，二人俱深深佩服麗卿。（點染風華，紆徐為妍。）漸漸說到目下攻圍新泰已有十餘日，總不能破，（漸漸到來。）慧娘回眸一望，便對希真道：「這山下望城中歷歷分明，形勢為我所據，理宜即速可破。」（漸漸引入。慧娘一望便發此議，方信設筵在山上之妙，省卻次日登山再行探望一段文字也。）希真道：「就是這城中錢糧充足，器械俱備，無從設法。」永清道：「秀妹慧眼，想必分外看得分明。今日既已來此，合是天賜其便，何不就請賢妹探看一遭，或有破綻可尋。」（忽然拍到。）慧娘欣然首肯。當時席間，希真、永清、麗卿、雲龍、慧娘等人，各各細敘些別況。

酒闌席散，日方過午。慧娘一時高興起來，妙。便道：「趁今日天色未晚，甥女就去探望一遭。」希真、永清皆喜。當時希真、永清、麗卿、雲龍、慧娘五騎馬同出營前，望下去，只見新泰城雉堞圈圍，鱗居比列。有景。雲龍道：「賊中莫說無人，這點碟子小的城池，卻這般守禦得法。」先是閒話，妙。雲龍此來無用，又不可冷落，他特先提之。麗卿道：「可惜沒有這樣長的火箭，不然放火燒了他。」本回正旨，反是麗卿閒話引起，妙。慧娘一聽麗卿的話，句有驚蛇脫兔之奇。猛回頭看一看，那營前這枝旂竿橫影在地，欣然得計，奇極，令人莫測其故。便吩咐隨從人去行李內取那算籌、標桿、象限儀三件傢伙來，隨從人應了去。慧娘忽走近旂桿前，細細將那影看了又看，愈奇矣。又向城中一望，縐眉道：「這座山恐防用不得。」奇語，奇極。上文欣然得計，讀者亦欣然得計矣，至此忽又颺去，真怪文也。躊躇了一回，又縱目四望，忽見東邊一座高峯，突兀而來。慧娘指着問希真道：「這座峯頭是何名字？」希真道：「叫做東高峯，就同這山相連的。」慧娘道：「既如此，我們且往那里去看看來。」奇。當時等帶了算籌等三件傢伙，細。便一同到了東高峯。慧娘揀了一片平地，細。立起標竿，量了日影，佈了象儀。向城中一望，奇。佈開算籌一算，奇。又將象儀向影上一量，奇。語語精細，色色在行。口裏自言道：「這山在城的正東，偏南十五度，正是乙山辛向，奇極。讀者試猜之，此語與兵機何涉？一定好用了。奇。且待算這山的高低，并離城的遠近看。」奇。當時又豎起標竿，掛起象儀，測望一回，佈了算籌，省寫好。蓋上文詳寫以鳴其在行，此處若又詳寫則累矣。道：「這山原來高七里，離城中十二里。」奇文。又算了一回，此算乃算太陽地平經緯也。男龍光註。便笑着對希真道：「姨夫快去安排人馬，來日巳初三刻，此城立破矣！」奇文，奇極。令讀者眼光一亮，而心中搖搖如懸旌，不解其故。四人一齊驚喜。希真、永清忙問其故，慧娘道：「回營去再說。」妙有頓挫。

當時五人一齊回營，進帳坐地，慧娘道：「那年公公收降白瓦爾罕之時，甥女得其火鏡之法，能引太陽真火于十數里外，射入賊營燒燬諸物。忽回應一百十七回，點出題目。方纔甥女聽卿姊說想放火箭，因此驀想到此法。奇妙。但此法須山之高低、遠近方向，與太陽地平經緯，一一符合，方可應用。洗出妙義。甥女見這望蒙山在新泰之南，太陽到南方總是午正前後，其影最高，這山不見得高，所以不合用。註明。那東高峯一處，說也奇極，竟是天生成燒這新泰城的。奇文，奇極。緣此地北極距天頂五十四度，此時在白露節後，太陽距北極八十四度。甥女算定明日巳初三刻，太陽地平經度係正東偏南十五度有零，卻好這東高峯向城中是乙山辛向，也是正東偏南十五度有零，與太陽地平經度符合。至於太陽地平緯度，係高三十度稍強，卻好這山高七里，離城中十二里，用切線法取之，也是高三十度稍強，與太陽緯度符合。忽細寫一段勾股法，奇。世有精於曆學者試取此數覆核之，方信不謬，惟分秒稍有進退，則說書體裁如此耳。男龍光註。到了這時刻，只須在這峯頭安施火鏡，那太陽真火便直射城中。更有巧極、妙極者，甥女算其火光所射之地，正是糧草房；稍移一度，便是火藥局。城中無故火藥自炸，糧草自燒，賊軍必然驚亂。乘其驚亂，一攻而破矣。」奇極、妙極之文。希真大喜，便請雲龍、慧娘少留一日。當夜陞帳，分派將官、兵馬：祝永清、祝萬年領六千人馬攻北門；北門。欒廷玉、欒廷芳領六千人馬攻南門；南門。召忻、高梁領六千人馬攻西門；西門。主帥親帶陳麗卿、婁熊、花貂、金莊領八千人馬攻東門。東門。查得新泰西北有清江渡一區，宋江如失城逃出，必奔泰安，此路必經之所，便派真祥麟、范成龍、唐猛領兵四千名前往埋伏；又派史谷恭前去司掌瞭望信號之事。于四門之外，特重寫一路。一人不漏。其餘老弱帶傷之兵，均着看守望蒙山，即請雲龍督領，并護從劉慧娘在東高峯上審候時刻，安置火鏡。主句。分派已定，眾將紛紛領令而去，個個摩拳擦掌，只等明日巳初三刻，便要一齊動手。寫得精神振奮。

且說宋江忽接宋江，奇。在新泰城中，日日提心守禦，真是日不交睫，衣不解帶。所幸城中錢糧、器械通盤計算，還可支持一年，略為放心。前已屢提之矣，此復提者何？所以表慧娘之功而又借作頓筆也。不料這一日宋江正在東門，看見希真全隊人馬早已圍住各門。宋江全神照應外面，忽城中疊次報來，糧草房無故火發。奇文突至。宋江急回頭一看，其時天高日晶，萬里無雲，諸物風燥，十二字橫空插入，筆力奇矯之至。只見糧草房中烟焰障天，烈火橫飛。奇文。宋江大驚，急令黃信鎮守東門，彈壓軍心，休得驚亂；寫宋江之能以襯慧娘。自己急忙下城，方要查問何人失火。忽見前面震天動地的一個冲天霹靂，奇文，奇極。房舍屋宇、磚瓦椽木，盡行騰空拔起，黑焰障天，奇文，奇極。乃是火藥局內數萬觔火藥無故崩炸。奇文，奇極。糧房先點，而後寫火藥，先寫而後點，章法不苟。城內大驚大亂，人聲鼎沸，只聽得亂哄哄講說，有人親眼看見十四字寫出大驚大亂之神，妙不可言。天上射落一團大火，以致火發。倒描出火鏡精神，雄傑之筆，奇妙之文。宋江驚得不知所為，四門官軍早已吶喊登城。極忙、極亂、極迅速。魯達、李俊、王良、火萬城率領八百名銳騎，保着宋江，衝突北門而出。先寫北門。正遇着祝氏兄弟率眾攻城，魯達手提禪杖，大吼一聲，當先衝出。李俊保了宋江緊緊跟了魯達先走，寫出危急。永清、萬年兩騎已攔腰遮來，把王良、火萬城截留城中。「截留」二字妙，極寫出亂軍。萬年挺戟邀鬬王良、火萬城，萬年邀火、王。永清飛也似追宋江去了。永清追宋江。萬年與王良、火萬城奮勇厮鬬，正在勝負難分，永清因鬬不過魯達，便撇了宋江轉來助萬年力戰。永清撇宋江轉助萬年。王良正在捨命苦鬬，不防永清一騎衝到，王良急忙招架，永清已一戟刺入左脇，往外一攞，死于馬下。王良了。火萬城大驚，急忙與萬年虛架一戟，勒馬向人叢中便走。人叢中，細。萬年驟馬追去，對後心一戟，早已了賬。火萬城了。永清、萬年各取了首級，領兵進城去了。第一段。那南門次寫南門。歐鵬聞城中沸亂，大吃一驚，每段頂此句起，便知是一時並發，線索極清。正欲差人查問，只見欒廷玉、欒廷芳已率眾登城。霎時官兵佈滿城上，見有賊兵，即便砍殺。歐鵬知不是頭，欲待逃去，早被廷芳邀住。（廷芳邀歐鵬。）歐鵬只得轉身廝鬬，不防廷玉已殺到背後，一鎗刺入左腿，（廷玉刺歐鵬。）歐鵬撲翻于地，眾兵急前綑住。（歐鵬就擒。）廷玉、廷芳便押了歐鵬，領兵進城去了。（第二段。）那西門（次三寫西門。）穆洪見城中火發，（仍頂此句。）急差人往探宋江，已無消息，（妙筆。）召忻、高梁已領兵直到城下。穆洪急忙下城，開城衝出，召忻提鐵攔住穆洪便鬬。（召忻攔穆洪。）鬬不數合，穆洪早已手軟。高梁驟馬追來，穆洪急忙招架，早被高梁看出破綻，便將右手的刀掛了，（細。）就勢賣進，輕舒玉臂，將穆洪摘離雕鞍，生擒過來，（高梁擒穆洪。）擲于地上，眾兵急前綑住。（穆洪就擒。）賊兵早已殺盡，召忻、高梁便押了穆洪，領兵進城去了。（第三段。）那東門（次四寫東門。）黃信奉宋江命，彈壓軍心。（黃信先點，卻後寫，章法好。）宋江去後，賊中愈亂，軍心愈驚，（處處跟定此句。）陳麗卿已當先搶入城上，婁熊、花貂、金莊一齊隨後殺上。黃信不及招呼宋江，急忙逃入城下。花貂、金莊便統兵在城上殺賊，（花貂、金莊殺賊。）麗卿、婁熊追黃信下城。（麗卿、婁熊追賊。）黃信迎住麗卿巷戰。（麗卿戰黃信。）戰不到十合，麗卿一鎗桿敲黃信落馬，婁熊急前縛了黃信。（婁熊縛黃信。黃信就擒。）麗卿便開門迎接希真，與花貂、金莊一同領兵進城去了。（第四段。四段實寫，起訖句法皆同，變換處則極變換，不變換處則極不變換，手法老到。）

再說魯達、李俊保着宋江，從北門逃出重圍，（遙接。）一路馬不停蹄，約計走了一個時辰，卻逃到清江渡。（果如希真所料。）正欲奔到渡口，覓船過渡，誰知早被史谷恭在高阜處看見，（史谷恭看見。）便燃起一個號砲。真祥麟從左邊林子殺出，范成龍從右邊林子殺出，（真、范殺出。）大喝：「瞎賊休走！咱們等候已久！」宋江驚得魂飛魄散，魯達、李俊急忙迎敵，不防唐猛已從背後殺來。（唐猛後掩。）魯達因保宋江要緊，無心戀戰，輪起禪杖，在重圍中衝出一條路，帶着宋江，一溜烟向小路走了。（放宋江。簡捷。）李俊失了宋江，（筆如分水犀。）又與三勇將相遇，如何抵敵得住，明劃。只得賣個破綻，抽身跳出圈子，一口氣奔向清江渡，正要赴水逃命。唐猛腳步如飛，早已趕在他前路，當面攔住，唐猛攔住李俊。泥江龍不容入清江渡，妙。背後真祥麟、范成龍兩騎亦到，真、范後追。三人攢住李俊，不由分說，四字絕倒，又極簡捷。把李俊橫拖倒拽的綑捉了來，李俊受擒。與史谷恭一同收兵，回轉新泰城來了。第五段。希真已在城中收合各路兵馬，救滅了餘火，細。計殺傷賊兵二萬餘人，生擒賊目四員，并賊兵五千餘人，收復了新泰。總結。希真便出榜安民，一面差人到望蒙山迎接雲龍、慧娘入城，細。深謝慧娘助計破城，設筵慶賀。當日將李俊、穆洪、黃信、歐鵬四人釘入囚車，派隨營幹員解往沂州府，監內收禁了。監禁第二個、第三個、第四個、第五個。隨將收復新泰事具摺奏聞，一面申報都省。希真在城中妥辦善後諸務。不日雲天彪到來，聞知希真已收復了新泰，甚喜，便入城道賀。希真邀留敘宴，談些事務。天彪因王事緊急，不敢稽留，便別了希真，帶領雲龍、慧娘及各眷屬，赴青州去了。收雲龍、慧娘，并帶出天彪赴任。希真住在新泰，不多幾日，都省已委員弁下來。希真交清了事務，率領諸將、官軍回景陽鎮去，收希真諸將。命真祥麟、范成龍仍回兗州鎮去，收真祥麟、范成龍。細。召忻、高粱也領兵回蒙陰，收召忻、高粱。靜候朝廷明降。按下慢表。

且說宋江仗着魯達保護，逃回泰安。想起失了新泰，送了許多兄弟，內中死的且自丟開，只有幾個活的現在牢裏受苦，又不能興兵去劫牢救他們，真是束手無策。動輒劫牢以為得計，不料也有今日。想到這里，心內好不悽惶。歇了數日，四字寫失意時，懶寄書信之情，確肖。方纔將新泰失守之事，寫了一封書信，差人回梁山，報知吳用，此語束上。并動問近日徐槐情形何如。此語起下。只因這一問，有分教：外患方興，內憂復發，好一似雪上加霜；人謀已竭，天意難回，真個是水中捉月。畢竟梁山消息何如，且聽下回分解。

范金門曰：楊志鬬箭約而精，花榮鬬箭繁而麗，余不諳箭法，不過測之以情理，衡之以筆墨而已。余詮此卷時，適固山吳恒軒來，恒軒乃杭滿營八旗中之嫻于決拾者也。閱是卷而狂喜曰：仲華善射哉！其佈施章法，雖僅僅尺幅紙，而若大教場不啻也。以是觀之，耐庵尚涉取巧。恒軒去，而余以是語告仲華，仲華曰：余非與耐庵市技也，亦比較麗卿、花榮之本領，而直書不諱耳，具見其多才不伐之隱。

充希真之才，奮官軍之勇，亦何患新泰之不復哉！乃援奪情辦事之例，而出一天彪，施勾股經緯之才，而名以縱火，絕妙文情。

邵循伯曰：此際萬萬不料劉慧娘來。回目中慧娘縱火四字，可作一隱語，猜易經二句，曰：突如其來如，焚如。

第一百二十六回　凌振捨身轟鄆縣　徐槐就計退頭關

卻說宋江差人賫書回梁山，報知新泰失陷之信，并問近日吳用與徐槐相持情形何如。看官，徐槐破梁山頭關，吳用力守二關，是上年三月間的事。奇筆。到得本年八月，相持已一年有餘，奇筆。中間你攻我守，我攻你守，想已不止數十次了，奇筆。斷非一句二句說話交代得清楚的，奇筆。須細細的數說與眾位聽。奇筆。

且說徐槐自聞知張叔夜大軍移征方臘，直接一百二十二回之末，頭緒清楚之至。這里梁山之事竟獨委於徐槐一人，寫出任大責重。徐槐大為躊躇。真所謂臨事而懼。當時召集韋揚隱、李宗湯商議。真所謂好謀而成。當時議將梁山緊緊圍住，毫不放鬆，統俟張公凱旋之日協征梁山，或俟雲、陳協力來助等語。定後數回之局。徐槐依議，便派撥兵馬將梁山團團圍住，聲息不通，四面扎營立寨，嚴緊管束。

這是上年七、八月的話。用筆明晰之至。到了九月，明晰。吳用聞知叔夜移征方臘之信，至此方知，寫出重圍中不通聲息之神。心中署安，怎奈徐槐只是不退。吳用因差數十名精細嘍囉，偷出左關，放火燒徐槐的右軍左營。出左關，謀右軍。天色風燥，蘆葦齊着，切。右軍果然驚亂。吳用派萬餘名銳騎，開左關衝殺出去。徐槐聞變，便差顏樹德領兵去救，與賊軍厮殺一陣，官軍雖有些傷損，賊軍亦毫無便宜，簡勁。右軍依舊圍住了左關。右軍仍圍左關。吳用設計堅守，到了寒冬，（明晰。）朔風凜冽。這日忽降大雪，嚴寒大甚，兩邊各開兵不得，靜守壁壘。吳用忽心生一計，派精兵潛出右關偷劫左軍，（出右關謀左軍。放火不必左關，劫營亦不必右關也，羅紋互法耳。）果然人不知鬼不覺，直到官軍營前，擂鼓吶喊，殺入營中。官兵慌忙迎敵，兩下混殺一陣。不防營前伏兵齊發，將賊兵圍住。幸係吳用接應兵到，救出重圍，收兵而返。（簡勁。）左軍依舊鎮住了右關。（左軍仍鎮右關。明白簡潔。）吳用兩番苦心用計，不能解圍，真是急迫之至。眾頭領亦無法如何。

及至次年春暖，（明晰。）徐槐整頓戈甲，鼓勵兵將，直攻二關。（徐槐攻二關。）這番不比從前，（此句好。蓋前番非不攻二關也，特此番較勇猛耳。）端的十分勇銳。吳用率眾盡力守禦，徐槐只是晝夜不息的攻打，只見關門左隅，漸漸將倒，吳用忙催眾人在裏面補築城牆，併工趕築，一日而就。外面的牆已坍壞了，幸喜裏面一層擋住。徐槐策眾來攻，不數日裏面這層又要攻破，吳用又催眾在裏面補築。築一層，打透一層，直打到第七層。徐槐見吳用如此防禦嚴密，只得收兵少息，（簡勁。）當時退保頭關去了。吳用怒氣不平，率眾直攻頭關。（吳用攻頭關。）徐槐守住頭關，鎗砲、矢石密蔴也似堵禦。原來徐槐的糧草、器械，自有都省及曹州府下官府，週流不絕的解送前來，（補入此層，妙。）所以不憂匱乏，儘彀備禦。當時吳用攻頭關，徐槐守頭關，又是一月有餘。已是四月天氣，（明晰。）吳用無可如何，只得退去。誰知吳用一退，徐槐隨即進攻二關。（妙。）自夏歷秋，彼來此往，竟無休息。（其詞愈省。徐槐與吳用相持一年有餘，其間事實斷不容不補，只簡潔而不累墜便是高手。）

這日徐槐攻關正在緊急，吳用百計防禦，真是心血費盡，忽接宋江報失新泰之信。吳用大吃一驚，跌倒于地。眾人急前喚醒，吳用長歎一聲道：「天之亡我，不可為也。」眾兄弟都相向無言。吳用定神半響，傳令二關嚴緊把守，（插此筆緊。）這里以心問心，足想了一個時辰。（寫出棘手。）初意欲教宋江棄了泰安、萊蕪，（預先呼起宋江棄泰安。）收集兩處兵馬，速回本寨，協力相助，退這徐槐；（即希真勸歸山寨之意。）繼想此刻還虧得泰安等處拒住雲、陳，若收兵而回，雲、陳二處必隨跡協攻山寨矣。（可謂兩難。讀至此，方信前回希真勸宋江回寨，不懷好意。）便寫起一封書信，着原差賫回泰安，呈與宋江。書內言「新泰既失，萊蕪萬不可疎虞，須要小心防守」等語。（泰安三處人馬，從此遂無一人回寨矣。非寫吳用失算，實寫梁山勢危。）來使賫書去訖。

吳用仍登二關去看守了一回轉來，十分納悶，暗想道：「外患如此之緊，本寨被困一年有餘，尚不解圍，如何是好？」尋思良久，竟無妙法，（極寫徐槐，呼起下文。）便命蔣敬將山寨中錢糧通盤核算報來。蔣敬領命，次日將寨中錢糧徹底清查，稟復道：「寨中錢糧，業已查清，如果一無增減，僅敷一年支銷。」（插此一段，愈見勢危。）吳用聽了這話，心內愈加憂煎，想：「此刻被官軍四面攻圍，如此緊急，如何出去借得來糧。（宋江不能劫牢，吳用無可借糧，皆作者極快心之筆。）若非速出奇計，退了徐槐，萬無生理。」（真是危急。）想了半歇，竟想不出法兒，（再頓一筆，呼起下文。）只得登關守備。守了三日，徐槐攻打愈急，竟有一鼓而下之勢。（妙。或問此句何以批「妙」，金門曰：讀後文自知之。）吳用亦險些失守，（妙。仝上。）眾頭領死命抵住。看看天色已晚，關門幸未失陷，徐槐也收兵回營。當夜，吳用在帳中聚集眾頭領商議道：「徐官兒這樣攻打，終非妙事。我想欲解此厄，計非傷動鄆城不可。（點出題目。）鄆城一動，那徐官兒顧本要緊，必然分兵還救鄆城，這里頭關便可圖了。（提清主意。）但此地人馬不能殺出，濮州兵又被截林山阻住，惟有嘉祥一路尚可暫時分兵。（一一清出，前後線索一絲不錯。「暫時」二字細，不然與前嘉祥不可動之議悖矣。）只是鄆城沒有內應，嘉祥出兵進襲，亦屬徒然。（提出內應。）眾兄弟可有妙法否？」眾頭領聞言，均各低頭無計，只見張魁開言道：「軍師容稟。那年軍師破曹州時，曾有遺凌振兄長入城埋放地雷之計。忽回應九十八回，從此落想，生出一片文字，大奇大奇。彼時戴全兄為內線。戴全因進城不得，託小弟做主安排。小弟因家在西門之外，難以設施，幸有一心腹至交，姓李名仁，住在北門之內。凌兄作寓其家，潛地行計，因得成事。兼為九十八回放地雷事補出原委，奇。只可惜大軍進城之日，這好友李仁已急症亡故了。折一筆，妙。他的兄弟李義，卻在鄆城縣內管理火藥局事務，也是小弟的至好，一「也」字分明勉強，然聽得全然不覺。倒好借作內線，就中取事。」吳用聽罷，只是沉吟。極寫吳用精細。只見石勇悄悄的問張魁道：「你所說的李義，是不是綽號叫做『直頭老虎』的？」張魁道：「正是。」石勇便對吳用道：「軍師不必疑慮，這李義也與小弟有交情的。」奇。吳用便問怎樣交情，石勇道：「那年小弟到鄆城縣，投奔公明哥哥時，忽回抱前傳，奇。是他指引路的。一他起先不是鄆城火藥局的司賬，是個做客為商的。小弟在大名府開賭場時，他常到賭場裏來，因此認識得他。二小弟後來打死了人，承他庇護得以脫逃。三。逐段承前傳來，便覺有源有委，不是無根浪筆。端的是個有義氣的朋友。」總贊一句。吳用聽罷，又復沉吟極寫吳用精細。良久道：「他既是張兄弟心腹朋友的兄弟，七字極有分寸，非吳用不能道。又有放救石兄弟一樁事，分承上文。此去定然不妨。但雖是至好，多年不通往來，交情變遷，人心難測，你二人前去，切須精細。須先看他交情何如，再行相機行事。極寫吳用精細。他如果肯同心合意，便妙極了。我想他既在火藥局內，火藥攜取極便，仍差凌振同去栽埋地雷。」一句拍到，有飛鳶下墜之奇。二人領諾。吳用便教凌振上來，又密囑了許多話，此處先虛寫，妙。又道：「此時事不宜遲，你等今夜便由後山洞口出去，繞道先到嘉祥，見了呼延灼，與他說明此計。你等先混進鄆城去，善覷方便，待到事已辦妥，再去約會日期，教其派上將二名，帶兵三千，飛密而來。同這時辰，地雷內發，嘉祥外襲，鄆城可破矣。」提清線索，極大筆力。三人依計，帶了乾糧、銀兩，當夜起身。

不說吳用依舊登關力拒徐槐，且說三人出了後山，星夜趕到嘉祥，見了呼延灼，說知此事。呼延灼領會了。省筆，捲過好。三人不敢逗留，便一直奔鄆城去。張魁雖是曹州人氏，卻不曾到過鄆城；石勇雖到過鄆城，但住得沒多幾日；凌振更不必說，與鄆城毫無交涉，忽疏三人來歷，奇極。所以三人取路鄆城，端的無人識破。將言有人識破，先言無人識破。頓得足，呼得起，文家開合之妙也。更喜寇警一年有餘，那些關隘上專司盤詰的軍士，也有些厭倦了，確肖情形。雖有稽查，亦不十分嚴密，所以三人倒鬆鬆爽爽的直到鄆城。再頓一筆，妙。那張魁到了城門邊，忽聽得有人高叫道：「老魁那里來？不要走得快，吃三大碗去。」奇極，誰也？令人不測。張魁嚇了一跳，急回頭看時，認得此人是快嘴張三，綽號便知不美。卻在這里做守城軍士，便答道：「有點要事，不奉陪了，少停城裏吃罷。」本是搪塞之詞，竟作逗引之筆。言畢，即領了凌、石二人進城去了。那羣守城的軍士見有同夥人認識，也就不來盤問。奇妙之筆。上文既已一路關隘無人盤問矣，何爭此一城門而必幻出一人認識張魁，然後令張魁避過盤問得以進城耶？讀者知其就中原故，不為所瞞，而後樂其瞞人之妙。

張魁等三人進了鄆城，深恐再有人認識，便急忙忙趕到火藥局去尋李義。滿擬會着了李義，便有個閃藏之所，不料走到局前，向把門的問了一聲，方知李義已奉差出去，不在局裏。忽颺開李義，筆筆矯變，非常人所能料。三人心內一齊叫苦，只得走到一條僻巷內僻巷。一個小酒店裏，叫酒保燙了一壺酒，隨便揀些過口❶。寫出心中有事。三人坐下敘飲，一面交頭接耳悄悄的商議，今夜何處安身，真是急殺。三人都相向無計。讀者試掩卷猜之，此處不弄出事耶，何必如此寫來？此處若弄出事來，文氣不太促乎？然後看其下文。忽見一人走進店來，大叫道：「你們三個好呀，怎的躲在這里自己吃酒，不來邀邀

❶ 過口：能吃的東西。

我？」奇極，誰也？令人不測。三人急看時，又是那個快嘴張三。妙。張魁只得立起身來邀他同飲，那張三更不客氣，便坐下同吃。寫盡此輩。張三便問張魁道：「魁兄，聞得你在梁山入夥，如今強盜做不做了？」奇絕之語，不特張魁失驚，讀者亦失驚。張魁搖手道：如見惶急之形。「老三，怎的這般亂說！惶急。小弟在東京住了幾時，方纔同至好兄弟出來幹些沿路買賣，特到此地。遇見了老哥，甚是有興，有甚麼梁山不梁山！」語語得神。張三道：「誰不知道你在梁山！再逼一句，險極。如今你做你的強盜，我管我的城門，兩不相干。強盜與城門不相干，奇語。我也不來管你，且吃酒罷。」忽然放鬆。先張之弧，後脫之弧，閃爍之至。張魁因他一向醉糊塗，隨手註明。也不敢和他糾纏下去，妙。只得胡亂吃了些酒。那張三左一碗，右一碗，嘴裏夾七夾八，東扯西拉的說了許多時節❷。妙極。張魁與凌振、石勇以目相向。商議不得，心裏叫不迭那連珠箭的苦。絕倒。

天色已晚，方纔酒罷。絕倒。張魁立起身來會酒鈔，那張三卻厮奪着會了去。有此一句，再不是嫌仇矣。張魁稱謝了，離開了這個厭物，絕倒。與凌振、石勇緩步出巷，心中籌劃今夜的住處。真是急殺。不覺走到東門直街上，關鍵。忽石勇向二人道：「好了，李義來也。」忽收轉李義，筆如獅子搏象，具有捻縱之能。張魁一看，果是李義，大喜。石勇便叫聲：「李二哥！」寫石勇粗。張魁忙扯了他一把衣袖，寫張魁細。只見李義也招呼了一聲，關鍵。不多說話，便走過了。為是精細，為是畏避，為是不懷好意，讀者試猜之。張魁待他過去了，方纔與凌振、石勇緩緩地走到火藥局，重去訪李義。李義接見，張魁等三人各通了假名姓，李義引入靜室坐地。細。李義對張魁、石勇道：「方纔街上遇見二位，休怪我不來理保，實係街上人多，二位係從梁山上來，小弟深恐被人看出，不得不急忙避過，千乞恕罪。」有人讀此，稱李義精細者，悞也。細

---

❷ 時節：舊事；往事。

（審之，仍是老實耳。）張魁、石勇都稱：「是極。」李義又問了凌振姓名，（細。）便道：「三位在梁山上，來此何幹？」張魁躊躇了半響，方纔答道：（得神。）「小弟與石兄均係吾兄至好，老實說何妨。（妙。）弟等二人奉吳軍師將令，特來此地探聽消息。（妙。）吾兄放心，（妙，是對老實人話。）決不來干害這城池。（妙。）弟與石兄與吾兄至好，豈肯有妨礙于吾兄，（妙。）吾兄放心。」（妙。接連數語，其意皆同，與老實人說話，固宜如此諄諄也。）李義聽說與己無礙，方放了心，（老實。）便道：「三位現寓何處？」張魁沉吟道：「弟初意原欲另覓下處，（妙。）今天已晚了，竟無處尋寓安身，（妙。）不識尊處，可借宿幾宵否？（妙。）房金總謝。」（妙。）李義聽罷，心內躊躇，暗想道：「叨在至好，倒不為房金起見。（老實。）只是他住在我處，萬一洩漏了，為患非淺。」（寫老實人偏寫其能顧慮，卻愈形其老實也。）張魁見其沉吟，忙道：「吾兄不必過慮，弟等三人來此，端的無人認識，斷不至決裂了，貽累老兄。」（其光四照，真妙筆。）李義道：「既如此，就請在舍間有屈數日。（老實。）只是三位切不可出去，恐怕被人打眼。（老實。）三位要探甚麼軍報，小弟代去打聽罷了。」（老實。）張魁等三人皆稱謝。

當時李義留三人夜飯，極其歡洽。（閒筆不可少。）李義便問三人要探甚麼事務，（老實。就借此句入題，妙。）張魁道：「承吾兄仗義，感激之至。但此一事，敝軍師本意，實來有求于吾兄，特未便啟齒耳。」（妙，妙。）李義道：「端的甚事？既是至好，但說何妨。（老實。）小弟力有可為，無不遵教。」（老實。）張魁道：「敝寨被官軍圍困年餘，火藥甚為缺乏，（妙。）又無處採辦。（妙。）因知小弟與吾兄至好，（妙。）吾兄現在又總司火藥，（妙。）因此特來奉求。（妙。）謹奉上白銀若干兩，向吾兄乞撥火藥若干。（妙。）此銀所以便吾兄隨即彌補，（妙。）另有銀若干兩奉謝吾兄。（妙。）小弟所謂不干鄆城之事，與吾兄決無妨礙者，此也。」（回應一筆，妙不可言。）李義道：「我道甚事，（四字為老實人傾上添毫。）原來不過要些火藥，這有何難，傳神之筆。老實人恒多顧忌，而此脫口應許者，利令智昏也。此事盡在小弟一人身上。真妙筆。吳軍師謝禮我卻不必。」老實人說出此語，不老實矣。三人齊道：「這是軍師之意，吾兄必不可卻。」當時謝了李義。李義就在局中撥間住房，安置了三人。房內張魁對凌、石二人道：「計便有一半了，只是一樣，尚在不便。折筆，奇。那年曹州之事，凌兄長在他令兄處栽埋地雷，係與他令兄說明了，一老一實相帮挖掘地道的。忽又回應曹州，不料彼處之事直至此處始註明緣故，奇絕之筆。如今不與他說明，如何掘得？」一難。石勇道：「何不竟與他說明了做，豈不爽快？」凌振道：「有個難處。方纔他見我們借宿，尚且沉吟半響，提前照後，呼應極靈。若說破此事，豈不駭殺了他？」妙筆，為後文作地。張、石二人都想不出計較。凌振道：「且待明日，我去屋後看看形勢，再定計議。好在這屋後面也離城牆不遠。」妙在一「也」字，暗註出曹州李仁屋後情形。二人稱是。當夜無話。

次早，張魁悄悄地將銀兩送與李義，李義收了，便悄悄地將火藥交與張魁，便對張魁道：「吾兄帶這火藥出城，恐有人盤查怎好？」老實人偏能顧慮。張魁道：「仁兄勿慮，小弟自有運他出去的法兒，只須借尊處寬住幾日便好了。」挪出掘地道工夫。便向李義詭說了一個運出法兒，虛寫最妙。又道：「為此所以要寬住幾日。」主句必須提清。李義也相信了。妙。張魁收了火藥，放在自己房內，細。李義便往官府裏銷差去了。細。這里房內凌振對張、石二人道：「方纔小弟私到屋後看過，省筆。屋內有所廢園，園內有口枯井，文心極細。端的人所不到。我們每夜就從此處打地道，直到城牆。所有掘出的泥土，就填在井內，卻是毫無形跡。文心極細。魁兄既已與他說過寬住幾日，這幾日的夜裏，我們便趕緊私辦此事，竟不必通知他。」妙。為後文作地。二人皆喜。當時在火藥局內住了幾日，端的足不出戶，日裏與李義談天，夜裏專做掘地之事，不上兩日，已將地雷埋好。

省筆，提筆。張魁道：「地雷已好，我去嘉祥通知日期了。這里李兄處，究竟瞞他不得，臨期石兄可知會他，好讓他早作迴避。」為後文作地。石勇應了。那張魁便向李義造了一個必須先去一步的緣故，絕倒。便偷出城門，直奔嘉祥，通知呼延灼去了。抽出張魁。按下慢表。

且說那快嘴張三，突從此人入手。自那日會見了張魁之後，次日又入城去尋張魁，卻尋不着。一日。第二日，便去城裏大街小巷各處尋覓，杳無蹤跡。兩日。畧詳。第三日再去尋覓，每逢店頭店腦，便問聲：「看見張老魁否？」無人曉得。三日。又加詳。如是接連幾日，有一個住在東門直街的，應前。姓宋名信，是在東城營當兵的，當時見張三連日問張魁，便轉問道：「你說的張魁，端的甚樣人？作何生業？」那張三已有八九分酒，妙。便大聲道：「說起這個人，句。與下句不接，活畫醉人。我張老三上不瞞天，下不瞞地，句。又與下文不接。這人是個梁山上的朋友。」駭極。那宋信聽了，吃一大驚道：「你當真，還是作耍？」張三道：「我耍做甚！」妙。那張魁便是曹州府西門外人，他有兩個人同來，內中一個生得八尺身材，淡黃色查臉，一雙鮮眼，微有髭鬚，直抄前傳石勇面貌，妙，妙。沒有髭鬚，改作微有髭鬚，細。十分怪醜，我此刻想起來，畫都畫得出。」註明單提石勇之故。宋信一聽此言，猛記數日天晚時節，曾有這個人和火藥局裏的李義相叫，妙，妙。「彼時我看見他有慌張情形，早已疑惑，妙，妙。今日方知如此。」妙，妙。

原來這宋信最有心計，便別了張三，悄悄地到火藥局左右鄰舍人家，將這樣狀貌細細說了，便問：「數日前此人見不見過？」據隣舍答言：「這日果有此人，同着兩個人進火藥局裏去了兩次。當時也不留心他出入，此後也沒得看見了。」妙，妙。宋信聽了，暗暗點頭道：「是了。」妙。便急去稟了本營提轄，并言：「先提張三來一審，便知其詳。」是有心計人。提轄一聽，便立提了張三來審問。張三竟一老一實將張魁怎樣來歷，怎樣見張魁帶了兩個人進城的話，當面招供了。妙。「此後卻不曉得張魁躲藏何處。」妙。提轄將供單錄了，便即具稟將張三解送到縣裏去，並差宋信同去伺候質訊。那鄆城縣知縣一聞此信，即忙陞堂審訊，先將張三覆問了口供，細。便傳宋信上來。宋信將親眼看見那張魁同來的怪醜面貌人與李義相𠁅，妙。又親去火藥局前探問隣舍，據說確有此人進火藥局兩次的話，妙。一一供了。那知縣便立時點齊軍健捕役，帶了宋信、張三作眼目，飛也撲到火藥局裏，駭疾。不問事由，即進裏面捉出石勇。駭疾。石勇就擒。李義駭得面如土色，早吃縣官喝聲：「拏下！」幾個健役上前將李義鎖了，和石勇一併提回縣衙。凌振早已聞變脫逃。插筆，妙。那縣官當即陞堂，全副刑具擺列堦下，公差、皂隸侍立兩旁。縣官先將石勇提上審訊道：「你這賊人係何名字？來此城內作何詭謀？老實招來，免得動刑！」石勇招了個假名字，并抵賴並不是賊。那縣官便喝結實打，左右一聲答應，將石勇一索綑翻，打得皮開肉綻，石勇只是不招。寫石勇。縣官見石勇不招，便叫傳李義上來。此時石勇已將地雷之謀告知李義，方知張魁教石勇告知李義之妙，不然石勇熬刑不招，李義茫然不知，則地雷之謀亦終于不知矣。只未說嘉祥兵襲之事。留一半為汪恭人料事作地。當日李義見嚴刑可怕，又深恨張魁、石勇瞞着他作此不法之事，以致害及己身，方悟張魁不說通之妙。便一老一實將凌振怎樣栽埋地雷的話，一一供招了，妙。并道：「小人私賣火藥，則誠有之。至于藏埋地雷，實不知情。實係臨期方知，正欲自行投首，不期已被拏獲。相公如容減罪，小人便將地雷所藏之處，招供出來。」縣官聽了，大吃一驚，忙道：「本縣恕你死罪，你快將地雷埋藏何處供來。」李義便將地雷藏在某處的話供了。縣官大驚，當即差人飛速到行臺，告知任森，一面差人澆滅火藥，并捉凌振。渡落凌振。這里將石勇、李義、張三一併監禁。暫頓一筆。

且說凌振聞縣裏來拏人，即忙從屋後逃出，（接寫凌振，頭緒極清。）計算嘉祥兵到，距此不過兩日之期，（點出日期，寫出險急。）因此戀戀不捨，不肯走遠，（妙。）總希冀地雷之謀，尚可僥倖，（妙。）便逃到後園，躲入地道之中。（借得便捷。）在口內數尺地步，伏了好歇，不聞外面動靜，心中稍安。正愁身邊不備乾糧，兩日難度，（極細，極妙。）忽見外面廢園有人尋來，（妙。）急忙逃入洞內深處。（妙。）只見洞口已有人窺張欲進，（妙。）凌振嚇得幾乎死去，（妙。）猛起意道：「左右終是一死，不如點火先轟了他的城牆，也勝于白死。」（筆如驚電驟掣。）當時心慌神亂，不暇多計較，（加此一句，妙。）便就身邊取出火絨、火石，敲了一個火，（細。）將那藥線點着了。（險急之文。）須臾間，轟天振地一聲響亮，將城牆掀去數丈，城磚巨石飛上九霄，（奇筆，紙上訇訇振動。）凌振已死于地道之中。（此句之巧之便之捷，莫可名言。凌振了。凌振死于地雷，妙。）那些健役避個不迭，也吃打死了幾個，（確。）其餘都飛跑的逃回縣裏去了。

卻說任森在總管行臺上護理事務，（補出原由，妙在要言不繁。）忽聞縣裏報稱有賊人藏埋地雷，正在驚疑，只見東門已被地雷轟陷，城中人心慌亂，人聲鼎沸。任森急忙出去彈壓，（寫任森。）一面點齊兵將防守各門，（寫任森。）卻不見半個外來的賊兵。（奇，妙。）任森各處巡視彈壓了一轉，便到汪府裏來請教汪恭人，將上項情形一一說了。汪恭人道：「賊人既有內奸，豈有絕無外兵之理，（一口斷定。）此必是悞了日期耳。（料透。）現在他既悞期，是我之利。（妙。）不如趁此即速帶兵埋伏要路，邀擊賊人，必獲大勝。將軍以為何如？」（妙。）任森道：「恭人之言甚是。但賊人來兵不知何路，此刻四路兜拏，亦非善舉。」（確。想見仲華心細。）恭人沉吟一回道：「我想梁山現在被圍，何能出兵；濮州一路，又彼截林所阻；只有嘉祥一路，距此不遠。賊兵若來，除此更無別路。」（料事如見。）任森點頭稱是。便辭了汪恭人，回到行臺，點起精強士卒三千名，即日出了東門，相擇地里，在離城二十里斷流村後，暗暗埋伏，只等賊兵到來。寫得好。果然到了第二日，嘉祥賊兵來了。妙。原來是呼延灼派韓滔、彭玘兩員頭領，帶兵三千名，亦是三千名。隨了張魁，卷旂束甲，飛趕而來。任森早已在高阜處看得分明，等他走到地頭，便放起一個信砲，兩邊林子裏官軍一聲吶喊，亂箭如驟雨飛蝗的射出來。妙。賊兵甲不及披，弓不及彎，早已驚竄無路。卷旗束甲故也。細筆，妙筆。任森殺到陣前，疾。大喝：「嘉祥賊人，膽敢自來投死！」韓滔、彭玘、張魁那敢回答，妙。勒馬飛逃。任森驟馬追趕，韓滔、彭玘、張魁轉身迎鬭數合，只得又逃。任森已揮兵把賊人殺盡，簡快。率眾儘力追趕，韓滔、彭玘、張魁都溜向小路，逃得性命去了。省捷。任森收集兵馬，大掌得勝鼓，回到鄆城查點首級，發放人馬，便即日將東門修理起來，不漏。一面差人報知徐槐去了。那韓滔、彭玘、張魁逃出了小路，見追兵已遠，方纔神定，都面面相覷道：「不料這番竟反中了奸計，竟至全軍覆沒，真是不解其故。」那韓滔、彭玘大有怪得張魁報信鹵莽之意，妙。張魁竟無可剖白，妙。便道：「二位請先回嘉祥，小弟要回山寨去報知軍師也。」當時便與韓、彭二人分了手。不說韓滔、彭玘奔回嘉祥。

且說張魁別了二人，一口氣向梁山奔去。行至半路，一想道：「不好了！妙筆。軍師教我眼見了鄆城攻破，飛回本寨報信，補出吳用之意，領起下文，妙。不料今日將這敗信報他。真難為情。況且我前番薦一真大義，悞了他的兖州，回應一筆。今番我薦一李義，又悞他兩個兄弟。妙。雖此事不知虛實，想未必是李義之故，但我如何分剖明白？」真是難。前後一想，進退無路，便咬緊牙齒道：「我自恨一生不識得人，至有今日。」拔刀自刎而亡。張魁了。

且說吳用自遣張魁、凌振、石勇去後，這里依舊登關力拒徐槐，徐槐只是分毫不肯放鬆，妙。吳用在關內百計備禦。過了數日，約計張魁等已到鄆城，便日日盼望張魁回報。可見上寫張魁自刎，實關吳用之成敗，絕非浪筆。那徐槐卻接到任森的飛報，方信吳用待張魁之報，忽接寫徐槐得任森之報，用筆有挾山超海之奇。知是賊人埋放地雷，幸喜先期破出，東門雖被轟陷，卻不妨事；又乘機設伏于斷流村，邀擊嘉祥賊兵，得一勝仗等語，眾將齊稱天幸。徐槐將那文書重復從頭至尾細看一遍，又沉吟了好一回，便微微笑着對眾將道：活畫智囊。「不但鄆城天幸，就是此地也好邀一天幸。」奇文妙語，絕世無雙。眾將齊問其故，徐槐道：「此事顯而易見。先斷一句。他本根重地，被我大軍攻圍年餘不解，從此句提起，目光如炬。其心腹之患可知。受此心腹大患，其憂可知。日夜抱此大患，其百計千方求解此圍可知。聲聲擂入鼓心。因圍終不解，乃萬不得已而圖我鄆城。拘亮如左傳，雄快似史記。諸君但想，忽拓一句，文氣佚宕。我鄆城一區雖夾在嘉、濮之間，但濮州為截林所阻，嘉祥為兗州所牽，我鄆城安如泰山。卓如山立。未能不知己而不能知彼者，徐槐真將才也。今此賊挖空心思，用到如許密計，圖我安如泰山之鄆城。筆力拘勁，語氣明亮。如今鄆城依然平安無事，先正按一句。即使不幸，竟為所破，推深一層。不過擄掠一番，剪屠一番而止，豈能據而有之。深入顯出。此事于他府他縣尚無干害，況我這枝攻圍梁山之兵，何能撼動分毫？深入顯出。而此賊乃汲汲于此，苟非欲我還救鄆城，藉以奪取頭關，更有何樣肺腑乎？」料得明白透徹，真是如見肺腑。眾將齊服主帥高見，便請何計。徐槐道：「此刻若使鄆城失陷，我倒偏不退兵，使他佩服我的見識。妙。如今鄆城安然無事，我卻要退兵也。」妙。凡一人有一人口氣，不可移易。如此數語，確是徐槐，移之天彪、希真，必不合也。便密與李宗湯、韋揚隱說知如此如此，韋、李二人會意領諾。當時傳令前隊在二關下放了一陣鎗砲，妙。又悉力攻打了一個時辰，妙。然後將後隊徐徐拔退；妙。後隊已退，前隊方纔退撤；妙。退到頭關土闉，又在闉上佈滿旌旆，不住的巡綽。妙。偏不作急遽之態，用高一層法，所以待吳用也。

吳用在二關上望見徐槐兵退，大喜道：「鄆城事發了。」妙。眾頭領皆喜，個個奮勇起來，都要殺出去。妙。吳用道：「且慢。頓筆，奇極。極寫吳用。且等張魁的回報，得知了確實信，方可進兵。極寫吳用精細。這里且着人去分頭探看虛實。」極寫吳用精細。到了傍晚，去探頭關探子回來報道：「土闉上巡綽軍馬，絡繹不絕，裏面虛實，難以猜測。」妙。說未了，那偷出頭關去的探子也轉來回報道：「親見頭關塵土障天，人馬奔走不絕，確是退兵的模樣。」妙。吳用聽了，畧畧點頭。極寫吳用不易上當。眾頭領都道：「如此情形，確是退兵無疑，卻虛守頭關，掩我耳目。我們休為所瞞，就此便殺進去。」妙。吳用道：「好歹總須明晨動手，何爭一夜。我料張魁今夜必來，等了他的實信，一發放心些。」極寫吳用不易上當。屢提張魁，方知上文張魁中途自刎，絕非浪筆。當時吳用諸人等張魁的信，直等到天明，絕無回報。吳用心焦，妙。親自帶了護從兵將，出二關去探看。看了足有兩個時辰，極寫吳用精細。暗想道：「這厮確是真退也。我看他土闉上巡綽的兵，雖然絡繹不絕，卻換來換去，只得這幾個人、幾匹馬，這不是分明裏面無人。信一句。即以吳用之智，寫出徐槐之巧，妙不可言。只是張魁如何還不見來回報？疑一句。如今我卻等不得了，上文一翻一颺，讀者幾被閃殺，至此方順流而下。呼延灼被劉廣所牽制，他那路兵馬豈能與鄆城久持？與徐槐所見畧同。我此計不過瞞他一時，妙。若只管遲疑過去，他若定了鄆城，隨即轉來，守住頭關，我不是空費了一番心計？」妙。想到此際，便咬一咬牙道：「休管成敗利鈍，竟去搶他一搶看。」妙筆，寫吳用不敢料勝，是智謀有餘；不敢料勝而不得不冒昧一往，是時勢已窮。便迴轉二關，傳令派燕順、鄭天壽作前隊，前隊不派上將，可見是嘗試之兵。帶兵六千，當先去搶土闉。燕順、鄭天壽領兵起身，吳用又呌住吩咐道：「你二人進得土闉，須先搜查裏面有無伏兵。如無伏兵，即放起號砲，招呼後隊同進；若情跡可疑，即忙退出。」（寫得仔細而又仔細。）二人應了，即便帶兵前行。吳用便派李應、張清、徐凝帶兵一萬，以作後應。（後應方派上將。）當時同出二關，吶喊搖旂，殺奔頭關。燕順揮眾盡登土闉，果然土闉上只得幾個老弱殘兵，（果然，妙。）如何抵禦得住，（如何，妙。都從賊兵一面看出。）不待厮殺，早已抱頭鼠竄的四散逃走了。（妙。）燕順兵馬早已由闉上殺進闉內，只見裏面並無兵馬。（妙。）燕順便燃起一個號砲，拽開闉門，鄭天壽便領兵殺進闉來。（讀至此頗為徐槐寒心。）只聽得頭關上，也是一個號砲，（奇突。「也是」，妙。）那闉上硐樓、土穴內的壯士，（「闉上硐樓土穴」六字直是千錘百鍊而出，惟闉上故可放千斤閘，惟土穴故燕順登關時不及見也。極簡，極明。）一聲吶喊，那闉門一聲響亮，一塊千斤重閘砰然而下。（奇，妙。）鄭天壽正到闉門，奇緣巧遇，（四字絕倒。）那塊閘板當頭打下，早已連人帶馬化為齏粉了。（妙。鄭天壽了。）燕順在內大驚，急想退出，李宗湯已從頭關上領兵殺來。（疾。）李應等在外大驚，急揮軍前救，韋揚隱已從土闉旁側領兵殺來。（疾。閘板一下內外隔絕矣，此時寫內則遺外，寫外則遺內，殊費手筆，乃作者只用一個對住雙提法，着墨不多而砉然理真，老手法也。）外面（此下竟內外分頂兩段，見仲華手法之高，用筆之奇。外面。）韋揚隱橫鎗躍馬，保住土闉，迎敵賊兵。李應等三人大怒，直攻韋揚隱，韋揚隱一枝龍舌鎗神出鬼沒，架住三人，兩邊奮威呼喊，捨命惡鬬，各不相讓。韋揚隱只是攔住關門，不許放半個人上土闉。（妙筆。）那裏面（裏面。）李宗湯提着大刀，揮眾掩殺賊兵。燕順急不得出，左衝右突，四邊盡是伏兵，真叫做關門捉賊。（絕倒。）不一時，燕順兵馬早已殺盡，（簡妙。）只剩了單人隻馬，早被李宗湯大刀逼緊，賣進一步，左手揸開五指，揪住燕順甲上的獅蠻帶，儘力拖來，擲于地上，眾軍上前綑捉去了。（燕順就擒。）闉內賊兵已盡，（提筆分明。）李宗湯便叫拔起閘板，（細。）殺出闉外，去助韋揚隱。韋、李二人合兵一處，奮呼鬭賊。吳用望見如此情形，料知無益，急叫鳴金，收轉李應等兵馬，退回二關去了，只是仰天歎氣，一言不發。（吳用亦有今日耶，可喜可賀。）後方探知張魁兵敗不回，料其已死，十分懊悵。

且說李宗湯、韋揚隱也收兵回轉土圍，照常守備，遣人迎接徐槐進關。眾將、兵丁紛紛獻功，計生擒賊目燕順一名，閘死賊目鄭天壽一名，斬賊眾四千餘名，大獲全勝。徐槐大喜，當時計功錄簿，慰勞犒賞，大開筵宴。一面將鄭天壽并賊眾首級，解去都省報捷，并到鄆城通報任森，又謝汪恭人定計致勝；（不漏。）一面將燕順釘入囚車，解往曹州府監內收禁。（監禁第六個。）同日接到鄆城縣通稟梁山賊人施放地雷一案，（回應上文。）石勇訊係梁山賊目，當即詳解曹州府監禁；（監禁第七個。）李義委係不知情因，已在監病故，應毋庸議；（結李義。定是嚇殺。）張三訊明並無故縱情弊，實係醉酒糊塗，當即移營責革；（結張三。）賊黨凌振一名，業已震死地雷之下；（收凌振。）尚有賊黨張魁一名，在逃未獲；（結張魁。）宋信察賊預報，應予獎賞；（收宋信。）提轄某人先期覺察，應免其議處，（收提轄。）各上官一概如詳完案等語。徐槐知悉了，便與諸將商議攻守之策。不數日，又有飛報自鄆城來，徐槐急問何事，方知截林山火勢大作。正是一波未平，一波又起。有分教：連連用計，老學究兩地圖謀；事事先機，賢總管一心運劃。欲知截林山火事如何，且聽下回分解。

范金門曰：大凡說傳文史，話分兩頭者，必分段交代，此中大有斟酌也。或不分輕重，或一詳一畧，總審其事跡何如耳。此回梁山攻守一年有餘，過多則冗，過簡則空，以淡淡數行，按時序事，不即不離。

以曹州地雷，襯起此番地雷，張魁、凌振、石勇非不忠勇，非無智謀，而以張三、宋信二人，鬼混其間，是誠張魁等之所不防，抑亦吳用之所未料。

邵循伯曰：徐槐之退關，戲吳用也。吳用豈易受人戲者？特以張魁死而杳無信息耳。

無端損將二員，傷兵半萬，雖惡貫之將盈，亦智謀之報復。

第一百二十七回　哈蘭生力戰九紋龍　麗致果計擒赤髮鬼

郤說徐槐聞報截林山火起，忙傳來差進來，細問緣由。那人道：「小的在鄆城行臺聽差，適有官軍由截林山逃來，報稱截林山南北兩邊盡行火發。南北火發則截林山失矣，官軍來報，則其信確矣。看下文如何佈置法。任將軍已領兵出城，速去救援，特差小人到這里來稟報，請令定奪。」徐槐聽了，便問：「青娘小姐安在？」軍報星火之中，聞此一語，亦奇。那人道：「這日小姐正在截林山巡閱官軍，及至報火之時，郤不見小姐回來，奇極險極，然則青娘奈何矣。所以不知下落。」再逼一句。眾將聞得此言，盡皆失色。襯起徐槐。徐槐也躊躇了好一回，此句應吳用。便對眾將笑道：「無害也。活畫智囊。山北放火，或是賊人縱火奪山；山南放火，是何緣故？他已殺過山南，還要放火做甚？」奇極妙極，疑是天外飛來，郤是眼前拾得。北方放火或是真火，南方放火必非真火，願與知陰陽之理者言之。男龍光註。眾皆恍然大悟。妙。徐槐便將任森的文書批了一行道：「走報火發之兵，着拘住細審情由。妙。所有截林山之事，飭即妥為辦理。」細。批畢，便交來差帶轉。眾人都問何故，徐槐道：「這分明又是吳用詭計。料定。其意不在截林山，仍想賺我回去，以便奪我頭關也。妙。如今既有青娘在彼策應，必然無事，先贊青娘一句。我這里依舊照常辦事。」妙。眾人皆稱：「是極。」只見韋揚隱道：「主帥既料他又是誘我回去，我們何不仍舊將計就計，退出頭關，反誘他進來，殺敗他一陣？」徐槐笑道：「這郤畫蛇添足了。妙。前番我之退兵，不過瞞他一時，豈有一而再，再而三，他還不識得之理？確。我如今只須不動聲色，使他驚服，就是勝他了。」（高見。）當時傳令各營，照常守備，毋許亂動。（老成之見。）吳用惡狠狠地調齊精兵，設了奇計，只等徐槐再一假退，便要按計行事。（補吳用一段，兩邊精神都動。提出「假退」二字，可見吳用此次早有以假應假之計，若徐槐再一假退，必然失手矣，用筆曲妙。）不料這番徐槐只是按兵不動，（妙。）吳用歎道：「這徐官兒真奇才也！此人常鎮頭關，吾亡無日矣。」（借吳用口中，極贊徐槐。）

先是林冲在濮州奉到吳軍師密計，即差張橫、張順帶兵五千，速赴截林山依計放火。（水軍放火，其為假火可知矣。男龍光註。）就嘍囉中選個鄆城人氏的，帶了假造的官軍號衣，從遠道繞過山南，只等火勢一透，便到鄆城報火。（至此註出報火官軍是假。）張橫、張順依計安排，果然着手。（虛寫，妙。）徐青娘在營中，（突接青娘，奇。）忽報山下火發，急忙出看，果見山下火勢浩大，烟焰火鴉直向山上衝來，（火勢從青娘看出。）山下官軍驚慌。青娘急傳令：「不許亂動，違令者立斬！」（寫青娘。）便教按齊隊伍，移營退後；（奇。）又調齊弓弩手，分兩邊先行埋伏。（奇。）便令就山頭也放起火來，（更奇。）登時山上山下火勢齊發，烈焰蒸天。（奇極矣。）那假扮官軍的賊，已飛報鄆城去了。（捷。）徐青娘在官軍隊後，坐在交椅上，旁侍着幾個丫環，圍立着數十員裨將，手中捧着令箭，觀看火勢。（神采生動如畫。）只見火勢漸漸矬小，早有賊兵冒火衝烟，殺上山來。見山上一片火地，官軍已退，只道火延上山，官軍被火衝退，（順手註明青娘妙計。）便欣欣得意的直追過來。不防官軍亂箭齊放，（簡勁。）賊兵不知高低，叫苦不迭。只見官軍在火光中聲如虎吼，箭若蝗飛，約計一千六七百名賊兵，死於亂箭之下。（爽。）張橫、張順各帶箭傷，領敗兵逃下山去。（極寫青娘。）青娘正欲下令追趕，忽報任森領兵到來。（緊。）青娘大喜，便令任森下山追賊。任森率眾追殺，賊兵不敢戀戰，沒命飛逃。任森追殺一陣，斬首無數，收兵而回，即將餘火熄滅，（細。）安置了營盤。任森仍回鄆城，查出那假扮官軍報火之賊，立時斬訖，（細。）一面報捷于徐槐。（細。）徐槐聞報大喜，眾將都服主帥卓見。徐槐復書慰勞青娘、任森，一面與眾將鎮守頭關，商量攻取二關之策。忽報新任河北冀州都統制經過鄆城，（突如其來。）徐槐問道：「便是景陽鎮陳總管麼?」報人道：「正是。」徐槐大喜道：「陳公來此，吾無憂矣。」便吩咐韋揚隱、李宗湯守住頭關，（密。）自己即到鄆城，迎見希真。

原來賀太平自雲天彪丁憂而後，大慮山東統武乏人，正擬舉薦陳希真陞補登、萊、青都統制之缺，（寫賀太平調劑諸賢，真乃宰相之才。）續已奉旨着雲天彪奪情復職。因思濮州為賊人所據，徐槐專制梁山，不能兼顧，（提明。）即請以陳希真陞任冀州都統制，以便攻討濮州，并準其移調舊屬得力將弁，隨營聽用。（有此一層，下回可插無數英雄。）天子准奏。陳希真接旨謝恩，交卸了景陽印務，便去猿臂寨閒游一轉，（妙。）麗卿因在此居住有年，今當分離，大有戀戀不捨之意。（雋妙。）希真戒勉了幾句，（隱隱呼起箭園悟道事。）麗卿又吩咐舊屬將弁、兵丁：「好好看守那張磁牀，待太平之後，着人來取。」大眾應諾。（插筆奇特。）希真便擇日起行，從此永遠拜別了這猿臂寨。（猿臂寨為希真發祥之地，至此永別，竟用一筆勾銷之法。不特行文絕不粘滯，而且與篇終羽化之事，亦呼吸相通。苟非仲華之浩落胸襟，何以能此。笑彼續貂者，宋江既已招安，舍離梁山矣，乃復造一篇三阮復興梁山之事，姑無論筆墨糾纏，即其意念之沉滯，亦億萬劫生死，苦海中沉淪。流轉之根，千佛出世，不能超拔者矣。）一路行來，道經鄆城，（逕渡，簡捷。）希真素來企重徐槐，今日過此，便命駕親赴梁山頭關往訪。恰好徐槐出關迎着，（接榫。）相見大喜。說起遇賢驛一別，不覺寒暑三更，彼此敘些渴慕的話。（省筆。）徐槐便請希真入鄆城行臺中，開筵接風。席間深論梁山之事，希真道：「梁山大勢就衰，盡出仁兄之力。（是實贊。）水泊頭關，得其要領，賊膽自寒，但願國家洪福，不日掃除淨盡。」徐槐道，「晚生才疎力薄，蚊負徒勞。今聞大人榮陞冀北，仰見聖明神武，倚重老成，一方幸甚。今賊人穴巢雖破，而犄角未除，嘉祥、濮州交攻迭擊，晚生在此，實形支絀。（提清形勢。）總仗大人虎威，迅即掃除，賊人勢促，自可就擒。但未知現在泰安、萊蕪情形，作何辦理？」領起本回。希真道：「小弟奉調至此，不能兼顧。料有雲統制在彼，必不容賊人久踞，且聽捷音。前借天彪丁憂，讓希真專攻新泰；此又借希真調任，讓天彪獨攻萊蕪，而且即從希真一邊拖起攻濮州事。結搆精嚴，洵非老手不辦。現聞濮州係林冲盤踞，其將佐智勇何如，仁兄久蒞此地，必悉其詳，願請賜教。」徐槐口中嘉、濮並提，希真專重濮州，妙。徐槐道：「林冲力敵萬人，手下將士亦頗不弱。若論智謀，則與大人相遇，螳斧當車矣。」希真點頭道：「梁山之事，全仗吾兄。至於翦除濮州，弟當竭力為之。分任其事。惟願雲統制收復泰、萊而後，乘勝攻拔嘉祥，尤為妙妙。」銷納嘉祥一筆，文側而意平，遂令五雀六燕銖兩悉稱。二人談論此一論，令前後關節一一清出。良久，話逢知己，不覺其多。盡歡而散。次日希真起行，各官相送一程，希真領永清、麗卿赴任去了，徐槐仍去鎮守頭關，均各按下慢表。

且說雲天彪到了青州之任，聞得陳希真陞任冀州，又喜又慮，確。便集諸將商議道：「陳道子此番陞任，料得濮州、嘉祥兩處，必當就勦，這是好處。此所以喜。但這里泰安、萊蕪，原擬與他分路進攻，如今他既去了，少一帮手，這兩處賊兵我們獨任其事，此所以憂。須得作速計較。」或疑此處寫天彪太畏葸，此誠不善讀書者矣。天下豈有輕敵而能制勝者？傅玉道：「主帥之意，擬欲先攻萊蕪，先攻泰安？」凡作文宜清出題旨，如此回泰、萊並攻，而萊先泰後，萊重泰輕，題緒紛雜，則題旨必須先行清出，然後觀者可以一望了然也。此句發端，先並提泰、萊。天彪道：「起先賊人三城聯絡，其勢浩大，今陳道子去其一城，力量自然較薄了。形勢瞭然。為今之計，我從清真營趨萊蕪最便。應一百五回。那里雖有天長山阻隔，應一百十八回。只須臨期設法破他。好。本帥之意，先攻萊蕪。側重萊蕪。倘泰安賊兵來救，遞到泰安。也只須臨時堵禦。確。破了萊蕪，泰安勢孤，便可一鼓而下矣。」數語定兩回之局，筆力極大。兩言臨期，此謂虛籠題神。眾將稱是。天彪遂命傅玉、雲龍、聞達、歐陽壽通四人。隨同出征；劉慧娘帶領白瓦爾罕隨營參贊；二人。調畢應元，帶領孔厚、龐毅，隨營聽候差用；三人。檄調哈蘭生、芸生、沙志仁、冕以信，率回兵前來助戰；四人。檄知風會、李成，俟大兵過清真營時，一同起行；二人。又移調唐猛前來。一人。其計十六人，天彪部將於此始備。部署已定，共起馬步軍六萬，浩浩蕩蕩，殺奔萊蕪。早有細作探知此事，飛奔到泰安，報知宋江。宋江大驚，急令公孫勝、樊瑞、項充、李衮、朱貴鎮守泰安；先安插泰安。又派武松、呼延綽、施恩去助劉唐、三阮把守秦封山，保護泰安。并安插秦封山。對公孫勝道：「這泰安乃是根本重地，賢弟須提心保守。我當速赴萊蕪，去備禦天彪也。」界限清。公孫勝應諾。宋江便帶領魯達、宋萬、杜遷、曹正五千人馬，星夜趕到萊蕪，也不進城，奇。便向城北直趨天長山。疾。史進、李忠迎接上山，應一百十七回。天彪兵馬已在北面山下。緊接。宋江登高一望，只見官軍營裏旌旆嚴肅，隊伍整齊，足有十萬人馬氣燄。天彪軍容，從宋江眼中看出。宋江心中畏懼，便傳令到萊蕪城裏，教朱武與鮑旭、孟康、陶宗旺緊守城池，細。自己與史進、魯達等提起全副精神，備禦官軍。插此二筆，為下文官軍佔磐山之根。

當日兩軍按兵不動，次日天彪率領全隊直攻山下。宋江對眾頭領道：「雲天彪這廝不比尋常，此番大隊來攻，兵馬三倍于我。註出兵馬。我若與他鬬兵，必不得利，不如與他鬬將。」也有見識。便對魯達道：「魯兄弟可當先出去，斬他一將，先殺他個下馬威。」魯達道：「灑家便去。」確是魯達。宋江便點兵將，一聲令下，殺下山來。魯達手提禪杖，當先出陣。三通畫角，兩陣對圓，天彪顧眾將道：「這和尚素常利害，誰人出馬？」言未畢，只見左邊隊裏閃出一員白鬚老將，提着一柄厚背薄刃點鋼大斫刀，放開霹靂喉嚨，大叫：「末將願去！」天彪看時，正是龐毅。龐毅出場。天彪大喜道：「老將軍前去甚好。」龐毅一馬縱到垓心，魯達一見便收住禪杖，大喝道：「你這老頭子來幹甚麼？不快回去，灑家一禪杖直打殺你！」確是魯達聲口。非寫魯達輕龐毅也，惟如此而龐毅愈顯。龐毅大喝道：「賊禿驢有多少技量，焉敢出言無禮！」說罷，舉刀便砍。魯達挺手中禪杖，急架忙還。步馬相交，刀杖並舉，一片鼓角之聲，震天盈地。夾寫陣上。只見刀來杖往，杖去刀迎，一邊使拔柳威風，一邊逞拉鼉神力，忽作對寫，妙。足足戰了七十餘合，不分勝負。工妙。兩陣上多少勇將，都看得呆了。總寫一句。宋江初見龐毅出馬，皤然白髮，滿擬魯達手到成功，誰知魯達使盡平生本事，只得個平手，心中大為詫異。何必詫異，將來詫異之事儘多。雲天彪見龐毅如此神威，暗想道：「畢知府眼力果然不差。」不贊龐毅而贊畢應元，便深於贊龐毅矣。看那二人已輾轉鬭到一百餘合，忽又寫到陣上，筆如風送殘雲。天彪想二虎相爭必有一傷，便鳴金收軍。宋江見龐毅回陣，也不敢縱兵，亦將魯達收回本陣去了。好。宋江對眾人道：「今日這老將，不知姓甚名誰，向來老雲身邊，從不見有這個人，不知他那里收羅來的，竟有如此了得。」就宋江口中再寫龐毅。眾人相覷無言。那邊龐毅回營，天彪大贊不了。龐毅道：「這和尚端的利害。要知梁山大盜也未必個個如此。老將口氣。但此人不除，終是後患，明日待末將再行出戰，定要斬他。」雄壯語。天彪道：「果好。句。來日陣上，老將軍力能斬他則斬之，如其不能，本帥另有勝他之法。」寫天彪智勇深沉。此處微露端倪，下文嶅山一路不致突如矣。次日，宋江又領兵下山搦戰，仍是魯達出陣，專要昨日那老頭子厮殺。奇，妙。龐毅便請天彪發令。兩陣對圓，二人相見，更不答話，舉器便戰。省捷。這番不比昨日，兩人翻翻滾滾，大戰二百餘合。兩陣將兵一齊細看，只覺兩人絲毫不相上下，彼此一無破綻。至晚收兵。第二日筆墨漸省。第三日又是照樣一塲，兩軍無不咋舌。更省捷。第一日是寫龐毅，以為後文擒劉唐地也；第二三日則暗寫天彪矣，善讀書者必知之。宋江見魯達連戰龐毅，三日不能取勝，大為焦急，方擬用計，力取龐毅，全副精神籌劃此事，忽報萊蕪朱武差人投進緊急文書。一筆掣轉，奇特。宋江即忙拆看，方知朱武探得官軍悄悄從東北抄來，大有佔據嶅山之勢。讀者至此，始信前批不謬。嶅山為萊蕪保障，此山被佔，大非所宜。提清形勢。現因守城兵馬寡薄，不敢調動，特此飛速請令定奪。宋江看罷大驚道：「原來天彪這廝一面與我相持，一面在那里用計。」一語點睛，前後雪亮。急令史進、杜遷、宋萬領兵六千名，迅往嶅山，佔住山頭，勿令官軍過來。只怕遲了。

史進等奉令，飛速帶兵到了嶅山，只見山前山後，山左山右，盡是歸化莊、里仁莊、正一莊的旗號。奇極，妙極。原來哈蘭生、哈芸生、沙志仁、冕以信四人奉天彪密令，率領回部鄉勇，星夜前來，早把嶅山佔住。如此寫天彪，真着墨不多，而凜然生動也。史進大怒，寫史進。便傳令全隊軍馬奮刷精神，一齊吶喊，惡狠狠來奪嶅山。寫史進。哈蘭生見有賊兵殺來，便傳令回兵各按隊伍，擺列鎗炮、矢石，等待賊兵。寫蘭生。史進已領兵逼山仰攻，哈蘭生一聲號令，鎗炮、矢石齊下。寫蘭生。史進鼓勵銳氣，幾番衝突，都被回回兵打退。雙寫。史進忿忿收兵而回，就在山下扎了營寨。天色已晚，哈蘭生與眾回回商議道：「主帥將令，教我們佔了嶅山，便須進圍萊蕪。補筆。如今被賊兵擋住了，如何圍得萊蕪？先透一筆。明日須得下山，與他決戰一場方好。」此謀殊屬非是，但蘭生身分只好如此。幸無吳用，故官軍得以取勝耳。因歎徐槐困吳用于梁山，極大功績也。即此領起下文。眾人稱是。計議已定，當時差人到史進營前，告知明日下山決戰，史進大喜。大怒大喜，寫出史進。當夜無話。次日黎明，史進與宋萬、杜遷點起人馬，一齊出營，就營外列成陣勢。史進居中，宋萬在左，杜遷在右，前面讓出一片大圍場，好。高叫：「哈蘭生下山決戰！」哈蘭生便教芸生守寨，細。自己同了沙、冕二將，領四千回回兵殺下山來，擺齊隊伍，縱馬出陣，高叫：「無知草寇，快來納命！」壯語。史進大怒道：「賊回子敢如此猖獗！」便輪着三尖兩刃四竅八環刀，直取蘭生。蘭生急舉獨足銅人敵住史進。史進軍器字數煩多，哈蘭生只一獨字，妙。兩下各顯武藝，奮勇大鬭，一個是師傳本領，一個是天授神威，提清兩人本事，是文家立柱法。

大戰三十餘合，不分勝負。這邊沙、冕二人看彀多時，更耐不得，一齊上前。宋萬、杜遷見對陣添人，也急忙前來助戰。當下六人六馬，六般軍器，攪作一團。只見史進使個解數，乘間一刀，掃到蘭生脇下。寫史進師傳本領。蘭生大吼一聲，一銅人掃去，將史進的刀格開數尺，刀鋒缺落。寫蘭生天授神威。史進吃一驚，拖刀便回。借上文刀鋒缺落，暫作一收，而拖刀又非真敗，絕妙筆意。蘭生見史進法門純熟，也不敢窮追，勒馬而回。好。其餘四將見主將回馬，也各自回陣。好。兩陣各自收兵。好。蘭生對眾人道：「久聞史進那廝法門純熟，果然名不虛傳，來日我當用全力勝他。」壯語。芸生道：「明日待小弟去戰他一陣，倘能除得此人，便可直逼萊蕪了。」處處帶定萊蕪，絕不拋荒正旨。蘭生道：「也好。句。我看此人實力，卻畧畧遜我一地，漸漸表出。只是他門戶、旗鼓變化不測，所以一時不能取他。幸虧我這銅人，也有一十六路解數，對付得他。惟此故，蘭生不為史進所勝也。明日兄弟如能勝他更好，不然，仍是我來取他。」芸生稱是。

次日，蘭生、芸生、沙志仁、冕以信一齊下山，列成陣勢，高叫：「草賊快來領死！」史進大怒，率領宋萬、杜遷一行人馬，出營列陣。史進換了一枝點鋼丈八蛇矛，刀易而矛。驟馬出來。勇敢。哈芸生見了，便挺着手中五股托天叉，一馬衝來，直取史進。二人也不打話，兩馬相交，叉矛並舉，一來一去，一往一還，鬬到三十餘合。只見史進那枝矛忽高忽低，忽前忽後，忽左衝，忽右掠，揮身上下，盡是一片矛影。寫史進。芸生搠他不着，焦躁起來，提起那五股鋼叉，儘平生氣力，劃開矛影，直向史進面門刺來。劃開矛影，可見芸生並非一味蠻拳。史進霍地閃開，非常家數。芸生搠了個空，身子和叉直攛入史進懷裏。險。史進用個拖篙勢，抽轉矛頭，趁勢往上一挑，那矛頭直點到芸生胸前。非常家數。芸生險甚。芸生急轉身，叉開矛頭。一筆旋轉。矛頭被叉一撥，恰打偏落在左腿上，奇，妙。史進就將蛇矛一送。神化。芸生腿後早着，疾。急忙負痛而歸。極寫史進。史進正欲追趕，蘭生飛馬已到，大喝：「休傷吾弟！」一銅人照着史進打來。寫蘭生猛。史進忙將蛇矛一架，寫矛。不料銅人力猛，將矛頭直壓到在衰草地上。寫銅人。史進抽出矛頭，往上一旋，早已掤到蘭生咽喉。史進真狠。蘭生險。蘭生銅人早已飛轉，銅人有飛騰之奇。又把那蛇矛打轉左邊去了。捷。史進矛尚未起，蘭生飛過銅人，打向史進腦袋上。辟易萬人。史進急忙閃過，抽起矛頭，承上矛尚未起，線索逼清。又點到蘭生咽喉。奇而險。蘭生閃個不迭，險極，蘭生其將死於此乎？將銅人往上一架，險甚。沙志仁、冕以信望着陣中，大吃一驚，兩馬齊出。好。這邊梁山營裏宋萬、杜遷見官軍添了兩將，一齊殺出陣來。好。蘭生、史進仍復狠命攪住。戰場熱鬧，至於斯極。六籌好漢，奮呼廝殺。總一筆。哈芸生裹瘡立馬陣前，細而密。看得甚是分明，張弓搭箭，窺定宋萬咽喉，颼的一箭射去，喝一聲：「着！」宋萬應弦而倒。宋萬了。寫芸生利害。蘭生回頭一看，史進乘空跳出圈子，轄喇喇一馬跑回本陣去了。奇極。蘭生隨後追趕，早有梁山兵射住陣腳。蘭生回馬，見沙、冕二人裹住杜遷，杜遷正在難支。蘭生入陣助戰，早見冕以信一鎗刺杜遷於馬下。杜遷了。說時遲，那時快，史進早已手提流星鎚，矛易而鎚，以見史進十八件武藝俱全，妙筆。換了一匹高頭大馬，異哉！此馬也，胡為乎高頭哉。趕到陣前。疾。蘭生飛起銅人打去，沙、冕二人一齊攢上。駭疾。史進耍圓那顆流星鎚，擋住三人。出力寫史進。須臾間，只見蘭生那柄銅人，被流星鎚索子繞着，史進換鎚之意，借此註出。兩人儘力相扯。異樣精彩。沙、冕兩鎗已刺到史進面前，駭疾。史進一手急抽腰刀相抵。險甚。只聽得「磞」的一聲，流星鎚上索子拉斷，異樣精彩。史進一個蹦踵。難得。蘭生掉轉一銅人，將史進馬頭劈碎。先碎馬者言史進之不易取也。史進跌倒在地，沙志仁、冕以信上前，此時任你史進武藝通天，也難為力，早吃官軍齊聲吶喊，綑捉去了。史進就擒。芸生急揮全軍殺上，賊兵膽落魂飛，無心戀戰，抛戈棄甲而逃。自然之理。眾回兵個個奮勇追殺，直殺得賊人四散亂竄。蘭生等一口氣直追到萊蕪城下，便將萊蕪城團團圍住。落到圍萊蕪。朱武大驚，急同鮑旭、孟康、陶宗旺登城守備。哈蘭生也不攻城，省。只將軍馬安營屯扎。回回兵紛紛獻功，蘭生查點記簿，便差沙志仁押解史進，并宋萬、杜遷首級，到天彪大營報捷。天彪聞報大喜，修了慰勞文書，令傅玉、聞達賚了，并帶本標兵馬前去，會同蘭生等圍城。二人領令前去，按下慢表。

且說天彪差人押解史進往青州府監禁，監禁第八個。一面將宋萬、杜遷首級號令營前，策眾人加緊攻打天長山。那宋江在天長山正在打起精神，抵禦天彪，忽後面雪片也似的報來，有的說萊蕪城已經失陷，有的說萊蕪城現被攻圍，十分緊急。寫出亂軍。宋江大驚失色，急忙差人再去往探，方知史進兵馬全軍覆沒，史進被擒，宋萬、杜遷陣亡，回回兵直逼城下。宋江聞報，面色大變，沉吟一回，拍几綯眉道：「這一遭我進退無路了。」卻難。魯達大叫道：「哥哥休慌，灑家一枝禪杖，打開一條血衕，包管你進得城來。」進了城待怎地？魯大師但知其一也。宋江對李忠、曹正道：不對魯達，妙。「我此刻若回轉城去，似又聞魯達之言者，其所以不對魯達之故，心事倉猝耳，況知己何必假應酬耶？天彪這廝必然跨過天長山，隨跡追來，我那時腹背受敵矣。真是難境。回想前次我在新泰汶河渡口的時節，因望蒙山有失，即忙回救，以致希真得以渡河。回應，妙。如今我既失軍于希真，豈可再失軍于天彪。妙。只有老守這天長山，與天彪死命相拒，更無別法。」救萊蕪固非良策，守天長亦豈善策乎？不知吳用處此，作何計較也。李忠、曹正也無言可答。宋江獨自凝思，連聲叫苦道：「軍師不在這里，我和那個商量？」忽提吳用，寫徐槐也。又想了一回，便差人飛速到泰安遞到泰安。秦封山去，教劉唐、呼延綽、施恩分秦封山的守兵五千名，速去掩襲天彪後軍。發使去訖，一面在天長山安排人馬，只等天彪軍亂，便要衝殺下去。寫得踴躍，細按之，卻是強打精神。

天彪在天長山下，見宋江兵馬只是堅守不出，並不退兵回救萊蕪，亦效徐槐乎？眾將都不解其故。天彪笑道：「宋賊自誤矣。他所以不救萊蕪者，怕我大軍掩上，前後夾攻之故。料透。但此地豈與我死守得過？所謂自誤也。如今既與我死守，必然有個計較在內，着。我想秦封山在我營後，他必然從此路出兵，來掩襲我後軍。」着。兩必然寫天彪料敵如神。遂令畢應元帶領孔厚、麗毅、唐猛領精兵六千前去，如賊人果來掩襲，便可相機迎敵。好。畢應元等領令，即日前去。捷。果然劉唐、呼延綽、施恩領兵殺來，對準。這邊麗毅打頭陣，正與賊兵遇着。動輒遇着賊兵，方不愧為官兵。因記一歌謠云：賊來兵不見，賊去兵出現，可憐兵與賊，何時得會面？真堪絕倒。附識於此。麗毅提刀出馬，大喝：「無知草寇，來此何幹？速速下馬就死！」呼延綽大怒，挺着雙鞭直取麗毅。麗毅不慌不忙，展開大刀迎住。好。二人各展威風，狠命厮殺。賊軍隊裏劉唐、施恩一齊上前；這邊唐猛見了，也飛身前去。五人併力厮殺，戰到分際，只見唐猛的銅劉飛旋過去，已把施恩左肩劃傷，急忙逃回。官軍二人、賊軍三人，殊嫌不稱，忽將施恩截去，妙。劉唐、呼延綽無心戀戰，抽身而回。好。麗毅、唐猛也不追趕，一齊轉來。好。劉唐、呼延綽回陣商議，就地扎營，一面送施恩回秦封山將息去了。施恩在秦封山將息。這邊麗毅、唐猛回轉陣中，畢應元、孔厚迎入，便傳令安營立寨。畢應元與孔厚商議道：「方纔我看那兩員賊將，力氣雖猛，卻甚是鹵莽，大可用計擒他。寫畢應元。仁兄可有妙策否？」孔厚道：「適纔見賊人鏖戰之時，也想到此。寫孔厚。記得那年在二龍山時，見劉小姐用陷地鬼戶之法，陷賊人奔雷車，甚為奇妙，忽迴應奔雷車事，又表出劉小姐，奇。今番正可借用。」妙。畢應元道：「小弟也聞得此事，特未知其詳，願仁兄細談之。」孔厚便將陷地鬼戶如此形狀、如何製造之法，細細說了一遍，前文已見，此處故虛寫。

并道：「此法較陷坑更妙，裝好時，我軍在上面，千人萬馬可以任意奔馳；待賊兵到此地界，只須一聲號令，地穴內的壯士拽倒輪柱，能使數里之地，頃刻變成陷坑也。」此數語亦前文所有，而此處必須複述者，為醒讀者之目也。畢應元道：「此法果好，但此地山根石骨，樹木縱橫，現在賊兵有五六千人，如何掘得這偌大陷坑？」折筆奇極，生出下段妙文。讀者至此，可悟推陳出新之法也。孔厚沉吟一回道：「有個計較在此：陷坑不必過寬，只須丈餘開闊就彀了。妙。可先令龐將軍前去誘敵，唐將軍設兵埋伏。妙。但誘得賊兵半過地界，便將鬼戶拽倒。妙。那時賊兵中隊跌入陷坑，其在陷坑以外者，前後隔絕，不能相顧。妙極。龐將軍遮其前，唐將軍襲其後，賊人全軍就獲矣。」甚妙。寫孔厚恰合身分。畢應元連聲稱妙，計議已定。

次日黎明，計點材料，派人製造鬼戶，頓住。忽報賊兵叩營而來。畢應元大怒，便教孔厚在後營監造鬼戶，先安插，此筆妙。自己親身押陣，龐毅、唐猛齊出。兩陣對圓，只見劉唐當先，橫刀出陣，大叫：「龐毅老匹夫，今日必死吾手！」龐毅大怒，飛刀出馬，大喝：「鬼賊，焉敢狂言！」輪刀便砍，劉唐用刀架住。上文捨史進，此處捨劉唐；上文既出力寫，此處若省筆，則嫌其不稱。若上文如此寫，此處又如此寫，則又嫌其相犯。有此兩難，頗難措手，且看下文如何。步馬相交，兩刀捲舞，戰到十餘合，劉唐性起，妙。此四字前文所無。一樸刀和身撲向龐毅馬前。寫劉唐勇猛，與前文迥異。龐毅展開大刀，早已在前三路將劉唐樸刀格住。寫龐毅安嫻。劉唐急不得入，心中愈怒，妙。托地抽刀跳身而退。寫劉唐。龐毅馬已追上，輪大刀照準劉唐面上砍去。安嫻之至。劉唐從刀口閃過，奇險。狠狠的一樸刀，向龐毅馬腹搠來。險，妙。龐毅看得分明，不待他搠到，便帶轉馬頭翻身而走。安嫻。劉唐縱步追來，勇猛。龐毅將刀向後三路虛閃一閃，安嫻。劉唐霍地跳開。妙。龐毅已掉轉馬頭，輪刀如旋磨般橫截過來。捷。劉唐急忙俯首避過刀口，險。忽地將樸刀直向龐毅嗓子搠上來，奇險。劉唐一味勇猛。早吃龐毅橫刀鎮住。(龐毅一味安嫻。)二人一來一往，已併到五十餘合，毫無半點輸贏。兩陣上都看得呆了，畢應元暗暗喝采。(夾寫。)只見龐毅忽然變了手法，將大斫刀揮揮霍霍，飛騰旋舞，橫劈豎劈，向劉唐這邊劈過去。(着此一筆，愈形上文安嫻。)劉唐大怒，也將刀亂劈亂砍，攻取龐毅。(一味勇猛。)兩口刀如天旋地轉，星斗撩亂的又戰了二十餘合。(覺有五色奇光。)忽聽得龐毅喝一聲：「着！」一大刀橫旋過來。(異樣精彩好看。)幸劉唐閃避得快，那口刀向劉唐頂門上恰恰揮過，(好。)劉唐吃了一驚，跑回本陣去了。(忽然收落。)龐毅哈哈大笑。(上文一路安嫻，忽變作揮霍凌亂之狀，奇矣。得此一句，轉令揮霍凌亂盡歸安嫻，真是奇筆。)呼延綽大怒，(緊頂大笑寫落。)驟馬揚鞭直取龐毅。龐毅正待迎敵，只見唐猛舞著銅劉，飛步而至，龐毅便勒馬回陣。(亦收落。)唐猛敵住呼延綽，奮勇大鬬。唐猛一面銅劉盤肩蓋頂，進攻退守。呼延綽兩鞭迭換相禦，兀自抵擋不住，只得勒馬回陣。(此回非唐猛正傳也，故從畧。)唐猛飛步追去，畢應元深恐有失，(借此作收，妙。)遂鳴金收軍，兩陣各自收軍。畢應元回營，便差人到後營去問孔厚，陷地鬼戶怎樣了？孔厚回言：「今日黃昏，準可辦好。」畢應元便對龐毅、唐猛道：「二位將軍且請安息，明日準備擒賊。」(飛舞之至。)二將諾諾而退。

次日黎明，畢應元陞帳，分派兵將：(細。)令唐猛領兵二千名，到營旁林子裏埋伏，聽候號炮，即便衝殺出來，襲賊人後軍，唐猛領令去了；(先派埋伏。)令孔厚帶兵二百名，在高阜處瞭望賊軍，施放號炮，孔厚領令去了。(次派瞭望。)這里將一切輜重並雜役人等，移出營後，盡在鬼戶後面，遠遠安置。(周到。)然後令龐毅帶兵二千五百名，前去賊營誘敵。(工整。)龐毅領令，便到賊營搦戰。劉唐正要出戰，聞得官軍已到，勃然大怒，便教呼延綽押後隊，(插筆，便捷。)自己領前隊出來。不待佈陣，大踏步搶到垓前，大叫道：「老匹夫！今日同你併個死活，若留一個，不許收兵！」(只是勇猛。)龐毅托鬚笑道：「毛賊有何技量，敢來領死！」劉唐大怒，舉刀直取龎毅，龎毅輪刀相敵。大戰三十餘合，不分勝負。忽見龎毅虛幌一刀，回馬便走。（誘劉唐只須如此。）劉唐飛步追來，大叫：「賊匹夫，你休詐敗，我豈懼你！」（知其詐敗而仍追之，是劉唐也。）龎毅忽翻身揮眾迎擊，（揮眾迎擊者，欲其揮眾來追也。）劉唐揮眾來追，（果然中計，確是劉唐。）官軍、賊軍大殺一陣。龎毅將刀一掩，眾軍會意，都紛紛詐敗下來。（甚好。）劉唐率眾狠命相追，呼延綽也拔動後隊隨上。（妙。）龎毅只顧前走，賊兵只顧追來。（妙。）畢應元已將營中兵馬早行退去了。（妙。方知約退輜重雜役不是閒文。）賊兵追上一程，已過了鬼戶限界。（捷。）孔厚在高阜上看得分明，一聲號炮，只見賊軍隊裏塵土障天，山崩地裂的一聲響亮，（險。）中間一帶地面，憑空陷下去了。（有聲有勢。）劉唐急回頭看時，只見呼延綽已隔絕在陷坑後面，（明劃之至。）唐猛兵馬已從林子邊吶喊殺來。（先插一筆唐猛。）劉唐急欲抄過陷坑去救呼延綽，（是劉唐性情。）不料龎毅已從背後殺轉來，（接得緊捷。）劉唐急忙轉身迎鬭。此時劉唐進退無路，只得狠命相撲。（註明一筆。）戰不數合，龎毅心生一計，（省捷。上文已詳，此處宜省也。）便乘間虛閃一刀，回馬而走。劉唐不知是計，拚命追來。龎毅拖刀前走，（捷。）劉唐力猛心急，飛步追上。（好。）龎毅回手一刀，向劉唐腿上砍去。（疾。）原想砍斷其腿，（註明。）不防劉唐步快，已搶過刀鋒，（疾。）龎毅大刀到時，正將柄上龍吞口處直打着劉唐腿灣，（心細手敏。拖刀計只有斬首，今忽改作生擒，亦推陳出新之一法也。）劉唐閃個不及，大吼一聲，推金山倒玉柱的撲翻在地，眾軍士一齊上前綑捉去了。（劉唐就擒。）畢應元指揮眾軍將陷坑以內的賊兵，提捉上來，盡行殺絕。（順遞便捷。）那陷坑以外的賊兵，被唐猛兵馬襲擊。呼延綽不敢戀戰，飛奔逃回秦封山去了。（明淨。）唐猛追趕一陣，斬獲無數，收兵而回。（乾淨。）

畢應元、孔厚收集兩處人馬，填平陷坑，（細。）安營立寨，一面差人將劉唐解往天長山大營。天彪大喜，即發慰勞文書，并添撥四千人馬，教畢應元拒扼秦封山。（伏下回。）一面傳令，將劉唐綑縛笆竿之上，懸於陣前。（從此生發，逐宋江甚便捷。）宋江望見，大叫一聲，昏暈在地，眾人急忙喚醒，大歎道：「氣死我也！」（卻要氣死。）連夜收兵退去。雲天彪便統全軍，浩浩蕩蕩，殺過天長山來。（順水推舟，絕不費力。）宋江亟欲入城，幾次衝突不進，只得離城下寨，作犄角之勢。（宋江進得新泰，卻進不得萊蕪，各有其妙。）天彪兵馬直到萊蕪城下，與傅玉、哈蘭生會合，商議攻城之策。一面差營弁押解劉唐到青州府監禁。（監禁第九個。）只見宋江扎營在外，天彪大笑道：「宋賊那日不退天長，我早知其有今日也。（妙。）但他在此作一犄角，亦於我軍大為不便，必須速行驅逐。」（起下。）便顧左右道：「誰人願去？」言甫畢，只見李成挺身而出道：「小將願去。」天彪稱好，即付精兵四千，令其前去。只因這一去，有分教：捐軀報國，克成勇將勳名；喪膽潛逃，甚削強徒羽翼。究竟宋江逐得去否，且聽下回分解。

范金門曰：史進、劉唐為梁山上等人物，歷觀前傳事故，二人武藝甚為出色。此時天兵進討，梁山大勢浸衰，凡前被擄掠郡邑，漸漸剪除，則一百八人，亦當漸漸零落。陳希真復新泰而移駐冀州；雲天彪赴原任而接攻萊蕪，使吳用、宋江兩不相顧，寫得形勢逼真，文情聯絡。

戰史進，十分喫力，芸生受傷，沙、冕協力，倘非劈碎馬頭，尚不知此中勝負。擒劉唐，又用到陷地鬼戶，方能就獲，皆與前傳互相焜耀。

第一百二十八回　水攻計朱軍師就擒　車輪戰武行者力盡

却說雲天彪令李成領兵四千去驅逐宋江犄角之兵，李成領令而去。不一時，直到宋江營前。李成先安了營，便點軍馬出營，擺開了陣勢，當先出馬，叩營搦戰。宋江不知虛實，那敢出兵，受創者深。只傳令堅守，不許出戰。李成見宋江不出，便在營外大叫道：「戳瞎眼睛的賊，今日你李爺爺在此，何不再出來會會！」妙。迴應賺楊志事，趣極。宋江聽了，怒不可遏，忽想到望蒙山前之事，為因不忍一時之忿，以致失地喪將，又回應新泰事，妙。新泰事處處頂承，亟肆多方。此篇處處頂承新泰，有篇如章，章如句，一氣貫通之妙。便只得忍辱守營。眾人都恨得咬牙切齒，宋江只叫休動。李成在營外叫罵了好歇，見宋江只是不出，便大聲道：妙。「瞎賊真庸才也，妙。躲在營裏待怎地？妙。咱老爺團團圍住了你，不出十日，活活的餓殺你！」妙，妙。宋江聽了這句話，便忍守不住，妙。吩咐李忠、曹正出營迎敵，又道：「這廝一勇之夫，我誓必生擒這廝來細割，以報楊志之仇。」便密諭二人道：「你二人戰到分際，可詐敗誘他進營，我教魯兄弟伏在營門邊擒他。」註明魯達不出之故。

李忠、曹正領令出營，大喝：「甚麼小廝，敢來欺人！」李成道：「你那瞎強盜，為何不親自出來？」妙。李忠、曹正一齊大怒，直取李成。李成展開神鎗，敵住二人，兩陣擂鼓吶喊，三人奮呼戰鬬。鬬了二十餘合，這二人如何是李成的對手？妙。李成神威愈奮，二人因心中氣昏了，一時竟忘却公明哥哥詐敗之令，妙筆。只顧抖擻精神厮併。李成看出破綻，乘勢一鎗，向曹正一邊捲來，曹正閃個不迭，咽喉早着，翻身下馬。駭疾。曹正了。李忠大吃一驚，拖鎗便走，李成驟馬追上，李忠急忙飛鎗回刺，李成不慌不忙，將身一閃，那李忠的鎗已攛過數尺。李成順勢將鎗桿奪住，精妙。只一拖，精妙。李忠向前一踵，李成掉轉自己的鎗，將鎗柄用力一敲，精妙。李忠翻身落馬，眾軍一齊上前捆捉去了。李忠就擒。宋江見李忠已擒，誘敵之計不成，大怒，妙筆，不然殺曹正時何以不怒？急叫魯達趕出營來直取李成。李成奮勇迎敵，兩人大展神威，鬬到一百餘合，與魯達鬬一百合，李成亦不弱。李成力氣不加，寫得好。只得虛架一鎗，勒馬回陣去了。魯達正要追趕，宋江深恐有失，心虛膽怯。鳴金收住，魯達回陣。那李成回陣，將兵馬收回本營，差人將李忠正身并曹正首級解往大營，并請再派一員勇將，共來協斬那魯禿賊。如此添出一人，絕不費力。天彪聞報大喜，便派營弁將李忠解往青州府收禁，監禁第十個。這里將曹正首級號令軍前，便派風會前去協助李成。風會到了李成營裏，李成迎見，當晚安營無事。

次日黎明，風會、李成一齊出陣，叫宋江出來厮殺。宋江到了此地，戰亦亡，不戰亦亡，妙筆。只得統兵出營，親自押陣。兩陣對圓，魯達出戰。風會一馬當先，與魯達大戰，李成見宋江立馬陣前，便驟馬挺鎗，直取宋江，志在擒王。宋江大驚倒退。魯達急忙撇了風會，還救宋江。疾。李成已到宋江面前，疾。魯達急忙一禪杖打去，疾。李成一心要取宋江，李成可嘉。不防腦頭一禪杖打來，頭顱迸碎。疾。李成完。說也奇極，四字接得奇極。那李成已死，屍身還騎在馬上，巍然不仆，挺鎗在手，真奇極。那匹馬馱着他，直向宋江衝去。真奇極。出力寫李成。宋江驚得幾乎墜馬，一。賊軍一齊大驚，二。連魯達也驚得倒退幾步。三。接連三句，異樣精彩。風會揮軍殺上，賊軍早已潰亂。魯達保宋江要緊，那里還敢戀戰，當時一枝禪杖，緊緊護住宋江，從亂軍隊後逃出。風會一心要捉宋江，單刀匹馬，直衝出賊軍隊後，飛追宋江。極寫風會。那群賊兵已被官兵殺盡。安插此筆好。宋江見風會追來，嚇得魂膽飛揚，幸虧那匹照夜玉獅子疾如風行，遠遠走脫。忽提出照夜玉獅子，奇。魯達在後頭立定了，邀住風會，大戰一場。風會見宋江去遠，也無心鏖戰，勒馬轉來。好。魯達一路回去，會着了宋江，渡過大汶河，逗出大汶河。回泰安去了。宋江、魯達回泰安。風會收聚兵馬，帶了賊人首級，命數名小卒舁着李成屍身，細。回轉大營。天彪聞宋江已逐去，大喜；聞李成陣亡，大為驚悼。風會細述李成死狀，天彪歎道：「壯哉此人，死猶不死矣！」一語贊李成十分出色。眾將皆驚歎。遂命營中具棺含斂，送回青州去訖。收結李成。天彪對眾將道：「宋賊犄角雖已逐去，然泰安賊軍尚有數萬，必然復來。喝起。現在秦封山一路，有畢應元堵禦，必不能出。頭緒既繁，必須處處提清，如此處提畢應元是也。只防大汶河一路，可着歐陽壽通帶領水軍四千名，往彼堵截。」水軍先引起。眾將稱是。天彪便令歐陽壽通帶水軍四千前去，歐陽壽通截汶河。這里會集大軍，四面協力攻圍萊蕪。再提攻萊蕪。

且說宋江與魯達逃回泰安，公孫勝等迎接入城，動問萊蕪情形。宋江只是垂頭歎氣，眾人也定不出計較。公孫勝且教設酒散悶，可謂無聊。宋江長歎一聲道：「看來，萊蕪又不保矣。承新泰而言，一語傳神。只是朱武、鮑旭等四位兄弟，我怎捨得不救？得神。此句言宜救。吳軍師又不在此，竟無良策，如何是好？」此句言不能救。處處提吳用，即處處表徐槐也。妙筆。公孫勝道：「朱兄弟亦非等閒，萊蕪尚可死守，但須急解外圍方好。」無聊。宋江躊躇良久，待酒飯畢，大眾散坐，宋江對公孫勝道：「我方纔左右思想，得神。這里泰安將佐，未可輕動。按泰安一句。惟秦封山上，有武松、呼延綽在彼防守，提清秦封山有武松、呼延綽，頭緒遍清。那里阮氏三弟兄，暫時調動不妨。清劃之至。我意欲召他三人前來，就帶這城中的水軍，前去救援萊蕪何如？」公孫勝稱是。當時傳令到秦封山，召阮小二、阮小五、阮小七齊來泰安城。不多時三人都到。宋江密諭道：「爾等速領水軍三千，由汶河過去，進攻官軍，退則背水靠灘札營，又須時時過去攻擊，誘得他移軍來攻，便可就水中取事也。」宋江之計，亦頗有可觀。三阮領令，便帶領水軍直趨萊蕪。

且說天彪大軍在萊蕪城下，將萊蕪城四面攻圍，前後統計已有十餘日。看官須知：這十餘日中，奇絕之筆。官兵外攻，賊兵內守，端的晝夜不息，十分緊急。當時傅玉、雲龍、哈蘭生等率眾奮勇衝擊，劉慧娘與白瓦爾罕費盡心機，想造器械。順便提出劉慧娘與白瓦爾罕。那朱武在城中百計守禦，破他不得。虛寫朱武好。插此一段，令前後呼吸相通，妙筆。這日天彪正與諸將商議破城之策，忽歐陽壽通差人報稱：「前日有泰安賊人來到渡口，吃小將隔岸堵住，不能渡河。三阮之至，便從此點出，便捷。但夜來賊人屢次偷渡過河，前來劫寨，吃這邊覺得，一聲鬨逐，他隨即逃過河去。如是者數次。續探得賊將來者三人，名喚阮小二、阮小五、阮小七，係彼處有名水軍。小將誠恐不能抵禦，請令定奪。」三阮情形就壽通口中虛補，極妙。天彪聽了便道：「可加派二千名水軍，前去協助，總須拒住他，不得渡河。」令未發，劉慧娘在旁忙請道：「彼軍既是水軍，涉波濤如平地，難禁其不渡過來。依媳婦之見，不如就讓他過來，可以就中取事。」開出下文。天彪道：「既如此，須得你親去，方可相機行事。」開出下文。說罷，就命雲龍統領水軍二千，護送劉慧娘，并帶白瓦爾罕，一同前去。當時雲龍、劉慧娘、白瓦爾罕到了歐陽壽通營裏，慧娘架起飛樓，四周看望一回，將河岸上下形勢，一一細看了，此一看所及者，大不止三阮受其制縛也。下來對雲龍道：「這河岸形勢，我已看得。先虛按一句。只是水軍決戰，非水將不可。這里歐陽將軍一人，恐不濟事，還須得到兗州鎮去，叫我二哥哥來方可。」忽添一劉麟相助，文字不寂寞。雲龍稱是，又道：「我方纔也得個計較在此。」慧娘問甚計，雲龍道：「就依你讓他過來之說。妙筆。我想既已讓他過來，就與他岸上決戰一陣；妙。又詐敗誘他，令他離水已遠，妙。歐陽將軍便傳水軍，從上流水底抄到此處上岸，截其歸路。妙。使他入水不得，就陸地擒他，豈不省力？」妙。此計必須出自雲龍者，令文字不致偏枯也。慧娘稱是。當時一面稟知大彪，移文兗州鎮，調劉麟星夜前來。先插此筆。這里便教歐陽壽通拔寨都退。

那邊三阮見官兵退了，便拔寨都渡過河來。毫不費力。却遵依宋江密諭，將軍士屯在岸邊，離水不遠之處，相擇沙灘扎營。偏有迴應，偏有頓挫。雲龍見了，不待他營盤扎好，便領兵直趕過來，妙。就在沙灘上縱兵掩擊。妙。三阮大怒，一齊上來迎敵，寫三阮，只是三阮身分。兩軍就在沙灘上擂鼓吶喊，大戰起來。雲龍提刀出馬，三阮一齊厮併，雲龍戰不數合，虛幌一刀，回馬便走，寫得好。官軍一齊都走。寫得好。三阮領賊兵喊呼追來。好。官兵只顧前逃，賊兵只顧後追，好。追不上一里，賊兵忽然停止。奇。原來雲龍輕看三阮無謀，誘敵之法，裝得不十分相像，却吃三阮覺得。寫三阮識得誘敵，未免看高三阮，然三阮若不識得，則即此一戰，三阮可一鼓而擒，無以盡行文之致矣。妙借雲龍輕敵，倒寫出來，不惟無看高三阮之嫌，而且描出雲龍少年習氣，又令文字綽有餘地，此等妙思，真不從人間來。當時三人商議：阮小七領兵一停，轉去把守水口；小二、小五仍舊領兵追擊官軍。覺其誘敵則宜盡退矣，乃猶用大半追擊，是三阮也。雲龍見賊人停止片刻，便曉得此計被賊人識破，寫雲龍。大怒，命眾軍整頓旗鼓，還擊賊軍，寫雲龍。緊緊逼定，令其不得退去。寫雲龍。劉慧娘在高阜處望見道：「非然也。」奇。便急派千餘名遊軍向左右林埋伏了，寫慧娘。急差人至陣中，教雲龍再行詐退誘敵。寫慧娘。雲龍依言，便又率眾轉身飛逃。妙。這番小二、小五只道官軍真敗，妙。儘力追來。慧娘就高阜上放起一個號砲，兩邊林子裏伏兵一齊殺出，截住去路。妙。雲龍率眾轉來邀擊。妙。小二、小五叫聲苦，方曉得中計，妙。官軍四面圍住，喊聲振地。妙。那小二、小五在陸地與雲龍拚命死鬭，妙。正如失水蛟龍，雖有伎倆，亦無可施。註明一句，妙筆。阮小二被雲龍一刀劈去，小二急閃過刀口，寫小二一句。雲龍就勢裏將大刀擺開，舒出左臂，揪住小二搭膊，只一拖，拖過來摜在地下，寫雲龍。眾軍上前捆捉去了。阮小二就擒。阮小五大驚，急忙上前，死命衝突，雲龍驟馬追去，可惜前面沒有勇將擋路，妙筆，反應壽通邀截歸路之議。竟被阮小五衝破重圍，領着數百人逃出去了。寫小五一句。雲龍揮軍掩追，直追到渡口。阮小五和那百餘人，撲通通都跳入水中，妙。雲龍不識水性，只得在岸上立住了。妙。頓住雲龍。只見水中波浪洶湧，翻天掀地，東一陣血波，西一陣紅水，奇文。乃是歐陽壽通率領水軍，在水底與阮小七鏖戰。接入歐陽壽通。雲龍不能助戰，只得在岸上吶喊。又是好歇，壽通與小七合寫。只見阮小五、阮小七領兵登了那岸，賊兵先上岸，可見是賊輸。寫壽通。歐陽壽通也領兵登岸。計點官軍五百，傷了一百餘名。寫阮小七。那邊阮氏查點自己水軍，在陸路戰者，死傷無數；寫雲龍、慧娘水中戰者，三百名水軍，也死了八十幾個。寫壽通。兩軍依舊分兩岸，各自安營。水軍而陸擒之，行軍所以避險也；水軍而水擒之，行文所以爭奇也。從行文之道則碍于行軍；從行軍之道，則碍于行文，不觸不背，兩全斯難。作者立意欲用水擒，而先寫一陸擒，又使得其一，而逸其二，然後紆廻曲折，必迫之使不得不用水擒，而因以顯其筆之奇也。審曲面勢，匠心獨苦。雲龍差人將阮小二解往大營裏去。是夜阮小五、阮小七因哥子被擒，忿怒已極，連夜渡過河來劫營。雲龍傳令堅守，小五、小七無可如何而返。行文停蓄法。這里慧娘與白瓦爾罕商議道：「水中相戰，教授可有妙法否？」方落到水戰。白瓦爾罕道：「若在水面打仗，小人倒有舟船之法。如今在水底打仗，船隻却用不著，請夫人寬限數日，小人管想個法兒來。」敷演以待劉麟。慧娘點首，白瓦爾罕退去。這里官軍與賊軍夾岸相持，忽然連日大霧，不能開兵。只道仍是敷演以待劉麟，而不知中藏樞機矣。

不數日，劉麟從兖州來了，拍到。先從大營見過天彪，再到渡口來與雲龍、慧娘相見了。一番敘濶，不必細表。劉麟便問起賊軍情形，雲龍、慧娘一一說了。劉麟道：「既然他三人折了一人，我們這里現有兩人，何不就與他水中個對個厮併？」寫劉麟。慧娘道：「也須想個必勝之法。」寫慧娘。說未了，只見白瓦爾罕進來道：「小人想得一法了。」緊接。慧娘忙問何法，白瓦爾罕道：「他既能水中遊行，我就以取魚之法取之。」妙極。慧娘道：「怎樣取法？」白瓦爾罕道：「只須造一張大鐵網，奇。網上扎水藻青苔之屬。奇，妙。又撒網下水時，須令人下水去，將網眼都深深的埋入沙中，奇，妙。令其看不出水底有網，妙。待其走入網中，將網拽起，自然擒得矣。」真是奇情異想。慧娘道：「此法固妙，只是拽網之法，須是兩岸上人一齊動手，如今那一岸被他佔了，如何動得來手？推進一層。我那日瞭望河岸形勢，方提明形勢，然此處尚只用一半也。我這岸東首有條小港，又探得那港水底純是細沙，妙。兩岸又盡屬我們掌管，妙。就于此港設網擒他罷了。」妙。雲龍道：「他怎肯走到我這港裏來自投羅網？」駁一句，生出妙法，文法如抽繭剝蕉。慧娘道：「我有個驅他進來之法，奇，妙。名喚水底連珠砲。奇。就是軍中常用的砲位，砲內重重疊疊做了門隔，每一隔裝一出鉛子火藥，通了藥線。砲口用瀝青封住，可以入水不濡。裏面用機括，裝了瑪瑙石自來火，外面通出一線，但將線一扯，機括自動，其砲子自在水中絡繹不絕的放出，奇，妙。故名水底連珠砲。再注一筆。如今可將此砲裝起百餘位，悄悄的到水口排好了，却用計誘他從水底殺來，待他搶過這邊，我便傳下暗號，將機線一齊扯動，那時滿水底砲子亂打。奇，妙。他回去不得，又無路可奔，怕他不驅入我這港裏來？」妙，妙。雲龍、劉麟、歐陽壽通、白瓦爾罕都一齊稱妙。真妙。當令鐵匠併工打造起鐵網來，又趕緊裝起水底連珠砲。兩日一夜，那連珠砲並鐵網都造好了。省捷。慧娘就請雲龍傳令，就黑霧昏夜裏，仍抱緊「霧」字。將這兩般器械都安排停當，賊人毫不知覺。寫出慧娘機密，一句勝數十句。

到了黎明，劉麟、歐陽壽通領着水軍，到了岸邊，正欲渡河，只見那曉霧漫漫，咫尺不見人影。仍帶「霧」字。雲龍道：「如此大霧，怎生殺得過去？」頓筆。慧娘道：「不妨，我適纔占得一課，此霧頃刻當散。」妙。便教劉麟、歐陽壽通并一行水軍身邊都帶了指南針，奇，妙。一齊殺過河去。到得那岸，劉麟、歐陽壽通將水軍在霧中不脫「霧」。列成陣勢，暴雷也似的一聲吶喊，那霧應聲而散，登時天氣清明。奇筆驚人。上文大霧不得開兵，讀者或容有不知，至此當無不點頭會意矣。若猶為慧娘占課所瞞，斯為不善讀者。官軍大喜，一齊奔殺賊軍。賊軍大驚，慌忙迎敵官軍。聯對寫，妙。殺氣影中，劉麟敵住阮小五，歐陽壽通敵住阮小七，眾軍官各各奮勇敵住賊軍。兵將合寫。混戰了好一歇，兩邊殺傷相當，劉麟、歐陽壽通即忙收軍而回，避上文詐敗一事也。從水底逃過河來。阮小五、阮小七怒極，也領兵從水底追過來。兩從水底，用筆分明。劉麟、歐陽壽通都潛身岸內石穴中，插筆，精靈之極。阮小五、阮小七不知就里，狠命追來，不防水底連珠砲已發，緊接。那砲火在水底五字奇文。橫衝亂擊，好一似數萬雷霆，震得滿江波浪，翻滾沸騰，不似龍宮旋轉，定像蛟窟翻身。真寫出異樣精彩、非常聲勢。那阮小五、阮小七無可容身，急要登岸。偏不遽入港，行文有陪襯則生色。岸上官軍佈滿，密麻也似的鐵弩射來。補出一層岸上鐵弩。阮小五、阮小七只得潛入小港裏去，如水赴壑。早吃石穴內劉麟、歐陽壽通看得分明，就水中放出數十道旗花，又補出一層水中旗花。凡文有前文必須作伏筆者，不伏則嫌突；有不可作伏筆者，伏則嫌笨。如此處劉、歐潛身石穴，及岸上鐵弩、水中旗花之類是也。讀者當細辨之。港邊官軍一齊吶喊，眾力齊舉，霎時間一張巨網拽出水中，異樣精彩，非常聲勢。網內賊軍三十餘人，阮小五已在其中。疾。小五就擒。雲龍道：「阮小七漏網了。」疾接入。急呼岸上水軍入水擒捉。前陸擒一策，本可三人齊獲，乃偏逸其二，使之必用水擒；水擒用網矣，二人可齊獲矣，乃又逸其一，而且逸其最梟桀者，務令水中力擒得之而後已。人即好奇，何至于此。此時汶河內砲聲已絕，波平浪靜，插此一筆，奇矯非常。忽見港口水聲洶湧，浪擠千重，波堆萬疊。奇筆。雲龍知是劉、歐二人在水中捉賊，隨手註明。便教軍士們在岸上吶喊助威。足有兩個時辰，極寫阮小七不易取。只見劉麟、歐陽壽通帶領水軍捆縛了阮小七並數十名賊軍，一齊上岸。阮小七就擒。小七右腕已折，壽通左腿亦傷。真寫得出。雲龍忙問緣由，方知阮小七本已入網，吃他騰身跳出網外，擒小七非網之功，而偏寫網一句，此等妙處，非俗士所知。幸二人在石穴內看見，即忙攔住。又提石穴，方知此策應用無窮。那知阮小七勇猛異常，表一句小七。在水中格鬬多時，壽通與小七交傷，劉麟方能獲定。註出一段原委。

當時雲龍、劉慧娘、劉麟、歐陽壽通、白瓦爾罕一齊聚集水軍，收了鐵網及水中砲位，細。綑了阮小五、阮小七并眾賊，投大營來。天彪大喜，慰勞諸人，教壽通在營中將息。那阮小二已解往青州，今將阮小五、阮小七也解往青州，一同監禁。監禁第十一個、第十二個、第十三個。劉慧娘問起攻圍情形，就此遞落，更不停留。天彪道：「這廝真個刁猾，前日傅將軍想得一飛梯之法，昨日聞將軍想得一地雷之法，都幾乎着手，表傅玉、聞達。卻吃那廝堵禦住了。」寫朱武。此等處用虛寫最妙。慧娘道：「媳婦倒想得一破城之法。」天彪問何法，慧娘道：「媳婦連日看得汶河形勢，較萊蕪高下懸殊，片帆飛渡，便利無比。不如用決水灌城之法：出題。只須將汶河下流壅住，一。又將通萊閘的閘眼盡行閉塞，二。這里便將汶河上流堤岸掘開，三。放水之法簡而明。汶水下瀉，此城頃刻變成巨浸矣。」妙。天彪稱善，傳令各軍先行預備小杉板船、蜈蚣梭船等一應船隻。到了下晝，便傳令下流築堰閉閘，上流開堤放水。簡潔。官軍已先登船上，只聽得汶河上流水聲如雷轉車鳴，從缺堤處洶洶而來，畫水畫聲，甚妙。一夜水聲不絕。比及黎明，水勢浩大，漫山遍野，一望汪洋。那萊蕪城已如碗子般浸在巨海之中，傳神。只留着城樓雉堞，尺餘城牆尚未浸沒。傳神。新泰之火，萊蕪之水，工力悉敵。官軍駕着船隻，擺齊行伍，飛棹競渡，直抵城邊，有聲有勢。城上軍心大亂。傅玉飛身登城，官軍一齊吶喊殺上。孟康手無所措，被傅玉一鎗刺中心窩，攧向水裏去了。孟康了。水裏細。聞達早已提刀上城，遇着陶宗旺，宗旺迎鬭，不數合，被聞達一刀揮為兩段。陶宗旺了。此時眾將兵士盡皆登城，呼喊殺賊之聲，震天盈地，雲龍、風會已殺入城中。疾。鮑旭無計可走，妙。環城皆水故也。急與身邊兵卒數人，奪得小杉板船一隻，駕櫓飛逃。妙想。不防遇着劉麟，率領十數隻小船巡哨過來，將他團團圍定，連船帶人捉拏去了。妙極。鮑旭就擒。萊蕪已破，朱武在城中一無帮手，任你神機活潑，到此甕中捉鱉，妙。吃雲龍叱眾拏下。朱武就擒。天彪統大軍一齊入城，差歐陽壽通至下流督開通萊閘，掘通汶河上堰；差劉麟至上流堵築隄防，城內出榜安民，不日水勢退盡。天彪委差官押解朱武、鮑旭往青州府監禁，監禁第十四個、第十五個。這里在城中開設慶賀筵宴，眾將無不盡歡。天彪命眾軍休養了三日，或謂寫天彪從容，非也。宋江、呼延綽聞萊蕪城破，皆在此中，非閒筆也。便命傅玉、聞達領兵二萬，乘銳進攻泰安，拍到泰安。并知會畢應元協力攻擊秦封。并拍到畢應元。傅玉、聞達領令去了。事涉湊巧，傳總管兵臨泰安之日，正畢知府計襲秦封之時。用筆明劃，如分水犀。

話分兩頭，先說畢應元定甚麼計策襲秦封山。原來秦封山上係武松、呼延綽、施恩把守，用筆明劃，如分水犀。與畢應元相拒，已非一日。明晰。這日聞得萊蕪已失，眾人皆驚。線索逼清。呼延綽陡然動念，驚鴻忽起。暗想道：「不好了。敗子回頭，只消此三字也。我當初只因不忍一時之忿，殺死長官，無地自容，為此投奔梁山。回應八十一回。今官軍如此利害，山寨危亡在即，我一身銅筋鐵骨，死而無名，真不值也。」梁山一百八人聽者。想了一回，便與武松說明要去劫寨，妙。便領精騎二百名下山去了。奇。

且說畢應元正在帳中，忽營門小校進來，報說：「有賊兵百餘人，叩營而來，為首一將要見相公。」此段須與前傳呼延灼賺冠勝對看。來者一誠一偽，受者一智一愚，細細較量，方知其妙。畢應元道：「來者作何裝束？」小校道：「他全裝披掛，約有頭二百兵卒相從。」呼延灼並沒衣甲，呼延綽全裝披掛；呼延灼匹馬單鞭，呼延綽從騎二百，反映入妙。畢應元道：「奇了！」躊躇了一回，冠勝即便喚來，應元躊躇一回。便差一員將官出營荅道：「來將如欲入營取事，本營防守嚴密，無可下手；妙。如欲營外廝殺，即當遣將相應；妙。如別無他意，便請入營相見。」妙。冠勝一味坦易，應元許多猜疑。呼延綽道：「有話相告，並無歹意。」那將官道：「既如此，請從騎暫住營外，將軍入營相見。」呼延綽隨將官入營，到了帳前，一見畢應元，納頭便拜。奇。畢應元扶起一看道：冠勝剔燈再看，應元扶起一看。「原來是呼延將軍，來此何幹？」呼延綽道：「請退左右。」應元道：「左右盡是機密之人，將軍有話，但說不妨。」此句却直抄冠勝語，然在前傳是寫冠勝，在此處作者只圖省去枝節，非寫應元也。呼延綽道：「罪人呼延綽不合胸無主見，失身從賊，自悔無及。惟求相公開一線之恩，予以贖罪之路，呼延綽願領部騎為大軍向導，趨入秦封。相公建立大功，呼延綽亦藉以贖罪，伏望俯準，不勝萬幸。」與呼延灼語相同。應元聽了大疑，冠勝聽了大喜，應元聽了大疑，喜者卒陷于賊，疑者遂以成功。喜者是乎，疑者是乎，天下人共論之。便道：二字寫應元口給如畫。「我方纔定了一計要襲秦封，妙。只因製造梁山衣甲不能相似，為此遲疑。妙。今將軍來此，真是天賜成功也。妙，妙。但應元尚有一言，將軍休要見怪。妙。雲統制忠厚待人，不以負心教天下，奇警。所以馬元、皇甫雄準降贖罪之後，現在一為登州防禦，一為萊州防禦，却從不調他從征梁山。妙。馬元、皇甫雄自一百五回歸降之後，絕不提起，至此忽敘出下落，又令呼延綽此回後絕不提起之故，亦不煩言而解，真奇筆也。今將軍既一心歸誠，雲統制無不容納，只是返攻梁山之舉，雲統制必在所不許。妙。此固應元一時權術之詞，然亦可見其知遇，久而叛之，乃至忍心返戈，為非人類之所為也。歎前傳無數官軍一降宋江，輒隨之攻掠州郡，剪屠鄉邑，毫無顧忌，此其心不知何心，真萬死不足蔽辜者矣。今應元進攻秦封，自有向導，調麗毅。但請借將軍及從騎之衣甲，便可集事。妙，妙。事成之後，仍為將軍請頭功，斷不侵冒。妙。將軍若謂我疑忌，應元願單騎從將軍巡遊一轉，以示不疑之意。」妙，妙。呼延綽愕然道：「呼延綽今日歸降，實出至誠，一惟相公所命。」只須如此。說罷，便將盔甲、弓刀一齊卸下，冠勝與呼延灼衣甲，應元取呼延綽衣甲。呼延灼不可信而信之，呼延綽不必疑而疑之，其失均也。使雲天彪處此必自有推心置腹之道，不似應元之用術也。然應元權術卒以成功，冠勝坦易竟以陷賊，善學柳下惠莫如魯男子，應元于是乎可風矣。應元忙取副袍服，親手與他披了。權術可愛。呼延綽招呼那二百從騎盡行進營，輸納衣甲，眾人錯愕，不知所為，本將吩咐，怎好不依，妙筆。都紛紛的獻上衣甲，一齊歸降。應元便命開筵接待呼延綽，又將呼延綽從騎按名派散各營，酒食欵待。權術可愛。帳中命孔厚陪呼延綽飲酒，妙筆。令孔厚不落空。自己便退入後帳，傳麗毅、唐猛授了密計，帶了梁山衣甲，即刻向秦封山去了。寫應元應變之才，出色驚人。應元却仍出帳前，與孔厚同陪呼延綽飲酒閒談。妙絕。不題。

且說武松自呼延綽領兵下山，等了一個更次，不見回來，心中十分疑惑。正欲差人下去打聽，忽聽得營後驀地一片聲喧嚷道：「老虎來了！」奇文突起，一層虎來。武松道：「山中有虎，亦未可知。」反替他代解一句，妙。急忙拏起棍子趕向後營，只聽左營、右營一片聲都叫有虎，愈奇。第二層有虎。武松方識得並沒有虎，妙。大叫道：「誰人造此謠言，拏來立斬！」言未畢，各營一齊火起，一片喊殺之聲，遍滿山谷。奇文如雲蒸霞蔚。武松急趕到中營，只見施恩已扶創出來。武松急趕上去，忽營旁閃出一員白髮老將，將施恩一刀砍死。閃爍之至。施恩了。武松大怒，提短棍直打過去道：「造謠言的一定是你！」只聽背後霹靂般一聲大吼道：「造甚謠言，現有虎在此！」奇絕之文，令人不測。第三層老虎在此，一虎而分三層，文情便濃。武松以虎始，亦以虎終。武松急回頭，只見一個大漢從營後跳將出來，閃爍。那白髮老將已不見了。閃爍。武松急搦住那漢，問：「你是何人？」那人道：「你莫慌，句。我姓唐。句。豹子乃是虎中王，句。你打老虎我打豹，句。算來還是我逞強。」句。忽用歌謠敘出那漢，却只提出一姓，而偏將本領較量錙銖，妙極。武松道：「休得胡言，且打死你再說！」便輪手中棍子直取唐猛，唐猛挺手中樸刀直取武松。不帶銅劉，恐漏眼也。細極。兩人正在狠鬭，忽唐猛背後殺出無數披梁山衣甲的人，手執明刀，一刀一個，將梁山兵殺死。（奇妙。畢應元用呼延綽衣甲之故，至此註明；而報虎之故，不言自喻。）武松大驚，情知壞事，大吼一聲，逃出營外。唐猛步快，早已追出營外。（妙。）此時賊營兵馬驚亂無紀，不上一個時辰，被官軍殺死的殺死，趕散的趕散，一片營房，早被大火燒成白地。（將餘事收拾乾淨，單寫武松，好筆力。）唐猛與武松已鬬了一百四十餘合。（好筆力。一百四十餘合。）各官兵蜂擁上前，打個圈子，四邊吶喊，中間一片空地，只留唐猛、武松奮呼厮併。（好筆力。）武松一心要打殺唐猛，使出那平生天字第一號的神力，（奇語。使出生平第一號神力。）將一條鐵棍左右上下橫掃過去。（寫武松。）唐猛也起了鬬心，使盡神力，緊緊逼住，毫不相讓。（寫唐猛。）兩個在圈子裏一來一往，一去一還，又併了一百五十餘合。（一百五十餘合。）龐毅已領兵殺盡賊人，（提清眉目。）在圈子邊看彀多時，更耐不得，提刀上前，大叫：「唐將軍且住，待老夫來斬這賊人！」唐猛托地跳開，龐毅直取武松。武松見換了個新手，（新手，妙。）却也心驚，（妙筆。）只是不甘心退讓，（妙筆。）便振刷精神，（振刷精神。）與龐毅奮力厮併了一百餘合。（一百餘合。）天已大明，（好筆力。）武松暗想：「這二人真利害，只好由他奪了山去。」便虛架一棍，撇了龐毅，一抹地打出重圍，落荒而走。（寫武松。）唐猛大叫道：「龐將軍，再煩你指引路逕，（「再」字妙。入山時之龐毅，引路不註自明，不補自見，廻應一百二十三回，妙筆無痕。）該往何路追去？」龐毅道：「他走的是小路，唐將軍向谷口殺出，管邀得他着。」唐猛應聲飛步去了。

武松逃到山下，方將坐坐畧定喘息，（妙。）只聽林子裏狂笑一聲道：「俺唐猛等候已久，再戰三百合去！」（妙。）武松大怒，托地跳起便鬬，覺得已有些疲軟，（筋骨有些疲軟。）幸虧唐猛力氣也乏。（妙，俗筆必忘之。）兩人又鬬了動百合，（動百合。）不分勝負。那龐毅在秦封山已接應畢應元、孔厚等上了山，（筆補造化天無功。）便單刀匹馬追上來。追着了武松，便替唐猛來鬬武松，（妙。）鬬到四十餘合，（四十餘合。）武松真個擋不住，（真個擋不住。）只得走了。（只得走了。）唐猛那里肯歇，只顧追去。何苦如此。恰好前面一彪大隊人馬攔住去路，奇突。風飄旗號，正是馬陘鎮，方知傅玉、聞達領大兵到來。鉤心鬬角，此等結構，非世人所能。傅玉見唐猛、龐毅共追武松，便叫聞達前去替他們廝殺，叫那龐、唐二人一齊上來，武松賴此不死于鬬。問了緣由。傅玉方知三更時分，畢應元已克復秦封，一一鬬笱。大喜。忽然看看日景精靈之筆。已有巳牌時分，精靈之筆。便道：「你們三更奪他秦封，為何此刻不見泰安賊兵出來，奇極之筆，就從透出下文一噴一醒，然再接再厲，吾乃畏其銳。想泰安城必然有變。精靈之筆。你們二人都辛苦了，權且將息，按住龐、唐。讓聞將軍斬這賊將。獨留聞達，放鬆武松。我當統大軍急趨泰安也。」遞到泰安。只此三句，具如許手法，作文豈易事哉！說罷，便領大軍向泰安城去了。傅玉趨泰安。這里聞達鬬武松，又是五十餘合。五十餘合。武松手裏只有幾路架隔遮攔，只有架隔遮攔。端的支持不住，支持不住。仰天歎道：「我武二一生正直，不料今日如此死法。」妙。「一生正直」四字，作者自表，赦武松全屍之意。說罷，天上忽起了一陣怪風，塵土障天，奇。武松方得乘機逃脫。武松走脫。聞達失了武松，只得與唐猛、龐毅同趨泰安城去。收落。傅玉大軍也到了泰安城下。接搆緊。那知泰安竟剩空城，賊兵早已盡行遁去了。奇絕。作者慣用奇筆，而此筆尤令人不測。傅玉、聞達等一齊驚訝，陸續差人入城細細探看，果然沒有半個賊兵。奇。傅玉道：「既如此，一定是此賊遁去了。」便領大軍進了泰安城，畢應元、孔厚帶領呼延綽也進泰安城來。細。傅玉將收復泰安一事報知天彪，天彪聞報大喜。當時天彪在萊蕪城，傅玉在泰安城，各自辦理善後事宜，一面表奏朝廷，一面申報都省。一方巨害蕩平，諸將無不歡喜。劉麟辭天彪回兗州，唐猛便留青州。細。各將恭候聖旨，按下慢表。將官軍一邊索性結束住，再說賊兵佈置安頓，煞費苦心。

看官，你道宋江為何棄了泰安遁去？抽緒另接。原來宋江自遣三阮救援萊蕪，從此起端，頭緒清楚。續聞阮小二被擒，急得無計可施，只得遣樊瑞去助他作法。頗怪。小二就擒，宋江何一無聞知？誰知却于此處補出。老作家往往文有似疎漏，而不可遽議其非者，此類是也。誰知樊瑞到了河邊，作了連日的霧，（方知汶河之霧，係樊瑞所作。）毫不濟事，（毫不濟事者，諱言之辭也。官軍安排鐵網水底砲，却深賴此霧，返而思之，失計甚矣。）阮小五、阮小七仍然被擒。樊瑞逃回泰安，訴說此事，宋江方知天意難回。（妙筆。）不數日，那萊蕪失陷之信，官軍乘勢來攻泰安之信，并畢應元攻破秦封山、武松不知去向之信，陸續而來。（一氣呵成，真好筆力。「武松不知去向」六字細極，不然棄泰安時，何以不招呼武松？）宋江對眾人道：「不好了，軍師叫我嚴守三城，（廻應。）今已僅存泰安，我看孤城苦守，前後無援，何苦在此束手待斃？（其語酸楚。）我決意棄城而去了。」說罷，放聲大哭。（何苦。）眾人無言可慰，相對了痛哭一場，趁天色未明，（四字呼應靈。）立刻收拾起來，一齊棄城遁去。（新泰、萊蕪皆用力攻，獨泰安令宋江自棄，妙不可言。）計點人馬，尚有四萬，頭領只得六人，乃是公孫勝、魯智深、朱貴、樊瑞、項充、李衮，（明劃。泰安兵八萬，今只餘四萬者，蓋堂蒙山、天長山、秦封山、大汶河四役，已消及其半也。）一同督眾而行。行至申末酉初，已走得六十餘里，且喜無官軍追來。一行人馬陸續前行，忽後隊報稱有三騎馬飛速追來。宋江吃了一驚，忙問何人，原來是自己的伏路探兵，（妙。）宋江棄泰安時，一時慌急，不及招呼收拾，所以遺落在後。宋江忙喚到面前，問有甚事，探兵道：「小人方纔在拔松山，見武頭領獨自一人，執棍挺腰，怒目圓睜，踞坐石上。（拍入武松，用筆奇極。）小人們呼他，只是不應。（奇。）小人們又不敢驚動他，特來通報。」（奇文。）宋江叫苦道：「武兄弟怎地這般膽大，（以為膽大也，妙。）這拔松山在泰安東南，我此刻已西行六十餘里，如何回去叫得他來？」（秦封山在泰安之東，梁山在泰安之西，宋江棄泰安在傅玉未到時，是已刻以前，宋江早已迅速西行也。武松逃秦封在傅玉已到時，是已刻以後，武松猶羈留東方也。于是而欲宋江與武松相見，風馬牛矣。讀者知宋江、武松之會有如此之難，方知作者搆思之苦，運思之奇。）想了一回道：「有了。我們現有四萬人馬，不如轉去攻圍泰安。（奇情異想。）一俟招呼着武兄弟仝來，便仍舊退兵。」（奇情異想。）算計已定，便立刻掉轉馬頭，直向泰安。

次日到了城下，一面教公孫勝攻城，（奇，妙。）自己帶兵二百名同那三個探子，繞到拔松山來尋武松。只見三個探子一齊叫道：「奇了！武頭領為何還是這般坐在這里？」真奇極。宋江一看，只見他挺棍怒目，威風凜凜。再描寫一番。宋江叫他幾聲，只是不應，近前向他臉上一按，冷如凝冰，方知他早已死了。武松了。寫武松之死，十分威風。方悟回首李成之死，出力描寫，特為此也。蓋作者不欲令武松奄忽而死，故必出力描寫其死之威武，以求稱于前傳。然賊中有此等人，可以官軍而無之乎，是以特寫一李成以壓之也。宋江放聲大哭，眾人都痛哭了一場，就近市棺盛殮，就于拔松山掘土安葬。次日，宋江會了公孫勝，拔隊起行。城內傅玉、聞達、龐毅、唐猛領兵掩殺出來，宋江兵馬都無鬬志。妙。官兵個個忿怒，一場縱擊，被官兵斬獲無數。宋江領兵飛逃，那些兵馬乘勢逃亡潰散。妙。宋江嚴行約束，不能禁止，妙。眾兵只顧自己逃命。妙。等到追兵已遠，喘息方定，計點人馬，已潰散了三萬，僅剩一萬了。還攻泰安為會武松計也，却不料藉此以開除宋江兵馬，真是妙筆如環。寫宋江兵馬潰散，此其第一次。計點頭領，失了朱貴一名。原來朱貴當兵潰之時，坐馬受傷，步行落後，補寫，妙。吃傅玉快馬追上，手到擒拏。絕不費力。朱貴就擒。審係賊目，便發青州府監禁。乘勢帶一朱貴，妙。監禁第十六個。宋江也無言可發，只得與公孫勝、魯達、樊瑞、項充、李衮帶領那尚未潰散的一萬兵馬，飛速前行，端的風霜雨露，飢渴奔勞。不日到了永安山，正是兖州地界，只聽得山上一聲號砲響亮，一派兖州官軍旗號，聲聲叫：「休放這瞎賊！」宋江嚇得魂飛魄散。正是：

獄囚遇赦重回禁，病客逢醫再上牀。不知宋江性命如何，且聽下回分解。

范金門曰：險要處有敵軍，失一將而敵軍退，其將之功亦偉矣。宋江此番作犄角，勢在牢不可破，非李成辱罵搦戰，賊兵必不肯解，乃擒李忠、斬曹正。宋江去而萊蕪收，李成雖死，死實重於泰山也。

邵循伯曰：新泰以火得，萊蕪以水收，與前文照耀對立，尤妙在大用三阮。而三阮又分作三等寫法，小二確是小二，小五確是小五，小七確是小七。官軍隊裏以歐陽壽通、劉麟之技，白瓦爾罕、慧娘之智，確肖本量，是真絕妙文字。

或曰：以武行者而大書之曰力盡，毋乃與前傳打虎不符乎？金門曰：正惟其打虎而書以力盡，則其力愈顯愈彰矣。君亦思拔鼉之龐毅何如人，打豹之唐猛何如人，大刀聞達又何如人乎？設非武行者，何止力盡。況其身後餘威，一百八人中，當置第一。

第一百二十九回　吳用計間顏務滋　徐槐智識賈虎政

却說宋江自泰安逃回，至兗州永安山地方，忽遇大隊官軍殺來，打着兗州鎮旗號。宋江道：「不好了，劉廣那厮又來作對了！」（梁山東方出入，始終被梗于兗州。）原來劉廣在兗州聞得雲天彪收復萊蕪，進攻泰安，料得宋江必難保守，勢必逃回，特遣劉麒、真祥麟領兵一萬，分頭埋伏，專等宋江到來，協力擒拏。（每於夾縫中必寫劉廣一段，位置盡善。）這日恰好劉麒邀住宋江。劉麒手提三尖兩刃刀，一馬當先，高叫：「瞎賊休走，快快下馬受縛！」宋江嚇得魂飛天外，策着那匹照夜玉獅子，當先飛逃。（逃曰當先，絕倒。）只見那些兵已紛紛離伍亂逃。（妙。）不防前面又是一個號砲，真祥麟領兵迎面殺來，（險極。）見了宋江，不問事由，長鎗直刺。（險極。）宋江急忙帶馬橫逃，（橫逃，妙。）真祥麟已一鎗刺入馬腹。（橫逃所以刺入馬腹也，細。照夜玉獅子，從此了賬。）宋江攧於馬下，（險極。）真祥麟抽鎗急刺，（險極。）魯達、項充、李袞捨命抵住祥麟，救得宋江，背後劉麒已掩殺過來。（險極。）魯達、項充、李袞保了宋江，殺出重圍，（妙。）奪匹馬與宋江騎了，（細。）公孫勝、樊瑞已用土遁法遁出重圍，（妙。）會着了宋江。劉麒、真祥麟合兵一處，痛追過來。（險急極矣。）宋江忙扯公孫勝道：（慌急之狀如畫。）「兄弟快作法擋他一陣。」公孫勝道：「小弟自蒙陰汶河與陳希真鬬法以來，每想用法破敵，都不靈驗。」（其詞未畢。忽廻應汶河鬬法事，奇。耐庵無端添一公孫，頗為礙手，乃仲華處置抑何裕如也。前畧用之于九陽鐘，繼遂禁之于汶河渡，而其禁之也，又借朝廷順逆之理，立出神不助賊之論，堂皇正大，毫無牽就，遂令梁山有公孫勝，一如無有，而取舍任我所為矣。奇極，妙極。）宋江道：「事急了，休管他，再試試看！」（急廹如畫。）公孫勝即忙疊起印訣，豁琅琅放起一個青天霹靂。宋江喜得靈驗，正要殺上前來，妙筆。那知劉麒、真祥麟本是雷將降凡，得這霹靂助他威勢，精神愈奮，妙極。比類而觀，樊瑞之霧藉濟劉、歐，其故亦可知矣。一齊大呼殺入賊軍。宋江起先逃出重圍，係仗着項充、李衮蠻牌遮護，忽倒補上文逃出重圍之故。如今經這霹靂，劉麒、真祥麟奮勇異常，蠻牌竟不能禦。妙，妙。須臾間，只見劉麒刀口飛時，項充頭顱滾落；項充了。祥麟鎗鋒到處，李衮窟窿全明。李衮了。忽作對偶，奇妙。宋江失却蠻牌，大驚飛逃。戰將惟魯達一人，只好保住宋江，那敢迎敵。妙。一萬官兵喊聲振地，翻翻滾滾殺上，寫官兵。那些賊兵不待厮殺，早已分頭亂竄，霎時潰散。宋江兵潰，第二次。公孫勝、樊瑞到了此際，也顧不得眾軍士了，妙。只得仍用土遁法，將宋江、魯達遁過，一睫眼❶逃脫。妙。劉麒、真祥麟正追宋江，忽然不見了宋江，為土遁法倒攔一筆。急忙分頭到各處林子裏尋覓，杳無踪跡。好。只得取了項充、李衮首級，及賊眾首級，收齊人馬，回兖州鎮去了。收過。

且說宋江、魯達仗着公孫勝、樊瑞的土遁，遁過永安山一百餘里，公孫勝方收了符法。細。宋江、魯達、公孫勝、樊瑞憩息樹林之下，畧定定神。宋江想起今日泰安三郡盡行失陷，一。十餘萬雄師無一人還，二。二十餘個兄弟僅存四人，三。將上文點過。山寨圍困將近二年依然不解，四。將下文喝起。真是危亡在即，無法可施，便痛哭了一場。公孫勝等也無言可慰。省。宋江哭罷，又長歎一回，畧坐坐吃些乾糧，深恐又有追兵，不敢逗留，妙筆。便與公孫勝、樊瑞、魯達一口氣奔走。不一日，到了山寨，從後關進去，後關頭領相迎。宋江問道：「後關官兵為何不見？」左右道：「前日因張繼死了，他夫人賈氏便不管事，即時將兵撤退了。」收結賈夫

❶ 一睫眼：即「一䀹眼」，一閉眼。睫，同「䀹」，閉眼。

人。不知者以為草率，其知者以為簡捷也。蓋賈夫人一路不過借以牽制梁山，非此書要領，故收結從畧。宋江點首，直到忠義堂。吳用却不在彼，筆筆不由人料。只見柴進、蕭讓等迎見，驚問緣由。宋江說起泰安三郡失陷之事，眾人盡皆驚駭。宋江見眾人驚駭，便道：七字見宋江權變如神。「失了這三郡不打緊，妙。一路慟哭、大哭，至此突作此語，故妙。只可惜喪了我這許多兄弟，妙。我誓必報此仇。妙。但不知近來山寨中與徐官兒相持勝負何如？」繳上起下。柴進道：「正要稟告哥哥，刻下得一好機會，奇。吳軍師與盧兄弟并諸兄弟都在二關，所以堂上不遇。我等在此守候捷報也。」奇極，令讀者眼一耀。宋江驚喜，問何機會，柴進等一一說出。虛按，妙。宋江亦甚喜，便就在忠義堂與眾人設酒敘談，等候捷報。原來吳用與徐槐相持，攻戰已非一次，前詳寫，此便櫽括，最好。目下却望着了一個機會。這機會須從徐槐一邊說起，方有頭緒。奇筆。

且說徐槐重用顏樹德，斬關奪隘，陷陣衝鋒，梁山群賊端的個個望而心驚。徐槐稱為飛虎上將，破格看待。從此說起，妙。樹德性好鬭，三日不厮殺，便悒悒不樂。奇。每在自己營內輪舞大刀，酣呼縱談以解悶。奇極。喊聲徹中軍帳，徐槐絕不顧問，寫徐槐駕馭英雄，真是妙手。有時反叫他上來，賜酒三大斗以助其興。真是駕馭妙手。左右或言：此人在軍中擾亂紀律，恐不可用。徐槐必叱之。妙。徐槐待務滋如此，陳平雖智，安能間無疑之主哉！樹德性易怒，親隨下人畧不如意便加鞭打。漸漸引到。徐槐常乘機訓誡他幾次，「乘機」二字，包含無數權術。有幾句話直中樹德心坎，樹德深深佩服，從此性格便平定了許多。極寫徐槐駕馭妙術。樹德性嗜酒，酒量十倍于常人。徐槐每日必封好酒二罈，賜樹德酣飲。妙。凡三段寫徐槐用務滋之術，喝起下文。此回之事，起于務滋使酒，成于僕隸挾恨，而收功于徐槐之信用。務滋毫無疑忌也。此三段吸此三意，于題前倒裝敘入，而尤妙在中間明明直提出鞭打，却急用縮筆縮住，遂令下文只是隱躍而起，絕不侵佔實位，可謂妙手空空。樹德因無人禁他，端的酗以大斗，鯨吞虎嚥，暢其所欲。就從第三段遞落，便捷。却不料旁邊多出一個小酒監來。奇筆。你道是誰？原來這個人姓龐，雙名泰逑，妙。本是顏家的舊僕，從小服侍樹德的。妙。此刻聞得樹德發跡，仍來隨侍。因見樹德使酒逞性，與幼年無異，便使出老僕的身分，妙。時常在樹德面前絮絮叨叨，說些酒能成事，亦能敗事，不可不飲，不可過飲的話。絕倒。樹德因其是個老僕，當作老生常談，也不去計較他。仍用縮筆法。這日，樹德奉將令巡綽圍外，與梁山二關遊騎相遇，樹德單刀匹馬，斬殺十餘人，無意中逗出一事，遂令讀者心頭眼裏了然，見二年相持之情形，妙筆。逕投中軍帳來呈獻首級。徐槐甚喜，就帳前賜酒暢飲，閒閒引起。韋揚隱、李宗湯共席。當下談說，樹德興到，便請主帥寬賜縱性狂飲。妙。徐槐含笑連點首許之。徐槐妙人。樹德因此吃得酩酊大醉，謝了主帥，歸帳時已三更。又舞了一回劍，又舞了一回大刀，興會淋漓，此時何忍不再飲乎？便叫：「再燙酒來！」筆陣酣濃。龐泰述在旁道：「相公請明日用酒罷。」畧阻一句，妙。樹德圓睜兩目，厲聲道：「大膽狗才，休得碎煩！」其聲如雷。撲的坐下交椅，拍案催酒。神旺氣足。左右即忙奉上。省。樹德扯着大塊牛肉，接連又是十幾碗的陳酒。一邊吃，一邊口中嘵嘵不住的罵道：得神。「混賬狗才，確。阻我的妙興！真可恨。下次再敢多煩，一刀揮為兩段！」漸漸逼緊。又吩咐：「再燙熱酒上來！」複一句，酣濃之至。龐泰述不知高低，安插此筆細慎。又上前勸道：「相公明日用酒罷，可請安睡去。」較前多一句。樹德聽了，勃然大怒道：「你這廝真個討打！」先問一句，令下文不惟不突，而且得勢。龐泰述尚欲回言，四字妙。不寫回言，則接下無勢；必寫出所回之言，則累筆費墨，於此等處可悟筆法。樹德呼的立起身來，其疾如雷。照着龐泰述臉上只一掌，快。只見龐泰述早已跌出一丈以外，樹德便喝左右：「叉出去！」快。筆陣迅疾。左右怎敢不依，只得將龐泰述趕出帳外。樹德坐下道：「這種膿包，要你何用，真是何用。落得我身邊清淨！」真清淨。便暢飲了一回。此一段寫樹德使酒，是借作發端，非樹德正傳也。故只寥寥數語，而筆陣已濃酣如此，吾服其才之大。

且說龐泰述被樹德趕出，獨自一人在帳外走來走去，心中好生慚恨；慚恨。更兼時當嚴寒，兼顧時分。冷風砭骨，足足受了一個更次的寒凍，越想越怨恨。（越想越怨恨。）看看天色已明，（好。）聽得樹德已酒罷就睡，本要回入帳中，（此等關鍵，讀者須記，批詳後。）因想主人如此暴烈，日久必被他結果性命。想到此處，躊躇了一回，便起了個念頭，（筆如驚蛇脫兔，讀者試猜何念。）不如乘勢走脫。（偏不遽落到謀害樹德，文思曲甚。）當時便在帳下吃了些燒酒炙餅，擋禦了飢寒，（細。）便擬進帳取些細軟，以便逃走。猛想道：「且慢！（一轉一折，筆力奇妙。）如此走法，恐走不脫，不如暫且出去看個機會。」（奇妙。此「機會」二字靈活之至，雖仍貼逃走說，而其意則喝起下文矣。）便閒步出去，只見閫門已開。（好筆力。）守閫將士見他是顏將軍的親隨，自然再不盤詰。（補一筆好。）當時龐泰述走出閫外，只見閫外遊軍絡繹巡綽。（佈景。）龐泰述走過了，也沒人盤詰。（上已註明，則此處可省。）龐泰述心無主見，（妙筆。）縱步而行，行不多時，忽又遇着一隊遊軍。龐泰述一看，乃是梁山的號衣，（驚蛇脫兔。）正欲走避，（仍作拗筆，非拗不奇也。）只見那遊騎隊裏一員頭目，叫他一聲：「龐大哥！」（奇。）龐泰述急擡頭一看，原來這人姓賈，雙名虎政，是龐泰述曾經會面的朋友，（會面二字，妙。）便也回叫他一聲。賈虎政便問道：「吾兄從何處來？」龐泰述道：「實不相瞞，小弟現在官軍營裏。」（其意不良。）賈虎政道：「既如此，你為何單身大膽來此？」龐泰述道：「仁兄休問。小弟幸遇仁兄，正要問你現居何職？」（心之不良，決矣。）賈虎政見他話裏藏機，（註明一筆。）便道：「小弟現在山寨中軍帳下，做個總巡頭目。仁兄請到前面林子裏一敘。」（有心。）龐泰述便隨着賈虎政到了僻靜林子裏。二人坐下，賈虎政道：「仁兄怎地到此？現在何人帳下？」龐泰述便將如何跟隨樹德，如何吃樹德打罵的話說了。原來賈虎政為人甚是狡猾，未落草時，曾經領過樹德的利害，（妙，妙。）今日一聞此言，喜不自勝，便道：「貴主人一時之悞，仁兄諒亦不十分介意。」（既鈎之來，而復拒之，譎詐可畏。）龐泰述歎道：「如此暴虐的主人，深恐一命難容。」（龐泰述只是愚。）賈虎政道：「仁兄休如此說，（仍推一句。）貴主人或未必如此。（再推。）如果如此，

（疾鈎之。）仁兄竟捨了他，別尋路頭，亦是容易。」（明逗之。譎詐如此，吾惡其人。）龐泰述道：「小弟也這般想。貴梁山頭領最肯容納眾人，小弟只是自恨無寸功可進。」（來了。）賈虎政聽到這裏，暗暗點頭，（奸猾。）便道：「這事也容易。仁兄只須自思，你們寨中何人與你有仇，（虛空映射，妙極。）你能設計取他頭來，投我本寨便好了。（竟放此語，奇。）這是本寨的老例，喚做投名狀。有了這投名狀，便再不疑忌你了。」（忽廻應前傳王倫難林冲事，大奇大奇。）龐泰述道：「便是這顏野漢，（奇稱。）我就把他下了手來。（奇駭，讀者失驚。）只是他力敵萬人，我恐怕枉送了性命，怎好？」（隨解一句，好。龐泰述只是愚。）賈虎政道：「不是我教人為不善，（仍推一句。）你既肯替我山寨建大功，我軍師必然重用，容我去稟了軍師再行。（遞落吳用。）這裏我先教你一計：你只放心回去，只須他前加意認罪求饒，做出悔過的模樣，他必受你計。（料定務滋性格。）你便加意小心服侍他，待到五日後，便再潛身來此地，相見定計罷了。」（妙。）龐泰述甚喜，（愚極。）便重託了賈虎政，（愚極。）告別回去了。

先說賈虎政得了這個消息，却好這幾日吳用帶各頭領住在二關，虎政逕進二關去，稟知吳用，并道：「這個機會，該怎樣取法，請軍師定奪。」吳用聽罷，沉吟了一回，又暗想道：「月便有個計較在此，（入題疾。）只恐未必賺得這徐官兒。（預透一筆，妙。或謂：何必預透？金門曰：所以寫吳用也。）如今休管他，且做做看。」（妙。）便對賈虎政道：「你見龐泰述時，只須如此如此向他說，教他依計而行。」（虛按一筆，妙。）賈虎政領會了，只等五日後，龐泰述再來時，便與他說。

且說龐泰述別了賈虎政，一路回轉營來。進了樹德帳中，只見樹德正在飲酒，（飲酒尚作餘波，所以前不突，後不竭也。）龐泰述便走到旁邊，垂着雙手一站。（身段逼肖。）樹德回頭一看道：「你不走，（句。）來此做甚？」（餘勢猶怒。）龐泰述忙跪下道：「小人服侍相公多年，怎敢逃走。昨日小人衝撞相公，相公見責，小人深知罪愆，總求相公寬洪饒恕。」此等詞令，真是此輩慣習。樹德道：「罷了，只二字消釋無餘，活畫出樹德性格。去叫拏酒菜。」泯然無迹。龐泰述叩謝了，稱：「是，是。」從此照常辦事。那龐泰述端的小心服侍了五日，樹德毫無疑忌。妙。龐泰述却將賈虎政的約會緊記在心，到了那日，便假討了一個差使，妙。出了闉門，徑去那約會之地，會着了賈虎政。兩人相見大喜，賈虎政便將吳用的密計一一授了龐泰述，仍用虛寫，妙。龐泰述甚喜，便受計回營去了。

原來徐槐每日申刻賜顏樹德酒，借得便極，竟不煩另起頭緒。每日申刻，妙。有定期，則梁山來人可以不悞也。必差一名親隨押來。這日差一親隨姓刁，行二，撰一名，以便呼喚。送酒前來。正走到樹德營門口，忽見一個人從東闉門進來。來得巧。此每日申刻，所以約期不悞也。原來樹德營門北向，緊對東闉門，一望相通。註一筆，妙。只見那人進來時，身披中營號衣，守闉軍士問了口號，那人答應得不錯；又稱有機密事務，守闉軍士便放他進來。妙。刁二暗想：「中營司機密的軍士，我都認識的，何曾見有這個人？」妙。心中疑惑，却不便查問，好。便送酒進樹德帳中去了。樹德收了酒，付了使力錢。閒筆不可少。刁二退出帳外，只見那個口稱機密的人，並不進營來。妙。刁二心中愈疑，妙。走出營外，只見那人還在營外僻靜處遠遠立着。妙。龐泰述飛跑到營門口，面色有慌張之狀；妙。此處插龐泰述一句，下文便可生根。那人也甚屬慌張，即忙將一物揣在懷裏，飛跑出去。妙。不覺那一物從腰帶邊脫落在地，妙。那人也不回頭，跑出闉外去了。妙。刁二去拾看時，乃是一個小布包。妙。啟開一看，裏面包着一封書信，奇，妙。信面上寫着「藉覆貴軍師密啟」七個字。奇，妙。刁二吃了一驚，想了一想，便將這書信藏在懷裏，走回中營去了。原來那個進闉來的人，就是賈虎政，註得奇妙一句，而上文之故，無不雪亮。刁二却不識得，便持那書信到徐槐處獻功。頃刻到了中軍帳，見了徐槐銷了差，細。便請屏退左右，密禀道：「小人得一個奇文，禀上相公。」徐槐道：「甚麼奇文？」刁二即將那信呈上，并將營門外遇着那個人怎樣形迹、怎樣臉色，說了一遍，便道：「個中就里，小人却不曉得。所有書信，不敢拆動，謹呈相公開看。」徐槐聽了一番，當將書信拆看，只見上寫着：「所囑義不容辭。但此人與僕有恩，僕不忍負，容俟緩圖。名不具。」共二十三字❷，寫得隱隱躍躍、含含糊糊。既以「義不容辭」定必反之志，而又以「僕不忍負」表難反之情；却再以「容俟緩圖」露將反之狀。寥寥數語，而能使徐槐心如懸旌，搖搖莫定，吳用真奇物也。字畫龍蛇飛舞，確是樹德筆跡；奇。無意中補出務滋書法，妙。下簽圖章一方，係篆書「淡泊明志」四字，是徐槐贈樹德的，細細看來，印花絲毫不錯。愈奇。無意中又補出務滋圖章，真好。徐槐反來覆去看了，大稱奇事，「這人怕他真個反了？」便教刁二退入帳後，不許走開，靜候呼喚。細。刁二應聲轉後帳去了。徐槐又沉吟了一回，寫吳用。莞然道：「非也，此中必有詭詐。極寫徐槐。且去叫他來，定知端的。」便差左右：「請顏將軍進帳。」妙。此時已及黃昏，昏曉極清。樹德正在飲酒，偏有閒筆照應，妙。聞呼即至。妙。一見徐槐便道：「今日無事，恩公莫非又賜暢飲？」寫樹德真率如此，豈反叛之人哉！徐槐道：「然也。」便叫備酒。寫徐槐更妙。席間，徐槐將那封書信遞與樹德道：「你的筆跡，向有何人能套？圖書❸從何處泄漏？」真識得務滋者。樹德一看了信，雙眉直豎，大叫：「這信從何而來？真是全不接頭。我的圖書無人敢動，就是這幾個字，也竟像我寫的！」大叫奇事不絕。活畫務滋。尤妙在也竟像我，越說像我，越不像我矣。真性人其便宜如此，歎世上奸巧規避，愈形其拙也。徐槐道：「你休躁亂，且吃酒着。徐槐妙人，令我歎服。你細想近來身邊有懷恨挾仇的人麼？」一矢中的，真好徐槐。樹德道：「都是心腹，並無仇讎。」活畫務滋。若出他人，必曰容我細想

❷ 二十三字：應為二十四字。

❸ 圖書：私章。

矣。徐槐道：「既如此，你且吃酒。」妙說罷，便進後帳去問那刁二道：「你見那人揣懷書信時，身邊有無別人？」着，着。刁二道：「小人見他時，只有龐泰逑從他身邊站了一回。妙。這龐泰逑便是顏將軍的親隨，小人因不曾見他傳遞書信，所以不好妄供他。」推開一筆，妙。然已緊緊兜住矣。徐槐聽了，便重復出帳與樹德飲酒，處處點綴飲酒。妙。便問樹德道：「你身邊親隨有個龐泰逑麼？」妙。樹德道：「有的。」徐槐道：「這個人何如？」漸漸而來，妙。樹德道：「這人倒也忠直的，妙。只是嘴口太碎煩些。」妙。活畫樹德。徐槐道：「近來你訓斥他過否？」妙。樹德想了一回道：想了一回，活畫務滋過而不留。「不多幾日前頭，吃我打了一掌。」絕不要緊。徐槐暗暗點頭。妙。樹德暢飲，謝賜而行。仍綰飲酒一筆，妙。私通書信，早已忘之矣。無字句處，傳出樹德之神。

徐槐便教傳顏將軍帳下親隨龐泰逑上來。龐泰逑聞得元帥傳令特召，嚇得不知頭路，懷着鬼胎，絕倒。進帳戰戰兢兢叩見了。徐槐屏退左右，霽顏和色問道：寫徐槐。「聞得你主人私通梁山，這個罪名不淺。誘得好。你貼身服侍他的，必定曉得蹤跡，你可從實說來。」龐泰逑呆了半響道：「這事小人實不知情。」言這事則有是事，可知而已之知，是事亦可知矣。又只圖卸脫自己干係，絕不為主人呼冤，只此八字，真情畢露，讀者熟玩於此，聽訟豈難事哉！徐槐聽到此際，便換個怒容，厲聲道：「你怎地說？現有告人在此，說你與主人同相商了，私通梁山！」重說主人，妙。便將那書信擲下去，夾寫法。「這是你主人親手寫的，你親手傳遞的，主僕並責，口氣全重在主一邊，絕妙誘法。如何賴得？如今你這種狗才，殺也無益。寬之，妙。你肯將這書信怎樣來蹤去跡，細細供來，饒你不死。誘之，妙。若不招，便先斬了你再說。」逼之。龐泰逑到了此際，想道：「我若說了，料也難免一死；刁猾。但不說，死在目前。說了或可延挨，再圖機會。」妙。預透一筆。但主人，我死不饒他。」勒一筆，妙。便信口道：「恩相臺下，小人不敢隱情，這信却是主人寫的，咬定此句。教小人傳遞，小人不敢不依。」輕脫自己。徐槐怒喝道：「這信還說是你主人寫的麼？」遂直破之。吩咐：「斬訖報來！」門外一聲答應，早擁進幾個勇士，將麗泰述一索綑了。嚇得麗泰述只是磕頭求饒。徐槐道：「你快將這信怎樣來的，從實招來，免你一死。若再說這信是你主人寫的，休想饒命。」麗泰述便將私通賈虎政，暗遞這信的原委，一是一，二是二說了。如上委地。徐槐道：「依你說來，信是梁山裏拏來與你的了，只就徐槐口中一點，妙。但此信究係何人所寫？」麗泰述道：「這却不知。惟前日賈虎政來要顏相公的字跡，并圖書式樣，小人就偷了主人一張寫而未發的舊信送去。次日賈虎政即拏此信來了。」原由至此註明，妙。徐槐點頭道：「是了。久聞梁山有善鐫圖記、善寫字樣的人，想必一定照樣套冒了。」用筆高渾，若出俗手，必提蕭讓、金大堅名字矣。又無意中表出徐槐諜賊之密，妙手。靜想了一回，便得了一個將計就計的法兒，轉筆迅疾。便教解了麗泰述的綁縛，細。吩咐左右再退去，細。便對麗泰述道：「你圖謀反叛，罪該萬死，如今你肯悔心麼？」麗泰述叩頭無數道：「小人下次再不敢了，求恩相開恩。」徐槐道：「你須依言辦事，開你一條生路。」妙。麗泰述又叩頭應命了，并請吩咐。徐槐心中暗喜，妙。便密諭一條計，虛寫，妙。麗泰述沒口的應了。妙。當夜徐槐將麗泰述留在帳下，次日黎明，徐槐召見樹德，將麗泰述的事說了。只說得一半，樹德早已雙眉剔起，怒目圓睜，便要親手去殺那麗泰述。活畫務滋。徐槐急止道：「且慢，現在正須用他。」便與樹德說個將計就計的原委，說得透透徹徹，必須加此一句，所以待務滋也。樹德倒笑起來，妙人，妙筆。便遵依徐槐所議。按下慢表。

且說吳用着疊了顏務滋的假書去後，接入吳用。與盧俊義及眾兄弟在二關聽候消息。過了數日，只見賈虎政上前有稟。吳用便問如何，賈虎政悄悄稟道：「昨日小人見着麗泰述來，說那徐官兒接了假信，便拏問龐泰述，龐泰述畏刑招認。敘得簡該。誰知這徐官兒倒想將計就計，總斷一句。便教龐泰述來說，句。只說顏務滋已被徐官兒見疑，句。務滋情願投降我們。句。想我們中他的計，句。詐敗一陣，句。務滋便乘勢領官兵殺入二關，句。便可裏應外合。句。徐槐將計就計，從吳用一邊說出，妙。如此計較，小人不知從中有何便宜，特來請令。」吳用聽罷，冷笑一聲，妙筆。便教賈虎政且退，少刻進來受計。賈虎政應聲退出。盧俊義便問：「此事何如？」吳用道：「這徐官兒真是高的。至於想出這條計，却沒見識。」妙。盧俊義問故，吳用道：「我這反間計，他能不受，豈非高的？妙。先繳過上回，此是定法。無故想將計就計，要我悮信其言，甘心詐敗，他便好乘勢搶關，這心思太迂曲了。妙不但迂曲，而以勇將銳卒輕入重地，亦是冒險之道，妙。此我所以笑他沒見識也。分頂上文。笑人沒見識，而自己見識亦少，差一着奈何？為今之計，不去保他，最為穩當。妙有頓挫。但我山寨被困將近二年，如今得此機會，豈可錯過，我也只得冒一冒險了。」妙，妙。真是好看煞人。盧俊義問：「如何計較？」吳用道：「他想我詐敗，我便依他詐敗；他想進關，我便依他進關。奇絕。待他人馬進得一半，我便放下千觔重閘，閘住了他，他裏面軍馬任我甕中捉鱉，他計便左了。果妙。這喚做他將計就計，我也將計就計也。」兩邊主意，提得逼清。吳用算計極是，須看徐槐。盧俊義稱是。即命賈虎政傳言龐泰述，依計而行。這里吳用請盧俊義與徐凝、張清在關內協捉顏樹德，令燕青、朱富、李雲嚴守關上，令李立專司千觔重閘。分派已定，吳用又道：「這事兩下冒險，成敗樞機全在一閘。」提此一筆，全神振動。便親自去踏勘那千觔閘，將閘板、閘槽、軸頭都細細察看了一遍，又演試了兩遍，果然滑利無碍，方纔放心。特將千觔閘細看一遍，全神俱振。便將諸事安排停妥，等待官軍。

且說徐槐、顏樹德在頭關土闉內，聞得吳用果肯就計詐敗，樹德大喜，便要領兵出去。寫顏樹德。徐槐道：「且慢。極寫徐槐精細。你此去只有一味奮勇殺賊，不暇他顧，妙。須得一人保你同去，方為妥善。妙。如今我想鄆城一路，向委任森鎮守，忽遞到任森。此刻陳統制已要興兵進攻濮州，雲統制也要乘勝來討嘉祥，忽提出雲、陳攻嘉、濮事，奇。這兩路賊人方當自顧不暇之際，任森離開鄆城必無妨害，不如調他前來，共行舉事。」特寫任森一段，所以重任森也。樹德稱是。徐槐便傳令到鄆城去調任森。不數日，任森到來，叅見了徐槐。徐槐便將上項的話，從頭至尾一一說了，任森大喜，便請徐槐發令。徐槐便令顏樹德為先鋒，領步兵五千名，都暗帶了火器。妙法。任森即同在步兵內，以便策應。這里派韋揚隱、李宗湯帶領一萬五千人馬，乘勢搶關。部署已定，便教龎泰迯去通知日期。妙事，奇事。

到了這日，徐槐傳令進攻二關。三聲號砲，眾軍一齊起身。顏樹德橫刀縱馬，當先而行，須臾到了二關之外。「須臾」二字，寫出聲勢。那邊吳用差張清在關外佈陣等待。兩下將就，好看煞人。樹德見了張清，也不發話，提刀直奔過去；張清見了樹德，也無回言，舞鎗直迎過來。兩馬盤旋，鎗刀並舉，彼來此往，鬬到不上二十合，張清便虛幌一鎗，勒馬便走。寫詐敗，正以草率為妙。樹德縱馬追去，五千步兵一齊潮湧而前。賊兵吶喊一聲，都隨着張清紛紛逃入二關。愈草率，愈形其妙。樹德便令那五千步兵殺入關來。寫得逕捷如此上文一路紆盤之妙也。此時吳用在關上十分提心，一眼看望，提筆警絕。見顏務滋已進關門，點清一句。官軍後隊已洶洶而來。再寫一句後隊。此時兩軍成敗之機、生死之關，間不容髮矣。吳用即忙放起一個號砲，關上賊兵一聲吶喊，放下那千觔重閘。成敗之機，生死之關，間不容髮矣。任森急從步兵隊裏飛到，險急救命。不先不後，不早不遲，加此八字，分外險急。閘板下來，任森托住。八字挺勁之至。徐槐大喜，急教韋揚隱從關上殺入，李宗湯從關門殺入，至此徐槐勢成，吳用事去矣。官軍喊聲振天，潮湧而入。聲勢。樹德五千步兵已在關內放火，登時火勢透明。（妙。）吳用見閘板不下，官軍盡入，（接寫吳用，妙。）驚得罔知所措。軍師一驚，眾將無主，眾軍皆亂。（十六字簡明遒勁。）樹德在關中輪一口大刀，從烈燄飛烟之內，酣戰盧俊義、徐凝、張清。（寫樹德聲勢之極。）那燕青、朱富、李雲只得保着吳用逃入關內，與盧俊義等三人會合了，一面共戰樹德，一面且保吳用向三關退去。（大事去矣。）韋揚隱、李宗湯已一齊殺入二關，來助樹德。（疾。）二關已破，（疾。）賊兵紛紛崩潰。（妙。宋江兵潰第三次。）李立不知就里，因見閘板不下，便冒死殺到關下。此時任森已教眾兵用棍將閘板托住。（插入，便捷。）李立一見，便去直搠任森，大叫：「我催命判官在此，誰敢收閘！」任森道：「有我救命將軍在此，誰敢放閘！」（妙極。）言畢，抽劍直取李立。李立不識高低，前去迎戰，鬬不六七合，吃任森輕舒猿臂，生擒過來了。（妙。李立就擒。）盧俊義、徐凝、張清、燕青、朱富、李雲已保着吳用，退入三關。（收落賊兵一邊。）徐槐統大軍殺入二關，收齊兵馬，撲滅了餘火。（細。）那賈虎政早已死于烈火之中。（完賈虎政。）關上官軍早已將重閘收起。（更補得細。）徐槐傳令就二關內安營下寨，眾將紛紛獻功，徐槐大喜。原來徐槐定計之先，也料到放閘之事，所以教任森混入步兵，抉此千觔重閘，（至此方註明。）果然冒險成功。（勁筆。「冒險成功」四字，實徐槐一生大本領，然必有成功之道而後可以冒險，冒險豈易言哉！）當時得了二關，眾人無不歡喜。徐槐便命就二關內築起土圍，嚴行把守，一面將李立解往曹州府監禁，（監禁第十七個。）一面申報都省，表奏朝廷，這里大開慶功筵宴。刁二本無功勞，念此事實起于他，亦與賞賚。（收刁二。）樹德見此，驀然想到龐泰逑不是好人，便請徐槐斬了他。（特提開寫。）徐槐想了一想，此人留在帳中必為患害，（是極。）便傳令將龐泰逑即行斬首。（完龐泰逑。）看官，這龐泰逑兄弟共有四人：（奇筆。）龐泰逑當長，次名泰良，三名泰圃，四名泰表，（奇筆。）名為龐氏四泰。這四泰是天下有名的帮閒，（奇筆，奇妙。）害人真真不淺。（奇絕。）只殺得一個，尚有三個未曾除滅，却大為可憂。（真是奇絕之筆。）如今說結水滸正事要緊，那三個既不干梁山之事，只好不說了。真是奇絕之筆。言歸正傳。

當時徐槐慶筵已畢，仍舊安排攻守之事。那邊吳用與盧俊義逃入三關，眾頭領急忙登關。此時吳用已懊恨欲死，妙。只得勉強把心神一定，料理守備事務。忽聞得宋公明逃回山寨之信，大驚失色。妙。那宋公明在忠義堂上，眼巴巴望吳用成功，不料忽報到二關失陷，也驚得幾乎死去。妙。吳用回轉忠義堂，與宋江相見，一番「怎好」、「怎麼了」的話，不必細表。且說徐槐攻進二關之時，陳希真正由大名府起兵，攻打濮州；雲天彪正由泰安府移兵，攻打嘉祥。忽開出兩扇之局，結構大奇。看官，須諒作書者只得一枝筆，不能雙行夾寫，奇。且待下一回，先說陳希真攻打濮州。落回堂正大方，當以此為第一。

范金門曰：水滸傳之有吳用，猶三國演義之有諸葛孔明，說唐之有徐懋功也。體無不具，用無不周，而其智其識，遂加人一等。以云乎計，計不左矣，乃始則用計而計似受；再則用計而計亦似受。用其計于將計就計之外，失其計于將計就計之中。作者一片空明，讀者眼光四射，脫令千觔閘下，不用任森，吳用亦未始不得計。既用任森矣，謂徐槐能用任森可也；謂徐槐能用務滋可也；謂徐槐能以任森、務滋而攻賈虎政，亦無不可也。

看徐槐用人識人處，何等身分。寫宋江、吳用之失時，任森、務滋之得力，各如其分，毫不可移。

第一百三十回 麗卿夜戰扈三娘 希真晝逐林豹子

話說陳希真自恢復新泰之後上一回雙提，此回與下回分頂，絕不裝頭描角，提筆直起，落落大方。奉旨陞調河北都統制，駐札大名府；祝永清陞調大名府總管，陳麗卿晉封夫人，加無敵折衝將軍，俱赴河北；祝萬年、欒廷玉、欒廷芳均以都監遇缺即補，留在山東沂州。希真、永清到任後，日日訓練部屬兵將，端的十分加緊。不上月餘，早已行列嚴明，武藝演熟，人人可用。希真便與永清商議進攻濮州之策。搶題疾。正在議論，忽報兗州鎮劉廣奉調廣平府總管，攜帶劉麒、劉麟同來，劉麒、劉麟亦虛銜，無職守，故攜帶隨行。過此求見。希真聞報，欣然道：「天賜相逢，劉姨丈也調到此間也。」妙。忙命開門接見。敘禮畢，邀入內廳相敘。原來劉廣也奉得遇有征討，準其移調舊屬得力將弁之諭。妙。希真、天彪左右並峙者也。其才相埒，則其爵位亦宜相埒。今天彪既統轄山東全省兵馬矣，希真若不調外省，則將終為天彪屬將，失書中左右並峙之義。但希真既調外省，斷無所屬，各將無不隨調之理，于是曲折想出準其移調舊屬之諭。而後希真將佐仍不致絲毫欠缺。此等結構，正不知幾許錘鍊。希真甚喜，當日留劉廣在內署飲酒暢談。次日，劉廣率二子辭別了希真赴廣平府上任，趕緊訓練兵馬。

又是一月有餘，希真便令劉廣、祝永清點起人馬，征討濮州。當時備文至山東景陽鎮，移調祝萬年、欒廷玉、欒廷芳、婁熊；劉廣也備文至山東兗州鎮，移調苟桓、真祥麟、范成龍。且慢，奇。那蒙陰縣召家村的召忻、高粱等五個人，也是希真舊屬得力將弁，今日為何不見移調？真是奇筆。因移調舊屬將弁而記及召忻、高粱，遂為之敘其歸結。仲華之環顧前文，如此則呼延綽之絕不提起，斷非無心忘記矣。原來召忻自隨從希真收復新泰之後，召忻因記起那年山陰道上仙聖的指示，曾教他功成之後，急流勇退，切不可乘興直前，自取沉溺之禍；回應一百回。其語較前加詳。雙關體，雋永可味。又有「歸隱東浦，名揚萬古」之讖。妙。召忻因此請于希真，歸田就隱。希真留其平定梁山，再行退歸，召忻志願已決，不可挽留。希真暗想：「此人與我有同志。」並逗起希真歸隱之事。妙，妙。便替他報了病狀，乞旨退休。希真賜他紅袍錦襖而回。妙。自此召忻、高梁、史谷恭、花貂、金莊一齊辭了希真及眾將，歸隱東浦。後來召忻、高梁都羽化登仙，妙。其族盛于天下。妙。不題。收結召忻、高梁、史谷恭、花貂、金莊。只說苟桓、祝萬年等奉希真札調，不日都到了大名府。陳希真便統領劉廣、祝永清、陳麗卿、苟桓、祝萬年、欒廷玉、欒廷芳、劉麒、劉麟、真祥麟、范成龍、婁熊四萬人馬，自大名府進發，一路浩浩蕩蕩，進攻濮州。早有探子報到濮州去了。

林冲聞報，集諸將商議道：「數月前我聞知陳希真調來此地，我早料他必然來此生事，我所以曾教眾位兄弟各處防備。補出一層，留林冲身分。如今他果然來了。那廝詭計多端，手下人多有本領，須得籌劃個備禦之策。」寫出心虛膽怯。蓋此時固岌岌不可終日矣。眾人躊躇良久，只見鄧飛道：「他此來必定藐視我們，如今我們先發兵迎上去廝殺他一陣，叫他也識得我們並不怕他。」兵法固有不能，而示之以能者，然以禦希真誠如虎林所云「螳斧當車」矣。馬麟道：「迎上去也不是個道理，我們點起精兵銳卒，離城十里安營下寨，等待他來罷了。」見識畧高。總而言之，不過描寫盈廷聚訟之象而已。當時傳令教張橫、張順保守本城，林冲帶領鄧飛、馬麟、王英、扈三娘點起三萬人馬，離城十里、三萬人馬，皆是關鍵。出北門十里外紀侯橋，地名。紀侯想是大去其國之義也。安營下寨。眾人奮振精神，等待希真。希真大兵已到，緊拍。聞林冲背城下寨，便相距二十里，也傳令下寨。林冲與諸將商議道：「陳希真距我二十里下寨，須用何法制他？」馬麟道：「我們可陣後都伏精兵，遣將挑戰，誘他過來。」賊人非不能用計者，乃與希真相遇，便覺烈日之下爝火熒熒，何哉？林冲道：「甚是。但挑戰須得上將前去方好。」言未畢，只見扈三娘立起身來道：「奴家願去。」林冲許可。扈三娘便帶三百名銳騎，直到希真營前挑戰。正值婁熊在營前巡綽，好。不然何不遇着別人？見賊軍到來，大怒，挺手中鐵脊矛直刺三娘，三娘舞動雙刀敵住。婁熊鬬了三十餘合，三娘賣個破綻，讓婁熊鐵矛直刺過來，攧入懷裏，三娘將右手刀掛了，舒開玉臂，將婁熊儘力一扯，順勢捲過來，便撥馬領那三百騎回轉賊營去了。扈三娘擒婁熊。

官軍大驚，一齊報入營裏。希真大怒，眾將齊要拔陣追去。希真道：「不然。他既來挑戰，那里必有準備。一口料破。如今我也只須遣上將前去挑戰，務要生擒一賊將，以便對調。」開出下文。麗卿願去。希真便命祝永清、劉麒領兩枝人馬，隨着麗卿以作後應。麗卿帶領三百銳騎，直到賊營挑戰。與扈三娘對寫。賊營內王矮虎聽說來了一個女將，喜不自勝，絕倒，死期至矣。即討差出戰。討差，絕倒。三娘囑令小心。更絕倒。王英一團高興，一馬跑出陣前，字字含趣。一見麗卿便叫道：「好女兒，我同你來好好的戰一場！」想此時，早已神在麗卿懷裏矣。言訖驟馬衝去。與麗卿交馬只三合，與婁熊照碼一折。被麗卿右手攞開鎗，左手輕舒粉臂，把王矮虎提過鞍轎，掂了掂，只一捲，已夾在懷裏，真不費力。撥轉馬仍回舊路。那些嘍囉都驚散了。那矮虎吃麗卿把他頭向前，脚向後，連一隻右手仰面朝天捲住，矮虎樂極。那隻左手却散着，便上來摸麗卿的下頦。麗卿大怒道：「你這賊還敢無禮！」便把右手的鎗掛了，捉住矮虎的左手，往外只一擰，只聽得「肐擦」一聲，王英一聲叫，左臂早扭出了臼捥，妙絕。把來一并用力夾在懷裏，毫不放鬆。半路上遇着祝永清、劉麒兵馬，一同合隊歸營。到了中軍，希真陞帳，各將叅見，麗卿把矮虎擲于地下道：「孩兒活擒了一個，不知是誰。」妙。此甚不足入姑娘耳目也。眾將看時，只見夾得七竅冒紅，已是死了。（王英了。正是牡丹花下死，做鬼也風流。）有認識的道：「這是矮虎王英，就是扈三娘的丈夫。」（夫以妻名。）麗卿道：「啐！這賤婢顛倒嫁出這一樣東西！」便叫刀斧手來梟首。永清上前看道：「你們眼花了，是活的，說他死。」（永清真機警。）希真已知其意，上前看道：「果然暈轉來了，快擡去後面將息，好去換妻熊。」

希真進帳，不多時，林冲遣人來下書，要將妻熊換矮虎。希真批：「天色已晚，來日一早陣上交換。」希真對永清道：「他矮虎已死，怎好去換？」永清笑道：「泰山放心，小婿自有妙法，醫他活來。」（奇絕，幻絕。看到下文，真要笑倒。）便叫隨營鐵匠，連夜打造一枝鐵桿，比了尺寸，鷄子粗細，（匪夷所思。）下面分個八字脚，打好了眼，取副鞍轎來，把鐵桿直竪在鞍轎上釘牢了。當夜無話，次早永清叫牽匹馬來，那釘鐵桿的鞍轎背上三條肚帶扣緊，取過那王矮虎的屍身，七竅的血都拭抹乾淨，仍與他穿着衣甲，反剪綁了，擎將起來，把那枝鐵桿尖頭往糞門裏套入，插將進去，直通到胸口，兩腿跨在鞍上，兩脚套在鐙內。（此等醫法宜乎？扁鵲、華佗不及。矮虎如有卯風病，當大愈矣。）又把條繩子吊住了兩脚，兜在馬肚下，紮抹好了。眾人看那王矮虎時，直挺挺的騎在馬上，頤倒了頭，閉着眼，好似酒醉漢一般，（刻薄。）把個陳麗卿笑得打跌，眾人都不住的笑。麗卿忍着笑道：「頭這般掛着，恐看出破綻。」希真、永清都道：「不妨，倒像害羞的模樣。原是瞞他一時。」遂傳令出陣，恰好林冲也引兵出來。兩陣對圓，扈三娘已在陣前。（倒底關心。）林冲在馬上高呼道：「快把我王矮虎送出來，還你那妻熊！」（死虎換活熊。）對面陳希真立馬陣前道：「你把妻熊與我看了，方肯換與你。」林冲叫把妻熊推出陣前，却是穿件單衣，散着手，步行出來。只見那邊陳希真陣上（從林冲一邊寫好。）放出干矮虎，反剪了手，騎在馬上，低着頭，只不做聲。一聲鼓響，婁熊跑回本陣，這邊把那馬加了一鞭，那馬駝着矮虎，潑潑剌的跑出陣去。原來那馬沒人駕馭，竟叉到斜刺裏去了。一個嘍囉連忙帶住，矮虎那顆頭被馬顛得往後仰了倒去。扈三娘大驚，忙趕上前，叫他不應，看時方知死了。扈三娘放聲大哭，抱他却又扳搖不動。眾嘍囉上前解了繩索，直待鬆了肚帶，鞍轎滾落，方抽出那枝血淋淋的通條來，血和尿、糞一齊流出。陳希真陣上的大小兵將都哈哈大笑。林冲大怒，吩咐左右：「擡鎗過來，待我去生擒這廝。」言未畢，扈三娘早已拍馬橫刀飛出陣前，大罵麗卿：「小賤人，出來見我！」麗卿挺鎗出馬罵道：「無恥賤婢，你還捨他不得！」（此語未免太不近情。才不才亦各言其夫也，豈必天下夫妻盡如卿與玉郎，然後無憾于霄壤耶？）扈三娘咬碎銀牙，掄那口繡鸞刀直奔麗卿。兩馬相交，戰了一百多合，饒你扈三娘狠命相搏，也戰得個平手。二人戰彀多時，扈三娘抵住麗卿道：「且慢，並非我怕你，我這匹青騌馬來不得了，（奇想。）回陣換了馬，再來和你鬥個上下。」麗卿道：「好漢子不趕乏兔兒，你也去將息氣力，再來領死。（妙語。）先着別個來替你併幾合。」（更妙其語愈壯。）三娘飛奔回陣，正待換馬，林冲叫道：「賢妹耐一耐，且回營去安殮了矮虎兄弟，待我取這婆娘。」正要出馬，三娘叫道：（三娘正要出馬，林冲叫道；林冲正要出馬，三娘叫道，不覺其複，但覺其妙。）「林冲哥哥休去，待奴殮了丈夫，親捉這小賤人來碎剮！」林冲揚鞭道：「陳希真聽者：正人不做歪事，你省得的。今晚叫你女兒來納命，我如今不來逼你。」希真此時亦到垓心，一隻手挽住女兒的轡韁，（妙絕，活畫出麗卿的性格，活畫出希真知女兒的性格。）一隻手把蛇矛指着林冲道：「諒你這廝也逃不出我的掌握，你歡喜鬬兵、（虛。）鬬將、（實。）鬬陣法，（虛。）由你揀，你們回去計較。」（兩邊收科語都妙。）說罷，牽了女兒的戰馬回陣，吩咐鳴金收兵，親自同女兒斷後，那邊林冲也收了兵。

却說希真回營，麗卿對眾人道：「久聞得一丈青了得，果然名不虛傳。看他武藝雖強，氣力却不如我，若再幾十回合，必得他的破綻。」分出。止說間，忽報林冲下戰書，乃是扈三娘單搦麗卿今夜交鋒。麗卿大喜。妙。希真恐麗卿辛苦，說道：「我兒權將息一夜休。句。況且將在謀，不在勇，何必同他力戰。」麗卿那肯依，說道：「爹爹休怕他，反說爹爹怕他。孩兒今夜便叫他夫妻團圓了。妙語絕倒。豈亦是彌補恨事耶？孩兒並不困乏，今夜好月色，豈可空過。妙絕。即將首句「孩兒今夜」四字分疏之，極妙句法。若一百五六十合贏他不得，甘受重責。」其語愈壯，其詞愈婉。希真道：「雖如此說，也須小心。」便將戰書批回，當夜交戰。祝萬年道：「趁他此刻全神貫注出戰，何不兩翼都伏精兵，待得勝，便抄他後路，奪他的寨子？」希真笑道：「林冲也是久慣沙場的，此計他豈不防備。我想不如請劉總管帶領精兵伏在清水溪，我等這里廝殺，那里一面攻打濮州。倘得了城池，勝奪寨子多矣。」寫希真。計議已定，當命麗卿入營將息。當時劉廣父子三人與苟桓、真祥麟、范成龍領兵去訖。

麗卿依令，便吩咐馬夫將棗騮剔拂❶，上勻水料，溜了幾轉，將息着。馬上寫一段。那女兵們將梨花鎗、青錞劍都泡洗拭磨了一番。鎗、劍上寫一段。麗卿用了飯食，自己先全裝披掛停當，吩咐女兵都去吃飯將息，預備陣上伏侍，便在中軍帳後側首放一把交椅，叉着手坐着，同永清說些閒話。看看天色，笑嘻嘻的只等晚來廝殺。披掛上又寫一段。此段偏入許多別樣事情，真妙。正說話間，只見希真出來，夫妻都忙立起。希真看了麗卿結束了等候，也是歡喜，因說道：「我兒，你這般與國家出力，我甚歡喜。左右取酒來，我勸你三杯，壯你的英雄氣。」妙。麗卿跪下，接飲三杯，謝了，立起笑道：「爹爹縱着孩兒野性，奇語。索性賞孩兒吃個暢。」妙極。希真笑道：「癡丫

❶ 剔拂：刷洗；清潔。

頭，噇醉了，怎好廝殺？」麗卿道：「便是古怪，孩兒的本事好似藏在酒瓶裏的，（其語愈奇。）吃了酒越使得出。」希真笑道：「倒要看你。（四字妙，深許之詞。）前日御賜的那壜真乙酒還未開用，賞你吃了罷。」麗卿大喜拜謝。（有小兒得餅之樂。）希真對永清道：「賢壻陪他，（極妙酒友。）管着他，休叫十分醉了。」（極妙酒監。）永清領令。（極妙酒令。）希真入後帳去了。夫妻二人就吩咐在中軍帳後金龍大纛下，排一張桌子，二人對面坐了，（極妙酒場。）裨將們擺上按酒❷過來，（極妙酒使。）二人暢飲，說些戰陣上的事務。（極妙酒興。）

却說林冲回營，（奇筆如冷錫豆炸。）扈三娘把丈夫用棺木殮了，（一。）渾身換了素服，（二。）祭奠了，（三。）痛哭了一場，（四。）着人送回城去。（五。一邊夫妻何其快樂，一邊夫妻何其悲傷，並行寫來，令人絕倒。）林冲已得希真批迴，等天晚決戰。扈三娘道：「我不斬陳麗卿，誓不回營！」林冲道：「賢妹不要太氣苦，將息些好去鏖戰。更且不可太猛，倘那廝誘敵，切不可追去。（林冲精細。）那小賤人好弓箭，也須防備。」扈三娘點點頭，說不盡怨氣沖到牛斗❸。看看天晚，東山上推上那輪玉鏡，（偏有閒筆。）林冲等飽吃戰飯，領兵出陣，同鄧飛、馬麟押陣，扈三娘一馬先出。（扈三娘先出。）到營外把人馬列成陣勢，齊奔希真營來。希真營前小校飛報中軍，麗卿正飲得高興，（極寫麗卿雅量。）聽見了，（三字妙。）立起身道：「玉郎，不要吃了，（反勸玉郎不要吃了，絕倒。）吩咐把殘酒收過，待我擒了一丈青來祭他開刀。」（奇而且韻。）當時希真出帳，傳令開營迎戰，叫永清道：「賢壻帮我押陣。」永清領命。樸通通號砲響亮，希真、永清領兵齊出，麗卿就中軍帳前上馬，眾多女兵擁簇着隨後出營。（陳麗卿後出。）到了戰場，兩陣對面，都把強弓勁弩射住了陣角，發擂

❷ 按酒：下酒；下酒物。

❸ 牛斗：天空。牛、斗，二十八宿中的兩個星宿名。

已畢，品了三通畫角❹。那邊林冲陣上，鄧飛在左，馬麟在右，扈三娘在前面，居中立馬，竪着一面大白旗，上面八個銀字，寫道：「地慧星美人一丈青」。（一邊旗號先出。）那一丈青不戴頭盔，把那萬縷青絲綰着個朝天大鬔髻，把一匹白綾齊眉上纏裹了頭額，摘去了珥璫，洗去了脂粉，披一副本色白緞襯底爛銀細鱗鎧，繫一條白羅粉蝶裙，騎着銀騌白馬，背後四面白紬方旗，垂着兩條清水綃的威風，右胯下斜掛着法寶囊，橫着那兩口鏨銀熟鋼繡鸞刀，渾身上下雪鍊也似的白。（一丈青變了一丈白，奇極。）這邊陣上希真、永清左右分開，讓麗卿出馬。只見紅旗飄動，麗卿從陣裏縱馬而出。（麗卿後出。）那麗卿頭戴閃雲鳳翅金冠，（一邊裝束先出。）耳上垂着赤金點翠明月璫，穿着那副猩紅襯底連環鎖子黃金甲，背上四面三尖赤火飛豹旗，大紅湖縐花繡着兩條文武威風，繫一條猩紅紫微緞百摺宮裙，左手攬轡，右手倒提着那枝乾紅西纓梨花古定鎗，（麗卿週身通紅，只有鎗是白的。今欲做成文法，特將「乾紅西纓」四字代去「爛銀」二字，不可不知。）左胯下懸著一口青錞寶劍，一張寶雕弓，右邊麒麟袋內排着雕翎狼牙箭，坐下那匹棗騮火炭飛電馬，醉顏微酡，（加此四字，妙。見其無一處不紅到。）笑嘻嘻的來到陣上，渾身上下好似洪爐裏鉗出一塊赤炭，背後一面大紅猩猩旗，泥金大書着：「勅授無敵折衝將軍飛衛紅娘子」十三個大字，（一邊旗號後出。）字畫飛舞遒勁，想是祝永清與他寫的。（忽然寫到永清書法上，偏有此閒文，真弄筆如戲。想是，妙。）

那時月色明亮，兩陣上點起成千的火把，照耀如同白晝。（總束一筆。）只見戰鼓響處，扈三娘出馬，大罵道：「狠心毒肺爛壞五臟的小賤人，把出這般毒手來，不要慌，吃你老娘一刀！」麗卿笑道：（一面罵，一面笑，相映成趣。）「不知死活的賊丫頭，（妙。）將息好了，不要殺到半兒不結，又推甚麼事故。」（真是風流儒雅。）三娘鳳目圓睜拍馬輪

❹ 畫角：軍中樂器。多以竹木或皮革組成，因外加彩繪，故名。

刀直取麗卿。月光之下，（看他連寫月光。）兩個女英雄扭成一堆，攪成一塊，鞍上四條玉臂縱橫，坐下八盞銀蹄翻越。這單鎗好比神龍出海，那雙刀好似快鶻穿雲。那一個只為夫主報仇，不顧生死性命；這一個要替皇家出力，那管利害吉凶。兩邊陣上，戰鼓震天，吶喊揚威。（夾寫兩邊陣上。）廝併了一百多合，全無半點輸贏，兩邊兵將都看呆了。希真、永清稱贊不已，林冲等也都歎服。（夾寫，妙。）麗卿戰鬬多時，不能取勝，心裏焦躁，想道：「不這般誘他，如何得手。」便把那枝鎗攪了個花心，往後面吐出去，這個勢子是楊家祕傳，叫做「玉龍晾衣」。（奇，妙。）三娘也識得，正要他蓋來。麗卿故意不用，反往下一捺。三娘見了破綻，忙使個「金蛟劈月」，掠開那口刀，往麗卿嗓子上刷的喝聲：「着！」橫劈過來。（駭疾。）只道着手，那知麗卿正要他如此，（奇妙極矣。）便把腰一挫，鳳點頭，霍地往三娘刀口下鑽過。（險極，妙極。）三娘劈個空，麗卿早鑽到三娘背後，順手抽轉鎗，拖篙勢往三娘腰眼裏便刺。（駭疾。不是尋常家數。）三娘見劈空，吃了一驚，（此句倒挖上，妙極。蓋三娘識破，連忙救護，却不待麗卿抽鎗之後也。極寫三娘。）忙轉馬把刀橫往後面下三路掃去。說時遲，麗卿的鎗已刺着三娘的護腰兜兒上，只爭得未曾透入；（駭疾，險疾。）那時快，三娘的刀掉轉來，恰好「鐺」的一聲，刀背格在鎗的古定上，（駭疾。亦不是尋常家數。）這叫做大勾手。（百忙中，偏細註。）麗卿吃他掃開鎗，也搶了個空，往側邊打一個蹦踵，豁地兩匹馬都分開。（異樣精采。）麗卿搶在林冲那邊，三娘搶在希真這邊，中間隔得不遠，都兜轉馬頭立定了，喘着氣廝看。（真是異樣精采，筆筆不由人打算。讀者都愛麗卿之鎗、三娘之刀，予則獨愛仲華之筆也。）但見滿地月華，露水明亮。（筆力之大之奇，吾不能再贊矣。）希真、永清望見，都連叫：「可惜，可惜！」那邊林冲替三娘捏了把汗，叫聲：「慚愧！」（真是妙極。）三娘喘呼呼地罵道：「險些兒着了賤人的手。」麗卿道：「造化你這婆娘。」（官止神行。）兩個又交馬鬬了二十多合，仍是一樣大家都不濟事，都帶轉馬回本陣去了。（忽然收落，風雲不足喻其變化。）

麗卿到陣裏下了馬，解去了裙子，露出大紅湖縐單叉褲，盤膝坐在月亮地上，（處處不脫月。）說道：「且等馬收收汗，再去戰這婆娘，（一片神威。）不贏他誓不回營。」永清也下馬道：「姐姐何苦如此，再戰時，待小弟放一枝冷箭，射倒他罷休。」麗卿道：「不要，不要。若是暗算贏了他，也吃人笑，這廝死了也不佩服。」（寫麗卿好勝，真是入木三分。）希真道：「你也廝強，就着兄弟幫你打甚緊！」麗卿道：「不妨，我自己好射他。方纔可惜，已誘得進了路，却被他溜撒滑了去。」說罷，便綽鎗上馬。軍士們添換了火把，仍就起鼓出陣。扈三娘回陣也下了馬，叫軍士取水來吃了幾碗，解下白綾纏頭，抹抹汗，鬆下了背上方旗，略坐坐，喘息定了。（畢竟讓出麗卿。）聽得對陣起鼓，仍提刀上馬。林冲道：「賢妹如果不見輸贏，不如罷休，還是用計的好。」三娘道：「林哥哥放心，奴定要結果這小賤人。」當時縱馬後出，麗卿已在陣上。（忽然麗卿先出，三娘後出，文法變換。）兩個更不打話，交馬便戰，刀來鎗往，鎗去刀迎，又併了五六十合，毫不分上下。麗卿想着法兒誘他，（寫麗卿一句。）三娘再不上當。（寫三娘一句。）麗卿帶轉馬頭往斜刺裏便走，（寫麗卿一句。）三娘叫道：「識得你的臭弓箭，誰來怕你！」縱馬追來。（寫三娘一句。真妙。）麗卿掛了鎗，拈弓搭箭，回身便射。（寫麗卿一句。）三娘月光下（月光。）看得箭來，把刀去一隔，只聽「錚」的一聲，正射在繡鸞刀的龍口上，火光四迸。（極寫三娘一句。）那時最快，說不了，麗卿第二枝箭又到。三娘却不防到麗卿的連珠箭，急忙躲閃，那枝箭從耳朵邊擦擦的穿過，覺得箭翎拂着有些疼痛。（險極。）三娘吃一驚，不敢追趕，回馬便走。（三娘。）麗卿兜回馬，第三枝箭對三娘後心射來。（麗卿。）三娘聽得背後弓弦響，使一個鐙裏藏身。（三娘。）麗卿又射個空，大怒道：「我射倒你馬，看你走那裏去！」（射人先射馬。）這分際，希真、林冲都放馬過垓心界，各照顧自己的人。（夾入希真、林冲，妙。）只見麗卿倒追三娘轉來，正待放箭射那銀騌馬，弓未開滿，三娘早已將右手的刀掛了，關鍵。取出那五爪錦龍套索綳的撒過來。麗卿閃不迭忙把弓來隔，左臂上早被搭住，三娘便收了絲縧。麗卿撇了弓箭，要用手去奪，月光影裏，月光。看見絲縧上近身數尺都是利鈎，手近不得，急抽出寶劍要去割那絲縧。吃三娘儘力一拖，麗卿用力一掙，兩騎馬都打了個蹭蹬。林冲見搭住了麗卿，驟馬挺矛直奔過來。險極，急殺。三娘見有帮手，便將左手的刀也掛了，關鍵。索性兩手用力來扯麗卿。應力氣不如麗卿。正還兩相凝住，此時大須林冲帮也。希真早已挺矛出馬，擋住林冲。妙。麗卿却心生一計，便順着三娘拖勢直衝過去，奇，妙。手起一劍，向三娘面門劈去。駭疾。三娘急起左手奪住麗卿的劍，方知兩刀俱掛之妙。麗卿左手便扭住三娘，奇，妙。三娘急撇絲縧，回手相扭。奇，妙。麗卿撇弓箭，三娘撇絲縧，百忙中線索犁然，用筆極細。那兩馬八蹄在場上打了幾個團團，偏有餘力照顧馬一句，遂成異樣精彩。只聽得麗卿喝聲：「下去！」兩人一齊翻下馬來。麗卿喝「下去」，則宜三娘獨下馬矣，乃偏寫兩人齊下。總而言之，不肯作一平筆也。林冲大驚，急撇希真來救三娘。疾。麗卿早已翻身上馬，疾。插劍取鎗，細。與希真一齊刺林冲。疾。林冲無心戀戰，就地下搶了三娘，飛馬逃回本陣。看那三娘，早已被麗卿頸上扼死。扈三娘了。矮虎挾死，三娘扼死，奇絕。三娘不死于鎗，不死于箭，不死于劍，而死于扼，又借其絲縧搭住之勢。乍讀之，一似麗卿將失手于三娘者，思之奇筆之拘，至此極矣。林冲大怒道：「麗卿這賤人下出如此毒手，我今日不報此仇，誓不為人！」便教數卒舁三娘屍身回城裏去。矮虎以棺回城，三娘以屍回城，果然團圓。這裏急揮全軍，盡力掩上。

此時希真、麗卿已回陣中，此書每于百忙中，慣用插筆、補筆。如此句包掃一切，賈其餘勇，可以力剸蛟螭。見林冲大隊掩來，希真便吩咐眾將道：「你們輪流抵禦，只許敗不許勝，誘他數十里。待他自退，然後再追，自有妙遇也。」就從此遞到下文，更不另起爐竈，行文一氣呵成，真有彈丸脫手之樂。數語簡括明淨，前後呼應，筆力極大。眾將領諾。林冲已殺到面前，機括極緊。祝永清一馬當先敵住林冲，林冲大叫：「那狠心毒計的賤人出來見我！」帶定此句。永清大喝：「賊配軍，到此還不服輸！」妙。林冲大怒，振奮軍威，挺矛直取永清。永清不慌不忙，展開畫戟迎鬬。一邊計在誘敵，自覺安閒；一邊志在報仇，獨奮武怒。兩邊心事先作一聯提出，勝負較然，筆力奇絕。此聯獨提于永清段落中者，惟永清最知希真也。兩邊一來一往，鬬到四十餘合，永清詐作力乏，虛幌一戟，勒馬而走。好。林冲驟馬追上，左邊鄧飛，右邊馬麟，一齊揮眾掩來，官軍擋不住，紛紛逃走。擋不住，妙。林冲追上一段，欒廷玉挺鎗驟出，擋住林冲，大喝：「賊配軍，休得無禮！」林冲道：「你將毒心的賤人獻上，便饒你不追。」處處帶定。欒廷玉道：「你且將王氏夫妻頭顱還了我再說。」妙。「還」字妙極，一似為我家固有之物者。林冲聽了這話，怒氣填胸，妙。不顧死活殺上來。妙。欒廷玉鬬了二十餘合，林冲勇猛異常，廷玉只得拖鎗而走。妙。賊軍喊殺動地，蜂擁而來，官軍不敢迎戰，飛速前逃。不敢迎戰，妙。此時西山月落，天已黎明，好筆力。林冲望見麗卿在官軍隊裏，妙。大叫道：「賊婆娘轉來，與你併三百合！」處處帶定。麗卿大怒，掄鎗回馬，直奔林冲，大叫：「你們兩個死得不彀，還要來討添頭！」其語愈妙。永清、廷玉自出，麗卿係林冲叫出，變換好。林冲咬牙切齒道：「我今日不戳殺你，誓不回城！」誠如公言。麗卿一味笑嘻嘻的。妙。迎鬬林冲。鬬不數合，麗卿回頭見本陣已退遠，急忙勒馬奔回。麗卿詐敗，另一寫法，妙。林冲那里肯捨，妙。與鄧飛、馬麟領兵狠命追來。麗卿馬快，早已遠遠逃去。妙。林冲又追上一大段路，只聽得官軍隊一聲鳴金，一齊立定，筆法又變。萬年從左邊殺出敵住鄧飛，廷芳從右邊殺出敵住馬麟，希真從中央殺出敵住林冲。前皆一人，獨此忽三人齊出，章法又變。六人六騎，六般軍器，扭住便鬬，兩陣鼓角喧天，吶喊振地。大戰了好一回，太陽離地三尺，已是辰牌，好筆力。林冲早已追上六十餘里。好筆力。林冲忽然想道：驚電乍掣。「陳希真只望後退，必有詭計。着，我此刻人馬大半在此，城中所留無幾，却不穩便。」着，着。或謂林冲未必如此之愚，予謂林冲之智不過如此，取前傳細覽自明。

林冲至此尚能覺得，若李逵之類，至此尚然不覺矣。總之，激怒之法苟見識微有不到，即能中計，不獨林冲也。想至此際，大為着急，妙。只見希真又退去了，好。不然林冲無可退矣。林冲便止住軍馬不追，忙改後隊作前隊，叫鄧飛、馬麟斷後，自己領一半人馬飛速回城。大事去矣。希真見林冲一退，即便揮軍掩殺過來。轉得迅疾，希真絕妙軍機，仲華絕妙筆法。鄧飛、馬麟見官軍殺轉，即忙率眾奮勇攔住。誰知起先盛氣而來，此刻顧後而返，軍心惶惑，銳氣頓消。二十字斷制精確，千古勝敗之源，不出乎此，豈獨為林冲言哉！希真吩咐各隊擂起戰鼓，畫角齊鳴，官軍喊吶一聲，殺氣風生，真寫得出。一萬名銳卒風馳電捲而來，聲勢百倍。霎時間喊殺連天，賊兵紛紛潰散。寫得如湯沃雪，妙。鄧飛、馬麟嚴行約束，不能禁止。陳希真、祝永清、陳麗卿、祝萬年、欒廷玉、欒廷芳一齊追上。聲勢之極。婁熊念被擒之恥，見鄧飛在前，便驟馬追去，鄧飛急忙還鬬。兩人分力相敵，好狠鬬。數合，婁熊搠傷鄧飛，鄧飛却打死了婁熊。完婁熊。欒廷玉急忙追上，救婁熊不及，順手一鎗，刺鄧飛于馬下。鄧飛了。馬麟逃入亂軍叢中，六字奇妙。吃欒廷芳看見，驟馬追入陣中。馬麟急回頭一看，廷芳一刀，早已頭顱飛去。馬麟了。賊軍鳥駭獸走，霎時潰散已盡。宋江兵潰，第四次。希真便命全軍火速趕上，追擊林冲。迅筆疾掃。林冲一心記罣城中，妙筆。就從此句飛渡城中，便利之至。那里還敢返鬬，好。況且此時離希真已遠，藉此句暫攔住希真一邊，章法極善。便一口氣趕到城下。到得城下，方纔叫聲苦，只見那城上已盡是廣平府官軍旗號了。拍入劉廣，緊捷。

原來劉廣領了苟桓、劉麒、劉麟、真祥麟、范成龍，由清水溪一直抄入，黎明時節已到濮州城前。遙接法，補敘法。當時領兵直逼城下，城內張橫、張順得了清水溪的伏路探報，早已曉得。兼顧賊軍一面，用筆周至。見官軍到來，悉力備禦。寫賊軍。劉廣見賊軍備禦，便傳令奮勇攻城。寫官軍。城上灰瓶、石子鐵桶也似守住。寫賊軍。劉廣與苟桓躊躇商議，苟桓道：「我們既已到此，且只管儘力攻打。此刻賊人強打精神，拒敵我們，我們休要讓他。（確是苟桓勇敢聲口。）況且林冲那枝軍馬，我料陳統制必定破得。若此路一破，城內軍心惶惑，此城立破矣。」（寫苟桓。）劉廣稱是。又道：「我此刻可將兵馬分作四隊，其三隊分攻東、西、北三門，留出南門，使他有條出路，他自然棄城得快了。我却用那一隊人馬伏在魏河渡口，邀擊其歸路，可令他全師覆沒。」（寫劉廣。）當下計議已定，便派劉麟率領水軍二千截住魏河，苟桓領兵四千陸地埋伏，這里真祥麟攻東門，范成龍攻西門，劉廣領劉麒親攻北門，一齊鎗砲、弓矢捲上城去。自黎明攻起，到了巳牌時分，（林冲已回轉之時。）城中不聞林冲消息，（可知誘退六十里之妙。）果然人心惶惑。（果如苟桓所料。）劉廣見賊兵守法漸亂，使命佈上雲梯，劉廣親自當先登城。（寫劉廣。）劉麒見父親登城，即忙跟了上去。（帶寫劉麒。）眾將見主帥及公子俱已登城，便捨死忘生一齊衝上。（寫官軍，極力寫劉廣矣。只「身先士卒」四字中間，夾入子從父登一筆，遂覺忠孝之氣，盎現紙上。）劉廣勇猛當先，一柄大刀橫砍賊人，賊人大亂，登時官軍佈滿城上，北門已破。（極寫劉廣。）賊兵不待主將號令，早已紛紛奔出南門。（妙。）張橫、張順知不是頭，也急忙從南門逃出。（果如劉廣所料。）那邊真祥麟已殺入東門，范成龍已殺入西門，（真、范畧帶者，欲出力寫劉廣，則餘人皆可從畧也。）劉廣入城，城中賊兵潰散已盡。（宋江兵潰第五次。）劉廣便傳令將旌旗插在城上，派兵登城守備，一面出榜安民，一面差真祥麟、范成龍去追捉張橫、張順。（順便遞到張橫、張順。）

那張橫、張順逃出南門，身邊尚有千餘名從騎，一抹地奔到魏河。正還未到渡口，只聽得林子裏一聲砲響，一彪官軍殺出。為首一員將官，手提黃金雙鐧，正是劉麟，大喝道：「逆賊逃向何處！」張橫、張順大怒，回顧眾人道：「我們殺了這厮再去，走的不算好漢！」（神理全從潰散後來。）眾人一齊奮勇迎殺。正在呼鬭，忽背後一聲吶喊，又是一彪官軍殺來，乃是真祥麟、范成龍從背面殺來。眾賊前後受攻，支持不得。

妙。張橫、張順一面苦鬥，一面叫：「眾兒郎休要走！」妙。那眾賊早已不由分說，紛紛潰散。妙。二張即忙捨命殺出，奪條血路而走，身邊從騎只剩三百。妙。行不數里，林子裏又是一彪官軍殺出，苟桓躍馬橫刀，攔住去路。方出苟桓。張橫、張順正欲迎敵，回頭一看，那三百從騎已逃走不知去向了。妙。此次潰散當附第五次之末。張橫對張順道：「兄弟，今日我和你同死。」略表二張。一齊殺奔苟桓。苟桓見他只得二人，便叫眾軍士打個圈子，團團圍定，自己單刀匹馬，直取張橫、張順。二人本是好手，更兼今日有死無生，拚命死鬥，自然十分兇猛。註一遍，妙。幸係苟桓手下亦不平弱，足足抵敵得住。表出苟桓。當時圍場三騎馬，團花簇錦的鬥了四十餘合，不分勝負。自來不分勝負，是平手之詞，今此處苟桓以一敵二而不分勝負，則是出色寫苟桓矣。此時劉麟、真祥麟、范成龍已到。插筆，妙。苟桓戰了多時，不能取勝，便又鬭數合，詐作力乏，虛掩一刀，回馬而走。寫苟桓。張橫驟馬追上，張順急叫：「哥哥休中他拖刀計！」寫張順精細。話未絕，苟桓一刀劈去，駭疾。張橫急閃過。寫張橫。張順救哥哥要緊，驟馬趕上。緊捷。苟桓刀劈個空，此句本緊接「張橫閃過」，却中嵌張順追來一句，便覺異常駭疾矣。却又撞着張順，此句接「張順趕上」，而中嵌「苟桓刀劈個空」句，異常駭疾。苟桓便乘勢刀背打去。異常駭疾，異常精彩。張順閃個不迭，翻身下馬。駭疾。張橫急救張順，劉麟一馬早到，將張順就地抓去。駭疾。張順就擒。張橫急追劉麟，苟桓便從後追上，緊疾。擺開大刀，舒出左臂，將張橫背後勒甲絲縧揪住，妙。用力一扯，張橫用力一掙，尚寫張橫。苟桓便用刀柄儘力一敲，寫苟桓。一扯一掙一敲，妙。張橫擋不住，翻身下馬，眾軍一齊上前綑捉去了。張橫就擒。苟桓便會合劉麟、真祥麟、范成龍押解張橫、張順一齊回轉濮州，由南門進城。

那邊林冲已在攻打北門。緊接。南門、北門，眉目清楚。劉廣接着苟桓等解到張橫、張順，大喜，便將二張綑綁了，押到城上，指與林冲看。妙。林冲大怒，恨不得跳上城來亂砍，妙。奈賊兵早已志喪氣盡，毫無鬭心。妙。希真大軍已由背後殺來，緊接。劉廣便令開門出戰。林冲到了此際，腹背受敵，饒你武藝通天，早已無能為力，更兼手下兵卒散亡已盡，官軍四面殺來，如何抵擋得住，斷制老潔。只得大吼一聲，舞着一枝蛇矛，落荒而走。祝永清、劉麟見了，一齊追上。林冲一枝蛇矛，帶招架，帶逃走，溜脫了性命，身邊只剩得幾十個人。逃出濮州地界，暮色已深，好筆力。棲身古廟之中，打了火食。漸漸月輪推上，照得殿廡明亮。妙筆。林冲擡頭看那廟中神靈，想起那年雪夜草料場之事，宛然這般景象，一陣心酸，不覺淚如泉湧。真是妙筆。一百八人中，惟林冲最苦，故特寫之。漸漸定了神志，看旁邊幾個兵丁伴着，也是沒聲沒氣。傳神。林冲前情後節想了一回，又想到今日之事，暗想：「這事怎好？公明哥哥把濮州交付于我，原是萬金重任，我因王英夫妻死得太慘，急圖報仇，却是鹵莽了些。就林冲口中，提清兵敗之故。不料陳希真串同劉廣，襲取城池，直弄到兵散將亡，一敗塗地，我林冲直如此命慳。一句包括平生事，不僅指目下失濮州一事也。如今欲圖恢復，實實無計可施。若回梁山，有何面目。真難。又不知山寨中被困情形，近日怎地模樣，好生記罣。忽說到山寨被困，文有聲東擊西之妙。只有且回山去。」等到天明，林冲一路垂頭喪氣，意懶心灰。不日到了梁山，訴說濮州失陷之事，宋江、吳用等一齊驚倒。林冲自此終日長吁短歎，眠食減損，漸漸頹唐。呼起後文。按下慢表。

且說陳希真逐去林冲，與劉廣會合兵馬，一同進城。眾將見兩日之內，收復一城，無不歡喜。為麗卿夜戰添出精神。當將張橫、張順解往大名府監禁，監禁第十八個、第十九個。謹將恢復事宜，申奏朝廷，這里開筵慶賀。不數日，朝廷恩旨下來，加封陳希真懷化將軍、順誠子，標下眾將均各按功陞賞，從優獎勵，就勅興兵進勦梁山。先透一筆。希真等謝恩訖，便回本任，簡鍊軍馬。這一回已將濮州之事交代明白，下一回再說雲天彪攻復嘉祥。老氣無敵。

范金門曰：耐庵寫林冲為梁山泊一等上將，自有水滸傳以來，無論冠蓋儒林縱論，及鄉村豆棚閒話，一提林冲，則勇邁精細氣概，如在目前。宋江托之以濮州，而又佐之以扈三娘，所托誠不謬矣。一旦臨之以兵，而欲奪其所守，不亦難乎？仲華因其人而書之，背城立陣，陣法亦見超奇。扈三娘出戰，戰將亦非庸弱，乃逐層逐事，汩汩寫來，遂令揚威耀武之人轉為長吁短歎，易春容為秋色，絕妙文章。

或曰：此一役也，若林冲堅守不出，則不致失城，即開門迎戰，互有勝負，則失城亦不致如是之速。不知此為攻城習套，不足以見林冲之才，亦不足以見希真之勇。且劉廣調任一節，亦無所用之矣。謀篇益盡善也。

第一百三十一回　雲天彪旂分五色　呼延灼力殺四門

話說雲天彪收復泰安、萊蕪之後，與上回陳希真雙峯對插，絕妙章法。全軍將士都在萊蕪尚未發放，此句有二善：託出此番攻嘉祥乃乘勝進兵，妙筆也；既已全軍將士都在，則內中畢應元、唐猛、哈蘭生之類，皆相隨而至，不必再敘移調、檄調原委，省筆也。已奉到褒嘉聖旨：雲天彪着陞山東留守使，封忠勇伯，節制全省，移駐兗州，即命進攻嘉祥；落地有聲。兗州劉廣調開，上回既見，此處不必補出，落落大方。傅玉、風會、畢應元等均加陞銜，遇缺即補；龐毅授馬陘鎮防禦使；李成追贈宣威將軍；哈芸生給予都監職銜，俟養傷平復，再行就職。順手收過哈芸生，便捷。天彪及眾人均各謝恩。此時天彪已將泰安、萊蕪善後事宜辦理清楚，都省已委員弁下來接理。天彪即將所有尅復泰、萊之將弁、軍馬，即日起行。省極，便極。一路上軍容濶大，武備威嚴，萬隊旌旂，雁行魚貫，聯行馹道❶，飛渡濠梁，儷詞。端的是勝軍之卒，勇氣百倍，斷一句。不日間浩浩蕩蕩直抵兗州。此句本直接「即日起行」句，因嫌其太率，故中間設色一番，而恰好逗起闖陣之事，絕非浪筆。早有細作飛奔嘉祥，報知呼延灼去了。

且說呼延灼自那年嘉祥失守，幸蔡京潛地通謀，因而復得。呼延灼因想起前番因城小濠淺，以致官兵攻圍，難以支持，直應七十八回落墨。便將城基拓大了一里多，又比舊城加高丈餘，城濠也開濶了一丈，掘深了五尺。呼延灼親自閱看，端的雉堞巍峩，連雲蔽日，真個是金城湯池，萬夫莫開。呼延灼心中甚喜：「這

❶ 馹道：官道；大路。馹，音ㄖˋ，古代驛站專用的車。

番官兵無奈我何了！」忽插寫嘉祥城池一段，妙筆。讀者至此無論善讀不善讀，莫不以為下文攻城作地也。讀至後幅方驚，作者出人意表。近聞雲、陳兩處攻復梁山外郡，勢如破竹，呼延灼倒也心驚，緊接「官軍無奈我何」句，自然入妙。便教眾兄弟們加緊防備。與林冲同。這日忽報雲天彪已由萊蕪起兵到來，呼延灼集諸將商議道：「雲天彪新尅泰安、萊蕪，乘勝而來，銳氣正旺，鋒不可當，我們只得嚴緊把守，再定計議。」所議甚是。韓滔道：「以小弟愚見，兄長所議恐有不妙。此刻他新戰之後，勞乏未定，又復奔馳遠來，是其失着。我們可速發精銳迎擊，先打他個下馬威。他銳氣一挫，自然受我所制。誤矣，誤矣。乘勝攻人，原有得有失。得者取其氣之方銳，失者為其力之已竭也。然此間得失之判，須取彼我形勢，細細較量，方可無誤。若自保城池，他必四面攻圍，我外面一無救援，直待曠日持久，糧盡力弊，束手就捦，悔之晚矣。」此議卻甚是。或問：二議相左而均是之，何也？金門曰：總而言之，勢不可為。彭玘道：「韓兄議是。但發兵迎擊，亦非勝算，不如屯兵城外，安營列寨。一俟他到來，營伍未定，我便縱兵掩擊，這是以逸待勞，必然得勝。」與馬麟之見同。合兩篇觀之，寫將則齗齗爭訟，寫兵則紛紛潰離，危亡之象逼現紙上，仲華才力之大，無俟贅讚矣。宣贊、郝思文都稱彭玘議是。呼延灼依議，便傳令至南旺營，教單廷珪、魏定國加緊防守。先按南旺一筆，作文定法。這里命宣贊、郝思文守城，自己與韓滔、彭玘精選雄兵二萬，出城札寨，分為三隊：呼延灼領中營，韓滔領左營，彭玘領右營。分派已定，个个摩拳擦掌，等待官軍。

這日傍晚，前面探報雲天彪已到了卧龍山。機構極緊。呼延灼忙問：「已安營否？」探子答言：「方纔到的，尚未列陣安營。」妙。呼延灼道：「趁他尚未列陣，我們一鼓前行，先去襲擊一場。」將寫鬬陣，却先寫一段擊未陣，行文之法，精妙絕倫。說罷，傳令三軍一齊拔動，飛速進去。頃刻到了卧龍山，寫出迅速。時已掌燈，點出時令。只見官軍方在安營。呼延灼便傳令，三軍吶喊一聲，一齊衝去。官軍慌忙迎敵。呼延灼勇猛衝先，早已殺到陣前。寫呼延灼。只聽得官軍陣後一聲號砲，霍的豎起一枝海棠式的大燈纛來，（異樣精彩。）當先一員虎將，手提九環潑風大砍刀，正是風會。大喝：「逆賊休亂闖！」一刀對呼延灼的面門砍來。此時呼延灼仗着衝馳怒氣，也無回言，（妙筆。昔人言螳螂不鳴，其氣盡用於怒攫也，可為此處作注腳。）舞着雙鞭，直鬬風會。韓滔、彭玘見了，一齊上前相助。只見官軍左邊，又是一派蝙蝠式的燈纛，翻翻滾滾出來，直抄賊軍右邊來了。（異樣精彩。）呼延灼看到此際，曉得官軍有備，襲擊無益，（妙筆，省筆。贊其妙者，為其寫出天彪也；贊其省者，為其不佔下文也。）急忙與韓滔、彭玘收集軍馬，飛速退回。（飛速進去，飛速退回，可謂其進銳者其退速。）只見右邊林子裏又是一隊葫蘆式的燈纛，（異樣精彩。）聲聲吶喊，山嶽動搖，（妙。）賊兵个个驚駭，紛紛離亂。（先逗兵潰一筆。）呼延灼嚴行約束，保軍退走，只見官軍也不追趕，那幾隊燈纛，煌天絢地的收歸卧龍山去了。（異樣精彩。先插一段呼延擊未陣，以呼起天彪鬬陣；中間又寫出三段燈纛，以襯起下文旂色；而又能迅筆收過，不佔下文，章法、筆法兩臻其妙。）

呼延灼、韓滔、彭玘收兵回營，安插了人馬。（細。）呼延灼對韓滔、彭玘道：「我此番出去，原想乘他不備，得个勝仗，不料這厮倉猝應變，有如此紀律。（天彪實讚。）我此計不成，如何是好？」韓滔、彭玘都躊躇了一回，韓滔道：「這厮經我此番衝突，必然盛怒而來，須得厚集其陣以待之。」（方落到陣法。）彭玘道：「還須兩翼都伏精兵。」呼延灼道：「且慢。（奇。）方纔我看兒郎們一聞官軍邀擊，早已紛紛驚竄，毫無鬬志，這大非好處。（再逗一筆。）我如今只得嚴申賞罰，約齊隊伍，方可厮殺。至於天彪那厮要來，我也只得和他拚命一戰，生死存亡盡在今日，更無他顧。」（何至無謀如此，可見勢危。）韓滔、彭玘都變色點頭。（傳神。）當夜呼延灼傳令三軍，分派旂色：（領起。）呼延灼用紅旂，將中軍，大纛、副纛、領隊旂、門旂、牙旂盡是紅色，大小將弁盡是紅纓獅子盔、猩紅襯底連環甲，鎗上盡是朱纓，箭翎盡是赤羽；（中軍紅色。）韓滔用青旂，將左軍，大纛、副纛、領隊旂、門旂、牙旂盡是青色，大小將弁盡是青銅獸面盔、青獅鐵葉甲，鎗上盡是青纓，箭翎盡是青羽；左軍青色。彭玘用白旂，將右軍，大纛、副纛、領隊旂、門旂、牙旂盡是白色，大小將弁盡是鋪霜白鐵盔、爛銀細砌魚鱗甲，鎗上盡是白纓，箭翎盡是白羽。右軍白色。先寫賊軍旂色，然後遞到官軍。呼延灼申明號令，擺列隊伍，鼓勵士氣，等待官軍。一夜部署，天已黎明。好筆力。

雲天彪在卧龍山部署營伍已定，好筆力。聚集眾將商議道：「呼延灼這賊甚是鹵莽，今日進兵，當用何法破之？」劉慧娘道：「他背城列營，先期衝突，分明自知難以堅守，故為此力戰之法。料得透。如今公公可拔寨徐徐前進，容媳婦看其列營之法，便可設計取勝也。」輕輕引起。天彪稱是。當時傳令三軍拔寨，緩緩而行。不一時，已望見呼延灼兵馬。天彪便傳令眾軍札住陣腳，教劉慧娘駕起飛樓，先行觀看形勢。慧娘領令，就中軍陣內駕起飛樓，慧娘在飛樓上閃開慧眼一看，只見賊人陣列三軍，旂皆一色。忽用駢句，妙。看了多時，四週並無雜騎，加一句，補前所無。暗點頭道：「此乃春秋時夫差爭盟之法。此處仲華自註，故上文金門不註。賊人用此，其背城死戰之意，不問可知。」妙。便下了飛樓，走上帳來，將這番情形告知天彪。天彪便道：「他既如此，我軍亦可分為三隊，嚴明旂鼓，與他鏖戰一場。自是大將聲口，亦自是天彪聲口。這里另派回部兵馬分伏左右，如大軍得勝，便一同協力攻城；如未能取勝，可誘他窮追過來，卻教回部兵馬從間道抄襲嘉祥，此城可破也。」先從天彪口中定出大局，然後慧娘從旁叅贊，以成其事，最為得體，不然鋪張慧娘，冷淡天彪矣。慧娘道：「公公如要分三軍鏖戰，媳婦有一佈陣之法，可以勝他。」天彪問何法，慧娘道：「他中軍既用紅旂，紅乃火色，我中軍可用黑旂以勝之；妙。他左軍青旂，青屬木，我右軍當其左，可用白旂以勝之；妙。他右軍白旂，白屬金，我左軍當其右，可用紅旂以勝之。妙。幾疑慧娘用天官時日之法，故妙也。我每軍裝束，也令與旂幟一色相同，妙。只須每軍各添嚮導兵一隊。妙。其嚮導兵旂幟，亦各如本軍旂幟之色，但須邊鑲雜色為別。妙。各軍進退，全憑鑲色旂為號。妙。善讀者見此當不為仲華所瞞也。又另設三隊間色旂，乃是紫旂、淡紅旂、月白旂。中軍用紫旂蓋頭，左軍用淡紅旂蓋頭，右軍用月白旂蓋頭。妙，妙。紫者，水尅火也；淡紅者，火尅金也；月白者，金尅木也。這三色既與本軍旂色各相似，妙，妙。而又有尅制之妙。至此還要瞞人。此三隊正軍旂色如此。總束一句。此外可設遊騎數隊，旂用綠色，回部伏兵可用雜色。公公以為何如？」天彪道：「吾兒真有神化不測之機也。先贊一句，妙。但遊軍綠旂，不如老實用了青旂。妙。你左軍既用紅旂，可即教回部為左軍，不必另作伏兵，另換旂色矣。」妙。慧娘建議而天彪莫贊一辭，非所以重天彪也。作者用筆斟酌，盡善。慧娘稱是。當時天彪便傳令眾軍列陣佈旂，一一如議。賊兵陣法，以敘代議；官兵陣法，以議代敘。文法錯綜可喜。天彪與傅玉、雲龍以黑旂領中軍，風會、聞達以白旂領右軍，哈蘭生、沙志仁、冕以信以紅旂領左軍，畢應元、龐毅、唐猛以青旂領遊軍。四隊人馬，整齊明肅。另派孔厚與歐陽壽通領五千人馬，保護劉慧娘在高阜瞭望。

次日黎明，天彪傳令三軍一齊出營。三聲砲響，畫角悲鳴，殺氣橫飛。警句。呼延灼聞官軍出營，也傳令三軍一齊迎戰。當時品了三通鼓角，兩陣對圓，呼延灼見官軍旂幟盡是間色，毫不為意，方信間色蓋頭之妙。便一齊擂鼓振天，吶喊動地。此句係三軍總寫。呼延灼早領着紅旂兵直取天彪中軍，以下單提中軍明劃。天彪紫旂兵大呼奮擊。只見塵沙起處，戈甲齊明，這邊紅旂好一似飛揚烈火，那邊紫旂好一似爛漫英霞，紅、紫二色先作一對，絕妙儷詞。紅、紫二隊歷歷分明，大呼酣戰，足有半个時辰，不分勝負。真是歷歷分明。呼延灼怒極，舞動雙鞭直衝官軍，只見官軍隊裏那位總管傅玉，將鎗往後一擺，紫旂隊裏一聲鳴金，那羣紫旂兵豁地分為兩隊，向中軍陣後抄回去了。精光閃爍。紫旂退去。呼延灼定睛一看，只見官軍隊裏露出一大隊黑旂兵來。精光閃爍。黑旂出現。呼延灼見是黑旂，曉得官軍以水剋火，偏有應筆，奇極。但心中毫無顧忌，四字八面可通，妙。只是揮動紅旂兵捲殺過來。紅旂、黑旂攪做一團，紅旂衝黑旂，正是驚電穿雲；黑旂裹紅旂，却像濃烟蔽日。紅、黑二旂又作一聯，絕妙儷詞。兩陣中千人呼喊，萬馬奔馳，直殺得天旋地轉，電駭雷崩。寫出大戰之狀。官軍早已退了五六里，賊軍也不知不覺的追了五六里。天旋地轉，電駭雷崩，所以不知不覺也。絕非浪筆。呼延灼正待力追，忽報後面左軍青旂兵來了。閃爍可喜。一路勤寫中軍，幾於忘卻左右矣。此處忽然點出，讀者方欲拭目觀之，而不知其非真也。呼延灼大喜，便差人飛速傳令到青旂隊裏，叫韓滔便將青旂兵抄入官軍黑旂背後去。妙。使人去訖，呼延灼得意揚揚，妙。儘力追擊黑旂。只聽得自己後隊一片聲叫起苦來，奇極。原來那青旂兵竟把呼延灼的使者殺了，奇極。一派強弓勁弩單揀他紅旂射來也。奇極。呼延灼目瞪口呆，罔知所措，急教後隊看望。又叫聲苦，那青旂隊裏何嘗有韓滔的魂靈，奇極，妙極，趣極。正是畢應元、龐毅、唐猛領着遊軍翻翻滾滾的殺來。奇極，妙極，幻極。方悟天彪遊軍用青旂之妙。官軍青旂出現。呼延灼大驚，那隊紅旂早已大亂。大驚，大亂，妙。雲天彪、傅玉、雲龍一齊領黑旂兵掩殺轉來，妙。前面黑旂，後面青旂，將呼延灼的紅旂裹在當中，紅、黑、青三色，總束一筆，明劃。正是重虹鬬彩，疊錦爭光。紅、黑、青總描一筆，絕妙儷詞。呼延灼整整一隊紅旂，看看已亂行錯伍。妙。呼延灼嚴申號令，約齊了陣法，非寫呼延也。若此處人馬便潰，下半幅無文字矣。教眾兒郎一齊立定，且看門戶。或以為頓筆，非也，乃遞筆耳。以遞筆作頓筆，此仲華之筆所以妙也。只見官軍青、黑二隊打个圈子，喊聲振天，卻並不掩殺過來。奇，妙。呼延灼看那官軍西南角上隊伍疎亂，妙。便領全隊紅旂兵向西南衝去，一聲吶喊，一帶紅旂透出重圍。處處帶定旂色，故異常絢爛。回看官軍，那隊青旂兵已不見了，官軍忽收過青旂。只是大隊黑旂札住一个大方陣，鼓角怒號。官軍只留黑旂。明白之至，絢爛之至。呼延灼無心還鬬，紅旂無心鬬黑旂。只領着那隊紅旂，望回嘉祥的路便走。忽然出回嘉祥，如洪濤巨浪中，忽得指南針。行不數步，前面早有白旂擋路。閃爍可嘉。忽點出白旂。呼延灼約定紅旂，處處帶定旂色，異常絢爛。細細看認，前面旂色極像彭玘的白旂兵，奇極。便不管生死吉凶，直迎上來。走近前時，方叫聲苦，與青旂對看，奇妙。只見是風會、聞達驅着那白旂掩殺過來。奇極，妙極，幻極。方悟慧娘右軍用白旂之妙。官軍白旂出現。呼延灼大驚，急忙走轉。那風會、聞達已領白旂兵追來，妙，妙。前面又撞着那隊黑旂兵，妙，妙。急得呼延灼進退無路。只見那隊黑旂只是不動，奇，妙。白旂隊裏一聲鳴金，那羣白旂頃刻雲收霧捲的不知去向了。官軍忽收過白旂。背後人喊馬嘶，塵土障天，飛到一隊青旂。閃爍之至。呼延灼此時已目迷五色，不辨風塵，我亦目迷五色，不辨風塵矣。只得押定紅旂，處處帶定旂色。且看來勢。情形確真。那隊青旂已頃刻飛到面前，奇極，駭極。呼延灼定睛一看，方纔大喜：「這番真是韓滔的青旂兵到也！」奇極，妙極，幻極。韓滔卻大喫一驚，奇筆。忙問：「呼延哥為何在此？」呼延灼忙問：「怎地了？」兩問傳神。韓滔道：「方纔初交兵時，小弟見哥哥陷陣，小弟急忙衝進陣來，卻喫官軍白旂、月白旂裹住，混戰多時，不能得出。韓滔青旂與風會白旂交戰情形，此處補出。等得他收兵而退，小弟卻聞得後軍飛報有一隊紅旂衝出官軍陣裏，奔向嘉祥城去。善讀者必曰：哈蘭生奪得嘉祥城矣。小弟只道是哥哥突陣回城去了，為何還在這里？」註出喫驚之故。善讀者知哈蘭生奪嘉祥，以此故也。呼延灼此時神昏氣亂，不知所答，非呼延神昏氣亂，不知所答也，實仲華惜筆愛墨，不欲多寫也。只問：「我那彭玘的白旂兵怎樣了？」忽想到彭玘白旂兵。韓滔答言不知。乃按住讀者眼光，被他閃殺。呼延灼道：「不料雲天彪這廝如此利害，我被他旂色一亂，弄得不知所為，就呼延口中表出慧娘勝算，然後知五行生尅之故，欺人也。不知他自己怎生認得。有鑲色旂領路，故也。即此一筆，已回應過鑲色旂，妙。為今之計，只有他的黑旂一隊我們沒有此色，料他不能相混，我與你併力去擊他的黑旂。」方悟慧娘用黑旂之妙。韓滔道：「適纔向嘉祥去的那隊紅旂，不知是何路兵馬？」再照官軍紅旂一筆。活寫出不知頭路。呼延灼道：「雲天彪大軍在此，那紅旂料不過是遊騎之軍，且是由他。」此等處大意，確是呼延灼。說罷，便將青旂、紅旂併為一隊，（賊軍青、紅急合。）望着官軍的黑旂儘力追來。（處處帶定旂色。）雲天彪在黑旂隊裏望見賊軍商議多時，（此句精靈之至。）忽然併力追來。天彪大笑道：「呼延灼果然追我黑旂，真沒見識也！」（卓然儒雅。）便教傅玉、雲龍拔寨齊退。（妙。）呼延灼那里肯捨，與韓滔狠命相追。只見黑旂前走，青旂、紅旂後追，（處處帶定旂色。）又追上六七里。此時塲上旂幟，淨存青、紅、黑三色。（明白之極，絢爛之極。）只見官軍黑旂隊裏一聲鳴金，軍馬一齊立定，（精光閃霍。）陣邊畫角齊鳴，陣中戰鼓好一似數萬雷霆一時並發，（精光閃霍。）黑旂兵吶喊震天，雲飛潮湧般捲上來。（精光閃霍。）天彪居中，傅玉在左，雲龍在右，一齊殺奔賊軍。（聲勢之極。）呼延灼慌忙敵住天彪，韓滔慌忙敵住傅玉，那雲龍已揮兩翼兵馬直抄賊軍。（妙。）霎時間四邊鼓角喧闐，烟塵馳突，賊兵早已紛紛驚亂。（好。）韓滔在陣雲中苦鬪傅玉，瞥見自己兵馬已亂，心中一慌，喫傅玉乘間一鎗，刺中心窩，翻身下馬。（韓滔了。）呼延灼鬪天彪，本領原敵得過，（表出。）怎奈佐將已亡，兵馬已潰，到此也難為力，大吼一聲，衝出陣雲，一抹地向西北方去了。（呼延灼逃走，未言去處。）賊兵早已紛紛潰散，霎時間那班青旂、紅旂的賊兵逃亡無蹤。（至此方寫賊軍潰散，卻抱定旂色，明白之至，絢爛之至。宋江兵潰第六次。）天彪、傅玉、雲龍統領着黑旂大隊，掌得勝鼓，向嘉祥進發。到了城下，只見紅旂、青旂、白旂插滿城上，（仍帶定旂色。官軍紅、青、白三旂一齊於此出現。）果然哈蘭生奪得嘉祥城也。（拍合緊。）原來哈蘭生、沙志仁、冕以信領着右軍紅旂兵，與彭玘白旂兵相敵。（抽題官軍紅旂，賊軍白旂。）這邊官軍前隊是淡紅旂，先與彭玘白旂鏖戰。（分明。）哈蘭生領紅旂在後督戰，（妙。）背後卻是畢應元的青旂遊軍。（插筆，妙。）那前隊淡紅旂已與白旂戰彀多時，正值賊軍紅旂、青旂都已被官軍誘入重地。（提綱挈領，字字分明。）畢應元在後面望見，便與龎毅、唐猛領青旂遊軍從空隙處衝出，抄擊彭玘白旂。（用筆分明。）彭玘見是青旂，只道自己的人馬，（妙，妙。）

不防畢應元驅青旂兵直衝過來。妙。賊人不知就里，大駭潰亂。好。畢應元青旂、哈蘭生淡紅旂，夾擊彭玘白旂。彭玘慌得手亂，喫畢應元抽弓搭箭，颼的射來，彭玘閃个不迭，中箭落馬。彭玘了。官軍大呼掩殺，賊軍白旂頃刻沉沒。乾淨。故上文鏖戰之時，不見賊軍白旂也。哈蘭生便收過了淡紅旂，收過淡紅旂。單用了純紅旂，故意從畢應元青旂隊裏衝出去，襲嘉祥城。明劃之至，奇妙之至。畢應元見了，便聚集青旂兵轉來掩擊呼延，奇，妙。故爾呼延灼後隊喫官軍亂箭衝射。明劃之至。再講哈蘭生、沙志仁、冕以信領着紅旂兵直取嘉祥城。一路青、紅、赤、白交錯紛乘，入他手忙矣，亂矣。乃觀其穿插抽補，抑何井井有條也？故此段文字人喜其絢爛，我服其清楚。宣贊、郝思文正在城上，見有一隊紅旂從官軍隊裏衝殺出來，只道是呼延灼突陣回城，與韓滔語符合，可見慧娘設旂之妙。急忙開城迎入。妙，妙。哈蘭生見了，便將紅旂兵直入城中。妙。進到城時，宣贊、郝思文大喫一驚，方知中計。妙，妙。回回兵早已盡入城中，妙，妙。城中賊軍大駭潰亂。好。哈蘭生銅人橫掃，所向無前，寫哈蘭生。沙、冕二人長鎗捲舞，寫沙、冕。回兵奮勇厮殺。寫回兵。宣贊還想抵禦，喫哈蘭生展開銅人，舒出左臂，龍探爪抓住勒甲絲縧，儘力一扯，宣贊翻身下馬，眾回兵一齊上前綑捉去了。宣贊就擒。郝思文大驚，急想逃出城外，恰喫沙志仁攔住了，一鎗刺中肩窩，掀下馬來，後面撲到冕以信，就地一抓，生擒去了。郝思文就擒。城中賊兵喫眾回兵紛紛亂殺，早已有一大半向別門逃走了。乾淨。嘉祥已破，賊兵已盡，八字收束有力。哈蘭生便命完封倉庫，點兵登城，等待大軍。不多時風會的白旂兵、畢應元的青旂兵，都陸續進城。收白旂、青旂，絕不費力。隨後天彪黑旂大軍也到，收黑旂。孔厚、歐陽壽通保着劉慧娘一同進城。收劉慧娘、孔厚、歐陽壽通。天彪到了縣堂，眾將紛紛獻功。天彪一一慰勞，記功錄簿，傳令眾兵將就在城中休息一日，以便進攻南旺營。遞到南旺。按下慢表。

且說呼延灼與天彪鏖戰，大敗之後，單騎逃出重圍，初意欲奔回嘉祥，仔細一想，此刻嘉祥必已失陷了，便撥轉馬頭，直奔南旺營。那單廷珪、魏定國在南旺營聞得嘉祥鏖戰，正欲發人去探聽勝負，瞥見呼延灼渾身血污，單騎奔來，二人都大喫一驚，一齊問道：「城中之事怎樣了？」呼延灼將上項鏖戰之事說了一番，便道：「我此刻全軍覆沒，單騎脫逃，城中之事，不知如何了。（寫神昏氣亂，餘勢猶存。）我此刻須得速去救嘉祥，宣、郝二兄弟性命要緊，快取些乾糧與我，我單騎先去，你二人盡發營中兵隨後就來。」（粗率無謀，一至於此。然此時雖有奇謀，亦無如之何矣。）單廷珪勸道：「天色晚了，（順手點出天晚，昏曉極明。）不如且請營中歇一夜再去。」魏定國道：「城中諒未必就至失陷。（豈敢，早已失陷了。）如果失陷，此刻趕去，亦是無益。不如權歇一夜，從長計較。」此時呼延灼也覺有些頭目昏花，筋力疲乏，（妙筆，細筆。）只得依了二人的話，就在營中安息。

次日黎明，探子報到，嘉祥城已被官軍奪去，宣、郝二人遭擒，呼延灼、單廷珪、魏定國都一齊大驚。（活畫。）單廷珪、魏定國面面廝覷道：「這怎生是好？」呼延灼道：「二位賢弟聽我說。事已如此，我們死守南旺也是無益，（確。）不如盡發本營兵馬前去儘力攻城，（無聊。）倒還有一層希冀，（無聊。）除此別無良策。」單、魏二人想了多時，果然無法如何，（確切情形。）只得聽了呼延灼的話，盡數點起南旺營兵馬，殺向嘉祥城來。到了北門，（北門。）只見官軍在城上隊隊旌旂，青、黃、赤、白插滿城頭。（旂色尚有餘影。）城樓上端坐着一位天神，丹鳳眼，卧蠶眉，赤面長髯，青巾綠袍，正是雲天彪。（妙。）呼延灼一見大怒道：「奸計匹夫，快快還我城來！」雲天彪撫城温諭道：「呼延灼聽者：去順效逆，所以速禍。（皇皇正大。）爾出身何等，竟乃喪盡天良，甘為強盜，玷辱祖宗，貽臭萬世。（切呼延。）似此毫無羞恥，一刀何足蔽辜。（痛罵。）況今日身無立錐，尚不知自反，真所謂怙惡不悛。（索性痛罵。）料爾死期不遠，本帥也不窮逼你了。（勝殺，勝剮。）這城中寸草尺土，皆天朝固有之物，烈日當空，魑魅定當銷迹。破其「還我城來」之語。你若想興南旺之餘黨來此撒潑，撒潑，妙。你且看看如此城高濠濶，那能攻打得下？妙哉，妙哉！方悟仲華寫呼延築城開濠，特為此處天彪作用也。因思南華胠篋篇，竊為呼延灼三歎不已。梁山賊寨，失在目前，那有糧草接應與你？妙，妙。你細思量之！」論之以理，曉之以勢，可謂剴切詳明。其如盜賊性成者之終不悟何！呼延灼一聽，又氣又羞，又怒又悔，妙。只在城下暴跳如雷，則何益矣。回顧單廷珪、魏定國道：「二位兄弟，且隨我儘力攻城！」何苦。單、魏二人一齊答應，吩咐眾軍擂鼓吶喊，直衝北門。城上鎗砲、矢石一齊打下，下面賊軍喊聲振天，足足攻打一个時辰，那里動得分毫。妙極。呼延灼只得收兵，且行暫時休息，再定計議。有何計議可定？

呼延灼看着那城牆如此高大，濠溝如此深濶，越想越氣，越想越悔，妙，妙。不料當年費盡心機，用了如許工程，竟被官兵來趁現成。妙，妙。想到此處，氣上心來，便立刻傳令軍士再行攻打。何苦。眾軍一齊進攻，又攻打了一个時辰，那座城池依舊安然不動。妙極。呼延灼氣壞了，何苦。又只得收軍，與單廷珪、魏定國都坐在沙磧❷上，有景。看着城池，只是歎氣。妙。只見呼延灼霍地立起身來，雙鞭匹馬，直到北門，驚鴻急起。大叫：「天彪匹夫！敢下來同我併三百合麼？」拍到，殺四門。天彪綽着美髯笑道：「量你鼠輩小賊，有何技量？本帥部下強將如雲，你既要逞血氣之勇，我便委員勇將下來，教你就在城下領死。」說罷，便教龐毅開城迎戰。龐毅驟馬掄刀，直取呼延灼。呼延灼挺雙鞭攔住，叫道：「且慢，你年老衰邁，可想有甚本領，每遇戰龐毅處，必帶定年老，妙。着換个壯年力健的人來罷。」龐毅大怒，一刀劈下，呼延灼急忙擋住。那單刀如逸電流光，這雙鞭如遊龍盤彩，又作儷詞。前幅寫旂，此幅寫軍器，極勻稱。大戰四十餘合，不分勝負。傳玉看戰多時，更耐不得，

❷ 沙磧：沙石之地。磧，音ㄑㄧˋ，淺水中的沙石。

一條鎗捲雪也似的衝來，只見對面也是一條鎗流星價趕到。寫兩鎗忽用槎對法，妙。傳玉一看，正是單廷珪。筆法變換。傳玉便搦住單廷珪。當時北門外四人四馬，攪做一團，酣呼廝殺。四人先作一束。雲龍在城上望見對陣魏定國橫着那口熟鋼刀，閃舞金花，大有縱馬殺出之勢。雲龍便縱馬飛出，一口大刀，平飛銀練，直奔魏定國。寫兩刀忽用倒裝對法，妙。魏定國見是雲龍，即忙橫刀敵住。筆法又變。三對兒在陣前廝殺，刀對刀，迸萬道寒光；鎗搠鎗，起一天殺氣。城上官軍、沙邊賊眾，齊聲吶喊，鼓角喧天。圍場上六位英雄酣戰多時，天色已晚，兩邊只得收兵而回。殺北門畢。傳玉、雲龍、麗毅回城，雲龍稟天彪道：「賊人不守南旺，卻空羣來此爭城，真是失算之甚。為今之計，何不派將領兵從間道過去，取了南旺，使他進退無路，必然不戰而走。」所議甚是。驟讀之，頗疑天彪何見不及此？天彪笑道：「此等無謀鼠輩，何須如此算計。奇。他屯兵城外，力戰求勝，一鼓銳氣，似乎銳不可當。由我看來，正如草上遊魂，不久自散耳。自是天彪托大口氣。我若間道襲他南旺，倒反示以不武。好勝口氣。如今他高興殺四門，就讓他殺个四門。妙。待他四門殺畢，我自有逐他之法。」妙。殺四門是此處題目，卻點在中間，章法妙。便派傳玉、雲龍、麗毅守北門，繳上。派風會、歐陽壽通、唐猛守東門，哈蘭生、沙志仁、冕以信守西門，畢應元守南門，聞達領鐵騎遊巡城外。起下。五段平敘，而一段繳上，四段起下，不變換中寓變換。妙。分派已定，眾將均各無話。

再說呼延灼、單廷珪、魏定國收兵回陣，三人商議不決，都說：「城池如此堅固，攻打不下，如何是好？」真是絕倒之筆。呼延灼道：「當初我造城時，這北門分外堅固，所以攻打不下。如今想來，只有東門還是舊城基，妙。我當初不過畧加些工。妙。此二句神情，不知仲華如何描摹而出？守此城時，惟恐此城不固；攻此城時，惟恐此城之固。今此城既已如是之固矣，當初百計綢繆，惟恐其不固者，今日千方打算欲稍求其不固，而不可得也。於是思竭慮窮，無可復想，而忽然憶及東門之還是舊基。庶幾哉，此門之可以不固也。獨奈何其已曾加工，則不固者依然固而不可攻矣。萬無可解之中而求其解，則異其詞曰「不過畧加些工」，以此自慰，其慮亦可哀矣。明日我就去攻這東門，我與單兄弟分兵一半前去。」（卸北門殺東門。）單、魏諾諾。當夜無話，次日呼延灼、單廷珪領兵繞道到東門，只見風會早已立馬横刀在吊橋邊等待，（緊接。）一見呼延灼便大喝道：「賊子那里走，俺老爺等候已久也！」呼延灼大怒，拍馬直取風會。風會也怒馬相攻。只見銀濤忽瀉，這單刀乘勢横飛；金電斜穿，那雙鞭掣風還架。（又作一對儷詞。）兩个一來一往，鬬到四十餘合，不分勝負。單廷珪在後面正待出馬助戰，忽見南邊一隊鐵騎兵奔雷掣電價衝來。（寫得聲勢。）單廷珪急忙押住了陣腳，那隊鐵騎早已衝到面前，（疾。）為首一員大將，手提大刀，聲如巨雷，大喝：「賊子，你認識大刀聞達麼！」單廷珪也不回言，挺鎗迎住。此時呼延灼正鬬風會，不暇返顧，（兼顧呼延灼，精妙。）單廷珪獨擋聞達。兩个鬬到三十餘合，聞達暗想：「此人鎗法卻好，（表單廷珪。）我當用計捻他。」（寫聞達。）便又鬬了六七合，聞達勒轉馬頭，慌忙便走。（以下直抄前傳冠勝降單廷珪事，乃至一字不易，讀至末後一句，方歎其妙。）單廷珪隨即趕來，追了一大程。聞達回頭喝道：「你這厮不下馬受縛，更待何時！」（較前傳惟「受降」易為「受縛」，餘一字不易。）單廷珪挺鎗直取聞達後心。聞達使出神威，拖起刀背只一拍，喝一聲：「下去！」（真是一字不易。）單廷珪翻身下馬，官兵一齊上前綑住。聞達大罵道：「背叛庸奴，死恨晚矣！」（偏不叫將軍恕罪，只此一句，換過上文，精神逈別矣。此句非罵廷珪，實罵冠勝也。暢極，快極。）廷珪默默無言。（欲求惶恐伏地，乞命請降，何可得耶？暢極，快極。）被官軍剪着兩手，解進南門去了。（單廷珪就捻。）呼延灼聞知此事，大驚，急忙撇了風會，來追聞達，早已影跡無蹤。呼延灼懊悔之極，只得收兵而返。風會也不追趕，自回東門去了。（殺東門畢。）呼延灼領兵繞道到北門外，魏定國迎見，問所事如何。呼延灼大歎一聲道：「罷了，今日不惟不勝，反送了單兄弟。」魏定國大怒道：「我今日不與單兄長報仇，誓不瞑目。」呼延灼道：「我明日我和你出其不意去襲西門。」（遞到西門。）定國點頭。

次日，呼延灼、魏定國領兵潛地移向西門，果然神不知鬼不覺，直抵城下。（妙。直寫出天彪視之如無物。）呼延灼暗傳號令，眾賊一齊佈上雲梯。只聽得城裏一聲號砲，官兵一齊立出，城上鎗砲捲馳，矢石齊下，賊人紛紛驚退。（春光已漏。）呼延灼大怒，驟馬出陣，大叫道：「賊匹夫來與我廝殺一塲！」（不能襲取，只得廝殺矣。）哈蘭生開了城門，提着銅人打出，呼延灼即忙迎住。兩馬相交，軍器並舉，兩个各使出本身神力，狠命相爭。只見銅人一振，真是重鼎千鈞；鞭影雙揮，但覺寒光兩道。（銅人、雙鞭又作一聯儷詞。）兩个一來一往，一去一還，也鬭到四十餘合。（「也」字承上文而言。）忽聽得陣後人聲沸亂，（與上文另是一樣寫法，妙。）呼延灼只顧前面，不敢還顧，（上文安插呼延在聞達到後，此處安插呼延在聞達到前，變換得好。）魏定國即忙轉身押陣，聞達已衝入陣中。（疾。）魏定國即忙指揮陣騎，豁地分為兩隊，兩隊各用強弓勁弩射來。（寫魏定國。）聞達那邊衝突一回，不能取勝。聞達暗想道：「此人本是一勇之夫，不難取他，只是攻擊得緊，他必死命相拒。看來此事，事寬則圓，急難成效。」（此數句雖仿前傳降魏定國，而畧加刪潤。）便急領鐵騎退出陣中。魏定國果然驟馬追出，聞達轉身迎住，鬭到二十餘合，聞達賣个破綻，勒馬便走，仍使出那个捦單廷珪的手法來。（妙）說也不信，那魏定國果然照樣上鈎。（妙。或曰此省筆也，而嫌其率。金門曰：非也。前傳單廷珪用捦，魏定國用說；今此處魏定國不可用說，而又不宜另寫捦法，仲華以虛對實，乃是老手。）聞達揮轉刀鋒，砍傷左腿，（前用刀背，此用刀鋒，又畧變換。）魏定國翻身下馬，官軍一齊上，綑捉去了。（魏定國就捦。）呼延灼正與哈蘭生廝殺，忽聞報魏定國又被捦，大驚，急架住了哈蘭生，縱出圈子，無心戀戰，急領軍馬走了。（殺西門畢。四門中惟東、西二門為對偶，而中間仍尚變換，章法好。）聞達帶領鐵騎，押着魏定國，隨了哈蘭生，一同進城。天彪見連日捦獲兩將，大喜，對諸將道：「來日呼延灼若再不走，可用全軍逐之。（妙，妙。）我看他兵卒離心，必不能相持也。」（妙，妙。）眾將領諾。

到了次日，呼延灼果惡狠狠領兵來攻南門。寫南門，從官軍寫出，忽然變調，章法妙絕。天彪吩咐開門，倒提青龍偃月刀，一馬先出。忽用天彪親出，章法變得奇極。呼延灼正待迎敵，只聽得城上接連九个號砲，擂鼓振天，官軍吶喊齊出，勢如潮湧，疾如風生，駭如雷崩，奮如電掣，十六字，紙上大呼有聲。賊兵不及迎戰，早已潰亂。上文十六字壓下，此句自然如土委地。呼延灼大驚，無心戀戰，撥馬飛逃。官軍遮天蓋地價殺來，賊兵紛紛四散，霎時間長風掃籜❸，開除淨盡。乾淨。宋江兵潰第七次。呼延灼匹馬落荒而走。殺南門畢。殺四門者，自來稗官之爛熟習套也。予初見提綱，不解仲華何取乎爾，及觀其行文，乃光怪陸離，不可方物，如此化朽腐為神奇。誠哉，弗可及已。天彪收聚大軍，掌得勝鼓回城，一面便差傅玉、雲龍去收復了南旺營。省力之至。這里天彪進城陞廳，計功行賞，大開慶賀筵宴。眾將見六日之內收復兩城，無不歡喜。總結，總贊。天彪計點生擒賊目四名：宣贊、郝思文、單廷珪、魏定國，均發往兗州府監禁，監禁第二十个、第二十一个、第二十二个、第二十三个。因將收復嘉祥、南旺事宜，申奏朝廷。不數日，朝廷明降，大加褒寵，雲天彪晉封侯爵，眾將或有錫爵，或有加官，均按功酬庸。天彪便備文咨會陳希真，起兵同勦梁山。千里怒龍至此會合，一筆總提，神旺氣足。按下慢表。

且說呼延灼匹馬雙鞭，從亂軍中逃出性命，一路上饑餐渴飲，曉行夜宿，驀地想起一件事，不覺仰天放聲大哭。奇筆。原來他的族弟呼延綽，自歸降官軍之後，曾寄一封書與他，忽挽到呼延綽，奇極。言此時梁山勢不可為，如依違不去，必至身敗名喪等語。卻是確語。惜一百八人中，無一人見及此者。呼延灼當時大怪其忽投梁山，忽投官軍，反覆無常，是未知幽谷喬木之宜變也。如知其非義，斯速去矣，何嫌反覆。今日喪師失地，單身脫難，想起從弟之言，大聲歎道：「我悔不聽兄弟之言，以至如此。但事至今日，有何面目再投官軍，不如死也跟着宋公明休❹。」詩曰：其何能淑，載胥及溺。此之謂也。一

❸ 掃籜：掃除落葉。籜，音ㄊㄨㄛˋ，俗稱「筍殼」，主稈所生的葉。

路垂頭喪氣到了梁山，與林冲對寫。從後山洞進去。細。看官，須知這時節，正是林冲前一腳到，呼延灼後一腳來，英雄相遇，不約而同，絕倒之筆。彼此同見宋江，真叫做「流淚眼觀流淚眼，斷腸人看斷腸人」。也算得豪傑傷心，正是个英雄失路。從此梁山外郡全無，僅存山寨。總束一筆，斷制有力。不知後事如何，且聽下回分解。

范金門曰：左氏云：旝動而鼓；又曰：師之耳目，在吾旗鼓。若是乎旗之足以感三軍也。呼延灼以分旗出陣，劉慧娘即以其旗之色，轉混其用之旗，而使赫赤青黃，參差白黑，整齊於疆場，煥麗乎干戈，幾度更張，全軍覆沒，絕似蜃樓妙境。

哈蘭生取城，與劉廣大意相似，蓋林、呼二人以力勝，不若以智取也。惟呼延以紅旗為游軍，林冲以空城為可慮，是二人分別處。

邵循伯曰：林、呼分別，不但此也。假使林冲失城，斷無殺四門之事，此其故識者自知之。

范金門曰：自泰安至此，宋江兵潰凡七次，蓋假忠假義之所籠絡者，至此而分崩離析，為無可為矣。小人之道，的然而日亡，此之謂也。充此意而推之，梁山亦可不戰自潰，下文尚有九回，看仲華如何佈置。

---

❹ 休：語氣詞，罷了。

第一百三十二回　徐虎林捐軀報國　張叔夜奉詔興師

話說林冲失了濮州，呼延失了嘉祥，一百二十九回雙提，此處雙頂。一齊奔回山寨。此時宋江正失了二關，三事總頂，絕妙章法。一聞此報，正是禍患頻乘，憂驚迭至，嘴裏叫不出那連珠箭的苦。吳用及眾頭領都個個目瞪口呆，罔知所措。林冲、呼延灼一齊伏地請罪。宋江略定定神，急忙扶起，八字妙。道：「賢弟休如此說。二位失了城池，便要問罪，我宋江失了泰安三城，向誰請罪？」危急之際，急于買服人心。林冲、呼延灼都謝了就坐。宋江、吳用以目相視，想到外郡全失，雲、陳兩處乘勢進攻，徐槐如當門巨虎，刻不容寬，真是急極萬分，計較毫無。反振下文。

這晚宋江且教置酒，眾頭領相聚，大眾同吃悶酒。絕倒。席間，吳用說起兵卒潰散，大為不妙。特筆提起。呼延灼道：「目下兒郎們不知怎的，不比從前。托出。即如我嘉祥，和官兵對陣的時節，看見勝仗，尚肯奮追；但只前陣一失，後面隨即慌亂，立時潰散，軍令都彈壓不住。」提出一百三十二回柱意。林冲道：「我濮州我嘉祥，我濮州，好看煞人。正是這樣。追奔之時，大眾踴躍；前鋒一挫，立刻都潰散了。」提出一百三十回柱意。宋江聽到此際，凜然變色，傳神之筆。想到自己逃出泰安時，也是這樣，兵馬整整四萬，吃傅玉一追，頃刻散了三萬；再被劉廣一邀擊，便一人一騎都不見了。提出一百二十八回柱意。那吳用聽那二人所說情形，正與二關潰散相同，提出一百二十九回柱意。文氣如羣山萬壑赴荊門。

口中不說，心中惶急，得神。便叫：「眾兄弟休提！」妙筆入神，起下有聲。大眾聽了，均各無言，個個悶悶而散，事至於于此，真所謂格人元龜，罔敢知吉矣。試看宋江。僅存幾個機密頭領，乃是宋江、盧俊義、吳用、公孫勝、林冲、呼延灼。妙筆，冷筆。稱為機密頭領，而其中尚有三個不與於機密者，宋公明真忠義也。宋江傳諭，叫裴宣查點現在實存兵馬數目。查錢糧叫蔣敬，查兵馬叫裴宣。耐菴無虛擲文字，仲華無遺漏筆墨。傳諭去訖，六頭領在堂上相視無言。傳神。須臾，裴宣進來稟報道：「自兄長分駐泰安時，本寨人馬實存十二萬。應一百十七回。後與徐官兒屢次交鋒，我軍失利居多，筆力明劃、簡勁。所有人馬隨喪失，隨補緝，到今通盤查核，却只得八萬有零，不能符合原數了。」危哉，岌岌乎？六頭領聽了這話，個個心中着急。宋江叫裴宣退去。裴宣退出了，宋江便教左右都退去。寫得好。宋江看着吳用道：「這事怎好？」吳用只是沉吟，不發一言。當為仲華補一句曰：早已定個主見。盧俊義開言道：「為今之計，進退兩難。若再如俄延過去，必遭奇禍。「俄延」二字，妙。俄延何事，善讀者一覽自明矣。俄延者，猶文之二辭也，當逕直其辭曰：不肯，方直刺宋江之心。但兒郎們數萬生靈命懸呼吸，就是我們弟兄，難道竟如此了賬不成？矢口促急，情見乎辭。軍師有何妙法？」再訂一句，迫極。宋江未及回言，呼延灼早說道：「我們到了此刻，難道從新去受招安不成？直刺宋江。我們好弟兄死亡無數，我們厚着面目倒去乞哀，却於心有所不甘。」誰實害之？宋江害之也。讀忠義者，亦可少息矣。林冲道：「事已如此，說他做甚。」直刺宋江。宋江正色道：傳神。「眾兄弟何如此頹唐！當答之曰：哥哥何如此駕馭。古人一成一旅，尚可中興。遂無復避罪水泊，恭候招安等語矣。今我雖喪師失地，而現存人馬尚有八萬，豈不可以有為？至此而叛逆之真情畢露，忠義之虛飾無存矣。妙筆。為今之計，但求軍師設法打個勝仗，便好固住眾心了。」仍縮到兵潰事。宋江雖算到固眾心，却只想到打勝仗。公孫勝道：「此事勝則為王，敗則為賊。好呀，早知有此八字，何苦掩忠飾義，尋無數苦腦乎？歸誠的話，儘可不必。妙極。并刀哀梨，其快如此。只是人心如何收拾，須得速定大策。」逼到。吳用道：吳用至此方開口。「眾兄弟何用紛爭，妙筆。我們素來替天行道，豈有不邀天佑。妙筆。只須盡人事以待天命罷了。」妙筆。宋江聽罷，默然無言。（妙筆，神筆，冷筆。嗟乎，此等筆法惟有起聖歎于地下，庶幾可與評騭一番耳。）眾人各默坐了一歇，見吳用只是沉吟，不發一言，（複一句，入神之筆。）夜分已深，各歸寢室。宋江留住吳用，重復入內，商議（妙筆）。良久。又請公孫勝進內共商。（妙筆）。商畢，也各就臥。（妙筆）。不多時，天已黎明，（寫出宋江等直商議一夜。）宋江起來到忠義堂，仍聚眾英雄商議。（何其商而又商耶？）吳用道：「邇來山寨被兵有年，兒郎們辛苦已極，自今以後，須立個撫卹章程。（妙筆）。凡兒郎們在關上供役一年者，令其歸內寨休息。（一）并分別有功無功，有功者除例應賞給之數外，再加獎賞；其無功者亦酌有贈給。（二）其在關戰守兵丁，所有關領糧食，與主將不分粗細。（三）有受傷者，與主將一體調治。（四）所有陣亡軍士，均厚卹其家屬，（五）并為設醮追薦超度，主帥親自拈香，以示肫誠。」（六。六款並列，妙。）宋江稱是，（妙筆）。便即起身親到各營，將此意宣諭了一番。（妙）回轉忠義堂，先將撫卹經費籌劃了，（「先」字妙極。）隨議及設醮之事。（妙，妙。）宋江對公孫勝道：「此事須得賢弟親自臨壇，方有利益。」（思曲而幽。）公孫勝道：「這個自然。但我們遵奉九天元女多年，我想不如先在元女宮設壇大醮，公明哥哥虔祈賜兆，以卜本寨氣運。（遞接無痕，妙筆。）然後再行另設一醮，追薦兒郎。」（妙）。吳用稱是，（妙筆）。眾人無不稱是。（妙筆）。只見宋江道：「我既先說追薦兒郎，自然應得先做。（妙，妙。）所有祈兆之事，後舉不妨。」（妙，妙。）大眾都遵依宋江，便先將追薦的醮設了。（綴過。用筆之明顯如此，吾讀者自應一望了然。）公孫勝便密傳那元女宮司殿頭目包靈，暗暗諭話，着其打埽收拾。（試問此十字通否？可知其妙矣。）

原來宋江那年自得了天書之後，（回應前傳，妙。）即于寨內啟建一座元女宮，正在忠義堂背後，特派頭目專司香火。（補前傳所無。）宋江每月行香，十分致敬，至今不怠。（妙筆）。當時公孫勝選擇了一個設醮吉日，（鄭重其事。）大眾先期都沐浴持齋。（鄭重其事。）到了這日，元女宮內道士（細極。粗心者必曰啟請幾員道眾，忘却山寨之四面被圍矣。）已將香花、燈水、鐘磬、鐃鈸一應法器，擺列得整整齊齊。公孫勝入壇主醮，宋江及眾人隨班行禮。七日醮事圓滿，宋江及眾頭領都宿在殿下，虔祈賜兆。（吾誰欺，欺元女聖母乎？）次早醒來，都叩謝了元女娘娘，同到忠義堂。（細。不然，下文一番言語，都在殿中說矣。）宋江自言無夢，（「自言」二字，惡。）吳用、公孫勝亦言無夢。（妙）眾頭領或有夢，或無夢。（確肖。）其幾個有夢的說出夢來，（真是說夢。）各各不同，（確肖。）而且糢糊影響，難以憑斷，（確肖。極妙之筆。）眾人都狐疑不決。宋江道：「莫非我等祈禱不誠，以至於此。」（思幽筆曲。）公孫勝道：「今日容貧道再去拜禱，容我獨一人再祈祈夢看。」（思幽筆曲。獨用公孫勝祈夢，其故何也？）宋江稱是。公孫勝當日在忠義堂吃了素齋，便獨自一人到元女宮去。（妙筆。）直到次日早上，宋江及眾頭領都在忠義堂等公孫勝轉報。（元女宮在忠義堂背後，而宋江只在忠義堂坐等，不到元女宮去問，何故也？）忽見那頭目包靈逕上堂來，跪稟道：「昨夜三更時分，小人遇一奇兆，本要就地稟公孫軍師，因公孫軍師吩咐不許驚睡，所以特到這里來稟告。」（妙筆。）宋江驚喜，忙問何兆。（妙，妙。驚喜，故妙也。）包靈道：「昨夜……」（語未畢。）宋江忙叫道：「你且站起來說，這是聖母金言，豈可教你跪說。」（或曰細筆，非也，實是妙筆，冷筆。）包靈站起來，宋江也立起身來。（妙，妙。）眾人見宋江起身，也都立起。（妙，妙。）只見包靈說道：「昨夜三更時分，小人正在廊下，忽見正殿大放金光，須臾間變作金銀宮闕。（奇文特起。）宮闕中現出元女娘娘法身，仙童、綵女侍立兩旁。（奇文，奇極。）只聽娘娘傳諭，教小人進去諭話。小人便走近階前，俯伏恭聽。（奇極。）娘娘因教小人傳告各頭領，并令大小嘍囉，即日各赴殿前，叩首明心；又須備一百單八隻水缸，滿盛淨水，娘娘自來灑入法水。（奇極。）眾人領了法水，各回本室。夜間用右手三個指頭，在左脅下搭三千下，次早共看有無字跡。（奇極。）如有主帥名諱現出者，（奇極矣。）定卜主帥隆隆日上，大眾毋許稍有異心。（奇。）如無字跡者，去留聽之。」（奇。）眾人聞聽駭然。宋江勃然大怒道：「大膽匹夫，擅敢造這謠言！

左右斬訖報來！」妙筆。唬得包靈只是磕頭。妙筆。盧俊義道：「這話似是而非，再須問個明白。」宋江道：「何須問得！凡人身體之中，豈有現出字跡之理？分明揑造怪事，惑亂軍心，斷不可容留。」妙筆。吩咐速斬。妙筆。吳用躊躇不下，妙筆。左右早將包靈推出。須臾間，一顆首級獻于堦下。妙筆。眾人均各無言，宋江兀自怒氣未平。妙筆。忽聽得元女宮裏大風怒吼，塵霧蔽天，奇文又起。宮殿中瓦片榱桷憑空飛起，直打到忠義堂來。奇文，奇極。公孫勝面如土色，飛奔而來。奇文，妙筆。宋江忙問怎的，公孫勝道：「小弟方纔朦朦睡去，似夢非夢，妙。忽聽得大聲喝道：『何故不聽吾言！』妙，妙。小弟驀地竄醒，妙，妙。不料起此怪兆。」妙，妙。確是不接頭語。宋江聽罷，也面如土色。妙筆。吳用道：「莫非包靈這厮實是真言，十字妙不可言。兄長殺了他，干動神怒也。」妙，妙。公孫勝驚問：「怎殺包靈？」妙，妙。吳用略答幾句，急得宋江望空跪求，妙筆。不知所為，妙筆。只是跪在塵埃，自陳鹵莽衝犯之罪，并重重許下願心。妙筆。吳用、公孫勝及眾頭領一同跪求，好半歇方纔漸漸風熄。妙筆。眾人神定，大眾共議，欲依包靈之說。妙。宋江只是口中呐呐，答應不出。妙筆。吳用也躊躇了一回，方才開言道：妙筆。「我看元女娘娘如此顯應，此法必然可行，兄長不可過疑。」妙筆。宋江沒奈何，只得依了。妙筆。當時先到元女宮裏叩頭無數，告罪謝恩。妙筆。次日，便依了包靈的話，到元女宮安排停當，教關內所有大小頭領頭目、一切軍士人等，派定班數，以次到元女宮內行禮，五日而畢。極細之筆。是夜各領法水，回去照辦。說也奇極，次日一早，鬨然羣集，裸體相示，果然每人身上都隱隱一個紅文反寫的「江」字，數萬人一式無二，大眾無不稱奇。極奇之筆，極妙之文。自此以後，共信元女真靈，一心歸向宋江，有死無二。煞住上文兵潰，拖起下文死戰，筆力橫絕。宋江將上等頭領之禮安葬了包靈，親身拜奠，撫棺痛哭，又擇日在元女宮建壇設醮，謝答鴻恩。

看官，這件事到底真的假的，奇絕之筆。我却不必直說。奇絕之筆。緣列位看官中，儘有見識高遠的，一望了然；好。其次，也但須略一思索，便早已領悟。好。我若務要說明，反覺瞧低了看官了。好。至於像羅貫中這班呆鳥，却一萬年也猜不着，我說明了，也是無益。罵得好極，真令此輩無從置喙。餘詳總批。

閒話休提，言歸正傳。當日宋江暗對吳用道：「軍心已固，能趁此打一勝仗便好。」一句繳上，一句遞下，手法靈敏。吳用道：「且與他開關厮殺一場再看。」宋江稱是，便整頓戈甲，調派人馬。宋江按隊去親自撫諭一番，眾軍士個個都感激非常，沾襟涕泣，願為効力，死而無怨。此數語寫在屢次潰離、元女賜兆之後，妙不可言。宋江心中暗喜，筆之嚴冷，字之明白，至是極矣。是之不知，亦不足與于讀書之列也。便派徐凝帶領八千名精銳軍士，開了三關，衝殺出去。徐槐官軍正在二關土闉之內，緊捷。賊軍吶喊一聲，殺氣飛騰，直逩官軍。任森、顏樹德即忙迎敵，兩軍大戰一陣。徐槐見賊兵個個捨生，人人拚死，賊人死戰情形，從徐槐看出。便鳴金收軍，退入土闉。賊兵拚死攻闉，徐槐嚴緊守住。這一場幸虧徐槐軍政素有準備，寫徐槐。不然當日便被賊軍搶入土闉，奪去二關了。寫宋江。宋江見自己兒郎們被官軍鎗砲、矢石打死無數，寫徐槐。却毫不退却，寫宋江。吳用對宋江道：「此番不如鳴金收軍為妙。妙。我看這徐官兒守法嚴密，一時未必攻得破，寫徐槐。兒郎們如此捨生忘死，必然被他殺盡。極寫徐槐。不如收回來，再行設計破他。」宋江依言，便傳令收軍而回。收落。徐槐見賊軍已退，便傳令修築土闉，列兵嚴守。徐槐巡閱一番，退歸帳中。任森入帳密稟道：「賊軍與我相遇，大小戰陣已不下百餘次，從未有這一次的兇猛，表出。却是何故？」徐槐道：「此必宋江行了甚麼要結之術，買服了眾心，以致于此，筆之明白顯亮，至此極矣。但我也不怕他。確是徐槐之言。我當初做鄆城縣時，（忽提起初起時事，奇。）原不過想力守城池，障蔽狂寇，拚着一死以報皇恩。（提出初念。）如今邀天之福，竟得頭關，賊人大勢已去，想大經略不日到來，進取易易，現在總以嚴守為要。」（又提張公。）說罷，便派韋揚隱、李宗湯把守頭關，（先放此句。）自己與任森、顏樹德鎮守二關，晝夜巡綽。那宋江這邊却有七日不見動靜，（奇。）徐槐只是吩咐各營當心防備。

這日正在帳中默坐，不覺矇矓睡去，到了一所宮殿，（忽開奇境。）朱門黃壁，炫麗巍峩。徐槐走進大門，只見左右廊廡諸神列坐，看那殿閣之上，端坐着一位冕旒❶王者。（特與包靈謠言相形擊，妙。）徐槐便走近堦前，伏地叩首，王者命青衣童子扶起賜坐。只見那王者默無言辭，（宋江遇元女，許多說話；徐槐遇王者，默無言辭，形擊入妙。）徐槐起立敬問：「梁山狂寇何時殄平❷？」（寫徐槐于國家重務，寤寐不忘。）王者頷首，便着那青衣童子領至一所，乃是一座樓閣，彩畫壯麗。（筆筆幻。）青衣引徐槐登閣，只見兩旁排列書架，架上疊疊書卷，盡是牙籤玉軸。（筆筆奇麗。）童子問了徐槐名姓籍貫，即至架上檢了一幅，遞與徐槐。徐槐接展看視，幅中四個大字，字畫縱橫，龍蛇飛舞，乃是「成功者退」四字。（奇極，妙極。）覽畢，忽回頭一看，屋宇都冥然無跡，連那青衣童子也不見了，（奇幻。）只見有幾對執旛童兒在前，前面化為一片青山綠水。（奇幻。）徐槐正欲前行，忽聽得背後有人叫道：「啟稟相公！」（奇極。）徐槐一驚，驀地竄醒，乃是南柯一夢。（妙。）只見顏樹德在旁道：「啟稟相公：（夢境、真境鎔作一片，妙。）關上驀然烟霧迷空，三關上有兵馬喊聲，請令定奪。」（奇峯矗起。）徐槐急令備馬，帶兵與顏樹德親登土闉，任森已在關上督兵備禦。（此等安插之筆，看似尋常，却非老手不

---

❶ 冕旒：古代帝王、諸侯及卿大夫的禮冠。後來專指皇冠。旒，蓋在皇冠頂上的叫延，垂在延前的叫旒。

❷ 殄平：滅絕。殄，音ㄊㄧㄢˇ。

能。只見關上妖霧迷漫，霧中賊兵喊呼不絕，乃是公孫勝作的妖法。順手註出。

原來公孫勝自汶河渡與希真鬬法，被希真用訣鎮壓之後，忽迴應一百十回。羅真人授他的五雷天心正法，竟從此呼喚不靈。順呼一百三十五回事，妙極。今日只得將他起先學得妖法，回應前傳，妙筆。用心祭鍊了七日，註出七日不見動靜之故。特來興霧作怪，襲取二關。徐槐見是妖術，接入徐槐，便捷。急令堵禦，吩咐將鎮關大砲五座，直向黑霧中打去，寫徐槐。那霧中賊兵兀自喊聲不絕。忽然幾陣狂風撲關而來，最後一陣，有一股惡臭腥羶之氣實不可耐，是妖法，不是正法。這邊官軍被臭氣撲倒數十人。只見徐槐一個寒噤，渾身飛出萬道紅光，直向黑霧中射去，黑霧紛紛盡散。奇絕之事，奇絕之筆。顏樹德急前一看，那徐槐兩目已定，鼻息全無，原來浩然丹氣已歸太虛了。完結徐槐。出人意表，又寫得十分精靈。顏樹德大驚。是樹德。任森急叫休亂，是任森。便教顏樹德掖住徐槐，自己只顧督兵抵禦。寫任森遇變不亂。只見賊兵連聲吶喊，雲梯滿佈，翻翻滾滾殺上土闉。為首一員賊將，乃是金鎗手徐凝，指揮眾賊奮勇喊殺。寫得疾速。任森料知難支，便叫樹德道：「我在此擋禦一陣，你快保主公回頭關去，并通知韋、李二將嚴守頭關。」極寫任森應變，條理井然。樹德應了，急忙扶了徐槐，帶兵八百名，奔入頭關去了。這里任森挺着單鎗擋住徐凝，徐凝舞動鈎鐮鎗直取任森。兩個就在關上奮勇厮併，兩鎗捲舞，好似兩條怒龍，揮揮霍霍的左右盤旋。關上天搖地動，總寫兩鎗精神，筆力勁絕。賊兵已紛紛佈滿，官軍奮呼喊殺。夾寫法。賊兵後隊李應、張清也紛紛殺到闉下，補點法。此時任森、徐凝已力戰了三十餘合。又綰到任森、徐凝。任森因勢危拚命，情願有死無生；徐凝因兵勝逞強，定道有贏無敗。忽用一聯對寫兩人心事，提出兩人失手之故，筆力絕大。這一邊任森的鎗怒如雷發，只有攻取，絕無遮攔；那一邊徐凝的鎗疾如雲飛，但顧鈎攢，却忘挑撥。分寫兩鎗精神，筆力勁絕。兩個又鬬了數十合，徐凝吃任森一鎗刺中咽喉，任森吃徐凝一鎗刺入腰脇，對寫駭

（絕。）說也湊巧，兩桿神鎗交捌，兩員勇將齊休。（到底用對句寫，工整中見駭疾之神筆，奇絕。徐凝者，徐而後凝也。遇任森而不久，安得不死。收結任森。徐凝了。）官軍、賊軍各搶屍身而回，賊軍乘勢殺入二關，官軍退守頭關去了。（賊復奪二關。寫官軍終不肯寫得十分狼狽，是此書正旨。）

且說顏樹德保着徐槐屍身入了頭關，韋揚隱、李宗湯接報，一齊大驚，急忙點齊兵將，登關守備。不一時二關上官兵都紛紛奔來，（緊。）數卒舁着任森屍身，（細。）與眾兵一齊到了關下，韋、李二將開關迎入。官兵進畢，韋、李二人正待閉關，只見宋江領着李應、張清大隊人馬已乘勢來搶頭關。（緊極，駭極。）韋、李二將在關上悉力守住，與賊軍足足相持了一日，不分勝負。（寫韋、李二人。）裏面隨營軍弁，將徐槐及任森均如禮安殮。（接入輕便。）顏樹德哀毀之餘，跌足搥胸，神喪色沮。（寫得好。此句有二妙：一以回應一百十二回徐、顏情分，一以見不助韋、李守關之故。）忽到自己帳中，敲開一甕陳酒，連吸數斗，（奇。）趨入徐槐棺旁，大哭道：「君在我聽用，君死我心痛，從今無知己，地下永相從。」（二十字知己之感，一字一淚，一字一血。）言畢，以頭觸棺而死。（悲痛淋漓。收結顏樹德。）眾皆流淚，當時亦為安殮了。韋揚隱、李宗湯在土關上徹夜防堵，不敢輕離。（接入韋、李，又輕捷。）賊兵亦在關下徹夜哨探。次早，宋江又策眾賊軍努力攻打，自辰至午，一片鎗砲之聲，轟闐盈耳。賊兵愈鬭愈奮，官軍漸漸不支。（讀至此等處，終須記得元女祈禱事，方知其妙。）韋、李二將正在慌急，忽然賊營內人聲沸亂，二關上歷亂鳴金。宋江急忙收聚兵馬，紛紛退回，（奇極。却是何故？）急問何故。大眾俱稱三關上有一枝人馬自天而降，（奇文奇極。）見是徐槐手執令旗，顏務滋橫刀躍馬，揮軍殺來，故爾兵心驚亂。（前有放光驅怪，後有顯聖制賊，寫徐槐死猶不死，筆力直透紙背。）宋江急令查明，（呆極。）寂無影響。（自然。）但二關上大眾萬口同聲，都說如此，（妙筆。）宋江也無可如何，（妙筆。）只得保守了二關，再行定議。（收住。）那韋揚隱、李宗湯保守頭關土關，見賊人無故自退，不解其故，也不敢追擊。（省筆。）只將防守事宜，一一經理了，便下關入帳，向徐槐棺前行禮舉哀，痛哭一場；又痛哭了任森、顏樹德，便派營弁將三柩護送鄆城。這里韋、李二將協力保守頭關。慢題。

且說徐青娘在鄆城接報大驚，當時隨同徐府官眷齊來迎喪，盡哀痛哭。待到治喪事畢，青娘歎道：「我在此，所以助吾叔也。吾叔志願已成，我自今亦無事矣。」（一句收過青娘，筆法敏捷而又具沉鬱之致。）便去往訪汪恭人。恭人接見，談起徐虎林捐軀報國之事，恭人道：「令叔因公積勞，此日捐軀報國，梁山大事，業已三分有二。將來經略到來，不日凱旋，令叔之功，亦序列不朽矣！（借恭人口中作一片徐槐實讚。）惜乎我生多病，不及見賊人授首。」（只一句，便收結汪恭人，以後竟不復再見矣，含毫邈然。左氏「羈將逃也」四字，便收一子家子，仲華蓋本此。）青娘道：「恭人近來多恙，宜養息安神，不可過勞。至家叔為國捐軀，雖死猶生，誠有如恭人所云名垂不朽者。（又借青娘口中作一片徐槐實讚，出力寫徐槐。）即恭人偉謀卓識，亦當名列青史，萬古傳流。（又讚汪恭人。）婢子自今無事，追憶溶夫家叔授我淨土法門，至今不忘，（回應一百二十回。）擬即日退居高平山，遵依溶叔所教，持名修觀，以終其身。異日有緣，再當拜謁。」恭人道：「小姐有志退修，定當早證妙果。刻下且請在舍間盤桓月餘，然後告別何如？」青娘依從。當時在恭人家中聚談月餘，戀戀不捨而別。從此徐青娘依于高平山，與徐娘子同修淨土，後來青娘與徐娘子先後月餘，都是先期三日，自知時至，沐浴更衣，西向念佛，自稱「蓮花滿室，佛來迎我」，泊然而遊。（收結徐青娘，并結徐娘子，又兼寫淨土功效，妙。）這是後話。

且說雲天彪大軍在嘉祥，陳希真大軍在濮州，（突接雲、陳，奇。）各自辦理撫卹事宜，正擬擇日進兵，與徐槐協力同勦梁山。忽接到二關失守，徐槐陣亡之信，都吃一大驚，不待撫卹事完，便各自起兵，迅赴頭關。（一部大書，雲、陳兩路，千紆萬迴，至此始江、漢合流。韋揚隱、李宗湯聞雲、陳兩路兵到，即忙迎接叅見，天彪、希真也各相見了，共問韋、李二將備細情形。韋、李二人細細說了一番，天彪、希真齊歎道：「徐虎林真人傑也！」咏歎。當時會議，將徐槐赴難之事，與山東安撫使蓋天錫忽飛出蓋天錫。蓋天錫前係檢討，此忽云安撫，其陞任可知。或議其失敘陞任，是未知行文之不必屑屑補苴也。會同具奏。這里一面派兵嚴守頭關，天彪部下傅玉、雲龍、劉慧娘、風會、聞達、畢應元、歐陽壽通、哈蘭生、孔厚、龐毅、唐猛，其沙志仁、冕以信因攻城受傷，回村將息，故不在列。補前所無，剔去沙、冕，則天彪一邊淨成雷將十二員。希真部下劉廣、祝永清、陳麗卿、苟桓、祝萬年、欒廷玉、欒廷芳、真祥麟、范成龍、劉麒、劉麟。希真一邊亦淨成雷將十二員，用筆較若列眉。天彪、希真各自分派將佐，各路防守，一面相機攻取梁山，一面等候天兵。不數日，朝廷降旨下來：徐槐功績最深，此日捐軀，不勝震悼，着贈太子太保，錫爵定遠侯，賜謚忠武；任森錫元功伯；顏樹德錫威烈伯。雲天彪、陳希真着纘徐槐前功，鎮住梁山，統俟大經略張叔夜率領天兵征討時，協同進勦巨寇。張叔夜千呼萬喚始出來。雲、陳奉旨，便一同圍住梁山，靜候天兵。慢題。

且說張叔夜特題。自上年七月奉旨征討方臘，八月到了睦州，方臘抗命迎敵。可想方臘如何對付這位張天神？言外見用不着宋江也，妙筆。但與官軍一遇，動輒敗衂。那張伯奮、張仲熊、鄧宗弼、辛從忠、張應雷、陶震霆、金成英、楊騰蛟八員大將，雷轟電擊，雲捲風馳，不及五個月，早已埽平賊寨，方臘就擒。補出平方臘事，簡該。言外總見用不着宋江也，妙筆。本年正月奏凱回京，天子郊迎慰勞，告廟獻俘，舉行一切大典。張叔夜封燕國公，從征諸將均各按功錫爵。諸將進爵，或明言，或不明言，都有命意。如此處張公明提燕國者，此書之主人公也。諸將不敘者，平方臘非此書之正文也。真妙筆。從征軍士均從優分別賞卹。大賚天下，百姓大悅。天子謂羣臣道：「朕涼德藐躬❸，撫馭失道❹，以致盜賊蜂起，生靈塗炭，此皆朕之罪也。煌煌聖明之言。今幸賴祖宗積累之厚，皇天保佑之深，浙江巨寇，竟已撲滅；繳過方臘。山東殘賊，亦將蕩平。遞落宋江。朕承茲天貺，敢不祗懼，可降罪己之詔，以使中外臣庶，咸知朕悔悟自新之意。」將寫討平梁山，而先寫君德，真探本尋源之論，誰謂稗史可小視哉！羣臣咸稱聖明。天子乃下詔道：

朕獲祖宗之德，仰蒙蒼昊之庥❺，首出四民，于茲一紀。雖兢業惕于中心，而過咎形于天下。總提。葢以寡昧之資，藉盈成之業，言路壅閉，導諛日聞；恩幸恃權，貪饕得志。十六字直揭病源。縉紳賢能陷于黨籍，政事興廢拘于紀年。寫罪己詔，悉用古賢王成語。賦斂竭萬姓之財，戎馬困三軍之役。切。多作無益，侈靡成風。利源酤榷❻已盡，而牟利者尚肆誅求；諸軍衣食不時，而冗食者坐享富貴。切。灾異疊見而不悟，閭閻懟怨而罔知。追溯己愆，悔之何及。八字鎖却一部前傳，葢君心有可格之機，而民亂無可長之漸，此作者著書之本旨也。自今以後，有各直省官員能率眾勤王，捍邊立功者，優加獎重，不限常制；草野之中懷抱異材，能為國家建大業，定大計，出使疆外者，不次任用。兩層任賢能，恰好呼起王進，并篇終計功酬庸亦喝起。中外臣庶，並許直言，雖有失當，亦不加罪。一層開言路，恰好呼起陳東上疏，章法工整。朕惟仰副上蒼，俯卹下民，毋敢逸豫❼。一筆總結。宣和三年正月詔。特詳一篇罪己詔，落墨莊重

❸ 涼德藐躬：品德有虧，行為有損。

❹ 撫馭失道：安撫和治理百姓失當。

❺ 蒼昊之庥：蒼天的庇蔭。庥，音ㄒㄧㄡ，庇蔭。

❻ 酤榷：音ㄍㄨ ㄑㄩㄝˋ，專利；專賣。

❼ 逸豫：放縱；悅樂。

（不佻，餘詳總批。）

詔下之日，士民稱頌，咸仰聖德。

次日，有一太學生姓陳名東，應直言之詔，挺身上疏。（文氣一線貫串。）天子聞有諫疏，甚喜，（極寫聖德。）看其疏中寫道：「今日之事，蔡京壞于前，梁師成陰賊于內，李彥結怨于西北，朱勔聚怨于東南，王黼、童貫結怨于遼、金，敗祖宗之盟，失中國之信；惟此六賊，罪惡貫盈。今蔡京、童貫既已伏誅，（應前。）而梁師成等四人猶在，願陛下明昭睿斷，速正典刑。」（據史直書，然此處不重于表陳東之風骨，而實寫天子之聖明也。）天子覽畢，便傳張叔夜、賀太平進宮，問：「此奏何如？」（寫出虛衷。）張、賀二人極言陳東所奏甚是，因共陳六人劣蹟。天子歎道：「朕為此輩欺蒙久矣。」（如日月之食過也。人皆見之，及其更也，人皆仰之，極寫聖明。）便傳旨將梁師成、李彥、朱勔、王黼盡行正法。（寫出去邪勿疑。）叔夜因奏：「朝中尚有一賊，望陛下去惡務盡。」（文氣一線不斷。）天子問是何人，叔夜便將高俅劣蹟一一陳說。天子道：「縱此人于朝端，皆朕之不明所致，（極寫聖明。）今日豈可尚逭典刑。」（極寫聖明。）便立將高俅拏下，將家私盡行抄沒，不日將高俅發配滄州去了。（為後回伏線。蔡、童、高三人皆巨奸，蔡、童二人伏誅，各詳敘原委，獨高俅發配不詳敘者，為後回有林冲擲首一事，故此處特用虛寫，不佔實位也。）此時奸邪盡去，君子滿朝，士民讙呼相慶。（收束有興會。）賀太平進言道：（用特提法，大筆如椽。）「今日之事，恭逢陛下聖明神武，睿斷嚴明，小人道消，君子道長，四海昇平，萬年康樂，實基于此。（和聲鳴盛，此真吉祥文字也。）惟有梁山一區，羣盜盤踞，積惡貫盈，（遞到梁山。）所宜速行埽除，庶使宇內清平，萬民樂業。」天子道：「上年朕本有著張叔夜統軍征討梁山之命，（應前起後，絕不費力。）嗣因方臘事急，遂命移征方臘。今方臘既除，宋江未滅，（方臘之滅在宋江之先，可知此事實用不着宋江，何昧昧者務欲以

（方臘為宋江功耶？）可即着張叔夜領兵往討。」（落題。）說罷，便傳諭兵部先行調集兵馬，以備攻討。

數日後，兵部尚書奏稱二十萬兵馬均已調齊。次日五更三點，景陽鐘響，百官各具公服齊集丹墀。天子陞殿，淨鞭三下響，文武兩班齊。天子命宣張叔夜陞階諭旨。叔夜趨進丹宸拜跪，天子開言道：「嵇仲（君稱臣字，榮甚。按宋史本傳，金人陷京師，車駕出郊，叔夜叩馬而諫，帝迴首字之曰：嵇仲努力。作者意蓋本此。）率事公忠，戎行宣力，經謀偉劃，朕實依賴。前者方臘猖狂，命卿征討，役纔五月，遂奏膚功。今梁山宋江肆逆已甚，特命卿率師往討，尚其敬慎，以襄大事。欽哉！」（命將之詞，古樸可味。）叔夜稽首承命謝恩。天子便傳諭，于二月十五日躬行大閱，兵部尚書領旨。當日退朝無話。

到了這日，張叔夜全裝披掛，五更上朝，伺候官家大閱。（大閱一段文字，首回已鋪張揚厲，此處無須重出，然彼係蔡京代閱，此係官家親臨，本是不同，故特提叔夜全裝披掛一句，以應首回之言，又以補其所無。章法妙絕。）只見那左右羽林軍、龍武軍、神武軍，各自按着班次擺列在魏❽闕之外。旌旆明麗，劍戟如林。（親軍供奉。）裏面御道兩旁，都是神龍衛兵馬，豹尾鎗排得密麻也似；（神龍衛士。）那些馴象也一對一對的侍立在御道旁邊。（御前馴象。）左右金鎗班將官，都個個披掛着，執持軍器，排列兩旁。（金鎗衛士。）四員陪輦大臣，早已全裝披掛，從立龍墀之下。（陪輦大臣。）殿上黃羅傘蓋，龍鳳儀仗，無數內官擎着提爐，燃着龍涎，香烟繚繞，簇擁着九龍寶輦。那三十六個校尉，都齊整整侍立着，伺候車駕啟行。（鹵簿儀仗。共六段文字，與首回同。而首回在教場敘出，此處在宮中敘出，只一變換間，遂兩相炤燿，成絕大章法。）須臾間，只聽得殿上撞鐘伐鼓，奏動起一派仙樂，殿頭官引喤❾傳出午門，樸通通

---

❽ 魏：同「巍」，高大。

❾ 引喤：喝道。古時大官出行，前驅的騎卒一路喝道，即叫「引喤」。

九個號砲響亮，威嚴。午門外前站軍官紛紛起行，前站先行。天子出殿陞輦，天子陞輦。四員陪輦大臣都趨出階旁。大臣陪輦。車駕啟行，張叔夜在車駕前面旁階趨行，眾扈從護着龍輦徐徐的出了宮門。張叔夜在宮門外上了馬，做那車駕的前驅。特提主句。一路上鹵簿莊嚴，天威肅穆。八字寫得天子之威，確不可易。不移時，到了御教場，只見那將臺大吹大擂，鼓角齊鳴，兵部尚書率領部屬，并那二十萬大軍，早已在御道兩旁俯伏接駕。挽合到篇首大閱事，行文如望衡九面，觸處皆通。天子法駕直上正殿，轉身朝外大座。張叔夜等眾大臣都上金階，依班蹈舞，分列左右。直抄篇首數語，以鳴其妙。兵部尚書獻上陣圖冊本，天子命張叔夜傳旨開操。命張叔夜者，表主人公也。兩員大臣捧了令旂，傳諭兵部。須臾間，那將令號砲響亮，鼓角齊鳴，二十萬貔貅遵令開操，端的威嚴出常，武怒超羣，說不盡那旂旆招颭，鎗砲轟闐，馬嘶人喊，動地驚天。首篇既用實敘，此篇自應虛寫，此定法也。那些龍虎雜陣，雲梯技擊，都依次操演。首篇不操，則此處必須備操。羣臣看那操演步伐整齊，進退有方，端是有制之師，都以必勝為天子賀。提出。天子大悅，當時傳旨發放，着戶、兵二部遵制賞賚。車駕回鑾，號炮明動，鼓樂悠揚，兵部官員並二十萬天兵，依就俯伏送駕。張叔夜仍舊陪輦還宮。主句。羣臣嵩呼退朝。天子與張叔夜論議軍機。

次日，天子傳旨，命張叔夜為經略大將軍，賀太平為叅贊，十九日告廟誓師，二十日辰時出師。張叔夜蹈舞謝恩。到了這日，天子親詣太祖告廟，遵依古制，陳設輝煌，儀度敬慎。虛寫好，不佔大閱地位。張叔夜受了兵符、印信。到了二十日，天子出郊行御餞禮，送大經略祭纛興師。滿朝文武官員隨送出城。一時震動京都，異常炫耀。虛寫好，不占大閱地位。其時天日晴和，風光明麗，士民聚觀，欣欣色喜。十六字寫出天人合應，絕妙文字，絕大筆力。只見那旂旆連雲，戈矛耀日，祥光萬道，飛上九霄，異樣精彩，真是兵氣銷為日月光。須臾間，大上慶雲聚集，五色繽紛，結成「天下太平」四個大字。奇妙之至，絢爛之至，此真吉祥文字也。聖歎見此不知作何讚語矣。天子天上明明現字，宋江脇下隱隱現字，白日與鬼魅不可同日語矣。萬目共觀，讙呼雷動，羣臣齊慶聖德，天子感仰天恩，龍顏大悅。當時教場上九聲號炮，經略大將軍張叔夜叩辭御駕，與叅贊賀太平，率張伯奮、張仲熊、鄧宗弼、辛從忠、張應雷、陶震霆、金成英、楊騰蛟、康捷諸大將，并二十萬天兵，一齊起行。聲勢赫赫，全神振動。

不說天子還宮，只說張經略統領大軍，浩浩蕩蕩出了京都。一日行到歸德府遇賢山地方，忽報种經略相公有書呈上。忽然飛來。張經略接展看視，原來薦一勇士。來得奇特。張公大喜，即令進見。只因這一個人來，有分教：三十六員雷將，齊輔天朝；一百八道妖氛，仍歸地窟。畢竟不知种經略所薦何人，且聽下回分解。

邵循伯曰：凡事天運，與人事叅半，宋江之為盜，亦盜中之僅見者矣。其駕馭盜眾，要結嘍囉，人力也；任所欲之橫行數載，天意也。至此刻各郡收復，眾多潰散，是天奪其魄矣，而猶欲以人力挽回于萬一，則元女宮之說興矣。讀者或莫辨其真偽，只須玩其吳用、公孫勝商量一夜，次早出堂又商，一也；公孫勝着司殿打埽，而先曰暗暗論話，二也。玩此二層，而真偽立辨矣。或曰既如是，又何以殺包靈，此惟能誅宋江之心者，知之也。至於若何而有疥癩江字，則神而明之，存乎其人。

范金門曰：宋江兵潰，所以明忠義之假也。假者必敗露，敗露而無術以挽回之，不特奸雄之伎倆窮，即文章之局勢亦窮矣。誠如是而元女宮之事起，蓋不知幾費經營而出之者也。

又因是而收結徐槐，片帆直渡，局勢盡善，蓋是書以叔夜為主人，而叔夜不可以多附會，特寫一徐槐以代之。自一百十九回寫徐槐以來，凡加官錫爵，叔夜保之；益兵運糧，叔夜籌之；徐槐建功之處，皆叔夜建功之處也。迨叔夜至，則徐槐可以無事矣。或曰：何不少留徐槐，凱歌同奏？此未喻作者之命意也。若留之以供驅策，不過夷於鄧、辛、張、陶之列，則徐槐不顯；若留之以建議決策，而叔夜唯唯，則叔夜亦不顯。惟徐槐盡忠，而叔夜適來，謂徐槐為叔夜之前驅可也，謂徐槐為叔夜之化身亦可也。

第一百三十三回　衝頭陣王進罵林冲　守二關雙鞭敵四將

卻說張經略統大軍行至半途，接閱种經畧薦書，原來薦到一員勇將，乃是曾做過東京殿帥府下八十萬禁軍教頭的王進。前傳開手第一位英雄，至此方出，結局之嚴，用筆之警，於是歎觀止矣。因高太尉要尋事陷害，便見機逃避，奉母出走，八字檃括得妙，寫出王進。投奔种經畧，大為錄用，屢立戰功，補前傳所無。已奉旨給與兵馬都監銜。只此一句，已可氣殺林冲。种經畧因聞得張公征勦梁山，料其用武需人，特此薦來。敘王進來歷，不蔓不支。張公甚喜，傳令進見。王進叅見了。張公見他一貌堂堂，儀表非俗，心中愈喜。王進畧述履歷畢，張公道：「你來此甚好。但查种老相公發信月日，何以延至此刻纔到？」忽作一波折，奇。王進道：「末將因奉侍老母到京，因此遲了三日。這是烏鳥私情，求恩恕罪。」論事儘可告明种公求其展限，論文則不可不特作波折，以顯出王進之孝思也。張經畧道：「這也是個要事。移孝作忠，定然不負种公之舉薦也。」借經畧口中當極贊之。時將王進收入帳下，仍復一路大刀闊斧向山東進發。

不日到了梁山，二十萬天兵直抵頭關，駐札行臺。雲天彪、陳希真齊來接見，張公相見了，敘坐。張公道：「梁山寇盜猖獗有年，二位將軍久經攻討，徐總管捐軀報國，共建殊功。今賊人大勢就衰，掃除在即，皆諸君戮力之功也。繳清上文，筆氣疎宕。徐總管攻克二關，惜其復失，今二公駐兵於此，必悉其詳，現在賊人形勢如何？」問形勢。天彪答道：「論賊人形勢，其初盤踞梁山，剪屠州郡，銳不可當。賴有徐總管出身犯難，制其心腹，天彪始得與陳將軍分軍攻勦，乘勢迅掃。今梁山佔踞各郡，俱已恢復。惟此地頭關雖得，二關復失，尚成得半之勢，賊人險阻尚多，克復猶需時日耳。」天彪答形勢。張公道：「賊人徒黨何如？」問徒黨。希真答道：「賊人徒黨，梟桀驁悍之才，頗亦不少。自徐總管直搗賊巢後，賊人大勢分崩，所有賊目陸續就擒斬獲。然現在賊目中，猶有強且驁者，須先設計擒拏，方可掃平賊寨。」希真答徒黨。張公道：「賊人兵力何如？」問兵力。天彪答道：「自徐總管制勝之後，賊人勢蹙，人心渙離，天彪與陳將軍兵戈所指，無不奔潰。今日攻及梁山，賊人情形迥與前殊，人人拾命死戰，無有異心。似此死命抗拒，我軍攻討，尚費周章。」天彪答兵力。張公道：「賊人糧草何如？」問糧草。希真答道：「賊寨被徐總管攻圍年餘，所有糧草既無增添，諒必匱缺，然其中備細真情，卻難懸揣。」希真答糧草。整整四段，張公四問，雲、陳各答，提清前後關鍵。尤妙在逐段提出徐槐，點明一百十八回至一百三十二回柱意，而段末各留難處，以讓張公建議，開出後四回文字，絕大筆力。又藉此四問，托出張公身分，真妙筆也。張公聽了，一一點頭，因歎道：「徐總管真天下奇才也。先讚徐總管一句，神遊弦外。為今之計，可先將賊寨四面圍困起來，再看動靜。」淡淡一句，妙。天彪、希真都稱是。當時張公便請雲天彪領所屬部將、兵丁作左軍，攻圍右關；陳希真領所屬部將、兵丁作右軍，攻圍左關；自己領眾將駐札頭關，攻圍二關。至此而三扇之局定。雲、陳各領令而去。張公便傳徐總管舊將韋揚隱、李宗湯進來，細問徐總管攻守的章程。韋、李二將一一具答，張公甚喜，便教仍依原章程辦理。寫張公虛己也，而徐槐亦生色矣。張公與賀太平部署人馬，賀太平因言安撫使蓋天錫智畧過人，收到蓋天錫，不冷賀太平。張公便即移請蓋天錫共來參議軍務。不數日，蓋天錫到來，相見禮畢，分軍辦事。張公與伯奮、仲熊統領親兵，監督三軍。賀太平、蓋天錫與鄧宗弼、辛從忠、張應雷、陶震霆、金成英、楊騰蛟、韋揚隱、李宗湯、王進、康捷督領中軍人馬，就二關外相度地宜，安營下寨。（中軍雷將，亦是十二員，分派極勻。）那邊雲天彪、陳希真已各領人馬，分屯左右關外。三軍聯絡呼應，將賊人進出路口，都密密層層的守定，只是按兵不動。（頓筆寫出張公碩劃。）

且說忠義堂上羣盜，（六字妙極。既忠義則不賊，既賊則不忠義；忠義而賊，賊而忠義者，未之聞也。何昧昧者之不知辨也？）聞得朝廷點大經畧張公統兵到來，（只此便落，不必另接頭緒。）把個宋江嚇得尿屁直流，寢食俱廢。（八字聯書，妙。）真個是人人咋舌，個個搖頭。宋江與吳用到二關上登高一望，只見旌旗蔽日，殺氣騰空，四面八方，重重密密，都是官軍旗號。宋江看着吳用道：「這事怎處？」吳用只是縐眉，一籌莫展。（吳用亦有一籌莫展之日，難得，難得。）當時只得將各關隘嚴緊守備，忠義堂上日日早聚晚散，咨嗟不決的議論。（省筆，妙筆。）看看一個月來，不見官軍發作，（官軍圍困時日情形，從賊軍一邊註出。）吳用大驚道：「不好了，（得神。）這經畧真正了得！（妙。）我等糧食將盡，若照如此情形，他可以不折一兵，不煩一矢，使我等束手就斃。（經畧妙算，借吳用口中道出，然猶有一半猜不着，可謂極寫經畧矣。）為今之計，好在兒郎們個個樂于効死，（須從上回權詐要結後看來，方令讀者無不惡其不仁，目張眦裂。）可趁此決一死戰，方好集事。」宋江便請吳用定計。吳用便令林冲領頭陣，朱富作副將；呼延灼領二陣，李雲為副將；張清領三陣，湯隆為副將。（定後三篇之局。）每陣帶兵一萬。頭陣出戰，二陣守二關，三陣守三關，層層策應，更番替換。眾皆領命。

次日，林冲、朱富帶領一萬人馬，三聲號炮，殺出二關。原來林冲自失了濮州之後，志氣頹唐，（接前文，起後文。）吃宋江好言安撫，吳用巧言激勸，（妙筆，反振王進。）便撥開愁懷，勉強振刷起精神來。（為王進作地。）此時奉着將令，便直趨經畧大營，當先搦戰。早有營門小校報入中軍帳裏。那張經畧正與賀太平、蓋天錫坐在帳內議事，忽聞賊兵殺來。賀太平道：「賊兵果然耐不得了，其糧盡食竭可知。」（寫賀太平。）蓋天錫道：「賊人志在死戰，我等且宜堅守，（寫蓋天錫。）仍照經略原主意，乾封殺他。」（提出經略原議，而經略忽改議。寫出兵不執法。）張經略道：「非也。（妙筆。）我原意不過要探看賊人糧竭與否，（妙。）今賊人既來求戰，糧竭之情被我探得了。（妙。）只是賊糧雖竭，未必竭盡無餘。（確。）倘再相持一年半載，我軍勞師費財，亦非善策。（真是大帥之言。）今可乘他來戰，就與決戰一場。」便問那小校道：「來賊是誰？」小校道：「是個姓林名冲的，綽號豹子頭。」張公點了點頭，（傳神之筆。）便傳王進入帳諭話。（妙。）又點起金成英、楊騰蛟兩員勇將，同王進領一萬人馬，張公親自押陣。三聲號砲，金龍大纛下，無數猛將精兵，簇擁着大經略張大元帥出營列陣。（威凜。）只見對陣上林冲全裝披掛，挺着丈八蛇矛，立馬陣前。張公回問左右道：「這人便是林冲麼？」（顧視清高。）左右答言：「正是。」張公便叫王進道：「王將軍可當先出馬。」（擇能而使，出將入相之才也。）王進領令，挺着渾鐵筆管鎗，一馬縱出陣前。林冲見王進出馬，便定睛一看道：「來者莫非王武師麼？」（「武師」二字，生出下文。）王進道：「原來正是林兄。（儒雅。）咳，（一字傳神，高眼慈心，一齊都出。）我久聞得你本事高強，為何這等沒有見識？（妙。）如今你既為強盜，雖有萬夫不當之勇，也只算丟在糞窖裏了。」（一鳴驚人，駁倒林冲，托出王進，下文勢已震動。）林冲怒道：「你未知其詳，擅自出口傷人，是何道理？」王進道：「道理不道理，我且生擒你，放馬過來！」（讀者見提綱是王進罵林冲，而此處畧逗罵機，遂急欲觀其如何罵法矣。忽用橫風吹斷，奇極。）言畢，挺鎗直刺林冲，林冲奮矛相迎。兩個本來都是八十萬禁軍教頭出身，本領豈有高下。（總寫一筆，妙極。人知其寫本領，而不知早已為罵死作地矣。）但見鎗來矛擋，矛去鎗迎，兩人各奮神威，各逞本領，來來往往，翻翻滾滾，鬭到四十餘合，殺氣飛揚，人影倏忽不見，（每戰必出奇筆，非仲華不辦。）但見兩條神龍飛騰變化，銀光穿亂，金彩盤旋。（鎗矛合寫，異樣精彩。）兩陣上都暗暗喝采。陣雲影裏，鼓角聲中，（八字寫出戰場。）兩人酣鬭已有一百餘合，兀自不分勝負。（勁敵。）忽見白光一閃，王進一鎗飛出，（奇極之筆。）將林冲蛇矛壓住，厲聲喝道：「且住！筆力縱橫。我你同是教頭，忽分一官一賊，今日既已相見，豈可無話！」妙，妙。林冲橫矛勒馬高聲道：「有甚話說！入耳錐心，四字傳神。再戰一百合，我與你定分勝負。」或曰：寫林冲氣壯，非也。細按之，大有忠言逆耳、東扯西拉之神。如此體貼，斯為善讀書者。言畢，挺矛直刺王進。上文王進喝「且住」，便欲急觀其如何罵法矣，忽又橫風吹斷。王進大怒，持鎗直搠林冲。兩英雄扭住，重復狠鬭。王進心生義憤，一條鎗武怒直前；林冲心已焦煩，一枝矛飛騰相架。忽提出兩人心事，卻只在戰鬭上論說，妙極。一來一往，一去一還，又鬭了五十餘合，王進托地拖着長鎗，縱馬跳出圈子，奇筆。急勒馬回身，用鎗指着林冲，正待開言，奇妙，再頓。林冲已一馬衝到，挺矛直刺。都為罵死蓄勢，絕非為林冲設色也。王進舉鎗相迎，合攏又鬭。卻為罵死蓄勢，勿徒賞其筆墨之淋漓。鬭到十餘合，王進暗想道：「主帥教我出馬，原要我指陳大義，先行斥罵一頓，以宣朝廷順逆之意。至此提清罵字，又提出經畧本意，妙筆絕倫。如今這厮死戰不休，只好搠殺他罷了。」索性拓開去，洗脫罵字本意，然後徐徐收回，擒縱入妙。便抖擻精神與林冲厮殺，足足的又戰了一百餘合，兩人勇氣未衰，兩馬筋力已疲。上文一路騰挪，幾于不可收拾矣。忽借馬乏一筆收轉，奇巧之至，便捷之至。又交了數合，林冲只得托地跳出圈子。前寫王進跳出圈子，此寫林冲跳出圈子，妙。王進見他走出，也不追趕，立住了馬厮看。妙。林冲怒氣未平，看見王進不退，便也勒轉馬頭看着王進道：「且待我換了馬來，再與你分個勝負。」王進哈哈大笑道：「今日勝負已分，何須再分勝負。」上文千紆萬迴，至此陡然疾入，真是奇觀。林冲圓睜兩目道：「此話怎講？」出其不意，妙極。王進道：「有甚怎講！一句攔接，疾入下文，迅不可當。當初我在東京，聞得你有些本事。後來我在延安，聞得你充當教頭，又說你犯了王法，刺配遠方；又說你投奔梁山，做了強盜。類敘前傳事實，筆法整潔可喜，尤妙在「我在東京」、「我在延安」二句現身說法，已動其珠玉在前之愧。我只道你是個下流，不過畧懂些鎗棒，今日看你武藝，果然高強。先讚揚一句，令其心服。只可恨你不生眼珠子，疾刺入。前半世服侍了高二，吃些軍犯魔頭；後半世歸依了宋江，落個強徒名望，聲聲擂入鼓心。埋沒了一生本事，受盡了多少腌臢。（深入其阻，犀利無前。）到如今，你山寨危亡就在目前，覆巢之下，豈有完卵？（可謂剴切曉諭。）我王進作朝廷名將，你林冲為牢獄囚徒，同是一樣出身，變作兩般結局，（所謂今日已分勝負也。妙，妙。張公遣王進之意，亦正為此。）可惜吓可惜！」（五字直錐入林冲之心。）林冲道：「這事都休提了。（如坐針氈。）朝廷用了奸臣，害盡良人受苦，直到無路可投，只好自全性命。你不曾親嘗其境，還來說些甚麼！」（語無鋒鋩，其氣已沮。）王進哈哈大笑道：「好個自全！如今全得全不得，只教你自己思想！（一矢破的，力穿七札。）至于你說我不曾親嘗其境，足見你糊塗一世。（妙極。）你做的是殿帥府教頭，我做的也是殿帥府教頭；你受高俅的管束，我也受高俅的管束；高俅要生事害你，高俅何嘗不生事害我？（兩兩相形，明快無比。）我不過見識比你高些。（提出見機大本領來。）不解你好好一個男子，見識些許毫無，（令其啞口無詞。）踏着了機關，不會閃避；逼近了陷阱，尚自遊衍。（十八字，林冲確評。）以致拷打監囚，受盡許多苦痛；貶解收管，吃盡無數羞慚。賊配軍，人人罵得；好家聲，個個羞稱。（直令其悔不可追，無地自容。）即此一事，你我比較起來，天淵懸隔。（真是啞口無詞。）如今事已到此，且休來責備你。（掃去一層，再進一層，筆鋒銳極。）可怪你一經翻跌之後，絕無顯揚之念，絕無上進之心，（淋漓揮灑。）不顧禮義是非，居然陷入綠林。難道你捨了這路，竟沒有別條路好尋麼？（詰問奇特，直是雄文快擻。）就說萬不得已，暫時容身，（再剝進一層，索性暢所欲言。）也當早想一出離之道。朝說招安，晚掠州郡；晚說招安，朝搶村落，（十六字，妙極，快極。天下愚人聽者。）這等處所，豈有出頭之日？（妙極，快極。）你又不生眼珠，死挨不去，（天下愚人聽者。）隨着那般不肖狂徒，不軌不法，橫行無忌，豺狼野性，日縱日長。（索性暢罵矣。）到如今天理昭彰，強梁必滅。你但思想，你山寨中和你本領一樣的，吃我天朝擒斬無數，諒你一人豈能獨免？（暢極，快極。）你想逃罪，今番罪上加罪；你想免刑，今番刑上加刑。（二十字直掃要害，林冲死于此矣。）不明順逆之途，豈有生全之路？種種皆你自取之咎，尚欲銜怨他人，真是荒謬萬分。（索性痛罵矣，妙，妙。）今日你也乏了，不須再戰了，（忽挽戰事一筆，奇妙。）回去細思我言。」（雷奔電掣，飛出一片快檄雄文，才大如此，安得不拜而服之哉！）林冲聽到此際，大吼一聲，面色登時雪白，兩眼上插，手中蛇矛不覺拋落在地，仰鞍而倒。（氣殺，悔殺。）朱富即忙出馬，來救林冲。張經畧見林冲果被王進罵倒，（一「果」字見不出張經畧所料，極寫經畧。）便教金成英、楊騰蛟揮軍殺上。賊兵見主將如此，個個心慌。金成英、楊騰蛟分兩翼直抄賊軍。朱富早命幾個嘍囉馱了林冲回去，（細。）自己挺身迎敵官軍。金成英、楊騰蛟已奮勇大呼殺入賊軍陣裏，逢人便砍，逢馬便搠，（帶表金、楊，妙。）賊軍大亂。亂軍中，（三字接得便捷。）朱富正遇着王進，諒一個朱富如何抵敵得王進？（妙。）幸而王進已與林冲苦鬬力乏，（妙筆。）所以兩下交鋒，到也戰到二十餘合。朱富見自己軍陣已亂，無心戀戰，急欲抽身退回，卻被王進得了破綻，一鎗洞脇而死。（朱富了。）呼延灼在二關上，（頭陣已沒，疾接二陣。）急教李雲守關，自己領兵開關出去接應，遇着金、楊二將，大戰一陣，呼延灼毫無便宜，（寫金、楊。）只得收聚了頭陣的敗殘人馬，急回二關去了。（收賊軍。）金成英、楊騰蛟合兵一處，斬獲無數，掌得勝鼓回到大營。（收官軍。）王進已在營門邊，卸甲息馬，坐了好一歇了。（妙筆，俗人不知。）當時一同進中軍帳，到經畧前獻功。經畧大喜，當時與賀太平、蓋天錫查點了首級，安插行伍，一一記功慰勞，便商議進攻二關之策。按下慢表。

且說林冲回到忠義堂，已是奄奄一息。宋江聞得頭陣沉沒，大吃一驚，（妙筆，冷筆。只驚頭陣沉沒，而林兄弟奄奄一息，若弗見也者，真好個忠義。）急忙問：「林兄弟緣何如此？」（妙筆。）林冲早已神氣潰散，不言不語。宋江便教送林冲歸到臥室，急召寨中醫士前去診看，一面傳諭呼延灼嚴緊把守二關，（安插細。）一面召那林冲的隨陣軍士上來細問緣由。軍士具說王進如此如此辱罵，以致林頭領忽然氣翻。宋江聽罷大怒，看着吳用（六字妙。）道：「叵耐王進這厮出言無牀，撓亂人心，（元女方收集人心，王進卻撓亂人心，妙。）林冲兄弟竟被他氣壞了，我今誓必設法驅除了他。」（可請元女顯聖以驅除之。）吳用道：「林兄弟是個直性人，一口氣回不轉了。待他稍定，小可去慰勸他一番罷了。」（吳用語更妙。）當時宋江、吳用先到二關上巡看了一轉，（處處抱緊正文。）回途時已二更，說些官軍形勢，忽一嘍囉迎上來報稱：「林頭領口吐鮮紅，勢已危急。」宋江大驚，（一路寫來，都是妙筆。）即忙與吳用飛馬趕入寨中，急到林冲臥室。只見林冲臥在牀上，神氣毫無。宋江忙問醫士是甚緣故，醫士都說這是神志之病，藥食難療。（確。）宋江聽罷，淚如雨下。（詐乎，真乎？金門曰：真與詐兼有之。說詳九十二回宋江哭冠勝下。）吳用上前止住宋江哭泣，（寫吳用。）便到林冲牀頭向林冲勸解了一回。林冲勉強點頭，淚如雨下，只是無言。（王進一罵，而吳用籠絡之術窮，妙不可言。）宋江、吳用各散去。次日，宋江又來看林冲，林冲仍然吐血，飲食不進，痿頓異常。宋江無言可慰，（妙。）只得走回來，到了忠義堂上，與吳用及眾頭領商議退官軍之策。又因林冲病情也有些掛肚牽腸，（「也有些」三字，惡。）說不出那心中的焦急。正是日月如飛，晷眨眨眼不覺已有十餘日，官軍毫無動靜，（夾寫官軍一句。）林冲的病日重一日，竟無起色。（漸漸逼緊。）

這日宋江正在忠義堂議事，忽報朱仝、雷橫自鹽山回來。（忽顧鹽山，忽收回朱仝、雷橫，奇筆。）宋江急令進見。朱仝、雷橫一齊進來，與宋江及眾人相見了。宋江開言問道：「近日鹽山之事何如？」（急于要問。）朱仝、雷橫齊道：「仗哥哥洪福，（何福之有。）鹽山近日倒十分興旺。（妙筆。引起宋江走夜明渡。羚羊掛角，無迹可尋。）緣鄧、辛、張、陶四將都調開了那里，（應一百二十三回。）我們因得聯絡了蛇角嶺、虎翼山兩處人馬，借糧屯草，招兵買馬，重復整理事業。（鹽山情形，就朱、雷口中敘出。）近聞大寨被兵如此緊急，小弟們卻日夜記罣。若非戴院長到來，說出後山小洞之路，弟等正無從進來。（補筆，細。）不識寨內情形如今怎樣了？」宋江歎口氣，將所有情形一一說了。朱仝、雷橫都道：「如此怎好？」吳用道：「二位兄弟休要着急，小可自有調度。還要說大話。只是二位兄弟來得正好，就在寨中辦事，不必回鹽山去了。」留住朱、雷。宋江便吩咐開筵，為二人接風。席間，朱仝、雷橫捧出一個大圓包來。妙。眾人啟看，乃是一顆首級，奇。細細一看，正是高俅。奇極。眾人齊問何處取來，朱仝、雷橫道：「小弟在鹽山時，聞得這奸賊犯了事，發配在滄州。小弟因與鄧、王二兄弟商議，起了兵馬，去打滄州，活捉了這個賊來，照那年林兄長處治小賊的法兒處治了他。快極。高俅完。又回應九十八回烹衙內事，妙。因想林兄長與他切齒深仇，特地取來與他舒氣。」妙。收回朱、雷，帶提鹽山，完結高俅，綰到林冲，真是精心結撰之作。眾人嗟歎不已。吳用道：「這顆頭來得正好。奇語。林兄弟現在患病，大半由于舊時的怨氣，難得二位兄弟取了這高賊的頭來，何不與他看看，以解其悶。」就吳用語，反振一筆。朱、雷二人忙問：「林兄長患了甚病？」宋江將王進辱罵的情由說了。朱仝、雷橫道：「既如此，這顆頭與他一看，必定霍然病愈。」就朱、雷語再反振一筆。大眾稱是。當時吃了酒飯，細。同到林冲房內。林冲臥牀半月有餘，僅存一絲一息，不能起牀。忽聞朱、雷二人來探病，便勉強應酬了幾句。病情確肖。朱、雷二人齊道：「恭喜林兄長，有一件事，小弟們報得仇來。」林冲問是何事，二人便將高俅首級捧上道：「這是高俅的頭，小弟如此如此取來，特為兄長解悶。」林冲一見，呼的坐起身來，奇筆，駭疾之至。接了高俅的頭，看了一看，咬着牙齒道：「我為你這廝身敗名喪，到今日性命不保，皆由于你！」真是可恨之極！言畢，將頭擲出牕戶之外，攛為虀粉。奇極，駭極。林冲狂叫一聲，倒身仰臥而絕。駭極。眾人大吃一驚，急前看時，果然氣息毫無，認認真真的死了。找一句，入情入理。林冲了。一百八人惟林冲為最冤，亦惟林冲為最苦，推情原迹，實屬可憫。然既已身為強梁，抗王拒捕，殺人奪貨，則亦赦之無可赦者矣。作者用王進之罵絕之于前，而又以高俅之死快之於後，公義私怨兩存，其說真仁之至，義之盡也。大眾痛哭一場，惟宋江哭得個死去還魂。作者著宋江之醜，真是一筆不放。當時收殮安葬了，宋江仍與吳用等商議拒敵官兵之策。

卻說張經略（接入經略。）自掩沒梁山頭陣之後，收軍回營，與賀太平、蓋天錫商議，再按兵數日以觀動靜。（註出官軍不見動靜之故。寫經略直是行所無事。）見賊兵也不出來，張公便道：「賊人經此一跌，死守巢穴，不敢出來，當用何法以撓之？（妙。）如今可將中、左、右三軍分派隊伍，輪流攻關，四面迭擊，方可集事。」（寫經略措施。）賀、蓋二人稱是。當時先將中軍分為六隊：張伯奮、張仲熊領第一隊；鄧宗弼、辛從忠領第二隊；張應雷、陶震霆領第三隊；金成英、楊騰蛟領第四隊；韋揚隱、李宗湯領第五隊；王進、康捷領第六隊，每隊一萬五千人馬，按日攻打二關。每前一隊攻關，後一隊作策應，六日輪流，周而復始，移前作後。（中軍六隊，章程極善。）移咨左右軍，照樣辦理。雲天彪、陳希真各領令訖。雲天彪將左軍分為五隊：雲天彪領雲龍為第一隊；傅玉、風會領第二隊；畢應元、龐毅領第三隊；聞達、歐陽壽通領第四隊；哈蘭生、唐猛領第五隊，只留劉慧娘、孔厚在營中協理事務。這里五隊輪日攻打右關。（左軍五隊。）陳希真也將右軍分為五隊：陳希真領祝永清、陳麗卿為第一隊；劉廣、劉麒、劉麟為第二隊；苟桓、祝萬年領第三隊；欒廷玉、欒廷芳領第四隊；真祥麟、范成龍領第五隊，每日輪流攻打左關。（右軍五隊。將三十六員雷將一一點齊，不漏一個，妙。）統計數十萬大軍，三面合圍，輪日攻打。（總一筆，寫出堂堂正正之旗。極寫經略。）梁山二關、左關、右關，鎗砲轟闐之聲，徹日不絕。（威潤堂皇。）驚得宋江面如土色，看着吳用道：「這事怎處？他分三面環攻，分明弄我三面防備，他卻好乘我力薄之處殺入也。」（所謂無所不攻，則無所不虛也。借宋江口中寫出張公韜略。）吳用縐眉道：「還有那後面一關，他留出不攻，大有毛病。（畢竟是智多星。預透一筆，妙。）如今先傳令教後關水泊軍士小心防守，更派李應去守後關，侯健為副將，速去緊緊把守，這里再商議環應三面之策。」宋江依言，派李應、侯健去鎮守後關，宋江、吳用親去策應二關、左關、右關。可憐那宋江、吳用弄得如熱鍋螞蟻一般。奇喻。忽聽得右關被哈蘭生、唐猛幾乎攻破，便急忙去策應右關；妙。忽聽得左關被欒氏兄弟險些殺入，便飛速去顧救左關。妙。左軍點出第五隊，右軍點出第四隊，如畫龍者畧露一鱗一爪，而全龍在目，妙筆。

就中單表前面二關，被中軍攻打，最為緊急。提挈分明。這一日，正輪着第二隊鄧宗弼、辛從忠率眾攻打，第三隊張應雷、陶震霆為後應。中軍忽點出第二隊、第三隊，妙，妙。關上呼延灼、李雲悉力守備，自辰至午，鎗砲之聲不絕。鄧宗弼、辛從忠見關門將破，提出。便教後隊張應雷、陶震霆齊來攻關，兩隊忽合為一隊。那邊張清、湯隆在三關上，聞得二關危急，句。急來策應。二陣未失，先接三陣，合前而觀，可悟用筆之法。此時二關鎗砲已絕，矢石一空，樓垣雉堞盡行燬壞，眼見頃刻難保。真寫得出色。寫四將，即所以寫經畧也。呼延灼見張清到來，便叫：「張兄弟，你和湯兄弟領三陣守住這關，趕緊修築城牆，我同李兄弟領二陣開關出戰，拚着一死，以冀保關。」寫呼延灼。張清應了，呼延灼便與李雲領兵殺出關去。呼延灼挺着雙鞭，匹馬當先，眾賊軍大呼振天，奮勇衝殺。此等處，總須記得元女要結之術方妙。直殺得天旋地轉，海覆江翻，官軍被他衝退三百餘步，極寫呼延灼。兩下列成陣勢，對仗厮殺。好筆力。鄧宗弼大怒，特提。對三將道：「今日二關業已唾手而得，叵耐這厮衝突出來，如今我與眾將軍協力，斬了他再說。」三將稱是。鄧宗弼一馬當先，直奔呼延灼。呼延灼已起了必死之心，那管你來將驍勇，提出呼延心事，妙筆。大吼一聲，敵住鄧宗弼。兩英雄怒馬相交，軍器並舉，一邊慣使雙鞭，一邊善舞雙劍，酣鬬攏來，卻是兩將兩騎，使着四條軍器，化作一片寒光，精彩。揮揮霍霍，翻翻滾滾，鬬到五十合以上，不分勝敗。李雲見了，便拍馬舞刀前來夾攻鄧宗弼，鄧宗弼展開雙劍，敵住二人，不慌不忙，又鬬了十餘合。寫鄧宗弼。只見陶震霆舞着雙鎚，驟馬上來，大叫：「鄧將軍少住，看我來擒捉這厮！」（接陶震霆。）鄧宗弼聽了，忽然虎吼一聲，劍光飛處，李雲頭顱倏的滾落，（駭疾。李雲了。）鄧宗弼取了首級回陣去了。（鄧宗弼回陣。）陶震霆敵住呼延灼。呼延灼憤怒已極，舞着那兩條閃電也似的鋼鞭，直上直下打進來。（寫呼延灼。）陶震霆耍着兩柄臥瓜鎚，正似兩團火毬，敵住鋼鞭。（寫陶震霆。兩條閃電，兩團火毬，分明工對，卻不用對偶法，寫句又變。）兩個又鬬了五十餘合，陶震霆使盡兩臂神威，呼延灼也用盡一身勇力，却只得個平手。（總一句。）兩人各起鬬心，死不相讓，一來一往，一去一還，又鬬了三十餘合。背後張應雷看彀多時，更耐不得，舞動銅劉，拍馬過來，高叫：「陶將軍少歇，看我戰三百合卻理會。」展開那扇銅劉，直奔呼延灼。陶震霆勒馬回陣去了。（陶震霆回陣。）這里呼延灼獨戰張應雷，兩個又是對手，（陶戰此句在段末，張戰此句在段首，變換得好。）征塵影裏，殺氣陰中，大戰六十餘合，呼延灼急切贏不得張應雷，（前皆平提，此竟側注，脉理極細。）心中焦躁起來，急賣個破綻，把雙鞭分開，回馬便走。（寫得好，文法忽變。）張應雷縱馬追上，一銅劉橫飛過來，（寫張應雷出色。）呼延灼只一閃，（寫呼延灼出色。）那面銅劉卻直向呼延灼的面門恰恰的劈過。（險急。寫張應雷出色。）呼延灼便把雙鞭一旋，旋到張應雷面前，提起右手鋼鞭，望張應雷頂門上打下來。（險急。寫呼延灼出色。）張應雷眼明手快，早將銅劉收轉來，旋風也似的捲到，劉口正與鋼鞭遇着，「鏜」的一聲響亮，（寫張應雷出色。）張應雷就此送進一劉，順着鞭勢削去。呼延灼手指幾乎割斷，（寫張應雷出色。）急忙收回右鞭，那左鞭卻早已葉底偷花打進來。（寫呼延灼出色。）張應雷急將銅劉一壓，躍馬跳出圈子。（寫張應雷出色，卻趁勢收科，妙筆。）辛從忠在陣前，（忽接辛從忠。）立馬多時，看看天色已晚，（順勢點出天晚，好筆力。）心内焦躁，便大吼一聲，拍馬縱到垓心，一枝蛇矛分開雙鞭，直取呼延灼當胸。（駭疾，寫辛從忠。）呼延灼急忙叉鞭敵住，（寫呼延灼。）張應雷已回陣去了。辛從忠搦住呼延灼，大奮神威，酣呼厮殺，鎗來鞭去花一團，鞭去鎗來錦一簇。（直抄前傳兩句，然命意卻殊。蓋前傳係寫林冲戰呼延，今林冲已死，大有物是人非之感。兩個足足的鬬到一百餘合，呼延灼雖然力乏，尚能招架，漸漸卸到。辛從忠一時不能取勝。天已昏黑，殺氣瀰漫，愁雲慘淡，星斗無光，神號鬼哭。忽插此十六字，奇極，怪極。呼延灼看那二關尚未修築完就，忽挽到呼延灼保關本意，奇極，警極。只得仍就拚着個死，力併辛從忠。辛從忠怒極，使出渾身的本領，一枝蛇矛龍飛虬舞，攻取進來，寫辛從忠。怎奈呼延灼兩條鋼鞭，兀自擋禦得定。寫呼延灼。算來還差一分火候。奇語，分出層色。辛從忠卻等不得，妙。心生一計，霍的把矛一幌，勒馬便走。奇。呼延灼不顧死活，驟馬追來。辛從忠待他追到分際，便將右手去豹皮囊內取出一枝標鎗揑在手裏，精靈之筆。呼延灼輪舞雙鞭，早已追來。辛從忠取標在手，其勢急矣，偏能再寫一筆呼延。刀頭淅米矛頭炊，險哉文字！昏黑中，提此三字，精靈之至。只聽得「耍」的一聲，辛從忠喝一聲：「着！」精光飛動。呼延灼志急心慌，不及備防，偏能再寫呼延。一標飛到，急閃不迭，正中咽喉，落馬而死。駭疾。呼延灼了。呼延不難智取，而仲華偏欲力取，行文蹈險逞奇，一至於此！鄧宗彌早已傳令軍士們點起成千成萬的火把，大呼振天，潮湧般殺過來。聲勢。賊兵抵擋不住，紛紛大敗。官軍個個奮勇，殺人如斫瓜切菜，好。賊兵叫苦不迭，已殺死了一半，那一半紛紛逃入二關。二陣又沉沒。鄧宗彌、辛從忠、張應雷、陶震霆乘勝驅兵搶奪二關。鄧宗彌、辛從忠攻擊關門，賊人將敗殘兵馬放入，即忙閉門抵禦。好。張應雷、陶震霆領兵急搶，關上張清急將那新運到矢石打將下來。好。新運，細。火光中，不脫夜字。喊殺連天，這番幸賴張清將城垣樓堞粗粗修好，官軍幾次三番攻打不破。足此一句，所以不負呼延之一死也。張經略在後面看見，便傳令鳴金，收回官兵，回營休息。寫經略從容。鄧宗彌等得令，便領着官軍回轉大營來。收回。

張經略與賀太平、蓋天錫陞帳，眾將、兵士都紛紛上來獻功。張公一一查點了，與賀、蓋二人記功錄簿，分別犒賞，諭令各回本營養息，一面將首級號令了。收足本段。鄧宗彌禀道：「末將等今日攻關，眼見此關必破，可惜被這呼延灼出關死戰敵住，我們待得斬了呼延灼，那二關早吃賊人修好，這個機會失了，實是可惜。」引起下文。賀太平道：「如今雖不得關，但賊人上將已吃諸位將軍斬得，卻是一場大功勞，日後攻關定容易了。」借賀太平口中，表此回主意。蓋天錫道：「但使賊人有敗無勝，取關定必易易。」透下。張經略道：「善攻者敵不知其所守。此番關之不破，總由我不善攻之故也。」勞謙君子，萬民服也。賀、蓋二人齊問其故，張公不慌不忙說出一條計來。正是：求己不責人，的是聖賢之學；知彼兼知此，定是戰勝之師。不知張公說出甚麼計來，且看下回分解。

范金門曰：聖歎云：王進去，而一百八人來矣。又曰：若王進者，方可教而進之於王也。聖歎與仲華地之相去，世之相後，固不待言，乃其進之於王一語，若遙遙為仲華作註者。而余閱是編，敢為之轉一語曰：王進來，而一百八人去矣。

邵循伯曰：閱至朱仝、雷橫殺高俅，余又為之轉一語曰：王進來，而高俅去矣。以力勝林冲，而人不服也；以術勝林冲，而人不信也。蓋林冲之為人也直而和，其陷入邪僻者，由於智不足以燭理耳。本體之明，或未嘗息，為王進一罵而送殘生，於道大得。

呼延灼為梁山柱石，以之守二關，二關誠難動搖矣。觀其閉關迎戰，力敵官軍，即不敘其名氏，而問諸人曰：此誰也？莫不曰：此雙鞭呼延灼也。乃戀之以時日，加之以雷霆，棄一命而守一關，極與前傳相照。

第一百三十四回　沉螺舟水底渡官軍　臥瓜鎚關前激石子

話說張經略對賀、蓋二人道：「我把賊人三面攻圍，獨留後關，原有主見在內。（應上起下，章法一線。吳用所慮者，此也。）賊人盡力顧我三面，那後面必然空虛，（料透。）可從此進攻，必然得手。」蓋天錫道：「賊人吳用，智計殊勝，未必不防及此。（寫蓋天錫真灼知吳用者，而張公又駕乎其上，奇矣哉。）為今之計，可用一聲東擊西之法，遣偏師數隊去擊後泊，他必然增備後面；後面增備，前面力薄了，然後我用全力破他前面。」（蓋天錫言，先定下半篇之局。）張公道：「蓋兄之言固是，但我料賊人後面必然空虛。（奇。）緣他前關如此攻擊不破，其重兵嚴守可知。因其前關之力守，可卜其後關之無備。（奇。）即使有備，料不過數千兵卒而已，與空虛無備何異。（妙。）為今之計，可一面令中軍加緊攻打前關，一面分撥左右兩軍兵馬出其不意，去襲擊後關。如此兩路齊攻，賊人招架不及，必有失手之處。無論前關、後關，但被我破得一處，便可直搗賊巢矣。」（張經略言，總通篇之局。）賀太平道：「經略欲攻後關，可與左營雲將軍商之。（落到天彪。）他營內劉慧娘善製攻守器械，（落到慧娘，呼起沉螺舟。）後關水泊險阻最多，非器械不濟。」（賀太平言，定上半篇之局。）張公稱是，便吩咐左右：「速去請左營雲將軍前來議事。」不一時，雲天彪到來。張公接見敘坐，便將上項謀劃向天彪說了。天彪道：「此事在天彪身上，只須請輿圖細細一看，便可施行。」（忽又落到輿圖。）張公便取出那徐總管遺下的梁山地圖，揀出後泊一冊，授與天彪，便道：「此事悉請將軍調度。（將將之才。）惟攻關之日，須前後約定時刻。」（本回兩篇文字樞紐。）天彪應諾，受了地圖，退回本營去了。

不說張公部署中軍，且說天彪回到左營，便與劉慧娘共看地圖。原來梁山形勢，四面水泊環繞，（忽總論梁山形勢，奇。）但前、左、右三面，與後面水泊情形迥別。（剔清題位。）前三面水泊，係一水相連，裏面陸路也一望相通，所以徐槐攻進前泊，分搶左、右兩關，官軍都在水泊以內，那左、右兩水泊早已雖有如無。（忽補出徐槐攻關情形，剔去左右兩泊。）惟有後關，有東、西兩座大山，抱住一所水泊。（句。）那東山一帶直接運河，那後山洞就在此山之內，圖中不載，所以官軍都不曉得。（并註出後山洞在處，奇筆。）只是此山橫截水泊，水陸兩路都不通。（東山。）就是西山下水路，也都是淺溜急灘，舟船難行，陸路自不必說。（西山。先審進攻之路。）天彪看到此處，對慧娘道：「若要攻打後關，惟有移軍到後水泊，從泊外殺進去，先破了水泊，然後可達後關。」（開出下文。此時官軍已盡在水泊以內，而攻後關忽又從水泊外殺出，故不得不表明其故也。）慧娘道：「正是。但既攻水泊，那白瓦爾罕沉螺舟之法，可以水底潛行，今日正好應用。」（迴應一百十七回，點出沉螺舟。）天彪喜道：「有此妙器，何愁水泊不破，便傳令分派眾將移軍後泊。」慧娘道：「不可。（妙。）經畧之意，要乘賊人不備襲取水泊。（提清經畧主意。）我若先行移軍到彼，待得沉螺舟造成，然後進攻，極快也須十餘日，賊人豈有不覺之理。」（入情，入理。）天彪道：「你說固是，但我在這里將船造成了，舁到彼處，豈非笨事。」（入情，入理。）慧娘道：「不妨。可先將舟中所有散料，一一做好了，然後攜到後泊去，一湊好便可落水。如此計算，到彼不過一日之期，仍出敵人不意也。」（妙，妙。）天彪稱妙，便傳令就右泊裏面擇一空地，搭起廬廠，製造舟船。天彪對慧娘道：「此事本可委白瓦爾罕監督，今白瓦爾罕已死，（一句銷過白瓦爾罕。）只有你親去監督。」慧娘道：「正是。」當時天彪派慧娘作監督，雲龍作提調，率領工匠三百五十名，都關在廠內晝夜併工趕造，限十二日須造齊沉螺舟六十號。又派龐毅、唐猛領五百鐵騎，繞廠外晝夜巡綽，端的號令機密，毫無泄漏。

到了十二日上，六十號沉螺舟早已辦齊，卻只是散料，尚未裝成。慧娘與雲龍同來稟告天彪。天彪早已把兵將分派停當：「早已」二字寫天彪。傅玉、畢應元、風會、孔厚領一半人馬，仍留在右泊攻擊右關；天彪自領雲龍、劉慧娘、聞達、歐陽壽通、哈蘭生、龐毅、唐猛領一半人馬，帶了沉螺舟散料，悄悄地由西山外移到後水泊。到後水泊。又去右營裏移調劉麟同來。當時在後關泊外安營下寨，一面差人去告知張經略，插此一筆，與下文呼吸相通。一面教劉慧娘監督工匠，將六十號沉螺舟一齊裝好，又辦齊杉板船隻，派撥了隊伍。先虛按一句。天彪按覽輿圖，特筆提起。見那後泊有四條港口：總提。一名紅荷蕩口，進去是紅荷蕩，轉採荷灣，直南進西口渡；第一條。一名螺螄港，進去有兩條路，一條過新開港口，轉西與採荷灣相通，一條從新開港分路，向南過鴛頸蕩西口，由西南進大中渡；第二條。一名穿心港，進老廟灣，過鴛頸蕩東口，直南進小中渡。第三條。這三條港各有對渡，其中來往相通。三條港先作一束，章法好。還有一條第四條另寫，妙。名為單渡港，兩邊雖有汊港，不通別處，只直達梁山東口渡。東口渡在後關之東岸上，地勢散埏❶。獨于此港註出趨後關之路，妙。審觀形勢，第一段。天彪料此處賊兵必不把守，妙。便於次日黎明，先派哈蘭生領沉螺舟四十號，每號一百人，共四千人，先由單渡港水底進去，直到東口渡岸下伏住，靜候外三路砲響，便突出岸上，直搶後關。哈蘭生領令去了。先派此一路，妙。此路最先派，卻最後出，妙。徐槐先取水泊，然後攻關；此處未攻水泊，先議搶關，便截然不相犯。第一撥單渡港，用沉螺舟獨多。隨派聞達帶領杉板船五十號，每船兵丁五十名，共二千五百人，殺進單渡

❶ 埏：音ㄧㄢˊ，邊際；邊遠之地。

港，遇賊兵即便厮殺。如賊兵戰敗，便去接應哈蘭生。聞達領令去了。[第二撥仍是單渡港，不用沉螺舟。]又派劉麟領沉螺舟十號，兵一千名，由穿心港進去，一到鴛頸蕩東口，便出岸襲擊賊人水寨。劉麟領令去了。[第三撥由穿心港，用沉螺舟而少。]又派唐猛領杉板船四十號，每號兵丁六十名，共二千四百人，進穿心港接應劉麟。唐猛領令去了。[第四撥仍是穿心港，不用沉螺舟。]又派歐陽壽通領沉螺舟十號，兵一千名，由螺螄港直到鴛頸蕩內，助劉麟夾擊賊軍。歐陽壽通領令去了。[第五撥螺螄港，用沉螺舟而少。]又派龐毅領杉板船八十號，每號兵丁一百名，共八千人，由螺螄港進去，直取鴛頸蕩西口。龐毅領令去了。[第六撥仍是螺螄港，不用沉螺舟。整整六撥，每兩撥攻一港，而第二撥、第四撥各為第一撥、第三撥之接應。第六撥卻不接應第五撥；又第五撥卻與第四撥共作第三撥之接應，變換可喜。]天彪委劉慧娘看守大營，自己與雲龍統領大軍二萬，駕齊大小兵船，直取紅荷蕩。[第七撥主帥大兵取紅荷蕩，亦不用沉螺舟。四港只用七撥兵馬，絕不板滯。]七撥軍馬一齊起行。[總束一筆。分軍進攻，第二段。]

原來吳用防着官軍進攻此路，早已派水軍在各港把守。派李應、侯健鎮守後關，督察水軍事務，囑令小心防禦。[應益天錫之言。]吳用因保二關要緊，[顧二關，一筆精靈。]不暇兼顧，[應張經畧之言。]諸事盡委于李應。李應便點起四員頭目，乃是張黿、王鼉、李蛟、趙龍。[又隨手點起四人，卻是張、王、李、趙，配黿、鼉、蛟、龍，真是弄筆如戲。]這四人乃是童威、童猛的徒弟。[歸福、余祿等為三阮之徒弟，今此四人乃是二童之徒弟，可謂每況愈下。]當時奉令各帶兵一千，分守各港。[兵只一千，果如張公所言，與空虛等。]張黿守採荷灣，堵住紅荷蕩；[一路。]王鼉守新開港，堵住螺螄港；[二路。]李蛟守老廟灣，堵住穿心港；[三路。]趙龍守順水灣，堵住單渡港。[四路。官軍七撥參差，賊人四路只是平列。]依傍水草處安營下寨。[賊軍把守，第三段。]到了這日，[先寫此路。]張黿正在採荷灣瞭望，忽聽得紅荷蕩口砲火連聲，喊呼振天，雲天彪親統大軍殺進紅荷蕩了。[緊拍。]張黿大驚，急忙約齊那一千嘍囉，鎗砲、弓矢密排在採荷灣口，等待官軍。[寫賊人亦小有才，正以描出螳斧之勢也。]只見官軍巨艦百餘號，已排列在紅荷蕩內。[有聲勢而無鋒芒，真寫得好。]賊軍望見，個個心驚，妙。諒一千水軍如何敵得二萬雄師。妙，妙。所以寫經畧勝算也。張鼉一面提心備禦，一面飛速去報知李應。先報李應。這邊官軍看見賊兵勢弱，都要一齊殺過去。天彪止住道：「且慢！」奇筆。使傳令兵船都約齊了，一字長蛇勢，鼓角怒號，只是按住不進。奇極。雲龍請問其故，天彪道：「你怎地不知兵機？只得這幾個賊兵，殺盡何難。所貴待他少須，守關之兵齊來策應，方可乘虛搶關也。」提綱之筆，扼要之策。果然張鼉嚇得幾乎要死，一疊連差人去催李應去了。妙，妙。此處抱定搶關，便與徐槐絕不相犯。那穿心港口，忽接穿心港，奇。唐猛領着二千四百名官兵殺入。忽抽出第四撥先寫，奇。李蛟在老廟灣看見，即忙迎敵，唐猛已領兵殺到。緊捷。原來這老廟灣水面最狹，七八隻兵船早已擠滿，忽註一處形勢，奇。唐猛在舟中與李蛟厮殺，卻教後隊登岸，李蛟也教後隊登岸。好看煞人。岸上對岸上，舟中對舟中，兩下喊殺。真好看煞人。李蛟不知就里，只顧向前狠鬬，不防後面水底殺出一彪官軍，奇，妙。正是劉麟，第三撥于此出現。大驅那沉螺舟裏一千官軍，呼喊振天，從賊人背後掩殺過來，依軍令是唐猛接應劉麟，今卻是劉麟接應唐猛，變換入妙。賊人大驚。李蛟一個手慌，吃唐猛一劉砍入水中，李蛟了。賊軍大亂。劉麟與唐猛齊力夾攻，不一時將賊兵掃除淨盡。乾淨。歐陽壽通已由鴛頸蕩殺出東口來，忽接出第五撥。見劉麟業已得勝，依軍令須歐陽來相助夾攻，今卻無須相助，變換入妙。便道：「聞得龎將軍在新開港口，接入第六撥，又換一法。被賊人阻住，進不得鴛頸蕩，我們何不齊轉鴛頸蕩去接應他？」依軍令，只龎毅獨攻，今卻用三人相助，變換入妙。劉麟、唐猛一齊稱是。當時三路兵將合齊，殺轉鴛頸蕩去。出得西口，只見波濤洶湧，鼓角喧闐，賊目王鼉正在奮力與龎毅大戰。緊拍。原來王鼉本領勝于李蛟，所以龎毅一時不能取勝。忽註一賊本領，奇。劉麟、唐猛、歐陽壽通見了，一齊喊上去。王鼉正在苦鬬龎毅，不防背後掩到一枝官軍，王鼉抵敵不住，不一時全軍覆沒。寫得好。王鼉被龎毅一刀揮為兩段。王鼉了。這兩處賊兵，都是前後受敵，吃官軍掩殺罄淨，無一脫命，所以沒人去報後關。兩路總束一筆，卻順便遞入李應，筆法靈敏可喜。

那李應在後關，只聞得張龕急報，筆勢矯捷。心中早已大驚，暗想：「那年盧兄長守前關，因兵馬不早出水泊，以致水泊失利，我今日不可蹈其覆轍。」忽補盧俊義失水泊之故，順便令李應離後關到水泊來，筆勢奇妙，一至于此。便教侯健守關，自己領兵一萬二千名，飛速出關，殺到採荷灣來。果中天彪之計。天彪見李應果然到來，接得緊捷。便傳令全軍殺上。李應與張龕合兵一處，殺出採荷灣來。兩軍就在紅荷蕩內，擺列戰艦，桅檣蔽日，旂幟連雲，兩邊鎗砲、矢石如捲如掃，如撒如馳，直殺得天崩地裂，海覆江翻。入大戰正文，與徐槐十字渡，工力悉敵。李應吩咐眾兒郎道：「今日若被官軍殺進採荷灣，我也不要性命了。」誠如公言。眾兒郎聽了，個個捨死忘生，力戰官軍。寫賊兵，即是寫李應。總須記得元女祈禱事。官軍也個個奮勇，迎殺賊軍。寫官軍，即是寫天彪。洪濤中喊呼振天，殺氣飛揚。忽聽官軍坐船上一個號砲，官軍戰艦豁地分開，真寫得出。露出中間一隻大坐船，船頭立出一員大將，青巾綠袍，倒提青龍偃月鋼刀，正是雲天彪，威凜。大喝：「李應叛國庸奴，敢與吾決一勝負麼？」李應見是天彪，也不答話，便取出背上一口飛刀，覷準天彪頭頸飛也似標過來。寫李應。天彪提起大刀一揚，那把飛刀激起丈餘，滴溜溜的墮入水中。寫天彪。精光飛舞。李應大驚。雲龍大怒，對遞妙。張弓搭箭，對李應的咽喉射去。寫雲龍。李應急閃，那枝箭從李應盔旁拂過，卻射殺背後一員頭目。精光飛舞。李應大怒，又一飛刀向雲龍標來，寫李應。雲龍也閃過了。寫雲龍。李應正待再取飛刀，兩船早已逼近，好筆力。兩邊將對將，兵對兵，長戟短劍，切近攻殺。好筆力。陣雲中雲龍提刀直取李應，張龕見了，即忙跳過船頭，舉鎗來迎。戰不數合，吃雲龍一刀，揮于水中。張龕了。李應怒極，舉鎗直刺雲龍。寫李應。此時官軍、賊軍已逼近相殺，中嵌此句，寫出戰苦雲深。雲龍在劍戟林中轉鬬李應。李應正待廝殺，忽聽得後隊人聲沸亂。原來是劉麟、歐陽壽通領兵由採荷灣掩殺過來，（忽又飛出劉、歐。）那龐毅、唐猛已分頭去搶大中渡、小中渡了，（又順手點出龐毅、唐猛去處，便捷之至。）西口渡汛兵，雪片也似的報來。（妙，妙。）李應驚得不知所為，（妙。）此時採荷灣已被劉、歐堵住，回去不得，（妙，妙。）只得率領眾軍，且戰且走，逃回西口渡去。雲天彪、雲龍與劉麟、歐陽壽通合兵一處，緊緊追上。（妙。）李應那敢戀戰，只得督眾船駕櫓飛逃，等得逃到西口渡，天彪大軍已追到西口渡了，（緊抱。）龐毅、唐猛早已在岸上邀住。（更妙。）李應進退無路，只得上岸率眾拾命死戰，（大事去矣。）官軍前後掩擊，賊兵死傷無數。李應一條鎗奔馳衝突，奪出一條血路，望後關而走，身邊已只有百餘人隨從。到得關下，方叫聲苦，乃是哈蘭生、聞達已在那里攻關也。（第一撥、第二撥至此方出，奇極。）原來哈蘭生領四十號沉螺舟，進伏東口渡，（遙接。）卻分了兩號在順水灣頭。（軍令所無，而自以意增，變換愈妙。）聞達領軍由單渡港殺入順水灣，那趙龍慌忙迎敵，水中交戰，不到半個時辰，那水底沉螺舟中一百名水軍，已分頭走出，掘通船底，趙龍和一千水軍盡行淹沒。（補出單渡港事，簡捷。趙龍了。）聞達便領兵船與哈蘭生登岸，一路如入無人之境，直逼關下。（如入無人之境，簡極，妙極。）李應見到此際，只得奮勇突圍。那侯健在關上望見李應突圍，便開關出來接應。（以李應突圍引侯健出關而殺之，筆之奇，思之巧，于此極矣。）方纔殺出關門，早被聞達邀住，鬭不數合，吃聞達一刀，揮于馬下。（侯健了。）關內早有盧俊義、燕青急來守備。（突插此筆，令後關可以不破。）關外李應儘力衝突，雲天彪在後看見，掄刀追上，大喝一聲。李應吃了一驚，（寫天彪之威。）回頭一看，刀光飛下，頭顱已去。（李應了。）天彪已得水泊，（此句必須繳清。）便一面移大軍盡入水泊，一面乘銳攻關。盧俊義、燕青係倉猝到來，手腳忙亂，（確。兼表明突插盧、燕之故。）後關漸漸難支。盧俊義把守不住，只得差人飛速報知吳用去了。誰知撲天雕後泊陣亡之際，正沒羽箭前關鏖戰之時。（轉關靈活之極。）

且說張清與湯隆保守二關，宋江、吳用親臨關上，晝夜守備。張經畧大軍攻打，已非一次，宋江、吳用、張清、湯隆死守不下。這日，張經畧知雲天彪已定計于是日潛攻後關，脈絡貫通。便命鄧宗弼、辛從忠、張應雷、陶震霆四員大將，率領二萬人馬，加緊攻打二關。賊兵不防後關有事，再醒一句。只見前面來勢洶湧，便十分提心抵擋。那鄧宗弼、辛從忠、張應雷、陶震霆已領兵直到關下。宋江對吳用道：「官兵似此攻圍不解怎好？」吳用躊躇無計。自此以後，吳用遂無計矣。只見張清開言道：「我看他們兵將個個驍勇，我們端的敵他不過。為今之計，小弟擬開關與決戰一陣。小弟自問這手石子百發百中，且把他勇將個個打傷了，便好用計進取。」開出下文。宋江聽了，看着吳用道：「張兄弟此議如何？」吳用沉吟一回，也定不出別樣計較，妙。只得應道：「張兄弟此議亦好。可見非吳用本意。只是此去，切須善覷方便，不可因得勝而大意，亦不可因失利而膽怯。」張清何待如此諄諄，實描出受創膽寒之神也，恰好呼起下文。張清應諾，當時請令開關出馬。

鄧宗弼見賊軍殺出，便與辛從忠等約齊陣勢等待。張清將兵馬背關列陣，右提長鎗，左懸錦袋，一馬縱到陣前，指着四將道：「河南沒羽箭張將軍在此，敢來決一戰麼？」猶記東昌得意事耶？鄧宗弼大罵：「反叛庸奴，何足道哉！」舞劍驟馬，直取張清。張清見他來勢勇猛，便急去錦囊中取一石子，呼的打向鄧宗弼面門過來。面門二字，寫石子來勢不弱。鄧宗弼眼明手快，急起右手用劍一撥，石子礴開丈餘，咯碌碌滾向草地裏去了。前傳出色寫擲石子，此處出色寫擋石子。第一石子。張清見一石不中，心內早有幾分焦躁，好。便驟馬挺鎗直取鄧宗弼。鄧宗弼舞劍直劈張清。兩馬相交，鎗、劍並舉，一來一往，鬬到十三四合，張清勒馬便走，鄧宗弼縱馬相追，曉得張清又要擲石，便大叫：「擲石小兒，何足為道！」妙。話未絕，一石子已到面前，寫石子。鄧宗弼急急伏鞍，那石子卻從背上四面令旗縫裏打過，寫石子有精神，寫避石子愈覺精神。拋向馬後去了。第二石子。鄧宗弼愈怒，挺身掄劍直奔張清。張清見兩石不着，怒氣填胸，好。兜轉馬來，挺鎗直刺。鄧宗弼舉劍相迎，又戰二十餘合，不分勝負。鄧宗弼賣個破綻，勒馬便走，寫鄧宗弼。前張清勒馬便走，此宗弼勒馬便走，變換好。張清故意立住了馬，不來追趕。妙。鄧宗弼見張清不追過來，霍的勒轉馬頭，重複殺轉。好。張清早已手藏一石，急忙照着鄧宗弼頸頼子上一石飛來。寫石子。鄧宗弼看見石子過來，急使個鐙底藏身，那顆石子果然又落了空際了。寫得好。第三石子。鄧宗弼大喝：「無知小兒，弄磚拋石，成何事體！罵得好。敢挺身與我鬭三百合麼？」說罷，舞劍直奔過來。張清此時正沒好氣，好。便舉鎗相迎，重複狠鬭。

此時宋江、吳用在關上，見張清三石不着，心中大為懊躁，好。又不便收回張清，先反逗一句，妙極。只得憑關看戰。好。那邊張大經略也立馬在陣前，正是胸有定見，氣暇神閒，妙筆神來，通回振動。左捧令箭，右挽紫韁，閒閒地看那二將鏖戰。妙筆神來。那鄧宗弼舞動雙劍，武怒非常；張清一枝長鎗，卻還對敵得過。兩個一來一往，一去一還，足足的又併了七十餘合。鄧宗弼一心要砍殺張清，卻尋不進破綻。寫張清一句。賓。張清見鄧宗弼雙劍神出鬼沒，不能攻取，便想又用石子，妙。卻被鄧宗弼逼得極緊，無從偷空。寫鄧宗弼一句。主。蓋此句是將寫石子，故曰主也。兩人鬭到興起，正難分捨，只見官軍隊閃出一員大將，舞動銅劉，飛馬向前，大叫：「鄧將軍少住，待我來殺這賊人！」接得緊。鄧宗弼大吼一聲，跳出圈子，勒馬回陣。張清得了個空，妙筆。急起一石子飛來，寫石子。鄧宗弼急忙一閃，那顆石子卻從肋縫飛過，精神。拋向草地去了。第四石子。張清接連一石，向張應雷眉心打來。寫石子。張應雷早已防備，用劉一擋，只聽得鏜的一聲，那石礮起一丈多高，精神。向後面空地上跌過去了。第五石子。此二石接連寫，又嵌在二將接仗之時，章法妙。兩馬已交，銅劉直進。緊捷。張清正待用石，銅劉早已捲到面前，捷。張清藏石袖底，巧妙。急忙舉鎗相迎。兩位英雄怒馬盤旋，鎗、劉飛舞，大戰二十餘合。張清深恐力乏，不敢戀戰，好。抽身待走，卻被張應雷銅劉一步步逼進來。與鄧宗弼又換一樣寫法。張清心中焦躁，只得一手提鎗招架，一手早取那袖底的石子出來。余故曰上句巧妙也。張應雷見他一手提鎗，便急忙照顧石子。妙。那石子早已飛出，駭疾。直從下三部向張應雷馬頭打來。寫石子。張應雷急忙倒提銅劉護住馬頭，向外一攔，精神。石子打着劉背，礫落在地。第六石子。張清乘勢一鎗，向張應雷面門刺來。駭疾。寫石子而忽寫鎗，竟不辨誰賓誰主，讀至下回賓主仍復分明。張應雷急起一劉攩住，疾。便乘勢賣個破綻，回馬而走。妙。容得張清取石子。張清挺鎗躍馬追來，一面早已就錦囊取得石子。妙。張應雷一面誘敵，一面提防着石子。好。張清故意延了少刻，妙。卻飛起一石子，覷準張應雷腦後打來。寫石子。張應雷向左邊一閃，那石擦耳根精神。過去了。第七石子。張應雷在馬上未及閃正，緊捷可喜。張清一石又到。寫石子。看官，須知張清石子非比尋常，接連兩石，湍急異常矣。卻忽插入一段閒論，以疎其氣，筆陣奇極。今日為何不濟？奇筆。原來張清七石不着，心中早已慌亂，妙筆。心內一慌，任憑你高手，那準頭早已減了成色。奇筆。只見那石子準準地從張應雷後面打來，偏先說「準準地」，妙。卻無故高了些許，妙。張應雷將頭一俯，那石子早從盔上高飛過去了。第八石子。張應雷大怒，急轉身還鬭張清。兩馬重復扭住，大戰二十餘合，官軍隊裏早有一員大將，驟馬而來，大叫：「張將軍請住，看我與這廝併三百合！」張應雷見是辛從忠，便將銅劉一幌，讓辛從忠蛇矛飛入，接得緊。張應雷勒馬回陣去了。辛從忠搦住張清，鎗、矛並舉，只得三合，辛從忠手內一標鎗飛出。奇突。前後俱係彼軍石子，中間忽用此軍一標，又藉此兩邊暫歇，章法奇極。張清急閃不迭，那標鎗早已穿在頭盔鳳翅上。精靈奇妙。張清大驚，不敢戀戰，即忙回陣去了。忽然收落。辛從忠料他必然復出，急急縮住。便立馬橫矛，等待厮殺。好那張清回入陣中，除下那盔上飛標，所喜並不受傷，好便下馬署定定喘，心中暗想：「這番怎好？我此出原想用石子打壞他幾員大將，不料如此不得手。」想了一回，便咬牙道：「只得且向前殺去。」便討口水吃了，提鎗上馬。只半句縮住，接入宋江、吳用，奇。

那關上宋江、吳用見張清不能取勝，卻不肯入關，便商議收張清回來，再逗一筆，妙極。卻又不甘心退避，好擬議未決。只見張清早已提鎗出陣，緊提可喜。夾縫中用一停頓，又趁空寫宋江、吳用一筆，章法妙矣。然何以不寫張經畧？葢經畧胸有定見，氣暇神閒，無俟擬議也。其妙須于無字句處尋之。大叫：「對陣辛將軍，我與你力併三百合，休得使用暗器！」飛標精神，至此猶動。言畢，驟馬挺鎗奔出垓心。辛從忠知他是詐，妙便高提蛇矛提防石子。好果然張清奔至三十餘步，手中一石子早已打來。寫石子。辛從忠眼明手快，用矛尖只一撥，那石子早已横飛到空地上去了。第九石子。辛從忠大喝：「無知小厮，安敢行詐！」驟馬挺鎗，直取張清。張清舉鎗相迎。兩條鎗陣上交加，四隻臂環中撩亂，約鬬了十六七合，張清怕有飛標，不敢偷空。辛從忠生力手，張清卻因連戰數將有些疲乏，真寫得好，用筆細慎。只得虛幌一鎗，跳出圈子，帶轉馬頭便走。辛從忠驟馬追趕，大喝：「賊子休要行詐，我豈怕你的石子！」言未絕，一石子早已飛到。寫石子。辛從忠早已備防，不慌不忙，將那石子閃過，好。第十石子。卻順手一標飛去。疾。忽又夾寫一標鎗，妙。張清也預先提防，飛標到處，張清也閃過了，妙去錦囊中摸一個石子，對準辛從忠的馬頸打來。辛從忠急將韁繩一兜，那馬憑空一躍，石子往馬腹底下恰恰的過去，精神。貼着地滴溜溜的打向青草堆裏去了。第十一石子。辛從忠的馬早已撲到張清背後，疾張清已到了自己的陣前。此句細而清。辛從忠提起蛇矛，望張清後心便刺。好張清急忙一閃，好辛從忠的矛搠了個空，那矛直搠過張清面前。好張清急回轉身來，將矛奪住，好兩下一擰。張清急將那手中鎗平掤過來，也被辛從忠順手奪住。真寫得好看。兩人儘力一拖，那兩匹馬早已旋風也似的打了幾個團團。忽寫馬一句，真好看煞人。

官軍陣上早惱動了陶震霆，舞動雙鎚，大叫：「賊子不得無禮！」一馬飛到。接得緊。張清知不是頭，急切與辛從忠分拆不開，妙。只得撇了兩鎗，空手逃入陣中。細。辛從忠擲去張清的鎗，細。舞蛇矛直追入陣去了。張清見他追來，急取一石在手，待他馬近，一石飛去，寫石子。辛從忠忘卻提防，瞥見石子打來，急忙一閃，那石子打着左肩獅獸鼻上，精神。𥗼轉腦後去了。第十二石子。辛從忠急忙勒馬跑回本陣。收過。陶震霆殺入陣來，張清急忙換一枝鎗，細。殺出陣來。兩馬交鋒，鬬不五合，張清早已手藏一石，覷準陶震霆咽喉打來。寫石子。陶震霆見石子過來，急忙將身一矬，身法好。高提臥瓜鎚迎準石子一擊，奇妙。那石子打了轉去，飛過張清頭上五六尺，精神。先作一引，下文便不突。𥗼回賊軍陣裏去了。第十三石子。張清吃了一驚，咬一咬牙齒，追殺過來。好。陶震霆迎住便鬬，兩人各奮神威戰了十五六合，陶震霆勒馬便走，張清藏石在手，驟馬追趕，陶震霆正待掛鎚，取那洋鎗，取鎗亦先作一引。背後一飛石已到。寫石子。陶震霆急忙一閃，石子飛到左旁，精神。陶震霆順起右手瓜鎚一擊，妙。石子往左邊去了。第十四石子。陶震霆急回轉身來，關鍵須記。張清手起一石，猛飛過來。寫石子。陶震霆看得極準，精神。急起左鎚向右一擊，石子往右邊去了。第十五石子。十四、十五兩石忽用對寫，妙。張清急去袋中一摸，只得一顆石子。不必一顆石子也，必寫一顆石子者，所以明死生呼吸成敗立判之機也。左氏「樂伯射麋特着矢一而已」一句，真極精極靈之筆也。張清提石在手，眼睜睜只望這一石成功，再足一句，分外精靈。忽聽關上一聲鳴金，後關急報已到。陡然拍合，奇極，怪極，妙極，靈極。吳用急忙止住宋江休要鳴金，到底不寫壞吳用。張清心中早已驚亂。奇極，妙極。那番急遽之態，早被張經略看見，遞入張經略，奇妙之至。便傳令教金成英、楊騰蛟從左邊搶關，韋揚隱、李宗湯從右邊搶關，張伯奮、張仲熊、王進、康捷隨着大軍一齊掩上。迅疾無比。宋江、吳用心慌意亂，妙。急急囑咐湯隆嚴守二關，自己早已飛速赴看後關去了。妙，妙，盡入經畧算中。關下張清急得不知所為，妙，妙。鄧宗弼、辛從忠、張應雷一齊殺到，迅疾無比。張清手中一石不覺自發。妙，妙。不覺自發，妙極。陶震霆在陣雲中見石子飛來，急提那臥瓜鎚追準了一鎚擊去，妙。那石子回勢愈大，不偏不倚礙轉去，正着在張清鼻尖上，血流滿面。第十六石子。張清幾乎跌倒，勒馬逃轉。陶震霆急掛雙鎚，取出洋鎗，扳開火機，砰然一響，正中張清後頸，翻身落馬。張清了。張清以石子顯，即以石子死，妙。今日之鄧、辛、張、陶未必遠勝東昌之冠勝、徐凝輩也，乃東昌飛石連着，而此處一石不着，固知天命不可以石子爭。張經畧早已統押大軍，潮湧般殺到二關。關外賊兵如何抵擋，如湯沃雪，如火燎毛，登時殺盡無餘。第三陣至此沉沒。三陣中間嵌入李應俊關一段，章法極好。金成英、楊騰蛟從左邊，韋揚隱、李宗湯從右邊，均已上了二關。王進隨鄧、辛、張、陶也殺上關去，湯隆一人如何擋得住。王進登上二關，遇着湯隆，交手不三合，王進一鎗搠入胸前，早已了賬。湯隆了。伯奮、仲熊、康捷擁着張經畧，盡行登關。二關已破，好筆力。眾將無不大喜。張經畧到了關中，日方挫西。極寫神速。張經畧急召韋揚隱、李宗湯，問徐虎林在二關內安營立寨之法。忽回顧徐槐破二關事，令徐槐在紙上精神飛動，奇筆。韋、李二將一一具對，經畧便命照此章程安營。虛己。眾將紛紛獻功，經畧一一慰勞，記功錄簿，大行犒賞，便議明晨進攻三關。按下慢表。

且說宋江、吳用從二關奔到後關，急與盧俊義、燕青守住後關。省捷之筆。雲天彪率大軍攻至傍晚，不能取勝，只得在關下安營立寨。收住天彪一路。宋江、吳用聞得二關已失，只叫得苦，且將後關守備事宜安排停當，委燕青當心督守，宋江、吳用、盧俊義都回轉三關。公孫勝已帶領魯智深、樊瑞在三關守備。牽搭極不費手。

宋江、吳用、盧俊義將守備事務督看了一番，便教公孫勝等三人在關上看守。宋江、吳用、盧俊義都回忠義堂去，策應四面事務。不提。

且說公孫勝在三關上，又各處巡閱了一轉，時已三更，退入帳中，提心吊膽，那敢就睡，（妙。）只得帶了衣甲躺在交椅上。正欲朦朧睡去，忽見帳前黑影一閃，走進一個人來。（奇絕之筆。）公孫勝立起身來，定睛一看，（有此八字，斷斷不是夢矣，果係何人，讀者試猜之。）吃了一驚。正是：仙機指引當回首，業障昏迷錯用心。不知公孫勝所見何人，且聽下回分解。

范金門曰：徐槐攻梁山於前，張叔夜攻梁山於後，所以疊敘前關，而姑置後關者，非敢緩也，蓋有待也。前關以六六隊、三三陣，行乎其間；若後關不渲染陣法，不但先後不應，即梁山泊勢亦不周密。妙有白瓦爾罕沉螺舟一事，伏在前文，趁此用之，極為合拍。宋江、吳用招呼不及，而假手于李應；李應不及提防，而授首于天彪，入情入理。

邵循伯曰：前傳張清石子百發百中，連傷十五人，一無虛發，此時失關殞命，石數相符。終日而不獲一，豈天道之好還歟，抑何否泰之適合耶？

第一百三十五回　魯智深大鬧忠義堂　公孫勝攝歸乾元鏡

話說公孫勝坐在帳中，正欲朦朧睡去，忽見一人掩入帳來。公孫勝急忙定睛一看，更非別人，原來就是二仙山內，特提四字，如幼年唐子忽見鄉關。此而不悟，真合墮地獄者矣。同道師弟兄雙姓東方，單名橫的便是。奇，妙。公孫勝吃了一驚，急問：「師兄何來？」東方橫道：「清師兄別來無恙否？今有要言奉告，請屏左右。」公孫勝便教左右退去，與東方橫遜了坐。東方橫道：「咳，一字傳神。言者慨然，聽者漠然，奈何。清師兄還記得那年紫虛觀前，當答曰早已忘記。臨行時，令師怎樣囑咐，小弟亦有數言奉勸，迴應一百七回，妙絕，凄絕。今日師兄為何還在這里？字字凄惋，沁人心脾。那年小弟曾奉令師鈞旨來取元黃吊掛，元黃吊掛至是始還出下落，又以見公孫勝之叛棄其師，不自今日始也。妙筆，冷筆。令師又教小弟寄語勸駕。羅真人之待公孫勝，可謂情深如海。今日令師又教小弟特地來此，餘言說不得許多，只有四個大字，叫做『速離火坑』！」凄絕之音尤妙在「餘言說不得許多」，可謂矢口哀音，其如聽者藐藐何！公孫勝道：「小弟受宋公明厚待一場，今日事急，與他丟手，自問心上過不去。」迷而不悟，至于如此，其死也宜哉！帮他復了二關，我即退歸矣。」蓋至是而公孫勝始不足教誨矣。或曰公孫勝未必如此，金門曰：是不善讀前傳者也。公孫勝自從應戴宗之請出山之後，遂絕不復提羅真人，此人尚足道哉！東方橫微笑道：妙。「師兄既要復二關，小弟有數言奉贈。」公孫勝道：「願聆教言。」東方橫道：「二關復在眼前，句。關上無須厮殺。句。不必劍戟刀鎗，句。能使官軍退卻。句。復得二關之後，句。了手當為上着。」句。每一句首一字，讀之自明。言畢，袖中取出一方青羅帕，鋪于地上，東方橫踏上了，變成一朵青雲，冉冉騰空而去。回應前傳并補出來時緣故，奇妙。

公孫勝欲送無從，妙。因細細將他六句讖語思索一番，恍然道：三字可憐。「東方兄此言，莫非教我用法取勝？這倒也是一條正路。」迷而不悟，一至于此。便一面去密告宋江，一面與樊瑞商量用法。立法未定，頓住，妙。立法未定，雋句。忽報官軍大隊殺來。緊突。魯達便要開關迎戰，先逗起。公孫勝忙止住了，傳令眾兵將把三關嚴緊保守，一面去報知宋江、吳用。宋江、吳用急極無計。

原來此時梁山已四面攻圍，雲天彪委雲龍、劉慧娘、劉麟、歐陽壽通、唐猛留攻後關，并移調右營苟桓、祝萬年、真祥麟領右營兵馬三分之一，同來攻關。細派人數，妙。天彪令劉慧娘總督全軍事務，於後關外東山上建立行臺駐扎。插伏無痕。雲龍統領眾將，指揮全軍。後關八將，左右各四。雲天彪領聞達、哈蘭生、龐毅回到右關，與傅玉、風會一同攻打，派畢應元、孔厚隨後策應。右關八名，盡屬左營。陳希真領劉廣、祝永清、陳麗卿、范成龍、欒廷玉、欒廷芳、劉麒攻打左關。左關八將，盡屬右營。張經畧請賀太平、蓋天錫堅守頭關、二關，自己領伯奮、仲熊、鄧宗弼、辛從忠、張應雷、陶震霆、金成英、楊騰蛟、韋揚隱、李宗湯、王進、康捷攻打三關。三關三領袖，十二將。趁勢又將三十六員齊點一通，以便殺入忠義堂時，零星抽用，筆法大絕。闊大軍威，兼着新勝銳氣，賊兵如何敵得。好筆力。宋江、吳用親到三關來看了一轉，與公孫勝畧議了幾句守備之法，又轉到別關去了。好。這三關上委公孫勝一人主政。公孫勝奉宋江囑咐，督領羣盜，拒敵官兵。突出此句，提醒通部正旨，奇極。張經畧金盔銀甲，佩弓插箭，立馬陣前，親司旂鼓。寫出一大元帥。又乘勢提起弓箭，妙。眾將奉元帥之命，捨生忘死，攻擊三關。自辰至午，鎗砲震天，矢石蔽地，賊兵死傷無數，只是堅守不下。終須記得元女宮祈禱事。經畧見賊兵如此，便傳令權將兵馬收回。收回。魯達提起禪杖，向公孫勝大叫道：接得奇突，方信上逗筆之妙。「鳥耐煩再讓那厮，灑家開關出去，活打殺那班撮鳥！」奇文陡發。公孫勝道：「賢弟請坐，且聽……」語未畢。魯達睜起怪眼道：「直娘賊，奇。灑家偏要去！奇。死也要和那斯併三百合！」奇。春光已漏。公孫勝約勒不定，只得開關，派兵送他出去，妙。一面飛報宋江去了。

且說魯達殺出關外，張經略正在收兵，可見為時緊極。見有賊將殺來，便教伯奮、仲熊出去迎戰。旂門開處，二人一齊出馬。眾將共看兩位公子一樣裝束，各具神威：伯奮頭戴噴銀束髮紫金冠，鳳翅閃雲盔，後面一掛五福攢壽銀牌，垂着五寸長短紫紅流蘇❶，披一副白銀細砌魚鱗甲，襯着月白紫微緞子戰袍，繫一條束甲獅蠻帶，穿一雙綠皮捲雲戰靴，騎一匹銀合白馬，手提一對赤銅溜金大瓜鎚；仲熊也是頭戴噴銀束髮紫金冠，菊瓣細鈎軟砌盔，後面一掛福慶銀牌，垂着五寸長大紅流蘇，披一副連環鎖子甲，束一條鏡面鍍金帶，穿一雙青皮捲雲靴，騎一匹嘶風赤兔馬，手捧一對厚背薄刃雁翎刀。兩位少年英雄立出陣來，真個是天生一對玉孩兒，人間上得無三譜。總讚一筆。「無三譜」，妙。作者用筆，每如此細慎。如宋江射瞎一目之後，每稱瞪着單眼、六竅生烟是也。因憶曾于肆間見一唱本稱兩位小姐花容玉貌，絕世無雙，知天下固有十數字間，自相矛盾者。只見那對陣一個莽和尚舞着禪杖，口出喊聲，飛奔而來。緊提。「口出喊聲」四字是前〈傳大鬧五台山中文字，用入此處，熨貼之至。讀至後文，方信其妙。伯奮舞動雙鎚，驟馬而出，大喝：「賊禿驢，休得亂闖！」魯達大怒，掄起禪杖便打。伯奮見他來勢莽撞，便急將身子一閃，寫伯奮。魯達一枝禪杖和身子打進伯奮懷裏來，寫魯達，出色驚人。卻早打了個空。寫伯奮。伯奮眼明手快，早提起右手大銅鎚，照魯達光腦袋上打將下來。寫伯奮，出色驚人。恰好魯達一禪杖飛起，將那銅鎚格住。寫魯達，出色驚人。伯奮卻早已左手一鎚打進魯達脇下，寫伯奮，出色驚人。魯達大吼一聲，托地跳開了數丈。寫魯

---

❶ 流蘇：繐子。用五彩羽毛或絲線製成，用作車馬、帳幕的飾品。

達，出色驚人。伯奮驟馬追去，魯達舞動那枝禪杖，神出鬼沒的打轉來；極寫魯達。伯奮也使圓那兩柄銅鎚，天旋地轉的打過來。極寫伯奮。神出鬼沒，天旋地轉，勁對。馬步交加，杖、鎚並舉，兩人各奮神威，大戰五十餘合。伯奮使出平生大神力對付魯達，魯達也狠命相搏，打個平手。出力寫伯奮。仲熊在陣上，看彀多時，更耐不得，便舞動雙刀，驟馬而前，大叫：「哥哥且住，待我來斬這禿驢！」說罷，展開雙刀，好一似兩條白練衝殺進去。寫仲熊，出色驚人。伯奮一馬跳出圈子，卻不回陣，只立在垓心邊觀看。寫伯奮得神。每寫輪戰，一人出馬相替，則一人勒馬回陣，已成常套，此忽寫勒馬而不回陣，變換一新。只見仲熊雙刀已從魯達禪杖底下直透進去，寫仲熊，出色驚人。魯達險些被他戳着，極寫仲熊。急忙跳開，便掄轉禪杖對仲熊顱門打來。寫魯達，出色驚人。仲熊眼快，早已飛起雙刀，交叉架住。寫仲熊，出色驚人。兩人便展開解數，奮勇大鬭，杖來刀迎，刀去杖擋，又鬭到五十餘合。魯達神力未衰，仲熊一身武藝也儘彀敵得過。極寫仲熊。殺氣影裏，戰鬭愈酣，八字妙。只見伯奮驟馬又來，大叫：「兄弟且住！你我二人索性用車輪戰，戰殺這厮！」好。仲熊退回，伯奮殺入。簡勁。

此時宋江、吳用已到關上，插筆奇妙。見來將如此驍勇，為伯、仲頰上添毫。便教鳴金收回魯達。誰知關上一片鳴金，魯達只是一片呼喊，妙筆。和伯奮扭住便鬭，足足又鬭了三十餘合。仲熊重復殺入，替出伯奮，合攏又鬭。宋江對吳用道：「魯兄弟住居山寨有年，頗知紀律，今日為何幾番鳴金收他不回？」漸漸逗出機關。「住居山寨有年，頗知紀律」，是作者細心幹補處，粗心人不能道也。吳用也不解其故。妙。只見仲熊與魯達鬭到三十餘合，伯奮又殺過來，伯、仲二人循環輪替，直戰到日下西山，暮色朦朧。好筆力。張經略在陣前看彀多時，見天色已晚，二子不能取勝，只得鳴金收回。寫伯奮、仲熊不必取勝，而已十分出色矣。魯達倒拖禪杖，大吼而回。宋江急命開關迎入。魯達一見宋江，撇下禪杖，向宋江唱個大喏，描出神氣漸漸引到瘋狂。道：「兄長要殺上東京，奇筆，妙筆，特為顯而揭之天下。灑家明日先殺張家兩個娃子，後殺張家老兒，一路打進東京，拆毀了金鑾殿，回來同你吃酒。」奇極。宋江回顧吳用道：「今日魯兄弟為何精神異常，語言不倫？」漸漸寫到。吳用道：「想是力戰了半日，力疲神亂也。」代解一句，妙。且取酒肉來與他接力。」左右捧上牛肉十斤，陳酒一大桶。魯達坐下便吃，氣呼呼的吃一碗，又是一碗，不一時一桶酒完，又添了一桶，直吃得沉沉睡去，送他歸帳。妙，有停蓄。宋江、吳用就歇在三關上，商議守備之事，便教調朱仝、雷橫來同守三關。順便插入朱仝、雷橫。公孫勝、樊瑞歸入自己帳中，同去祭煉符法。插此一句，以通下半回呼吸，章法極妙。

且說張經略收兵回營，眾人共論本日戰陣之事，賀太平道：「方纔這莽和尚，即是魯智深。賊人勇將，僅此一人。倘能除得此人，破賊寨易如破竹。」就賀太平口中提清關鍵。蓋天錫道：「此人鳴金不住，足見莽撞。明日交鋒，可用計擒他。」伯奮、仲熊齊聲道：「這莽和尚果是猛勇，但戰到後來，亂喊亂叫，破綻迭出。從伯奮、仲熊口中又逗起魯達瘋狀。明日交鋒，孩兒必斬得他。如若不能，再用計誘他不遲。求爹爹明日仍委孩兒出去。」極寫二子好勝。張公頷首。當夜無話。次日黎明，張公傳令起兵攻關，仍命伯奮、仲熊叩關搦戰。宋江、吳用聞官兵又來，急忙登關守備。伯奮、仲熊在關下大叫：「賊禿驢出來納命！」原來魯達此時還醉臥帳中。妙，有頓挫。宋江與天兵相拒，伯、仲二人叫罵萬端，宋江只是不出。忽報後關被官軍攻得十分緊急，勢在垂危，四面攻圍，用筆特重前面，而餘處仍不拋荒；又不必面面提出，只提一後面，而左右可知。妙手。宋江、吳用大驚，急教公孫勝好生看守三關，宋江、吳用急赴後關，又迴顧公孫勝道：「魯兄弟如要出戰，煩賢弟相機定奪，橫豎死守關內亦無益也。」妙筆。一以放出魯達，一以見梁山大勢已去。公孫勝應諾，宋江、吳用赴後關去了。忽添入朱、雷，忽收去宋、吳，只是隨手寫出，而架搭入妙。公孫勝、樊瑞、朱仝、雷橫嚴守三關，與官軍足足相持了兩個時辰。魯達忽由關內手提禪杖飛奔出來，（奇筆駭人。）見官軍攻關，便向公孫勝大叫道：「為甚麼不殺出去？」（妙。）公孫勝未及回言，魯達早已掄起禪杖，大叫：「你不去，灑家一人自去！」飛奔下關，喝令開門。公孫勝禁止不住，魯達已飛奔出去。（妙。）伯奮、仲熊見魯達出來，便約齊後面人馬等待。（句。）魯達大吼一聲，早已直衝過來。（瘋狂之狀，遍現紙上。）伯奮、仲熊雙馬敵住，酣呼大鬬。鬬到一百餘合，魯達果然禪杖忙亂，看他只是亂劃亂打，絕無法門。（瘋狂之狀，遍現紙上。）吃伯奮得個破綻，一銅鎚打着左腿，（雖寫瘋魯達，卻是出色寫伯奮。）魯達狂叫一聲，跌倒在地。仲熊急前一刀砍去，魯達早已霍然跳起，（寫得好。）卻吃仲熊一刀砍入乳肋，（雖寫瘋魯達，卻是出色寫仲熊。）仲熊也險些被魯達禪杖捎着。（倒挖一句有精神，所以救魯達也。）魯達霹靂般一聲狂吼，跑回三關，便將禪杖向關上一擲，那禪杖好一似稻草般飛上關去，打死了關上賊兵三四個。（奇絕之事，奇絕之文。）旋轉身來，趕到陣上，乳肋下鮮血迸流，若無其事，（奇絕之事，奇絕之文。）口中大叫道：「兒郎們隨我來！」那些隨陣嘍囉跟他上來。伯奮、仲熊見他殺轉來，正要迎敵，只見魯達霍地將自己的兒郎一手一個，提起兩個，向這里抛來，接連抛了十餘個。（奇絕之事，奇絕之文。）嘍囉着慌，叫苦連天，逃回本陣。關上眾人見了，都一齊叫苦。（妙。）伯奮、仲熊見他如此，也大為詫異，只得遠遠招架。（好。）可憐那些攢出的人，個個腦漿迸裂。（妙。）經畧在後望見，道：「此人神氣，是着了瘋魔，（就經畧口中點清瘋魔。）不可與戰。」便鳴金收軍而回。（藉此收落官軍，便極。）魯達見官軍退陣，便哈哈大笑道：「原來敗了，灑家趁此殺上東京去也！」（多有人讀至此，只道將寫魯達追殺，而不知藉此轉入忠義堂也。奇絕，妙絕。）便回到關上道：「拏我禪杖來。」左右只得將禪杖捧上。公孫勝見他着瘋，便温語道：「魯兄弟請少歇。」魯達大喝道：「放屁！我奉智真長老法諭，（有意無意與公孫勝之羅真人相映，妙。）要帮宋公明殺上東京。」（只顧提殺上東京，妙。）言畢，提杖直奔忠義堂去。（如饑鷹迅擊，駛不可當。

恰好宋江、吳用安頓了後關，細。正在忠義堂議事，瞥見魯達提杖浴血而來，妙。大吃一驚，忙問甚事。魯達大喝道：「灑家要帮宋公明折毀金鑾殿。」就魯達瘋魔口中，屢提出宋江逆志，妙極。便將忠義堂擺設的桌椅亂打亂攛，奇絕之事，奇絕之文。便指吳用道：「你是高俅麼？」奇絕，妙絕。應答之曰，正是。蓋高俅奸詐而為亂于朝，吳用奸詐而為亂于野。核其實，絕無少異也。今日灑家打殺了你，為民除害。妙，妙。打殺高俅為民除害，打殺吳用亦是為民除害也。你們這班狗才，教你們死個爽快！」說罷，提杖直打吳用。奇絕之事，奇絕之文。吳用急躲，忙叫道：「魯兄弟瘋了，妙。那個去按住他？」此時山寨中有些力氣的頭領，公孫勝、樊瑞、朱仝、雷橫現在守三關，承寫。燕青現在守後關，承寫。張青、孫二娘現在守左關，補寫。段景住現在守右關。補寫。忠義堂僅有柴進、裴宣、蕭讓、金大堅、宋清、蔣敬、皇甫端、戴宗、蔡福、蔡慶一班沒甚力氣的人，單靠着盧俊義一人，如何抵擋得住。趁勢將山寨現存頭領查點一番，又補出左右兩關守將，筆力橫絕。只見魯達一條禪杖，在忠義堂橫衝亂打，奇絕之事，奇絕之文。禪杖打忠義堂，絕妙寓言，詳總批。眾人跌跌踵踵，急忙閃避，叫苦不迭。妙。魯達禪杖早已將忠義堂上所有物件，盡行打得粉碎。妙，妙。盧俊義見他兇猛，心膽已怯，妙。因見眾人沒個上前，只得硬着頭皮搶上前去。妙。只聽得天崩地裂的一聲響亮，奇絕之筆。忠義堂已打倒了一角。奇絕之筆。盧俊義趕將入去，魯達見了，大吼一聲，一禪杖打來，妙極，奇極。盧俊義險些着手。寫得奇極，怪極。眾人見了，一齊叉鈀、棍鐺打上前去，忠義堂喧得一團糟。寫出異樣擾亂，方稱「大鬧」題目。盧俊義已將魯達禪杖奪住。好。若不奪住，打到幾時了？魯達見眾人上來，便撇了禪杖，好。去拾了兩根折椽子，本地風光，借用絕妙。大喊一聲，打將出來。異常熱鬧。盧俊義就把禪杖將他攔住。更借得妙。魯達舞起兩根椽子，直打盧俊義。奇絕，妙絕。眾人一齊吶喊，卻又不敢傷他。奇絕，妙絕。然則鬧到何時了手？看他轉筆妙捷。魯達狂奔酣呼，不覺絆着地上折木，撲的跌倒在地。借得巧極，轉得奇極。眾人急待前去按住，好。只見魯達霍地立起來，讀至「前去按住」，方謂即以「按住」收科，突又放出此句，遂令我捉摸不定。刀傷迸裂，面色改變，方悟仲熊戳傷乳肋之有所為也。大叫道：「灑家今番大事了也！」仰後而倒。奇絕。眾人急前一看，早已圓寂了。奇絕。魯達了。或曰魯達失魔耶，抑果了證耶？金門曰：觀其一路瘋狂，確是失魔，惟末句「大事已了」，有似了證，卻又似是而非，姑存而勿論云。宋江長歎一聲，絕無言語，得神。便與吳用入內議事，妙。只此八字，逕將宋江收過，直至夜明渡始點出原委，奇極。一面收殮魯達。吳用又教盧俊義去各處彈壓軍心，休教驚亂。按下慢表。

且說張經略收兵回營，發放軍馬。伯奮、仲熊卸甲安息，眾將競贊二位公子神威。餘勢猶勁。張公對眾將道：「今日我看這莽和尚確是着瘋，又兼受傷深重，無論他回去死與不死，終不可用。據賀參贊說，賊營勇將，僅此一人。今此人既除，來日破關易易矣。」逼緊寫。眾將軍及兵丁各各飽餐安息，準備明日努力攻關。」明日，妙。自此寫梁山破滅，不移晷刻矣。眾將領令，又去傳諭左右兩營去訖。張公在帳中與賀太平、蓋天錫計議攻關之事，分派兵將。正在議論，忽見皂衣二人堦前跪報道：「有賊人劫營，請相公速去巡視。」奇文又起。張公道：「奇了，你是何人？」那二人忽然不見，奇極。左右皆駭然。張公便與賀、蓋二人一齊立起身來道：「速至外營查看。」離座不數步，只聽那原座交椅上，砰然一聲響亮，一塊磨盤大的石頭，當頂打下，將交椅打得粉碎。奇文，奇極。眾人皆驚，張公大悟道：「此神人賜我離座也。」一句勾出，精光煥發。左右齊稱：「相公洪福！」張公謝了神明，重復換把交椅坐下。細。賀太平道：「賊營內有一名公孫勝，善會妖法，此石必是他運來。如今邪不干正，妖人枉用心機。但此妖也必須除滅了他，方可集事。」遞入公孫勝妖法，即從張公寫出，邪不干正一事作渡，妙。張公問何人能除，蓋天錫道：「右營陳將軍深明仙術，可請來與之商議。」遞到陳希真。經略便傳令：「去右營速請陳將軍來。」前請天彪用器械，此請希真用道法，章法勻稱。少頃，陳希真自右營到來，經略迎入相見，禮畢敘坐。經略告知妖人運石之事，并須收伏等語。希真道：「明公一代正人，奉天討逆，何懼邪魔！即不先除此人，來朝鼓行而前，諒此賊亦不能為害。（非希真諂諛，實清出張公身分也。）今明公既有鈞諭，不敢推辭，待明日與他鬬法，收伏了他。」（故意說出「鬬法」二字，以疑讀者。）張公道：「聞得道家追魂攝魄之法，吾兄能行之否？」（別開生面。）希真沉吟道：「這倒也可。此法只須靜室中為之，免得陣上驚世駭俗。」（張公本意借希真口中說出最妙。若張公說出驚世駭俗，而希真說出追魂攝魄，兩失之矣。）又沉思了一回，便道：「儘可，儘可。此法今夜便可行得，無俟明日也。（逼緊寫。）容回營遵辦，明晨即來報命。」張公甚喜，希真當即辭歸。

不說張公部署人馬，且說希真回營，劉廣、祝永清迎入帳中坐下，便問：「經略有何密諭？」希真便將用法攝公孫勝魂魄的話說了。永清道：「聞道家追魂攝魄，須要本人生年月日，今公孫勝的生辰，何處探聽？」（突作一難，妙。）希真笑道：「這廝的生辰，我卻已探聽得也。」（憑空生一解，奇。）永清忙問從何處探來，希真道：「我在大名府時，無意中得了他來。（奇。）那大名府城內龍華寺的住持大圓，曾經到梁山做過道場的。（從此處尋出消息，奇極。）我到任後，入寺行香，據他的徒弟妙果說起，（必幻一徒弟者，七八年之事，住持未必如故也。用筆細。）那年晁蓋死時，他師父在山設薦，他亦在列，因說到晁蓋生死年月日時，（奇情異想，然與公孫何涉？看他下文綰到。）我當時便驀然想到公孫勝，（妙筆。）探問一句，果然被我探得。（妙筆。）原來吳用、公孫勝、劉唐、三阮與晁蓋情意最深。（忽挽到七星聚義事，奇極。本意在公孫勝卻牽吳用等伴說，妙。）彼時晁蓋病篤未死，吳用等六人都開列自己生辰具疏借壽。（奇情異想。）尚未舉行，晁蓋已死，因此疏章未曾焚送，卻吃這妙果僧看見。因內中公孫勝八字最容易記得，所以至今不忘。（奇情異想。說出一大片緣由，而不覺其累墜者，以其迴抱前傳，而又入情入理也。）說來乃是庚申年、辛酉月、壬戌日、癸亥時。」（與前傳盧俊義生辰同。是年無此月，日無此時，又一舉花甲之首，一舉花甲之尾，遂照耀成彩。）劉廣、永清都大為驚異，因歎道：「事非偶然也。」妙筆自掩其痕。希真便吩咐將後營帳內打掃清潔，希真即去安排法器，按着十二雷門，掛起十二面大圓鏡，中間設起香案，按八卦擺列八面方鏡，以十二圓鏡、八方鏡，襯起乾元寶鏡。就正中焚起一爐旃檀❷。希真誦起淨壇諸咒，四圍都灑了法水，然後將那面乾元寶鏡正中供起，鄭重出之。擺列了香花燈果。希真叩齒念誦真言，拜跪行禮畢，第一段，淨壇持儀。走出帳來，暮色已蒼。希真便教永清就營中選十二人，都要命帶丁甲的，前來聽用。迴映生辰。當時在前營吃了素齋，只見永清已將丁甲命的十二人帶上來。希真便書了十二道丁甲符，分與十二人佩戴了。傳諭劉廣、永清監營，自己卻帶那丁甲人入帳登壇。第二段，召將登壇。那十二丁甲手執五色旃幡，按着方位侍立帳門之外。帳內壇上星燭燦爛，寶鏡光明。絕妙好辭。希真登壇，將那備好硃筆黃紙，擺在壇上，口中念念不絕，書成了數十道符篆。第三段，持咒書符。於未行法之前，先寫三段，極有層折。只見希真叫侍從人進來，收去了香案。將行法矣，先着此一句，極有層次。希真將那所書的符，向左右前後，壇上壇下，一一誦咒焚化了，有層次。便披了頭髮，右手執持寶劍，左手高提起那面乾元寶鏡，身法好。乾元鏡上特着「高提」二字，清出賓主。念念有詞。少刻，希真忽地將寶劍插于地上，句有精光，射出紙中。便從袖中取出公孫勝的生命一紙，并一蓬亂髮擲下來，急將右腳踏住。寫得駭人。重復拔起寶劍，筆勢揮霍可喜。念聲愈厲，傳神。只見四邊燈光、鏡光都霍霍閃動。紙上精光，亦霍霍閃動。念彀多時，喝聲道：「疾！」那四壁光芒，一齊射向公孫勝命紙上來。精光飛動。希真急將乾元鏡一照，重點乾元鏡。愕然道：「咦！」如聞其聲，如見其神。一頓。疾想片時，便將那寶劍放於地上，放寶劍。右手捏起一個劍訣，向那乾元鏡上不住的書符，口中不住的念咒。約有許久，便又向鏡上噓了一遍罡氣，放了劍訣，重復提起寶劍，左手高提着乾

❷旃檀：檀香。梵文「旃檀那」的省稱。旃，音ㄓㄢ。

元鏡照於地上，凝然不動，寂然無聲。（頓挫入妙。）不多時，只見那乾元鏡內，蓬蓬勃勃金光發現，（前只寫乾元鏡一照，此方出力寫乾元鏡作用。）瀉如泉流，逸如雹發，明如硫焰，響如雷鳴。（異樣精彩，鍊作絕妙好辭。）希真用右手寶劍東點西指，那光便東飛西迸。（光怪陸離。讀之覺有無數神靈聽候驅策，真奇筆也。）又是許多時，那團火漸漸淡去。（妙筆。）希真向地上一看，又向鏡中一看，目定口呆，半響道：「這厮真個如此難捉！」（妙筆。再頓。）良久道：「我曉得了。」（疾轉。）便將寶劍與乾元鏡一齊放下，（較前多一筆，放乾元鏡。）挽了頭髮，（應前。）重復叫帳外從人進來，擺設香案，（應前成章法。）并叫那十二丁甲命人都進壇來。（迴應，紬。用十二丁甲命人者，為希真作法無人能見，則無可着筆，故特用此十二人以見之也。然十二人徒為看希真作法，而不能助希真作法，則十二人為虛設矣。故于此又特令其進壇以聽使用。經營安置，煞費苦心。）香案擺畢，希真命從人都出帳外，只叫那十二丁甲命人依班侍立左右。希真就案上寫起一張疏牘，又書了幾道符，便于案前拱手誦起九天元女寶誥。（亦是元女，故意與宋江祈禱形擊。）誦了九遍，稽首九拜，便跪在案前，將疏牘念誦一遍，就於燭上焚送，又再拜稽首。立起來，便將那所書的符四面焚化，便叫侍從人進來收去香案。（忽擺香案，忽收香案，好看煞人。）希真重復披髮仗劍，左提寶鏡，照前作法。（省筆。）不多時，只見那乾元寶鏡神光三閃。（此段寫捉得，只用淡淡一句，方悟上文無數光怪陸離之筆，皆所以描寫難捉之狀也。嘻乎，妙哉！）希真定神一看，喜形於色道：「在矣！」（神來之筆。）便命那十二丁甲解下壇中所有的鏡，都移入壇心，將公孫勝的命紙重重疊疊壓住，（收鏡及命紙。）便將乾元寶鏡鎮壓在上面，（收乾元鏡。）寶劍插在壇前。（收寶劍。）希真帶那十二丁甲齊出壇來，將那十二人發放。（收丁甲。）時已四更，（點出時分。）希真就在前帳內默坐定神。（寫希真作法，共三番停頓，卻只寫其當然，而所以然之故，卻在後公孫勝一面註出。妙筆。）少刻，已轉五更，（好筆力。）希真便傳令請劉廣督理本營事務，淩晨攻擊左關，（插入軍務，筆力奇矯。）自己帶領范成龍逕到大營來通報經略。經略聞報，即忙傳令開營迎入。希真進見，禀告公孫勝魂魄已經攝得，（奇語。）張公甚喜。希真又道：「此時尚鎮在壇中，未曾處斬。若斬了他的魂魄，（奇語。）此人可以立死。不識經略意中何如，特來請令。」張公道：「此人亦係賊魁，理宜生擒他來明正典刑，方為不錯。」（上文神異鬼怪，就經略一語，衷而歸諸正，用筆極慎。）希真道：「既如此，須希真隨營攻入關中，親去擒他。他還有一個徒弟，（順帶樊瑞，妙。）雖無甚利害，也須希真去擒。」張公稱是，便撥中營兵馬一萬，交與陳希真，同范成龍率領了，從關左襲入。（張公派將，就從希真遞落，便捷。）

張公傳令，安派中營兵將：（希真、成龍係右營，不可與中營混，故以此句界之。）賀太平係文人，請他彈壓遊騎，在關外巡捉逃賊，無須入關；（此次大軍一齊入關矣，卻先將最後入關之人先行點出，奇。）蓋天錫本有武藝，便隨同大經略督押中軍；張伯奮同鄧宗弼、辛從忠為左翼，張仲熊、張應雷、陶震霆為右翼，王進、康捷為前鋒，直搶中路；（中軍第一隊。）金成英、韋揚隱為左隊，搶關右；（中營第二隊。）楊騰蛟、李宗湯為右隊，搶關左，一面接應陳希真。（中營第三隊，卻順便遞入右營，妙。）陳希真與范成龍領了經略號令，又去傳令右營：（希真為右營之主，故寫右營必須如此遞入。）劉廣與祝永清、陳麗卿攻左關正面，（右營第一隊。）欒廷玉、欒廷芳攻左關之左，（右營第二隊。）劉麒攻左關之右。（右營第三隊。）那邊左營雲天彪也得了經略的令，（與希真對峙，章法嚴整。）天彪與傅玉親攻右關正面，（左營第一隊。）風會、哈蘭生攻右關之右，（左營第二隊。）聞達、龐毅攻右關之左，（左營第三隊。）畢應元、孔厚在後策應，巡捉逃賊，（左右兩營各三隊。右軍有希真、成龍之先入，左軍卻有應元、孔厚之後應，銖兩悉稱。）一面傳諭後關。雲龍等得令，便也派撥隊伍：劉麟護着劉慧娘在東山看望，（左右各一。）雲龍、歐陽壽通、唐猛領左隊，（左營人。）苟桓、祝萬年、真祥麟領右隊，（右營人。）分頭搶擊後關。（後關左右分兩隊。）分派已畢，天已大明。（好筆力。）霞光燦爛，一天瑞色，祥光捧出那輪紅日；戰鼓淵闐，人馬歡呼，（梁山賊氛自此滅矣。出力鋪張揚厲，筆力橫絕。「一天瑞色，祥光捧出那輪紅日」十二字，直應首回太陽出來，忠義堂上變成瓦礫白地之語，真絕大手筆也。）四關鎗砲之聲，如數百萬雷霆同時並發，官軍一齊攻關。（絕大筆力。）

且說公孫勝自昨夜初更巡閱三關，回入帳中，正與樊瑞再議用法，忽覺得頭運眼花❸，精神恍惚，（絕倒。）

陳希真正那邊發動也。便詫異道：「今日我為何如此眩運？」樊瑞道：「想是老師用心太過，精神疲乏也。」悞解一句，與吳用悞解魯達失瘋相映。公孫勝道：「既如此，待進靜室中去定一定神。你替我去彈壓軍務，休來驚我。」着此一句，妙極。樊瑞領令而出。公孫勝退入靜室，掩上了門，急忙入牀定神默坐，八字矛盾得妙。不覺頭痛如劈，元神漸漸飛揚出舍。妙。公孫勝大驚道：「這是為何？」又思索了一回道：「必是陳老道在那里攝弄我也。」絕倒。便急念起秘咒，特行內觀之法。原來這法門是羅真人傳他的，今日幸未忘記。妙筆。當時修持起來，元神漸漸定了。妙。應希真第一次作法。暗想道：「陳希真這廝好利害！此番吃我守住了，難保其不復來。」便誦咒召集神將，在室內室外密密層層保護。安排方畢，精神又復昏亂，較前更甚，妙。險險凝持不定，妙，妙。幸虧那些神將協力保守，爭持了足足有一個更次，妙，妙。方得漸漸安定。妙。應希真第二次作法。公孫勝心中焦急道：「如此相持怎了？」絕倒。卻不料隨即就了也。正想設法，想了一回，不得計較。妙。忽聽得耳畔有人告道：「我們奉法旨在此保護，奈九天元女聖旨降來，責我等棄順助逆，要治我等之罪，如今只得捨了吾師去也。」妙，妙，妙不可言。均是九天元女也，何以顯靈于忠義堂，而又降譴于三關耶？讀者可知其故矣。公孫勝大吃一驚，正欲再持禁咒，不覺一靈神光霍的飛去，悠悠揚揚不知去向了。妙。應希真第三次作法。希真作法寫三段，公孫勝受攝亦寫三段，文如左右符節，一一印合，妙。公孫勝在室內僵倒，樊瑞、朱仝、雷橫在外面絕不知覺，方悟休來驚我之妙。輪更守關。

比及天明，官軍殺氣振天，鎗砲震地，大陣殺來。拍合緊。樊瑞、朱仝、雷橫一齊大驚，樊瑞急去請公孫勝的號令，妙。朱仝、雷橫登關迎敵。王進、康捷當先攻關，關上賊兵霎時間都已得知公孫軍師僵斃的信息，妙筆，捷筆。省卻樊瑞慌亂走告一語。亂兵無主，人情洶洶。妙。王進奮勇先登，力殺百餘人，破關而入。寫王進。康捷隨上，

❸ 頭運眼花：中醫症狀名。或作「頭暈眼花」。指頭腦昏沉，視覺模糊。

大軍一齊登關。寫得迅疾。朱仝遇着鄧宗弼，即忙迎戰，鄧宗弼就在關上展開雌雄雙劍，奮勇大鬭。鄧宗弼敵朱仝。張經畧已與蓋天錫、張伯奮、張仲熊殺進關內。迅疾。雷橫擋不住，正遇着張應雷，張應雷舞動鐧劉，直取雷橫。張應雷敵雷橫。辛從忠、陶震霆見朱仝、雷橫死戰不退，便各去相助。辛從忠助鄧宗弼戰朱仝，朱仝敵不住，鄧宗弼飛起長劍，砍着左腿，朱仝跌倒在地，鄧宗弼就地一抓，生捡過來。朱仝就捡。陶震霆助張應雷戰雷橫，張應雷神威愈奮，忽地擺開鐧劉，就勢賣進左手，抓住雷橫，儘力一拖，生捡過來。雷橫就捡。鄧、辛、張、陶四將會齊了，殺入關中，三關已破，好筆力。張經畧大軍已在前面。好筆力。陳希真、范成龍早已捡得公孫勝、樊瑞獻上。捷。公孫勝、樊瑞就捡。原來樊瑞見公孫勝偃臥，大驚無措，陳希真、范成龍已帶領兵馬，從關右乘亂殺入。乘亂二字亦省筆。范成龍搶入公孫勝帳中，縛出公孫勝。至此絕不費力。范而成龍，甚言入雲龍之無范矣。樊瑞正想用法，早吃希真用真武訣鎮定，省捷。眾兵綑捉過來。楊騰蛟、李宗湯已隨後殺入，更捷。那邊金成英、韋揚隱也從關右破進，更捷。賊兵均已殺盡。好。張經畧會齊大軍，日方巳牌。好筆力，寫出神速。張經畧便傳令乘勢攻寨。勢如破竹。陳希真將公孫勝、樊瑞交與經畧，細。便領范成龍帶兵殺向左關，去接應右營兵馬去了。希真本係右營，今仍歸右營事務，用筆極分明。

早有嘍囉飛報入忠義堂。眾人聞得三關已失，一個個面面相覷，急得手足無措，大眾一齊看着吳用。妙筆傳神。此處不見宋江，粗心人讀之不覺，細心人讀之必駭，皆非善讀書者也。只見吳用眉頭一縱道：「不妨，奇。眾兄弟齊心守着，奇。戴院長隨我進來，自有妙計。」奇極。眾人聞聽，各執器械，帶了在山嘍囉，齊出迎戰。戴宗跟了吳用進內，不知吳用說出甚麼計來，落回惟此最奇。且聽下回分解。

范金門曰：耐庵寫魯達生平事跡，歷歷可稽，充類至義之盡，而病之以瘋，自是一定準繩。記得宋公明，又記得金鑾殿；記得高俅，又記得智真長老。蓋平時切切五中，而心君一亂，顛倒是非，處處皆從性分中流出也。

邵循伯曰：魯達身受重傷，而尚能搏人以投，屢跌屢起，殊令人想見倒拔垂楊之技。

公孫勝以術勝，而反以術敗，其故何也？邪正之念判，斯生死之路分。羅真人指點於平時，東方橫覺迷于臨事，而乃怙惡不悛，死而無悔，則其為道士也，道其所道，非吾所謂道也。

范金門曰：忠義堂未毀於王師，而先毀於禪杖，此其中有深意焉。古來英雄豪傑鬱鬱不得志，往往韜光匿迹，以自逃於禪，豈果禪之投其所好哉！亦以萬不得已而處此，處此則悲憤可消，怨尤可平云爾。宋江不知此，而逞其強梁，荼毒延于十郡；妄稱忠義，名紀裂於千秋，又曷足責乎！宋江已矣，借魯達之禪杖以痛掃痛打，所以為後世之宋江指點出路也。

第一百三十六回　宛子城副賊就擒　忠義堂經畧勘盜

話說梁山忠義堂上羣盜，（再提此六字揭清題目，與張公出師時呼應。）各執器械，分頭殺出，與官軍死拚，獨戴宗跟了吳用進內，一直到了吳用臥房。戴宗道：「軍師有何驅策？」（到此猶奉軍師驅策，戴宗可謂古之愚也矣。）吳用一言不答，（奇。）只是忙忙碌碌，湊集些散碎銀兩，打了一小包，遞與戴宗，（更奇，其機漸露。）便道：「你的神行符隨身有否？」（奇極矣。）戴宗道：「儘有。」吳用用手一招，急走出房外隙地上，（描摹盡態。）附耳道：「大事去矣。（端的智多星見識不虛。）我同你還在這里做些甚麼？（恍然大悟。）快把神行符來，我帶你尋別路去，（不說你帶我而說我帶你，奸惡可殺。）否則性命難保了。」（原來是自全性命的妙計，然則眾兄弟性命奈何？真好義氣。）戴宗呆了一回，（寫戴宗不忍，所以深惡吳用也。）問道：「公明哥哥三日不見，不知何往？」（宋江不見，此處先一提。）吳用道：「你跟了我去，自會見面。」（答得含糊，遂疑煞讀者。）戴宗無可如何，（寫戴宗不忍棄眾兄弟，所以深惡吳用也。）取出神行符與吳用縛好了，飛也似偷到後關。官軍正在攻打，燕青正在把守，見了吳用、戴宗，急問：「軍師、院長何往？」吳用道：「你在此老守，我去探看一回形勢就來。」（忍欺其弟兄如此，可殺，可剮。）說罷，從關旁僻處縋關而出。（細。）正欲走洞，卻叫聲苦，原來官軍大隊進來，各處都屯了兵馬，那條趨洞的路，也被官軍佔住了。（極細心思。）戴宗道：「怎好？」吳用立定了，躊躇一回道：「不妨，且隨我來。」（妙。）便與戴宗故意慢慢地行走，（奇。）看望官軍空隙處曲曲彎彎走出。（奇。）官軍望見他們慢走，悞道他是自己的人，不是逃賊，又因攻關要緊，不來追查。（寫吳用將死，猶有奇智。）

吳用、戴宗一抹地溜出官軍營後，作起法來，飛也似的抹過東山腳下去了。寫吳用臨死機警絕人。卻不防劉慧娘在東山行臺上瞭望，瞥眼看見，轉得緊極。若無此着，吳用必然漏網。自此以下，將三十六員逐一寫來，此寫劉慧娘。便道：「久聞梁山有神行太保戴宗，前面走的必定是他，同走的必定是宋江。」偏誤猜了一個，聰明人也有猜不着之時。此一誤猜，下文有無數用處。急教劉麟騎匹快馬，飛也似追去，「如追不着，便飛速去報知大營，教康捷即速追拏。」慧娘有急智。劉麟聽罷，提起雙鐧，飛也似追去了。寫劉麟。雲龍已與苟桓督率軍士，親冒矢石，力攻後關。寫雲龍、苟桓。燕青見吳用出去，木來疑惑，好。忽聞得三關已失，急得上天無路，入地無門。妙。雲龍、苟桓已各率本部人馬殺上關來，歐陽壽通勇猛先登，寫歐陽壽通。正遇燕青，力戰數合。燕青心慌意亂，那袖弩也無從發，照顧極細。早被歐陽壽通一鞭打着顱門，腦漿迸裂。燕青了。官軍潮湧登關，後關已破。好筆力。雲龍、歐陽壽通、唐猛領左隊，苟桓、祝萬年、真祥麟領右隊，一齊殺到關中。六將一齊奮呼殺賊，逢人便砍，逢馬便搠，兼寫唐猛、真祥麟、祝萬年。一路殺到梁山內寨後門。寫清一路。

再說陳希真領范成龍從三關內殺到左關，去接應自己的兵馬。寫陳希真。范成龍仗着鐵脊矛當先開路，遇有賊人遊騎軍馬，立時斬獲。寫范成龍。頃刻到了左關，劉廣已身先士卒，破關而入，寫劉廣。祝永清、陳麗卿一齊入關，張青、孫二娘死命敵住，陳麗卿一條梨花鎗飛花滾雪，戰鬭孫二娘。孫二娘究竟力氣平常，交鋒不上十餘合，麗卿得個破綻，刺中腿跨，寫陳麗卿。何不刺得正些。孫二娘翻身下馬，眾軍一齊上，綑捉過來。孫二娘就擒。張青正在苦鬭祝永清，忽見渾家被擒，一個心慌，吃祝永清擺開畫戟，輕舒猿臂，只一提，脫離雕鞍，生擒過來。寫祝永清。張青就擒。背後欒廷玉、欒廷芳、劉麒都殺進關來，正似三隻猛虎，狂吼暢殺，登時賊兵掃盡無餘，寫欒廷玉、欒廷芳、劉麒。左關已破。好筆力。劉廣與陳希真合兵一處，殺到梁山內寨東門了。又寫清一路。

再說雲天彪率領左軍，親司旗鼓，策眾攻擊右關。寫雲天彪。段景住不知就里，正欲死命相敵，忽聞得三關已失，賊兵一齊大亂。處處帶定三關，以明同時並發。聞達已從關右雲梯攻上，力斬百餘人而入。寫聞達。龐毅登關，直抄中段，寫龐毅。段景住措手不及，吃龐毅刀背一敲，撲的跌倒在地，眾軍上前活捉過來。段景住就擒。風會、哈蘭生已從關左殺上，二人猛勇當先，殺賊無數。寫風會、哈蘭生。天彪、傅玉也領兵殺入，傅玉長鎗捲舞，殺賊無數，寫傅玉。右關已破。好筆力。天彪領兵直殺到梁山內寨西門了。又寫清一路。

且說張經畧領大兵直攻梁山內寨前門，伯奮、仲熊兩馬當先，寫伯奮、仲熊。正遇盧俊義，挺着樸刀，把住門中。出盧俊義。伯奮、仲熊大怒，一齊奔上前去。此時梁山大事已去，盧俊義也明知難活，只是不甘心白死，寫出盧俊義利害。便挺樸刀直鬬伯奮、仲熊。二子一齊大喝道：「賊子到此，還不下馬受縛！」盧俊義也無言回答，挺刀直砍過來。寫盧俊義。伯奮急用雙鎚架住，寫伯奮。仲熊已一刀搠入。寫仲熊。盧俊義不慌不忙，輪轉刀來，敵住了仲熊。寫盧俊義。伯奮又一鎚打進，寫伯奮。盧俊義托地躍馬跳出圈子，寫盧俊義。展開了樸刀，重復殺進來。寫盧俊義。伯奮、仲熊一齊迎敵，三馬盤旋，大鬬六十餘合，不分勝負。合寫三人。張經畧、蓋天錫都在後面，插入此筆，精靈。看那伯奮、仲熊力戰盧俊義，殺氣飛騰，神威酣暢。盧俊義捨死忘生，兀自轉戰不衰。出力寫盧俊義。蓋天錫便對張公道：「經畧在此督戰，我不如分兵去襲他寨子去。」寫蓋天錫。張公稱是。蓋天錫便率領金成英、楊騰蛟、韋揚隱、李宗湯、王進，分兵一半，抄擊賊寨。韋揚隱、李宗湯得令，一來為皇家出力，二來為故主報仇，妙。寫韋揚隱、李宗湯。便率眾搶寨，奮呼殺賊。金成英、楊騰蛟、王進也鼓舞銳氣，大呼而前。寫金成英、楊騰蛟、王進。五員上將殺上寨去，寨上僅有蔡福、蔡慶把守，如何敵得。好。五人奮勇入寨，金成英順送一鎗，搠死了蔡福；（蔡福了。）楊騰蛟斜劈一斧，砍殺了蔡慶。（蔡慶了。）韋揚隱、李宗湯、王進殺賊無數，奪門而入。蓋天錫也馳馬進去了。（盧俊義力戰事中間，插入破寨一段，筆力恣橫。）盧俊義已與伯奮、仲熊力戰到一百三十餘合，（又接入盧俊義，筆力奇矯。）忽見寨子已破，卻不慌亂，只顧死鬬。（極寫盧俊義。）伯奮心焦，想道：「只好誘他一誘。」便展開雙鎚，擺出那擎天按地的勢來。（異樣精彩。）盧俊義如何不識得，（妙。）便將計就計，一刀搠將進來。（妙。）原想他一鎚打下，便閃過去砍他背後。（非尋常家數，異樣精彩。）伯奮卻故意不打，托地退回數丈。（非尋常家數，異樣精彩。）仲熊眼明手快，便使個旋天轉地勢，一刀覷準盧俊義左肩砍來。（非尋常家數，異樣精彩。）盧俊義刀搠個空，（此句倒挖上去，緊接伯奮退回數丈之句，精靈之筆。）急忙掉轉刀來，掃轉左三路，卻好將仲熊的刀架住。（非尋常家數，異樣精彩。）伯奮、仲熊立意要擒拏此賊，力戰不捨，（好。）盧俊義此時也拚出了性命，三騎馬不住的惡鬬。背後鄧宗弼、辛從忠、張應雷、陶震霆已將三關上的遊賊，都搜捉淨盡，（寫鄧宗弼、辛從忠、張應雷、陶震霆。）押解了朱仝、雷橫及一切羣盜，并無數首級，隨後上來。（忽又插鄧、辛、張、陶一段事，筆力奇矯。）見伯奮、仲熊力戰盧俊義不下，（又疾接入。）便要一齊上前去帮。張公道：「無須也，看本帥親去擒這賊。」（妙。）便提鞭策馬，飛出垓心，（句法。）取出左邊麒麟袋內一張鐵胎樺皮寶雕弓，右手便去飛魚壺中抽出一枝修幹雕翎狼牙箭。（句法、字法十分鄭重。）只看那伯奮、仲熊和盧俊義奔雷駭電厮殺，（不抛荒厮殺。）張公搭箭弦上，暗想：「若要射殺他不難，只是生擒正法為是。」（寫張公神箭，綽然有餘。）便舉起雕弓拽開來，正似一輪滿月，（句法。）端的右手如抱嬰兒，左手如托泰山，覷定了盧俊義撒放過去。（句法。）弓如霹靂鳴，箭如逸電飛，（佳句，警句。）不偏不倚，正中着盧俊義右肩。（好。）盧俊義狂吼一聲，往後便倒，伯奮急忙下馬，奮勇按住，仲熊一同下來協捉。（盧俊義就擒。）張公大喜，便統大軍殺進寨內。

此時左軍雲天彪、傅玉、風會、雲龍等將，右軍陳希真、劉廣、祝永清、荀桓等將，（左右兩軍將撮舉其尊者而言好。）

都一齊打破了寨子。蓋天錫率金成英、楊騰蛟、韋揚隱、李宗湯、王進，一路殺賊而入。（好筆力。）刀如蝟集，箭若蝗飛，（好句。）官軍喊殺之聲，賊兵號哭之聲，併作一片喧鬧。（真寫異常出色。）刀斧叢中，血屍堆裏，（好句。）左右指着一人，對蓋天錫道：「前面那個穿黃金甲的，便是小旋風柴進。」（妙筆。可謂冤家路窄。）蓋天錫一聽得「小旋風柴進」五字，便止住左右休得亂殺，（奇筆。）挺着父親遺留的那口佩刀，（忽回應八十回一筆，奇極。）驟馬追去，大喝：「柴進逆賊，快快下馬受縛！」（快心。）柴進此時已是三魂出舍，七魄離身，（亦攝歸乾元鏡乎？）再經蓋天錫一喝，早已撞下馬來。（好。）蓋天錫親手抓來，擲與眾軍士綑了。（柴進就擒。）裴宣見了，挺着雙劍，驟馬來救。（寫眾兄弟臨危尚猶相救，所以深惡宋江、吳用也。）王進早已挺鎗攔住，單鎗雙劍，合攏便鬭。可想裴宣是不是王進的對手，（妙筆。）不上三合，王進順手舞鎗進去，揀他不致命的左腿上（寫王進鎗法裕如，妙。）一鎗搠着，撇于馬下，（妙，妙。）眾軍士上前綑捉過來。（裴宣就擒。）雲天彪統左軍殺入，正遇着蔣敬，持了一束賬簿，意在潛逃。（絕倒。持賬簿逃出，不知何意？蔣敬已死，不得而問之矣。）被雲龍手起一刀，揮為兩段。（蔣敬了。）眾軍大呼，殺賊而入。陳希真統右軍殺入，陳麗卿驟馬當先。皇甫端正抱頭飛逃，猛回頭看見那匹棗騮馬，稱讚道：「好一匹馬！」（絕倒。不惟不負皇甫端，而且表出棗騮馬，妙筆。蔣敬持賬簿，皇甫讚好馬，皆於無可點染處設法點染也。）早吃劉廣一刀砍去，頭顱滾落。（皇甫端了。）眾軍殺入，時維宣和三年七月初六日申刻，殿帥府掌兵太尉經略大將軍燕國公張叔夜統領中、左、右三營并二十萬天兵，殺到梁山泊忠義堂上。（大書特書，堂皇正大，收束得一部大書。）

且說宋太公在上房內，宋清侍立，聞得外面喊殺振天，嚇得魂不附體，（宋江之孝可知。）遍問左右，均說官軍已殺進寨內，主帥不知何往。（宋江之孝可知。）太公道：「昨日他們都說我的兒子在前關打仗，此刻不見，莫非有三長兩短了麼？」（雖寫亂軍情形，而宋江去向其父不得而知，尚得謂之孝乎？再提不見宋江。）大眾慌忙之中，也沒有半個人理他。（雖寫亂軍情形，而宋江之孝已有公論矣。）

太公急叫宋清出去探看。宋清去了一回，面如土色，抱頭鼠竄而來道：「爹爹，不好了！官軍殺進來了，我哥哥諒來已死。（好哥哥。）外面殺人如切菜一般，（官軍入寨情形，此處倒描一句，妙。）怎生是好？」太公放聲大哭道：（孝哉，宋公明。）「我的江兒呀，我害了你了！（不說你害我，而說我害你，宋江一息尚存，此心何以自處。）那時節，我大不該依你來此。（宋江自問，何以為人。）到如今，你死我亡，懊悔不及。」（宋江罪通于天矣。）說未了，只聽外面喊殺逼近，已到忠義堂下。（逼緊。）宋清不住的發抖，口中只叫：「怎好，怎好？」太公情急，拄了拐杖走到後面院子裏，大叫一聲道：「天呀！保佑我兒好好的，我今朝代他死了罷！」（天下有父代子死者乎？雖寫太公舐犢，而宋江不孝之狀，已顯然言下。）言畢，投井而亡。（宋太公了。當倣春秋趙盾許止書法，大書曰：宋江弒其父。）宋清見父親入井，官兵已到，沒奈何只得一靈兒相隨着老父去了。（宋清了。倒算孝子。）

忠義堂上千軍萬馬奔馳而入，（勁筆接入。）張經畧已與蓋天錫、雲天彪、陳希真同登忠義堂上。（好筆力。）張公急問：「盜魁宋江，何人獲着？」（挈要。）只見眾將齊到階下，紛紛獻功，或首級，或俘虜，張公一一查點，內中卻並不見宋江。（三提不見宋江。）張公急令眾將軍士在寨內寨外，分頭細細的搜查。（一百八人至此將盡，不特張公宜搜查，即讀者亦當搜查。）須臾間，只見左軍部下畢應元、孔厚率領部眾押解了三百餘名逃賊，并一百二十餘顆首級，進來獻功。（補寫畢應元、孔厚。）張公又一一查點了，卻又不見有宋江。（四提不見宋江。）賀太平也督領無數將官，押解了無數俘虜、首級進來，（補寫賀太平。）張公起身迎入忠義堂。張公問：「獲得宋江否？」賀太平道：「只是小賊，不見渠魁。」（琢句工。五提不見宋江。）當時忠義堂上，設立起五公座來，（妙。）五副公案：正中一位大經畧張公坐下，左邊上首賀太平，右邊上首蓋天錫，左邊下首雲天彪，右邊下首陳希真。眾將士堂上、堂下分班侍立。簇新新旗旆飛揚，明晃晃戈矛排列。張公叫傳現在所有擒獲的一齊上來，左右轟雷也似一聲答應。不一時只見左右驅着那班賊目，一個個繩穿索縛，推到階下，向忠義堂上跪着。張公在忠義堂上，羣盜跪忠義堂下，如是而後可謂之忠義堂。願以此告天下後世。內中盧俊義看到此際，宛然是那年夢中景象，不覺心酸淚落。直應前傳，用筆妙絕。公孫勝却形同木偶，不言不語。應筆細。直待後來希真將那法壇神將發放，收了乾元鏡及諸法器，方能言語，補筆周到。所以此刻勘審不及。仍縮到本文，用筆極靈。經畧見賊目已齊，便勘問宋江逃向何方，一一問來，眾盜都供稱三日前已不見宋江，實不知其去向。六提不見宋江。經畧正要用刑，好。必欲用刑，累筆墨矣。劉麟從前關進來，稟稱：「小將見二賊從東山下飛奔而去，必是宋江、戴宗。小將急追過東山，看其踪跡，實向東平府一路逃去。小將追不上，即忙回轉來。因後關道路不通，應前。又未知大軍已破賊巢，故不回後關，卻從泊外繞轉來，以此來遲。」思細文曲。張公聽了，便急叫康捷向東平府追去。康捷領了令箭，飛速去了。補寫康捷。張公便教將盧俊義、公孫勝、柴進、朱仝、雷橫、裴宣、樊瑞、張青、孫二娘、段景住共十人，一概拘入陷車。前監禁共二十三人，此又十人，合得三十三人。張公正待退座，只見劉廣捉了兩名賊目解上來。上文一路寫來，只道賊目已盡，不知偏剩兩個，留作餘波，妙。詰問名姓，乃是蕭讓、金大堅。妙。左右稟稱：「這兩個人，一個會描仿筆跡，一個會假雕印信。」妙。張公道：「既如此，且就把兩賊勘問一遭。」只見陳希真道：「此刻不但宋江逃逸，即吳用亦尚未獲。據劉麟稟稱，眼見逃賊只得兩人，或就是宋江同吳用，均未可知。此事必須再行勘訊。」是希真語。雲天彪道：「久聞賊人有天降石碣一件妖事，大有可疑。今此蕭讓、金大堅二賊，既一係善寫，一係善刻，這樁妖事，定於二賊身上有些交涉，也須勘問。」是天彪語。張公稱是。總承。

此時天色已晚，堂上堂下點起無數火把、蠟燭來，昏曉極清。提蕭讓、金大堅上來勘審。先問宋江逃向何處，蕭、金二人供稱不知；再三推問，實不知情。（七提不見宋江。）張公便叫：「擡過那石碣來。」蓋天錫看那二人聽到這句話，面色頓然改變。蓋天錫早已心中瞧科。（妙是蓋天錫。）只見那塊石碣擡到面前，張公與賀、蓋等四人一齊觀看。賀太平道：「此非古跡，確是新鐫。」（妙是賀太平。）張公道：「不但此也，上面『忠義雙全，替天行道』八字，果係天言，豈有如此荒謬絕倫？」（妙。是張公。）便喝叫將石碣擡在二賊面前，厲聲問道：「此石碣從何而來？從實招供，免用刑法！」蕭、金二人肐搭搭的將那番虛皇壇設醮，宋江祈晴感應，是夜天上開眼，射落一團火光，變為石碣的話說了。（述前傳一番，以明不誣。）蓋天錫便喝叫左右用刑，（妙。）蕭、金二人叫起撞天屈來。（絕倒。）蓋天錫對張公道：「這班賊骨頭，不打如何肯招！」（妙。）張公便喝左右動手。兩旁轉過數名兵卒，將二人一索綑翻，各打了一百訊棍，早已皮開肉綻，血流滿地。蕭讓熬刑不過，只得從實供道：「這石碣上字是小人寫的，因楷書恐人識得破綻，所以改寫古篆；又特訪得那道士何元通善識蝌蚪，所以特寫蝌蚪古篆，（妙。）又特邀他設醮以便認識。（妙。千載疑案至此忽剖，快哉！）至於那年天上認真開眼，認真有火光翻落，萬目共覩，卻不解其何故。」（偏將前傳鑿實一句，妙。然其故亦可不問而自明矣。）金大堅也將怎樣密鐫石碣的話說了，又道：「這是宋江想與盧俊義爭位，故與吳用、公孫勝議得此法，（妙。）特將盧俊義名字鐫在第二。（妙。）此碣自盧俊義一到山泊之後，就已鐫定。（妙。）彼時張清、董平等尚還未到，原想就部下頭目中選出幾個，以滿一百八人之數。（妙。）後因張清等到來，卻好天罡數內餘第十五、十六兩行未鐫，因將張清、董平鐫入。（妙。）所以董平在五虎將之列，名次卻在十五，頓與冠勝、林冲、秦明、呼延灼離開，實為鐫刻已定，難以改易故也。」（妙，妙。讀書得間，其樂如此。）

賀太平又問道：「那董平、張清本位原擬鐫刻那個？」蕭讓道：「一個擬刻孫立，一個未定。（致宣和遺事孫立在三十六人之數，故

（補此議。）至于地煞數內多有未定，所以龔旺、丁得孫盡有空缺可填。（妙。）就是蔡福、蔡慶、郁保四、王定六等，也都是臨時填上去的。（妙。將宋江、吳用詭謀一一水落石出，妙極，快極。）此一事，惟有宋江、吳用、公孫勝及小人等知悉，餘人都不曉得。」（妙。）張公大笑道：「妖言惑眾，一至於此！」（八字斷定。）陳希真道：「你二人同做此詭密大事，那宋江、吳用逃走之處，豈有不曉得之理？」（仍綰轉來，妙。）二人都叫：「實不知道。」經略喝打，蕭讓、金大堅磕頭求饒，左右不由分說，拖下去一頓拷打，二人登時斃命。（蕭讓、金大堅了。）雲天彪道：「這石碣是妖盜來源，速宜碎之。」張公道：「便叫那位將軍為我一擊而碎。」只見左軍隊裏閃出一員大將，正是哈蘭生，提起獨足銅人，猛力向前，砰然一擊，那塊石碣應手而碎。左右搬了出去，抛入河中。（完石碣。）張公道：「宋江逃處，看那二人打死不招，必是宋江瞞着羣盜私行先逃了。（確。）且俟康捷回來，再定計議。料渠魁指日可獲，一面先行報捷。」眾皆稱是。當時會議了報捷奏本，九聲砲響，張公率領賀太平等拜本，差官賫奏上馬，飛速往東京去了。

張公等俱退了堂，時已黎明，各進茶點畢，忽報康捷到。瞥見康捷如飛而來，兩脇下夾了兩人，（妙。）上前道：「末將擒得兩賊在此。」手指一個道：「這是戴宗。」又指那個道：「這是吳用，不是宋江。」（妙。吳用、戴宗就擒。）經略笑向天彪、希真道：「這果是吳用、戴宗否？」二人同聲稱是。經略便吩咐一齊禁押了。（連前三十三個計之，共三十五個。）原來康捷出後關，直向東平路上追去，逢着村坊小市，便向人問訊道：見有如此如此服色的二人過去否？（服色虛寫好。服色自是慧娘看見，不必屑屑交代也。）鄉人或言不見，或有幾處說看見的，也是糢糊影響、似是而非的話。（吳用、戴宗走得快，故也不必註明，讀者自知。）更兼康捷相貌古怪，遇着幾個膽子小的，不待他開口，早已跌跌蹱蹱抱頭鼠竄而走，（細筆，妙筆。）因此無從查究。（頓筆入妙。）康捷只得飛速前行，向一路關隘盤問，也無影響。（再頓。）走到傍晚，約行了四百餘里，又趁着月光下走了八十餘里，月色漸落，（初六夜也，用筆極細。）心中想道：「黑夜追尋，料想難得，不如權且安歇，待到天明，再作區處。」便趁那月光未滅，又走了二十餘里，遇着一所小小市鎮，見有一爿飯店，正在上排門，裏面燈光明亮。（有景。）康捷走上前去，正要開口借問，那店小二狂呌一聲，嚇得跌倒在地。（絕倒。）康捷忙呌：「休慌。我是經畧麾下康將軍，公幹過此，到你店裏歇宿。」店小二聞聽，方纔定了神，爬起來，（此等處，不過小作點染，故隨手收過。）請康捷進內坐地。店小二問了茶飯，當即安排上來，康捷一面吃，一面暗想道：「問服色枉是無處尋覓，況且我過了幾重關隘，無處撈摸，一定是那厮改換了服色了，不如問走得快的，定有下落。」（轉關極妙。）想到此際，便向店小二問聲道：「你們今日見有走路極快的兩個人，經過這里麼？」店小二答言不見。（問到神行矣，尚有頓跌。）康捷道：「你聽鄰舍有人說起麼？」店小二道：「不聽見說起。」（再頓。）康捷也不再問，吃完了飯，對店小二道：「我黎明便要動身，（已無意於此店內矣，極妙「離」字訣。）先會了房飯錢。」店主應了，忙去着疊一張牀鋪。

康捷和衣而睡，一覺醒來，恰好黎明，抽身便起。（十二字簡淨，然筆勢幾於脫手飛去矣。）店小二道：「官人稍坐，（急留一句。）就有熱水了，淨了面，吃盞茶走罷。」康捷道：「無須了。」背上包袱，插了令箭，（關鍵。）拔步出了店門。走了數步，（再縱一筆。）覺得口有些燥，（疾收轉。）便走轉來，到了店門口，便道：「吃口熱茶也好。」（留住，妙。）店小二應道：「就有了。」康捷進內，放了包袱，復出門外空地小便。小便未了，望見西邊兩個人如飛而來，眨眼已過了店門。（其機間不容髮，妙。寫神行，亦妙。）康捷大疑道：「這兩個人服色不是，（一縱。吳用改換服色，就此點出，簡捷。）為何走得這般快，一擒。卻又落在我後頭？又一縱。走得這般快，卻落在後，所以表康捷之神行也。妙筆。休管他，且追上去。」又一擒。筆勢跳脫。便扱了褲子，也不轉店中，迅速趕去。只見二人前面速走，康捷大叫道：「宋公明慢行，有話相談！」誤以為宋江，妙。又寫出康捷權變。二人同回頭一看，回頭一看，破綻已露。一個青面獠牙的追來。就是常人，也當兩腳飛跑，何況腳下有神行甲馬，便射箭也似的去了。妙筆。表出康捷相貌，令上文兩筆不為虛擲，一妙也；寫二人神行法快，襯康捷神行，二妙也。康捷趕上幾步，早已追過二人，前面轉身攔住，極寫康捷神行。道：「二位慢行，張經略有話面談，特請二位轉去。」內中後走的一個開口道：「各走各路，甚麼張經略、李經略，你不要認錯了人。」急膽、急智、急口，知是吳用。康捷道：「我不認錯，但是行路快的，便要同我轉去。」一口咬定行路快的，行文認題法也。言畢，便將二人一手一個揪住，疾。厲聲道：「我奉諭嚴拏宋江，不容稍緩！」那前走的人道：「將軍不要囉唣，我們二人並無宋江在內。」語露破綻，知是戴宗。康捷道：「你二人姓甚名誰？如果是梁山散頭目，不是宋江，我便放你。」康捷權術。二人慌急已極，前走的道：「我叫戴宗。」不濟。吳用見戴宗叫出真名姓來，忙接口道：「我叫張三，畢竟有急智。宋江在後面便來。畢竟有急智。將軍如要拏他，在此稍等就到。」畢竟有急智，然事至于此，亦何及矣！康捷哈哈大笑道：「與其等他，不如同你轉去尋尋罷。」妙。兩人那里肯走，何益。惱得康捷性起，一手一個夾在脇下，妙人，快人。飛轉身走到客店門內，將二人放下，取了包袱，對店主道：「我昨夜問走路快的，就是這兩個。迴映，絕妙。今已捉得，不停留了，改日再會罷。」細。言畢，夾了兩人飛也似走了。一路上康捷問戴宗道：「你這同夥倒底是誰？」戴宗道：「他叫李四。」康捷笑道：「他說張三，你說李四，究竟是誰？若不實說，立取你命。」說罷，將臂膊一緊，戴宗夾得痛極，便狂叫道：「阿呀呀，他是吳用，他是吳用。」康捷方纔鬆手，便飛也似回大營來。補敘緣由。

賀太平見宋江未獲，便道：「渠魁漏網，怎樣辦理？」張公道：「且將賊黨名數查核一番，看還有幾個漏網。」一。妙 便將搜得之梁山忠義堂、招賢堂兩本名簿，一。蔣敬攜賬簿，惜不見及此。并向陳、雲二處吊提歷年戰陣冊子，二。并傳上現捉的小賊兵，齊到忠義堂訊問查核。三。先將招賢堂名目查來，好。計查：冷豔山賊目四名：酈金龍、沙摩海、鄧雲、諸大娘，均被陳麗卿斬訖；七十五回、七十六回。先點陳麗卿戰功，妙。清真山賊目六名：馬元、皇甫雄業已歸誠；一百五回。周興為哈蘭生斬訖；一百五回。王伯超為風會斬訖；九十一回。來永兒為歐陽壽通斬訖；一百五回。赫連進明為沙志仁斬訖。一百五回。青雲山賊目四名：狄雷為欒廷玉、王天霸斬訖；九十回。狄雲中傷身故；九十四回。姚順為欒廷芳斬訖；八十九回。崔豪為陳麗卿斬訖。八十九回。鹽山賊目四名：施威為鄧宗弼擒獲，解送京師正法；七十一回。楊烈為辛從忠斬訖；七十一回。惟鄧天保、王大壽現存鹽山。無註。蛇角嶺賊目三名：秦會、張大能現存蛇角嶺；無註。万俟大年為辛從忠斬訖。一百七回。虎翼山賊目三名：趙富、干飛豹現存虎翼山；無註。趙貴為鄧宗弼亂箭射死。一百七回。紫蓋山賊目三名：火萬城為祝萬年斬訖；一百二十五回。王良為祝永清斬訖；一百二十五回。白瓦爾罕業已歸誠，現經身故。一百十七回、一百三十四回。梁山本寨散賊目四名：范天喜逃亡自盡；一百十一回，補出自盡。呼延綽業已歸誠；一百二十八回。戴全為傅玉、雲龍斬訖；九十九回。張魁在鄆城縣逃亡自盡。一百二十六回。統計招賢堂賊目，除歸誠、斬戮、自盡、病故外，淨存鄧天保、王大壽、秦會、張大能、趙富、王飛豹六名，現佔鹽山、虎翼山、蛇角嶺等處。招賢堂先束一筆，預透下回。

再將忠義堂名目查核，好。計查賊目一百單八名：盧俊義為張伯奮、張仲熊協擒；本回。吳用為康捷擒獲；本回。公孫勝為陳希真擒獲；一百三十五回。冠勝中傅玉飛鎚，回寨病故；九十一回。林冲與王進戰後身故；一百三十三回。

秦明為顏樹德斬訖；一百十九回。呼延灼為辛從忠斬訖；一百三十三回。花榮為陳麗卿射死；一百二十五回。柴進為蓋天錫擒獲；本回。李應為雲天彪斬訖；一百三十四回。朱仝為鄧宗弼擒獲；一百三十五回。魯智深中傷，瘋狂身故；一百三十五回。武松在秦封山打仗，力盡自斃；一百二十八回。董平為金成英、韋揚隱斬訖；一百二回。張清為陶震霆斬訖；一百三十四回。楊志為李成斬訖；一百十二回。徐凝為任森斬訖；一百三十二回。索超為雲龍亂箭射死；九十一回。戴宗為康捷擒獲；本回。劉唐為畢應元、孔厚、麗毅擒獲；一百二十七回。李逵為唐猛、召忻、高梁協擒；一百二十四回。史進為哈蘭生擒獲；一百二十七回。穆洪為召忻、高梁協擒；一百二十五回。雷橫為張應雷擒獲；一百三十五回。李俊為真祥麟、范成龍、唐猛協擒；一百二十五回。阮小二、小五、小七為雲天彪將佐擒獲；一百二十八回。張橫、張順為苟桓擒獲；一百三十回。楊雄為真大義亂箭射死；一百十回。石秀為真大義斬訖；一百十回。石秀實被擒碎割死，今只書斬訖，可知當時報斬不報擒也。孫立、杜興倣此。解珍為欒廷芳斬訖；一百十回。解寶為祝萬年斬訖；一百十回。燕青為歐陽壽通斬訖；本回。朱武為雲龍擒獲；一百二十八回。黃信為陳麗卿擒獲；一百二十五回。孫立為欒廷玉斬訖；一百十回。宣贊為哈蘭生擒獲；一百三十一回。郝思文為沙志仁、冕以信協擒；一百三十一回。韓滔為傅玉斬訖；一百三十一回。彭玘為畢應元射死；一百三十一回。單廷珪、魏定國均為聞達擒獲；一百三十一回。蕭讓為劉廣擒獲杖斃；本回。裴宣為王進擒獲；本回。歐鵬為欒廷玉、欒廷芳協擒；一百二十五回。鄧飛為欒廷玉斬訖；一百三十回。燕順為李宗湯擒獲；一百二十六回。楊林為欒廷玉斬訖；一百二十六回。凌振在鄆城縣炮炸自斃；一百二十六回。蔣敬為雲龍斬訖；本回。呂方為雲龍擒獲，解赴都省正法；一百十三回。郭盛為陳麗卿擒獲，解赴都省正法；一百一回。安道全患病身故；一百二十二回。皇甫端為劉廣斬訖；本回。王英、扈三娘均為陳麗卿斬訖；一百三十回。鮑旭為劉麟擒獲；一百二十八回。樊瑞為陳希真擒獲；一百三十五回。孔明為歐陽壽通斬訖；一百十三回。孔亮為陳麗卿斬訖；八十二回。項充為劉麒斬訖；一百二十九回。李衮為真祥麟斬訖；一百二十回。金大堅為劉廣擒獲杖斃；本回。馬麟為欒廷芳斬訖；一百三十回。童威為韋揚隱斬訖；一百二十一回。童猛為李宗湯斬訖；一百二十一回。孟康為傅玉斬訖；一百二十八回。侯健為聞達斬訖；一百二十四回。陳達為風會斬訖；一百十七回。楊春為雲天彪斬訖；八十三回。鄭天壽死山泊頭關閘下；一百二十六回。陶宗旺為聞達斬訖；一百二十八回。宋清投井自盡；本回。欒和為王天霸斬訖；一百十回。龔旺、丁得孫均為陳麗卿斬訖；一百四回。穆春為沙志仁、冕以信斬訖；九十九回。曹正為李成斬訖；一百二十八回。宋萬為哈芸生射死；一百二十七回。杜遷為冕以信斬訖；一百二十七回。薛永為哈蘭生斬訖；九十九回。施恩為龐毅斬訖；一百二十八回。李忠為李成擒獲；一百二十八回。周通為雲龍斬訖；一百九回。湯隆為王進斬訖；一百三十四回。杜興為范成龍斬訖；一百十回。鄒淵、鄒潤中飛虎寨地雷死；一百七回。朱貴為傅玉擒獲；一百二十八回。朱富為王進斬訖；一百三十三回。蔡福為金成英斬訖；本回。蔡慶為楊騰蛟斬訖；本回。李立為任森擒獲；一百三十二回。李雲為鄧宗弼斬訖；一百三十三回。焦挺為金成英擒獲，解赴都省正法；一百二回。石勇在鄆城縣就擒；一百二十六回。孫新為陳麗卿、真祥麟斬訖；一百八回。顧大嫂為陳麗卿斬訖；一百十回。張青為祝永清擒獲；本回。孫二娘為陳麗卿擒獲；本回。王定六、郁保四均為楊騰蛟斬訖；七十八回。白勝為孔厚拏獲，死沂州府獄中；八十二回、八十四回。白勝實為劉麟打死，不書為攻城刼獄諱也。時遷為康捷擒獲，解赴京師正法；一百十一回。段景住為龐毅擒獲。本回。通計忠義堂賊目，或斬戮，或擒獲，或病故，得一百單七名，惟有盜魁宋江一名在逃未獲。八提宋江不見。將本傳、前傳一齊查點繳銷，筆力之大，橫絕萬人。

張公便向雲、陳二人道：「元惡渠魁，豈容漏網，公等勦捕有年，可知其出沒否？」雲、陳二人不慌不忙，說出一番話來。有分教：萬里江山，從此江山成永固；一生忠義，居然忠義了殘生。不知雲、陳二人說出甚麼話來，且聽下回分解。

范金門曰：擒副賊，是正史本旨，此一回為全部大結束，自當各還實際。吳用如此一遁，則一百三十九回中，籠絡駕馭欺誑之術，昭然畢露。總之，全部水滸，只是宋江、吳用二人做就事業，其餘一百六人，皆為其所用者也。一旦敗壞決裂，惟彼二人自顧身命，而昧昧者尚拚死力以効命于戰場，可慨也夫！

邵循伯曰：此回收稍結果，直抉出宋江不忠不孝不義本旨。戴宗隨到臥房，尚問有何驅策；盧俊義等尚然各執器械分頭殺出；具見人心直道，未盡澌滅，惟有宋江并置老父於不顧。吾知仲華實欲力挽天下後世「忠義宋公明」五字。

蕭讓善書，金大堅善刊；蔣敬之司賬，皇甫端之相馬，種種才能，死且不朽，豈不忍汩沒其技乎？抑亦就其才以戲之耳！

第一百三十七回　夜明渡漁人擒渠魁　東京城諸將奏凱捷

卻說張經略查點梁山賊目，或斬戮，或擒獲，或病故，卻是一百單七人，只不見了一個盜首宋江。張公對雲、陳二人道：「這是元惡渠魁，豈可漏網，公等可知其出沒否?」雲天彪道：「賊黨惟有鹽山一處，「惟有」二字妥貼。蓋張公疑宋江餘黨尚多，故天彪答以惟有鹽山也。不然，張公查核賊目時，已見有鹽山，何待天彪指出哉。料此賊必然逃向此方，可速向此方追捕。」希真道：「此賊射瞎一目，最易辨識。」妙筆，細筆。張公稱是，便圖繪宋江面貌，差康捷飛檄東平一路關隘，嚴行查緝。康捷領令去了。隨命鄧宗弼、辛從忠、張應雷、陶震霆領兵四萬名，飛速前去勦滅鹽山，沿途查訪宋江。鄧、辛等四將領命去了。

原來宋江自那日魯達瘋死之後，遙接。便邀吳用入內議事。二人密室對坐，宋江長歎一聲，隱隱的流出一行淚來，處處不忘記宋江損目，是作者精細處。道：「軍師，你看大事如何結局?」吳用默想一回道：「但憑天數。」宋江道：「依我看來，天之亡我，不可為也。天好自勞，不要我替也。「替天行道」，天竟毫不見情也。先生作速為我劃策。」先生比天高多哩。吳用又沉吟良久，目視宋江，將中指在桌上書一「走」字。描摹處，令人不欲正視。宋江搖頭道：「這個斷斷不可!我一走，如何對得住眾兄弟?刁惡可殺。一念眾兄弟。若挈了大眾同走，官軍必然追來，仍與不走何異。」金門批：刁惡可殺，讀者信否?吳用道：「兄長且去，兄長且去，一。只要我不走就無害了。」刁惡可殺。宋江道：「這便吏荒唐了，豈有我得保全，先生受累之理。」（刁惡可殺。二念軍師。）吳用道：「兄長且去，（兄長且去，二。）小弟見機而作。（與戴宗同走之意，原來萌于此處。留戴宗自用，而不肯與宋江，奸險如此。）至於眾兄弟，亦只好付之大數而已。」（好有良心。）宋江道：「還有一事甚難，（以老父付之還有一事之例，真孝子哉！）我此刻單身出走，老父在堂，斷難竊負而逃。（三念老父。）若不稟知老父，於心何忍；若說明了，老父必然牽掛，如何是好？」（刁惡可殺。）吳用道：「這也只好從權。（待父從權，真是純孝。）太公面前，萬無說明之理。（此理不知從何而來？）兄長且去，（兄長且去，三。）太公如果問起，總說兄長在前關就是了。」（好，好。）宋江道：「我兄弟老清，（四念兄弟。）與我同胞，此刻遠別，（何不曰永訣。）須得告知他方好。」（刁惡可殺。）吳用道：「這個更可不必，兄長且去。（兄長且去，四。）老清是純厚人，易于安慰，（不曰欺騙，而曰安慰，善于措詞。）可以放心。」宋江道：「萬一事變，這些兒郎們（五念兒郎們。）我不能照顧，如何是好？」（刁惡可殺。）吳用道：「古人說得好：慈不掌兵。（借用得奇。）兄長且去，（兄長且去，五。）此刻非慈悲之時節了。」（真好良心。）宋江浩然歎道：「鹽山情形，（吳用口中五個「兄長且去」，不知去向何方？突從宋江口中提出鹽山，可知兩人心心相照。宋江之言，即吳用之言；吳用之言，即宋江之言矣。至此而猶有議，金門屢批「刁惡」為太過者，是亦弗思而已矣。）據朱仝、雷橫說起，十分興旺。（應一百三十三回。）如果如此，儘可去得，我且先去。」（金門屢批「刁惡」，不信然歟！）吳用道：「兄長須帶一人同去，以便沿途服侍。我看兵目中史應德，（借音，妙。）乃是小竊出身，兄長帶去大利。（大盜帶小竊，焉得不利。）出後關時，也省得告知燕青。」（好弟兄。）宋江稱是。（妙筆。）急忙收拾，帶了史應德去了。（補敘周匝。）故爾梁山內外寂無知覺。（上回宋江不見之故，至此註明。）

且說宋江同史應德由洞內曲曲折折爬出洞外，（「爬」字妙極，分明狗竇。此洞戴宗、朱仝、雷橫等進出屢矣，獨此處提起「爬」字，故知有所命意也。）只見一片亂石縱橫。（亂石縱橫。）幸喜史應德竄山驀澗❶，如履平地，一路扶掖了宋江過去。（所以必須小竊作伴也。）過得亂石，又是一道

❶ 驀澗：跳澗。驀，音ㄇㄛˋ，超越。

山隘，兩邊陡壁，中間僅有隻身可過。山隘陡壁。過了山隘，又是細路一條，兩邊都是深塘及爛泥潭。細路一條，兩邊深塘泥潭。又接着一片荒山，四圍榛棘。一片荒山，四圍榛棘。宋江到了此處，時已黃昏，便道：「今夜無處棲身，怎好？」史應德道：「渡過此山，山腳下便是運河。山腳下便是運河。後山洞外情形，留于此處補寫最妙，一以見此處為後山洞口之正文也，一以見此路之無可用奇兵也。運河有閘，隔岸有營汛，前文已見，則此不復贅矣。更喜昏黑渡河，無人辨識面貌。先為夜明渡作引。渡得運河，那岸便有宿頭。」宋江依言，隨了史應德跨過荒山，早已昏黑，不辨人跡。史應德敲火覓路，文心細。到得河邊，茫茫白水，無船可渡。細，妙。宋江立在岸邊，躊躕無計，想了半響道：「我竟昏了，此路戴院長進出多次，曾說自造一隻小船，藏在山洞裏，今日何不取來一用？」忽補出戴宗渡河情形，文情迴映之奇，一至于此。史應德也恍然大悟，絕倒。便去尋着了那山洞裏的小船。莊叟云：藏舟于壑，可謂固矣，夜半有力者負之，而趨昧者不知也。作者蓋義取諸此，以見宋江恃梁山為固，真所謂昧者也。宋江上了船，史應德划船，平平安安穩渡中流，登了東岸。行文尚頓挫，不洵然歟！

宋江與史應德上岸，黑路中又行了一程，遇着一個小小桑村。未到漁渡，先遇桑村，行文極有層次。時已夜半，那些人家尚在績麻，燈火未熄。有景。史應德上前去敲一家的門，裏面一老婦人問是誰？宋江答言：「過路客人，特來借火，懇求方便。」未言借宿，先言借火。那老婦人來開了門，宋江同史應德進去了，細。故意坐着與老婦扳談，方知此家只得一婆一媳居住。宋江看他情形樸陋，是真實鄉村人家，料不致踏着甚麼機關，寫其精細，以反振夜明渡失手。便取出二兩來重的一錠銀子，宋江一生，大本領始于此，終亦于此。「告求老奶奶造飯借宿。」那老婦接了這錠銀子，歡歡喜喜的應允了，涉筆成趣。便與媳婦去廚下燒茶、煑飯。須臾間搬出來，請宋江主僕吃了。宋江深恐露出破綻，只推害眼，妙。背燈光坐了。寫其精細，以反振下文。吃了飯，又推困倦，那老婦急忙讓出牀舖，宋江先去睡了，寫其精細，以反振下文。

史應德也進去睡了。婆媳自在堂前績麻。細。宋江心虛膽怯，那里睡得着，妙筆作線。只聽得隔板壁有人說話道：「這遭天下太平了。四字發源于前傳，結穴于此處，乃用遐陬小民口中點出，妙不可言。宋江那厮何等了得，今番也要吃張將軍拏了。」妙筆。一人道：「宋江到底為射瞎了眼睛，一路倒運，直到如今。看來凡有一人破了相，終不討好。」妙筆。一人道：「若拏着了宋江，把來千刀萬剮，方洩吾恨。妙筆，奇筆。那年我外祖家好端端住在沂州安樂村，吃他殺得不知去向，至今提起來頭髮直豎。」忽提安樂村事，奇絕之筆。宋江聽了這番話，分明如臥針毡，周身冷汗，心中躍躍，不特宋江心中躍躍，即讀者亦心中怦怦。提起了耳朵，離着枕頭三四寸，妙語。聽他們說，郤漸漸說到別件事去了。妙。須臾間，堂前婆媳熄燈就寢，四鄰亦寂靜無聲。妙。宋江提心吊膽，如何睡得着，望到窗格微明，一硌碌爬起來，一路線索。喜那鄉村人家起早慣的，那婆媳兩個早已起來，確。宋江託言趕路，向那老婦討些湯水茶飯，道聲「打攪」，同史應德走了。一路平安，無人盤問。再頓。

主僕二人過了東平，滿耳朵聽得街坊村落間紛紛的講梁山，講宋江。前詳此畧，妙。宋江心中十分虛怯，同了史應德只揀僻路走，引起夜明渡。夜間仍就小僻村落歇宿。亦前詳此畧。宋江心中提掛，又是一夜不睡。再提清。天明又行，行至申牌時分，走過肥城縣界的陶山，忽聽得路上紛紛講動，張經畧大將軍查拏宋江的文書到了。筆如怒電驚蛇。插此一筆，妙不可言，讀後自知。宋江暗暗叫苦道：「想是我的梁山休也。我到此進退不得，如何逃命？」便引史應德到僻處道：細。「今日怎好？」史應德道：「休管他，有路且走。」逼到夜明渡。宋江只得依了，一路不問山高水低，荒榛叢棘，只揀僻路便走。再提僻路，以為可以避追捕也，而不知卒以僻路見擒。人生世上，命懸于天，趨避之術，亦可以不必矣。天已晚了，看看四邊無可棲宿。時方七月初八日，點出月日。前半夜有月，宋江、史應德趁着月光下，腳不暫停的只顧走。苦極。走至半夜後，已是長清縣地界。點出地頭。用長清者，寓太平之意也。宋江困乏已極，松樹下棲息了，打個瞌睡，不覺東方已白，主僕二人急忙又走。一路灣曲荒僻之逕，又走了一日。一氣趕出，好筆力。宋江道：「我實在來不得了，今夜有可安身之處，遮莫穩睡一宵再走。」漸漸逼到。史應德連打呵欠應道：妙。「正是。」句。

二人說說走走，時又黃昏，到了一處野渡，落題。一水茫茫，又無舟船可濟。呼應成章法。二人同立岸邊，徘徊四顧，忽遠遠望見蘆葦叢中燈火之光。有景。宋江與史應德奔去，乃是一隻魚船。宋江便上前叩篷❷，問：「此處是甚地名？」先問地名。篷內漁人轉問道：「客官是到何處去的？」不答地名，轉問去處。宋江道：「我們是往大清河去的。至此失路，故借問聲。」只聽得又一個漁人道：「這條河是直通大清河去的，客官多與我們些酒錢，便直送你到大清河。」指明路途并許送程郤不答地名，以留與後文鄭重出之，謀篇審勢極善。大清亦寓太平意。宋江喜極。可憐。只見篷內兩個漁人開篷出來，宋江疲乏已極，再註一筆。也不顧吉凶禍福，一腳跳進艙來，史應德也隨了進來。宋江討口水，吃了乾糧，在艙內鋪蓆便睡。史應德也睡了。看至此處，極易與前傳張順遇張旺相犯。看他一筆不犯，以見其才之大。兩漁人撐篙離岸，駕櫓搭槳，咿咿啞啞的搖出中流。原來這兩人是兩兄弟，趁勢疏出二人來歷。專靠打魚為業，兼以濟渡客商，郤是循良百姓，並非歹人。妙。蓋此事二人應受重賞，而此書正旨斷不肯濫賞惡人也，故特表之。又特避前傳船火兒截江鬼事。二人姓名亦留在後出，妙。此番合當有事，妙。那哥子在船頭，兄弟在船稍，正當轉滙之時，史應德忽立出船舷小便。那哥子將篙子打轉來，郤打在史應德背上，史應德瞌睡正深，立腳不定，不覺一個觔斗翻下水去。史應德用畢矣，郤收拾得乾淨；又借此生文，用筆真如李衛公九廂觸處為頭。兩弟兄齊叫聲「阿耶」，急要赴水撈救，苦于河水急溜，那史應德已影跡無踪了。聽那艙內客人兀自鼾聲連緜。接筆有獅子跳舞之奇。方悟前寫宋江連夜不睡之妙，不然那

❷ 叩篷：敲打船篷，尋問漁家。篷，船篷。

容得二人叨叨計議也。宋江死于睡夢中，妙。兩人把船停了，好，不然離了夜明渡矣。商議道：「此事若吃這客人曉得了，怎肯與我干休？」哥子道：「他和我前生無冤，今世無讐。不然，我今夜若一發做了他，倒是安耽無事，只是天理難容。」好有此良心，宜其膺封侯之賞也。兄弟道：「我得個計較在此：我看他困倦已極，未必就醒，管他娘搖出了大清河市鎮去。待他醒來，只誑說那人因叫你不醒，自先上岸去買物事，在某店等你。但只賺得他幾個酒錢，哄他上了岸，我們便走他娘。」寫二人無意殺宋江，特作拗筆，頓跌入妙。

正說間，忽聽那客人做聲起來。忽又接寫宋江，一縱一擒，真正絕大筆力。兩人大驚，提耳靜聽，只聽那客人哼道：「軍師，你看從鹽山興兵殺來，還是逃出海外？」宋江以夢囈自敗，妙極。避罪也，忠義也，招安也，替天行道也，皆今日之夢囈也。愚者嘖嘖稱之真夢，夢未醒也夫。又藉此提醒鹽山，妙筆。兄弟道：「兀自說夢話哩！」一推。那哥子忽然福至心靈，忽一合筆下如有龍跳虎臥。便問道：「兄弟，這客人落船時，我在後篷，看不仔細，你看是恁樣人？」奇筆。兄弟道：「是個黑矮子，一隻眼睛瞎的。」妙。哥子道：「想是我們合當發跡，天送這大利市來也。」奇筆。兄弟道：「怎見得？」哥子道：「你不曉得，我今朝進長清城賣魚時，聽說張經畧大將軍有文書到此，說有人捉得宋江，賞錢三萬貫，而且還有甚麼官做。方悟前文先插張公文書之妙。張公賞格此處補出，又確是鄉人傳述聲口。今日這客人，莫非就是宋江？」着，着，一落千丈強。兄弟道：「咄，你休癡想！那有這塊肥羊肉落來你嘴哩！」上文勢急，故借此語一漾，以疎其氣。哥子道：「運氣來了，那里論得定。確語。方纔我聽他的夢話，又聽你說出他的面貌，這人定是宋江，端的十不離九。我得個計較在此：與兄弟言對鎖。我進去如此如此，你進來如此如此，管賺出他真姓名。」妙。兩人計議停當，那兄弟便上了岸，奇。哥子便取了繩索，輕輕的走進艙內，將宋江一索綑了，自前傳寫宋江，至此驚天動地極矣。今日只一索了卻，奇極之筆。便大叫：「兄弟快來！」妙。宋江睡夢中驚醒道：「你們是甚麼人，怎麼綑我？」那哥子喝道：「咱老爺生在深江，一生只愛銀錢，（妙。此句又直犯前傳。看他避他，避則索性避，犯則索性犯。才之大，才之險，才之奇，令我歎絕。）你問做甚？兄弟快來！」（上句答宋江，下句叫兄弟，得神。）宋江急極叫道：「好漢，我身邊銀錢盡行奉送，只求饒我一命。」哥子道：「閒話少說！兄弟快來，帮我擡出去。」（三複筆，妙。）只聽那兄弟從岸上叫來道：「我已將那個牛子綑在泥潭裏了。」（一句繳過史應德，方信前上岸及三叫兄弟之妙。）一面說，一面持火進來。（疾，妙。）宋江哀告饒命。那兄弟將火一照，忙叫：「阿耶！哥哥休鹵莽，（奇，妙。）不要傷犯好人！（奇，妙。）這位客官好像是及時雨忠義宋公明。」（妙，妙，真乃妙不可言。）哥子道：「胡說！（句）忠義宋公明（吳荔裳曰：七字連讀亦妙，金門句斷未免多事。）現在梁山做大王，今夜單身來此做甚？」（一攔一接，妙不可言。）宋江到得此際，不知虛實，想左右終是一死，（妙。）因迴憶那年潯陽江、清風嶺等處，曾經得過此等僥倖，（妙哉，筆乎！）今日說出名姓，或者尚有生路，（先註一遍，絕世妙筆。）便開言道：「二位好漢，何處認識宋公明？」（偏不遽認，寫出狡猾。）那兄弟道：「哥哥，你快把繩索解了。（妙。不答宋江，只與哥子說話，妙極。）你此番得罪了上大星宿，大有罪孽。」（妙，妙。）哥子道：「且慢。（再一攔，奇妙非常。）你說他好像是宋公明，（串就，極妙。）到底是不是宋公明？（妙。）萬一不是宋公明，我兩人着了這個鬼，倒是一塲笑話。」（妙，妙，逼到此處，不容宋江不認矣。）宋江忙接口道：「我真是宋公明。」（如水赴壑，如土委地。）那哥子道：「客官，你休要冒認宋公明！宋公明現在梁山堂堂都頭領，單身到此做甚？」（複一句，逼出他真證確據。惡極，妙極。）宋江道：「不瞞二位說，（句）我梁山被官兵攻圍緊急，十分難支，我想逃到鹽山，重興事業。（與夢語合符。）路上怕人打眼，特揀僻路走，所以走到此處。（與地里合符。）今懇求好漢……」話未說完，那兩人呵呵大笑道：「你原來真是宋公明！（妙筆神來。）你休要慌，那張經略大將軍等你已久，我們一候天明，便直送你到他營前。」（與送到大清河相映。妙筆，趣筆。）宋江聽得這話，方曉得着了他們的道兒，驚得魂飛天外。那兩人便加了一道繩索綑縛了他。宋江半響定神，剪着兩手，瞪着單眼，看那兩人。那兩人坐在艙內，扼不住心中歡喜，笑嘻嘻的看那宋江。摹神。宋江歎一口氣道：「不料我宋江今日命絕於此。」便問那兩人道：「這里端的甚麼地名？」迴應初到時語，至此方切實問地名。兩人答道：「老實對你說，這里長清縣管下北境夜明渡。方點出夜明渡，鄭重之至。這里有件奇事，水中石壁到五更時，便放光明，因此喚做夜明渡。」重點一筆註出命名之故，寓意深遠，義詳總批。宋江一聽得「夜明渡」三字，便長歎一聲道：「宋江該死久矣。奇筆。筍冠仙，筍冠仙，我悔不聽你言，致有今日也。忽迴應筍冠仙，奇絕之筆。你那八句讖語，分明是『到夜明渡，遇漁而終』八個字，我迷而不悟，一至于此。」至此方將筍冠仙讖語註明，奇極。說罷，一口氣悔不轉，竟厥了去。那兩個人忙替他揪頭髮，掐人中，摩胸膛，妙極、趣極之筆。擺佈了好歇，方醒轉來。那兄弟忙去燒口熱茶與他吃了。妙極、趣極之筆。三人各相呆看了一歇，天已黎明。順註出。宋江又開言問道：「你們二人是甚名字？」那哥子笑着答道：「咱老爺三更不改名，四更不換姓，咱老爺姓賈，喚做賈忠。」指那兄弟道：「這是咱兄弟，喚做賈義。」至此方點出兩漁人名姓。宋江聽罷，又浩然長歎道：「原來我宋江死於假忠、假義之手。一句揭清正旨，收束通部，筆力之大，橫絕萬人。罷了，天色已明，你們送我去罷。」

兩人汲水燒飯，各自吃飽了。二人將船搖出大清河，果然送你到大清河。只聽得西邊炮火連聲，鼓角齊鳴，大隊兵船到來。接得突兀。賈忠忙教賈義將船退入港內。賈忠道：「兄弟，這兵船不知那里的，你緊緊在此看守，待我出去探聽明白了再來。」賈義應了。賈忠便上了岸，走出港來。原來這賈忠本是識字的，筆細。當時向兵船旗號一望，只見上寫著的經略大將軍左右翼旗號。賈忠暗喜道：「原來果是官兵也。」如此接入鄧、辛等兵馬，便捷之至。不但此也，并省卻賈忠、賈義報縣解府等事。便立了一歇，等得前隊兵船到來，便在岸上跪稟道：「長清縣漁戶賈忠稟報大將軍，那梁山大盜宋江已有了。」船上先鋒官一聞此報，便叫小船接渡賈忠上船，問了緣由，便教將賈忠送到大船去見大將軍。那鄧宗弼、辛從忠聞報，便叫傳賈忠進來。賈忠稟說了緣由，鄧宗弼、辛從忠等皆大喜，便差一小校同賈忠去取宋江來。須臾，賈忠、賈義隨了小校押解宋江前來。鄧宗弼一看，果是宋江，大喜，便先取兩副金帛賞了賈忠、賈義，隨將宋江上了靠鎖，推入囚車，派一員隨營官押送大營，并將賈忠、賈義亦送往大營。隨營官領命，賈忠、賈義叩謝了，一同前去。這里鄧宗弼依舊同辛從忠、張應雷、陶震霆催動人馬，殺向鹽山。（片帆飛渡，便利之至。）

不日到了鹽山，鄧宗弼傳令安營下寨，與辛從忠、張應雷、陶震霆商議攻取之策。辛從忠道：「這鹽山有虎翼山、蛇角嶺兩處羽翼，須先破其羽翼，方可直搗鹽山。」張應雷道：「如此，恐鹽山賊兵來救，反生牽制。今我們現有四萬人馬，不如四人分領了，三處一齊下手。」陶震霆道：「分兵恐怕勢弱。如果要三處齊攻，可再檄調天津、河間等處兵馬前來助戰。」鄧宗弼道：「我看無須，不如仍依辛將軍原議。（四人議論，一層頂翻一層，卻仍繳到首層，有如環無端之妙。）只須分別奇正接應，假作三處齊攻之勢，鹽山畏我齊攻，必不敢出兵來救。（應張應雷之議。）而我兵有奇正接應，亦不憂勢弱也。」（應陶震霆之言。雖獨用一人之議，而兼參羣議，用筆周到之至。）眾人稱是。張應雷願攻虎翼山，便領兵一萬，殺向虎翼山去；陶震霆願攻蛇角嶺，便領兵一萬，殺向蛇角嶺去。這里鄧宗弼領兵一萬，守住鹽山西北要路，接應張應雷的兵馬；辛從忠領兵一萬，守住鹽山東南要路，接應陶震霆的兵馬。（兵法嚴明，筆法整齊。）

先說張應雷領兵到了虎翼山，傳令一字按隊扎營。那虎翼山頭領拔山熊趙富、索命鬼王飛豹，聞官兵殺來，大怒，便盡數點寨兵殺下山來。非寫賊人盛氣也，圖筆下稍振聲勢耳。張應雷早已佈陣等待，倒提銅劉，立馬陣前，大叫：「虎翼山棲魄遊魂，速就掃除！」妙在確切。王飛豹大怒，舞着狼牙棒一馬飛出，直取張應雷。張應雷舞劉敵住，大戰十五六合，趙富在陣上望見王飛豹不是張應雷的對手，順手註出優劣。便拍馬舞刀來助飛豹。順手添出幫手，皆極便極省之筆。張應雷不慌不忙，展開銅劉，敵住二人。只見陣雲影裏，那面銅劉耍圓來，變成一團大金光，寫出張應雷。趙、王二人目眩心駭，只聽得張應雷一聲銅劉過去，王飛豹嗓子割斷，倒于馬下。疾。王飛豹了。趙富大驚，拖刀便走。官軍一齊大呼殺上，殺得賊兵大敗。趙富急忙領後半人馬逃上虎翼山，張應雷率眾直逼山下。天色已晚，不忘昏曉，是仲華精細處。張應雷傳令就山下安營，一面報與鄧宗弼。蟬聯遞法。次早策眾攻山，接連攻了三日，趙富堅守不下。畧作一頓。

那鄧宗弼疾遞入鄧宗弼。聞張應雷得勝，正擬前去助戰，忽鹽山頭領截命將軍鄧天保、鐵鎗王大壽率兵六七千殺來。疾接入鹽山。鄧宗弼大怒，一面報與辛從忠，蟬聯遞法。這里一面傳令迎戰。賊兵已到，兩陣對圓，鄧宗弼出馬陣前，高叫：「殺不盡的草寇，速來納命！」鄧天保、王大壽一齊大怒，兩馬並出，敵住鄧宗弼。鄧宗弼展開雌雄雙劍，虎吼般殺出。鄧、王二人曾吃過鄧宗弼的利害，忽迴應首回，章法極妙。今日見了，十分當心，抖擻精神，併力厮鬭，大戰六十餘合，不分勝負，兩陣各自收兵。亦畧作一頓。次日交鋒復戰，連戰了三日。那辛從忠疾遞入辛從忠。接了鄧宗弼的報，便一面報與陶震霆，蟬聯遞法。一面點齊人馬，直攻鹽山。妙。山上幾員頭目，妙。頭領盡去救虎翼山故也。策眾死守，礌木、滾石齊下。寫鹽山畧加利害。辛從忠一馬當先，搶上山來，一枝蛇矛龍盤虬舞，撥開礌木、滾石，直到關門，縱身上關。寫出辛從忠。關上只得幾個二三等的頭目，如何抵敵得住，妙筆，省筆，捷筆。吃辛從忠一矛一個，撅稻草也似摜落山下。妙關上賊兵大亂，官兵一齊大呼殺上，殺得賊兵屍滿關上，血流山下。辛從忠指揮眾兵開關齊入，鹽山大破，捷山內賊兵盡行殺絕。好

那陶震霆疾遞入陶震霆。正在攻擊蛇角嶺。那蟠海龍秦會、噴霧豹張大能死命抵住，不敢出戰。虎翼山先戰而後守，蛇角嶺先守而後戰，變換絕妙。陶震霆正欲設計攻擊，忽接到辛從忠的報，便率眾退去，假作助攻鹽山之勢。妙那秦會、張大能見官軍退去，便領兵殺出。笨賊無謀。只見陶震霆兵馬已退遠了，妙秦會、張大能便併力直趨鹽山。不防半路上陶震霆兵馬截殺出來，妙眾賊大驚，方曉得中了陶震霆的計。陶震霆兩柄臥瓜鎚，流星馳電般當先殺入賊軍。寫出陶震霆。秦會、張大能死命敵住。戰不數合，兩人知不是頭，約兵馬退轉，官兵已潮湧般殺上。陶震霆見秦、張二賊去遠，便掛了雙鎚，取下那桿溜金火鎗，扳開火機，只聽樸通一聲，陣雲中張大能中鎗落馬。張大能了。秦會大驚，官兵緊緊追上，秦會領敗兵退入蛇角嶺。官兵已到山下，四面攻圍，秦會死命守住。以四將攻三山，郤是虎翼、蛇角居兩頭，鹽山居中；又二山皆先斬賊而後破巢穴，獨鹽山是先破巢穴而後斬賊，章法靈變。陶震霆正擬悉力攻打，忽接到辛從忠破鹽山的捷報，又疾遞到辛從忠。陶震霆便傳令軍士少息，次日再行攻打。頓住。

郤說辛從忠破了鹽山，便委偏將守山，自己領兵五千去接應鄧宗弼。又疾遞入鄧宗弼。那鄧天保、王大壽兩員賊將，日日苦鬭鄧宗弼。鄧宗弼天生神力，轉戰不衰，那二人兀自筋疲力盡。這日重復交鋒，鄧宗弼見他二人力氣已盡，便大奮神威，展開雙劍，分明雙龍飛舞，捲入賊軍。寫出鄧宗弼。鄧天保措手不及，劍光撞着，頭顱早已飛去。鄧天保了。王大壽大驚飛逃，鄧宗弼驅兵殺上，賊兵大敗。王大壽逃出陣雲，恰好辛從忠大隊兵馬掩來。鬬筍捷。王大壽捨命衝突，辛從忠見了，一飛標過去，正中咽喉，攧下馬去。王大壽了。鄧宗弼殺鄧天保文詳者，以上文未出力

寫也。辛從忠殺王大壽文畧者，以已有破鹽山一段文字也。敘法既盡疎密之致，而配搭又有勻稱之妙。鄧宗弼、辛從忠合兵一處，殺得賊兵一個不留。鄧、辛二人忽合寫。鄧、辛先一束。忽報張應雷帶領得勝兵，持着趙富首級轉來。疾入張應雷。鄧、辛二將皆喜，忙問緣由。張應雷道：「小弟攻虎翼山，連攻了七日，賊人堅守不出。小弟使個見識，教偏將假扮救兵，衝入重圍，這趙富果然殺出，吃小弟誘入陣中斬了，趙富了。便驅兵殺入虎翼山，將賊兵殺盡，寨柵盡行燒燬，完虎翼山。得勝回來。」眾人齊聲稱妙。張應雷忽用虛寫。當時鄧宗弼、辛從忠、張應雷合兵一處，回到鹽山。鄧、辛、張三人又作一束。忽報陶震霆持着秦會首級，帶了得勝兵轉來。疾接入陶震霆。張應雷、陶震霆忽用對收。眾人喜問其故，陶震霆道：「小弟攻蛇角嶺，只攻了一日，賊人銳氣已盡。小弟見了，便策眾奮力攻關，關上賊兵守了山，小弟破關而入，秦會情急自刎。秦會了。小弟揮眾殺盡賊兵，焚燬寨柵，完蛇角嶺。得勝回來。」眾人都歎服。陶震霆亦用虛寫。王已山曰：塾師教子弟作文，合掌之病不除，而求其通，自猶航絕流斷港，而欲其至于海也。今此處張、陶二人忽作對收，其合掌宜易易矣。乃能分出一智、一力、一難、一易、一久、一速，一賊就戮，一賊自刎，一先除賊而後破關，一先破關而後除賊，無一筆同者。因歎自來稗官每遇兩將戰兩賊處，輒重複板滯，可厭之至，此真絕流斷港也。視此遠矣！遠矣，何翅向若望洋！當時鄧、辛、張、陶四人共議，鄧、辛、張、陶四人又一束。檄天津、河間、武定三府官員前來，妥辦善後事宜。細。這里鹽山寨柵，亦燒燬淨盡，完鹽山。四人統領人馬，大掌得勝鼓，回大營去了。本傳以鹽山始，以鹽山終；前傳以蛇、虎兩綽號始，此傳以蛇、虎兩地名終，皆極妙關鍵。以四將平三山、斬六將，而先整提，次散行；又整收中間有聯遞，有平還；有停頓，有疾捲；有詳寫，有畧寫；有分寫，有合寫；有實寫，有虛寫，用筆之法，盡備于此。此真道天禹餘糧也，丐其餘粒足餉千人。

卻說張經畧在梁山接到鄧宗弼等送來盜魁宋江，并擒賊有功之漁戶賈忠、賈義。遙接。張公大喜，便教左右取出三萬貫錢，加了兩套花紅，賞那二人；又各賜防禦職銜，就以長清縣下北境三百戶封那二人。二人叩謝領賞而去。收過賈忠、賈義。當將擒獲渠魁之事，恭摺奏聞，差康捷賫奏前去。張公便與賀太平、蓋天錫、雲天彪、陳希真查點就擒賊目名數，計現在梁山就擒十三人：宋江、盧俊義、吳用、公孫勝、柴進、朱仝、雷橫、戴宗、裴宣、樊瑞、張青、孫二娘、段景住；曹州府監內三人：燕順、石勇、李立；大名府監內二人：張橫、張順；兗州府監內四人：宣贊、郝思文、單廷珪、魏定國；青州府監內九人：史進、劉唐、李忠、阮小二、阮小五、阮小七、朱武、鮑旭、朱貴；沂州府監內五人：李逵、穆洪、李俊、黃信、歐鵬，共計三十六人。（東筆明劃之至。）張公傳令提取，不數日都陸續解到。張公吩咐裝起三十六輛陷車，把那三十六人推入，釘固了。傳令將忠義堂燒燬，（完忠義。）伐倒「替天行道」杏黃旗的旗竿，（完「替天行道」。）所有宋江偽造違禁之旗傘、袍服、兵符、印信一切等物，亦盡行銷燬。（無所不完。）前所抄出梁山之錢糧、金帛，一半入官，一半賞賜隨營効力將弁、兵丁，并陣亡家屬、被難人民。（好極。）然後與賀太平、蓋天錫、雲天彪、陳希真統領大兵，押解三十六賊，并一切俘虜首級，盡出梁山，駐屯曹州，一面等待鄧、辛等四將捷報，一面恭候聖旨發放。

且說天子自二月二十日郊餞大經署張叔夜出師之後，自四月初一日起，便日日命駕親登朝陽門一次，以望山東，躬自禱告：「皇天深仁，祖宗厚德，保佑此番師出成功，狂寇殄平，士民安樂。」（少陵詩云：聞道長安裏，千門立馬看。寫出憂勤惕厲景象。）到了七月初十日，天子正在朝陽門，忽遠遠望見一張紅旗，須臾流星掣電價到了面前，正是經署報捷本章。天子大喜，傳旨取張叔夜奏章進覽。黃門官領旨下城，取那奏章上呈御前。天子覽畢，龍顏大悅，命駕還宮，差官隨駕入城。城中文武大臣及眾官、士民俯伏道旁，齊呼「萬歲」。（氣象光昌。）天子還宮，先命具儀恭詣天壇、太廟謝恩，各大臣恭賀。（和聲鳴盛。）同日又接到康捷賫來擒獲渠魁的奏章，（康捷後發而同至，寫神行也。）天子愈喜。即日傳出褒嘉張叔夜等的恩旨，着康捷先行賫去。所有一切慶典，着該部查明具奏，俟奏凱之日，一體施行。按下慢表。

且說張叔夜統大軍到了曹州，當日即逢康捷賫着恩旨轉來。張叔夜率領諸將跪迎，恭聽開讀畢，所有賞賚恩典悉遵頒詔。叔夜等舞蹈謝恩，各官慶賀。賀太平、蓋天錫、雲天彪、陳希真等同在曹州，與山東制置使清萬年吉祥名字。辦理善後事宜，一面等待鄧、辛等四將捷報。到得八月初旬，四將以七月初七日起身，直至此日方至者，自此至彼，中途若干日，到彼戰陣若干日，蕩平後起身回來，中途若干日。此三項截長補短，大約各十日之數，是以有一月之期也。用筆極細。忽報鄧、辛等四將蕩平了鹽山、虎翼山、蛇角嶺，領兵轉來。張公大喜，眾將皆喜。此時山東、河北一應強梁寇盜，掃除盡淨，四方道路平通，商旅行李遊行無礙；一應城鄉村落，士民老幼，共享昇平，安居樂業；所有營汛、兵弁，個個韜戈束甲，從此不復用兵。萬姓三軍，讙呼動地。寫出禍亂始夷，昇平初奏景象。歌舞咏歎，和平康樂之氣，盎現紙上，此真吉祥文字也。以淋漓大筆濡染出之，才大何可以斗計。張叔夜又拜本章，差康捷上京報鹽山之捷。康捷賫着恩旨轉來，叔夜與諸將恭迎開讀，內載「所有臨陣有功各大臣，一體來京，候朕施恩」等諭。張叔夜謝恩畢，宣諭各官知悉。即日張叔夜率領諸將一齊起身，奏凱還朝。只因這一去，有分教：放牛歸馬，共成王室功勳；跨鶴騎鯨，表出天曹來歷。不知後事如何，且聽下回分解。

范金門曰：前文三日不見宋江，此處補寫其逃出之由，蓋宋江之逃，不可以數言了也。吳用口中五個「兄長且去」，宋江逐層慮得周匝，二人交至如此，尚有一番假仁假義說法，何況于他。若宋江先無成見，何以鹽山一行，探喉而出，固知奸雄刁詭，心心相照。

邵循伯曰：宋江夢語中自露圭角，及被綑而後，以及時雨宋公明自認，此皆平日處心積慮，以及善用權術所致也。迨聞賈忠、義之名，而始悟笱冠讖語，則如追放豚不可及矣。

前路收復疆土，獨留鹽山，甚妙。宋江、吳用雖不到其地，若無此退路，則即亡之時，又必多費經營。及二人既獲，而鄧、辛、張、陶遂一鼓而下，能使文氣不冷淡，猶之琴音鏗爾，曲譜之有尾聲也。

或曰：宋江不見獲於王師，而就擒於漁父，其故何也？金門曰：王師獲，宋江之罪惡固宜；漁父擒，宋江之果報更彰也。葢宋江以假忠假義為術，擒之者為賈忠、賈義，賈、假諧音也。假忠義擒之，則宋江固自擒也。自擒不勝於官擒乎？或曰：欲明忠義之假，而不令宋江就獲於忠義堂，別創其地曰夜明渡，其故又何也？金門曰：宋江假忠假義，久假不歸，好惡與人相遠，夜氣牿亡矣。擒之於夜明渡，而自擒之意愈顯。觀其寫夜明渡石壁，五更放光明，其意可見矣。

第一百三十八回　獻俘馘君臣宴太平　溯降生雷霆彰神化

却說張叔夜在曹州，聚集平滅梁山文武各官，擇了吉日，班師回朝。中軍叅贊大臣，并各隊領隊大將，及二十萬天兵，均從曹州起行，雲天彪、陳希真率領部下督陣的文員武將隨從。當時發砲起馬，第一撥左營十二員軍將：雲天彪、傅玉、雲龍、劉慧娘、風會、聞達、哈蘭生、歐陽壽通、畢應元、龐毅、孔厚、唐猛，分領天兵六萬；第二撥右營十二員軍將：陳希真、劉廣、祝永清、陳麗卿、苟桓、欒廷玉、祝萬年、欒廷芳、真祥麟、劉麒、范成龍、劉麟，分領天兵六萬；第三撥中營軍將十二員：賀太平、蓋天錫、鄧宗弼、辛從忠、張應雷、陶震霆、金成英、楊騰蛟、韋揚隱、李宗湯、王進、康捷，分領六萬人馬，三撥共軍將三十六員，人馬十八萬。（先束一筆，明劃之至。）第四撥張經略率領二子伯奮、仲熊，分領中營親軍二萬人馬，解着宋江等三十六賊，一齊起身。大小三軍齊掌凱歌，鼓樂喧闐，隊仗紛紜，戈甲莊嚴，旌旗明麗。正當天晴日晶，秋風高爽之時，（好時令。）大隊得勝軍馬，耀武揚威，浩浩蕩蕩，出了曹州南門。山東制置使清萬年，率領所屬文武官員，肅具儀注❶，出郊餞送。張叔夜辭了清萬年，率領眾將軍馬奏凱東行，清萬年自在曹州辦理善後事宜。張叔夜大軍一路向東京而去，地方沿途迎送，說不盡那一切威武

---

❶ 儀注：禮儀制度；禮節。

榮耀。。省

那數十員功臣大將、幾十萬得勝天兵，按站行至九月初一日，到了東京。。捷天子命駕郊迎，在京大小文武各官一齊隨駕出城，只見威儀嚴肅，禮制輝煌，那些神龍衛士、金鎗班、羽林軍，一切威嚴儀仗，扈從聖駕，齊到東郊。張叔夜率領出征諸將，已在東郊恭候聖駕。只見三軍分列，隊伍整齊。

中軍將校一十五員：張公及二子不在三十六員雷將之列，然此處分別頗難，文妙於曹州起行時，先用四撥分別清楚，則此處竟可總敘矣。

經略大將軍總督三營軍務張叔夜

叅贊大臣賀太平

叅贊大臣蓋天錫

中軍第一隊左將軍張伯奮

中軍第一隊右將軍張仲熊

中軍第二隊左將軍鄧宗弼

中軍第二隊右將軍辛從忠

中軍第三隊左將軍張應雷

中軍第三隊右將軍陶震霆

中軍第四隊左將軍金成英

中軍第四隊右將軍楊騰蛟

中軍第五隊左將軍韋揚隱

中軍第五隊右將軍李宗湯

中軍第六隊左將軍王進

中軍第六隊右將軍康捷

左軍將校一十二員：

經略左軍大將軍雲天彪

左軍叅謀官劉慧娘

左軍副叅謀官孔厚

左軍第一隊副將軍雲龍

左軍第二隊左將軍傅玉

左軍第二隊右將軍風會

左軍第三隊左將軍畢應元

左軍第三隊右將軍龐毅

左軍第四隊左將軍聞達

左軍第四隊右將軍歐陽壽通

左軍第五隊左將軍哈蘭生
左軍第五隊右將軍唐猛
右軍將校一十二員：
經略右軍大將軍陳希真
右軍叅謀官兼第一隊副將軍祝永清
右軍第一隊先鋒將軍陳麗卿
右軍第二隊正將軍劉廣
右軍第二隊左將軍劉麒
右軍第二隊右將軍劉麟
右軍第三隊左將軍荀桓
右軍第三隊右將軍祝萬年
右軍第四隊左將軍欒廷玉
右軍第四隊右將軍欒廷芳
右軍第五隊左將軍真祥麟
右軍第五隊右將軍范成龍一部七十回，例有結束，此處奏凱郊迎，第一重結束。

當時齊在東郊，天子法駕到來，齊呼萬歲。大經略張叔夜先行進見，拜跪禮畢。天子降座，親與張叔夜解甲，親賜御酒慰勞，叔夜謝恩。天子覃敷❷恩禮，遍勞三軍將官，眾將各各謝恩。此時鼓樂悠揚，儀文炳煥，那些贊禮官、司儀官都侍立御前，一切內官侍臣，趨走御道之旁，宣召賞賚，紛紜絡繹，非常鬧熱。

那宋江等三十六賊，都反剪綑縛，遠遠跪在御道之外。接此句於宣召賞賚之後，妙極。蓋信義行於君子，而刑戮加於小人，豈有奸險如宋江，而可膺非常之上賞者？自羅貫中續貂而後，倒行逆施久矣，故特表而出之。那班城裏城外的百姓，早已邀張喚李，挨挨擠擠，都來看熱鬧。妙。前番征平方臘奏凱時，百姓都已見過張經略的威風，今番再看，愈覺驚異。妙筆。又不知宋江怎樣一個三頭六臂的模樣，都要來瞻仰瞻仰。妙筆。有的說宋江可憐，被官府逼得無地容身，做了強盜，今番卻又吃擒拏了；自是一輩人。有的說宋江是個忠義的人，為何官家不招安他做個官，反要去擒捉他？又是一輩人。內中有幾個明白事體的天下大矣，明白事體的豈少也哉！以此人開導前兩項人，其庶幾乎？仲華屬筆至此，屬望深矣。說道：「宋江是個大奸大詐的人，是極。外面做出忠義相貌，心內卻是十分險惡。是極。只須看他東搶西擄，殺人不轉眼，豈不是個極凶極惡的強盜！」是極。天下之言，本皆利順，小智之人務為穿鑿，所以失之。忠義不強盜，強盜不忠義，一言而決耳！彼讚宋江忠義者，大都好逞私志，強作解事之流。請觀此數語，平平順順，而說理透徹，又何私智之可逞哉！眾論紛紛不一。寫經略奏凱，天子郊勞，縱極鋪張揚厲，焜耀輝煌，亦不過泛常通用之文；改易諸將名字，即為某甲說部之結束；又改易諸將名字，即又為某甲說部之結束矣。作者妙將儀注用簡筆點過，而特寫旁觀之百姓，又不寫百姓之讚揚經略，而特寫百姓之評論宋江，只緊抱正旨，而焜燿輝煌之象自見，又兼令他書不能移用，真是奇思妙筆。不多時，天子回鑾。經略率領功臣進了城，各盜犯盡交刑部監禁。各官員朝請聖安畢，回寓。次日，天子便冊封張叔夜為開國郡王。初三日，論功行賞，各功臣有爵者晉爵，無爵者賜爵。下文功臣圖中詳敘，故此處從略。初四

❷ 覃敷：廣施。覃，音ㄊㄢˊ，廣；長。敷，布；施。

日，大犒從征軍士，撫卹陣亡家屬。

初五日庭訊，三法司及大將軍彙奏：宋江、盧俊義、吳用、公孫勝，元凶渠魁，罪大惡極。確。其餘三十二賊：柴進為逋逃淵藪；確。李逵、劉唐、阮小二、阮小五、阮小七、石勇、段景住，怙惡不悛；確。李俊、穆洪、張橫、張順，土猾倡亂；確。朱仝、雷橫、史進、戴宗，吏胥通賊；確。黃信、宣贊、郝思文、單廷珪、魏定國，身受皇恩，忍昧本良；確。李立、朱貴、張青、孫二娘，身為市儈，潛畜異謀；確。裴宣、歐鵬、燕順、朱武、樊瑞、鮑旭、李忠，嘯聚山林，倡為盜首。確。均屬罪無可逭，合擬淩遲。是極。天子依議，即於初六日恭詣太廟獻俘畢，即將宋江、盧俊義、吳用、公孫勝、柴進、朱仝、雷橫、史進、戴宗、劉唐、李逵、李俊、穆洪、張橫、張順、阮小二、阮小五、阮小七、朱武、黃信、宣贊、郝思文、單廷珪、魏定國、裴宣、歐鵬、燕順、鮑旭、樊瑞、李忠、朱貴、李立、石勇、張青、孫二娘、段景住，一齊綁赴市曹，淩遲處死，梁山一百單八條好漢，至此俱了。首級分各門號令。羣臣齊慶昇平。天子分官受職，遂頒恩詔大賚天下，舉行一切慶典。又詔將那平定梁山泊的文臣武將，從始至終的功績事實，發入樂部扮演。天子御天章閣賜筵，率羣臣觀劇，觀至某臣建功之處，便賜某臣酒一杯。極有興會。天子又親灑宸翰❸，歌詠詩章，贊羣臣之功。諸臣中有善吟咏的，都恭和奉答，頌揚天子功德。讀結水滸，而遇鹿鳴天保，大奇。天子命羣臣必須盡歡，羣臣謝恩，無不遵旨醉飽。

次日張叔夜率出師諸臣，同在朝文武官，入宮謝恩。天子道：「朕欲圖畫三十六臣入徽猷閣，以張

❸ 宸翰：帝王的文辭。

叔夜為領袖。」特提。張叔夜等謝恩畢，天子遂傳旨着該部圖畫功臣。不日，部臣將張叔夜及二子伯奮、仲熊并賀太平等三十六臣的真容獻上。天子見了甚喜，便親提御筆題籤：

中書政事府同平章事、殿帥府掌兵太尉、開國郡王張嵇仲（字而不名，仿麒麟閣霍光不名之意。）

左龍武大將軍、輔國公張伯奮

右神武大將軍、定國公張仲熊

（以此三臣為領袖）

中書政事府叅知政事、吏部尚書、魏國公賀太平

驃騎大將軍、知樞密事、越國公雲天彪

輔國大將軍、同知樞密事、魯國公陳希真

鎮軍大將軍、河北留守司、順誠侯劉廣

鎮軍大將軍、山東留守司、壯勇侯傅玉

冠軍大將軍、京畿五城兵馬大總管、智勇侯祝永清

忠孝武烈一品夫人陳麗卿

雲麾大將軍、京畿五城兵馬副總管、果勇侯雲龍

忠智英穆一品夫人劉慧娘

輔國大將軍、兵部尚書、南陽侯金成英
端明殿大學士、刑部尚書、宣城侯蓋天錫
忠武將軍兼領左神武大將軍、建威侯鄧宗弼
壯武將軍兼領右龍武大將軍、揚威侯辛從忠
宣威將軍兼領左羽林大將軍、懷遠侯張應雷
明威將軍兼領右羽林大將軍、定遠侯陶震霆
山東鎮撫將軍、宣化伯風會
河北鎮撫將軍、懷化伯荀桓
定遠將軍、兵部侍郎、宣威伯楊騰蛟
龍圖閣大學士、刑部侍郎、濟陽伯畢應元
西城兵馬司總管、忠勇子祝萬年
南城兵馬司總管、平南子龎毅
河北天津鎮總管、歸化子哈蘭生
山東馬陘鎮總管、長城子劉麒
左龍武副將軍、高陽子韋揚隱
右龍武副將軍、中牟子李宗湯

山東兗州鎮總管、襄武子欒廷玉

河北大名府總管、忠毅子聞達

衛尉兼煥章閣直學士、任城男真祥麟

大司農兼天章閣直學士、范陽男范成龍

東城兵馬司總管、協忠男欒廷芳

左神武副將軍、武陽男劉麟

右神武副將軍、武定男歐陽壽通

殿中侍御史、諫議大夫、昌平男孔厚

振威將軍、致忠男王進

遊擊將軍、奮武男唐猛

游騎將軍、新城男康捷

共三十九幅功臣圖像，御筆又親題讚語，都送入徽猷閣以垂不朽。圖畫功臣，第二重結束。羣臣慶逢非常際會，感激謝恩，各歸職守。

過了數日，天子忽憶：「今春出師之時，感天上慶雲瑞兆，應前起下。朕曾訪問於張天師，據奏稱：此番出征諸臣，皆係雷部神將，上帝勅令降生，輔佐朝廷，殄滅妖氛。忽補出一層原委，妙。今日果然羣凶掃滅，四海昇平，其言驗矣。」遂傳旨到江西龍虎山，宣召張天師入覲，備問雷將來歷，以昭天恩，而誌盛事。着值殿指揮司官賫詔前去。指揮官領旨，即便賫詔赴龍虎山去。不日到了龍虎山，張天師恭迎詔敕，開讀訖，將聖詔供奉了，一面接待欽差，一面吩咐道眾收拾行裝。因係特詔宣召，不敢怠緩，次日便同了欽差起程。路上州縣迎送，不必細表。忽插入張天師而不嫌其突者，以有慶雲作引故也。慶雲非此處之伏筆，而此處轉借慶雲為線索，即此見行文宜見機生情。不日到了京師，欽差官入宮覆旨。次日，天子御天章閣召見，天師稽首請安，並賀聖喜畢，天子賜坐，天師謝恩就坐。天子開言道：「今春朕命張叔夜征討梁山，爾時卿曾奏稱：便不復提慶雲矣，用筆簡捷。此番命將，皆上天敕令降生之雷部神將，出師必然大捷。今妖氛殄滅，海宇昇平，卿言果驗。仰見昊天覆育之仁，祖宗積累之厚，朕涼德藐躬，獲承天貺，敢不祗懼。所有雷部神將，諒卿必深曉來歷，可一一具奏，以昭天恩，以彰聖化。」問到雷部來歷，落墨堂皇正大，不涉詭異。妙。天師躬身答道：「恭蒙清問，臣謹具奏。」天子道：「且慢。着宣天章閣侍制進來，備錄天師之言。」須臾，侍制進來，鋪紙階前，磨墨拈筆，候天師奏來。天師奏道：

張叔夜乃是雷聲普化天尊座下大弟子雷霆總司神威蕩魔霹靂真君降生

張伯奮乃是雷聲普化天尊左侍者青雷將軍降生

張仲熊乃是雷聲普化天尊右侍者石雷將軍降生

（此三人在雷祖座下，不與三十六宮之列。其餘三十六人，乃是三十六雷府中神將。）

雲天彪乃是正心雷府八方雲雷都督大將軍降生

陳希真乃是清虛雷府先天雨師內相真君降生
鄧宗弼乃是太皇雷府開元司化雷公將軍降生
辛從忠乃是道元雷府降魔掃穢雷公將軍降生
張應雷乃是主化雷府陽聲普震雷公將軍降生
陶震霆乃是移神雷府威光劈邪雷公將軍降生
龐毅乃是皓帝雷府雷師皓翁真君降生
劉廣乃是廣宗雷府五雷院使真君降生
苟桓乃是昇元雷府報應司總司真君降生
畢應元乃是希元雷府幽枉司總司真君降生
祝永清乃是神霄雷府玉府都判將軍降生
陳麗卿乃是瓊靈雷府統轄八方雷車飛罡斬祟九天雷門使者阿香神女元君降生
雲龍乃是慶合雷府威靈普遍萬方推雲童子降生
劉慧娘乃是梵炁雷府驅雷掣電照膽追魔糾察廉訪典者先天電母秀元君降生
風會乃是左罡雷府先天風伯次相真君降生
傅玉乃是玉靈雷府雷部總兵將軍降生
蓋天錫乃是洞光雷府雪冤辨誣卿師使相真君降生

金成英乃是安壇雷府萬方威應招財錫福真君降生
哈蘭生乃是極真雷府靈應顯赫扶危濟急真君降生
劉麒乃是岐陽雷府九壘總司威靈將軍降生
孔厚乃是丹精雷府調神御氣爕理陰陽司命天醫真君降生
真祥麟乃是青華雷府祥光瑞電天喜真君降生
欒廷玉乃是紫冲雷府嘯風鞭霆天衝真君降生
康捷乃是符臨雷府傳奏馳檄追魔攝怪九天雷門律令使者降生
范成龍乃是變仙雷府總司九龍真炁神變普應將軍降生
楊騰蛟乃是歷變雷府總司五龍真炁飛騰顯應將軍降生
祝萬年乃是昇極雷府延壽保命輔聖真君降生
劉麟乃是元宗雷府水官溪真驅邪使者降生
歐陽壽通乃是元冲雷府水官溪真攝魔使者降生
韋揚隱乃是定精雷府火部司令五方顯應將軍降生
李宗湯乃是保華雷府火部司令中山真靈將軍降生
唐猛乃是天妻雷府五方鑾雷將軍降生
聞達乃是景琅雷府元罡斬妖將軍降生

樂廷芳乃是微果雷府元罡縛邪將軍降生

王進乃是輔帝雷府雷部總兵使者降生

賀太平乃是敬皇雷府侍中僕射上相真君降生（雷將來歷，第三重結束。張嵇仲及三十六人，共作三重結束，完密周至。三重結束，其序次名不同者，第一重以部伍為次，第二重以功爵為次，第三重以雷部為次也。）

天師奏畢，侍制一一錄就，進呈御覽。天子覽畢大喜道：「原來如此。仰見昊眷❹洪深，莫可名狀。」便諭侍制道：「你可將此張雷將封號，用鳳尾箋錄好，就藏天章閣，用詔來茲，以誌盛事。」（莊重肅穆。）侍制領旨。又傳諭禮部，擇日具儀，恭詣天壇謝恩。天師又奏道：「尚有一事，未曾具奏。」（一筆折入散仙，便極。）天子道：「何事？」天師道：「玉帝因這夥妖魔力大，又去十洲三島閻浮世界得道高真數內，召集一十八位散仙，齊來協助這三十六員，共成大功。這十八位中，也有願轉輪迴，忠義捐軀的；也有遁跡山林，留形住世，指點籌劃的。功勞大小，各有陞賞，恭候玉旨定奪。一切英賢輔佐陛下蕩妖滅寇，非偶然也。」（總結三十六員雷將，卻連十八散仙同讚在內，遂作束上起下之筆，章法極靈。）天子道：「此三十六臣，朕已知悉矣，更有那十八位客星散仙是何人？現在俱存何處？」天師道：

山陰道上通一真人陳念義

山陰道上遊戲真人徐和

---

❹ 昊眷：上天的眷顧。昊，大，指天。

湖山三竺五橋藥上真人徐槐
鑑湖東浦普天歡喜真人召忻
清涼法界指迷筍冠真人劉永錫（筍冠道人名姓，忽于此補出，奇。）
貴陵深處保虛無上真人任森
西陲蜀道純陽真人顏樹德
蓬萊仙闕正覺真人張鳴珂
紫霞仙闕妙明元君汪恭人
琉璃法界淨修元君徐青娘
紫羅仙島鎮海真人李成
峨嵋山下縛邪真人苟英
九華金闕降魔真人王天霸
青華仙府妙正元君賈夫人
太行洞府定光真人魯紹和
青龍峰下保勝真人梁橫
兗州甑山佑正真人魏輔樑
曲阜鳧山輔正真人真大義（散仙來歷，另作一重結束。）

天師述散仙來歷畢，又將各人事實略述一番。妙。天子聞奏愈喜。侍制錄單呈覽，天子諭令與雷將封號一并聯錄，收藏天章閣內。侍制領旨訖。天子問天師道：「想天下從此永遠太平了？」天師道：「陛下敬天法祖，聖明郅治❺，億萬年太平無疆。語為吉祥，滋厚福。惟那夥妖魔身雖就戮，而業魂冤障未平，終須百年而後方就收伏也。」預透結子一筆，奇。天子道：「如此，生靈塗炭，何時得了？」天師道：「與生靈決無妨礙，好。請陛下勿廑❻聖慮。陛下記臣此言，百年之後，臣言自驗也。」好。天子退朝，傳旨賜天師玉如意一柄、道服一襲、黃金二百兩，諭令回山。次日，天師入宮謝恩，辭駕回龍虎山去。收天師。

越數日，天子恭詣天壇謝恩，傳諭諸臣。諸臣競讚盛事，恭頌聖德。天子又傳旨將那一十八位散仙均加勅封：

陳念義封傳忠度世真人

徐和封守真度厄真人

徐槐封神功廣濟真人

召忻封和中皀化真人

劉永錫封覺迷醒世真人

---

❺ 郅治：大治。郅，音ㄓˋ，極；大。

❻ 廑：音ㄑㄧㄣˊ，勤勞。

任森封元功贊化真人

顏樹德封純陽翊化真人

張鳴珂封靖和端化真人

汪恭人封妙明靜正元君

徐青娘封慧明妙悟元君

李成封真靈顯應真人

苟英封保真解厄真人

王天霸封保真救急真人

賈夫人封佐命佑國元君

魯紹和封報國淳佑真人

梁橫封報國顯佑真人

魏輔樑封正修紊跡真人

真大義封恊修紊跡真人

其無住處可稽者，就此遙加封號；其有住址者，均遣使賫敕去訖。散仙敕封，為第二重結束。雷將三重結束，散仙二重結束，如羣龍入海，不留遺憾。

天子復思盜眾雖獲，餘黨尚恐未盡，冀日復召張叔夜、雲天彪、陳希真進見商議。只因這一議，有分教：普安疆域，立功者闡發儒宗；永奠蒼生，老成人退修道術。畢竟後事如何，且聽下回分解。

范金門曰：此全部收束也。妖魔一百八人，而獻俘者僅還其天罡之數，蓋熟審其罪大惡極，而毫髮不能以情原者也。著其名而判其事，一一實疏，彰明較著。敘官軍入京一段，徽猷閣繪像一段，張天師奏呈三十六員雷將名號一段，十八員散仙來歷一段，敕加散仙封號一段，排列周密，一筆不苟。

第一百三十九回 雲天彪進春秋大論 陳希真修慧命真傳

話說天子召見張叔夜、雲天彪、陳希真三人，問道：「宋江等巨寇已就蕩平，四方安樂，但奸人潛匿，何處無之。朕恐此輩乘間再發，所宜預定良策，以圖永奠。」張叔夜等一齊俯伏奏對道：「宋江之亂，因文臣失御於前，武臣翫寇於繼，因循坐誤，遂成大患。今陛下聖明，文臣武將，盡選賢能，治法精嚴，教化大行。從此金湯鞏固，盜賊消除。如陛下治益求精，應如何加意辦理之處，臣等謹遵。」此處不寫叔夜建策，留末回安邦定國也。天子道：「朕意欲查明從前各盜佔踞深山窮谷之處，再行勘明基址，隨地制宜，設官備兵。開出下文。如有後起宵小，俾知國法森嚴，無從聚跡。且兵為民之衛，足兵亦政之大經。朕意欲着雲天彪前往各地，相機辦理，務期章程盡善而止。」張叔夜等均稱聖議至是。天彪謝恩領旨，隨保刑部侍郎畢應元、天章閣直學士范成龍、諫議大夫孔厚為參贊。天子准奏。

叔夜、希真與天彪一齊出宮，先查明前經用兵及疊次聚盜各山，開單奏明。天彪帶領畢應元、范成龍、孔厚辭駕起行，在京文武各官出城相送。天彪先將北門外元陽谷形勢查勘一番。書為梁山而作，自以梁山為主。偏將不干梁山之元陽谷先寫，章法奇絕。元陽谷經張叔夜辦理，一切燉煌、炮臺、營兵額數，無不如法，應無庸再議。元陽谷一段用虛寫點過，又表出張叔夜。天彪遂與畢應元等一同出京，一路按站行止，地方官迎送。不日到了梁山泊，先坐落鄆城行臺。原來梁山前面水泊，經徐槐填平，忽廻應徐槐，奇妙。大半盡為陸地。此時梁山平定，這一片地畝任居民管業。那些居民卻在鄆城縣具呈，請仍復開通各港，以為漁業。春雲膚起。府縣持議不決，適逢欽差雲公到來，查勘地址，府縣官便將此議上稟。天彪聽畢，便與畢應元、范成龍、孔厚同去踏勘。天彪叫范成龍丈量了地畝，妙。便命吊提從前梁山泊漁戶租稅冊子，妙。交與范成龍核算。范成龍細細較算，便對天彪道：「此地若改為田畝，其租稅正與漁戶相當。」妙。天彪道：「是了。從前梁山所以多寇盜者，為水泊內叉港太多，奸人易於藏匿，出沒無常故也。應前傳立議，妙。今改為田畝，其利相當，而無藏奸之弊，又何苦而必欲開港業漁哉？」議論明徹。便命那班居民開墾地畝，又為他們相度地勢，經理溝渠。不數年間，良田萬頃，民賴其利，因呼為「雲公田」。寫出碩劃。

且說當時天彪經劃田畝畢，便同三位叅贊進了梁山。只見那三座關門及左右等關、樓垣，盡皆燬損，一切墩煌、炮臺亦皆殘缺。當時原擬削平地址，因兵役勞頓，而此又係不急之務，所以置之不動。補出大兵平定後情形。春雲膚起。天彪將前後細細的閱視了一轉，細細的，妙。蓋天彪曾經到此矣，前番豈有不閱視者，特今日加細閱視耳。用筆極慎。便道：「此關不但無須毀拆，而且可以再加修理。」奇妙。畢應元請問其故，天彪道：「我看此地大宜建營設官，以杜盜源。」妙。既要設營，這些關樓、墩煌，都是有用之物了。」妙。畢應元稱是，便道：「此處地形遼濶，既要設營，必須多置兵丁，須得先將糧餉先行籌劃。」好。天彪便與范成龍將裏裏外外所有出產，通盤查核了一番，便與畢應元、孔厚共議，將梁山泊改為梁山營，設兵馬都監一員，防禦使二員，提轄四員，兵丁三千二百名；又設督糧理事通判一員，廵檢一員。細敘，妙。宋江久以梁山為固有之物矣，觀于此，始知一草一木不得而有也。哀哉！所有關內寨柵，大兵進勦時，已焚燬大半，今俱為補築。（詳寫。）後水泊未經填塞，仍聽百姓捕漁為業。（已填平者仍其填平，未填平者無須填平，寫天彪經劃應是行所無事。）梁山經劃已定，先行恭摺奏聞。（梁山一段特特詳寫，以其為主也。）又教畢應元分往鉅野縣去，閱視麟山；孔厚分往寇州去，閱視枯樹山。（麟山、枯樹山忽用對提，妙。）

不數日，畢應元從麟山轉來，對天彪道：「麟山一區，離鉅野縣城四十五里，地形遼濶，卻與滿家營相呼應，（妙。）可於此處設提轄一員，置兵四百名，可以永遠奠安。」天彪依議。（麟山一段，以議代敘。）又不數日，孔厚從枯樹山轉來，對天彪道：「查得枯樹山一區，山形險阻，雖為聚盜之所，但未能容受多人，又且逼近州城，（妙。）苟營汛兵捕率真辦事，何至踈虞❶。（妙。）為今之計，可酌撥寇州兵一百二十名屯扎於此，以便呼應。」天彪依議，（枯樹山一段，亦以議代敘。）當即奏聞訖，便將梁山營裏應如何修理之法，交代了曹州府及鄆城縣。（於麟山、枯樹山之後，再抱梁山一筆，妙。）

天彪與畢應元等就從梁山起行，繞道過紫蓋山。查看紫蓋山形勢，四面孤懸，乃是小盜出沒之所，大盜斷難容足。（奇情妙思。）笑火萬城、王良當時佔據此地，毫無識見，（妙筆。）便議置立幾處燉煌、譙樓而去。（紫蓋山一段，只輕輕帶敘過。）路經對影山，天彪遙遙望見山形險峻，便道：「這山卻是大盜盤踞之地，（就從紫蓋山遞落，妙。）倒須細細閱看一番。」當時一行人馬徐徐前行，到了山邊，天彪吩咐儀從退後，自己與畢應元輕騎簡從，登山四面觀看，果然崖谷崢嶸，地形險要。（再描一番。）天彪看了一回，便與畢應元等議設營弁。議畢，便再去相地安營。原來這山地形雖險，水口卻老大不便，（文心曲折、靜細。補前傳所無。）若使一月不雨，千軍萬馬可以活活的渴死。（奇情妙思。）天彪

❶ 踈虞：疏失；貽誤。

道：「如此看來，此山亦非要地也。」（妙。）便罷設營之議，僅於四面要道置設墩煌，添汛兵數十名。當時辦理已畢，（對影山一段。）一行人馬離了對影山，向東進發。早有青雲、新柳、猿臂三營官員出來迎接。（接入青雲、猿臂、新柳，章法忽變。）天彪進營，到三處逐一閱看，所有一切寨柵門關、土圍城郭、炮臺墩煌，經陳希真辦理妥善，（忽與元陽谷張叔夜作對照之筆，章法妙。）惟當時為防堵強寇起見，三營兵丁額數合計得八萬有零，及泰安、新泰、萊蕪三處平定之後，陸續裁汰，尚有二萬名。（情節逐一補出，妙。）天彪因與畢應元等商議，就此抽出三千二百名移置梁山營，以充兵額之數。（又廻顧梁山一筆，奇妙。）此地尚有一萬六千八百名，猿臂寨設兵四千名，青雲營、新柳營各設兵三千名，餘六千八百名分置沂州府各屬縣下編收，（詳寫經劃。）統俟瘡痍平復，再行陸續抽退。（妙。）查得青雲營有磁窑一局，先歸青雲營徵收租稅，後劃歸沂州府蘭山縣徵收，（逐一補出，妙。）今將各窑戶編查清楚，特設巡檢一員，督理窑務，官名理窑巡檢。（青雲、猿臂、新柳共一段，將希真諸事盡行收結。）餘俱悉照舊章，無須更改。

天彪等即日起行，不日到了青州清真營。此時清真營內所有登、萊、青三府戍兵，已盡行撤回。（情節逐一補出，妙。）天彪查點了本營兵丁。原來這些兵丁，當時原係各路召募的鄉勇充當。（又補出一層情形，妙。）今日查問，內中有願歸農改業者聽之，（妙。）其有願充兵卒者收入兵丁冊，共計得八千名。（細敘，妙。）便議清真營置設兵丁二千名，營中原設有防禦官，今仍其舊。（清真山一段。）便與畢應元、范成龍、孔厚分巡二龍山、白虎山、清風嶺、桃花山。（四山忽總出，章法又變。）巡視畢，四人會議：二龍山設防禦使一員，兵丁八百名；（二龍山一段。）白虎山設提轄一名，兵丁五百名；（白虎山一段。）桃花山亦設提轄一員，兵丁六百名；（桃花山一段。）惟查清風嶺舊設文、武知寨各一員，（回應前傳。）今已廢，（補出情節，妙。）天彪便議復設武知寨一員，兵丁一千二百名，其文知寨一缺不必復設。（清風嶺一段。四段俱用簡筆滚過，妙。早如此，花榮不遇劉高矣，令我一歎。）

此四營兵丁，即以清真營羨額之兵充數。（總束一筆，仍歸清真經劃，妙。）尚有羨額兵二千九百名，就分置泰安之秦封山、新泰之望蒙山、萊蕪之天長山。（就從清真遞去，以餘力收結秦封等山，好筆力。）其召家村、正一村兩處，俱已撤散，無庸復議。（并有餘力收結召家、正一，筆力奇絕。）哈芸生、沙志仁、冕以信均分發各營授職。（哈芸生等三人至此亦還下落，用筆完密之至。）

安派完畢，（清真山後復綴一段，收結傳中諸事，妙。）天彪等就從青州起行，一路上觀看形勢，凡遇山林險阻，可以藏奸之所，雖未經盜賊佔據，亦為經理一番。（虛補一段，用筆周到。）順路到登州府查勘，登雲山臺峪卻是海疆要害，（妙）便議改為登雲衛，設防禦使一員，撥登州兵四百名駐扎防守。（登雲山一段。）就將海疆各衛所一齊整頓一番，所有營汛燉煌，一一修理復舊。（又虛補海疆一段，妙。）便駕海艦巨舶，出海口，渡洋面，但見各島嶼星羅棋布，洪濤萬頃，蛟宮鯨窟，出沒烟霧之中。（忽將海洋描寫一番，奇極。）天彪一路觀看，長風迅利，直達天津，（句亦有長風迅利之勢。）又將各衛所閱視一番。順道至遼疆經略府，去謁見种師道。（忽提及种師道，奇。）師生相見，有何不喜。（文生情，情生文。）當時种師道以欽差大臣之禮待天彪及畢應元諸人，設筵相待，席間說些天子聖明，四海清平的話。（語為吉祥，滋厚福。）雲天彪將現在奉命查勘各處地址，今已將山東一區如此如此的經劃說了一遍，便請教老師指示，种師道都一一點頭稱好。眾人暢談一切，盡歡而散。（忽入种師道一段，收結种師道，真是筆有餘力。）

次日，天彪辭別了种師道，率領畢應元、范成龍、孔厚一仝起行，使往飲馬川去查勘地址。只見青山迴抱，綠水灣環，當時大盜盤踞，此刻遊人玩賞，（絕妙好辭，令我對此有滄海桑田之歎。其筆意蓋本歐陽永叔滁州記出力寫天下太平也。妙哉！）說不盡那樓閣連雲，人烟繁集。（妙）天彪看了一番，便對畢應元道：「我看此處無須置兵，只須設立巡檢一員足矣。」（妙）應元稱是。便將飲馬川改為飲馬司，置設巡檢一員而去。（飲馬川一段。）便到了鹽山，只見兵燹之後，敗壘遺柵，木焦石裂之狀，彷彿猶存。特與飲馬川對看，妙筆神來。天彪與畢應元等巡視一番，又派范成龍去分巡蛇角嶺，孔厚去分巡虎翼山。不數日都轉來，一同會議，便將這三座山都改為營寨，各設立防禦使一員，兵丁六百名。鹽山一段，順帶過虎翼、蛇角。因將河北所有一應山林險阻都查明了，或設汛，或置營。又虛補一段。前閱山東，借訪种師道作束，點清山東；此又作一束，點清河北，界限明劃。

繞轉大名府，跨過黃河，到了江南。江南先點清。先將徐州芒碭山一區查勘。芒碭山岡巒起伏，雲氣聯緜，實為險阻之地，便議於此設立遊擊一員，兵丁二千四百名。芒碭山一段，略帶過。天彪便教畢應元去巡視黃門山，黃門山先倒插一筆，章法又變。孔厚、范成龍去分巡各山，亦倒插一筆。天彪親去巡視冷艷山。只見冷艷山四面墩煌、營汛一一如法，奇，妙。原來是雲太公在日，稟明當官設的。忽補出雲太公經綸，奇極，妙極。天彪見了，不覺愴然，忠孝之氣，盎現紙上。便一依太公的經劃，又添設了三座墩煌，將冷艷山改為冷艷營，置防禦使一員，兵丁一千二百名。冷艷山一段。不數日，畢應元自黃門山轉來，說起黃門山形勢，議於此處建立五座炮臺，設提轄一員，兵丁三百名管守。黃門山一段。天彪依議。又不數日，孔厚、范成龍都轉來，將江南各山形勢一一說明。天彪與畢應元等會議了，各處都如法安排訖。又虛補一段，妙。

公事已畢，天彪由冷艷山回風雲莊去省墓。那雲氏族中故老子弟，并鄰舍親戚，齊來迎接賀喜。文生情，情生文。東家請酒，西家設筵，真个是錦衣歸里，說不盡那些榮耀輝煌。天彪應酬了三日，寫得興會淋漓。因回朝覆旨要緊，便不多停留，辭別了親友起身，已是宣和四年二月。註出于役時日。天彪與畢應元、范成龍同行，不日回轉東京，差孔厚往少華山查勘，少華山忽補出于後，章法又變。天彪與畢、范二人先進京城，入朝見駕。天子已陸續收到天彪的奏議，（補筆，細。）此時天彪見駕覆旨，又將所有情形面奏了一番，天子大喜道：「朕固知非我越國公不能也。（就聖語極贊天彪。）朕于去年十月初十日，有第宅賜卿，卿可就第。」天彪方知出使之日，天子已有恩賜，即忙叩首謝恩。天子又頒內府器玩，賜與天彪、畢應元、范成龍三人，三人均各謝恩而退。天彪回到新賜的第宅，地方官早已打掃鋪陳，煥然一新。天彪到了私第，各官都來慶賀，三日筵宴，非常的鬧熱。不數日，孔厚自少華山回來，先見了天彪，將少華山形勢告述了一番，便同去朝見天子，將少華山形勢奏聞。天子便准少華山設遊擊府，置兵一千六百名，（少華山一段，忽于賜宅之後方纔補出，章法奇絕。天彪查勘地址一篇，將本傳、前傳所有軼事一一收結，纖悉不留遺憾，筆力絕大。）又重賞了孔厚，復歸本職。

單說雲天彪朝罷回第，雲龍、劉慧娘及一切眷屬都移居住在新第內。（先安插此筆，則下文寫劉慧娘不突。）天彪吩咐就第中打掃精舍，排列羣書，每日早朝罷回，就在精舍內博觀羣籍。（寫出儒臣。）因想列年戎馬倥傯，所有手著春秋大論一書尚未脫稿，（忽落到春秋大論，文情俱妙。）今天下太平，朝野無事，便於退朝之暇，取出那卷稿子來，細閱一遍。（文情俱妙。）周十四王、魯十二公、五霸、七大戰，俱有成論，只須改易數行，便可無疵。（妙。）其餘會盟征伐，亦有論斷，（妙。）便博採先賢名論，補緝參訂。（妙。）書成之後，攜去請教於張嵇仲。嵇仲細閱一遍，擊節稱賞，（又牽入張嵇仲，妙筆。）便勸天彪速將此論恭呈御覽。天彪依言，便回第每日親手繕錄，約計一月有餘，錄成裝訂，親自賫獻御前，恭呈聖覽。天子見天彪有著作，欣然首肯道：「卿之手著，必大有可觀。」便收入宮內披覽，果然議論崇閎❷，斷制精確。（實贊春秋大論，即是實寫天彪。）天子大悅，臨朝見天彪道：「卿所著書，朕已披覽，具見學力

❷ 崇閎：崇高、宏大。

宏深，真儒教中之功臣也。極贊大論，極寫天彪。此繕本可收入四庫，卿所家藏副本可速付梨棗❸，以廣流傳。」天彪稽首謝恩而出。當時遵諭刊刻，張嵇仲恭紀聖言，弁諸簡端❹；賀太平、蓋天錫、陳希真都贈序言，刊刻刷印。天子傳諭，頒布天下，天下士子無不欽佩，家家傳誦不朽。結春秋大論，即結雲天彪。天子又賜天彪「功崇學正」匾額，天彪謝恩，謹將賜額懸釘新第中堂。原來此第係是蔡家的舊宅，極其宏敞。

當時天子賜宅之際，同日以童貫之宅賜張叔夜，以高俅之宅賜陳希真。遞入陳希真奇妙，又將張叔夜作陪。此時天彪出使未歸，叔夜與希真一齊出班謝恩。叔夜受賜遷第，撇開叔夜是一定之法。惟希真跪奏道：「未出師之前，臣曾奏過皇上，臣成功之後，不願富貴，只求入山修道，已蒙天恩俯准。忽補出一層奏請，以起下文。不嫌其硬插者，以上文一路屢提希真修道故也。今臣暫時棲止，求恩免賜第宅。」天子笑道：「卿當真要如此？」妙。希真磕頭道：「辜負洪恩。」天子又笑道：「卿何須這般性急，且待雲天彪出使轉來，大功告竣，你再去罷。」希真道：「既蒙聖恩暫留，敢不凜遵。臣自有房屋在西大街辟邪巷內，萬丈游絲，至此飄落。那年因高俅陷害，抄沒入官。天恩浩蕩，察臣無罪，賜還臣故居，臣私願足矣。」天子便叫查出原卷，即速賜完，不必覆奏。又諭希真道：「高俅之宅，朕言已出，卿不可違，你那故宅做了別墅罷。」希真叩頭謝恩，感激退朝，回到智勇侯府來。祝總管仝陳夫人一齊接入。二人請安畢，希真道：「我兒，今日承蒙聖恩，賜還了辟邪巷的故宅，又另外賞了一座宅院。天恩浩蕩，言語難盡。」麗卿歡喜道：「爹爹，我們何不今日就先到故宅看看？」寫麗卿只是天真。希真道：「我

---

❸ 梨棗：木刻書版。舊時刻書以梨木或棗木為之，故稱。

❹ 簡端：書的正文之前。簡，書簡。

正為此，來叫你們仝去。」（寫希真早已有意。）二人大喜，當即起身，只帶了隨身的僕人、親隨，同到西大街辟邪巷來。進得巷時，先有幾個虞侯、都管在門前候着，希真吩咐開進去，就去把那封皮揭開，打斷那鎖，原來那所房子被高俅封鎖之後，發官變買，哪個敢來買。高俅要送與幾個親友，都是怕裏面有鬼，不敢去居住，（絕妙文心。）所以還封鎖着。三人都跳下了馬，麗卿想：「那年乘霧逃難的時節，父親從那邊牆上跳下來，如隔再世。」（絕妙文情，讀者至此亦有如隔再世之感，何況當時！）三人一同進去，看那裏面好不淒涼，（先總寫一句。）庭上庭下，天井牆邊，青草、莓苔長得挨擠不開；（就庭間天井寫一句。）梁上倒掛塵垂滿，許多鳥雀在裏面做窩，見人來都飛了出去；（就屋內寫一句。）傢伙什物，半點都無；（就傢伙什物寫一句。）窻門格子有些都倒在地下。（又就門窻寫一句。）希真道：「你們在此，我去探望鄰佑。那年官司都累了他們，須得去謝謝。」（借希真語橫斷一筆，又回應前文。）麗卿引永清到了那樓上，指着對永清道：「這間是我的臥房，外邊這間還有個養娘住的，你看塵土這般厚了。」（接上文，就臥房又寫一句。）口裏說話，止不住眼裏滾下淚來，悽惶不已。（悲歌。）永清勸道：「我們如今大仇已報，富貴、功名俱已成就，不要只管傷感了。（永清一勸，筆力瀰滿，然尚是入世之言，與出世尚遠。）強如我家，片瓦都無。」麗卿收住淚道：「玉郎，我同你到箭園裏去看看。」二人下樓來，那些都管已督押夫役在那里打掃，拔草搬土。二人到了箭園裏看時，只見那些桃樹也有枯死的，也有跌倒的，（就庭樹又寫一句。樹猶如此，人何以堪！）剩得不過一半。那三間箭廳和那座亭子，都精空的，一物俱無。（就箭廳、亭子，又寫一句。真寫得荒涼滿目。）麗卿和永清在那亭子扶欄臺上坐下，歎息了一回。（道心已現，希真叫他們先來觀看，正此意也。）侍從人來稟道：「公爺拜客轉了。」二人到了外面，希真道：「我們去休，（筆致蹁躚。）讓他們打掃鋪陳了再來。」三人同出，又到了御賜的宅第內，賞玩了一回。當晚父女、翁壻都息在新宅內，希真就在虛明閣歇息。（迴應之妙，令人歎絕。嗟乎，此虛明閣者，高俅所據為己有，忍而不能捨者也。曾幾何時，而希真入矣，高俅不得而問之矣；又未幾而希真去官隱遁，此閣又不知歸於何人矣。世人不悟，何哉！

不數日，親隨來稟道：「舊府第已修理鋪陳完畢。」希真大喜，當日便吩咐舊宅內准備酒筵，酬謝高鄰。那日正是十月十五日，遂帶了麗卿，各坐大轎，（麗卿坐轎，是頭一遭。）同往故宅，裏面果然鋪陳得煥然一新。原來都是祥符縣知縣官極力辦理，派得力公人、體己幹辦收拾得無微不到，麗卿十分歡喜。（反映下文。）文武各官都來賀喜。散去後，陳希真不脫公服，挨門逐戶去啟請了眾位高鄰，那個敢不來，（茶博士未知在內否？）有幾家搬去的，都搜尋了來。（絕倒。必有之事，俗筆必忘。）須臾之間，老的、少的、貧的、富的，廳上坐滿。希真朝上拜倒，說道：「陳希真那年深蒙眾位高鄰提拔，脫離大難，（歸功得妙。）累了高鄰，感謝之至。」眾人連忙回拜道：「相公折殺我們！」希真都依年齒讓了坐位。眾人齊說道：「那年高太尉尋事害相公，我們憂得你苦，大家都不伏氣。（討好話，絕倒。）今日天可憐見，做了大官，正所謂皇天不負善心人。」希真謝道：「全賴高鄰福庇。」首坐一個龍鐘老人，腫着兩個眼泡，掬着一嘴白鬍子說道：「我早說提轄必然發跡，（仍叫他提轄，絕倒。）今日果然做了大官。（活畫懵懂老人。）像提轄這般人能得幾個！」（只管叫提轄，絕倒。）希真只稱不敢，眾人都笑。親隨人擡上了金帛禮物，按着人數，一人一分，希真親手送過去。眾人起先那里肯受，只聽得滿耳朵都是「阿也也」的聲音，推讓了好半歇纔得定了。（絕倒。）酒筵擺上，堦下奏動鼓樂，大家坐了。酒至數巡，一個親隨稟道：「郡主出堂。」只聽得環珮丁東❺，六七個使女擁着麗卿出來，鳳冠霞帔，玉帶禁步，金裝的命服，走上庭前，朝上立着。希真道：「我兒，可與眾位高鄰見個禮。」嚇得眾人跌跌踵踵的避了開去，（姑娘上陣，嚇得人都避開；姑娘

---

❺ 丁東：即「叮咚」，象聲詞。

見禮，也嚇得人都避開。都說：「什麼道理！」階下細樂奏動，麗卿依次序都道了「萬福」，眾人都拜下去，麗卿也連忙跪倒回禮。希真道：「這不是折殺也！」也回拜了。麗卿告辭進去，希真極其殷勤酬勸，眾鄰舍只是拘拘束束的，都不終席，紛紛告辭了。此是作者圖省筆，不可被他瞞過。希真只得送出，又叫每一家另送一席去。

希真退入後軒，與女兒說話。筆如楊枝甘露，充足飽滿。聽得外面開道之聲，麗卿道：「想是玉郎來也。」須臾報進來道：「郡馬到。」希真甚喜。祝永清進來拜見道：「泰山，小壻叩賀。」希真呵呵大笑，連忙扶起。夫妻都見了禮。希真道：「如何這般晚？」永清道：「官家在天祿閣叫儒臣講書，講畢，又觀武臣校射，故此歸遲。」不知者以為閒文，豈知作者極寫四海清平、崇文宣武，將一部大書無數刀兵，一齊收拾，從此天下不復用兵也。妙。希真吩咐家宴，便對永清道：「賢壻今夜歇在這里。」永清回顧那員裨將道：「發放他們回去。」看看月光上了，先提一筆。麗卿要到箭園亭子上擺宴。那座箭園收拾得比前更好，只是不開桃花。當日，父女、翁壻在亭子上開懷暢飲，說起從前的一番事業，大家都歎息了一回。此時雖欲不悟道，不可得矣。永清道：「卿姐可還記得，那年我同你在猿臂寨演武廳上步月飲酒，也同今日一樣月色。」麗卿道：「可不是麼！真是光陰如箭，日月穿梭，今夜月亮同那年的一般。」清機徐引。永清對着那片清景，怎不動情，便起身對希真道：「小壻酒後放肆，欲歌舞一回。」希真道：「應得請教。」永清便攬衣下了亭子，在月光裏舞了一回。欲寫歌，偏先寫舞，筆有餘閒。端的堦下玉山傾倒，樽前素影翩躚。舞罷，上來入坐。希真、麗卿都喝采。侍從之人，無不暗暗稱羡。永清抗聲歌一篇五言，句道：「人生無百歲，朱顏能幾何？斗酒爭芳夜，清光搖婆娑。感歎古豪傑，俱已歸山阿。當其曜質時，自命一何多。拔劍擊大荒，開邊厲長戈。武將是一流。經綸捷雷雨，法術奠山河。文臣自是一流。更有巖居子❻，獨寐發瘖歌。隱士是一流。金筯并玉骨，歲久終消磨。何如天上月，亘古揚清波。」希真聽罷，擊節歎賞，暗暗點頭。四字已起下文。麗卿笑道：「我近來幾年被玉郎纏障死。」奇語，天外飛來。永清笑道：「怎的是我纏障你？」麗卿道：「沒來由，你捉定了我，要我學做詩。我又不好拂你的意，胡亂讀了些。補出從前無限妙景。今我對此良辰美景，喫你害得擺佈不下，絕妙詩情。心裏想了幾句要說出來，你卻不許笑我。」嫵媚之極。永清笑道：「便請教些何妨，誰敢笑你。」那麗卿洒遮了臉兒，也不怕不好意思，便頓開喉嚨，鶯囀燕語的吟道：「明月照桃花，依然還我家。」絕倒，確是初學嫩句，不知仲華幾時摹得。永清大笑道：「直是高的。還不謝我師父，反要怨我，真沒良心，先罰你一杯！」希真笑道：「你不要打岔，聽他說下去。」詩而曰說，於此僅見。麗卿道：「明月照桃花，依然還我家。回想猿臂寨，又在天一涯。」忽然又縱了開去，真是絕妙詩情。少陵翻思在賊愁，正是此處反面。嘗見仲華詩稿云：愛看海外金山好，屢夢家門舊釣磯。今日已立釣磯上，忽憶金山白雲飛，苟非情種，惡足與語哉！永清喝采道：「真好！」麗卿接下去道：「去時何悲傷，歸來何歡喜。歡喜與悲傷，只在這片地。」忽又變調，似樂府非樂府，是童謠非童謠，確是識文義女郎，妙哉！永清道：「意思實好，可惜地字不叶韻。」希真笑道：「不要管他，只顧做下去。」覺沈氏八病之無謂。麗卿道：「今日歸故鄉，故鄉空斷腸。怎比深山裏，仙家日月長。」真絕妙好辭，偏能以俚語發之，如聞哀猿夜啼，瑤天笙鶴，焉能辨其筆墨哉！永清聽罷，也不覺淒然下淚，說道：「姊姊真是夙根人，在干戈戎馬之間，略一沾唇，出口便恁般風雅。只是章法、字句尚未磨琢，然已虧你。」麗卿笑道：「正要你與我琢磨。」永清道：「『怎比』二字，詩家少見，不如改了『何如』二字。『只在這片地』，不如改了『只此風光裏』，泰山可是否？」

❻ 巖居子：即嚴光，字子陵，浙江餘姚人，東漢初著名隱士。曾與東漢武帝同遊學，武帝授其為諫議大夫，不就，隱居富春山。其垂釣處名嚴陵瀨。居子，猶處士，古稱有才德而隱居不仕之人。

（三人敘說，口角宛然。）希真點點頭。（得神。）聽他二人的詩意，都是物窮思變，知他們元機已動，因緣已到，（筆如勁弩突發。）便默坐定神，觀他二人的根基，暗喜道：「到了。且消停月餘，定有機會到來，好點破他們也。」（拖逗一句，奇妙非常。）當時且不發言，（留筆，絕妙。）大家說談別事，盡興暢飲，直到二更，方纔吃了飯，收拾歸寢。

次日，希真依常早朝，與張叔夜、賀太平共議軍國重事。（大隱朝市氣象。）朝罷歸來，入靜室趺坐，修觀內丹。（如此寫希真，真妙。）原來希真於金丹一道，已有一半工程。雖歷年戎馬倥偬，未暇修煉，但根基已十分堅固，（文情俱妙。）所以在千軍萬馬叢中，真性凝然不動。（文情俱妙。）今當太平閒暇之日，便先將那丹經秘笈絫究一番，將前進的路程探看熟悉了，再等機會。（妙。與天彪春秋大論對敘，一儒一仙，華嶽並峙。）

這日，希真正在靜室默坐，（天彪鞍馬煩勞，希真只靜室默坐，何儒之勞而仙之逸也。令我一嘆。）外面忽投進一個名刺，希直接手一看，乃是「王子靜」三字。希真大喜，忙教請入客廳。希真換了衣服，出廳相見，王子靜已在廳上。希真唱喏道：「賢弟違別多年，此番光降，大慰濶懷。師父安否？現在何山？」（急問師父，與一清之叛棄其師，相去遠矣。）王子靜答揖道：「小弟正奉師命，來訪師兄。」希真遜了坐，侍從獻茶。希真開言道：「賢弟親炙師長，邇來功業定然精進，可煉養些甚麼工夫？」子靜道：「承蒙下問，慚愧之至。師父雖不棄蠢頑，惟小弟憨拙性成，毫無長進。」希真笑道：「賢弟何其過謙，將來同養元功，正是自己弟兄。」（雖係套談，亦不可少。）一面吩咐備酒，邀入內花廳坐地。俄頃酒筵齊備，希真相遜入坐。席間希真又問：「師父現居何山？（再復一句。）遣吾弟前來有何見諭？」子靜道：「七年以前，小弟從師父隱入廬山。（應七十七回之言，白雲廻望合。）那時師父曾說起師兄，尚有七年世緣未了。（妙）今屈指已屆其期，（妙）不知這七年中吾兄事業如何？」（一部大書，希真事業震天耀地，婦孺咸知矣。乃子靜至此，猶須動問，寫出仙人不預世事，入神。）希真道：「那年小弟為高俅陷害，正欲訪尋吾弟，同避深山。（又廻應七十七回。）不料魔障未盡，世緣相牽，七年中竟有如此如此大事業。」便將怎樣落猿臂寨，怎樣與宋江作對，怎樣恢復了兖州，獻馘歸誠，怎樣平定新泰、濮州，怎樣從張經略平滅梁山的話，細細說了一遍，并道：「此刻獻俘奏凱，大功已定，小弟早已在天子前辭職告退，擬欲到師父前侍從學道。惟是聖恩深重，留我暫住幾時，只得遵從。看來不久就可入山矣。」子靜道：「師父遣小弟前來，正為此語。（妙。）師父說，金丹真傳吾兄俱已領會，無庸多囑。（好。）就是成功之後，急流勇退，吾兄諒亦能之。（妙。羅真人諄諄誥誡，而公孫卒入魔境；張真人無庸多囑，而希真卒成正果，非師有優劣，實弟子之賢不肖迥殊也。）惟修道之處，師父為吾兄選得嵩、華兩山，可以安身。（妙。）又，令愛亦是道器，可付真傳。（妙，妙。）吾兄努力進修，勿負師父屬望。成道之後，再行聚會。」（有此一筆，省卻希真入廬山訪真人一事。）希真連聲諾諾。酒筵已畢，又敘談一回，子靜告辭。希真相送出門，寄請師父道安，子靜相訂後會而別。（收過王子靜。）希真送別了王子靜，仍入靜室修觀。

這日，希真正與祝永清、陳麗卿同在辟邪巷舊宅箭亭上飲酒歡談，忽報猿臂寨知寨官差人到來，希真即叫喚入。看官，你道這差人為何而來？（奇。）原來麗卿自到京之後，記念那猿臂寨這張磁牀，（忽提起磁牀，奇。）適因雲天彪奉命出使，范成龍隨行，麗卿因囑范成龍到猿臂寨時，教知寨官着人舁❼這磁牀來京。（補敘出。）范成龍依言，到猿臂寨吩咐了那個知寨，所以此刻有差人上來，呈遞知寨官的稟摺。（注明。）希真拆開看時，內着着：「某月日，西廂房忽然坍倒，將磁牀壓為齏粉。」（奇極，妙極，完結磁牀。）麗卿大吃一驚，連稱「可惜」，不覺弔下淚來。希真急忙勸諭。只因這一番，有分教：玉闕瑤臺，兩父女飄然遠引；安邦定國，一部書告

❼ 舁：音ㄩˊ，抬。

厥成功。究竟蕩寇志怎樣完篇，且等下回結束。

范金門曰：勦滅梁山，原分中、左、右三隊；雷將三十六員，亦以十二員為一軍，分作三軍。惟統其所尊，則以張經略為首出，而全部選士、厲兵，切切焉有心於梁山者，卻是雲、陳二人為兩大柱石。此際功成事畢，自宜平列收束。雲天彪一生忠勇，說禮樂，敦詩書，歸之於儒；陳希真寸心靜鎮，乾元鏡，九陽鐘，歸之於道。文筆如雙峰並峙，卓爾不羣。

寫雲天彪整頓各營，不脫前傳；寫陳希真修身闡教，帶起後文，處處緊捷，筆筆玲瓏。

第一百四十回　辟邪巷麗卿悟道　資政殿嵇仲安邦

話說陳麗卿聞知猿臂寨磁牀壓碎，大驚垂淚，大有不忍棄舍的意思。希真急忙勸止道：「吾兒何必如此。萬物無常，人生有盡，就是天地也有毀壞之事，何況這點點玩好！」語氣高曠，尚未切近指點，所以留下文地步也。麗卿道：「這磁牀是最難得的，如今壓碎了豈不可惜。」希真笑道：「既已壓碎，你待怎的？妙極。不要癡想了，且吃酒罷。」妙。當時便開發了來使，細。重整杯盤，三人再飲。麗卿又自言道：「這班男女真是可恨，難道牆要倒了，不留心看看？」確肖神清。永清道：「這也不關他們不小心，自是成毀有數。如今既已碎了，多說亦是無益，只好罷休。」麗卿道：「罷休是只得罷休，……」永清忙接口道：「卿姐，我們且說別件事。」希真看他二人說話，只是撚髭微笑，不發一言。妙筆，不特傳出希真之神，并傳出永清、麗卿之神。只見他們二人你說我談，有時同希真扳談，希真只是隨口答應。妙。永清不覺說了猿臂寨，便提起那年怎樣的經營，某處有砲臺，某處有墩煌，某處有磚城，某處有土闉，如今卻歸他們在那里鎮守。麗卿又說到寨內怎樣的華麗，某處是亭臺，某處是樓閣，如今也歸他們受用。文情奇幻。

希真聽到此際，便叫侍從人退去，便對二人道：「你們都隨我到箭廳上來。」夫妻二人都隨了過去。希真居中趺坐，便問麗卿道：「此地是何處？」上文二人相話神遊他處，幾乎忘却本處矣。突從眼前一點，奇妙非常。麗卿道：「是箭廳上。何須問？」希真道：「你那年割高衙內的耳朵在何處？」愈奇。麗卿驚道：「爹爹怎的健忘？」一面指着亭子說道：「就是這里！」希真道：「你殺魏景、王耀在何處？」愈奇。麗卿笑道：「爹爹幫孩兒在廊下動手。今日好道醉了，都不記得。」希真道：「我自不醉。妙。我因坐在此地，不見遊廊，故問你。你既說遊廊，遊廊在何處？」妙。擒此句入題，奇。麗卿大笑道：「爹爹既不看見，孩兒領了你去。」希真道：「飛龍嶺、冷艷山、風雲莊、猿臂寨等處，我同你在此地都不看見，你可領了我去看。」忽收之來，忽縱之去，絕妙指點。麗卿道：「此刻飛也到不得。」希真道：「為何說遊廊要領我去？」妙。麗卿道：「路近。」希真道：「路近為何同飛龍嶺等處一般看不見？」妙。麗卿道：「我的爹，擺在眼前，自然看見；隔了一層，自然沒處看。我們此刻都到遊廊下，便連這箭廳、亭子都不見，豈不是一樣？」已引入矣。希真道：「却又來。你此地不見遊廊，同到那遊廊不見此地一般，然則與飛龍嶺同一不見，何故去分他遠近？妙，妙。你們二人方纔說話，忽想到猿臂寨就在你眼前，妙，妙。你何不由猿臂寨想到此地？」妙，妙。麗卿道：「我的老爹，怎地這般纏不清！身子到的所在是真的，想的所在是假的，想到那里都在眼前，分他什麼遠近？」希真喝道：「倘沒有你的身子，何處是真的？」突聞獅子吼。麗卿、永清都吃了一驚。當頭一喝，三日耳聾。永清道：「卿姐，泰山點化我們，洗耳恭聽。」妙。希真道：「你們都不要執着了。你道這箭園便是你的，那日玉郎說得好，人生無百歲。這箭園却不肯同你都盡，怎見便是你的？直刺要害。且不必等到百年，你到了遊廊，這箭園亦在天涯，與你無涉了。再進一層，深入其阻。不但此，我們三人在此，都是因緣遇合。你深恨高衙內，他如今已死，與你何涉？妙。你同玉郎打得火般的熱，一旦大地分張，他不能顧你，你不能顧他，妙。那時與高衙內何異？恩仇豈不都是假？妙，妙。又不但此，玉郎還隔你一層，他人打玉郎，你身子不知痛疼；殺玉郎，你未曾死。至于你這身子最親近的，至此遂切近指點。你舞劍使鎗，諸般服你使喚，一旦地、水、火、風各自分散，他就不來理你。妙。你今年二十五歲了，你想二十五年之前，你在何處？妙，妙。那時曉得什麼是梨花鎗？妙，妙。什麼是寶劍、弓箭？妙，妙。什麼是空手入白刃的諸般武藝？妙，妙。顛倒說我醉，你們却一世不曾醒！」入木三分。

夫妻二人聽罷，冷汗如浴，說不出話來。希真又道：「當年高衙內調戲你，受過的悶氣何處去了？逃難時受過的驚惶何處去了？一切戰場鞍馬、汗血風霜，受過的辛苦，何處去了？將從前事業盡行捲去，無論談道，即觀其用筆，亦奇矯非常。可見已往之我，都已變滅，只剩得今日的榮華富貴；今日的榮華富貴，豈就永不變滅了麼？筆力直透紙背。茫茫浩浩，大化無情，雹捲風馳，誰拉得住？署泛泛眼，我們三人都不知歸于何處。讀至此，頑石亦點頭矣。如今這張磁牀，你們看他成功，今日忽然消滅，就是眼前一個式樣。」點睛飛去。夫妻二人都恍然道：「我們也時常念到這里，足見是慧根。只是沒擺佈處，強他不過，只好由他變滅。所以我們在先摧鋒陷陣，不顧性命，料得終必變滅，着，着，着，來了。看他縱出天外，却已收入掌中，真非凡筆所能。落得變滅得好些。」希真冷笑道：「戰場上不過變滅得轟烈，富貴中不過變滅得安耽，同是變滅，分甚好歹？我如今自有不變滅的妙道，一句喚轉，絕不費力。上文一路逼拶之功也。你們不來問我，教我怎說？」夫妻二人大驚，一齊跪下哀求。希真道：「同是會中人，不必瞞你們：色身終須變滅，法身萬劫不壞。何為法身？真性、慧命是也。點題。呂祖云：命須傳，性可悟，入聖超凡由汝做。三教雖然並立，而儒教最大。儒能入世治世，又能出世。仙、佛二家只能出世，然以打破生死為事，則仙、佛二家最切近，故好長生者多歸二家。不知儒家亦有長生之術，其法身與仙、佛無異，水乳交融。人不留心。孔、孟二聖悲憫天下後世，性理而外，只論經濟。其經濟仍從性理中流出，而真性處間或流露一二句，精義。見仁見智，令人自悟。」精義。

看官，須知此段言語，並非希真嚼舌，亦非仲華杜撰。但此中之理，一二句也交代不了。妙。今日說此書，只管把這話說下去，知音者謂我是深談，不知者以我為迂濶，不如把希真的言語，權且收起。妙。只說當時祝永清、陳麗卿夫妻二人，只顧哀求不已道：「求大仁大慈，與我等做主。」希真道：「做主要你們自己，我不能代勞。是極。我只好與你們引路。妙。我如今已入仙教，此條路熟諳，引了你們進去罷。何等通融。彼入主出奴，此疆彼界，何謂哉！但只是天律嚴重，不敢妄泄。我今看你們二人都夙根不凡，因緣已到，我亦何忍隱諱。待選個吉日，焚香告天，再告了我的本師張真人，我將周天進退火符抽添，都傳了你們，便從慧命先入手。但是你們慧命成功之後，切須了悟真性，務要十分圓明，不可稍有懈怠，致再墮落。」夫妻二人叩頭，頂謝不已。希真又指着麗卿道：「只為你這孽障，誤了我七年的路程，這也是前定的數。今日大家休息也。」筆力瀰滿。

麗卿道：「秀妹妹恁般聰明，他夙根如何？爹爹可否指引他？」熱腸。希真笑道：「用得你憂哩！他從性功入手，常對我說，七層寶塔只少一頂。你們記得那日功臣宴後，他無故死了七日的事麼？」忽補出慧娘一事，妙。二人都道：「這是沒多幾日的事，如何不記得。」希真道：「那日雲家老小惶急，劉家也從山東遣人來問，你們也相帮着忙，我只說不妨，如今你們猜着是甚緣故？」二人都道：「不曉得。」希真道：「這是禪門七日大定的工夫，妙。已得了如來正法眼藏。妙。再不數日，好道了當也。」妙。永清、麗卿都恍然大悟，驚駭不已。永清又問：「雲天彪等日後何如？」希真道：「雲天彪已得仲尼宗旨，不由仙、佛這條路，將來他到無聲無臭地位，廣大不可思議。張嵇仲當從精忠大節上解脫，也不由仙、佛這條路。所謂殊途同歸，及其成功一也。總結一筆，飽滿充沛。其餘諸人皆守儒門枝節，將來俱不失人道，大小不同，各有正果。」祝永清、陳麗卿被希真一番點悟之後，身心冰冷，一切富貴、功名、外慕之相俱已消滅。希真道：「夜深了，大家吃飯睡覺罷。」以此四字結之，妙不可言。三人入席，從人去溫了殘餚，細。又吃了一回，都收拾歸寢。希真仍歸那間靜室安身。妙。永清、麗卿夫妻二人都到樓上，一同進牀去睡。妙。絕倒。看官，原來他們夫妻二人一向不以色慾為事，今又經希真一番點悟之後，一發正經，真是絕倒。有誰看見？請問。都安魂定魂的熟睡，絕倒。辜負了良宵美景也說不得。絕倒。正是：仙家自有真夫婦，何必形骸接後天。過了幾日，希真教二人同進淨室。希真焚香證盟，步罡踏斗都畢，便升座趺坐。祝永清、陳麗卿都叅拜畢，希真便將大小周天火符都傳授了，二人拜謝。授道一段，不蔓不支，寫得好。出了淨室，外面忽報進來道：「越國府差虞侯來禀緊急事。」緊接。希真道：「着他進來。」那虞侯進來禀道：「忠智一品夫人劉于昨日三更歸天。」妙。麗卿放聲大哭。希真喝住道：「你又糊塗了怎的！」麗卿笑道：「真個忘了。」妙極。希真對虞侯道：「曉得了，你先回去。」虞侯去了。三人緩緩的吃些飲食，慢慢的換了衣服，都到越國府來。

此時天彪出使已回，補筆周匝。正在府內，聞希真到來，迎入裏面，聽得哭聲聒耳。只見那劉慧娘梳粧嚴肅，垂眉閉目，面色如生，端坐在當中。許多人圍着，哭做一團糟。雲龍含淚迎着希真道：「周身還火熱的。那日的事，老伯說不妨，迴映一筆，妙。今日還可不妨麼？」希真笑道：笑對哭，妙。「他大事已畢，你只管要他活在這里做甚？」（奇語。）雲龍聞言甚是駭然，想道：「恁的同他有仇！」（妙。）希真上前，止住了眾人啼哭，叫把他頭髮打散，兩路分開，露出顖門。希真拱手笑道：「賢甥女，恭喜！你時常對我說，七層寶塔只剩一頂，今日完功了，可喜可賀！」又見他手裏還拏着日常用的一把鉗兒，一柄鎚兒，（真神化之筆。）希真劈手奪來，丟去一邊，喝道：「你還把持着他則甚！」（真神化之筆。）遂說偈曰：「無丹無火亦無金，拋却鉗鎚沒處尋。還你本來真面目，未生身處一輪明。」（此尹真人九鼎鍊心之末章。）說罷，麗卿上前拍他的顖門，叫道：「秀妹，化也，化也！」那慧娘端坐不動。（曲折，妙。）希真道：「咦！」（如聞其聲。）又對他念了些真言，慧娘只是不動。麗卿又要去拍，希真擋住道：「不要只管催他，我知他的意了。」遂喝道：「賢甥女聽我的話！此地不是你賣弄陽神的所在，你要去便去，不可驚了大眾，弄得他們如醉若狂，將來一盲引眾盲，相將入火坑，都是你的罪孽，你可省得麼？」（語極明正。）只見慧娘的屍身把頭連點了好幾點，（奇，妙。）眾皆大驚。麗卿又拍着叫道：「化也！」只見慧娘顏色頓變，豁地顖門十字分開，霎時間身體冰冷，氣息俱無，果然化了。（奇，妙。）希真對眾人道：「你們這番只管哭罷。」（妙。）眾人被希真一番做作，倒弄得哭不出來，（絕倒。）都問希真道：「這是何故？」希真道：「什麼河故、井故！（妙。）賢甥女頓漸兩路都到了盡頭，他已虛空粉碎，只等我來，他就要大顯神通而去。是我不許他如此，他悠悠的走了。（註明。）個個人能學得他來，還說甚麼。」眾人方纔明白，轉悲為喜。只有雲龍兀自痛哭不已。永清上前勸解。（此來永清無事，故特用之。）雲龍一面哭，一面說：「總然生天，人世却不能再見。（說盡三聲底裏，闢盡邪書欺罔。）何不就教他顯了神通，（確有此語。）也教我好放心。」（掛肚牽腸，真有此語。）希真未及回答，天彪高叫道：「癡兒子，不要着迷了！（真寫得妙。）什麼相信不相信，你也不必悲傷，也不必欣羨，你讀儒書，可曉得孔子曳杖❶、曾子易簀❷的故事？」雲龍道：「曉得。」天彪道：「却又來！你能做到那個地位，豈遜于他們？他又不來驚大眾，各人走各人的路，由他去休。」（覺得腐儒之闢佛老，嘵嘵不已，真是氣力惡多。希真點悟女兒、女婿，妙在詳；天彪點悟兒子，妙在簡。）希真回顧永清、麗卿道：「我那日說的話何如？」永清、麗卿都點頭。（此篇筆墨真是跳脫迷離，不可方物。）天彪稱謝希真道：「費仁兄盛心。但小媳如此全歸，（二字妙，自是天彪語。）棺木不便盛殮，只好用佛龕罷？」（何等通曉。覺腐儒拘泥古禮，又是多事。）希真道：「也不必，我教他自來收拾。」便走出天井高叫道：「劉慧娘，你自赤灑灑地去了，這幻殼還留着他做甚？」不多時，只見慧娘的幻殼口裏、鼻裏、眼裏、耳裏都冒出火來，燄騰騰的把四肢百骸、臟腑、毛髮化得乾乾淨淨，歸于太虛，一毫不見。（好筆力。）卻又奇怪，周身衣服做一堆兒脫落，連線腳都不焦。（奇，妙。）這叫做「戒火自焚」。（註明。）後來的和尚、道士學他不來，只于死後堆起柴來硬燒，這叫做死屍該晦氣。（絕倒。却又儆世不少。）天彪具棺木將衣服殮了，率眾人舉哀行禮。（只管行仲尼之教。）希真等辭別回去。天彪一面申奏天子，只說病故。天子亦震悼不已，降旨追封忠慎淑惠楚郡開國縣君、忠智一品夫人，又賜御祭一壇，墳墓準用禁器，又遣公主賜弔。天彪、雲龍都上表謝恩。（收結劉慧娘。）

過了幾日，希真上表再三乞休歸山。（逕接簡捷。）天子留他不住，只得問道：「卿要入何山？」希真道：

❶孔子曳杖：孔子背手拖著拐杖，說我死後，後繼無人了！禮記檀弓上：「孔子早作，負手曳杖，消遙於門，歌曰：『泰山其頹乎！梁木其壞乎！哲人其萎乎！』」孔子自稱哲人，將死時作此歌，比喻眾所仰望的人的去世。

❷曾子易簀：曾子病榻上更換了不合禮制的竹蓆，表示尊從禮法。禮記檀弓上記載，曾子病中所用竹蓆，當為大夫所用，不合禮制，故易之。簀，音ㄗㄜˊ，床蓆。

「嵩山。」天子道：「乃祖陳希夷先生（希真世系忽于此處補出，妙。陳希夷之孫為陳希真，可見祖父之字不必避諱，今人連字都避，迂也。）華山成道，你却為何愛嵩山？」希真道：「嵩山近帝都。」天子歎息不已，遂傳旨飭令該處地方官，擇嵩山吉地，建造一座忠清觀，送希真到彼修鍊。希真謝恩，就天子前繳了輔國大將軍、魯國公的印信，次日祝永清、陳麗卿亦上表乞休，隨希真去。天子不悅道：「陳希真有言在先，朕已應許。祝永清年正富強，正當報効，何得亦要退閒？朝臣都如此效尤，成何體統！」傳旨中斥。（一番深仁厚澤之後，不可無此，不然太覺恩濫也。不但此也。一路寫希真修道，幾忘却國家大事，得此一醒正旨，行文極有節制。）永清不敢再奏。麗卿又上表奏道：「臣妾係女流，戰陣之外，一無所長，（與女流二字連寫，千古奇文。）叨沐聖恩，過分逾格。今臣妾父希真老而無子，臣妾不親侍朝夕，實為魂夢難安。臣妾夫祝永清哀臣妾之請，亦無異言。（補得好。）伏望天慈，聽許烏私❸。設或天威有事四夷，臣妾犬馬餘生，報効有日，臨表涕泣。」（絕妙一篇麗卿陳情表，簡而且透。）天子念其誠悃❹，竟批準了。（按住永清，放出麗卿，極妙剪裁。）

希真、麗卿都入宮謝恩辭駕，轉來收拾行裝。祝永清歎道：「泰山與卿姐都脫離塵俗而去，惟有我無此福緣。」（感慨淋漓。）希真道：「非然也。官家如此倚任于你，你豈可負恩？（凜然大義。）雖要出世修道，也不可乖背倫常大義。（真寫得妙。）如今你已受真傳，只須刻刻不忘，先將鍊己工夫做起來，因緣到了，自有脫離之日。」（妙。與天彪語雲龍對看，可見三教同源，異流並行不悖。）永清領諾。次日，希真、麗卿都束裝起行，天子命眾公卿祖餞。那麗卿已改道姑打扮，眾人都道他們年少夫妻，不知怎樣分別，那知全然無事，都喜笑顏開。（妙。）此時郊外一片熱

---

❸ 烏私：「烏鳥私情」的省文。傳小烏能反哺老烏，因借喻為孝養父母。

❹ 悃：音ㄎㄨㄣˇ，真心實意。

鬧，自不必說。眾人送別回去，獨天彪父子又送他們父女一程，（清出題目。）到了地頭，各自分別。（八字無限指點。）天彪領了雲龍回去。

後來雲天彪匡輔天朝三十餘年，治績昭彰，享壽八十四年而終。史館中名臣、儒林兩傳，均載其名。（結雲天彪。）雲龍從父闡揚儒教，亦名列儒林。（兼結雲龍。）祝永清勤王事四十餘年，告老退歸，隱入浙江西湖韜光山，修養丹道，終成正果。（結祝永清。將傳中有名人物一一收結，然後寫希真、麗卿，筆力絕大。）

話中單表陳希真同女兒陳麗卿辭朝起行，身邊隨從只有一個尉遲大娘。（借得妙。）其桂花、佛手、玫瑰、薄荷四個丫環，在京中伏侍永清，（并有閒文結桂花等四丫環，真是無微不到。）都不同行。當時兩主一僕，取路嵩山，所過州縣一切迎送禮儀，不必細表。不日到了嵩山，只見那所敕建的忠清觀，已在那里併工刱造，（細。）希真、麗卿且在就近道觀中暫住了。不一月，忠清觀告成，希真與麗卿進去。只見三間三清正殿，兩帶遊廊，進去三間精舍，兩座廂房，後面一所小園，一副厨竈。基址不大，却裝折得十分精雅，都是地方官遵旨幹辦的。希真歎道：「天恩深重如此，真無可報答也。」地方官送希真父女進了觀，又撥二名道童來觀服侍，縣官回去。希真自與麗卿在觀安息，道童擔水挑柴，尉遲大娘料理厨竈，青山綠水之間，別具幽閒逸趣。（妙筆寫來，令人羨殺。）希真在觀內，日日修煉內丹，根基既固，傳授又真，精進勇猛，十月之久，大週天火候已全。（畧寫金丹路程，好。）麗卿親受指示，路程早已熟悉，且只修習些築基工夫，（好。）有時出觀外觀玩山景，蒼松雲樹間，逍遙閒遊。端的是白雲深處隔斷紅塵，一切擾累摒除淨盡，（妙筆寫來，令人羨殺。）心境安閒，工夫自然純熟。（妙筆。）希真見他如此用功，也甚歡喜。光陰迅速，倏已三年，希真早已功成行滿，便對麗卿道：「我明日將去也。」（妙筆神來。）麗卿道：「爹爹到那里去？」希真道：「我去廬山訪本師張真人去。」妙。麗卿道：「爹爹去了，幾時再來？」希真道：「我來則決定來，到則實不到。」忽出禪語，奇極。麗卿吃了一驚，恍然大悟。希真便攜了書劍，離了忠清觀飄然而去，從此杳無消息。收結陳希真。真是妙筆。

且說陳麗卿自送他父親希真去後，不上半年，便遣去了那兩個道童，也辭別了忠清觀，攜帶尉遲大娘，到天柱峰下，築一茅菴隱居。除侍僕尉遲大娘外，只有烟霞作伴，猿鶴為鄰。不料其後幅寫麗卿如此，真是天仙化人。先是嵩山南首有一離宮潭，潭內有條赤龍作怪，時常出現，傷人性命。希真在時，麗卿曾請希真用法斬除了他。希真默觀因緣，知此龍須女兒來驅除，所以自己不動手。此道家喻言也。葢女子修道，必須斬赤龍入手，故非希真之事。及至去廬山時，將都籙大法、乾元寶鏡、大周天火符，盡傳授了女兒。那麗卿又費了許多苦功，喻言。祭煉了那口青錞寶劍，方纔到那離宮潭，運飛劍斬了赤龍，除了一方大害。此等處入他手，牛鬼蛇神矣。吾服其筆氣靜穆。眾百姓感激，都稱他為救苦真人，到忠清觀裏布施供奉，絡繹不絕。便起下文。麗卿恐累了道心，故此避居天柱峰下，補敘簡淨。一意修持，遂圓滿大周天火候，聖胎已成，嬰兒已能出現。亦畧敘金丹路程，好。他却把細不敢遠行，是極。古來多少志士，辛苦成道，却誤在這個關頭。不知者以其為尸解為羽化，又烏知其依草附木而死耶？悲夫！只在草菴前後演習行那三年乳哺，以待陽神堅固，行文至此，山窮水盡矣。須看下文如何轉法。忽被人踪跡到來。轉關便極。

原來天柱峰有一條小徑，兩邊篠蘿峭石，雲路灣環，接到一座溪橋。寫來絕無烟火氣。嗟乎，如此幽閒之境，猶有人踪跡而至，不益見塵世之險哉！這日尉遲大娘出來臨溪汲水，忽見一老婦人在溪邊，一面哭一面尋覓物事。奇。喻言。尉遲大娘認識是忠清觀的舊施主，正欲閃避，已吃那老婦人猛回頭看見，急忙拖定了問麗卿去處。尉遲大娘不會說謊，便老實說出來。（好。）那老婦人只道麗卿仙去，忽聞得他還在山中，喜出望外，（妙。）便隨着尉遲大娘直到天柱峰下草庵裏來。（無端牽入尉遲大娘正復何用，亦用其引入此人耳。）一見麗卿，跪下磕頭無數，放聲大哭，口裏只叫：「活菩薩救救！」（奇極。）麗卿忙問甚事，那老婦人帶哭帶說道：「活菩薩還在這裏，求活菩薩慈悲救救！」（沒頭沒尾，只顧自說，活畫老婦。）麗卿道：「端的甚事？」老婦人道：「老身年紀七十，只有一個孫子，只他一脈相傳。（喻言真種子。）如今患病要死，起課的說要到這裏溪邊來，尋株九死還魂草，方好救命，如今又沒處尋。（註出溪邊啼哭尋覓之故。此課畢竟靈驗。）可憐那些醫士先生，都說大命只有三日了，求活菩薩救救！」麗卿道：「阿呀，老奶奶錯了，我又不會醫病的。」（妙。寫麗卿到底只是天真。）那老婦人只哭着磕頭，口裏不住的「菩薩救救」，「師父救救」。麗卿老大不忍，（好。）却又沒擺佈處，（好。寫麗卿只是天真。）便叫：「老奶奶，你且起來。」便想到都籙大法本有咒水治病之法，只是不曾見父親用過，（補此一句，再不遭駁。）自己又不曾試驗。（妙。）想來却只有這條路，（妙。）便對那老婦人道：「我救便有一法救你，如果靈了，却不許外面聲張。」（天真爛熳。）老婦人聽了，歡喜非常，磕頭不迭。麗卿便叫尉遲大娘取碗淨水來，念動真言，噓了生氣，着老婦人持去。次日，那老婦人歡天喜地的進來，叩頭拜謝。原來孫子竟忽然全愈了。麗卿也代為歡喜。（妙。）不料此事一傳兩，兩傳三，哄傳開去。不消數日，那班鄉民，老的少的，男的女的，一齊哄到天柱峰來。（寫盡羣蟻慕羶。）張家求保福，李家求保壽，把一所清淨茅菴，忽變作香火神廟。（絕倒。）麗卿歎道：「我此刻還未到普濟眾生的分位，如何在這里與他們打混？萬一自己真性把握不定，忽然失足，悔之晚矣。」（為學道人痛下針砭。）當下且任眾人兜纏了幾日。（寫得裕如。）

這日，那溪橋東村有一富戶，為其亡父設醮追薦，想到麗卿是個真修成道的人，所念的經卷必然有益，（絕倒。）便來求麗卿念些經咒。（真是絕倒。）麗卿應許了，又道：「難得你們這般敬重我，我明日親自來一遭。」（奇。）那富戶喜出望外，口裏說道：「要屈動師父親身勞駕，實在罪罟❺，如何敢當？」麗卿道：「這有何妨。」富戶拜謝而去。麗卿對尉遲大娘道：「我壽限已終，明日黎明我要去也。（奇。）你可去通知溪橋西村那些施主，好教他們來安殮我，（奇。）我無可保佑他們。如今與你一顆丹丸，你可投在溪澗中，教他們飲了這溪水，都去病延年。」（妙筆神化。）說罷，便取出一顆丹丸付與尉遲大娘，教他出去報信。尉遲大娘聽罷，大為驚訝，一面接了丹丸，一面問道：「姑娘方纔說明日要親自到東村去，怎麼又教我西村去報這個信？」（真可訝。）麗卿道：「你休要問我，我明日決定要去也。」尉遲大娘道：「姑娘還是真話，還是假話？」麗卿道：「我說甚麼假話！」尉遲大娘聽得麗卿認真要死，止不住淚如泉湧，麗卿道：「你何必如此！你服侍我多年，情分深重，我教你一個養形法兒。你回東京去，盡心修煉，倘能道心堅勇，可以證個小果。若只不過泛常修習，亦可壽登百歲，盡終天年。」（真寫得妙。）尉遲大娘跪下聽教。麗卿細細教了他一番，尉遲大娘叩謝了。當時走出溪橋，將那丹丸投入水中，便取路到西村去。到得西村，天已薄暮，尉遲大娘左一家、右一家的去報得來，早已掌燈。尉遲大娘回去不得，就歇在鄉村。（此句有二意：一以省下文寫麗卿臨終情形；一以見天柱峰之道路遠僻也。）

次日，西村人家一大羣男婦，隨着尉遲大娘到天柱峰茅庵來，只見茅庵門只是虛掩着。（好。）眾人推進去，直進後楹，只見麗卿換了新衣服，枕着右脇，臥在牀上，面色如生。（奇。）眾人看了，都疑惑起來，走近前去一看，早已氣息全無，渾身冰冷了。（妙。）尉遲大娘放聲大哭，眾人中有幾個老婦人也哭起來。有一

❺ 罪罟：法網；罪過。

半人都駭異嗟嘆，便商議市棺盛殮，茅庵中亂哄哄的忙了一日。絕倒。到了傍晚，已將麗卿屍身完殮入棺，尉遲大娘哭拜了。眾人都個個叩拜訖，各自回去。只留着兩三個人，同尉遲大娘伴靈。到了次日，尉遲大娘對眾人道：「東村人家也須得報信與他。」就從此渡過去，便極。眾人稱是。尉遲大娘便去東村，先到那富戶家裏報信。那富戶聽了，駭然道：「奇了，他昨日親到我家來誦了七卷清淨經，又用了午齋，午後還往各處一轉，方纔去的。補出東村事，妙。怎麼說清晨就死了？」奇極。尉遲大娘聽了，也自駭然，妙。道：「奇了，昨日靈靈清清送他入棺，西村人都在那里送殮，敢道是做夢不成？」奇，妙。登時一村人閧集攏來，都道：「昨日午後尚兀自看見他的，怎麼說清晨已死？」個個不相信，真妙。便一齊奔到天柱峰茅庵裏去，只見西村人已都在那里跪拜祭獻。妙。兩村人相見，各道緣故，互相詫異。妙。用筆簡潔。西村中有幾個不相信的說道：「怕他是假死不成？」東村人道：「我們敢是說謊不成？」兩邊爭執了片時，便道：「我們且開棺來看一看。」大家都說有理，便啟棺一看。只見衣衫宛然，並無尸骨。妙，妙。大眾驚異，以為成仙成佛，議論紛紛，便去縣裏報信。縣官據實上詳，轉奏朝廷。天子、諸臣一番嘆息，遙加封號，都不必細表。只說當時東、西兩村人，共將麗卿衣服入棺封好，安葬了。又將那座草菴地址，改造了一座觀院，供奉麗卿神像，香火不絕。尉遲大娘不願入京，便就終老觀內。後來兩村人家都個個壽考，無八十以內之人，皆由飲麗卿神丹靈泉所致也。妙筆。看官，陳麗卿一生事跡，交代已畢。妙筆。若務要追究仙跡，且待蕩寇志完了，界限極清。再看百年後結子。伏結子，新奇。

且說張叔夜特提。自平滅梁山之後，位晉三公，秩隆太傅，天子十分隆重。一日，聖駕御資政殿，據史，叔夜加資政殿大學士，故特書資政殿，從實錄也。特調張叔夜道：「朕藐躬涼德，賴爾等臣工匡扶不逮。前次梁山盜起，橫擾有年，幸卿等為朕分勞，掃除匪跡。但子孫坐享承平，積久須防生玩。況高俅、童貫、蔡京等在朝日久，難保無引進餘流，倘後日故智復萌，豈非貽患。趁此整飭之時，賢卿尚須籌劃萬全，俾國家景運常新，蒼生永奠。」簡潔。叔夜奏道：「臣才本疏庸，性兼拙滯，荷蒙聖上優容，寵加拔擢，清夜自思，愧無報稱。前次梁山弭患，實賴該武臣雲天彪、陳希真等勇敢有為，該地方官徐槐首先拔幟。臣叨陛下洪福，隨眾成功，濫邀賞賚。今蒙聖諭，籌及萬年，仰見睿鑒洪深，無微不燭。臣世蒙寵渥，敢不竭盡棐忱❻。簡潔。伏思君者，民之歸也；民者，國之本也。觀民心之歸化，由君德之建元。扼要。陛下天縱聖明，勵精求治，私暱不干政柄，則朝廷無倖位之臣；玩好不擾聰明，則左右絕夤緣之路；本慈祥以總庶獄，則囹圄之冤抑無聞；尚明察以簡羣僚，則朝野之賢能競進。針對前傳首回，信用高俅立論，絕非膚廓。此誠夙夜宥密❼，以為億萬年丕丕基❽也。以頌為諫，妙。一人建極于上，則庶尹承流于下。仰承聖德，共肅官箴：勿以昇平久享，而學校視為具文；勿以寇患久安，而操演漸成虛務；勿謂國課宜充，而頻謀加賦；勿謂下民易虐，而苛弊煩刑。凡百臣工，各勤職守，率真辦事。如有貪酷疎茸❾之官，責令該上司立時斥革。大員互相糾劾，不得稍徇私情，亦不得

❻ 棐忱：非常的熱忱；真誠的心意。棐，音ㄈㄟˇ，輔；弓檠。

❼ 宥密：謂心存仁厚寧靜。宥，寬。密，寧。

❽ 丕丕基：極大的基業，即指帝位。丕，大。

❾ 疏茸：細微；卑小。茸，音ㄖㄨㄥˊ，小草。

藉詞滋累。所貴責成各宰臣遞相查考，振刷精神，毋自暴棄。至于保甲之法，弭盜之方，各宜率由舊章，認真辦理。（一大部治盜之書，篇終例應歸重君德，立一探本窮源之論；然體係策對，斷無可渲染取巧，故用筆樸直如此，切勿以老生常談議之。）應請聖上申諭中外，即以梁山事務為前鑒：為武員者，當以雲天彪、陳希真為式；為地方官者，當以徐槐為式。（通部歸結。）其或藐視曉諭，仍前闒茸⑩，立予重懲。臣鄙俚妄議，伏乞聖裁。」天子聞奏大悅道：「卿言實為國家攸賴，速着京外各地方遍行示諭，實力遵行。」叔夜謝恩退出。不數月，內外頒詔，聲震海隅，共見聖君、賢相郅治無為，從此百姓安居，萬民樂業，恭承天命，永享太平。（和聲鳴盛，莊重不祧。）

邵循伯曰：此書全部以陳麗卿一夢緣起，至此自當大為結束。上應列宿者，入世有年，猶之古鏡染塵，必得稍經磨刮，一悟於猿臂寨之磁牀壓碎，再悟於劉慧娘之戒火自焚。既明變滅之由，自得元功之妙，於是超凡絕俗，操縱自如。仲華為之曲繪真形，顯垂色相，完來太璞，長此流輝，誠不負夢中之寄託也。

安邦一段，按切時勢立言，不同浮響。

---

⑩ 闒茸：指地位卑賤或品格卑鄙之人。闒，音ㄊㄚˋ，小戶，引申為卑下。

結子　牛渚山羣魔歸石碣　飛雲峯天女顯靈蹤

話說那嵇仲張公統領三十六員雷將，掃平梁山泊，斬盡宋江等一百單八人之後，民間便起了四句歌謠，一部大書，以童謠起，以歌謠結，妙。叫做：「天遣魔君殺不平，首句包舉一部前傳。不平人殺不平人。次句兩不平，各有所指。上不平，宋江等一百八人也；下不平，上而高俅、童貫，下而鄭屠、蔣門神，皆是也。不平又殺不平者，第三句上不平，指三十六員雷將也，下不平頂接次句上不平，即一百八人也。殺盡不平方太平。」末句收束。本傳四句六不平收到太平，詘然而止，卻將前傳、本傳一齊收拾，筆力之大，章法之奇，無以復加矣。此四句見郎瑛秀七修類藁。其第三句作不平人殺不平者，以致郎疑其重複，因改為不平，原是難平者，索然無色澤矣。今仲華用原本，而但改人字作又字，意較顯，詞亦較明。夫天彪、希真諸君子而亦目之為不平者，以時言也。皇路當清，衷含和吐，明廷何不平之有？惟其四郊多壘，生靈塗炭，于是諸公攘臂而起，投袂而呼，衝冠而怒，奮劍而爭，而不平之狀見矣。昌黎曰：凡物不得其平則鳴，雖伊周猶與于不平之數，而況其他乎！這四句歌，乃是一個有才之士編造出來的，一時京都互相傳誦。本來不是童謠，註明一筆，妙。後來卻應了一起奇事。奇筆。

這事乃在江南平南府府城北面燃犀浦上。此作者自矜其筆如照犀也。原來這浦名牛渚浦，浦上的山名為牛渚山。山有一谷，盡是亂石，大者五六尺許，縱橫谷內。有那些好事探奇的務要進去，往往跌得頭破血出，絕倒。因此名為不平谷。妙這不平谷雖是人跡難到，卻無甚鬼怪。折筆，妙。自梁山一百八人傷缺之後，這谷內起了一團黑氣，起于梁山傷動之後，妙。後來漸漸大來。一百八人，漸傷得多也。及至梁山破滅，宋江正法，這團黑氣竟大如山谷。一百八人，盡在于此可知。有時冒出谷外，奇。卻只在陰夜裏。妙筆。至于青天白日之下，並無影跡。妙筆。直與首回太陽出來，忠義堂變成白地相呼應。此等結構，洵非庸俗所能望其項背。只是嚇得那班居民日日提心，時時掛膽。就居民寫一句。

原來這牛渚山本是名勝之地，向來遊人玩客絡繹不絕。自有了這團黑氣，都怕來了。就遊人寫一句。這谷口緊對一個磯頭，附近村莊漁人向來都聚集于此，今番也沒人敢來。就漁人寫一句，三句平列，而此處逗出釣磯，平中寓側，妙。那黑氣出谷時，散漫各處，却是以這釣磯為界。重點釣磯一句。釣磯對岸一個市鎮，名叫繁昌鎮，乃是人烟稠密之所。順點出繁昌鎮。當時見了對岸有這團黑氣，人人畏懼。再染一筆。年復一年，這黑氣却從未曾冒過釣磯。頓一筆。只是黑氣中漸漸有腥惡之氣，非一朝一夕之故，其所由來者漸也。繁昌鎮上行人、坐賈，都有些聞得。忽一日，時已傍晚，矇影未滅，那黑氣忽地冒過釣磯來，直到半江上。寫得駭人。裏面那股腥氣播散開來，這鎮上街頭市尾，大小店面，沒個人不叫苦連天，掩鼻不迭。可謂穢德彰聞。足足的一個時辰，言其流毒之久。方纔散去，黑氣亦退。次日，鎮上大小人口無不患病。本領強的，還能帶病做事；本領低的，早已呻吟牀蓐。羣醫莫知其故。有一樵夫住在東市頭的，傳言道：「你們都是中了蛇毒也。」方點出蛇。眾人忙問何以知之，樵夫道：「我們夥伴六七人，時常到那對面牛渚山南峯去砍柴的，近因有了這黑氣，我們便不敢多逗留。這黑氣雖不到南峯，我們却深怕他，一到申酉時分，即便回來。回應上文，細。數日前我在南峯山砍柴，日已沉西，夥伴皆回，我不合依仗膽大，逗留少刻。忽遙遙望見這谷口黑氣，已汩❶都都冒出谷來，應前，細。黑氣中現出一條庭柱粗細五花斑爛的錦鱗大蛇。寫得光怪陸離，筆端如有奇鬼，森然欲出，駭人之至。那蛇昂起頭來，好一似丹青彩畫的寶塔。張開那血盆也似的巨口，仰天噓氣。真寫得出。忽見天上一羣烏鴉飛過，離那蛇還有三四丈遠，便一隻隻的投入蛇口裏去。真寫得出。那時我心膽嚇碎，幸

❶ 汩：音ㄍㄨˇ，水流的樣子。

而不被那蛇看見，急忙抽身逃回。又幸而我在上風，雖聞得些腥氣，却不怎地。補得好。此刻眾位聞了腥氣，個個害病，怕不是蛇毒麼？」眾人聽了，個個駭然。因想到雄黃能解蛇毒，便家家戶戶吃起雄黃酒來，次日都漸漸起來。內中有受毒深重，急救不及的，已死了二十多人。筆法嚴確。眾人都嚇得魂膽消烊❷，登時那些臨浦的舖面，都盡行關起，避入後街去了。誌其騷擾之巨。鎮上里正去禀知了太守，太守也躊躇無計。因想蛇怕雄黃，更兼他日裏不敢出來，便收買了數百斤雄黃，親自督押差役，乘白晝裏直到谷口，將雄黃鋪滿了。果然那蛇腥不復出來，連那黑氣也不出谷口了。頓筆，極妙。百姓皆喜，競頌太守之賢。從此浦上店面，都漸漸開設出來，依然復舊。

光陰迅速，不覺又有三年，眾人都習以為常，毫不覺得了。頓筆，妙。忽一日，天色未晚，始日陰夜，繼日傍晚，至此直日天色未晚，言其漸無忌憚也。那谷裏陡然起了一陣大怪風，滿谷震動，登時衝出谷口，捲砂飛石，一條路開到釣磯上。寫得駭人，奇波又起。那黑氣一齊隨着大風，翻翻滾滾的捲出來，直過江面，撲到鎮上。駭人之至。前猶在半江，此直到鎮上，其勢駸盛矣。黑氣中猛聽得震天動地的一聲狂吼，與蛇先寫腥一樣筆意。早已嚇得那班人鑽房入戶，牀下就是牀下，桌底就是桌底，紛紛的都躲了進去，並不曉吼的甚麼東西。妙筆。與寫蛇一段中，羣醫莫知其故，合看言其奸惡，無人能識也。抖藪藪躲了許久，亦言敷毒之久。聽得外面聲息漸無，方有幾個膽子畧大的出來一張，見那黑氣已退去了。妙。眾人漸漸出來，妙。只聽東邊西邊紛紛的覓爺尋子，失去的人不計其數。漸漸定來，方知嚇死的有十餘人，認真不知去向的三人。筆法嚴確。寫蛇先寫其形而後寫傷人，寫虎先寫傷人而後寫其形，章法變換。初云不計其數，後方點出數目，寫忙亂情形確肖。眾人都不知是甚怪物，再染一句。却有幾個在後街高樓上的說道：「遠遠望見

❷消烊：喪失；結束。烊，音ㄧㄤˊ。

黑氣中亮光一閃，現出一隻吊睛白額的大蟲。（又寫得光怪陸離，與寫蛇工力悉敵。）渾身錦毛斑爛，其大如象，豎起那枝斗大的尾耙，正似一枝大桅竿。（真寫得出。）我們也幾乎嚇殺，後看他退去了，方纔心安。」眾人聽了這話，方曉得三個人是被大蟲拖了去也，個個叫苦不迭。

里正即忙去稟太守，太守大怒，即便移知營裏，裝載了兩門紅衣大炮，會同營弁、兵丁一同前來。到了鎮上，將砲位擺好，對準了照星，裝了火藥炮子。只見那黑氣在谷外蓬蓬勃勃慘若窑烟，（接寫黑氣，駭人之極。）這邊眾人，無不畏懼。（精靈之筆。）太守喝令開砲，眾兵只得動手，只聽轟雷霹靂的一聲，炮子直向黑氣裏打進去，那黑氣只是不動。（竟無忌憚矣。）太守怒極，再命換那一門砲打去。兩炮輪打，接連打了六出，只見黑氣影裏忽然湧出一大團紅光，有如初出旭日一般。（奇筆，妙筆。）眾人皆驚。（黑氣有時習以為常，紅光反致眾人皆驚，可慨也夫。）那團紅光徐徐行出釣磯上來，（奇筆，妙筆。）嚇得眾人跌跌踵踵都逃了轉來，太守也目瞪口呆，罔知所措，只得同着眾人收了炮位，慌忙避去了。回頭看那紅光漸漸淡去，現出一個老婦人來，（文境奇幻。）衣衫裝束皆古，亭亭的立在釣磯上。（奇幻。）太守和眾人也不敢轉來，一直回去了。那鎮上人都收拾物件，挈帶眷屬，紛紛移去。只聽那婦人忽開言道：「要不要收？」（奇文忽起。）鎮上人如何敢回話，只顧自己慌忙收拾，盡行移向後街去了。自此臨浦一帶地方，廢為墟落。（好筆力。）那後街離釣磯雖遠，亦不過兩箭多路，但有高樓高臺處，都望得見。（好。）那婦人一見這面有人，總叫一聲：「要不要收？」（奇，妙。）這邊人那里敢答應。內中有幾個自稱有識見的都道：「他望見這里，只叫要收，必然不妙。據我看來，連這後街都住不得了。」此時人心惶惑，一聞此言，個個都怕起來，又復紛紛移去。內中有幾個不肯移的夾在大眾隊裏，也不能不移。（入情入理。）從此後街又廢為墟落。

好筆力。那羣市人都聚集在後面三里路外，名為繁昌新鎮，遂與牛渚山釣磯隔絕。好筆力。年深代遠，故老消亡，八字簡勁。所有蛇虎作怪之事，也不過傳為閒談。好筆力。惟有那黑氣還在谷口，婦人還立釣磯。好筆力。有幾個探奇好事的，親到舊鎮墟落上去看過，都轉來作一件奇事說說，又各各相識：「那婦人問要不要收，千萬不可答應。」奇筆，妙筆。

不覺又是五六十年，已到了理宗皇帝淳祐年間，那些人有到故鎮墟落上遊玩的，切記了故老傳留的囑咐，見那婦人叫要不要收，終沒個人去答應他。妙。這日，有一牧童，騎着一頭青牛走過，那婦人又叫聲：「要不要收?」也是天降奇緣，合當如此，那牧童戲答道：「要收。」奇極，妙極。百餘年妖氣只用一牧童收去，蓋言此事收放之權在民牧也。話方畢，天地風雲忽然變色，雷電齊至，驟雨奔騰。奇極，妙極。嚇得牧童屁滾尿流，把那牛連鞭幾鞭，沒命逃去。那婦人也不見了。順手收拾。只見滿天烏雲壓下，將那牛渚山團團圍住，寫得奇極，筆端有神靈聚集。數萬雷霆砰訇震響，電光如逸火流金，大雨傾盆。真寫得出。這邊繁昌新鎮及牛渚山前後左右村落，都嚇得不知所為。只聽得牛渚山雷雨中無數龍吟虎嘯，足足的三日三夜，方纔雨止雲收，一天晴霽。妙筆。眾人漸漸安定，便到牛渚山去探看。只見那釣磯上已鑿成一條平坦道路，直通進谷去。那谷口所有亂石，盡行剗削，裏面一片鏡面也似的平地，那團黑氣絲毫全無。真正絕大筆力，絕妙文章。眾人料知無害，便一齊走進谷去。只見谷內正中立着一箇石碣，約高五六尺，下面石龜趺坐，直應前傳楔子，奇極。前面都是龍章鳳篆，天書符籙，人皆不識。那背後却有四個大真字，鑿着「永鎮妖精」。石碣式樣，抄前傳，而特用「永鎮妖精」準對其遇洪而開，蓋言前此悞開，此次永不準復開也。真是絕大手筆。眾人看了大喜道：「原來百餘年妖精，今早收伏，從今這不平谷，可改稱太平谷了。」一筆點睛。當時稟報了太守。此時太守姓任，雙名道亨，四川重慶府長壽縣人氏。為人極有孝行，博雅能文。忽補出太守姓名、籍貫、行事，以為下文作地。當時聞報甚喜，便親到牛渚山來踏勘了，便將此事緣由詳報都省。都省專摺奏聞，天子大悅，便傳旨改平南府為太平府，即今之安徽太平府也。妙，妙。那太平谷內，有了這件奇事，四方遠客紛紛而至，咸來觀看。有些好事的，各將天書摹搨了，攜去分贈親友。那符篆端的沒有一個人識得，妙筆。葢無人識得，方是天書。笑彼何道士一見便識得之石碣，愈形其偽也。只是極有威靈，懸之凶宅，妖魅都紛紛潛避，所以人人珍為至寶。勾染一筆，妙極奇極。三年之後，太平谷忽然又是一夕大雷雨，竟將谷口封閉，那石碣便從此永藏。一筆收束，筆力之大，橫絕萬人。

且說任道亨蒞任太平府，勤敏稱職。是年奉旨陞任龍圖閣直學士，入京供職。不上數月，奉命出使嶺南。聞知羅浮山仙景極佳，即串羅浮便捷。公事已畢，也不央別官陪奉，換了私服，帶了幾個僕從，入山尋勝。行至飛雲峰所在，果然神秀天生，迥異凡世，喝采不迭。望那飛雲頂上，雲氣縹緲，似有神靈往來，歎賞不已。虛寫最好。忽聞雷聲殷殷，雲影裏颯颯地大雨點灑下來。任道亨對從人道：「山雨將來，怎好？」數內一個侍從，乃是嶺南博羅縣派來伏侍的公人，說道：「前面不遠，就是洞真觀了，好去避雨。」主僕們緊走，那知已是迯不及了，大雨漸緊，衣服都有些淋濕。只見路左一叢古松林，裏面露出幾間白茅草屋，漸漸引入。主僕只得迯那里去。到門首看時，却是個草庵，上面橫着一塊白粉扁額，寫着「歸元庵」三個字。眾人齊去叩門，急遽避雨之態如畫。裏面一個人出來開了門，眾人看時，乃是一個龍鍾老道婆，問道：「眾位官人何事？」一個公人道：「這是御前欽差相公，自是公人聲口。到你處避雨的。」道婆道：「請進來。」眾人早已閧到草廳上，葢不待道婆之請也。勢燄人蟻視方外，往往如此。少陵云：自到青城山，不唾青城地，如此長者有幾人哉。道婆隨後進來。眾人看那道婆，傴僂着背，白髮蓬鬆，面黃肌瘦，雞皮摺縐，身上十分藍縷，相貌十分偎催。（點醒世人不少。）眾人道：「道婆，我們一者避雨，二者借杯茶吃。」那道婆聾着耳朵，又問了一徧，說：「茶有，官人們請坐。」一面說，一面扶牆壁往後面去安排。從人們道：「茶葉好些，多賞你幾錢不打緊。」道婆應了一聲。任道亨道：「庵裏只你一人麼？」道婆道：「便是。」任道亨倒有些不過意。（未有孝子而不敬老仁民者。）

等了片刻，雨倒不落了。任道亨看那庵裏却也精緻，上首供奉着幾位聖賢，側首懸掛一幅小楷書，近前看時，乃是黃庭內景經，端的筆法精嚴。任道亨喝采，看到那欵識，寫着「宣和元年儀封祝永清書」。（奇。）任道亨驚道：「這字却像他的真跡，為何埋沒在此？」又看上面有「宣和御府」小印，一發駭然。（奇。）只見那道婆捧着個桶盤，七個八玎瑺的泡了好幾碗茶出來，放在桌上，叫道：「官人們吃茶。」當中又一個玉杯兒，道婆取來雙手捧與任道亨道：「這杯好茶，與眾不同，是老婦人奉承相公的。」任道亨忙接過來，看那杯時，果是羊脂白玉，雕刻得玲瓏剔透，（奇，妙。）心中大疑道：「看他這般貧窮，却怎的有此珍玩？」又看那杯兒裏却是一杯白水，並無茶葉。（奇，妙。）任道亨響喉嚨笑問道：「為何我這杯兒沒茶葉？」道婆笑道：「比有茶葉的高多哩，你吃吃看。」任道亨一來口渴，二來省得換，取來一飲而盡，咂咂舌頭，也不過如此，（所謂淡而不厭。）放了玉杯，眾人也都吃了茶。

任道亨道：「兀那道婆，這幅字那里的？」道婆道：「是我家裏的。」任道亨道：「曉得是你家裏的，你從那里得來的？」道婆道：「是祝永清寫的。」任道亨道：「怕不省得。你總有個來處？」道婆笑道：「甚麼來處去處，便是祝永清寫了，親手送我的。」（奇文。）任道亨聽罷，哈哈大笑道：「你這婆子倒是個古董鬼兒，教了你的乖罷！絕倒。那祝永清乃是宣和年間人，欵上明明寫着，現有御府小印，乃是宣和墨寶，到如今一百四十多年了，你縱然壽長，也會他不着，這謊太撒得決裂了。」道婆笑道：「你看我有多少年紀了？」絕似西遊記齊天大聖語。任道亨道：「不過八十歲。再多些，就算了九十歲。」道婆大笑道：「估不着，估不着！我老實對你說了罷，你道我是誰？我便是祝永清的渾家、武烈一品夫人陳麗卿也。」奇絕幻絕。比御前欽差何如？任道亨吃了一驚，半響道：「你當真還是作耍？」道婆道：「我同你耍甚！我等三十六員雷霆上將，那年奉玉旨隨霹靂真君降凡，收伏了眾妖魔，只有五員不歸本職：吾父陳希真在廬山羽化；希真羽化此處補出。我丈夫祝永清在浙江西湖韜光山內羽化；劉慧娘明性見心，已皈依西方蓮座，證果妙應廣慧菩薩；雲天彪直入儒宗。他們四人都位臻無極，不歸本部，永不再降。他們的員缺，玉帝另選仙官補授。雲龍、劉廣、鄧宗弼、辛從忠、張應雷、陶震霆、傅玉、風會、祝萬年、龐毅、苟桓、劉麒、劉麟、畢應元、真祥麟、范成龍、金成英、楊騰蛟、欒廷玉、欒廷芳、歐陽壽通、哈蘭生、孔厚、唐猛、蓋天錫、聞達、韋揚隱、李宗湯、康捷、王進、賀太平，都歸本位，候玉旨遷陞。三十六員至此，再作一重結束，完密之至。前年聞得雲龍已選入披香殿侍奉。劉廣在世，忠孝無虧，合眼已得天仙證果，今又高遷。雲龍、劉廣又另抽作結，妙。我因那三十六天罡、七十二地煞一班魔君，尚未收伏，特留在牛渚山監管他們。補註明白。今已收得，本要飛昇，只因愛戀之心，絲毫未盡，願留此山。昨蒙玉帝勅我為氤氳使者，專管世上男女姻緣，和合喜慶，妙事。彌補人間恨事。役滿之後，此役何時得滿。便陞遷離恨天宮，亦永不再來了。只有那張叔夜，特提。精忠大節的因緣已了，還該受人間香火二千五百年，圓滿之後，超昇常靜天宮。張叔夜用特結。伯奮、仲熊也永隨父親，為左右侍者。帶結伯奮、仲熊。

我等形神俱妙，變化無窮，歡喜多留幾年，甚麼稀罕！這幅字，你既說官家的，我便送了你帶去。」說罷，取下來，一束兒捲了，遞過來。

任道亨聽畢，大驚失措，僕從、伴當也都驚駭。任道亨接了那幅字，拜謝道：「夫人原來留形住世，弟子何幸得識仙顏。」正要哀告皈依，忽又疑慮道：「功臣圖上我曾見過，陳麗卿是個絕色女子，即使老了，也不至這般顩頷。莫不真是這道婆搗鬼，着他撮弄，豈不可笑？（德有餘而識不足，宜其沉滯不化也。）待我再盤駁他看。」便問道：「弟子聞得夫人當年英雄無敵，平定梁山泊的功績，并那當年的諸將事實，可約畧說與弟子聽聽否？」道婆笑道：「已過的事，只管提他做甚！本待同你細談，一者仙凡路隔，二者與你萍水相逢，你又公事匆忙得緊，那段因緣一二句如何說得盡。你要識得底裏，五百年後，我去教忽來道人俞仲華撰一部蕩寇志與你們大家看。（自來稗官野史從無有自落款識者，有之自此始，奇絕。）我不是陳麗卿，那陳麗卿從庵外來了。」（筆墨閃爍之至。）眾人不信，（至此猶不信，鈍根可知。）都到山門外看時，道婆把他們演了出去，撲的把庵門關了。（奇。）任道亨怒道：「這婆子好沒道理，這般搗鬼演樣❸，我們再敲進門去，還了他茶錢，問他一番。」正要打門，忽然刮喇喇的起了個大霹靂，山嶽振撼，紅曜光目，那草庵變了片綠蕪空地。（奇幻之至。）眾人大驚，只見那空地上現出一員女將，依然玉貌花容，頭戴閃雲金鳳翅冠，身披猩紅連環鎖子黃金甲，騎着那匹棗騮火炭飛電馬，（或疑馬何亦仙，豈知旌陽拔宅，雞犬俱上昇也。）掛着那口青錞寶劍，貫弓插箭，右手倒提那枝梨花古定鎗，左手攬着轡韁，（極縹忽事，偏寫得極詳細。）高叫道：「吾乃陳麗卿也！任道亨，我念你孝行可嘉，特賜你靈霄九轉瓊漿一杯，你壽可三週花甲。可惜你

❸ 演樣：故意表現出來給人看。

無仙緣，當面錯過。一句撇開任道亨。誰謂仙人無熱腸哉！你進京見官家，可與我寄請聖安。姑娘正果之後，仍不忘名分，可見方外不能無君臣。我去也！」說罷，把馬一拎，一聲長嘯，騎着棗騮，潑喇喇的往那疊嶂層巒之上，輕雲縵霧之中，憑空飛去，好似一條電光，霎時不見。寄語天下，自此以後，陳麗卿不復再見也。但見松濤哀瀉，澗水悲鳴，靈甫空濛，雲氣奔走，那四面的山光圍繞，空翠欲滴而已。妙。是人是仙，是真是夢，是筆是墨，都不可辨。妙，妙。眾人呆了半響，只是望空禮拜，懊悔不迭，慢慢的下了山去。

任道亨回京面聖，據實將這事奏聞，并將祝永清的墨跡，恭呈御覽。任道亨不欺君，不可少。理宗看了驚道：「這是宣和內府之墨寶。那年朕懸寢宮，被雷雨憑空攝去，今日却回來，真仙家之寶也。」重賞了任道亨。那任道亨果活到一百八十一歲，直到元順帝至正末年，還有其人，仁宗曾封他為故宋遺民，人咸以為忠孝之報云。含毫邈然。

仲華又曰：那梁山上一百八個好漢，便是如此了結，正應了那年盧俊義之夢。在下聽得施耐菴、金聖歎兩先生都是這般說，並沒有甚麼宋江受了招安，替朝廷出力，征討方臘，生為忠臣，死為正神的話；也並沒有甚麼混江龍李俊投奔海外，做暹邏國王的話。這都是那些不長進的小厮們，生就一副強盜性格，看着那一百單八個好漢十分垂涎，十分眼熱，也要學樣去做他，怎奈清平世界，王法森嚴，又不容他做。沒法消遣，所以想到那強盜當日的威風，思量強盜日後的便宜，又望朝廷來陪他的不是，一相情願，嚼出這番舌來。在下又聽得一位高明先生說：「那一百單八個好漢，並非個個都是光棍，人人沒有後代，當時未必殺戮得盡。傳到日後，子孫知他祖宗正刑之苦，所以編出這一番話來，替他祖宗爭光輝，替他祖宗出惡氣，也未見得。」這話也在情理上。看官，在下的蕩寇志七十卷、結子一回，都說完了。是耶非耶，還求指教。是極是極，除非不長進的小厮強盜的子孫說你不是。詩曰：

續貂著集行於世，
我道賢奸太不分。
只有朝廷除巨寇，
那堪盜賊統官軍。
翻將偽術為真蹟，
未察前因說後文。
一夢雷霆今已覺，
敢將柔管寫風雲。先撇去後水滸一書，論情至當，勘理入微。
雷霆神將列圜邱，
為輔天朝偶出頭。
怒奮嫚婷開甲胄，
功收伯仲紹箕裘。
命征師到如擒蜮，

奏凱歌回頌放牛。

游戲鋪張多拙筆，

但明國紀寫天麻。次聯敘始終因特舉麗卿、伯奮、仲熊。通步耐庵原韻。

范金門曰：耐庵楔子有蛇虎並不傷人一語，而聖歎以為一百八人總讚，此大悞也。十字坡之肉，清風嶺之醒酒湯，滄州之小衙內，獨非人也乎哉！繹耐庵本意，為君言仁，為臣言忠。對太尉而告以蛇虎不傷人，蓋以為太尉苟能佐聖明以郅治，則雖以傷人之蛇虎，亦可消其鷙悍，馴其暴烈，而使之無人可傷。蛇虎傷人，太尉之罪也；蛇虎不傷人，太尉之功也。一功一罪，皆在太尉。蛇虎不足貶，蛇虎亦何得與於讚乎！夫既為蛇虎必無不傷人，苟不傷人即不得目之為蛇虎矣，聖歎殆未之思耶。前傳楔子出一蛇一虎，本傳結子亦出一蛇一虎，又特誌其傷人，所以暴其罪而正其辭也，斷制謹嚴。

書紀平宋江事，則張叔夜乃題面之主也；因感夢而作，則陳麗卿乃題情之主也。文於一百三十八回大結束之後，另抽雲天彪、陳希真重結一回，順從希真一邊，側注麗卿結一回，清出題情之主，然後以安邦一事歸結題面之主，題無剩義，筆有餘閒。此結子一回，乃所以應耐庵之楔子而收結石碣者也。然發石碣者有人，收石碣者安得無人，以此事歸之麗卿，因以揭清夢中殄滅妖氛，告歸羅浮之旨，結構完密。

附錄

序

自來經、傳、子、史，凡立言以垂諸簡編者，無不寓意於其間。稗官野史，亦猶是耳。顧其用筆也各有不同，或直達其情，或曲喻其理，或明正其事之是非，或反揭其意之微妙。所貴天下後世之讀其書者，察其用筆之初心，識其用意之本旨，然後一覽無餘，全部之脈絡貫通，精神畢現矣。耐庵之有水滸傳也，盛行海隅，上而冠蓋儒林，固無不寓目賞心，領其旨趣；下而販夫皂隸，亦居然口講手畫，矜為見聞，然而此猶渾言之也。讀其書則同，解其書則異。原夫耐庵之本旨，極欲挽斯世之純盜虛聲、籠絡駕馭之術，特不明言其所以然，僅從詭譎當中儘力描寫，以待斯人之自悟。充是意也，雖上智者少，積而久之，自能令人人反復思量，得其本意，固文筆之曲而有直體者也。獨不解夫羅貫中者，以偽為真，縱奸辱國，殃諸梨棗，狗尾續貂，遂令天下後世將信將疑，誤為事實，是誠施耐庵之罪人，名教中之敗類也。嗣因聖歎出，不憚煩言，逐層剔刷，第詐偽之情形雖顯，而奸徒之結束未詳。世有好談事故而務求其究竟者，終覺游移鮮據。余山居年暮，每言及此，常抱不平。庚戌冬，故友仲華之嗣君伯龍來，出其先人蕩寇志遺稿。余夙知仲華之有是書也，特未嘗索觀。乃今一見之，覺其發微摘伏，符合耐庵，因囑其嗣君曰：「蕩寇志固先人之遺名矣，盍直而言之曰結水滸？」蓋是書出，而

吾知有心世道者之所共賞。將付剞劂，敢為序。旹在

咸豐元年歲次辛亥春王月，古月老人題并書。

俞仲華先生蕩寇志序

前書以水滸名其傳。滸者，厓也。夫以天地之寬，人民之眾，區區百有八人，橫肆丁水旁厓側，篇末仍以「天下太平」為歸宿。其中類敘邪心之熾，畔道之萌，遭官司之催捕，受吏胥之陷溺，淵之魚耶，叢之雀耶？貪生而畏死者，誰不逃獺鸇之驅使，有不走入水旁厓側，不得其所。前之作者，其默操清議之微權已。然而，普天之下，莫非王土；率土之濱，莫非王臣。在國曰市井，在野則曰草莽。凡有血氣，莫不尊親。縱不能禁止獺鸇之無有，而却不許為甘驅之魚雀。藉叔夜之聲靈，而為夢中喚醒，此蕩寇志之所由作也。湯西箴有言曰：「社稷山河，全是聖天子一片愛民如子的念頭撐住。天下受多少快樂，做百姓的如何報得？只有遵依聖諭，孝順父母，敬事師長，早完國課，做好人，行好事，共成個熙熙皞皞之世界。」此即後志之衷，更進前傳之筆，所以結「天下太平」四字，一部大吉祥書。徐君午橋，宰官江南，解囊鋟版，不獨為好友宣名，而要於世道人心亦有維持補助之德云。

咸豐二年秋七月，長洲陳奐拜序。

序

水滸一書，施耐菴先生以卓識大才，描寫一百八人，盡態極妍。其鋪張揚厲，似著其任俠之風；而摘伏發奸，實寫其不若之狀也。然其書無人不讀，而誤解者甚夥，非細心體察，鮮不目為英雄豪傑。縱有聖歎之評騭，昧昧者終不能會其本旨。尤可怪者，羅貫中之後水滸，全未夢見耐菴、聖歎之用意，反以梁山之跋扈鴟張，毒痡河朔，稱為真忠義，以快其談鋒。殊不思稗官吐屬，雖任其不經，而於世道人心之所在，則必審之又審，而後敢筆之於書。余風塵下吏，奔走有年，間於山陬僻壤，見有一二桀驁者流，倘聞其說，恐或尤而效之，其害有不可勝言者。此後水滸之書，不可不防其漸也。我朝德教隆盛，政治休明，魑魅罔兩之徒，亦當屏跡，況乎聖天子握鏡臨宸，垂裳播化，海宇奏昇平之象，蒼黎游熙皞之天。封疆大吏整飭多方，惟明克允，水旱則倡施賑濟，豐稔則建置義倉，猶復宣講聖諭，化蠢導頑。草野編氓莫不聞風向善，共樂陶甄於化日光天之下，豈容有此荒謬之書，留傳於世哉？余友仲華俞君，深嫉邪說之足以惑人，忠義、盜賊之不容不辨，故繼耐菴之傳，結成七十卷光明正大之書，名之曰蕩寇志。蓋以尊王滅寇為主，而使天下後世曉然於盜賊之終無不敗，忠義之不容假借混朦，庶幾尊君親上之心，油然而生矣。辛亥之夏，其嗣君伯龍囑余鐫板。余喜其堂堂正正，筆法謹嚴，與余意吻合，遂付梓人，以公海內，朞年而始成。讀仲華之書，可想見其為人矣，而於世道人心，亦當有裨益云。旹在

咸豐二年歲次壬子孟秋朔旦，武林徐佩珂書於秣陵官廨。

蕩寇志緣起

仲華十有三齡，居京師之東長安街，夢一女郎，仙姿絕代，戎裝乘赤騳，攬轡謂仲華曰：「余雷霆上將陳麗卿也，助國家殄滅妖氛，化身凡三十六矣。子當為余作傳。」仲華唯唯，將有所問，驚霆裂空，雹燄流地，簷頭瀑布瀨湃，悸而寤，靈爽不可接也。仲華夙好事，既感斯兆，經營屢屢而未慊志，偶見東都施耐庵先生水滸傳，甚驚其才。雒誦迴環，追尋其旨，覺其命意深厚而過曲，曰：「是可藉為題矣。」踵而要其成，隨時隨事，信筆而發明之。謂真靈付囑也可，謂仲華附會也亦可。嗟夫！文章得失，小不足悔，耐菴固已先言之矣！夢則嘉慶十一年四月初九日漏三下。

忽來道人自題。

識語

龍光謹按：道光辛卯、壬辰間，粵東猺民之變，先君隨先大父任，負羽從戎。緣先君子素嫻弓馬，有命中技，遂以功獲議敘。已而歸越，以岐黃術遨游於西湖間。歲壬寅，暎夷犯順，又獻策軍門，備陳戰守器械，見賞於劉玉坡撫軍。晚歸元門，兼修淨業。己酉春王正月，無疾而逝。著有騎射論、火器攷、戚南塘紀効新書釋、醫學辨症、淨土事相，皆屬稿而未鐫。而尤有卷帙繁重者，則蕩寇志是。蕩寇志，所以結水滸傳者也。感兆於嘉慶之丙寅，草創於道光之丙戌，迄丁未，寒暑凡二十易，始竟其緒，未遑修飾而歿。龍光賦性鈍拙，曷克纂修。惟憶先君子素與金門范先生、循伯邵先生最友善。是書之作也，曾經兩先生評騭。當其朝夕過從，一庭議論，所有傳中餘緒，以及應行修潤之處，龍光亦竊聞之。遂不揣譾陋，手校三易月，惟以不背先君本意而止。書成，郵寄金陵，請質於午橋徐君。徐君為父執中最肫摯，慫恿付梓，并慨然出貲以成之。嗟乎！耐菴之筆深而曲，不善讀者輒誤解；而復壞於羅貫中之續貂，誠恐盜言孔甘，亂是用彰矣。蓋先君子遺意，雖以小說稗官為游戲，而於世道人心亦大有關係，故有是作。然非范、邵兩先生不克竟其成，非午橋徐君不能壽諸梨棗也。是書之原委有如此云爾。

咸豐元年辛亥夏五月辛丑望，男龍光謹識。